Shakespeare's
History Plays
&
The British
Monarchy

莎士比亚历史剧与英国王权

高全喜/著

中国大百科全书出版社

图书在版编目（CIP）数据

莎士比亚历史剧与英国王权 / 高全喜著 . —北京：
中国大百科全书出版社，2024.

ISBN 978-7-5202-1580-0

Ⅰ. I561.073；D756.19

中国国家版本馆 CIP 数据核字第 2024C4K866 号

莎士比亚历史剧与英国王权

著 者　高全喜

出 版 人　刘祚臣

策 划 人　赵　易

责任编辑　宋　杨

责任校对　赵春霞

责任印制　魏　婷

出版发行　中国大百科全书出版社

地　　址　北京市阜成门北大街 17 号

邮政编码　100037

电　　话　010-88390767

网　　址　http://www.ecph.com.cn

印　　刷　北京汇瑞嘉合文化发展有限公司

开　　本　710 毫米 × 1000 毫米　1/16

印　　张　37　插页 8

字　　数　427 千字

印　　次　2024 年 8 月第 1 版　2024 年 8 月第 1 次印刷

书　　号　ISBN 978-7-5202-1580-0

定　　价　128.00 元

目 录　Contents

序言

　　莎士比亚生活的伊丽莎白一世时代是英国近代历史的一个重要转折时期，都铎王朝经过辗转曲折的演变在这位女王手中达到了辉煌的顶点。伊丽莎白女王在其长达四十五年的统治中，励精图治，在政制、宗教、经济、军事和文化等方面取得了非凡的成就，如通过王权体制的强有力施展，终于使英格兰民族国家的现代雏形得以达成。从近现代英国史的视角看，都铎王朝这位最后的女君主有着承上启下的关键作用。她继承和发扬了亨利八世的政治遗产，并为后来英国完成现代国家的构建，即经历斯图亚特王朝的光荣革命——创立现代的君主立宪制国家，奠定了历史的基础。

　　本书不是要从历史学和政治学的角度正面论述英国都铎王朝及伊丽莎白一世时代的王朝政制历史和早期现代的社会转型，而是研究莎士比亚的戏剧，尤其是莎翁的历史剧，即以莎士比亚的历史剧为研究对象，而不是以君主、王权以及相关的政治、法律和战争与和平等实际的历史内容为研究对象。但是，我在此要特别说明的是，我的这个研究并不是文学的研究，即不是从文艺学的视角来分析和研究莎士比亚历史剧的文学形态、戏剧要素、悲喜剧风格、故事情节和美学趣味等，不属于主流戏剧理论的研究范式，也不集中于古典主义、浪漫主义、现代主义以及后现代主义的艺术批评。从某种意义上来说，本书的研究属于"法律与文学"的范畴，或者说，属于交叉学科的一种研究范式。我在此有一个企图，即把戏剧文学、政治法学和近现代史学三个领域的相关问题集中在一起，对此融贯起来予以分析和解读，从中获得某种具有宪法学或宪法史学的理论收益。

莎士比亚的历史剧，尤其是十部著名的有关英国封建王朝的历史剧，恰好成为我的英国宪法史学的研究载体，它们典范性地承载着文学、法政与历史三重意蕴。莎翁以历史剧的文学形式叙述或重构着一部早期现代英国的封建王朝史，并在其中深入地以文学方式展现着有关王权演变的内在机理，叩问着面临古今之变端倪的英国王朝政治传承延续的伦理依据、法统权威和王权归属等实质问题。其实，这种莎士比亚的研究理路也不是空穴来风或突发奇想，从政治哲学的视角研究莎士比亚的戏剧，突破莎士比亚戏剧的浪漫主义文艺化解读，探讨其中的政治、法律、历史乃至神学的内涵，这在晚近几十年的西方莎学界形成了一种研究范式，① 开拓了莎翁戏剧的

---

① 对此，评论家莫里斯在《莎士比亚罗马剧研究略评》一文开篇就指出："二十多年前，布鲁姆和雅法合撰《莎士比亚的政治》，所辑文章'旨在阔步初迈，使莎士比亚重新成为哲学反思的主题，并成为严肃研究道德和政治问题的典范'。两位作者认为，对莎士比亚作品纯粹'文学的'或'审美的'研究，不是求雅而是近俗。审美主义，这座高雅情趣的丰碑，实际上阻碍读者看清诗。莎士比亚不仅想要写得美，他更想描绘出一些东西：'一连串人的根本问题。'莎士比亚（转下页）

研究领域和视野，这对主流的政治哲学和历史法学，构成了某种补充和刺激。①

（接上页）通过刻画不同类型的人和生活方式来描绘这些问题。"参见《莎士比亚戏剧与政治哲学》，彭磊选编，马涛红等译，华夏出版社 2011 年版，第 310 页。另参见该书中文《编者前言》的相关论述："浪漫主义对莎士比亚的神格化是莎剧批评史上最重要的一章。大施勒格尔用德语翻译了 17 部莎剧，小施勒格尔径直宣称'莎士比亚的诗完全是浪漫性的'，'莎士比亚作品的总汇性如同是浪漫艺术的核心'；歌德把《威廉·迈斯特的学习时代》献给莎士比亚，并把《哈姆雷特》搬进这部成长小说，让主人公解说哈姆雷特的性格；雨果认为莎士比亚代表了现代诗的最高形式的最高顶点，柯勒律治则给我们留下了两大卷莎评。这些浪漫派巨头以不同的方式对莎士比亚顶礼膜拜，使莎士比亚的声名越出英伦，远播四海。但是，这一切只因他们在莎士比亚那里找到了浪漫主义的诸种美学原则：天才、想象力、情感、自由、个体、疯狂……尽管莎士比亚戏剧饱含政治哲学义涵，现代的浪漫诗人们却对之视而不见，只见到美的流溢。"

① 参见阿兰·布鲁姆、哈瑞·雅法《莎士比亚的政治》一书《前言》："显而易见，我们不是仅仅作为爱好者而宣称我们能够有所贡献。我们深信，政治哲学是建立一个综合性框架的合适的出发点，人们可以在这个框架中观察莎士比亚的英雄们遭遇到的问题。简而言之，莎士比亚是一位卓越的政治作家。这种观点大大不同于当下的信仰或偏见，因为不论政治学还是心理学都被理解为诗的对立面，某种程度而言，研习这两门学科只会使人错失诗歌的真谛。""在历史中明显真实的事物，对悲剧和喜剧来说也很可能是真实的。莎士比亚的人性并不局限于英格兰，他写作的目的也不只是为了将英国人塑造成英格兰的良好公民。人类面临一系列根本的难题，我认为莎士比亚想描写所有状况，假如有人能逐个理解莎士比亚的所有戏剧，他将会看到生命中每一个可能的重要选择的结果，将会深刻感悟每一种高尚灵魂的特征。这些话题超越了一篇序言的范围，我提及它们只是为了彰显莎士比亚的天才。现在我们有充分理由相信，莎士比亚认为不论在历史剧还是在其他戏剧中，政治都非常重要，他有教诲的意图，他的学识使他意识到一个首要的抉择：理论的还是实践的。"《莎士比亚的政治》，潘望译，江苏人民出版社 2009 年版，第 4、9 页。"莎士比亚借由浪漫主义而成为'现代最伟大的诗人'，浪漫主义亦借由莎士比亚发扬光大，浪漫主义所塑造的莎士比亚如今仍然深深支配着我们的理解。布鲁姆生前所写的最后一本书《爱与友谊》再次探讨莎剧，相关内容其后以《莎士比亚笔下的爱与友谊》为题抽出来单独出版，序言中说：'莎士比亚能登上如今这般不可置疑的高度，多赖于浪漫派的关系。但是，（转下页）

关于英国宪制史的研究，在西方乃至在国内，都有一系列成果，且构成了自成一体的话语体系。关于莎士比亚戏剧的研究，西方莎学乃至中国的莎士比亚研究也有基于文艺学的研究成果，但是，透过莎士比亚的历史剧来考察英国的王权演变，对勘莎士比亚的王权观与同时代的其他人文法政思想家们的王权理论和王权意识，聚焦英国历史演变中的政治逻辑，这个莎士比亚戏剧中的重大主题，还少有研究者关注。应该指出，莎士比亚历史剧中的王权问题是政治学和宪法学的一个经典性议题，其中蕴含着丰富的历史内容。黑格尔曾说文学是时代精神的体现，莎士比亚的戏剧经典集中地展现了他那个时代的精神风貌和实质内涵，其对历史和时代的把握甚至比历史学家们更为真实和本质。本书试图以莎士比亚历史剧为研究文本，重新编织一套关于英国早期宪制演变的历史叙事，以补充历史和政治法学家们对英国早期王朝嬗变及王权性质的论述。

基于上述理路，《莎士比亚历史剧与英国王权》包含如下几个方面的内容：

第一部分，梳理莎士比亚历史剧的基本形态和结构，以及莎翁历史剧题材的编辑和素材来源，还有由此对应的都铎王朝正统历史观的形成和莎士比亚历史剧的关系。

（接上页）浪漫派的插手败坏了莎士比亚，而浪漫派自己却扎下了牢固的根基.'我们如何才能看清莎士比亚的真实面容呢？也许，政治哲学便是一条路，通过这条路，我们能看清原初意义上的诗，能辨识出莎士比亚与浪漫派的不同；浪漫的抑或政治的莎士比亚，是我们当下必须面对的抉择。"彭磊选编：《莎士比亚戏剧与政治哲学》，《编者前言》，第3—4页。另参见辛雅敏：《"莎翁"的诞生——早期莎士比亚文化史》，生活·读书·新知三联书店2023年版，以及作者在书中编辑的参考文献。

　　第二部分，解读莎士比亚经典历史剧中的王权主题、嬗变逻辑和法理统绪及其政治神学的内涵，揭示英国这个重要的早期现代历史转变时期的要义，以莎翁的文学叙事对应王朝宪政史的法政逻辑，用文学戏剧的故事来叙说王朝历史的逻辑演绎。这部分是本书的主体内容。

　　第三部分，从戏剧文本解读回归历史与政治理论，借助莎士比亚历史剧的故事情节和人物命运，重新认识英国近现代历史中的王权，分析其基本要素、演变轨迹以及内在动力机制，涉及战争与和平、统治与治理、君臣关系等诸多理论内容，再现英国王权是如何从君权神授到王权至尊并开启"王在法下"的君主立宪制的。总之，本书试图通过分析和研究莎士比亚的历史剧，提供一种能与主流英国宪制史相互对勘的另类史论，以深化我们对英国早期王朝宪制史或王权史的认知。

Shakespeare's History Plays
&
The British Monarchy

何为莎士比亚历史剧？

PAPT 1

关于莎士比亚的历史剧，英国文学史界似乎早有定论，研究者们一般把莎士比亚一生创作的十部直接与英国史有关的舞台剧称为莎士比亚历史剧，具体一点说，是由两个四联剧和另外两部戏剧总和而成。莎士比亚历史剧的创作时间主要是在他步入剧作家的早年时期，莎翁初涉舞台剧就写历史剧，其中的缘由也有耐人寻味之处。不过，就像时人喜欢阅读前朝故事一样，莎士比亚所处的伊丽莎白时代，有点文化的大众也喜爱前朝逸事，尤其对君主贵族的王朝演义，可谓耳熟能详、津津乐道。莎士比亚初入艺坛，抓住这些社会娱乐热点，炮制和编织一系列帝王将相的前朝戏剧，自然对他的声名鹊起不无推动之功。当然，上述只是表面之论，莎士比亚之所以选择历史剧开始其戏剧事业的起点，其实有更为深层的原因。关于什么是莎士比亚的历史剧，为什么莎士比亚的戏剧创作有自己的历史标尺，两个四联剧的起承转合并非按照朝代的自然时间顺序，等等，这其中均涉及他与都铎王朝官方意识形态的复杂关系，尤其是他对英国民族在塑造过程中王权所发挥的关键作用，以及由此引发的他对都铎王朝主流历史观的认同和对伊丽莎白女王的尊崇，凡此种种，它们都构成了莎士比亚历史剧的深厚背景。

历史中的英国：十部英国历史剧

　　从创作时间来看，莎士比亚的历史剧主要创作于 1590—1613 年，尤其是其中的两个四联剧主要是在 1590—1599 年这段时间创作的。此时莎士比亚已经成为伦敦一家顶级剧团——詹姆斯·伯比奇经营的"张伯伦勋爵剧团"——的演员和编剧，开始了他伟大的剧作家生涯。值得注意的是，莎士比亚并不是简单地依据英国王朝历史的时间序列写作他的剧本的，而是从开始就有自己关于英国王朝史的时间构架。他的十部历史剧包含着他对英国王朝演绎的尺度和标准，虽然这个标尺并不是他独创出来的，而是在他之前和同时代历史学家们的理论基础上生发出来的，但转化为系列性的两个四联历史剧，以文学剧本的形式构建一套英国王朝的历史叙事，并服膺或加强都铎王朝的自我神话化的官方史观，乃是莎士比亚的独创，在都铎王朝诸多王家史官和正统理论家中胜出，且产生了深远的影响。

　　具体言之，莎士比亚在 1590—1591 年最先创作了《亨利六世》上、中、下三部环环相扣的剧目，在 1592—1593 年创作了《理查三世》，这四部戏剧被研究者称为第一个四联剧。随后，在 1595—

1596 年，创作了《理查二世》；在 1595—1597 年，创作了《亨利四世》（上、下）；在 1598—1599 年，创作了《亨利五世》，这四部剧目被称为第二个四联剧。上述两个四联剧紧扣英国历史，故事情节直接取材于英国兰开斯特王朝和约克王朝之间的王朝嬗变以及百年英法战争，尤其是数十年的红白玫瑰战争，这段历史故事构成了莎士比亚历史剧的主干内容和中心情节。此外，莎士比亚在 1596—1597 年和 1612—1613 年又补充创作了《约翰王》和《亨利八世》两部剧本，由此把英国历史剧涵括的时间段又上下延伸了许多。概括起来可以这样认为，莎士比亚十部英国历史剧，时间跨度从 1199 年至 1547 年，大致跨越了三个半世纪之久，历经安茹王朝、金雀花王朝、兰开斯特王朝、约克王朝和都铎王朝五个王朝，可谓丰富多彩，蔚为大观。当然，其中心内容和时间节点还是两个四联剧所展示的兰开斯特王朝与约克王朝的王权演变，尤其是聚焦于以亨利八世为标志的都铎王朝，而其实质是旨归于莎士比亚生活其中的伊丽莎白一世时代，伊丽莎白一世这位都铎王朝最后的，也是最伟大的一位君主（女王），无疑是莎翁在历史剧中所推崇的人物。

按照当时也是封建王朝文人墨客的通常做法，著文当避文字狱，莎士比亚几乎所有的著作在内容上都没有直接涉及伊丽莎白一世时期的人和事，即便是他基本上认同都铎王朝的官方意识形态，对伊丽莎白王权至尊的黄金时代予以赞同，他也没有颂圣体之类的文字留存，而是采取避而不谈的方式躲闪。莎翁行文如此审慎，不谈当下王朝事，并不等于他没有当下的问题意识，不等于他只是编织过往历史的陈迹旧事供观众们娱乐消遣。其实，莎士比亚对他的时代有着非常清醒而深刻的认识，对英国王朝的历史嬗变尤其是都铎王朝延续到伊丽莎白女王陛下的正统地位，甚至对英国民族由此而形塑出来的近代王朝政治转型都有着某种天才般的敏感。所以，他的一系列戏剧作品，尤其是十部历史剧，依然具有十分重大的现实意义，蕴含着深刻的当下旨意，与莎士比亚时代的英国政治文化有着密切的关系。从某种意义上说，莎士比亚以一种隐匿的文艺曲笔方式为伊丽莎白女王所代表的都铎王朝的历史合法性与正统性，甚至是英国民族未来的现代转型的图景，提供一种叙事或注释，可谓一种英国式的"文以载道"传统。

诚如历史学家马里奥特所言："他正在接近对英国君王系列研究的顶点。他描绘了一个无能的圣徒亨利六世；一个马洛式的超级恶棍理查三世；一个既愚蠢又残酷、缺点无数、胸无信念的约翰王；一个雄心十足但成就有限的'万恶政客'波林勃洛克。以上描绘，表现了瓦特·佩特所说的'对王权的讽刺'。这些君王身上都有一些通向成功的要素，但又都极为欠缺使成功真正得以实现的特质。他们中没有任何一个能够使整个英格兰心悦诚服，没有谁可被视为理想的统治者，也没有哪位能够保证国内的安宁与快乐，或是在国外树立崇高的威望。他们或许能够激起怜悯，但无人可以同时赢得尊敬与爱戴。在《亨利五世》中，莎士比亚终于能够提笔描写一位理想的基督徒骑士，一位既受欢迎又成功的统治者，一个人们不仅爱戴而且尊敬的人。除此之外，摆在面前的是编写一部伟大的民族史诗的绝佳机会。作为英国历史中最伟大、最成功的——考虑到各种艰难险阻——时代之一，都铎王朝曲终奏雅的末年岁月正配得上这样一部史诗。不过，在其所有关怀国家的剧作中，莎士比亚都严格遵守这门艺术各条准则中最重要的那一条：非直接性。虽迫切想要向伟大的女王陛下致敬，想要庆贺同时代人的英雄事迹，但凭借高超的技艺，莎士比亚总是通过某段足够久远的过去、某些古人事迹来寄托心之所思。也正因为此，他提供的政治教训一方面有些模糊不清，另一方面反倒更加有效。"①

时间结构：三重叠合

莎士比亚英国历史剧构成了一个集合体，在时间上它们前后相继形成了一个王朝嬗变演绎的进程，每部戏剧中的人物和情节内容，大体上与英国历史的真实内容相互联系。或者说，莎士比亚这些历史剧的基本素材主要来自几部当时盛行的英国编年史，尤其是爱德华·霍尔的《兰开斯特与约克两大显赫高贵家族的联合》和霍林斯赫德的《编年史》。②但有意思的是，莎士比亚在创作的时候，并不是按照时间顺序依次编创他的剧本，即沿着英国史的王朝演变路线次第排列下来，而是从历史中期的时间节点上开始创作。他的第一部历史剧便是《亨利六世》，并对亨利六世时代君臣故事予以浓墨重彩的叙述，创作成上、中、下三部曲，这样一来，就形成了关于王朝历史的具有莎士比亚特征的时间结构，而不是单一的顺时针一元结构。总之，莎士比亚十部历史剧其实有三个王朝历史的时间起点，它们最后聚合在两个四联剧的时间结构之中，并最终指向或落实于都铎王朝的历史神话叙事。

第一个时间序列是英国近代封建王朝史的一般故事演绎，始于莎

---

① 马里奥特：《莎士比亚戏剧中的英国史》，虞又铭译，华东师范大学出版社 2023 年版，第 140—141 页。
② 参见蒂利亚德：《莎士比亚的历史剧》，牟芳芳译，华夏出版社 2021 年版，第一部分第二章；马里奥特：《莎士比亚戏剧中的英国史》。

士比亚创作于 1596—1597 年的《约翰王》，终于莎士比亚于 1612—1613 年创作的《亨利八世》。《约翰王》可以说是莎翁历史剧的第一个起点，在涉及英国历史的戏剧中，约翰王是莎士比亚描绘的第一个英国君主。这位约翰王在位时间为 1199—1216 年，是金雀花王朝的第三位英格兰国王，号称"无地王"，又被称为"失地王"。他是亨利二世的第四个儿子，也是著名的狮心王理查一世的弟弟。约翰王是英国历史上最失败、最不得人心的国王之一，他曾受法国国王腓力二世唆使，试图在理查一世被囚禁于神圣罗马帝国期间夺取王位，但后来理查一世宽恕了他并指定他为继承人。约翰王统治英格兰期间，王国的实力极度衰弱，失去了英格兰在欧洲大陆（大部分位于法国西部）的大部分属地，并在众多大贵族的逼迫下签署了著名的《大宪章》，约翰王的权力受到一定的限制，导致诺曼王室努力进行封建集权的重大失败，也由此开辟了英国宪政主义的道路。虽然约翰王在英国封建王朝的政制格局中占据重要地位，但在莎士比亚历史剧的视野中，《约翰王》显然并非如此，它只具有铺垫的作用，抑或只是历史剧时间序列的一个起点，所以《约翰王》一直被视为独立成篇的历史剧。

　　如果说《约翰王》是莎士比亚历史剧的时间起点，那么《亨利八世》则是莎士比亚历史剧的终点。也就是说，在莎士比亚所有涉及英国史的剧本中，《亨利八世》是时间上的最后一位君主。亨利八世属于都铎王朝，还是都铎王朝的扛鼎君主。从莎翁戏剧的文学意蕴来看，剧本《亨利八世》与现实的亨利八世的重要性并不匹配，在文学成就乃至莎翁自己眼里，其历史剧的中心乃在两个四联剧之中，《亨利八世》可以视为一个独立成篇的剧目，这一点与《约翰王》有点相似。它的主题内容与亨利八世纵横捭阖、神奇古怪的英雄形象及历史地位并没有多少关系，很少揭示王权政治的至尊功能，具有某种陪衬和补充的作用，远不如《亨利五世》深刻和精彩，难以说是经典力作。由此看来，十部历史剧，头尾两部都是各自独立的剧目，虽然在整体上它们与其他八部戏剧集合在一起，共同组成了一个完整的莎士比亚英国历史剧的王朝时间序列。为什么莎士比亚没有创作亨利七世以及玛丽女王？这其中的缘由说不清楚。但有一点值得注意，那就是二人统治的时期与伊丽莎白一世统治的时期很接近，会涉及非常敏感的有关宗教问题的纷争，作者持有的立场、观点可能会有政治风险，还是不直接触及为佳。

显然，莎士比亚历史剧的中心内容是由两个四联剧构成的英国王朝史，这个贯穿兰开斯特、约克和都铎三个王朝的历史故事是莎士比亚最为看重的内容，也是两个四联剧所要展示的历史画卷。他为此殚精竭思，耗费了近十年的时光，创作出其早期戏剧的经典之作。

莎士比亚一生中，除了创作了154首十四行诗和几篇抒情长诗之外，还创作了三十七部戏剧作品。① 在西方莎学研究界，一般把莎士比亚的创作分为三个时期：第一个时期是产出九部英国历史剧的早年创作时期，这个时期的作品主要展示英格兰王朝史的分分合合、君王争战和王权变迁；第二个时期是莎士比亚创作诸多悲剧和喜剧的中年

---

① 关于莎士比亚的作品总数，还有涉及他与其他人的合写作品，以及他是否抄袭、编抄，甚至莎士比亚全部作品是他本人所写，还是其他人所写，例如哲学家弗朗西斯·培根、同时代剧作家克利托弗·马洛，等等，历来争议颇多，但大多属于不实之论。参见彼得·艾克洛德：《莎士比亚传》，郭骏等译，国际文化出版公司2010年版；西德尼·李：《莎士比亚传》，黄四宏译，华文出版社2019年版；查尔斯·威廉斯：《莎士比亚小传》，张慧娟等译，社会科学文献出版社2018年版；Chambers, E. K., *William Shakespeare: A Study of Facts and Problems*, 2 vols., Oxford: Clarendon Press, 1930. 另参见中国学者傅光明的研究课题"莎士比亚戏剧本源系统整理与传承比较研究"及相关论文。

时期，其中就包括四大悲剧以及一系列市民剧等，这个时期的创作集中展示了英国从封建时代向早期资本主义转型过程中的大量社会问题，受到文艺复兴人文主义和早期资本主义兴起的影响；第三个时期则是传奇剧时期，此时处于晚年的莎士比亚思想有所变化，其对资本主义发展过程中金钱堕落的批判性洞察力，导致了某种理想主义的神奇遐想，诸如《辛白林》《冬天里的故事》《暴风雨》等剧目就属于传奇剧。值得注意的是，《亨利八世》也是在这个时期创作完成的，其思想也难免受到传奇剧的影响。当然，《亨利八世》的构思可能在早年创作两个四联剧时就具有了，也有论者把《亨利八世》视为莎士比亚的早期创作成果。①

　　由此观之，处于青春壮年时期的莎士比亚倾力创作的十部历史剧，尤其是两个四联剧八部作品，集中体现了他念兹在兹的历史意识和他对英国封建王权次第演变的时代关切。十部戏剧全都以加冕上位的君主名号冠名，例如理查二世、理查三世、亨利四世、亨利五世、亨利六世和亨利八世，其深意毋庸多说。王权嬗变与朝代兴衰、正统传续与篡位僭主、战争与和平、秩序与失序、优良政治与野蛮暴政、君主德行与统治才能、政治神学与自然法则、王者至尊与法律条例，等等，从封建君主制向君主立宪制转型过程中早期发生史上的这么多问题，也都在这十部历史剧，尤其是两个四联剧所构成的四部曲中展

① 英国这个时期的有关编年史和其他文论阐释，蒂利亚德在《莎士比亚的历史剧》一书中有详细的梳理和介绍，马里奥特在《莎士比亚戏剧中的英国史》一书中也有相关而具体的讨论，这个问题我在下文还有引述和讨论。关于莎士比亚创作的历史分期，参见德国学者盖尔维努斯四卷本著作《莎士比亚》以及国内学者的相关论述。

现得淋漓尽致。所以，在第一个莎翁历史剧的时间谱系之中，莎士比亚突出强调和大力展示的是从亨利四世到亨利八世这段英国史。这段历史可以说是英国封建王朝早期转型的精华阶段，也是都铎王朝官方历史叙事所要刻意铺陈的，它们涉及都铎王朝君主权力的法权正朔。对此，莎士比亚在主观心理以及创作作品中也是基本接受的，甚至都铎王朝的历史叙事因莎士比亚十部历史剧的辉煌上演，而得到强有力的巩固和提升，变得非常华彩和绚丽。

与其他都铎时代的人文历史学家相比，莎士比亚并不是简单拎出这段关键的时间片段予以戏剧化地编织，而是通过两个四联剧的形式，采取一种复合时间结构的方式，更深入地描绘甚至塑造这段王权政治史，这就显示出莎士比亚在历史认知上的卓越判断力和洞察力。这就涉及前面所说的三个起点的第二个起点，即对待这段缤纷多彩的王朝史，莎翁是从亨利六世时代开始的，他的第一个四联剧的首部戏剧就是《亨利六世》，并且是用上、中、下三个完整剧目的形式，浓墨重彩地叙述了莎士比亚精心"炮制"的亨利六世政治时代，显然这个起点非同寻常，它是莎士比亚英国历史剧的真正起点，也是莎士比亚所理解的英国王权的秘密所在。

以《亨利六世》为莎士比亚历史剧的时间起点，这一排序是莎士比亚的独创，它构成第一个四联剧的出发点和中心点，《亨利六世》（上、中、下）和《理查三世》加在一起集合而成的四联剧独自构成了一个时间上始终有序的谱系或结构，这是莎士比亚历史剧的重中之重。按照一般的系列历史剧，遵循着历史时间的运行及进展，应该是从头开始然后达至结束。也就是说，首先从亨利三世或至少从理查二世开始，才是自然恰当的，当时的历史编年史家以及文人作家大多也是这样认为的，他们的一些作品也是这样写作的。莎士比亚并没有完全否认这个传统的自然演进次第和序列，他的第二个四联剧，即《理查二世》，《亨利四世》（上、下）和《亨利五世》四部剧，采取的就是这个通行的时间结构和谱系图标，同样构成了一个相对独立的时间结构序列，《理查二世》属于莎士比亚历史剧的第三个时间起点。由此可见，在莎士比亚两个四联剧中，呈现出两个王朝围绕着王权纷争而独自成立的时间结构和谱系架构。一个是以亨利六世为中心的时间结构，组成了第一个四联剧；另一个是以理查二世为中心的时间结构，组成了第二个四联剧，它们集合起来，构成了莎士比亚八部历史剧的骨干内容。

按说两个四联剧合成的八部历史剧可以视为一个时间的序列延展，属于一个时间结构和王朝谱系的延伸、嬗变，但是由于莎士比亚并不是直接从理查二世开始他的历史剧创作，而是独具慧眼地从亨利六世开始，先是以亨利六世为中心，浓墨重彩地展示了从亨利六世到理查三世的王朝嬗变，再到后来的亨利八世结束，这一时间周期构成了第一个四联剧的所指，这就使得问题复杂化了。因此可以说在两个四联剧中其实有两个时间结构，第一个四联剧应该是莎士比亚最为看重的时间结构，他首先从这个时期的王朝历史故事和人物（君臣）关系开始创作他的戏剧作品。至于第二个四联剧，虽然在莎翁的创作时间上是在后的，然而其历史时间却是在先的，或许莎士比亚在创作完第一个四联剧之后，感觉意犹未尽，需要追溯其历史意识的源流，所以才接着创作了第二个四联剧，从理查二世开始考察兰开斯特与约克两个显赫家族（王族）纠纷的权力起源和统绪缘由。更有甚者，他还往前追溯到约翰王，把他的历史剧上溯到诺曼底王朝之后的金雀花王朝。不过，就第二个四联剧的王朝演绎及其逻辑内涵来说，虽然在文艺学上非常丰富多彩、成就斐然，但从王权政治史的视角来看，却是对第一个四联剧的重复展示，从理查二世、亨利四世到亨利五世的政治逻辑，与从亨利六世、理查三世到（亨利七世）亨利八世的政治逻辑大体是一致的，我将在下文具体分析、展开论述。

通过上述分析，莎士比亚十部历史剧呈现出由三个时间结构集合而成的王朝演绎谱系，由此构成了一个完整的英国历史叙事。第一个时间结构是通观的，起始于《约翰王》，终结于《亨利八世》，描述了三百五十多年英国王朝史的大体运行轨迹。第二个时间结构是莎士比亚着重刻画的，集中于兰开斯特王朝经约克王朝到都铎王朝的嬗变和转型，起始于《亨利六世》，终结于《亨利八世》，莎士比亚重彩塑造了一个王权至尊时代的升降起伏。第三个时间结构也是莎士比亚重点刻画的，集中于约克王朝到兰开斯特王朝的复辟，突出展示了能者为王的新型王权内涵，起始于《理查二世》，终结于《亨利五世》，这就为都铎王朝的国家神话注入了统治和德行相互助益的现代元素，加深了都铎神话的现实意义。

如此看来，莎士比亚十部历史剧的三个时间结构并不是相互分离、互不相干的，而是相互缠绕在一起的，构成了三个环绕合一的同心圆，有很多叠合重复之处。它们虽然起点不同，但终结点或归结点却是一致的，即虽然从不同的时间周期（金雀花王朝、兰开斯特王朝和约克王朝）切入展开，但最终目标是一个，那就是都铎王朝。都铎王朝乃至伊丽莎白女王时代才是莎士比亚历史剧的关切点，才是他的历史意识的要义所在。若从内向外、从今向前来追溯，就是亨利八世、理查三世、亨利五世、亨利四世、理查二世、约翰王这一顺序。这是一个历史溯源的王朝正统论问题，有其本源才有其嬗变，这关涉王朝王权的正朔之道。所以，莎士比亚历史剧的时间结构不同于一般的自然时间结构，也不是按照自然时间顺序依次延展的，而是与英国封建王朝的王权正当性、合法性与正统性密切相关的。莎翁之所以辗转反侧地在十部历史剧，尤其在两个四联剧中构建了一个三重叠合的时间结构，原因也在于此，即他试图独创性地炮制一个新的历史叙事，浓墨重彩地为都铎王朝的国家神话提供一种文艺学的证成。从这个意义上说，青壮年时代的莎士比亚，即第一个阶段英国历史剧创作时期的莎士比亚，走的也是遵命文学的道路，只不过他遵从的使命，并非女王陛下的谕令，也非官方意识形态的指示，而是他的一种觉醒，是对英国民族意识和政治国家步入新时代的某种自觉，他强烈地感受到新时代的钟声已经在远方敲响，他的历史剧创作要回应时代的诉求。①

　　前文我曾谈到一个问题，即为什么莎士比亚是从《亨利六世》开

---

① 对此，马里奥特写道："这些作品散发着时代的气息，表现出伊丽莎白时代英国的英雄气概。那是一个在都铎王朝强力统治之下、在文艺复兴暖风熏陶之下得以重生的英国。与无敌舰队的决战标志着英国历史的一个高潮阶段。此前约一个世纪，博斯沃斯战役结束了英国内部的分裂与失序、生灵涂炭与国家耻辱。都铎王朝在最危急的时候，给英国带来了秩序、安宁以及强有力的管制。之后，英国人的行为与思想经历了令人惊讶、方向各异的扩展。文艺复兴给英国人带来的不仅仅是古代智慧的宝藏，更有科学探索的新气象、地理及商业开拓的新冲动。……英国的苏醒在 16 世纪终于到来，其后是高速的发展。不仅仅是高速的，而且是多方面的。……最能体现伊丽莎白时代英国气象的还得数莎士比亚的历史剧。……此前的英国历史，在超过四分之一的时间段中，国家独立与团结都经历着危机，一次次危机的解除，归功于坚强、智慧与战术的结合，更有赖于统治者与大众之间的彼此支持。这一点，即便是远不及莎翁聪慧的人，也不会领悟不到。莎士比亚没有党派偏见，不固着于任何政治信条，拒绝了那些陈旧错谬的执念。他永不动摇的信念是英国。"马里奥特：《莎士比亚戏剧中的英国史》，第 5—6、30 页。

始其历史剧的创作，而不是按照一般时间次序先从《理查二世》开始，表面的回答可以说莎士比亚是从他最熟悉的题材，也是最为观众熟知的就近历史故事开始写作的。这个说法没错，说得通，甚至也很符合实情。但是，若从更深的历史视角来看，莎士比亚或许独具慧眼，他刻意从亨利六世时代开始，旨在构建一个复杂多重的历史时间的结构，两个四联剧乃至十部历史剧都已孕育在胸。为什么如此推论呢？这里关涉一个重大的历史政治问题，即都铎王朝得以获得正统性的都铎神话问题。关于都铎神话，前文有所提及，但并没有展开。莎士比亚历史剧的时间结构、王朝谱系以及思想内涵一系列问题，其实都与都铎神话休戚相关。离开了都铎神话，所谓莎士比亚历史剧的时间结构、王朝谱系和历史意识、王权正朔等，也就毫无意义。如此一来，莎士比亚历史剧的三重时间结构以及为何要从亨利六世写起，也变得无从谈起。我之所以不赞同某些表面化的解释，试图挖掘其中的历史深意，也是基于莎士比亚历史剧与都铎神话有着某种富有深度的关系，或者说，莎士比亚的历史剧也构成了都铎神话的一个独特部分，并且超越了他前后时代的那些人文学者和历史编纂家的视野。

都铎神话再演绎

究竟什么是都铎神话呢？都铎神话与莎士比亚历史剧是一种什么关系呢？莎士比亚是否认同乃至参与都铎神话的炮制呢？它们与英国王权是一种什么关系呢？上述一系列问题，显然对我们深入解读莎士比亚的戏剧，把握英国王朝政治史，理解早期英国民族国家的现代发轫，乃至触及英国早期宪政史中从王者至尊到君主立宪的发生学演变，都有非同寻常的价值和意义。

说到都铎神话，首先要面对两个主题概念，即都铎王朝和历史神话。从基本含义来讲，都铎神话旨在为都铎王朝的建立提供一个历史合法性与正统性的解释。从后来历史学家们所谓的中立历史观来看，这种历史解释不啻一种神话构建，具有很多虚假或编织的成分，并非历史的真实。所以，都铎神话是一个后来历史学的词汇，在都铎王朝的亨利八世乃至伊丽莎白女王时代，并没有这样的神话构造之说。那么，为什么后来的历史学家要提出这样一个都铎神话的概念呢？显然也不是无中生有。在都铎王朝建立之际，尤其在亨利八世和伊丽莎白时代，朝野上下确实弥漫着为这个王朝正朔提供历史起源论证的滔滔言辞，不仅有各种版本的编年史，还有诸如诗歌和戏剧的文艺作品。对此，蒂利亚德在《莎士比亚的历史剧》一书的第一部分曾有过详尽的分析，这些文本都可以被视为一种有关都铎王朝历史神话的编织。①

---

① 参见蒂利亚德：《莎士比亚的历史剧》；以及蒂利亚德重点援引的历史都铎时期的历史学家爱德华·霍尔和霍林斯赫德的编年史著述。为此，蒂利亚德重点阐发了都铎神话这个概念，并在该书第一部分的第二章第五小节专门以"都铎王朝的神话"为题论述这个问题。他写道："历史不是对事件的记录，也不仅是对一个人功绩的致敬，而是严肃教训的宝库，最大的用处就是对现今的君主提供实际指导，薄伽丘在这里被引为主要权威。"蒂利亚德在另一部著作《伊丽莎白时代的世界图景》（裴云译，华夏出版社 2020 年版）中论及"两个都铎神话"，对第一个血统神话涉及的亚瑟王传说，和第二个玫瑰战争结束涉及的都铎王朝天定神话，有较为详细的考辨，并且他认为莎士比亚成长的经历受到这个神话的影响，表现在后来创作的《亨利六世》和《理查三世》之中。相关的议题，参见查尔斯·爱德华·莫伯利：《都铎王朝：1485—1547》，游莹译，华文出版社 2020 年版；希拉里·曼特尔：《镜与光》，刘国枝等译，上海译文出版社 2022 年版；辛雅敏：《都铎神话与莎士比亚》，载《史学月刊》2015 年第 5 期。

依据蒂利亚德的考察，在伊丽莎白时代存在着一种甚嚣尘上的关于英国历史的观念，这种观念甚至可以上溯到亨利七世时期，它们构成了"都铎王朝的神话"。"亨利七世继位之后，历史写作变得更为复杂，原因在于历史的方法有其自身的发展规律，而且都铎王室为了自己的目的，鼓励臣民用一种特殊的方式看待那些成就该王室继位的事件。"[1] 蒂利亚德详尽梳理了围绕着都铎王室，在一段时间内出现的各种可以纳入都铎神话的作品，时间跨度从马基雅维利在英国地域传播的时期，到亨利八世时期，甚至至伊丽莎白时代，其中较为重要的是如下几位著名人物的作品。首先是两位编年史家：爱德华·霍尔和霍林斯赫德，他们两人的作品具有鲜明的个人风格。前者简洁，集中于兰开斯特和约克两个家族分分合合的历史叙事；后者则较为宏阔，把诺曼王朝以来的英国史纳入编年史之中。此外，蒂利亚德还介绍了其他几位思想家和诗人剧作家的作品，例如来自意大利的学者波利多尔·弗吉尔的英国史篇章《从亨利六世到理查三世》，《乌托邦》作者托马斯·莫尔爵士的《理查三世史》（未完成），一群诗人的诗歌集《为官之鉴》以及著名诗人斯宾塞的《仙后》和沃纳的《阿尔比恩的英国》，等等。[2] 虽然蒂利亚德关于莎士比亚历史剧的研究，有自己基于古典宇宙秩序论和基督教神学等级论的偏好，其展现的伊丽莎白时代的世界图景和莎士比亚戏剧中的层级、秩序和神学谱系未必获得学术界的广泛认同，[3] 但他对都铎王朝历史神话的梳理却贡献良多，它们形成了莎士比亚历史剧创作的思想背景和观念语境，对我们解读莎士比

---

① 参见蒂利亚德：《莎士比亚的历史剧》，第 31 页。
② 同上书，第一部分和第二部分第二章的相关论述。
③ 参见蒂利亚德：《伊丽莎白时代的世界图景》，裴云译，华夏出版社 2020 年版。

亚的历史剧帮助很大。

总体而言，虽然上述各家在偏重或尊崇某个王朝君主方面立场、观点有所不同，甚至互相对峙，但一个关涉五百年尤其是三百余年英国王朝史王权赓续的基本事实还是大体一致的。从爱德华三世开始，由于这位君主生有七个儿子，因此衍生出来关于兰开斯特王朝与约克王朝之间的纷争，这里还贯穿着英法百年战争以及惨烈的内战——红白玫瑰战争，最后由亨利七世继位开启了都铎王朝。根据流传下来的历史传说，爱德华三世生有七个子嗣，分别是黑太子爱德华（曾被爱德华三世加封为切斯特伯爵、康沃尔公爵和威尔士亲王）、兰开斯特公爵冈特的约翰、葛罗斯特公爵托马斯、兰利的埃德蒙约克公爵，以及早夭的威廉、布兰奇等。由于爱德华三世宠爱的骁勇善战的黑太子过早去世，英格兰王位最终是由黑太子最小的儿子理查二世直接从祖父爱德华三世手中继承。1377 年理查二世即位时还不到十岁，王国实权由叔父兰开斯特公爵冈特的约翰把持。另一个叔父葛罗斯特公爵托马斯也野心勃勃，企图摄政。理查成年后对他们进行报复，1397 年托马斯被捕后未及受审就暴死在狱中，公爵头衔被废除；理查二世还驱逐了冈特的约翰的长子、自己的堂弟波林勃洛克的亨利，并在 1399 年约翰去世后没收了兰开斯特家族的财产和领地。不久亨利在国王远征爱尔兰时举兵拘捕了国王，并让国会同意将理查二世废黜，由亨利即位，即亨利四世。由此，金雀花王朝结束，兰开斯特王朝开始。

英格兰王朝此后三百年便是两个显赫家族的王权纷争，最后终结于亨利七世创建的都铎王朝。① 问题的关键并不在于上述两个王朝赓续传继的历史事实，而在于王朝统绪嬗变的正统与否之辩，这关涉废黜、禅让、篡位、谋逆、继承、复辟和联合等一系列重大的王权问题。因此，都铎神话的编撰就具有了举足轻重的意义，成为英格兰王朝史上的论辩焦点。莎士比亚的生活和创作主要集中于伊丽莎白一世时代，其思想立场和作品内容不可能不受到都铎王朝意识形态的影响，甚至还有某种参与其中的隐含企图。所以，他的十部历史剧对上述诸多文本的题材选择、取舍加工、文学编辑等，都与这个都铎神话密切相关。②

关于都铎神话涉及的王朝正统之辩，上述内容主要体现在如下两个层面：一个是核心层面的有关都铎王朝的正统性，一个是如何看待作为都铎王朝前身的兰开斯特和约克两个王朝自身及其嬗变演绎的正统性。可以说，莎士比亚的十部历史剧尤其是两个四联剧深入参与了

---

① 参见霍尔《兰开斯特与约克两个显赫高贵家族的联合》各章的标题："一、国王亨利四世的动荡时代；二、国王亨利五世的成功举措；三、国王亨利六世的困难岁月；四、国王爱德华四世的繁荣统治；五、国王爱德华五世的可怜生活；六、国王理查三世的悲剧作为；七、国王亨利七世的精明治理；八、国王亨利八世的胜利统治。"转引自蒂利亚德：《莎士比亚的历史剧》，第 47 页。

② 也曾有论者撰文从文学创作的历史真实的视角讨论这个问题，认为莎士比亚是一位英国编年史的编抄者。他的历史剧中有很多对历史事实中人物、时间、地点、场景等方面的改变。这些当然是客观存在的，至少也是可以讨论的。莎士比亚不是历史学家，而是文学剧作家，他对事实有自己的文学加工和虚构，史实之于他只是存在的素材。不过，还有另外一个更重要的方面，莎士比亚对历史素材某种程度的取舍、加工、虚构和编撰，除了想达到更佳的戏剧艺术效果之外，还体现了他关于历史认知的某种思想观念，是为他的创作主旨服务的。参见傅光明：《戴面具的伊丽莎白：莎士比亚戏剧中的真历史》，中国青年出版社 2023 年版；另参见马里奥特：《莎士比亚戏剧中的英国史》。

上述两个层面的问题之争，或者说，莎翁英国历史剧就是围绕着上述两个层面的问题，尤其是第一个层面的问题展开的。在这些戏剧中集中贯穿着莎士比亚对王朝政治的观点和看法，贯穿着他具有独创性的都铎王朝的史观，也可以称之为都铎神话或"辉格化"的莎士比亚历史观。[①]

先看第一个层面，这也是都铎神话或都铎王朝意识形态、历史观念的核心议题，即都铎王朝是英国自诺曼征服以来王朝赓续之合法性传承的唯一正统王权，其直接的体现形式来自兰开斯特和约克两个王朝的联合，王权资格得到基督教会的加冕，具有王权神授的意义。关于这方面的内容，在蒂利亚德援引的一系列文本中似乎没有任何疑义。霍尔在《兰开斯特与约克两大显赫高贵家族的联合》标题页的一段总结性语言，恰当地表述了编年史学家们的认同："兰开斯特与约克两大显赫高贵的家族，曾为争取这高贵王国的王位而长期纷争，一切都发生在两大家族的国王们在位期间，关涉这两脉王族血统。从国王亨利四世这位分裂的始作俑者开始，成功地推演至高贵审慎的国王亨利八世之统治，亨利八世就是这两脉血统毫无疑问的巅峰和继任

---

① 关于"辉格化"的英国史观在莎士比亚历史剧中的作用，参见蒂利亚德《莎士比亚的历史剧》第68—69页的一段话，他在论及王朝嬗变及其善恶报应这种历史叙事模式时写道："在都铎王朝历史的这种一般模式中一定有其他的变化，但它们都没有这一结构本身重要。要判断这一重要性，我们可以思考英国历史的另一个重要模式，这个模式也许可以叫做辉格模式，它可能是从1688年以后开始形成的。"他认为都铎模式大致与这类辉格模式相类似，对此知悉者甚少，只有受过良好教育的更有思想的那部分人才会持有，但在莎士比亚的历史剧中却是存在的。对此蒂利亚德并没有予以展开。其实，我认为这个洞见非常有意义，包含丰富的内容，"辉格化的莎士比亚历史观"对我们解读莎士比亚历史剧具有指导性的意义，具体内容参见本书第三部分的相关论述。

者。"①除此之外，霍尔还从更高的基督教神学的角度，论证了两个王朝在亨利七世（至亨利八世）的联合，不仅是血统性的联合，而且通过神性对男女婚姻的祝福，使两个王朝因血缘纽带而形成的都铎王朝具有了神圣联合的意义。②与此相关，"霍尔在描述亨利七世加冕礼的时候说道，他'获取并享受'这个王国，'并把它视为上帝选择并提供给自己，因着他的特殊权力和高风亮节才理解和实现的。'"③

总的来说，上述诸家所论，基本上从血缘（婚姻）继承、神圣加冕和战争胜利（胜者为王）等几个方面论证了都铎王朝王位资格的正统性与合法性。对此，莎士比亚的历史剧也深受其影响，他一系列的作品也是从上述三个主要方面予以戏剧性地展开的。在莎士比亚的两个四联剧，尤其是由此形成的三个同心圆的时间结构中，亨利七世（其前身里士满伯爵）所代表的都铎王朝乃是全部英国历史剧的最终旨归。例如，《理查三世》中亨利六世对年幼的里士满伯爵的特别恩宠，以及剧情结尾处对红白玫瑰两家联姻使英格兰王室后嗣复归正统的祝福，还有《亨利八世》第五幕第五场对未来女王的礼赞。这些都表明莎士比亚对都铎神话的主流观念基本上是认同的，他的历史剧也是符合这个都铎意识形态的官方主调或基本模式，把都铎王朝尤其是亨利八世直至伊丽莎白时代视为英国封建王朝历史传承赓续的一个新阶段。但是，莎士比亚并非完全与霍尔等人的历史观念及其对亨利八世的尊崇相一致，他在自己的历史剧中还有着独创性的新认知和新观念，或者说，他并不仅仅从传统封建王朝延续更替的角度看待都铎王朝及亨

---

① 转引自蒂利亚德：《莎士比亚的历史剧》，第46—48页。
② 参见蒂利亚德：《莎士比亚的历史剧》，第48页。
③ 参见蒂利亚德：《莎士比亚的历史剧》，第55页。

利七世、亨利八世的王权正统性，赋予"联合"而成的这个都铎王朝以合法性，而是超越了霍尔、波利多尔、霍林斯赫德的传统封建观，注入了来自马基雅维利、托马斯·莫尔等思想家所揭示的早期现代民族国家之王权转型的内涵。莎士比亚两个四联剧所展示的诸位君主的权能、德行、举止和命运，以及呈现的内外战争、宗教纷争、君臣关系、朝廷政议、市民生活、人文风姿等，无不表明都铎王朝亨利八世乃至伊丽莎白时代，英国已不再是一个传统的封建社会，而是行将步入一个早期现代的新时代。

对于这个逐渐孕育出来的民族国家，莎士比亚具有某种自觉，这也是他在系列历史剧中试图表现的东西。正是这些内容使他参与的都铎神话不再属于传统的封建王权观，而是具有了早期现代国家发轫的意义。① 从这个视野把莎士比亚的王朝史观纳入"辉格史观"的类型

---

① 对莎士比亚生活于其中的都铎王朝，尤其是伊丽莎白女王时代，英美史学界历来有不同的看法，相关论述可谓一波三折，汗牛充栋。参见孟广林、温灏雷的介绍文章：《建构、突破与"回归"：晚期中世纪英国政治史书写范式的流变》。他们指出："西方史学界尤其英国史学家对'晚期中世纪'这一语境的运用经历了数次变迁：从最初的'黑暗''血腥''动荡无序'，到寻找与近现代历史的'延续性'，再到清算辉格史学的遗产，随后又显示出步入'碎片化'的趋向。随着'新宪政史'一派'回归斯塔布斯'之呼声的滥觞，强调叙事历史之理性回归的理路渐次凸显。"依照他们的分析，在英国政治史的研究中，先是有主流的"从都铎历史叙事"到"辉格史学"的转移。但这个转移也有自己的短板，即无法解释都铎王朝的君主专制时代何以催生了资本主义的萌芽和发展。鉴于此，此后就出现了"麦克法兰范式"的建构，试图对都铎王朝时期的社会经济及政治结构给予某种早期宪政主义的解释，以破除前面两种历史解释范式的困境，即都铎史观对兰开斯特与约克两个王朝将英格兰带入黑暗时代的指控，和辉格史观对都铎王朝的君主专制致使社会发育受到扼杀的片面说辞。晚近以来又出现了新宪政派，他们具有综合前述三个解释范式的理论优点，能够理性地看到这段重要的英国晚期中世纪政治状态，需要注意的是避免破碎化的专业分析，从而提供一种演进化的（转下页）

也才说得通。辉格史观的一个突出特征就是"六经注我",以当下政治语境及其历史学家的立场来分析和解读过往历史。① 当然,这只是一种方法论的比附,莎士比亚乃至都铎王朝的编年史家和文人骚客并没有后来历史学家如此清楚的党派意识形态偏见,而是基本上都接受关于亨利四世以来英格兰处于混乱无序之战争状态乃是由亨利七世开辟的新王朝重整河山的都铎史观,或者说他们是在王室的授意或默许与鼓励下共同参与构建了都铎史观。由此,以"六经注我",再反之以"我注六经",这种关于王朝历史溯源的做法当然是一种"神话"的编织方法,具有编织和炮制的目的,把都铎王朝的历史观乃至光荣革命

（接上页）大历史观。参见《社会科学战线》2020 年第 11 期。有意思的是,这篇文章所分析的英美史学界对晚期中世纪英格兰政治史的三种理论范式,恰好从一个侧面佐证了本书关于莎士比亚历史剧的一个基本观点。那就是,莎士比亚的历史剧表现出:一方面赞同都铎史观的历史神话叙事,接受英格兰红白玫瑰时代处于英国黑暗之状况,认可都铎王朝的统一国家之功;另一方面,又不是无原则地礼赞都铎王朝的大一统,而是接受辉格史观的早期宪政主义叙事,通过君主的卓越美德、超凡智勇和"王在法下"对其威权恣意予以限制。这样一来,就又不同于辉格史观对都铎王朝的刻意贬低和由此带来的理论困境,反而与麦克法兰的宪政史观相默契,即试图从都铎王朝的有限君主专制主义中挖掘出辉格主义的宪政内涵。也就是说,莎士比亚历史剧其实反映出上述三种历史叙事模式各自的理论特征,并且能够把它们融会贯通地结合在一起。当然,这是本书对莎士比亚历史剧的解读,莎士比亚作为戏剧文学家,自己究竟是如何认识的,我们不可能知道,他也不可能提供相关的理论,我们只能通过其作品予以解读。正如千人眼里有千个哈姆雷特一样,千人眼里也有千个莎士比亚,本书作者也有自己的莎士比亚,相关的戏剧分析,参见本书的第二部分,具体的理论分析,参见本书的第三部分。

① 关于辉格史观这个拟制历史的特征,参见巴特菲尔德:《历史的辉格解释》,张岳明等译,商务印书馆 2012 年版;Hallam, H., *The Constitutional History of England: from the Accession of Henry VII to the Death of George II*, London: Alex Murray and Son, 1871;裴亚琴:《17—19 世纪英国辉格主义与宪政传统》,中国社会科学出版社 2014 年版。

后辉格党人的历史观视为一种神话史观，也有其合理的依据。但问题在于，究竟是否存在纯粹客观的历史叙事或历史观呢？这个问题涉及历史哲学和历史神学，至今众说纷纭，莫衷一是，在此我们不予深论。

都铎神话的第二个层面，是在第一层面认同都铎王朝之联合统一的基础上，对兰开斯特王朝和约克王朝各自王权资格的正当性论辩。其中涉及王权嬗变的正统性问题，不同作家相互之间存在着很大的差异，甚至相互对峙。例如，有论者对理查二世及其父亲的加冕继位有疑义，亨利四世的王权资格更是存在着很大的争议。亨利四世对理查二世的罢黜和其自立为王，是否属于一种叛逆篡权；兰开斯特王朝的王权合法性以及与此相关的理查三世及其父亲约克公爵对亨利六世的反叛，是否属于王权资格的匡正与复辟；亨利七世对理查三世所代表的约克王朝的王权合法性属于何种匡正和复位，等等。[①]这些具体的王朝以及君主王权资格的正当性问题，都是第二个层面所要讨论的内容。

此外，关于诸如理查二世、亨利四世、理查三世、亨利七世这些君主的上位以及前朝关系所涉的血缘统绪、宗教纷争、战争胜负、贵族帮派、王后子嗣，还有这些君主的权能、德行、行谊、作为等，

---

① 参见蒂利亚德在《莎士比亚的历史剧》第一部分背景的分析，以及其他英国史的论述，尤其是休谟的《英国史》（第二卷），即第十二章《亨利三世》到第二十三章《爱德华五世与理查三世》。参见休谟：《英国史》（第二卷），刘仲敬译，吉林出版集团有限责任公司 2012 年版。另外，关于兰开斯特王朝的开国者亨利四世的王位合法性问题，参见孟广林：《"革命"或篡权：亨利四世王位"合法性"的确立》，载公号"一瓢"网文；另参见孟广林：《英国封建王权论稿——从诺曼征服到大宪章》，人民出版社 2002 年版；孟广林：《西方史学界对中世纪英国"宪政王权"的考量》，载《历史研究》2008 年第 5 期。另参见 Wilkinson, B., *Constitutional History of Medieval England in the Fifteenth Century*, New York: Barnes and Noble, 1964; Tuck, A., *Crown and Nobility, 1272—1461*, London: Routledge, 1985。

不同作家的看法和评价不尽相同，从而形成了第二个层面的诸多争议点。例如，作为英格兰贵族，霍尔撰写的《兰开斯特与约克两个显赫高贵家族的联合》一书就是从亨利四世开始叙述的，他的书可谓亨利四世到亨利八世期间的英国编年史；而当时的意大利学者波利多尔则强调批判性的历史观，强调古代历史的道德传统和使徒精神。虽然他并不否定亨利四世的功绩，但仍然认为亨利四世是一个篡位者；至于托马斯·莫尔则对理查三世的政治统治投入了极大的热情，他的《理查三世史》虽然没有完成，但对理查三世的暴政显然给予了猛烈的批判，并表达了对公共良善的理想政治秩序的期望；其他的一些作品（文学诗歌如《为官之鉴》《仙后》和《阿尔比恩的英国》等）则强调亨利七世的开国之功，他们笔下的都铎王朝不但联合了英格兰过往两个王朝的血缘和法统，而且作者们还富有想象力地把都铎王朝的辉煌统治与苏格兰、爱尔兰以及威尔士的远古史联系起来，试图构建一个大不列颠的都铎王朝。

莎士比亚当然或多或少地浏览和参阅过这些观点，有意无意地接受他们的影响。由于莎翁是通过一幕一幕传统五幕剧的戏剧方式加以创作的，不同于编年史家，因此，他更为关注每个君主政治的情节内容，且每一部戏剧都包含着他对君主王权及其行使等方面的具体看法，由此形成他在文学作品背后的王权历史观。虽然莎士比亚在素材、资料等方面大量吸收了编年史家的记录，但任何一部戏剧，尤其是两个四联剧，都是莎士比亚的独立创作。固然有论者说莎士比亚的历史剧只是文学，不是历史，情节内容多有艺术想象，不属于史实，但应该指出，莎士比亚的历史剧还是大量地取材于真实的历史，即便有些虚构的成分，也是为了更深入地表达他的历史观，或许比编年史家更真实地揭示了历史的本质。所以，从这个意义上看，莎士比亚的历史剧并没有完全接受上述人文史家对那些王朝开国君主的看法和评价，而是吸收了他们的观点，并超越了他们。例如，莎士比亚的《亨利六世》《理查三世》《理查二世》《亨利五世》和《亨利八世》，就不是照搬某些编年史家和思想家诸如霍尔、霍林斯赫德、莫尔以及某种马基雅维利式的看法，而是在一个更高维度的都铎神话的统一性上编织他的英国王朝历史和王权政治的路线演进图，并以此评鉴他笔下的人物，尤其是诸多君主的行谊举止、征战帷幄和跌宕命运，这才是作为戏剧文学典范的莎士比亚历史剧。①

---

① 马里奥特分析道："莎士比亚与文艺复兴、宗教改革、农业革命、都铎专政、新教主义、议会崛起、列强平衡、伊丽莎白时代的海外探险、荷兰起义、无敌舰队战败等等又有什么关系？这些事情是否只不过是以一种最间接的方式影响到莎翁对英国历史的解读，影响到他对历史人物的刻画、对政治的把握、对生命的反思？用历史背景来解读莎士比亚的作品当然还需做更多工作，但以上初步论及的诸方面确实与其作品相关联。莎士比亚绝不是一个胸无天下的英国人，而是一个世界公民；他的写作旨归不局限于某个时代。不过，尽管其具有普世性的眼光、毫无狭隘偏颇之相，但他对国家的热爱诚挚超群。作为作家，他可谓是一个标准的、无可争议的时代产物。他的戏剧作品证明了他属于文艺复兴时期的英格兰，而他以英国历史为素材的剧作则最为突出地、准确地反映了他所处时代的精神。"参见马里奥特：《莎士比亚戏剧中的英国史》，第261—262页。

想象中的英国：其他王国剧与罗马剧

论及莎士比亚的历史剧，一般指的是十部英国历史剧，尤其是早年创作的两个四联剧，这是国际莎学领域的通识。但纵观莎士比亚一生创作的戏剧作品，从一个更为广阔的视角来看，莎翁历史剧却远非如此简单和明确。如果说十部历史剧是狭义的莎士比亚历史剧，那么其实还有一个广义的较为宽泛的莎士比亚历史剧。狭义历史剧直接以英国的王朝历史为内容，而广义历史剧则要复杂得多。它们或以周边其他国家的历史内容为戏剧主题，或追溯更为远古的罗马历史内容。但这些剧作的指向或内涵则是针对英国的，或者说是与莎士比亚戏剧中凸显的英国民族国家的早期孕育密切相关的，都属于莎翁历史剧的范围。

具体地说，在莎士比亚的戏剧作品中，有别于十部英国历史剧的其他历史剧，又大致分为空间和时间两个层次。第一种类型是空间性的，即以两个四联剧中英国王朝为对标的相同时代其他王国的历史内容为题材，形成地缘意义上的以英国为中心或模拟中心的历史剧。例如，以久远的不列颠王国为故事情节的《李尔王》（创作于 1606 年）

和《辛白林》（创作于 1608—1610 年），发生在苏格兰王国的《麦
克白》（创作于 1606 年），发生在丹麦王国的《哈姆雷特》^①（创作于
1599—1602 年），以及在商业共和国威尼斯发生的《奥赛罗》（创作于
1603 年）和《威尼斯商人》（创作于 1596—1597 年），这些王国和城
市共和国的发生地都在英格兰周边或不列颠岛，以及北欧和南欧，前
者是英格兰自诺曼征服以来的民族发源地，甚至追溯到罗马人侵占之
后，它们具有蛮族王制的性质；后者则是环绕地中海的意大利商贸地
区，具有文艺复兴时期的新兴资本主义的性质。这些地域发生的戏剧
故事，尤其是王位辗转流变的朝廷故事，都与英国（英格兰）王朝的
过去与未来有着一定的关系，或者是莎士比亚心中拟制的英国王权故
事。例如著名的《哈姆雷特》据说就是以詹姆斯一世为原型拟制的。
李尔王分割国土给三位女儿的故事则象征和预示着英格兰的分权与联
合。至于威尼斯贵族共和制的执政首脑公爵以及法庭裁决、商贸信誉
等背景（莎士比亚另外一部著名的市民爱情悲剧《罗密欧与朱丽叶》
也发生在维罗纳），则与英格兰的贵族议会和传统法治的宪制底色或多
或少地有着某种隐含的联系，预示着某种类型的君主立宪制的曙光。
总之，这些处于地缘政治区域的戏剧故事，构成了莎士比亚戏剧作品
的重要内容，有些是属于莎翁最为经典的伟大作品（所谓四大悲剧），
有些其实也可以纳入莎士比亚历史剧的范围，因为它们或直接或象征
地以英国王朝历史为隐含的中心或旨归。莎士比亚创作它们的时候心
中未必不存在着某种隐秘的英国民族情结，隐含着某种伊丽莎白女王

---

① "哈姆雷特"在汉语译本中，又译为"哈姆莱特"，本书一律采用"哈姆雷特"的
　　译名，后文不再另做说明。

时代的帝国梦，这个大英帝国的光辉盛世果不其然是在维多利亚时代完成的。

相较于上述空间形态的英国历史剧类型，莎士比亚还有着另外一种基于时间形态的历史剧探索。他创作的多部以罗马政治史为题材的历史戏剧，学界一般称之为莎士比亚的罗马剧，以《尤利乌斯·凯撒》（创作于 1599 年）、《安东尼与克莉奥佩特拉》（创作于 1607—1608 年）、《科利奥兰纳斯》（创作于 1607—1608 年）三部戏剧为代表。为什么莎士比亚要创作罗马政治题材的戏剧，而且特别精心地创作了这三部戏剧，这当然不是随意的，而是别有用心的，蕴含着莎翁很深的用意。我认为与他的政治理想和对英国王权的寄托有着很大的关联，它们构成了更为深远的英国历史剧的时间纵深，与地缘环绕的英国历史剧的空间架构形成了相互配合的关系，由此承载着一个莎士比亚的英国民族史的未来崛起的构想。这当然比封建王朝的都铎神话史观要宏大得多，具有早期民族国家开局的意义。莎士比亚心中对标的梦中英国是远古的罗马共和国（乃至罗马帝国），他心目中的英国君主是凯撒那样的罗马英雄，而英国王朝统治的国土地域是可以容纳周边邻邦的广阔领域，当然其王权体制也要探索一种新的形式，采取匡世济民的法治，从而实现真正的国富民强，具有泱泱大国风范。

其实，关于都铎王朝的历史叙事，早在亨利七世时代就有更为复杂的说法，蒂利亚德在《莎士比亚的历史剧》中曾指出，都铎王朝时期主流编年史家建立的那套都铎神话史观，以霍尔为代表，只是突出表述了都铎王朝正统性的一个源流，并且予以放大凸显，"两个显赫高贵家族的联合"成为主导意识形态，而忽视了另外一个源流。据他记载，亨利七世对他的王位称号并不满意，于是推行了两个历史观念，它们成为重要的国家主题。第一个观念是通过与约克家族女继承人的联姻，将约克和兰开斯特两大家族联合起来，这里有着上天注定的天命含义，也是霍尔在编年史中大力阐发的，莎士比亚的两个四联剧显然也受到了很大影响。但是，除了两个家族的联合之外，亨利七世还有另外一个观念，那就是他的威尔士血统也使他有资格继承英国王位。他不仅宣称祖先是亨利五世遗孀的丈夫欧文·都铎，即最后一位不列颠国王卡德瓦拉德的直系后裔，而且还暗示这个关系与那个古老的威尔士迷信——亚瑟王没有死，还会回来——有着某种关联。这种试图把都铎王朝的历史溯源到古老的亚瑟王及其转世继承的想法，不仅亨利七世有，而且在伊丽莎白时代也有。伊丽莎白时期常常被称为黄金时代，不禁使人联想到亚瑟王传说中的黄金时代的降临。甚至到了斯图亚特王朝，这种观念也没有中断，由于詹姆斯一世的身世与亚瑟王传说的背景关系更为复杂，更加激发了人们的想象力。著名诗人斯宾塞的长诗《仙后》叙述的便是这类历史想象，其炮制的都铎王朝历史神话不仅是撒克逊的，也是不列颠的。"斯宾塞的确为伊丽莎白做出了最夸张的宣称。无视都铎王朝把约克和兰开斯特两大王室家族联合起来只是英国历史大篇章中的一个小节，斯宾塞把伊丽莎白女王的黄金时代描绘成一个广阔进程在神的属意下获得圆满的结局。而这一进程始于那个遥远而辉煌的过去，也即特洛伊人登上不列颠征服了它强大的民族。"①

---

① 参见蒂利亚德：《莎士比亚的历史剧》，第34页。与此相关的是，蒂利亚德在《伊丽莎白时代的世界图景》中提出了两种都铎神话的说法，对此我在前面的注释中有所提及。参见蒂利亚德：《伊丽莎白时代的世界图景》。有意思的是，与蒂利亚德有关两种都铎神话的说法相关，近期中文网站流行的一篇较长（转下页）

对于上述的史家篇章和诗人情怀，莎士比亚当然是略有所知，有些甚或是仔细研读的。如何创作自己的戏剧作品，采取何种史观，他肯定是殚精竭思、周密考虑的。通观莎翁一生的创作，历史剧无疑占据重要的地位。不过，他在形式上还是采取了一种非常智慧或政治成熟的方式，把作品分为不同的类型，从而把自己对历史与政治的思考凝聚其中。但他又不直接与当世的伊丽莎白时代相勾连，对伊丽莎白女王时代的君臣保持着难得的缄默。首先，他青壮年时期创作的十部历史剧，尤其是两个四联剧，主要是接受霍尔以及霍林斯赫德的史观并大量使用了他们的历史资料文献。从形式上看，它们叙述的是两个王室家族恩恩怨怨、分分合合的历史故事。即便如此，他也不是照搬，而是注入自己的理解和发挥，有着自己的三重复合的时间结构，从

（接上页）的翻译网文《"我们的英格兰是一个帝国"：都铎王朝通过宣传庆典重塑传说来为帝国统治辩护》（据说译自英文网文 *This Realm of England is an Empire: The Tudor's Justification of Imperial Rule Through Legend by Propaganda and Pageantry*）也大为流传。该文对都铎王朝的大不列颠历史起源及其帝国雄心有着某种臆想性的夸张描绘，还援引了多种资料文献，例如著名诗人斯宾塞的《仙后》、亨利八世宗教改革法规，以及各种不列颠、威尔士、爱尔兰和苏格兰的古代编年史，还有一些遥不可考的传说故事，从而论证都铎王朝的几位君主亨利七世、亨利八世以及伊丽莎白女王，他（她）们一直试图"捍卫英格兰从教皇的权威中独立出来的地位，都铎君主长期以来不仅为他们对英格兰的统治辩护，也为威尔士、苏格兰和爱尔兰的统治辩护，并将继续这么做。都铎王朝的君主们宣布他们的家谱可以追溯到布鲁图斯、君士坦丁大帝、亚瑟王和卡德瓦拉德等人物。他们鼓励在庆典和宣传中宣扬合法地位，不仅在英国，而且在整个欧洲面前展示"。我查找了一下，虽然此文是一篇未发表的习作，作者 Tanya Reimer 是一位不知名的作者，但此文的主题还是较有吸引力的，对我们解读莎士比亚历史剧也有某种可资参考的补充意义。我不知道该英文网文是否受到蒂利亚德的启发，蒂利亚德关于两种都铎神话的文章是他于 1959—1960 年在剑桥大学三一学院克拉克系列讲座的一个讲稿，并于 1962 年作为第三章收录于美国出版的《神话与英式思维》，现中文稿作为附录收录于《伊丽莎白时代的世界图景》中文版一书。

《亨利六世》开始创作,这就是一个标志。但莎士比亚并没有满足于此,他在此后的创作中,显然突破了单纯英国封建史的狭义王朝叙事,而是在空间和时间两个维度大力拓展了关于历史剧的广义叙事,这就是前文所指出的周边王国或发生或拟制的历史剧和以罗马共和国及其转型为帝国之际为故事背景的罗马剧。这两类数部戏剧,虽然与爱德华三世以来的英国封建王朝史没有直接的关系,但那只是从外在情势来看的,若深入考究,或许也是莎士比亚知晓同时代诗人们渲染的亚瑟王传说及其在伊丽莎白时代的复活等滔滔文辞,又不满足于此,受其激发从而在更广阔和深远的视野上,重新编织一个关于英国历史的大篇章。

　　总之,莎士比亚上述两类数部戏剧涉及政治秩序、国家政体、君主王位、王权继承以及统治形式、治理能力和王者德行等内容,从更广阔的视角来看,我认为应该把它们视为广义的莎士比亚历史剧,甚至视为莎士比亚的英国历史剧。关于第一层,视为历史剧,这个争议不大。例如,莎士比亚的罗马剧就是历史剧这没有什么争议,而诸如《哈姆雷特》《麦克白》《李尔王》等是否属于历史剧,在莎翁学界似乎并没有定论,但很多学者还是赞同把它们纳入莎士比亚历史剧的范畴。例如,蒂利亚德就把《麦克白》列入他有关研究莎翁历史剧的章节之中。[①]问题在于第二层,即是否可以把莎士比亚关于周边王国的政治

① 参见蒂利亚德在《莎士比亚的历史剧》中关于《麦克白》的分析:"这部戏剧是莎士比亚最后一部重要的悲剧,也是其历史剧的终曲。"《麦克白》延续并涵盖了莎士比亚最严肃和最深入人心的政治主题:罪行的展开、对恶人的惩罚以及都铎王朝的建立。"《麦克白》不仅是一部伟大的悲剧,不仅将个体和宇宙与政治主题结合起来,而且通过表现如何将所有这些特点比例恰切地融合起来而代表了他那个时代。"第349、351、352页。

剧，尤其是罗马剧视为广义的英国历史剧。一般说来确实是没有这样的说法和论断，研究者不外乎认为诸如罗马剧是针对英国历史剧的一种借鉴性的对照，莎士比亚创作它们是为了呈现英国封建王朝之外的一种政制景观，以提醒观众从多个方面对比性地阅读和观赏他的英国历史剧。上述说法当然有道理，也符合常识，对此我也大体赞同。表面看确实如此，英国历史剧是历史剧，罗马剧也是历史剧，它们可以分别排列，至于四大悲剧等戏剧，既是涉及人物命运的政治剧，也是涉及历史内容的历史剧，多方兼备也说得通。

但我并不完全赞同上述通行的说法。我认为这些涉及政治与历史的戏剧，仍然属于广泛意义上的英国历史剧。其原因在于，这些戏剧的创作主旨并非独立自持，而是隐含着莎士比亚理想中的英国情结。虽然莎士比亚在直白的话语中从未公开说出，但贯穿在戏剧作品之中的深刻内涵，都埋藏着一个梦想或者一个期望，那就是他心目中的英国，他是为这样一个梦中的英国而创作这些作品的。当然，这个埋藏于心的英国，一部分是他生活其中的都铎王朝之伊丽莎白时代，但又不全然如此，还有其他东西。这些东西，有些是他感知到的，也是他通过各种戏剧人物之口说出来的，有些则是他还隐隐约约不甚清楚的。他毕竟只是一个文学家，不是理论家，他无法从理论上解释和表述他所感知的自文艺复兴以来的那些新的国家风貌，尤其是来自马基雅维利的思想观念的冲击，这些东西从后来史学家们的理论谱系来看，都属于早期现代民族国家的构建范畴，它们自然与英国封建王朝君主王位的嬗变承继大不相同，这也是莎士比亚不同于编年史家的地方。①

至于选择创作三部罗马历史剧，莎士比亚也不是随意的。他选择罗马历史题材，虽然从资料方面主要是使用了普鲁塔克《希腊罗马名人传》②这部英国人耳熟能详的大众读物，但其抓住的关键时间点和人物行状却是颇有深意的，可以说对英国王朝政治具有重大的借鉴意义。莎士比亚三部罗马剧主要选择了罗马共和国的两个重要的时间，一个是确立和巩固共和国执政官的时段，一个是共和国面临危机转为独裁制帝国的时段。这两种非常深刻的政治状态和领袖人物的决断意志及其贵族同侪的作为，尤其是悲剧性的命运结局，无不对处在上升时期的都铎王朝黄金时代的君主具有警示的意义。

在《科利奥兰纳斯》一剧中，莎士比亚试图通过罗马共和国围绕着执政官制度，讨论贵族精英（元老院）与平民大众（护民官为代表）在国家面临存亡危机的时刻，选择一位英勇卓著但又个性孤傲的领导者时所面临的政治难题，这显然在揭示一个共和国的政治治理机制及其领导者的军功、能力和高贵德行与平庸大众的眼前利益及其丑陋德行的协调关系，以及难以解决的矛盾所导致的贵族英雄因与流俗民众对峙而遭牺牲的悲剧，其蕴含对英格兰君主国家的参考与借鉴也是不言而喻的。如何治理一个国家，君主作为首脑如何协调枢密院（类似共和国的元老院）与平民院之间的关系，还有君臣各自的政治伦理德行，等等，这些都是王朝国家所要考虑的，科利奥兰纳斯的悲惨命运

---

① 马里奥特写道："总体而言，莎士比亚不是政治家，他只是一个剧作家，但作为一个剧作家，他从来没有放弃自己的公民身份。他绝对是个爱国者，对国家的脉动高度敏感。"《莎士比亚戏剧中的英国史》，第 59 页。

② 参见普鲁塔克：《希腊罗马名人传》，黄宏煦等译，商务印书馆 1990 年版。

以及罗马共和国的升降浮沉，值得借鉴。在《尤利乌斯·凯撒》和《安东尼与克莉奥佩特拉》两部戏剧中，莎士比亚更是浓墨重彩地描绘了罗马从共和国转向帝国的关键时刻所发生的一系列重大的历史变故，以及众多历史人物的命运沉浮和彪炳史册的德行伟业。在这两部剧作中，莎士比亚无疑隐含着更为宏大的深意，他试图为英格兰政制的未来发展提供一个可资借鉴的蓝图参照，以及所可能遭遇的各种挑战，这不能不说是体现着莎士比亚作为历史哲人的某种政治想象力。①

应该指出，莎士比亚即便是在伊丽莎白女王统治时期，对这个所谓都铎王朝的黄金时代有着足够的尊崇，也还是保持着自己的政治独立性，并非一味地歌功颂德，没有完全顺从都铎王朝的历史神话构造。

---

① 阿兰·布鲁姆指出："简而言之，莎士比亚是一位卓越的政治作家。……政治生活……在古典意义上，它是演绎最广阔、最深沉、最高贵的激情与美德的舞台，而政治人物似乎也曾是诗歌最有趣的主题。""莎士比亚的人性并不局限于英格兰，他写作的目的也不只是为了将英国人塑造成英格兰的良好公民。人类面临一系列根本的难题，我认为莎士比亚想描写所有状况，假如有人能逐个理解莎士比亚的所有戏剧，他将会看到生命中每一个可能的重要选择的结果，将会深刻感悟每一个高尚灵魂的特征。"参见《莎士比亚的政治》，第4、9页。另外，阿格尼斯·赫勒说："莎士比亚的戏剧呈现了其独一无二的历史哲学、政治哲学以及（非）道德的人格哲学。"参见阿格尼斯·赫勒：《脱节的时代——作为历史哲人的莎士比亚》，吴亚蓉译，华夏出版社2020年版，第2页。彭磊也论述道："莎士比亚绝非仅仅意在复活一个逝去的罗马世界，他当然是以罗马来讲自己的故事。罗马剧不仅仅是'罗马的'，而关乎永恒的政治哲学问题。我们在剧中看到科里奥兰纳斯激烈批驳共和制和民主制，尤利乌斯·凯撒面对着如何使共和制转向君主制的棘手难题，布鲁图斯体现着哲学与政治的紧张，安东尼陷入荣誉与爱欲的冲突。……所有这些都会引领我们思考：何种政制最好？共和制有何缺陷？荣誉是否至高价值？荣誉是否需要与权谋结合？私人性的爱欲是否有意义？理解这些问题有助于我们更深层地把握人物的性情。反过来，辨识人物的性情也会使政治哲学思考具体可感，毕竟认识人与人的差异是政治哲学的应有之义。"彭磊：《凯撒的精神——莎士比亚罗马剧绎读》，四川人民出版社2023年版，第7页。

他一方面对时势保持缄默，另一方面又创作出罗马历史剧，尤其是凯撒、布鲁图斯、安东尼、屋大维，这说明什么呢？说明莎士比亚从另外一个维度对都铎王朝的经纬朝向以及在位君主给予某种善意的警示和告诫。即便是处在一个盛世，诚如罗马共和国晚期，如果不能因应时代的诉求、臣民的愿望、列国的挑战、新旧教会的纷争、经贸的发展、市民阶级的兴起以及人文精神的觉醒，那么像罗马共和国那样优良的政体也会衰败变异。凯撒、布鲁图斯、安东尼那样伟大卓越的邦国英雄，也会如星辰般陨落消亡。如此悲剧性的政治结局，都铎王朝的诸位君主，即便是显赫高贵的伊丽莎白女王，也不得不察。所以，基于上述莎士比亚隐匿的政治寓意，我认为罗马历史剧仍然可以从实质上划归于莎士比亚广义的英国历史剧范畴。

总而言之，何为莎士比亚历史剧？我认为，莎翁历史剧的核心要义在于多维融贯的以政治人物为主题的政治历史剧，从这个宽泛而深入的视角来看，莎士比亚历史剧包括三个方面的戏剧内容：第一，狭义的直接以英国封建王朝史为题材的十部英国历史剧；第二，英格兰王朝周边地域（包括古代大不列颠）的其他王国的政治历史剧；第三，以古代罗马政制为题材的罗马历史剧。它们集合起来，贯穿莎翁一生的创作生涯，均属于莎士比亚历史剧。

Shakespeare's History Plays
&
The British Monarchy

细读
莎士比亚历史剧

PAPT 2

上述莎士比亚历史剧总括起来有二十余部，它们涉及政制（朝政）、经济（税收）、宗教（天主教与新教）、历史（前朝统绪）、战争（英法战争、英国与苏格兰及爱尔兰之战和红白玫瑰内战）、宫廷内斗与市民生活、谋杀与篡位、复辟与和平等诸多内容。贯穿其中的核心问题是王权，即国王权力的获取和君主统治的正当性与合法性——正统性问题，这个问题作为一条主线贯彻莎翁历史剧的始终。本书不准备对莎士比亚所有历史剧逐一分析解读，而是选取十四部具有代表性的经典莎剧，依据前述有关英国王权的实质性问题，尤其是基于莎士比亚在作品中隐含的具有早期现代意义的都铎神话（不同于传统封建史观的都铎神话）设想，展开分析解读，在结构上遵循莎士比亚历史剧所凸显出来的具有同心圆性质的三重时间和空间架构，以此对勘英国早期现代的宪政史叙事。这十四部戏剧分别如下：《亨利六世》（上、中、下），《理查三世》，《理查二世》，《亨利四世》（上、下），《亨利五世》，《哈姆雷特》，《麦克白》，《李尔王》，《尤利乌斯·凯撒》，《科利奥兰纳斯》以及《安东尼与克莉奥佩特拉》，并大致分为五组专题性的问题。

失势的君主：《亨利六世》（上、中、下）

　　《亨利六世》是莎士比亚第一阶段创作的主要戏剧，它是由上、中、下三部分组成的一个完整宏大的戏剧三部曲，加上此后创作的《理查三世》，共同构成了莎翁第一个四联剧，为此他耗费了大致六年的时光。为什么莎士比亚要从《亨利六世》开始创作，这个三部曲究竟具有何种戏剧结构以及政治意义，蒂利亚德在《莎士比亚的历史剧》一书中曾给予非常细致和深入的解读。[①] 本书相关内容分析部分接受了蒂利亚德的观点，但有所不同的是，我并不完全赞同他关于传统秩序以及层级固守的说法。蒂利亚德认为莎士比亚历史剧的核心主张是恢复封建王朝的等级制度以及支撑它们的神学宇宙观，而我认为这只是莎翁历史剧的一个要素或一个视角，莎士比亚还有更大的意图，就是为新时代英国民族的王权架构寻找或确定既来自传统又开出新篇的正统性（合法性与正当性），这种弥漫在莎士比亚戏剧作品（包括历史

---

① 　参见蒂利亚德：《莎士比亚的历史剧》，第二部分内容。

剧）的新时代气息或曙光，并没有为蒂利亚德所重视。①

　　莎士比亚为什么从《亨利六世》开始他的历史剧创作，蒂利亚德说得很清楚，大致有两个原因，一个是表面的原因，一个是深究的原因。前者不外乎是说，亨利六世的故事接近莎士比亚的生活时代，早就为观众们所津津乐道，莎翁选择从这些君王故事说起，自然容易引发观众的共鸣，易于一炮打响。实际的情况也是如此，莎翁《亨利六世》三部曲一上演就赢得满堂喝彩，此后连续上演不辍。但若从深层的原因考虑，莎士比亚在第一个四联剧中展示的乃是一个英国王权政治跌至深渊的失序和败德时期的王朝故事，这个由亨利四世弑君篡权夺位开始的英国王权嬗变的大混乱和大分裂，演绎到亨利六世和理查三世时期，跌到了谷底，这个世界已经由黑暗势力主导，英国民族何去何从？这是莎士比亚萦绕于怀的最大问题。从最彻底的政制黑暗开始，"他认为恶行比美德更容易描画，地狱比天堂更容易表现，因此先把当前的精力用于表现混乱和一个大恶人，而将更困难的对完美王国的描绘留到成熟时期，可能更为安全"②。我认为这种解释固然有一定的道理，但未免小觑了莎士比亚的抱负。无论怎么说，至少莎士比亚从《亨利六世》开始创作历史剧，隐含着某种更为深刻的有关王权失序、王族分裂、君臣德行败坏和黑暗王国将至的警醒之意。

　　在前述的第一个时间结构中，把《亨利六世》三部曲视为一个集

---

① 参见蒂利亚德：《伊丽莎白时代的世界图景》。对于蒂利亚德的观点，译者裴云也简略介绍了一些西方文艺复兴研究学者、莎翁戏剧研究学者，尤其是当前较为走红的思想史、观念史以及政治史研究学者的质疑和批评，对此，蒂利亚德的回应是，他研究的是时代中那些受过教育的人都持有的观念，而非时代的先锋思想。

② 蒂利亚德：《莎士比亚的历史剧》，第 171 页。

合体，围绕着英国当时的政制情势，这个三部曲的次第演变，大致又分为三个阶段，并由此构成了一个中心，即亨利六世的王权失落，对外战争失败，内部政制失序，王族分裂，致使兰开斯特王朝嬗变，由约克王朝篡权夺位，并最终为邪恶的暴君理查三世所据有。下面开始关于这三个方面及其整体结构的具体解读。

政制失序与王族纷争

莎士比亚在《亨利六世》上部剧中直接把兰开斯特王朝的政制失序作为他笔下英国王朝历史故事的开端，其标志就是王权的权能失效，即亨利六世统治能力之丧失。按说，亨利六世继位及其统治，并非一开始就面临生死攸关的非常时刻，亨利五世成就非凡，已经留给亨利六世一笔重大的政治遗产。虽然亨利六世继位时只有九岁，但其统治的王权正当性、既有的王室统绪以及重臣拥戴等，都已尘埃落定，看上去似乎无可争议。"亨利五世治下，兰开斯特家族的运势到达了顶峰。但正统的信仰、彻底的虔诚、战场上的胜利、胜利之后的谦和，都无法帮助这位名副其实的骑士摆脱笼罩在波林勃洛克篡位行为以及其后兰开斯特家族各项行动之上的命运的诅咒。卡莱尔主教的预言终于要实现了……在《亨利六世》（上、中、下）以及《理查三世》——即约克家族四联剧，如果可以这样说的话——中，我们看到当年的谋反会遭致如何的报应。"[1]

在剧中从第一幕第一场开始，英格兰的政治危机就逐渐地显现出

---

① 　马里奥特：《莎士比亚戏剧中的英国史》，第 176 页。

来，并且日益严峻。透过莎士比亚简洁而准确的戏剧描绘，我们大致可以感受到如下三点：

第一，亨利五世的所谓篡位夺权问题，由于其一生功业卓著，为英格兰创下不朽的业绩，而得到化解，诚如三位重臣（培福、葛罗斯特和温切斯特）都为此追悼而言的那样：

> 培福：我们的先王亨利五世，因威名过盛，以致不克永年！在英格兰逝去的君王当中，有谁比得上他的高贵？
>
> 葛罗斯特：英格兰有史以来，他是唯一的真命之主。他的德行足以服众；他挥动起来的宝剑的光辉，使人不敢对他逼视；……他征服四方真是易如反掌。
>
> 温切斯特：我们的先王是受到万王之王的福佑的。（卷三，页99、100）①

这些丰功伟绩（高贵、功业和神佑）足以使得亨利王的王权具有统治的合法性，到亨利六世那里，其作为合法的继承人，继承亨利五世的王权统绪并无疑议，因此获得各位王公大臣和民众的拥戴。护国公葛罗斯特公爵在亨利五世葬礼结束之后立刻宣布亨利王的幼子亨利六世登基，并筹备在法国属地举行新国王的加冕仪式。

第二，尽管亨利六世继位时尚属于冲龄，但当时已经组成了一个

---

① 本书所援引的莎士比亚戏剧文本，主要是朱生豪译本，由于诸多原因，其中个别词汇的翻译本书可能稍做改动。参见《莎士比亚全集》，朱生豪等译，人民文学出版社2014年版，其主要译者是朱生豪，朱生豪未能译出的其他戏剧则分别由方平、方重、章益、杨周翰译。

摄政辅佐的朝廷班底，其中尽是权倾朝野的王室贵胄、贵族重臣。例如护国公葛罗斯特公爵，是亨利六世的叔父；总管法国事务大臣培福公爵，也是亨利六世的叔父；温切斯特主教，是亨利六世的叔祖，后来晋升为红衣大主教；亨利六世的另外一位叔祖爱克塞特公爵也在其中；此外还有华列克伯爵、萨立斯伯雷伯爵、萨福克伯爵，以及后受封为索鲁斯伯雷伯爵的塔尔博勋爵，等等。看上去这是一个大臣尽其用、列公辅佐幼王的新朝气象。不过，莎士比亚在此不失时机地把新朝初始就埋下的诸多矛盾也展现出来，以至于亨利六世还未加冕就希望两位王室贵胄能够不计前嫌，和好如初：

　　唉，这场争吵叫我心里好难受呀！

对此，华列克伯爵也劝解说：

　　让步吧，护国公大人，让步吧，温切斯特主教。难道你们要固执到底，逼死你们的王上，摧毁你们的国家吗？你们看，由于你们两人互相仇视，已经酿成惨祸了。除非你们居心要想流血，就言归于好吧。

于是，他们表面上伸出和解修好之手，握手言和。亨利六世高兴无比：

　　啊，亲爱的叔父，慈爱的葛罗斯特公爵，你们讲了和，我真高兴呀！去吧，你们众人！不要再搅扰我们了。你们的主人

已经讲和，你们也和好吧。（卷三，页 138、139）

第三，在第一幕和第二幕中，我们看到莎士比亚对亨利六世继位时期的描述是非常简略的，用笔很少，即便亨利六世出场也是懵懵懂懂的，直到第三幕面对塔尔博勋爵并封他为索鲁斯伯雷伯爵时才显示出君王的气质。总的来说，在《亨利六世》上部剧中，这位君主出场的情节不多，而且从其较少的言行举止上表现出的心智、德行和能力以及他对世界和王国的认知与感受等，均难以驾驭即将到来的云谲波诡的时局涛浪。例如，他天真地以为葛罗斯特与温切斯特的矛盾通过他的一句话就可以化解，两人就会和好；还有更严重的，他盲目地偏信华列克伯爵的保奏，恢复理查的爵位和世袭职位，封其为约克公爵，并返还其祖上约克家族的全部产业，这一宅心仁厚的举措，并没有换得约克公爵的真心，反而埋下了无穷祸端，整个兰开斯特家族及其王朝将由此而遭倾覆。

由此可见，亨利六世乃是一个性情纯真、德行优良之人，由于出身王室之家，天然具有高贵的品质，且受到良好教育，尤其是深受基督教的教育，对仁爱、宽容和悲悯有着天然的感知——这些将在《亨利六世》三部曲的逐渐展开中得到充分的展示。若不是生为王君，幼冲之年就继承王位，无论是在少年时代还是成年时期，凭着其品德、性情和所受教育，他都不失为世上罕见的卓越之人。但问题在于，亨利六世不是一般的英国少年，而是王子，且很早就继承王位，执掌兰开斯特王朝之权杖，因此，其奉天承运的天命就与当时的王朝统治密切相关、血脉相连。对这位君权神授的君主而言，上述三点是否足以支撑其王权使命，亨利六世是否就可以统治英国，为臣民带来和平与福祉，并获得贵族和人民的拥戴，这个王朝攸关的问题从戏剧一开始就被莎士比亚揭示出来，尽管是以剧情演变的方式呈现的。

按照传统封建王朝的统绪继承王位进而实施合法的统治，亨利六世继位应该不是什么大不了的问题，考察封建王朝史，尽管也有王位继承以及王族继承排序、先王子嗣之间的夺位争斗，甚至诉诸谋杀、战争等武力方式，但其封建王权的法理依据、正统性标准等却没有本质的不同，夺位争斗的问题只是事实所属，即谁有这个兼具合法性与正统性的资格。从这个意义上说，莎士比亚《亨利六世》上部剧的首要问题，还不是亨利六世王位继承资格的合法性与正统性问题，而是另外一个问题，即亨利六世是否有能力实施其王权统治的问题，是亨利六世的王权权能问题。当然，关于亨利六世的合法性以及正统性问题，在这部戏剧中也不是完全没有涉及，而是隐含在背后的，属于整个莎士比亚两个四联剧中的有关兰开斯特和约克两个显赫高贵家族的王权嬗变问题。这个贯穿莎士比亚英国历史剧始终的，为编年史学家霍尔所揭示的都铎神话的王权主题，下面我将专门讨论，至少在《亨利六世》上部剧中还不是首要问题，而且即便是贯穿莎士比亚两个四联剧的主题，也与传统封建王朝的王权嬗变（霍尔所描绘的传统路径）有着重大的不同。它们因为莎士比亚所赋予的早期现代的新内容而得以升华，具有了超越传统封建王室争权夺位的意义。

现在我们还是回到《亨利六世》上部剧中，本来亨利六世继承亨利五世的王位无可争议，且又获得满朝文武大臣的鼎力支持和衷心拥护，其合法性与正统性，甚至其君权神授的天命所属，加上亨利六世的天性纯良、温润有加，又有亨利五世凭着盖世奇功创下的王室业绩之庇护，他作为英格兰和法兰西共同尊奉的君主，即便没有其父那样的恢宏才能，但作为一个庸才弱主，守护家业、治理已有国土，也还是勉强合格的，无为而治也是一种良治。但问题是，为什么亨利六世继位后的这个王权政制，竟然会面临一种跌入深渊的政制失序和法权败绩，乃至使英国王朝陷入大混乱和大分裂之深渊呢？这是莎士比亚在这部戏剧中必须首先揭示或回答的问题，也是他要把《亨利六世》视为两个四联剧之首的原因之所在。

这里，根据我的分析，莎士比亚《亨利六世》整个三部曲，主要是从英格兰内部和外部，即从君臣关系以及对外关系两个方面，结合两个王室家族分裂的贵族斗争，还有新近孕育而生的英法两个民族的国民意识和国家缘由等更为广阔的社会内涵，试图对上述问题，即一个开局较为不错的新国王的王权统治，究竟是什么导致其一步步面临失序和崩溃乃至毁灭的深渊，给予某种戏剧化的描绘和解释。① 《亨利

① 马里奥特从历史与戏剧对勘的视角，对这段历史给予了分析。他认为，虽然莎士比亚在一些具体的细节方面，诸如某些人物出现的时间、地点有变化或者改动，他们的形象和品德与英国史中实际的形象和品德有很多差异，甚至虚构了一些人物和场景，但是，不能把历史剧中的人物与英国史中的人物完全等同起来，等量齐观，但从历史的大势来看，莎士比亚的历史剧还是把握了英国封建社会历史进程的核心要点和主要问题，他不时地从历史角度评点莎士比亚的作品，并能给予恰当的分析解读。例如，关于《亨利六世》三部曲，他写道："从历史角度而言，上部通过历史画面传达的旨趣在内战爆发的蛛丝马迹以及兰开斯特家族的衰颓之势中已清晰可见，并将在中部、下部得到更为充分的展现。兰开斯特王朝的崩塌源自各方面因素的综合作用。首先是兰开斯特家族开启的君主立宪实验的失败。这失败关乎贵族们原先占据的优势地位，关乎'粗鄙的'封建分封制的复兴——这一扭曲的政治制度以合理的形式、在合乎需要的年代曾有其存在的理由。……除了社会失序、法律瘫痪，兰开斯特王朝衰落的背后还有其他原因，其中两项是最致命的：在内，兰开斯特家族势力的内部矛盾深入骨髓；在外，他们充满野心的扩张政策遭遇重大失败。"参见马里奥特：《莎士比亚戏剧中的英国史》第六章。

六世》上部是开始，有两个重要的问题，由此出现了失败的总趋势；至于《亨利六世》中部，则主要是约克家族与兰开斯特家族的斗争故事，亨利六世已经退居幕后不重要了；《亨利六世》下部主要是理查三世的崛起及兰开斯特家族的毁灭，主要内容是约克王朝的建立以及约克王朝内部亲族之间的生死权斗，爱德华四世病死和爱德华五世被杀，还有理查三世的暴行，等等。这里我先分析《亨利六世》三部曲上部剧的主要内容。

在《亨利六世》上部第三幕，当亨利王随着护国公葛罗斯特公爵坐船启程去法国举行王权加冕时，贵为国王叔祖的爱克塞特公爵有一段话值得仔细品味，这位饱经王室人事沧桑的老人说道：

> 唉，我们尽管在英格兰或在法兰西耀武扬威，可是谁能预料大局怎样变化？现在朝内大臣，各立党派，表面上虽然假装和好，心里却燃烧着敌对的毒焰，总有一天要爆发出烈火来的。有如生着痈疽的肢体，慢慢溃烂下去，直到骨头和筋肉都一齐脱落，如今两派的恶意倾轧，也将会产生同样的结果。只怕当年亨利五世在位时的一句童谣现在要应验了。那童谣说："出生在蒙穆斯的亨利赢得一切，出生在温莎的亨利毫无所得。"这苗头是越来越明显了，我但愿在那不幸的日子到来之前，我的寿命已经结束了才好。（卷三，页140—141）

爱克塞特公爵的这番感慨非常有深意，在某种意义上是一种预言，它预示着新的亨利王的政权行将倒塌。这段话再结合《亨利六世》三部曲上、中两个剧目，可以看出政制失序和王族分裂大致来自如下三个方面，或者说，三部曲主要是围绕着如下三个主题展开的：第一，王室贵胄和大贵族的利欲熏心和政治堕落。作为统治精英核心成员的贵族重臣竟然置王国利益于不顾，穷凶极恶地追求自己的私欲，为此相互攻讦和彼此诋毁，不惜动摇朝政，这是亨利六世统治政制失序的内部缘由。第二，对法战争的彻底失败，尤其是忠诚的护国基石塔尔博勋爵父子的死亡，表明支撑亨利六世王权乃至兰开斯特王朝政制与军事的灵魂人物业已消亡，国家根基行将倒塌。内外两个方面的挫败，致使亨利六世的王朝风雨飘摇，朝不保夕，原先潜伏下来的旧问题又重新泛起。如此一来，关于英格兰王国两个家族的继承权问题就凸显出来，变成一个重要的问题，成为三部曲的第三个主题。为什么会如此呢？这一切皆因亨利六世作为君主的权力或权势，即君主的统治和治理能力乏善可陈，与其父亨利五世有着霄壤之别。

在此又涉蒂利亚德的一个观点，他认为在莎士比亚第一个四联剧作品中，"都没有主人公。原因之一是有一位没有给出名字的主角在四部戏剧中占据着首要位置。这就是'英格兰'，用道德剧的说法就是'国家'。……英格兰尽管作为一个角色被排除在外，实际上却是莎士比亚第一个四部曲的真正主人公。她因为没有真实地面对自己，所以几乎遭受毁灭；屈从于法国的巫术，在思想上处于分裂。但是，尽管上帝惩罚了她，但还是可怜她并最终降福允许她内部被压制的善者坚持其权威，修复了她的健康"①。蒂利亚德分析的确实是一个贯彻莎士比亚两个四联剧的主题，属于都铎史观的叙事内容，但关于什么是"英格兰""国家"这些深层问题，我要补充的是，莎士比亚的两个四

---

① 参见蒂利亚德：《莎士比亚的历史剧》，第 182 页。

联剧的要旨并不简单地是恢复英格兰国家的既有秩序，即从恶者手里把英格兰国家匡扶到善者手里，其实这里还隐含着一个莎士比亚的马基雅维利问题意识。也就是说，在莎士比亚的时代，他已经非常强烈地感知到文艺复兴时期尤其是马基雅维利时代所面临的问题，即《君主论》涉及的现代国家问题，这比霍布斯时期要早一百多年。如此说来，他比霍布斯更早地在英国感知到这个问题的重要性，并戏剧化地运用到他的《亨利六世》及其他两个四联剧的创作之中。

在《亨利六世》上部一开篇，就是王国几位柱石级别的大贵族之间的争吵，作为亨利六世的皇亲国戚，亨利五世托付的辅佐大臣，他们之间尔虞我诈、争权夺利，丑恶嘴脸历历在目。例如，在威斯敏斯特寺院，先王葬礼刚刚结束，葛罗斯特、温切斯特、爱克塞特、培福就表现出种种不和，而在他们去伦敦塔视察时，更是剑拔弩张，温切斯特指责葛罗斯特：

> 你哪里是我们朝廷里的护国公？倒不如说你是一个揽权僭位的窃国公。（卷三，页110）

葛罗斯特面对温切斯特的恶意污蔑，除了义愤填膺、谩骂争辩，也没有什么有效的办法。从剧情来看，其实在当时的朝堂，最值得亨利六世依赖的还是这位护国公葛罗斯特公爵，其他几位赫赫有名的大贵族，尤其是温切斯特主教，还有穆萨塞特伯爵、华列克伯爵等，都是兰开斯特王朝的重臣，在年少的国王还未正式即位执掌大权之际，他们的举措决定着王国的命运。但他们都做了些什么呢？为了争权夺利，他们合谋陷害护国公葛罗斯特，试图扳倒这位忠心耿耿的重臣，自己取而代之，其中尤以温切斯特主教行事最为毒辣。他安排手下人搜罗证据，对葛罗斯特设计陷害，还利用葛罗斯特夫人怂恿葛罗斯特僭越称王的野心，一步步将葛罗斯特置于极其不利的处境，逼迫亨利王剥夺葛罗斯特护国公的职位，将其关押起来。在此，温切斯特的诡计也得到一干兰开斯特贵胄和重臣的支持，他们形成了一个以王族派别和私利野心为纽带的利益集团，从内部瓦解亨利王朝的政制根基。正像温切斯特自己所言：

> 从今以后，我温切斯特站在爵位最高的贵族面前，也不寒伧了。葛罗斯特呦，我要叫你知道，无论讲到身世，无论讲到权力，本主教再也不受你的欺负了。除非你低头认罪，我定要把我们的国家闹得天翻地覆。（卷三，页169—170）

为了达到个人不可告人的目的，不惜把国家搞垮，这显然形成了一股能使政制和朝廷腐化堕落的黑暗势力。随着剧情的发展，兰开斯特王朝内部的权力争斗和政治腐化在《亨利六世》三部曲的第二部得到更为淋漓尽致的展现，彻底把这个王国置于死地。

上述大贵族的德行败坏和私欲横流以及年少君主的淳朴无能和浮夸任性导致了王朝的政治沉沦及国王的治理无措，这还只是兰开斯特王朝内部的事情，问题的关键在于另外一股更为致命的力量潜伏其后，那就是以约克公爵为代表的异己势力。他们不再是朝廷内部的侵蚀蛀虫，而是以颠覆王朝正统，另建一个新王朝为旨意，要借助亨利一朝的朽坏来从中突破、瓦解和排除兰开斯特王朝的统治，重启爱德华三世开始的王权衣钵，铲除亨利四世篡位造成的英格兰王国政制乱象，恢复约克王朝继承自理查二世的统绪，这就回到了霍尔所讨论的两个显赫而高贵的王族之次第争权、循环往复的主题叙事。当然，这个更大的故事在《亨利六世》三部曲中不是一下子就凸显到位的，而是有一个循序渐进的展示过程。在上部剧中，莎士比亚是逐渐但也是浓墨重彩地使用戏剧的方式，把它们展现出来的。

首先是在第二幕第一场的伦敦国会会场，受到约克笼络的华列克伯爵奏请亨利王恢复约克的世袭公职，返还约克家族的全部产业，亨利六世抱着幼稚的善心同意了这个奏章，并封普兰塔琪纳特的理查为约克公爵。而约克也"立誓效忠"兰开斯特王朝：

> 只要理查在职一天，决不允许陛下的敌人猖獗；我一定鞠躬尽瘁，铲除一切对陛下心怀贰意的人！（卷三，页140）

亨利王宅心仁厚，相信了约克的誓言，但这位普兰塔琪纳特的后代约克公爵却非良善之徒，他的忠诚不啻为一页废纸。早在此前，就在伦敦国会花园，一幕重大的决定未来英格兰王国命运的纷争已经确凿无疑地开始了，莎士比亚用重彩浓墨描绘了这一幕。说起来，还没有受封的理查·普兰塔琪纳特与兰开斯特王族的萨穆塞特伯爵存有恩怨，这个恩怨来自英格兰爱德华三世以降两个王族的纷争——他们都是王室贵族、王族贵胄，但究竟谁是正朔一直纠缠不清。若站在当朝的兰开斯特亨利王族来看，自然他们是正朔，但是，普兰塔琪纳特理查一族未必心悦诚服，于是在国会花园，就有了红白玫瑰的分野及由此形成的王族分裂，莎士比亚在此描绘刻画的就是这极其重要的场面。

当时出场的主要有萨穆塞特、萨福克、华列克、理查·普兰塔琪纳特（约克）、凡农及一位律师，他们嫌在议会大厅争吵得厉害，于是来到隔壁的议会花园。如何看待王朝法统的正朔问题，约克自以为站在"真理"一边，可是如何判定真理呢？按照通则是要依据法律，但法律是什么，英格兰的大贵族们似乎从来就不相信法律，正像萨福克伯爵所言：

> 说实话，我对于法律问题实在外行，我从来不能叫我的意志受法律支配，我宁可叫法律顺从我的意志。（卷三，页127）

那位选边站在白玫瑰约克家族的律师在一旁像是也认同这个意志高于法律的观点，实在枉为一介律师。那位良善、可怜而又真诚的亨利六世，他虽贵为国王，却认同王国的法律。在第二部当温切斯特、玛格莱特王后、萨福克等人肆意陷害葛罗斯特并执意要宣判他犯有叛国罪时，这位年少君主发自内心地不相信温切斯特等人对他的指控和陷害，并一再坚持要经过法律程序，通过法庭审判才能予以定罪。

> 亨利王：葛罗斯特贤卿，我十分盼望你能将一切嫌疑洗刷干净，我的良心告诉我，你是无罪的。（卷三，页236）
> 亨利王：去叫我们的叔父立刻晋见，告诉他今天开审，要审明他是否犯有被控的罪状。（卷三，页244）

至于受到约克蛊惑和煽动的叛贼凯德一伙人，则叫嚣着：

> 第一件该做的事，是把所有的律师全都杀光。

他们说一切念书人、律师、大臣和绅士都是蠹虫，都该处死。

　　狄克：我只请求，英国的法律必须从您的口里发出。

　　凯德：我已经考虑过了，一定这样办。去，去把国家的档案全烧掉。今后我的一张嘴就是英国的国会。

　　约翰（旁白）：以后大概会出现咬人的法律了，除非拔掉他的牙齿。

　　凯德：从今以后，一切东西都是公有公享。（卷三，页265、274）

　　既然法律难以界定真理，他们一众人，无论王公贵胄还是造反草民，都否定法律的正义作用，于是回到国会花园，莎士比亚就描绘了一个经典的场景，把此后在英格兰历史上影响深远的两个王族的权力斗争——持续三十多年的红白玫瑰战争——展示出来。

　　普兰塔琪纳特：既然诸位都是守口如瓶，不愿多说，就请用一种无言的符号，表达你们的意见吧。谁要是一个出身高贵的上等人，愿意维持他门第的尊严，如果他认为我的主张是合乎真理的，就请他从这花丛里替我摘下一朵白色的玫瑰花。

　　萨穆塞特：谁要不是一个懦夫，不是一个阿谀奉承的人，而是敢于坚持真理的，就请他替我摘下一朵红色的玫瑰花。（卷三，页127）

　　现场的结果是，摘下白玫瑰的除了约克之外，还有华列克、凡农和那位律师；摘下红玫瑰的除了萨穆塞特之外，还有萨福克。当然，这种摘下玫瑰花以颜色区分派别的方式只是一种寓言，它看上去像是贵族们的游戏，其实隐含着深刻的内涵，即关于爱德华三世以降的英格兰王朝历史，谁才具有真正的王位继承权。这个问题数百年来一直没有真正解决，分歧的种子早就埋下了，只是隐而未发，在恰当的时机就会爆发出来，从而导致一场惊天动地的震撼，甚至将整个王朝秩序连根摧毁。

我们看到，在《亨利六世》上部剧中，葛罗斯特与温切斯特之间形成的党派斗争以及温切斯特一派的栽赃嫁祸和葛罗斯特的失败被谋杀，这些尽管残酷血腥，毕竟还只是兰开斯特家族内部的权力斗争，并没有彻底毁掉亨利六世王朝的统治。约克家族的崛起以及他们一党苦心孤诣的权谋与斗争，同样残酷血腥，性质却发生了变化，他们乃是要从根基上摧毁兰开斯特王朝，重新夺取失去的江山，恢复理查王朝的法统，构建一个约克家族的新王朝。当然，在上部剧中，虽然两个王族已然做了区分，但初始争执的还是王位继承权的归属，甚至只是理查·普兰塔琪纳特的名分，现实的残酷政治斗争还未展开，约克所诉求的还只是洗去前辈的冤屈，获得亨利王的合理补偿。对此，华列克为他做到了，正如华列克所说的：

> 他们指摘你的关于家世的污点，到下届议会开会为温切斯特和葛罗斯特进行调解的时候，就能替你洗刷干净。到那时，如果你还得不到约克公爵的封号，我就连我这华列克的爵位也不要了。为了表示我对你的爱护，也表示我对骄傲的萨穆塞特和威廉·波勒的敌意，我要佩戴你们一党的白玫瑰。我说一句

预言在这里：今天在这议会花园里由争论而分裂成为红、白玫瑰的两派，不久就会使成千的人丢掉性命。（卷三，页130）

既然分裂已经出现，约克为了夯实自己的继承权的确定性，应约去拜见自己的舅舅——被囚禁在伦敦塔数年的马契伯爵爱德蒙·摩提默。莎士比亚在第二幕第五场对此做了感人的描述。当摩提默得知理查·普兰塔琪纳特在他生命垂危之际来到面前，无限感慨，他在临死前有一肚子话要与这位理查家族的后人诉说，否则死不瞑目。这里涉及一个朝廷王位传续的天大秘密，虽然朝野当时对此有多种议论，但真实的情况也并非尽人皆知。约克自己也有疑惑，他说自己刚才因为争议一件事情与萨穆塞特斗了嘴，而萨穆塞特用毒辣的舌头辱骂他，说他的父亲死得不体面，被剥夺爵位，等等，约克由此询问其中的缘由。摩提默说道，他与约克的父亲是在同一个案子里遭了毒手，以至于他被关押在这座牢狱里苦熬岁月，而约克的父亲则断送了性命。关于这段约克全然不知的案情，摩提默在临死前对他做了意味深长的交代和托付。

摩提默：我是要说的，如果我的一口气不断，还来得及把这桩案件说完的话。今王的祖父亨利四世把他的侄儿就是爱德华三世的长子和合法继承人爱德华的儿子理查废掉，自己坐上王位。当他在位的时候，北方的潘西家族不服他非法篡位，就起兵拥戴我继承王位。这些北方军人所持的理由是：理查幼王既已被废，他又没有留下亲生的嗣子，我在血统上就是他最亲的人。我在母系方面，是爱德华三世第三子克莱伦斯公爵的后裔，而亨利四世则是爱德华王第四子刚特公爵的子孙。按房份的顺序来说，我是在他之先的。你看，在这一场拥戴合法继承人嗣承王位的斗争中，我丧失了自由，他们牺牲了生命。之后，过了很久，亨利五世继承他父波林勃洛克登了基，这时你父剑桥伯爵——他是有名的约克公爵爱德蒙·兰格雷的儿子——娶了我的姐姐——那就是你的母亲。他同情我的不幸遭遇，又征集了一支人马，想把我救出牢狱，扶上王座，可是他和前人一样，又失败了，终于上了断头台。我们摩提默家族，本应享有继承权的，就这样硬被挤掉了。

普兰塔琪纳特：这样说来，我的舅舅，您是摩提默家族中最后一人了。

摩提默：是的，你知道我没有子嗣，我现在上气不接下气，眼看就要死了，我要你做我的嗣子，其余的事，你自己琢磨吧。不过在你策划的时候，务必处处留神。

普兰塔琪纳特：您的郑重训诲我已经领会了，不过我心里总在想，我父亲被杀，对方实在太毒辣了。

摩提默：贤甥，你要少开口，多耍手腕。兰开斯特家族已经是根深蒂固的了，好比是一座推不翻的大山。……再见了，祝你事事称心，祝你平时和战时的生活都能昌盛。（死。）（卷三，页132—134）

行文至此，大致已经对莎士比亚《亨利六世》上部剧中两个主题做了较为深入的揭示，即在亨利六世初步登基继位之时，政制局势实际上就处于严峻的失序状态。看上去欣欣向荣的亨利五世的江山，在他猝然去世之后，原先潜伏的各种矛盾和争端就纷纷涌现出来。首先是兰开斯特王族内部的权力争斗，王公贵胄不顾国家安危各自争权夺利，相互诬陷和各自为政，这是一个王朝新旧交替之时经常发生的事情，虽不新鲜，但危害甚巨；其次，则是另外一个更深层的斗争，即爱德华三世以降所没有解决的王位继承权之争，由此导致了兰开斯特家族与约克家族的分裂，这场最终以红白玫瑰战争为标志的英格兰王朝王权争夺战，在上部剧中已经由莎士比亚以戏剧化的方式描绘出来，下面的两部剧将会更为全面而深刻地展示。由此可见，政制失序、王族分裂导致王纲解纽，这是《亨利六世》上部剧中的主要内容，也是剧情延续扩展的一个关键。但是，统观《亨利六世》上部剧，还有另外一个重要的内容，那就是对法战争及失败，这也是贯彻《亨利六世》三部曲的一条主线。前述的政制失序、王族分裂乃至王纲解纽，以及王权屡弱，还有生命尚存的王国之中流砥柱的英雄遗风，这些都在英法战争的起伏跌宕中，获得各尽其分的展示，若缺乏这一主题，其他的主题也就黯然失色。莎士比亚非常卓越地感受到这一点，所谓国之大事祭与戎也，他在上部剧一开篇就把对法战争的主题揭示出来，并作为一条主线贯穿《亨利六世》三部曲的始终。

中流砥柱塔尔博与圣女贞德

　　早有论者指出，虽然莎士比亚《亨利六世》三部曲取名为亨利六世，看上去似乎是以亨利六世为主角，但是情况并非如此。亨利六世在三部曲中并非一个显赫的中心人物，虽然他贵为君主，但其一开始就屠弱善良、权位失衡、权威不再，只是一个象征符号。① 若从莎士比亚的真实意图以及剧情来看，亨利一朝在三部曲中，先后有三位中心人物，他们分别起到了扛鼎性的作用，占据着举足轻重的地位。在上部，这个人物就是支撑和拱卫亨利王朝的大臣塔尔博公爵，他在法兰西征战平定法国叛乱、巩固王国既有疆域的丰功伟绩，是英格兰王国得以安定与和平，尤其是亨利六世得以统治王国的基石之所在，塔尔博公爵可谓亨利一朝的肱股大臣和中流砥柱。其他两位分别是第二部的约克公爵和下部剧的理查·葛罗斯特公爵（即未来的理查三世）。下面我们先分析塔尔博公爵。

说起来塔尔博并非王室贵胄，也非朝廷重臣，在《亨利六世》上部剧开始时，他只是一位勋爵，并未被去世的亨利五世封为伯爵之类的显赫贵族，应该说还只是英格兰一般的中小贵族。但是，天将降大任于斯人也，上部剧第一幕第一场，在亨利五世葬礼结束之时，葛罗斯特与温切斯特等王族贵胄之间的争吵还未终止，一位使者就带来了法国方面的消息：

> 我从法兰西给你们带来了损失、屠杀、挫败的悲惨消息：
> 居恩、香槟、里姆、奥尔良、巴黎、纪莎、波亚叠全部沦陷
> 了。（卷三，页101）

① 参见蒂利亚德：《莎士比亚的历史剧》："假如这部剧叫做《塔尔博的悲剧》，可能更容易被大众注意到，因为他们很自然地发现很难记住《亨利六世》的哪一部是哪一部，以及贞德或杰克·凯德、玛格莱特用纸王冠加冕约克公爵都发生在哪里。"第185—186页。

为什么会如此，因为法国人起兵造反，法国查理太子已经登上王位，奥尔良的庶子已经依附王太子，安佐公爵瑞尼埃和阿朗松公爵也都投奔法国王太子。总之，英格兰在法兰西的前线吃紧，且缺少兵丁和钱粮，而当前朝廷还举棋不定，派系纷争不宁，致使归属英格兰的法国领土损失大半。镇守法兰西的英国大将塔尔博勋爵，英勇无畏、智慧超群、能征惯战，在从围攻奥尔良的阵地上撤下来时，寡不敌众，虽然气概冲天，杀敌无数，但由于担当接应的福斯托夫爵士临阵脱逃，最终还是身负重伤，被法军俘虏，英格兰在法国的战事面临重大危机。为此，这些王公重臣只得暂时放下他们无休止的争吵，总管法国事务大臣培福公爵开始集合大军筹备开赴法国，并表示不惜一切代价赎回塔尔博勋爵；护国公葛罗斯特则准备亨利新王的加冕仪式，并决定在法国巴黎举行，以此襄助英军的声威。恰在此时，塔尔博由于已与被俘法国将领交换，又重新返回战场，与统率英军的萨立斯伯雷伯爵会合，开始再次围攻奥尔良城。

莎士比亚在第一幕第四场，通过两位将军的对话，尤其是塔尔博的自述，把这位英勇不屈的神异将军的风采刻画得声情并茂、栩栩如生。

萨立斯伯雷：塔尔博，我重新见到你，我的活力、我的欢乐，都又恢复过来了！你被俘期间，他们是怎样对待你的？

塔尔博：他们把我拖到街心，对我百般凌辱，要叫我在百姓面前丢脸。他们口里还说，"这家伙就是我们法国人的死对头，就是吓唬我们的孩子们的稻草人"。后来我从监押我的军官们的手里挣脱出来，用我的指甲挖出地上的石子，向那些看我出丑的观众们扔过去。他们看到我这样凶狠，都吓得四散奔逃，一个也不敢靠近我，唯恐死于非命。他们把我关在铜墙铁壁里还不放心，只因我的威名早使他们慑服，他们甚至以为我能将钢条折断，能将花岗石的柱子碎为齑粉。因此，他们派了一队精选的射击手充当我的守兵，守兵们每分钟都在我周围巡逻，万一我一翻身从床上跌下来，他们也会立刻射穿我的心脏。（卷三，页 113—114）

不幸的是，在他们两人集合围攻奥尔良城墙时，萨立斯伯雷被贞德带领的守军炮击打死。当此之时，塔尔博临危受命，独自带领英军继续英勇奋战，他发出这样的咆哮：

> 法兰西听着，萨立斯伯雷死了，还有我哪！贞德也罢，针
> 菁也罢；太子也罢，弹子也罢，我要用我的马蹄踩出你们的心
> 肺，我要把你们的脑浆捣成稀泥。（卷三，页 116）

好在培福公爵带领着英国援军及时开到，塔尔博又成功策反了勃艮第公爵，于是他们发起攻击，最终攻克并占领了奥尔良，取得了暂时的胜利。随后，塔尔博又进军卢昂，在与法国王太子、贞德和阿朗松等人的反复攻城战中，老臣培福不幸病逝，最终塔尔博拿下卢昂，并随即前往巴黎晋见新王亨利六世。

在巴黎的王宫，在亨利王朝一众王室贵胄面前，塔尔博赶来晋见亨利王陛下，他不无骄傲地禀奏道：

　　吾王陛下，列位大人。我听到您来到这里的消息，就把战事暂时停止，特地赶来向陛下致敬。我曾用这条臂膊替吾王克服了五十座城堡，十二个城市，七处坚强的城池，还俘获了五百名高级将领。为了表示我的敬意，我用同一条臂膊将我的佩剑放到王上的脚前，（跪）并以恭顺的忠忱，将战绩的光荣，献给上帝和吾王陛下。

　　对这位长期征战在法兰西且战功卓著的塔尔博勋爵，亨利王谕令如下：

　　欢迎你，百战百胜的将军！我现在还年轻，但我从小就听我父王说你是一员超群绝伦的名将。近年来，我们更确实知道，你是赤忱为国，劳苦功高。只因迄今尚未和你见面，未能给你应得的封赏。现在请你站起来，为了酬庸你的功绩，特封你为索鲁斯伯雷伯爵，并准你参加我的加冕典礼。（卷三，页148—149）

　　莎士比亚编排这场戏显然是为了表明亨利王对塔尔博的褒扬、奖赏和依赖，由此可见，在亨利六世一朝，塔尔博伯爵的作用和地位要比护国公葛罗斯特公爵以及其他一干王室贵胄重要得多。葛罗斯特只是一位忠心耿耿的老臣，起到了辅佐亨利幼王成长的作用，并不具有王国基石的意义。他能力有限，值得称道的只有忠心为主，尤其在受到各派邪恶势力攻讦的情况下，加上自己家人有愧（护国公夫人野心干政怂恿其夫称王），所以难以自保，最终被陷害致死，并不能从根本上挽回王朝的颓势。老臣培福虽然总管法国事务，但才能有限，面对法国势力的崛起也只是恪尽职守，并无雄才大略。老臣爱克塞特也是如此，心无大志，明哲保身。至于温切斯特大主教，还有萨福克伯爵以及玛格莱特王后，他们则是各怀鬼胎，不惜将各自的私利凌驾王国利益之上，还有萨穆塞特伯爵，虽然忠诚于亨利王族，但更关注他与约克公爵的恩怨和争斗。虽然上述亨利王朝的这些主要大臣和贵族都属于兰开斯特王族的权势范围，但他们不仅不团结，还相互斗争，相互诋毁，相互拆台。另外，新近封爵的约克公爵及其儿子，以及暗中支持他的华列克伯爵，他们对于亨利王乃至兰开斯特王朝就更是心怀异志，利用王国危机培育自己的势力以图谋另立新朝。所以，放眼望去，满朝文武大臣，众多显赫贵族，只有塔尔博伯爵及其儿子约翰·塔尔博，他们父子才是亨利王朝忠心耿耿、勇猛无畏、舍身为国的栋梁。[①]莎士比亚深感亨利王的这一现实处境艰难，其笔下的塔尔博，可谓顶天立地的大英雄——他握有重兵，有胆有谋，身经百战，出生入死，在法兰西攻城略地，建立起不世英名，拱卫着英格兰王国的一统天下（英格兰与法兰西合并为一），致使英格兰的法兰西属地在他的统领下得享和平与安宁。

特别值得一提的是，由于塔尔博的存在，尤其是他对王朝统绪的尊崇和服膺，尽管法兰西发生内乱，亨利六世一朝仍然没有出现政权危机。虽然朝臣内部私人恩怨、权势争斗日趋激烈，但并没有公开出

---

① 参见马里奥特：《莎士比亚戏剧中的英国史》："如果说上部中的确有一英雄角色，我想那必然是索鲁斯伯雷伯爵约翰·塔尔博。时至今日，当地人民仍以 Le Roi Talabot 为其名纪念他的成就。作为百年战争中的最后一位猛将，伊丽莎白时代的英格兰自然传颂推崇他的美名。"第 180 页。

现合法性与正统性的危机，所有重臣贵胄包括温切斯特、萨福克等人，只是觊觎更大权势、大权独揽，对王位尚无非分之想，至于约克公爵一族，也不敢公开质疑王朝统绪，还只是要求改变不公正待遇，恢复封建特权，要求继承祖业财产。说到这一点，这又是亨利六世的仁慈、不智和肤浅——竟然为了朝廷表面上的一团和气，不仅恢复了约克公爵的爵位，后来还同意他领兵平定爱尔兰骚乱，使他掌握了独立的军权。不过，总的来说，由于塔尔博父子的卓绝努力，以及他们对亨利王朝的忠诚与尊崇，才使得这个王朝的大船尚能勉强航行，安然无虞。所以从这个意义上说，塔尔博伯爵中流砥柱式的存在，表明亨利六世一朝即便面临内部贵族大臣之间的权力纷争以及小君主的羸弱任性、心地良善、肤浅无能等诸多问题，但也还不至于立刻翻船。

问题在于，政治情势并非静止不动，英格兰政局在亨利六世继位之际出现了一系列内忧外患的重大震荡。一方面，塔尔博、萨立斯伯雷、培福等人在法兰西苦苦征战，奥尔良、卢昂、波尔多三处战争频仍，战场上英军将领带领士兵们拼命奋战，腥风血雨，多位战将为此殉职，塔尔博虽然神勇无比，力战群敌，攻攻守守，但是仍不时处于危难关头，以至于莎士比亚在剧中重点描述了关键的波尔多城池攻防战的细节。塔尔博率兵攻到波尔多城门口，大声向守城将士喊话，要他们敞开城门，放下武器，向英王俯首纳降，表示臣服，否则要用饥饿、刀刃和烈火将城池夷为平地。然而法国守城统帅并没有像被塔尔博攻克的奥尔良城将帅那样从命，他们看到了时运已不在塔尔博那里，英勇的法国军队在圣女贞德的统辖下，已经说服勃艮第公爵反叛归顺，增援的大军将至，远处的战鼓在隆隆作响，英军处于内外夹击之窘境。

四面八方全有我们的部队，赛如天罗地网，准备将你擒
拿。你已大难临头，死在眼前，无论如何也不能幸免。（卷三，
页 157）

塔尔博这才发现勃艮第公爵叛变，自己受到包围，于是调整战略
部署，尽管陷入重围，他也要拼死搏战到底，他呐喊着：

我们已经陷入重重包围，好像一小群英国的驯鹿，被一窝
狂吠的法国恶犬吓得胆战心惊。……我的朋友们，只要你们能
像我一样肯硬拼，敌人即便拿下我们这群鹿，也得付出重大代
价。上帝跟圣乔治、塔尔博跟英格兰的权利，在这场恶斗中，
把我们的旗帜举得更高吧！（卷三，页 157）

上述只是莎士比亚剧情中描述的战场上的一个场景，但是，在上
部剧中，莎士比亚还描述了另外一个方面的场景，那就是英国朝廷中
的权力内斗。温切斯特勾结萨福克等人陷害葛罗斯特，他们之间的斗
争并没有因为法国战事而消弭，反而随着王后玛格莱特的介入愈演愈
烈。此外，萨穆塞特与约克伯爵的争斗也是日渐尖锐，在国会花园的
红白玫瑰之争后，更是互为仇敌。这些王公贵族各自盘算自己的私利，
利欲熏心，相互拆台。与此同时，法国方面却是秣马厉兵，大举反攻，
尤其恰当其时的是法兰西出现了一位伟大的女性贞德，在她的带领下，
法兰西开辟了一个新局面，这致使英法战局发生了根本性的变化。在
波尔多城的战事中，贞德带头冲锋陷阵，并且施展韬略，把能征善战
的塔尔博逼迫到突围撤退的境地。令人气愤的是，本来负责驰援的两

方面英国援军——萨穆塞特和约克所统率的军队，他们为了自己的私心，相互推诿和扯皮，竟然坐视塔尔博父子被围攻歼灭。例如，萨穆塞特说什么：

> 已经太迟了，我现在已没法派出队伍。……约克怂恿他作战，是别有用心的，他希望塔尔博战败而死，以便独享盛名。

而约克则说：

> 该死的萨穆塞特，我征调他的骑兵去支援塔尔博，并且已和塔尔博约定，他怎么迟迟不去！

当塔尔博的手下路西爵士请求约克尽快发兵救援时，他却说道：

> 别了，路西，别指望我能做什么，我束手无策，徒唤奈何。缅因、布罗亚、波亚叠和都尔相继沦亡，都由于萨穆塞特迁延之罪，由于他的荒唐。

对此，空手而归的路西只能发出这样的浩叹：

> 深得民心的亨利五世老王，他的尸骨未寒，他挣下的基业却将轻轻断送。将军们争吵不休，生命、荣誉和土地都付诸东流。（卷三，页 159、158）

当萨穆塞特与约克两位相互扯皮时，塔尔博却处于生死攸关的关键时刻，正像路西所通报的，由于萨穆塞特与约克的失约，忠义的将军塔尔博身陷重围，死守阵地，法国方面的奥尔良庶子、查理、勃艮第、阿朗松、瑞尼埃从四面八方将他团团包围，塔尔博的性命危在旦夕。而此时，塔尔博的儿子小塔尔博正在紧急赶赴自己父亲身边，他们七年未见，不想今日相逢，却将同归于尽。路西慨叹这对忠勇高义的父子的命运：

> 不是陷在法国军队的手里，而是陷在英国人的尔虞我诈之中。他一定不能生还英国了，他的命是被你们的内讧断送的。
>
> （卷三，页 160）

莎士比亚在剧中用深情之笔描绘了塔尔博父子共同赴死这一悲壮决绝的感人场景——塔尔博见到自己的儿子约翰，敦促他赶紧骑上快马逃出重围，约翰却说道：

> 我是你的儿子，怎能丢下你独自逃命？

塔尔博告诉儿子若逃生今后可以替父复仇，约翰却说若在这种情况下逃生则根本承担不起复仇的责任。最后父子两人决定留下来共赴生死，塔尔博说道：

> 那么，别了，我的好儿子。你生不逢辰，今天下午就是你授命之日。好，我们肩并肩，臂靠臂，同生同死；在法兰西的

土地上，我们父子的灵魂要一同飞上天庭。（卷三，页 163）

在第四幕第六场和第七场，莎士比亚用全部笔墨描绘了塔尔博父子奋力杀敌、英勇战死的场景，塑造出一对浴血奋战直到生命终结的战神形象，虽然他们的肉体消亡了，但其精神永存。正是这种神勇、高贵和忠诚的精神，支撑着英格兰王国的存续延伸，而今塔尔博不幸牺牲，柱石丧失，兰开斯特王朝这位处于风雨飘摇时局中的小国王亨利六世，其王权王位也伴随着塔尔博的死去行将倒塌。

在莎士比亚这部剧中，还有一个问题屡被后来的评论者所议论，各种观点都有，负面的评价居多，即认为莎士比亚妖魔化了法国的民族英雄圣女贞德。对此，我大致赞同蒂利亚德的看法，确实在《亨利六世》的上、中两部剧中，莎士比亚对贞德多有巫术化的描绘，把她视为一个蛊惑人心的巫婆，并且贬低贞德在法国独立战争（从英格兰王朝的统治下解放出来）所发挥的英勇作用。虽然在剧情中莎士比亚也描述了贞德奋勇而起，鼓荡和帮助王太子起兵抗英，文韬武略，冲锋陷阵，在奥尔良、卢昂和波尔多等战役中，多次破除塔尔博的神勇用兵，甚至在波尔多战役中，调兵遣将，内外夹击，把英国的战神塔尔博伯爵父子重重围困并逼迫他们最终战死沙场，从而击垮了英国的柱石，为法兰西的独立和崛起赢得赫赫战功，但是对此，莎士比亚其实不以为然。他曾在第一幕第二场奥尔良城前描述贞德如何利用神异甚至巫术骗得查理以及法国一众贵族的信任，获得权力后又如何使用韬略和诡计战胜塔尔博伯爵，被塔尔博视为"娼妇"。塔尔博对身穿盔甲的贞德说道：

嘿，她来了。我要和你决一胜负。你是雄鬼也好，雌鬼也好，我要驱除你这邪魔。你既是一个巫婆，我就抽出你的血来，径直地打发你的灵魂到你侍奉的魔王那里去。（卷三，页116）

尤其是在第五幕剧情中，莎士比亚还描述了贞德在安吉尔斯城前随着法军崩溃自身性命难保时，如何祈求神灵保佑，她说道：

我以前用我的血供养你们，我这一次要砍下一条胳膊送给你们，来换取你们对我更大的帮助，请你们俯允，救我一救吧。（幽灵等将头低垂）无法挽救吗？如果你们答应我的请求，我愿将我的身子送给你们作为酬谢（幽灵等摇头）难道用我的身子、用我的鲜血作为祭品，都不能博得你们素常给我的援助吗？那么就把我的灵魂，我的躯体，我的一切，统统拿去，可千万别叫法国挫败在英军的手中。（幽灵等离去）不好了，他们把我抛弃了！看起来是运数已到，法兰西必须卸下她颤巍巍的盔缨，向英格兰屈膝了。我往日使用的咒语都已不灵，我无法抵挡来自地狱的强大势力。法兰西哟，你定是一败涂地了。（卷三，页171）

凡此种种，莎士比亚显然对这位被法国人视为圣女的贞德并没有多少好感，剧中不乏各种对贞德巫术化的描写和编织。

如何看待这个问题呢？蒂利亚德认为："人们反对莎士比亚是该剧作者的主要原因是他对待贞德的方式。绅士一样的莎士比亚可以如此不绅士以至于把贞德写成一个让人难以忍受的人而不是圣人。这就像是要论证莎士比亚不可能写了《约翰王》，因为他没有提到《大宪章》。英格兰接受法国人对贞德的看法并在《大宪章》中看到了我们自由的开始，这的确应该是很了不起的，但是这些事发生在更靠后的时间，属于'1066那一切'①那段历史，伊丽莎白时期的人对此一无所知。对伊丽莎白时期的人来说，法国可不意味着圣人，而意味着动乱、宗教战争、政治阴谋，最突出的事件是圣巴塞罗缪的大屠杀。并不是说现代人就可以享受莎士比亚对待法国人（包括贞德）的方式。但他们在《亨利五世》里也是如此之坏（此时年纪更大也就更难辞其咎）；任何以贞德为理由反对莎士比亚是《亨利六世》上篇作者的观点也适用于中篇。"②

　　其实不仅如此，我认为对待莎士比亚的《亨利六世》三部曲，还可以从更高远的视野来看待，即从时代氛围以及当时的列国政制来予以审视，因为当时欧洲已经处于国际化的民族国家肇始时期，法兰西逐渐开始出现民族意识。诚如英格兰也出现民族意识一样，站在法兰西民族的角度来看，贞德是一位民族英雄，一位天降的女豪杰，一位天命所授带领法国摆脱英格兰奴役从而确立自己民族自决的象征人物，因此被法国人视为圣女贞德。这是从法兰西和近现代列国发展趋势来看的。在法兰西的历史叙事以及法兰西近现代英雄传中，圣女贞德都占有重要的一席之地。例如，法国历史学家皮埃尔·米盖尔在所撰《法国史》中曾经指出，"贞德的信念感染了整个民族，从此以后，光复国土不仅仅是争夺封邑的诸侯们的责任，而成了整个国家的义务，

---

① 在英格兰历史上，1066 年是一个不同寻常的年份，此年"忏悔者"爱德华辞世，征服者诺曼底公爵威廉率军入侵英国，开辟了英国史上的诺曼底王朝。

② 蒂利亚德：《莎士比亚的历史剧》，第 184—185 页。

上帝派来的使者使这个国家在一种神秘的感情中团结起来了"①。在贞德死后的四百年里，高涨的民族主义情绪催生了一大批关于贞德的文艺创作，她的伟大形象被广泛宣传，她的故事被不断润色，大批作家和作曲家歌颂她，包括伏尔泰（法国思想家）、席勒（德国剧作家）、朱塞佩·威尔第（意大利作曲家）、柴可夫斯基（俄国作曲家）、马克·吐温（美国作家）、萧伯纳（英国戏剧作家）和贝尔托·布莱希特（德国戏剧家）都创作了有关她的作品，而大量以她为题材的电影、戏剧、画作和音乐也呈持续出现之势。不过，应该指出的是，这些作品往往有着过度浪漫化和虚构想象的成分，这是文艺创作的一个基本特征，它们已经与真实历史中的贞德相去甚远。

但是，若站在英格兰的民族角度，站在亨利王朝的视角来看，贞德的起兵抗争以及对英战争的胜利，却是对英格兰民族意识的一次重创，尤其是亨利王朝塔尔博伯爵的失败，致使英国兰开斯特王朝面临崩溃。镇国柱石倒塌，英军败北，由此引发了一系列连锁反应，亨利六世王权跌入低谷，约克王朝顺势建立起来，英国数十年持续不断的红白玫瑰战争，使得英格兰国力大损，战争频仍，大批贵族战死沙场，生灵涂炭，民不聊生，经济凋敝，整个英国陷入大分裂与大崩溃的深渊。此后英国的国家状况直到亨利七世才有所转圜，到亨利八世时期才步入正轨，都铎王朝最后到了伊丽莎白时代才重新作为一个欧洲大国崛起，开辟出一个繁荣的新时代。即便如此，英格兰王朝在欧洲再也不可能达到亨利五世时期开创的英格兰与法兰西共同拥有一个英国

---

① 皮埃尔·米盖尔：《法国史》，桂裕芳等译，中国社会科学出版社 2010 年版，第 84 页。

君主，英国王权延伸至法兰西广阔疆域之内那样的状态，最多固守法国加莱等一些领地，且也难以为继。法国作为一个独立而强大的民族国家或王朝，依然自立于欧洲大地，英法构成欧洲两大竞争的对手国家，相互争霸延续三百余年。这是莎士比亚未曾看见的，但他凭着天才的敏感，依然感觉到贞德鼓舞起来的法兰西民族激情，会燃烧起滔天烈火。所以，他才在《亨利六世》上部，对此予以巫术化甚至妖魔化的处理，这与其说是莎士比亚的歹心颇具，不如说是慧眼卓识，预感到一个大时局因着贞德的起兵抗英而姗姗到来。

　　另外，即便是莎士比亚生活的都铎王朝之伊丽莎白时代，当时的民情和世风，乃至精英意识，不仅在英国伦敦，乃至在法国巴黎，英法之间也是针锋相对，相互瞧不起、互相鄙夷，英国人视法国人为浮夸浅薄之徒，法国人视英国人是蛮夷野种。对此，当时的文人墨客多有描述，蒂利亚德还认为："莎士比亚在阐明庞大的流行政治主题和内战的恐怖以及赋予其戏剧人们需要的本国至上主义语气等方面，也满足了大众的品位。贞德是个足够坏的女人，安佐的玛格莱特是个很有意思的王后；一个英国人抵得上一定数量的法国人；法国人既自负又薄情，这都是为了满足大众的情绪。"[1]英法之间的相互对立和相互鄙夷，当然有历史恩怨，也有文化差异，还有文明差别，地域不同，海洋与陆地的分野，这些在后来的 18、19 世纪，更是愈演愈烈，由此产生了各种思想理论，例如孟德斯鸠、卢梭、大卫·休谟、亚当·斯密与埃德蒙·伯克等人的关于英法差异论的观点。所以，我们不能超越历史语境，不能跨越时代距离，以今天或 20 世纪的眼光阅读莎士比亚

---

[1]　蒂利亚德：《莎士比亚的历史剧》，第 180 页。

的历史剧，要求莎士比亚能够超越历史时空、超越民族意识地描述英法战争以及对贞德进行非巫术化的戏剧描述。

从早期现代国家史的视野来看，任何一个现代民族及其主权国家，都有一个从王权演变递进的转型过程，或都经历过一个王权绝对主义的历史时期，而在这个王权至上的时期到来之前，都会有一个"英雄创世"的特殊时刻，然后趋于巩固王权甚至达到"王者至尊"的状态，最后再进入王权受到限制的阶段，进而发展为主权在民。这个早期王权—主权史，在英国和法国表现得尤为明显和典型，莎士比亚英国历史剧表现的也是这个政治逻辑，只不过莎士比亚历史剧主要表现的是上半段历史故事，下半段故事则是从斯图亚特时期的光荣革命才开始出现，光荣革命开辟了英国现代宪制史的下半段。法国则是从大革命才开始下半段故事的。现在我们回到莎士比亚的《亨利六世》三部曲的上部，我们看到，这里描绘的其实是两个关涉早期现代民族及其国家（王国）的英雄人物或中流砥柱式的人物，一个是英格兰亨利王朝的塔尔博伯爵，这是莎士比亚在戏剧中作为正面人物塑造的；另一个则是奇女子贞德，这是莎士比亚作为反面人物塑造的。莎士比亚站在英国民族的立场上，对法国民族的正面人物圣女贞德，给予了某种巫术化的丑化，但并没有减弱或消除其伟大的作用，只是在政治伦理上予以巫术化而已。贞德对法兰西民族的重要价值意义，莎士比亚还是认同的，贞德在莎士比亚笔下的一系列战役场景中所发挥的伟大作用，直至她的牺牲封神，莎士比亚都有过精彩的描述，这些都可以从侧面予以印证。例如在奥尔良战场，贞德如此说道：

我是奉了天命来讨伐英国人的，今晚就一定把奥尔良解

围。等我一加入战争，太平日子就快到来了。光荣如同水面上
的水花一样，从一个小圆圈变成大圆圈，不停地扩大，直到无
可再大，归于消失。英王亨利一死，英国的光荣圈也完蛋了，
圈儿里的荣光也就消逝无余了。我好比是座巍峨壮丽的楼船，
上面装载着凯撒和他的好运。（卷三，页108—109）

此战胜利后查理谕令如下：

赢得今天胜利的，不是我们，而是贞德。为了酬谢她的大
功，我要和她共享这顶王冠。我要命令全国僧侣列队游行，歌
颂她无穷的功德。我要为她兴建一座比孟菲斯更为庄严的金字
塔。将来如果她一旦逝世，为了纪念她的遗徽，我们要用七宝
香车，装殓她的骨殖，在盛大的仪仗中，运送到法兰西的先
王、先后的陵寝中去安葬。以后我们就不用再向圣丹尼斯祈祷
了，贞德圣女将成为法兰西的保护神。（卷三，页118）

当然，这位伟大的女圣人，更需要法兰西自己的民族叙事予以正
面确认，例如，英国现代著名文学家萧伯纳创作的六幕历史剧《圣女
贞德》，就是一部基于法兰西民族意识的经典作品（虽然作者萧伯纳是
英国人），该剧从法兰西民族意识和现代民族生成史的高度，矫正了若
干世纪前莎士比亚多少有些偏颇的文学描绘，为法兰西创造了属于自
己民族的创世英雄，应该说在人类步入现代社会的今天，早期现代的
莎士比亚与中晚期现代的萧伯纳，他们的作品都具有典范的意义。

莎士比亚在《亨利六世》上部，实际上塑造了英格兰自己的民族

英雄，用英语塑造自己的民族英雄，这在莎士比亚之前还没有过。过往的诗歌和戏剧等，其主角都是君主和王后以及他们的子嗣。一位贵族，而且像塔尔博伯爵那样仅仅是贵族（不是后来加封为国王的贵族），成为英格兰历史史诗中的主角，似乎只有莎士比亚才敢于如此创作。在亨利六世王朝，塔尔博就是这样一位绝对意义上的英格兰民族的主角，一个具有创世意义的英雄人物。当然这里所说的创世，不是古典文明蒙昧时期的英雄（君主）创世——在人类文明早期的启蒙时代，各个民族都有自己的英雄创世的史诗，例如《荷马史诗》《罗兰之歌》《尼伯龙根之歌》等。这里所说的创世，可谓人类文明的第二次创世，即现代文明的早期创世，列国封建时代之后的现代早期文明的创世。这次创世的意义也是非凡的，它开辟了一个现代王权乃至人民主权的新时代，一个现代的政治体制与生活方式的崭新形式。由此，这个创世具有承前启后、承上启下的意义，其创世主角就并非一定是一位君主，当然可能是非凡卓越的盖世英雄的君主，也可能是贵族，或其他天降神物一般的人物。例如法国的少女贞德，就是一位牧羊女，而非法国查理王太子，圣女贞德承担起为现代法兰西民族创世的作用和意义。至于英格兰的现代创世，与法国不同，在莎士比亚《亨利六世》三部曲中，则是由一位伟大的贵族承担的，他就是具有中流砥柱作用的英雄塔尔博伯爵，他是英格兰王国真正的基石。就像法国王太子只是一个形式上的君主、一具躯壳一样，英格兰的亨利六世也是一位形式上的君主、一具躯壳，真正赋予英格兰王国生命力的灵魂人物是塔尔博。

如此看来，《亨利六世》三部曲，尤其是上部，其实有两组现代国家（王国）的主体，一组是虚设的形式上的主体，他们分别是英国的亨利六世和法国的查理王太子，另外一组则是本质的灵魂性的主体，法国是圣女贞德，英国是塔尔博伯爵。莎士比亚站在英格兰民族的立场上，他在戏剧中重点褒扬的则是塔尔博这位中流砥柱式的早期现代英国的创世者。在莎士比亚笔下，这位英雄无疑是一位悲剧性的人物，是一位悲天悯人的足以惊天地泣鬼神的人物，他屡建战功，为英格兰亨利王朝披甲执锐，赴汤蹈火，身陷囹圄，备受屈辱，最后战死沙场，可谓鞠躬尽瘁，死而后已。最使人感到痛惜的是，导致塔尔博父子战死的原因，并非他们父子能力不济，英格兰势力不足，敌人强大无敌，而是英格兰内部高层贵族的蝇营狗苟、自私自利和见死不救，可以说他们父子是死于英国人自己手中，死于英格兰朝臣的自私与堕落，这真是一场最大的王国悲剧，标志着这个王国的生命枯竭，灵魂耗尽。这才是莎士比亚所谓英格兰的黑暗世界——政治失序，精力耗竭，这才是大分裂和大崩溃的真正开始。

应该指出，《亨利六世》上部实质上展示的是英格兰与法兰西两种精神传统的征战，它们又集中体现为塔尔博的精神与圣女贞德之间的斗争。最终，随着塔尔博的死亡，亨利王朝的中流砥柱倒塌了，英格兰难以避免地开始了腥风血雨的大混乱和大分裂时期，这就成为莎士比亚《亨利六世》三部曲之中部的主题内容。

玫瑰寓言背后的王权争夺战

《亨利六世》中篇可谓三部曲的构架中心，延续着上篇的情节故事，但具有独立成篇的价值与意义。在这部戏剧中，莎士比亚把蕴含在英格兰金雀花王朝之后所形成的两个显赫家族的王权纷争及其王位嬗变的中心内容突出而悲剧性地暴露出来，可谓揭开了英格兰王朝历史的大混乱和大分裂之底牌，英国人耳熟能详的悲惨而卓绝的红白玫瑰战争在此轰轰烈烈地上演。莎士比亚无疑吸收了霍尔英国编年史的大部分素材，并且给予了富有戏剧性尤其是悲剧性的改造和创作，从而又超越了霍尔编织的传统历史剧的窠臼，赋予了莎士比亚独创的历史政治与法权伦理的早期现代性价值。

《亨利六世》第二部是莎士比亚英国历史剧第一个四联剧中的浓墨重彩之剧，他在上部为此做了铺陈之后，英国王朝史上的这个大混乱和大分裂时期开始赤裸裸地出现，在戏剧艺术史中，莎士比亚此剧也是经典的剧目，取得了非凡的成就。如果说上部是序曲，兰开斯特王朝肉身和灵魂两个方面都已溃烂，那么第二部则是大混乱彻底爆发，大分裂凸显出来，表现为英格兰王朝嬗变和君权争夺、篡权僭位的大悲剧的到来。

我们先看这个英格兰王权的大分裂是如何开裂的。首先，正像上部戏剧所揭示的，封建法律的崩溃和失序，传统王权的紊乱和失序，都已无须多说，盖子已经翻开，原先笼罩其上的法律和道统、宗教和伦理皆已遭到唾弃，所谓的贵族风范之高贵、政治伦理之约束、宗教信仰之尊崇，等等，都被践踏于腐败堕落的王族贵胄们脚下。他们口头上大言不惭，口口声声说是维护王朝的统绪和王国利益，实际上却是尔虞我诈，相互争权，温切斯特主教与葛罗斯特公爵之间的斗争，萨穆塞特伯爵与约克伯爵之间的争斗，实质上全都是为了满足自己的个人私欲和篡权夺位的家族野心。这在著名的议会客厅花园的一幕戏剧中表现得最为赤裸和厚颜无耻（对此在前文中已经有所描述）。请看，这些贵族勋爵，眼里哪有什么法统和伦理、美德和嘉谊，就在议会议事大厅之侧的花园，在君主权杖的统辖之下，他们无视法律和正统，无视王朝纲纪和人臣伦理，赤裸裸地就王国之王权归属展开激烈的党派划分，把君主威仪视为无物，把神圣加冕视为敝屣，仅仅根据家族的利益和党派划分站队，这样就有了英国王朝史上著名的红白玫瑰两个家族王权之争斗，并引发了旷日持久且对英国损害深远、灾难深重、人民饱受涂炭的玫瑰战争。

　　至此有必要翻出英格兰历代封建王朝的老故事，这个故事曾经被英国编年史家霍尔予以系统化地表述，在《兰开斯特与约克两个显赫高贵家族的联合》这部著名的编年史，以及霍林斯赫德的《编年史》和当时的诗文集《为官之鉴》中，这个故事被编写得津津有味，使读者大众流连忘返。对此，莎士比亚似乎在《亨利六世》三部曲中也未能免俗，他在上、中、下三部曲中，都有不同的论述、转述和赞同之语，当然是通过故事情节和不同人物予以述说的，例如摩提默与约克的狱中对话，亨利六世的独白，玛格莱特王后的诅咒，还有约克一党的大量陈述，等等。莎士比亚历史剧研究者蒂利亚德也基本认同并大量援引了上述霍尔、霍林斯赫德等人的著述，指出莎士比亚似乎受到了霍尔等人的影响，接受了他们的观点，并且认为这个故事可以追溯到理查二世，尤其是亨利四世——亨利四世被视为这个故事的始作俑者。一切都是从亨利四世的篡权谋逆、弑君夺位开始的，如此才会有后来亨利六世面临的大混乱和大分裂，致使英格兰王国陷入黑暗和灾难的深渊。兰开斯特与约克两个王朝嬗变不断，战乱频仍，贵族精英死亡大半，人民饱受苦难，生灵涂炭，这是一种篡权弑君的暴乱和僭政，这种非法叛逆最终要遭受报应和诅咒，它们在隔代之后得到应验。诅咒与报应，是亨利四世埋下的种子，其代价则是英格兰王国的大混乱和政制失序的大黑暗，以及红白玫瑰战争。当然，英格兰王朝的大分裂和大混乱最终由于里士满伯爵的凸显和崛起而结束，都铎王朝综合了两个王朝以及两个王族，最后获得大圆满的结局，这就是所谓的都铎王朝的历史神话。

综上所述，霍尔和霍林斯赫德的编年史以及都铎神话是当时持续半个多世纪（都铎王朝从亨利七世发端直至伊丽莎白女时代）的主流思想意识，是大众百姓尤其是精英贵族和文人墨客的主导观念，当然莎士比亚无论是从属官方历史观念还是避嫌为稻粱谋，对此都并没有表现出明确的质疑，而是认同赞许，这一点并没有为莎学主流研究者所否认。但是，究竟莎士比亚是否就完全认同上述都铎王朝的历史观念或都铎神话呢？对此，我并非如大多研究者那样认为莎士比亚完全赞同，且为之添油加醋，全然投入这种"歌德"工作，而是认为他有自己独立甚至独创性的思想认知。且不说他在第一个四联剧中赋予了都铎神话以早期现代的内涵，而且即便是关于两个显赫高贵家族的分裂与联合，尤其是分裂的缘由，他也并没有完全接受霍尔编年史的所有素材和认知谱系，而是要予以深究。为此，他在第一个四联剧之后，紧接着就创作了第二个四联剧，即《亨利四世》（上、下），《理查二世》和《亨利五世》。

应该指出，如果完全赞同霍尔的观点，莎士比亚就完全没有必要创作第二个四联剧，重复霍尔的相关内容，也就是说，传统封建王朝的老故事，霍尔已经记述得非常详尽和完备了，其他文人（诗人和剧作家们）也都充分地予以戏剧化地展示了，莎士比亚再重复实在没有什么必要。莎士比亚在《亨利六世》三部曲中，尤其在中、下两部戏剧中，关于两个英格兰王朝家族的分分合合，以及王权法统之正统性的是是非非，毕竟不是由莎士比亚自己陈述和评说的，而是借由不同的人物，尤其是立场对立的人物，通过他们之口且在不同的语境下宣示出来的。这些只是代表着他们的立场和观点以及历史认知，尤其是涉及王权法统、政治统绪、正统正当与否，都是他们的一己之见，究竟莎士比亚自己如何看待，有何认识，认同如何，等等，他并没有明确说出来，而是隐藏在这些人物和故事情节之中。这或许正是文学艺术、戏剧诗歌的魅力和神奇之所在吧。显然，莎士比亚花费如此时间和精力继续创作第二个四联剧，追溯英格兰封建王朝，尤其是兰开斯特以及约克王朝的起源，描绘它们之间的王权纷争和世代嬗变，表明他并不完全赞同甚至大不接受霍尔等编年史家和文人墨客的认知、观点和价值评价，而是有自己不同或迥异于他们的新观点——不接受传统封建王朝的次第演绎史，试图揭示其中更具有早期现代性质的受到来自意大利文艺复兴和欧洲15世纪以来的新思想新观念，尤其是受到马基雅维利、市民主义、民族国家理念以及新教神学的影响的一面。对于第二个四联剧相关方面的分析和解读，下文我将进一步讨论。现在我们还是回到第一个四联剧的《亨利六世》中部，考察一下其中王族大分裂以及导致的大混乱的实质究竟是什么，它们又是如何演变和步入深渊的。

两个家族公开分裂，由此红白玫瑰战争的大戏拉开，这是《亨利六世》上部的一个关键点，而中部可谓上部的继续展开。我们看到，由于战神塔尔博伯爵的死亡，英国的优势地位已经不再，而法国由于圣女贞德的被审判处死也需要短暂休整，于是经过一番战与和的转辗变故，在教皇、神圣罗马皇帝和阿玛涅克伯爵的调停之下，在瑞尼埃和阿朗松两位法国重臣以及约克和华列克两位英格兰伯爵的主持之下，两个国家最终达成暂时的和解。莎士比亚在第一部第五幕对于两国议和有过一番描绘，除了具体的议和条款之外，对于英国来说，还有一桩有利的条件：

> 法国太子查理的亲密盟友、阿玛涅克伯爵，在法国是一个握有实力的人，他愿将他的独生女儿嫁给王上，并赠送一笔丰厚的妆奁。（卷五，页168）

至于法国查理王太子方面，瑞尼埃伯爵说道：

> 殿下，关于和约条文，不要过于固执、吹毛求疵吧。难得能够和平解决，机会一错过，就再也不来了。

阿朗松伯爵说道：

> 说实在的，您是不忍战火蔓延，生灵涂炭，想要拯救您的百姓的，为了执行您的政策，就接受这个和约吧。反正以后看形势如何、遵守不遵守您还可以相机行事的。

查理由此说道：

> 我同意，但须附带这一条件：现在由我们驻防的城市，你们不得染指。

约克伯爵答道：

> 那么你就宣誓效忠于英王陛下；你以骑士的身份，决不反
> 抗或背叛英王陛下的权力，你和你部下的将领都不得背叛。（卷
> 五，页 182）

总之，到此为止，延续近百年的英法战争告一段落。不过，对于
英格兰来说，问题并没有彻底解决，外敌反抗刚刚缓解，内政危机就
愈演愈烈，在上部第五幕刚刚冒头的两大内部危机随之展开，一场大
戏行将开演。

这场大戏的第一幕是玛格莱特王后的隆重出场，这本来是一个小
插曲。按照原先的和约条件，法国是将重臣阿玛涅克伯爵的独生女嫁
给亨利王为王后的，但英国大臣萨福克伯爵却出于私利极力撮合把法
国弱势的瑞尼埃（即安佐公爵兼那不勒斯国王）之女玛格莱特嫁给亨
利六世，且私下与这位王后暗送秋波以便掌管朝政大权。萨福克巧舌
如簧，竟然把幼稚的亨利王搞得神魂颠倒，以至于忘记了他曾经同意
的与阿玛涅克伯爵独生女的婚约，执意迎娶玛格莱特为王后。他对萨
福克说道：

> 尊贵的伯爵，那美貌的玛格莱特，经你这一番描绘，真
> 使我心神向往。她称得起是秀外慧中，我心中的爱情之苗已经
> 苗壮起来了。犹如劲吹的狂飙激荡着艨艟巨舰去和波涛搏斗一
> 般，她的芳名使我心旌摇摇，不能自持了；我若是不能驶进她
> 爱河的港口，我宁愿覆舟而亡。（卷五，页 183）

尽管萨福克的推荐受到葛罗斯特、爱克塞特等大臣的强烈反对，但亨利王还是乾纲独断，听从了萨福克的谗言，并指派他立刻乘船去法国，不论对方提出什么条件，只要能使玛格莱特郡主答应来英国做王后都可以答应。莎士比亚的《亨利六世》上部以萨福克的主意得逞结束，中部开篇第一幕就是在伦敦的宫中正殿，亨利王隆重迎接萨福克带来的玛格莱特王后，并举行盛大的结婚典礼。

在群臣"玛格莱特王后万岁，英格兰幸运无疆"的祝福中，亨利王朝的真正分裂和权力斗争大幕拉开。因为伴随着与法国和约条款的附加条件是：

> 英军由安佐及缅因两郡撤退，并将两郡移交于王后之父。
> 王后来英旅费全部由英王支付，不携带妆奁。（卷五，页194）

看到这份和约护国公葛罗斯特惊吓得难以卒读，改由温切斯特红衣主教读完供奉给亨利王。而浅薄无能的亨利王却说"和约甚合我意"，并封萨福克为一等公爵，另外指令约克公爵在和约有效期内暂停总管法国事务大臣的职务，并指示朝臣贵胄一干公卿热诚地招待玛格莱特王后，筹备她的加冕大典。在亨利王、玛格莱特王后、萨福克离开正殿之后，悲伤欲绝的葛罗斯特叹息道：

> 英国的公卿大臣们，国家的栋梁们，亨弗雷公爵（即葛罗斯特）要把他自己的悲哀、你们众位的悲哀以及全国的共同悲哀，向你们倾吐。想一想，我皇兄亨利先王不是把他的青春和勇力，把他国家的财赋和人民，全都消费在战争之中吗？不管

冬天的严寒，不管夏天的酷暑，他不是整天驰骋在疆场之上，才把法兰西征服下来，成为他的基业吗？……你们各位，萨穆塞特、勃金汉、勇敢的约克、萨立斯伯雷以及胜利的华列克，你们在法兰西和诺曼底的战场上不都是负过伤、留下过创伤的疤痕吗？……这一切艰难困苦、这一切光荣奋斗，难道都白费了吗？先王的武功、培福的策略、诸位的战绩以及我们的筹谋，难道也都白费了吗？唉，英国的公卿大臣们，这个和约是一个丧权辱国的和约，这桩婚姻是一个不祥的婚姻！它使你们的威名烟消云散，它使你们的名字不能永垂青史，它使你们的业绩功败垂成，它使你们在法兰西的建树化为乌有，它毁坏了一切，使一切都完全落空！（卷五，页 195）

显然，葛罗斯特的慨叹说出了所有人的慨叹，诸位大臣本来理当群情激愤，团结一心，众志成城，但由于英格兰的贵族精英们此时业已堕落殆尽，在这位忠诚的老臣离开之后，各位就都打起了自己的小算盘，此后的剧情无疑是，英格兰的大混乱和大分裂公开地展示在世人面前。

先不说萨福克自己的私心，其实他早在上部结尾就说出了：

玛格莱特立为王后，她就能控制王上，而我呢，我既能控制她，也能控制王上和整个英国。（卷五，页 185）

在第二部第一幕葛罗斯特说完他的担忧之后，进而谴责萨福克为了支付迎娶的费用，向每个英国臣民征收了百分之十五的税金。对此，温切斯特红衣主教为萨福克辩护，在气走葛罗斯特之后，他开始了自己的私仇公报，说什么大家不要被护国公的言辞蒙蔽了眼睛，葛罗斯特公爵是自己的死敌，他（葛罗斯特公爵）作为王室的嫡传宗支是王位的继承人，温切斯特要诸位留点神，防止这位护国公心怀叵测，图谋篡权夺位。他怂恿萨穆塞特、勃金汉，再去找萨福克，加上自己一起联合起来，先把葛罗斯特轰下台，让亨利王亲政。在温切斯特离开后，萨穆塞特和勃金汉也有自己的小算盘，他们两人认为，固然葛罗斯特盘踞高位，气势凌人，但温切斯特也非可信赖之人，其傲慢令人难以忍受，葛罗斯特下了台一定是温切斯特继任护国公，这也非他们所愿，还是由他们两人担任护国公最好。呵呵，兰开斯特王朝的这班公卿大臣们就是如此，难怪上述两位走后，萨立斯伯雷对其子华列克说道：

　　傲慢在前头走，野心在后边跟。这一帮子都在千方百计想叫自己升官，我们却应该替国家出一把力。我看葛罗斯特公爵的为人，的确不失为一个正人君子。倒是那个倨傲的红衣主教，与其说他是一位教士，还不如说他是个军人。他一向是昂首阔步，目中无人，说起话来，完全是流氓口吻，很不合乎国家统治者的身份。华列克，我的儿，你是我晚年的慰藉；你为国家建立的功业、你的开朗的性格、你的好客的风度，已经博得了公众的极大好感，除开善良的亨弗雷公爵以外，你是最得人心的了。还有你，约克老弟，你在爱尔兰的措施，使那里的人民俯首就范；你在管理法国事务大臣任内，对于法兰西的经营部署，使那里的人民对你敬畏。让我们联合起来，为了公众的利益，尽我们力所能及，来对骄横的萨福克和红衣主教、野心的萨穆塞特和勃金汉，加以约束；同时，对于亨弗雷公爵的行

动，只要是符合国家的利益，我们就给以支持。（卷五，页198）

当然，上述萨立斯伯雷伯爵的一番肺腑之言，确实代表着亨利王朝的某种生命力尚存，但真实的情况却远非如此，面对华列克表达的衷心遵从，老奸巨猾的约克公爵在虚假应酬之后，自己却另有更大的野心，这些暂时还不能说破，还需假以时日。在萨立斯伯雷父子离开后，他有过一番著名的独白：

安佐和缅因白白送给了法国人，巴黎已经丧失了，这些地区丢了以后，诺曼底省就处于极不安全的地位，萨福克签订了和约条款，贵族们都已同意，亨利也愿意用两个公爵的采邑换取一个公爵的标致女儿。为了这些事，我也怪不得他们；在他们看来，这些都算得什么？他们送掉的原是你的东西。……我约克正是处于这样的地位：我自己的土地被人家换掉了、出卖了，我只能坐在一旁，忍气吞声。在我看来，英格兰、法兰西、爱尔兰，这些国土都是我心头之肉，都是我生命的寄托。……总有一天我约克要把自己的东西收归己有。为了这个目的，我不妨站在萨立斯伯雷父子这一边来，在外表上对骄横的亨弗雷公爵表现一下拥戴的态度。等到时机一到，我就提出对王冠的要求，那才是我所追求的最高目标。即便那气派十足的兰开斯特，也不能让他篡夺我应得的权利，不能让他把王杖拿在他那幼稚的手里，不能让他把王冠戴在头上，他那种像老和尚一样的性格是不配当王上的。可是，约克呵，你得耐心一点，要等待时机成熟。当别人入睡的时候，你得保持清醒，留心伺察，把国家的内幕刺探清楚。亨利替英国花了许多钱买来一位王后，他正陶醉在新媳妇的爱河之中，等他和亨弗雷同其他的贵族们一旦发生破裂，那时节，我就要高举乳白色的玫瑰，使那空气里充满它的芬芳，我要树起绣有约克家族徽记的旗帜，对兰开斯特家族进行搏斗。我要使用武力，迫使他交出王冠，这些年来，在他书呆子般的统治之下，英格兰的威望是一天天低落了。（卷五，页 199—200）

　　莎士比亚《亨利六世》第二部的情节果然是按照约克的预测进行的，在此次重要的朝臣对话之后，剧情进入一个重要的转折，那就是葛罗斯特夫人在家中妄想鼓动其夫篡权夺位，虽然被葛罗斯特公爵严厉呵斥，但却被红衣主教和萨福克派来的密探告发，于是发生了圣奥尔本围场的一系列事端。萨福克伯爵、温切斯特主教与玛格莱特王后联起手来，不但向亨利王告发葛罗斯特夫人的叛逆言辞，而且还嫁祸于葛罗斯特公爵，他们指使差役指控他们夫妇在法国卖官鬻爵、图谋不轨，进而剥夺了其护国公的职务，最终将葛罗斯特监禁于伦敦塔，等待审判。在此期间，还发生了一些涉及约克公爵以及华列克伯爵的仆人告状事端。总的来说，萨福克、温切斯特、玛格莱特以及萨穆塞特、勃金汉等人，他们终于联合把葛罗斯特护国公搞下台，并将其送进监狱，还顺便解除了约克的职务，贬抑了萨立斯伯雷父子，算是他们各自顺遂了自己的心愿。但剧情并没有到此为止，莎士比亚继续描绘这些公爵权贵的下一步行动，即他们都想独揽大权，彼此之间也是相互抵牾、相互防范的，不过，将葛罗斯特置于死地是他们共同的诉求，只有这位功高位重的老臣被彻底清除，他们的私利和野心才能遂愿。于是他们不顾亨利王对于葛罗斯特的信任和保护，密谋将葛罗斯特杀死了事。《亨利六世》第二部的剧情就是以此为中心展开的，对于这个搅动全局的事件，莎士比亚还是倾注了不少的精力予以刻画和描绘的。在第三幕，面对他们的指控，葛罗斯特对亨利王说道：

> 你身边的牧羊人被赶走，豺狼们马上要争先恐后地来咬你了。哎，但愿我担心错了！哎，但愿如此！亨利我的好王上，只怕你是危如累卵呵。（卷三，页238）

亨利王则痛心地说道：

> 哎，亨弗雷叔父！我看到你的脸就知道你是多么正直、笃实、忠诚，可是，善良的亨弗雷，竟有这样的一天，要我说你是虚伪，要我怀疑你的忠忱。你是什么恶星照命，以致满朝的王公，甚至我的王后，都非把你置于死地不可？……我要问：到底谁是叛逆？葛罗斯特他绝对不是的。（卷五，页238—239）

面对如此情况，玛格莱特与这帮人说道：

> 我的亨利主公在大事上总是冷冰冰的，他人太老实、心太软，见到葛罗斯特装出的假仁假义，就被他迷惑住了。……我看非赶快把这个葛罗斯特从这个世界上清除掉不可，清除了他，我们才能高枕无忧。

对此，红衣主教温切斯特同意：

> 把他弄死确是值得一试的策略，不过我们还没有找到杀他
> 的借口，最好是经过法律程序，判他死罪。

而萨福克则说道：

> 依我看，那不是好办法。现在王上还要设法救他，老百姓
> 也许会暴动，来挽救他的生命，而我们要证明他的死罪，除了
> 一些嫌疑的罪状之外，证据还是十分不够的。

约克也参与了此事的密谋，不过他是另有所图，在一番讨论之
后，最终是玛格莱特王后同意，温切斯特唆使，萨福克积极配合，并
由红衣主教寻找刽子手，他们一致认为：

> 必须叫他死。……亨弗雷就是我们王上的敌人。要杀他就
> 杀他，不必拘泥法律的条文。不论使用什么圈套、什么巧计，
> 不论趁他醒着还是睡着，都没关系，只要弄死他就行。（卷五，
> 页 239—240 ）

于是，经过一番肮脏的密谋之后，这批亨利王朝的公卿权贵就开
始肆无忌惮地实施对于葛罗斯特的谋杀行为。

正当此时，爱尔兰发生民情暴动，由于约克参与了他们谋杀葛罗
斯特的密谋，所以最终如愿以偿，被他们指派为平定爱尔兰叛乱的统

帅，率领一支大军赶赴爱尔兰，这份任命亨利王肯定会予以批准，萨福克、温切斯特还会积极襄助完成征兵以及兵马调遣事宜。对此，心怀叵测的约克不禁心花怒放，他独白道：

> 约克呦，你如不趁此把心放狠，把犹疑变为决心，以后就再也没有机会了。……很好，贵人们，很好，你们把一支大军调拨给我，这件事做得真是好。只恐怕你们把一条饿蛇放到怀里渥暖以后，它会螫你们的心房。我所缺的是兵马，恰好你们就把兵马送给我。我感谢你们，不过请你们相信，你们是把犀利的武器放到狂人的手中了。等我在爱尔兰培养成一支强大的军旅，然后我就要在英格兰掀起一场墨黑的暴风雨，那场暴风雨将把成万的生灵吹上天堂，或者卷进地狱。那掀江倒海的风暴将要变本加厉，直到那黄金的王冠落到我的头上，到那时才像辉煌耀眼的阳光一般，将那场狂飙平息。（卷五，页 242—243）

约克老谋深算，其实他早就有所筹谋，他让肯特郡的一位名叫杰克·凯德的莽汉煽动民众造反，作为他的傀儡，假冒摩提默的名义兴兵作乱，即便凯德失败，也为他铺平了进攻伦敦的道路。

不仅如此，还有更为重要的，约克乘机利用萨立斯伯雷父子的忠肝义胆，在自家的花园里对他们诉说真情，把约克家族有权利继承英国王位的众所周知的故事做了坦诚的交代——当朝的兰开斯特家族通过非法的弑君夺位才获得了约克家族本该继承的王权和王冠，依照王室继承权的血亲房位排序，约克才是最有资格继承英格兰王国自爱德华三世创下的王权之人。对此，华列克伯爵说道：

明白极了，没有任何事情比这更明白的了。亨利是以四房子孙的资格要求继承，而约克则是三房。除非三房无后，才轮到四房承嗣。可是，三房并未绝后，在您和您的子孙身上，三房还兴旺得很哩。既然如此，萨立斯伯雷我的爸爸，让我们一同跪下。在这个僻静的地方，我们首先对王位的合法继承人致以敬礼。

萨立斯伯雷、华列克：我们的君主英王理查万岁！

约克：谢谢你们，两位贤卿。不过在我还没有加冕之前，在我未将兰开斯特家族诛戮以前，我还不是你们的王上。……望你们在这些危险的日子里，按照我的办法行事：对于萨福克公爵的傲慢、对于波福（温切斯特）的骄倨、对于萨穆塞特的野心，以及勃金汉和其他一帮人，都得暂时忍耐。要等待他们把那位牧羊人——那位好好先生亨弗雷公爵搞垮以后，我们再动手。他们的目的在此，如果我约克能够言中的话，他们在追求这个目的的时候，必将自取灭亡。

萨立斯伯雷：我的爵爷，我们分手吧，您的心事我们全部了解。

华列克：我的内心向我保证，华列克伯爵一定有一天能够扶持约克公爵登基。

约克：纳维尔（萨立斯伯雷），我也向自己保证，在理查活着的时候，一定能将华列克伯爵抬举到一人之下、万人之上的地位。（卷五，页224—225）

事已至此，亨利王即位开始的英格兰红白玫瑰之王族大分裂以及玫瑰战争所引发的大混乱，也就非常清晰可见了。从人事方面来看，支持红玫瑰兰开斯特家族的权贵们虽然很多，但是由于内斗不已，其实非常虚弱，而支持白玫瑰约克家族的权贵们看上去人物不多，却非常具有战斗力，其篡位夺权也是必然的。莎士比亚在《亨利六世》三部曲中，把这个王朝嬗变王位变迁的故事演绎得跌宕起伏、曲折有致。以诬陷葛罗斯特公爵为标志，亨利王朝开始坠入低谷。莎士比亚刻意安排的这场戏很富有戏剧性，作为强势一方的兰开斯特王族一党，看上去阵容强大，王公贵卿等头面人物人多势众，例如，有护国公葛罗斯特，还有红衣主教温切斯特、萨穆塞特公爵、萨福克公爵、勃金汉公爵、克列福勋爵父子，等等，此外还有玛格莱特王后及后党一干新贵。相比之下约克公爵一党则处于弱势，仅有萨立斯伯雷、华列克伯爵父子，以及约克公爵的儿子爱德华、理查等人，并不占据朝廷主导权势力量。成事在精而不在多，王党一族其实是势若散沙，尤其是他们在与法国战争期间借刀杀死堪称中流砥柱的塔尔博伯爵，以及联合谋杀忠心耿耿的老臣葛罗斯特之后，彼此之间就又相互为敌，形成新的权势小帮派，忠心爱国的贵族们则被边缘化，例如萨立斯伯雷伯爵父子就因不愿同流合污而遭冷落。这里特别值得一提的是王后玛格莱特这位女子，虽然她的出场为英格兰的绝大多数王公显贵所不喜，但由于萨福克公爵的极力推举，加上亨利王的宠爱有加，于是逐渐在宫廷中占据了主导地位。她干预朝政，直接参与陷害葛罗斯特公爵，并不断培植亲信党羽，在此后支撑亨利王朝的朝政乃至军事战役方面，扮演了极其重要的角色。

　　莎士比亚作为伟大的艺术家非常擅长驾驭戏剧化的历史题材，他的《亨利六世》第二部在结构上从两个方面展开英国政治的内在逻辑，关于陷害和谋杀葛罗斯特这个焦点问题，莎士比亚也是在第三幕和第四幕中分别予以戏剧化描绘。先是兰开斯特王族的内斗愈演愈烈，直到葛罗斯特公爵被谋杀，进而引发一干贵族乃至伦敦市民的反抗浪潮，他们涌到王宫门前，至此亨利王才得知葛罗斯特已经死去了。华列克伯爵怒而斥责道，是萨福克与温切斯特两人密谋杀害了护国公，萨福克当着国王的面狡辩，说是叛国贼华列克带着老百姓向王宫进攻，对他们兴师问罪。亨利王感到万分震惊，他早就指示要采取司法程序审查护国公的罪证，且他本来就不相信葛罗斯特叔父会叛逆谋反，现在这位忠心耿耿的老臣遽然被人残暴地杀死于狱中，无疑使他痛不欲生。面对吵吵嚷嚷的民众，萨立斯伯雷伯爵说道：

> 神武的主公，百姓们要我代表，除非您立即将萨福克公爵
> 处死，或将他逐出美好的英格兰国境，他们就要用暴力把他拖
> 出宫廷，把他凌迟碎剐。百姓们都说善良的亨弗雷公爵是他害
> 死的，他们还担心他要暗害陛下的圣躬。（卷五，页251）

在此情况下，虽然萨福克百般辩解，玛格莱特王后多方陈情，但亨利王最终还是决定将萨福克放逐，限其三天之内离开英格兰国境。在戏剧中，这场权斗的结果是，萨福克最终没有逃脱死亡的命运，他在多佛附近的海滨被一群王国军舰的船长和士兵杀死，而温切斯特红衣主教也被亨利王拘禁在幽暗的伦敦寺院里，最后痛楚而死。这个结局真是应验了第一幕第四场中一位巫师给葛罗斯特公爵夫人所做的预言：亨利王虽然活得比公爵长久但其王位不再，公爵死于非命，至于萨福克则死在水里，萨穆塞特是在城堡中毙命。总的来说，在这条线

索之下，兰开斯特王族的势力到此大为削弱，老一辈的核心人物大多死亡殆尽，其后继者也是乏善可陈。从剧情的演变来看，王后玛格莱特的作用愈来愈重要，她俨然担负起兰开斯特王族的扛鼎使命。[①]

相比之下，第二部还有另外一条线索，那就是约克家族的崛起。应该说，老谋深算的约克早就存有异心，他念念不忘的是匡复约克家族的王位继承权，但由他构建的白玫瑰约克一党在亨利王朝毕竟人单势薄，只能步步为营，循序渐进。他先是利用在法兰西的征战功绩获得约克家族爵位及产业的恢复，然后假装投靠温切斯特红衣主教和玛格莱特王后，掌握了平定爱尔兰叛乱的军事大权。此时他羽翼逐渐丰满，于是抓紧推进篡权夺位的夙愿，开始两面拓展，一是说服卓有成就的萨立斯伯雷和华列克伯爵父子，从而挖了兰开斯特王党的重大墙脚；二是鼓动民间群众反抗，利用傀儡莽汉凯德发起英国的市民暴动，从而给亨利王造成国内危机。总之，约克公爵并非立刻举起旗帜，反

---

① 关于玛格莱特王后，莎士比亚的描绘并非完全依照历史原貌，马里奥特指出，葛罗斯特公爵夫人被捕是在 1441 年，玛格莱特王后则是 4 年后的 1445 年方才抵达英格兰。"尽管存在一些讹误，莎士比亚对整体历史情境并无违背。他希望把来自法国的王后表现为一个志得意满的、骄傲的、有勇气的女子，一个兰开斯特家族中邪劲十足的女主人。这的确就是历史事实。……玛格莱特王后的历史地位还是在斯塔布斯主教有力且意味深长的三言两语中得到精确概括：'自其抵达的那一刻，王室的缺陷及力量便在玛格莱特身上得到了集中体现——她不屈的意志、决定的信念以及维护丈夫与孩子的英勇举动给王室带来了力量；她的政治地位、她的政策以及她的臣僚们又使王权漏洞百出。对于国家来说，她意味着亨利五世所获战果的丧失、一场不光彩的和平、受拥戴的葛罗斯特的欺辱下台以及无人欣赏的波福家族的得势。'这样一位女性就是莎士比亚在充足历史证据的支撑之下，为《亨利六世》中、下部所选择的政治焦点。因此，不同于杰姆逊女士那种对莎翁原作者身份的质疑，我认为此剧恰恰反映了莎士比亚在创作上的深刻及其敏锐的历史洞察力，他从一开始就聚焦王后这一角色可谓理所应当。"《莎士比亚戏剧中的英国史》，第 190—191 页。

抗亨利六世的王权，而是"螳螂捕蝉，黄雀在后"，先坐视王党一族的内部斗争，等待他们自相残杀，肱股大臣损失殆尽，然后坐收渔人之利，在凯德党徒攻打伦敦之际，兴师动众地起兵回国，举起约克家族争夺王位继承权的大旗，从而使得英国的红白玫瑰之争公开地进入战争状态。如此揭开英国王朝史中的红白玫瑰战争的盖子，这恰是莎士比亚戏剧艺术跌宕起伏的精彩之处。

此时此刻，幼稚、无能且任性的亨利六世，对于自己王国的政治和军事危机，对于自己王位的确定性与否，究竟是如何感知并为此行动的呢？这是一个贯穿莎士比亚《亨利六世》三部曲的重要问题。我们看到的是一个浑浑噩噩的无为君主的软弱形象。在第二部戏剧中，莎士比亚描述的这位亨利王对于王国的情势浑然不知，严重缺乏一位君主的统治意识，尤其是对于政治险恶、敌我冲突、权力斗争，等等，简直一窍不通，实在是一位让人哭笑不得的君主。一方面他陶然沉湎于与王后玛格莱特的自以为是的爱情，互诉衷肠，恩恩爱爱，其实对于这位王后的真面目毫不知晓，对于这次婚姻致使王国的国家利益以及他作为君主的王位尊严的损害也无感知，真可谓一桩昏聩而平庸的爱情。另一方面，亨利六世的政治直觉也非常欠缺，对于王朝枢纽所知甚少，例如在上部剧情（第四幕第一场）中，他竟然不知剧场红白玫瑰之争中各派党羽的企图以及狼子野心，还自以为君权神授，王位牢不可破，各位大臣不过是与其意见相左。于是在当约克伯爵等人居心叵测地问他是支持红玫瑰还是白玫瑰时，他竟然随口回答自己选择红玫瑰，并且解释说这只是随口说说，自己摘取白玫瑰也未尝不可，云云。

作为一位新加冕的君主，在王国朝政的关键时刻，做出如此轻率的表态，把自己视为一个家族之代表，而不是超然在上，统辖百官臣众，真是愚蠢至极，其父亨利五世若在，夫复何言？这个回答正中约克一族党羽之下怀，这样一来，约克党派就能以此追溯理查二世和亨利四世时期的王权纷争和王朝嬗变，进而有充分的理由反攻倒算，追讨亨利家族篡权夺位的不义之举，以此为重新获取约克王朝的正统与合法性提供证据，匡正和复辟前朝。约克和儿子们认为，约克家族具有合法的王位继承权，虽然约克公爵鉴于时局和权重，开始还有些扭扭捏捏，试图掩饰，但约克诸子及其党羽则是跃跃欲试，坦然地予以宣示。这场国会剧场发生的党派分裂以及亨利六世的拙劣表现，就为英格兰王国此后的大混乱、大分裂以及两个王族的红白玫瑰战争，埋下了不祥的种子。

　　为什么亨利六世如此行事，他究竟是何种君主呢？对此，蒂利亚德有一番解释，他以为亨利六世甚至包括理查二世这样一类君主，心地纯良，饱受基督教神恩和上帝的眷爱，故而在某种意义上，可谓不食人间烟火，处于宇宙秩序的上端，自以为君权神授，且符合古典宇宙等级秩序，以仁爱之心对待臣工百姓，便可使王国的江山永固。这种基于古典传统宇宙和社会的等级秩序观和基督教崇敬上帝的政治伦理观，致使他们虽然贵为君主，但仍然心系万民，并葆有仁爱之情、赤子之心，由此构成一个和谐的世界图景。这种传统古典主义的君主论和基督教神恩论，在封建社会自然有一定的道理，但应该指出的是，时代正在发生深刻的变化，那种为蒂利亚德津津乐道的古典封建主义的理想君主观，①乃是十分肤浅的，既不符合古典政治的残酷真相，也

---

① 　参见蒂利亚德：《莎士比亚的历史剧》，第一部分；蒂利亚德：《伊丽莎白时代的世界图景》，引言、序言和第七章。

不明了早期现代的时代浪潮（以马基雅维利为肇始的新君主论）。也许抽象地看，亨利六世乃至理查二世有着良善心地、纯粹嘉德和赤子之心，不失为一位明君，是世间难得一遇的好君主，但这只是一种理想图景，在现实政治中，他们不可能存活并泰然胜出，尤其是身处新的时代，君主要获得、保持和守卫其王权大位，统治万民，驯服朝臣，对外征战和对内治理，就必须具备像马基雅维利所言的"雄狮一样的凶狠和狐狸一样的狡猾"的王者品格。

对此，莎士比亚在《亨利六世》三部曲中屡屡婉转地道及，他显然不赞同亨利六世的软弱表现，当然，他也不会认同蒂利亚德之类的后世批评家们的迂腐之见。莎士比亚对于马基雅维利式的君主类型，或许内心并不赞美，甚至极其鄙视和谴责，但也不得不接受约克公爵甚至理查三世的所为。所谓雄才大略，为了至高的权力和荣耀等，不惜抛弃一切道德标准，为了目的，一切都是手段，以恶为恶，无所不用其极，这种适应新时代的痛苦而矛盾的政治观，在《亨利六世》下部和《理查三世》那里得到淋漓尽致的揭示。对此，下文我们再予以详细解读。

在危机的时代如何自处，这是莎士比亚戏剧留给所有人的问题。我们看到，在《亨利六世》三部曲中，这个问题依然贯彻始终，莎士比亚非常卓越地描绘了红白玫瑰战争期间各种人物的种种表现，两个王族党派，他们利欲熏心，无视王法，谋杀葛罗斯特，密谋篡位夺权，尽管机关算尽，最终还是一个个落得可耻的下场。亨利六世低能无智、道德良善，饶是如此，毕竟还知道守护王国的底线，即把国家法律视为王权的依托，封建法律还是英格兰王朝安身立命的根本，这一点也是莎士比亚笔下亨利王的亮点所在。经过这一轮王党内部（约克党派参与其中）的斗争，那些邪恶的贵族公卿大多被亨利王裁制（驱逐流放、关押监禁），但即便如此，王国还是没有获得长治久安，王国法律也没有获得贵族以及民众心悦诚服的接受和遵守，因为这个王国法律的正当性和正统性并没有得到有效的正本清源。由于亨利六世的单纯、怯懦以及盲目，他不敢真正面对王国危机和自身君位的虚幻，不能强有力地平息和消除前朝旧怨，而是一味躲避，把王权不负责任地交给了王后玛格莱特及其亲族权贵来行使。这不但没有解决问题，而且愈加激化了与约克党派的冲突和斗争，引发了更加严峻的危机，王国陷入不可救赎的困境，这就进入第二部新一轮的权势争斗，即以玛格莱特王后为代表的后党一派与约克一党直接公开的军事对抗，于是红白玫瑰战争进入新的一轮，两个王族的赤裸裸的权力对抗，直接关涉着亨利王朝的存亡绝续。

约克公爵叛逆与纸制的王冠

　　莎士比亚在《亨利六世》三部曲中，描绘和塑造了一系列具有君主特征的人物，虽然诚如蒂利亚德所言，真正的肉体与灵魂合一并握有英格兰王国权柄和威仪的君主并未名实相符，或者只是一个匿名的英格兰民族，这个民族的头颅并没有做实或实至名归，但形式上还是有一些象征性的人物标志。

　　首先是亨利六世，这位少年君主从九岁登基加冕以来就统辖兰开斯特家族的王国，但王国并没有真正地为他所有，他只是名义上的君主，直到最后惨死于理查三世的剑下。在上部享有君主灵魂的人物是塔尔博伯爵，但塔尔博毕竟只是一位中流砥柱式的贵族大臣，并非君主肉身，而且他也从未僭越，只是忠心耿耿地拱卫和守护王国之疆土，为此殚精竭虑，直到鞠躬尽瘁，死而后已。其次是上部初步出场在第二部才真正发挥作用的玛格莱特王后，这位王后当然也不是真正的君主，与后来都铎王朝的玛丽女王尤其与伊丽莎白女王有着天壤之别。玛格莱特只是一位王后，且不受英格兰朝臣公卿们的拥戴，虽然她曾代替亨利六世执掌大权，左右王朝的军事和政治大局，但她既不具有君主的威仪，也不具备君主的才华，只是因为亨利六世的怯懦和软弱，以及玛格莱特生了爱德华·威尔士亲王，母以子贵，她才在短暂的与约克白玫瑰家族的权力斗争中，暂时执掌了君主的权柄，很快又失势沦为悲惨而邪恶的怨妇。玛格莱特在第二部粉墨登场，在下部她虽然还是一位重要的人物，但她毕竟不是君主，只是机缘巧合地暂时行使君主的权力，看起来她也不为莎士比亚所恭维和赞赏。

此外在第二部还有一位重要的人物，那就是约克公爵。说起来，约克公爵倒可以说得上是一位君主，从英格兰封建王权的渊源来说，约克公爵确实具有称王的资格，可惜的是，他最后竟然落得个可悲的下场。毕竟当时的王国已经属于亨利家族，且延续了两代，约克要重新夺取王位，无疑需要非常充足的理由。在三部曲前两部戏中，莎士比亚显然并没有给予他相应的尊崇礼遇，英格兰王室之正朔还是在不堪敷用的兰开斯特之子嗣亨利六世手中。最后一位则是理查三世，这位约克公爵的儿子，后来也被加封为葛罗斯特公爵的理查三世，虽然早在第二部就作为约克之子理查随其父出生入死、征战沙场，但真正作为一位君主大显身手、纵横捭阖的，还是在三部曲的下部，以及此后莎士比亚创作的第一个四联剧之《理查三世》。这个理查三世非常之了得，在他身上体现了早期现代国家君主的短长优劣，他可谓都铎王朝开国时代的马基雅维利之君主论的代表人物，也是莎士比亚爱恨交加的人物。[①] 作为艺术作品的《理查三世》展示了莎士比亚经典性的文学才华，对此，我将在下文专门讨论，无论怎么说，理查三世也是一位名实相符的君主，虽然是一个才华与邪恶融汇在一起的难以复加的早期现代君主。

　　在《亨利六世》三部曲中，莎士比亚为观众塑造了一系列相貌各异、性格和能力不同的君主或准君主的人物形象，亨利六世、塔尔博伯爵、玛格莱特王后、约克伯爵和理查·葛罗斯特公爵（理查三世），这些戏剧化的人物形象，虽然未必都与实际上的历史人物完全吻合，

---

① 值得一提的是，关于理查三世之具体心性和外形的真实情况如何，历来是英国史学界的一个未定的争议话题，然而严谨如大卫·休谟，他虽然在《英国史》第五卷的詹姆斯一世朝的文艺部分对莎士比亚的英国历史剧评价不高，但在第二卷中对于理查三世的描写，还是无形中受到莎士比亚《理查三世》的影响，认定理查三世是一位心灵畸形的驼背君主，由此可见莎士比亚戏剧对于英国思想文化的巨大影响力。休谟这样写道："青睐理查的史家（因为即使暴君他也能在后代作家中找到党羽）坚持，他如果合法继位，也会治国有方。他作恶仅仅是为了取得王位。但这种辩护非常薄弱，已经承认理查为此必须犯下最可怕的罪行。可以肯定，理查并不缺乏勇气、干才、品质，但这些都不足以补偿他谋取王位的危险先例和作恶谋杀的扩散性范例。理查国王身材矮小，驼背，表情严厉，所以他的身体和精神同样畸形。"大卫·休谟：《英国史》（第二卷），第407页。莎士比亚一些戏剧人物的言行举止乃至功败垂成等或许与历史实情并不一致，例如约翰王、理查三世、亨利八世等，也有一些历史与文学的研究者认为莎士比亚在历史剧中混淆了很多事件的时间、场景以及人物出现的先后次序，等等，不一而足。在我看来，这些都是文学创作的细枝末节，因为莎士比亚不是历史学家，他提供的是文学作品，其史观是建立在文学戏剧的作品之上的，且为了文学的艺术价值，个别人物评价以及时间地点等细节，作者拥有巨大的想象力和创造性，历史只是为他的创作提供了一些素材，而文学创作完全可以来自历史又高于历史，对此，德国思想家黑格尔在《美学》中有过经典的论述。

但仍然具有重要的历史意义。① 应该指出的是，莎士比亚并非历史学家，他的两个四联剧也非英国编年史，而是戏剧文学作品，是典型化

---

① 关于莎士比亚历史剧的剧情内容之历史真伪问题，乃至更甚者诸如莎士比亚其人的真伪问题，一直是西方莎学的一个聚讼纷纭的议题，各种论述甚多，本书还是赞同主流莎学界的看法，对此不予讨论。至于莎翁历史剧的历史真伪问题，我大致赞同中国学者傅光明的观点，即他认为莎士比亚并非写史，不能按照历史学家的标准来审视他的戏剧作品，但我也有不赞同傅光明观点的地方，即他只是把莎士比亚定位为一位"天才编剧"而非"原创作家"，对此我不敢苟同。我认为莎士比亚虽然不是历史学家，但绝对是一位戏剧艺术家，而且还是天才的原创作家，因为任何一位杰出的艺术创作家都必然是原创的，即便他大量采用了当时业已刊载的诸多历史学家尤其是编年史学家的历史资料，并且通过一种艺术化的裁剪、编辑和改造，创作了一系列历史剧，包括英国历史剧、其他王朝历史剧和罗马历史剧，尤其是创造的一系列个性鲜明的历史人物，特别是那些著名的君主和政治领袖，显然都是原创的，即以他的艺术理念和艺术方法予以统合整理和编撰，这项工作就是艺术的原创之灵魂，也是艺术作品之实质。所以，就不能按照历史真实的标准，要求莎士比亚完全照搬其借用的历史资料，在时间、地点和人物言辞乃至个性风格上亦步亦趋地忠实于原材料，若这样就不是莎士比亚的历史剧了。其实，即便是原始资料也未必就是历史真实，也是历史学家们的主观记录，《希腊罗马名人传》和那些英国历朝编年史，莫不如此，更何况莎士比亚的历史戏剧呢？这里有一个艺术家个人创造的广阔艺术空间，其思想和艺术的精华反而展现于此。对此，英国历史学家马里奥特指出：我们"并无充足理由去质疑莎士比亚的历史准确性，不过他对历史的忠实程度还是得结合作品来具体判断。简单地说，莎士比亚虽只是个戏剧家而非历史学家，但他笔下的历史总体而言无可争议地令人瞩目。诚然，他有时确实会杜撰一些人与事、置换场景、剪裁事件或是改动历史顺序，但所有这些只是为了成全戏剧效果，莎士比亚并非刻意篡改历史。审慎的哈勒姆曾评论说：'他所创造呈现的，是在道德历史的角度中，他所理解到的真正具有英国性、历史性的东西'"。参见马里奥特：《莎士比亚戏剧中的英国史》，第25页。相关的外国资料综述还请参见 Chambers, E. K., *William Shakespeare: A Study of Facts and Problems.* 2 vols., Oxford: Clarendon Press, 1930；另外，中国莎翁学界的相关莎士比亚作品真伪问题研究，参见中国学者傅光明的研究课题"莎士比亚戏剧本源系统整理与传承比较研究"及其相关论文，尤其是傅光明在自己新译莎士比亚作品文集《理查二世》《理查三世》《亨利四世》《尤利乌斯·凯撒》等译本的译者导读部分，天津人民出版社2020年版。

的艺术作品，具有作者创造性的发挥和想象力的虚构，它们展示的是另外一个层面的历史真实。所以，这些君主式的人物，只能是莎士比亚戏剧艺术中的人物，他们是莎士比亚历史剧中的真实。

关于戏剧艺术的时代精神与戏剧人物的关系，黑格尔在《美学》中曾经指出，艺术乃是时代精神（他又称之为一般状况）的反映，而艺术之美则是理念的感性显现，即通过艺术的感性方式尤其是人物形象来体现时代的精神状况。至于莎士比亚的戏剧艺术，体现的不是古典的英雄时代，而是他生活于其中的 16、17 世纪，所以莎士比亚所描绘的历史剧悲剧人物，无疑具有相应时代的气息。他写道："莎士比亚的描绘方式与上述专用摇摆不定，本身分裂的人物性格方式恰恰相反，他向我们提供了始终一致的坚定的人物性格的范例。这些人物遭到毁灭，正是由于他们坚定顽强，始终忠实于自己和自己的目的。他们并没有伦理的辩护理由，只是服从自己的个性的必然性，盲目地被外在环境卷到行为中去，就凭自己的意志力坚持到底，即使他们迫于需要，不得不和旁人对立斗争，也还是把所做的事做到底，或者说，'一不做，二不休'。本身符合他们性格的那种情欲的苗头，前此没有吐露，现在却出土了：这样一种伟大心灵的生展过程，它的内在的发展，对它跟环境情况所进行的毁灭自己的斗争及结局的描绘，这就是莎士比亚的许多最能引人入胜的悲剧作品的主要内容。"[1]黑格尔的上述观点显然具有重要的参考价值，我们对莎士比亚历史剧或许从这个方面才能获得深刻的解读和理解。

---

[1]　黑格尔:《美学》，朱光潜译，商务印书馆1996年版，第一卷，第143页；第三卷，下册，第326—327页。

莎士比亚《亨利六世》三部曲的第二部中的关键人物便是约克公爵及其白玫瑰党一派，这里主要的人物有：约克的两个爱子爱德华和理查，以及萨立斯伯雷与华列克伯爵父子。到了下部，约克党则有很大的扩展，增加了约克的另一个儿子乔治·克莱伦斯，以及诺福克公爵、蒙太古侯爵、彭勃洛克伯爵、海司丁斯勋爵、斯泰福德勋爵等人。与之不同的则是玛格莱特王后及她提携重用的一干王党贵族，这批王党贵族虽说也都属于亨利红玫瑰家族，但早就不是上部和第二部上半篇那帮亨利六世的王亲贵胄，而是玛格莱特王后的新贵，大多属于国戚一派，旧派王党因为葛罗斯特之案已经灰飞烟灭，玛格莱特王后名下的王党有萨穆塞特公爵、克列福勋爵、小克列福勋爵、爱克塞特公爵、牛津伯爵、诺森伯兰伯爵、威斯摩兰伯爵，等等。在此需要特别提到一个重要的人物，他就是华列克伯爵，这位武功卓著的杰出贵族，原是约克公爵的强烈支持者，可以说凭借他的鼎力支持，弱势的约克家族才从群雄中冲杀出来，与兰开斯特王族分庭抗礼。但在下部开始，由于爱德华四世的背信弃义（派遣他出使法国和亲却又出尔反尔另娶了葛雷夫人为后），华列克伯爵叛出约克党阵营加入玛格莱特王后的兰开斯特党派，这对于约克党派无疑是一大重创。不过，总的看来，虽说红白玫瑰两党的成员都非善良之辈，各自都有自己的小算盘，图谋私利，争权夺势，但相比而言王党更为不堪，亨利王软弱无能退隐幕后暂且不说，玛格莱特王后则是颐指气使，任人唯亲，培育和笼络了一批新贵势力，这些人也是利欲熏心，傲慢自负，相互钩心斗角。就是这样虚伪的亨利一党在玛格莱特王后狂妄而烦躁的鼓动下，与精炼、骁勇且狠毒的约克党徒展开了殊死搏斗，他们最终当然不会是约克父子阵营的对手，这场失败乃是必然的，下场悲惨也是必定的，因为他们没有灵魂，只是野蛮性的仇杀与报复，满足的是心怀鬼胎的个人私欲，他们哪有对于兰开斯特王朝至死不渝的忠诚，哪有对于英格兰王国精神的守护。

当然，王朝争霸并非平坦顺畅，而是荆棘丛生，辗转跌宕，这是历史的宿命，也是文学的精华。莎士比亚从事的是艺术创作，塑造的是一批富有想象力的人物形象和一些充满文学性的故事场景，其中尤以第二部第五幕和下部第一幕的圣奥尔本战役、伦敦国会会场和约克郡战役为代表，一波三折，跌宕起伏，最具有戏剧的艺术性。我们先看圣奥尔本战役，这是一场红白玫瑰两党公开对决的战役，在此，约克公爵树起白玫瑰家族享有王位继承权的旗帜，他自我独白道：

> 本爵这次从爱尔兰回来是为了要求我的权利，要从软弱的亨利的头上摘下那顶王冠。让钟声敲得更响，让焰火燃得更旺，来欢迎伟大的英国的合法君主。啊！赫赫王权哟，谁不愿意为你付出高贵的代价！谁要是不能统治，谁就应该服从。我的手生来就注定要掌握黄金，我的手中如果不持着宝剑或皇杖，我就不能将我的意志付诸实施。（卷五，页 285）

勃金汉伯爵说，他奉亨利王之命来打听约克带着大军迫近宫廷，背信弃义究竟何为？约克假惺惺地说要清君侧，把狂妄的萨穆塞特赶出宫廷予以治罪，勃金汉答道现今萨穆塞特已经被国王关进伦敦塔囚禁。对此，约克不得不说，既已如此，他可以解散军队，把自己的权柄以及儿子们等交付国王调遣，只要判决萨穆塞特死罪。但当他得知萨穆塞特并没被监禁且随着玛格莱特王后一起赶来宫廷，他斥责亨利王欺骗了他，不再具有国王的威仪和权势，而是被邪恶而丑陋的王后玩弄于股掌之间。对此，约克要重新恢复自己的王位继承权，真正掌握英格兰的权柄。应该说，亨利王的怯懦与玛格莱特的嚣张正中约克的下怀。

接下来便是一系列非常有意思的人物对话。总的来说，萨穆塞特，尤其是玛格莱特，他们对于约克的叛逆野心和虚伪奸诈，自然是口诛笔伐、谴责声讨。此时一位重要的贵族克列福伯爵到来，他忠诚于亨利王，反对约克夺权称王，他与约克之子理查发生了一番争吵，埋下相互仇恨的种子。这时更为重要的贵族萨立斯伯雷和华列克伯爵父子到场，面对亨利王的恳切质询，萨立斯伯雷公开地答道：

> 殿下，关于这位具有无比威望的公爵有没有继承权的问
> 题，我已经慎重考虑过了。凭着我的良心，我认为他是英国王
> 位的合法继承人。

当亨利王发问：

> 难道你不曾向我宣誓效忠吗？
> 既然有过誓言，你能对天反悔吗？

他答道：

> 立誓去做坏事，那是一桩大罪；如果坚持做坏事的誓言，

那就是更大的罪。

玛格莱特詈骂他是狡辩，刁滑的叛徒。最后谈不拢只能付诸武力，小克列福对着其父说：

> 战无不胜的爸爸，我们去调动队伍，彻底击败这些叛徒和他们的党羽。

华列克也说道：

> 我们纳维尔家族祖传的纹章，也是我父亲的徽记，是一条用链索拴在树桩上的愤怒的熊，我今天就把绘有这个纹章的头盔，高高戴在顶上。（卷五，页290—291）

再接下来，莎士比亚便非常生动地描绘了发生在圣奥尔本的战役，在这场战役中，除了亨利王置身事外，其他两派将士都同仇敌忾，英勇奋战，杀得天昏地暗。约克父子披坚执锐自不待说，萨立斯伯雷、华列克父子与克列福、小克列福父子，他们代表着双方阵营在战斗中发挥着重要的作用。最终的结果是约克杀死了克列福，理查杀死了萨穆塞特，约克党获得了大胜，玛格莱特王后挟着亨利王退回伦敦，华列克统领着约克党的大军说道：

> 诸位大人，今天真是一个光辉的日子。享有威名的约克公爵在圣奥尔本战役中获胜，这件事应该永垂史册。传下令去，

叫三军鼓角齐鸣，向伦敦进发！（卷五，页296）

从剧情上来看，《亨利六世》三部曲合为一体，尤其是中、下部，可谓一气呵成，无法分开。下部第一幕便是伦敦的国会会场，在此上演了一幕大戏，莎士比亚通过两党首领及其将领的唇枪舌剑、议会斗法展示了一个封建王朝在面临政制危机时的非常场景。先是约克党军抢先一步占据了国会大厅，在爱德华、理查和华列克的拥戴之下，约克在御座前就座，创建大功的华列克说道：

我要扶保普兰塔琪纳特为王；谁反抗就干掉谁。理查，请
打定主意，争取王位。（卷五，页305）

此时帽上插红玫瑰花的亨利王及其一干大臣也来到大厅，关于谁坐御座发生了激烈的争执，亨利王把约克的这个举动视为叛逆的僭越，诺森伯兰和小克列福剑拔弩张，对杀父仇人约克仇恨在心，爱克塞特吵嚷着说：

只要把约克公爵干掉，他的党羽就立刻瓦解了。
亨利王：我决不忍心把国会变成屠场！爱克塞特堂兄，我要
用舌剑唇枪来和他们交战。（走向约克）你这大逆不道的约克公
爵，快快走下宝座，跪倒我的面前来恳求宽赦。我是你的君主。
约克：我才是你的王上哩。

接下去便是两派贵族将领分别义正词严加上个人恩仇的对话，甚

至是相互的诋毁和谩骂，对于这样几乎是无休止的论争，约克请大家停下来，先听兰开斯特家族的亨利为他的王位继承权辩护。亨利王还是那番辩护，他的父亲和祖父将王位传下来，以及为英格兰王国开疆辟土、治理属下臣民，这使他具有充分的继承权。但华列克反击道："你的祖父亨利四世是凭借武功造反取得的王位。"对此，亨利有点理屈词穷。约克抓住这点进一步说道：

> 你祖父起兵作乱，是他强迫理查王让位的。

华列克也说道：

> 就算理查王是自愿让位的，你们认为那会损害他的王权吗？

自此连爱克塞特也感到，理查让了王位，就该由他的嫡嗣继承，他的良心告诉他约克是合法的君主。至此在道理上似乎亨利的兰开斯特一党处于劣势，于是诺森伯兰叫嚣道：

> 普兰塔琪纳特，不论你提出任何理由，别以为你能使亨利退位。……有我在这里，你们就别想把约克捧上场。

小克列福也坚定地说：

> 亨利王，不管你的继承权有理无理，克列福勋爵发誓要支

持你。我若是向我杀父的仇人屈膝，就叫我脚下的土地裂开大口把我活吞下去！

既然要付诸武力，华列克也不示弱，他也召唤士兵入场。面对约克的"兰开斯特的亨利，卸下你的王冠"的呼声，亨利迟疑片刻，提出了一项重要的和平逊位的要求。

> 亨利王：华列克爵爷，容许我再说一句话。我这国王只想当到我死为止。
>
> 约克：只要你约定把王位传给我和我的子孙，在你活着的时候，你就可以安享太平。
>
> 亨利王：我很满意。理查·普兰塔琪纳特，我死之后，一定传位给你。（卷五，页308—309）

应该说，这个约定是相对和平与理性的，两位当事人大体上是满意的，也是从内心接受的，他们不论是基于情理还是基于情势，达成这样的一桩涉及王朝嬗变的妥协性约定，都具有一定的历史性意义。但这个约定立刻遭到两个党派中坚力量的极力反对，他们都不能接受这个中庸而妥协的约定。莎士比亚在剧中这样描绘：亨利和约克刚刚说完，克列福就指责亨利说：

> 这样你太对不起你的太子了！

此外，王党一派的中坚贵族威斯摩兰、诺森伯兰等坚决反对，认

为这个约定不可以接受，亨利王太过卑鄙和软弱，毫无出息，是糟蹋
了自己。他们不能在普兰塔琪纳特家族的掌心下生活，他们宁愿战死，
于是他们一窝蜂地去找王后玛格莱特。爱克塞特认为他们报仇心切，
所以决不投降。亨利王此时可谓无限叹息，他对尚未离开的爱克塞特
吐露衷肠说他剥夺了儿子的继承权，是太不近人情了，他也感到非常
悲伤。但是他又对约克说：

> 不论如何，我这里决定把王位永远让给你和你的子孙，但
> 必须附一条件，那就是，你宣誓停止内战，当我在世的时候，
> 你必须尊我为王，再不蓄意谋反。

约克答曰：

> 我愿意立此誓言，而且一定履行。（卷五，页310）

至此，华列克可以欢呼大功告成，约克家族和兰开斯特家族言归
于好，他们这些大臣有的恪尽职守守卫伦敦，有的打道回府，息兵于
自己的城堡领地。

这里，《亨利六世》下部的故事才刚刚开始，远没有结束。亨利王
的玛格莱特王后带着亲王爱德华找上来，他们母子质问这位怯懦的国
王：为什么要让位给约克家族，为什么国王的儿子爱德华亲王不能继
承王位？亨利王解释说自己是被迫无奈，请求他们母子宽恕，对此玛
格莱特说道：

逼你？你是一国之主，你能让别人逼你吗？我听你说这样的话，我都替你羞死了。唉，胆小鬼哟！你把你自己、你的儿子和我，全都断送了。……你把王位预让给他和他的后代，这对你能起什么作用？这只能是自掘坟墓，并且使你提前钻进坟墓。华列克当了财政大臣兼任卡莱地方长官，福康勃立琪当了海峡防御司令，约克公爵摄行国家政务，你还说得上什么安全？那只能是包围在狼群里的浑身战抖的羔羊的安全。……亨利，你既是这样的人，那我只得对你宣告离异，再也不和你同桌而食，同榻而眠，直到你把那宗剥夺亲王继承权的法案撤销为止。北方的诸侯立誓和你断绝关系，他们一看到我树起我的旗帜，他们将集合到我的麾下。我的旗帜是一定要树起的，它标志着你的屈辱，标志着约克家族的彻底灭亡。我此刻就离开你。来吧，我的儿子，我们就走。我们的人马已经齐备，我们追上前去。（卷五，页311—312）

亨利王在此情况下，像是又幡然醒悟，他要求玛格莱特母子留下，但王后说等她打了胜仗再说。亨利王犹豫踌躇，左思右想，没有任何办法，徒然感慨，优柔寡断，缺乏一位君主的政治决断和坚毅勇猛的精神。

那么，看上去获胜的约克党一派又如何呢？似乎也不乐观，约克公爵至少表面上是愿意遵守他与亨利的这个约定和议会法案，准备偃武休兵、马放南山的。但是，约克公爵的儿子爱德华、理查和贵族蒙太古等人不干，他们认为约克继承英国的王位不能等亨利王死后——既然约克有权利继承王位，就没有必要等亨利死后。他们怂恿约克说：

　　爱德华：现在该您继承，就趁早受用，如果容许兰开斯特家族有喘息的机会，爸爸，您到底要落空的。

　　约克：我已经宣过誓，让他安享太平。

　　爱德华：可是为了争夺天下，背弃一个誓言又算得什么事？如果我能当一年王上，叫我背弃一千个誓言我也干。

　　理查：不是这么说，这里根本谈不上什么背誓问题。

　　约克：如果我用公开的战争来夺取王位，那就是背誓。

　　理查：请您听我说，我能证明那不是背誓。

　　约克：你是无法证明的，孩子。绝不可能。

　　理查：凡是誓言，假如不是在一个对宣誓人有管辖权的真正长官面前立下的，就毫无约束力。亨利的王位是篡去的，他对您没有管辖权。既然是他夺去您的王位，您的誓言压根儿就不能算数。所以，起兵吧！爸爸，您只想一想，戴上王冠是多么称心如意！王冠里有个极乐世界，凡是诗人所能想象得到的幸福快乐，里面样样俱全。……

　　约克：……够了，理查。我决定做国王，否则宁可去死。兄弟，你立刻前往伦敦发动华列克共图大事。理查，你去见诺福克公爵暗暗告诉他我们的策划。爱德华，你去见柯伯汉勋爵，请他把肯特郡的人民鼓动起来……。（卷五，页313）

　　看，事情就这样定了，一纸誓言就这样被翻悔，谈定的政治契约就这样被双方背弃。差官来报，王后玛格莱特带领着北方将领们南下，进攻伦敦等约克党占据的城池和领地，对此约克党徒也起兵对抗，直接付诸军事行动，他们提出约克立刻即位宣布称王，废弃兰开斯特家族的统治。于是，在约克郡的威克菲尔，一场事关英格兰王权王冠的红白玫瑰之战就自然发生了。从口头笔墨之争到刀枪兵马之战，这个演变过程在莎士比亚《亨利六世》下部第一幕被描述得活灵活现。

在那场事关重大的威克菲尔战役中，约克的军队被王党玛格莱特王后的军队打败了，约克遭受了纸制王冠的羞辱，可谓"约克之觞"，这是莎士比亚戏剧的著名之笔，其蕴含深刻而悠远。我们下面先看具体情节。在战争发轫之际，约克年仅十二岁的幼子鲁特兰及其家庭教师没有逃脱，被小克列福捕获，按照基本的人性以及封建战争的通则，小鲁特兰不至被杀，而是被善待乃至被赎救，但小克列福基于对其父被理查亲手杀死的报复，不惜违背人伦情感和战争法则，决意把鲁特兰处死，这实质上已经破除了封建战争的底线，使得这种战争的野蛮性暴露无遗。在这场野蛮的战役中，约克被俘，他的两个儿子爱德华和理查勉强逃脱，其他一批贵族将领战死或被俘。王后玛格莱特的军队背负着国仇家恨等一路杀来，非常疯狂和嗜血。当然，约克的军队也不示弱，满血复仇，杀得血脉偾张，你死我活。总之，这是一场丧失了基本人性的野蛮战争，一场人间地狱般的黑暗战争。在这样的战争之下，约克军队失败了，或者说先败一局。在此情况下，他遭受了奇耻大辱，正是这样的奇耻大辱，使得我们从莎士比亚的这场戏剧中，发现莎士比亚由此揭示出有关政治与战争、王权与人性、国王与民众等一系列具有一定现代意义的问题。在俘获约克之后，小克列福怀着刻意的杀父私仇想立刻处死约克，但玛格莱特王后制止了他，她要好好羞辱一下约克，以报复（代替亨利王）她所遭受的国家之仇，于是就出现了约克与玛格莱特之间关于纸制王冠的对话。我以为这场对话不仅是莎士比亚戏剧文学史上的经典之作，也是政治与法权史上的经典之作。

　　玛格莱特王后：克列福、诺森伯兰两位将军，你们叫他站在这高阜上面——他曾展开两臂攀登高山，可是只差一线之隔没能达到。嗨，是你想当英国的国王吗？是你在我们的国会里张牙舞爪，吹嘘你的高贵的家世吗？替你撑腰的那两对儿郎到哪里去了？那荒唐的爱德华、肥壮的乔治呢？你那个粗声豪气、专会挑唆他爸爸造反的儿子，那个小名叫做狄克的驼背怪物呢？还有你那心爱的鲁特兰呢？约克，你瞧！这块手巾上是什么？这是克列福用刀尖戳出那孩子心头的血，是我把那血蘸在我这手巾上面的。如果你为孩子的死亡而流泪，我可以把这块手巾借给你擦干你的面颊。哎呀，可怜的约克呦！我若不是对你怀着深仇大恨，我对你遭逢的惨境也不禁要深表哀怜。……我这样戏弄你，就为的是使你发狂。跺脚吧，咆哮吧，暴跳如雷吧，你要是那样，就能使我高兴得边唱边舞了。呵，我明白了，你是要我给你一点报酬，才肯替我消愁解闷。约克一定要戴上王冠才肯说话的。好，给约克拿一顶王冠来！将军们，你们来对他鞠躬致敬。抓紧他的手，我来亲自替他加冠。（将纸制王冠戴在约克头上）呵，好极了，你看他多么像一个国王呀！嗨，坐上亨利王的宝座的就是他，承继给亨利王作嗣子的就是他。可是这位普兰塔琪纳特伟人这样快就登了基，他这不是破坏了他自己的誓言吗？据我所知，在亨利王和死神握手以前，你是不该当国王的，现在亨利王还活着，你怎么就违反了你的神圣誓言，将亨利王的光辉围绕在自己的头上，从亨利王的顶上夺去他的皇冕了呢？呵，这样的罪过是太难、太难宽恕了！摘掉他的王冠，随后，再摘掉他的脑袋。当我们在时的时候，可以从从容容地把他处死。

克列福：我要为父报仇，让我来执行这项任务。

玛格莱特王后：不，等一等；听听他口里念的是什么祷词。

约克：你这法国的母狼，你比法国狼更加坏，你的舌头比蛇的牙齿更加毒！你像阿玛宗的泼妇一样，对于不幸被擒的人施行迫害，反而自鸣得意，哪里还有一点妇道！你惯于作恶，变成厚颜无耻……你父亲挂着那不勒斯、西西里和耶路撒冷国王的空衔，其实他的家资还比不上英国的一个小土地所有者。是那穷王爷教会你对人无礼的吗？……一个妇人如果生得美貌，还值得三分骄傲，可是天晓得，你的脸蛋儿实在太不高明了。……一个妇人如果彬彬有礼，才能显得贤淑可爱，可是你嚣张泼辣，只能惹人厌恶。……你这人面兽心的怪物呵！你能用手巾蘸着孩子的鲜血，递给他父亲去擦眼泪，怎能还做出女人的姿态来见人！女人是温存、和顺、慈悲、柔和的，而你却是倔强、固执、心如铁石、毒辣无情的。你要我发怒吗？好，现在叫你称心；你要我流泪吗？好，现在叫你遂意。愤怒的风暴吹起了倾盆大雨，当我的怒气稍稍平静之后，不由得要泪下如雨了。我的伤心的泪水就作为我亲爱的鲁特兰的丧礼；每一滴泪水都发出为我儿子报仇的呼声。凶恶的克列福，狡猾的法国女人！……你用这块布蘸了我儿的血，我现在用泪水把血冲去。你把这块布留着吧，你用这块布去到处吹嘘吧。……来吧，

把这王冠拿去，你们取得王冠，也取得我的诅咒；你们这种辣手
的人所给我的安慰，等到你们需要的时候，也会落到你们自己的
头上的！狠心的克列福，把我从这世界上送走吧！我的灵魂将上
升天堂，我的血将沾在你们的头上！（卷五，页 320—322）

随后，克列福一剑刺向约克，玛格莱特王后又补上一剑，两人共
同把约克刺死。玛格莱特王后随即下令：

砍下他的首级，悬挂在约克城门之上，这样才便于约克爵
爷俯视他自己的封邑约克城。（卷五，页 320—322）

这是莎士比亚戏剧中最为著名的对话场景之一，可谓经典绝伦！
其中蕴含着哪些政法及历史要义呢？对此，我们究竟如何解读呢？故
事的情节很清楚，王后玛格莱特及其党羽，为了国仇家恨，特别要使
约克公爵受尽屈辱。王后令人把一具纸制的王冠戴在约克的头上，然
后将其斩首悬挂于约克城门，讥讽和羞辱其梦想篡权为王而未能实现
的可耻下场，以解他们心中的悠悠怨恨，用最羞辱的方式，报复约克
公爵大逆不道的篡权夺位行为。把纸制的王冠戴在约克头上，然后将
其斩首示众，这一莎士比亚的经典之笔，究竟意味着什么？从玛格莱
特王后的个人视角来看，这是极端羞辱他并血腥复仇。但是，有关英
国王权史中的王权分分合合、王朝嬗变及王权统绪的正统性与合法性
等问题，显然，并非玛格莱特王后所想那么简单，而是另有深意。这
涉及王朝王位的正统与否。

究竟约克的篡权夺位具有什么意义？纸制的王冠意味着什么？

真正的金制王冠又意味着什么？纸制与金制王冠的实质差别究竟是什么？难道依然是胜王败寇的传统政治逻辑吗？传统与现代政制在王权嬗变、权位赓续中有什么差别呢？谋反篡位、大逆不道与改朝换代、奉天承运有何区别呢？这一系列问题虽然莎士比亚没有像一位理论家那样予以论说，但都蕴含在他的三部曲所构建的故事结构、情节内容和人物形象之中，并且显示出其卓然不同于传统英国编年史家和当世文人的视野和观点。

说到篡权谋反叛逆，考诸封建王朝史，又有两种类型，一种是下位图谋上位，完全是起于草莽英雄或大臣贵族的篡权谋权；一种是追还被罢黜的王权，寻求匡扶正义的复权。前者按照传统封建法律和王国秩序，一般是不具有正当性的，难以赢得朝野和人民的拥戴，被视为罪恶的政治举措，往往以失败告终；后者则具有历史的或血缘的正当性，既然前朝篡权谋反在先，后来者有权利和义务予以报复转圜，寻求复权，重新获得王国的统治权力，所以也易于获得朝野和人民的拥戴。但是，问题又并非如此简单，现实的历史境况千差万别，至少有两个变量值得推敲和斟酌，或者说它们在此占据举足轻重的作用。一个变量是王权统治的时效问题，另一个变量则是王权统治的善恶问题，两者都从新的维度穿越了传统王朝延续变迁的血亲统绪，或者说都穿越了基于血缘次第排序而确立王位继承的自然法统，呈现出一种令人纠结、难以纾解的困惑。若政治沦为暴政，那么是否下位者就可以反抗暴君以求自立为王，实施良善统治呢？对此，在基督教神学内部，就有两种针锋相对的观点，尤其是新教和文艺复兴以来的新君主论，它们的观点充满了争论，至少在莎士比亚的时代，也还没有获得圆满解决，这也是莎士比亚为什么要继续创作第二个四联剧。这里涉及如何看待暴政和暴君问题，显然这个问题蒂利亚德诉诸的古典宇宙秩序论是无法解决的。

此外，还有一个促使莎士比亚要写作第二个四联剧的原因，那就是政治统治的时效问题。也就是说，即便约克公爵代表的约克家族具有血缘继承王位的优先性，但亨利四世已然通过不义的方式罢黜了理查二世，实施了有效的统治，在亨利五世一朝又取得了王国丰硕的统治业绩，英格兰王国因此大展宏图，开疆辟土，朝野欣欣向荣，人民安居乐业，并且由亨利六世正式接位，其中并无暴政横行、生灵涂炭，他们都是仁爱有加的君主，那么，这样由于历史时间的顺畅延续，是否其篡夺的王权和王位就自然转化为正当的财产了呢？至少，从罗马私法和古日耳曼人的萨利克习惯法，以及逐渐完善的中世纪封建法来看，通过时效是可以获得财产的正当性的，王国既然属于国王的私人财产，依据英格兰王国的法律与习惯，通过时效是可以获得所有权的，至于现代社会的主权在民观念以及英国的议会主权等，都是斯图亚特王朝发生了光荣革命之后的事情了。

现在我们还是回到约克谋反篡位这件事上，在《亨利六世》三部曲中，约克显然也或多或少地意识到上述两个变量对于他争夺王位的不利影响，虽然约克一族口口声声伸张正义，索回他们王族曾经享有的王权王位，但约克也清楚，若亨利六世的统治没有沦落和变异为邪恶的暴政，那么这种基于血缘排序的复权就是无力的，也是缺乏正当性与合法性的，所以，他在第二部开始直到最后都还是采取一些妥协隐忍的方式，缓慢索求约克家族的匡正复权。例如，约克先是索回亨利五世剥夺的其祖先的财产权，恢复公爵的爵位和产业，至少这是讨回封建法中他应得的权利。另外，当他起兵与玛格莱特王后军队发生战争，并且在圣奥尔本战役中获得胜利时，也不是直接废黜亨利六世由自己登基加冕为王，而是妥协谈判，双方达成协议，让亨利继续统治，等亨利死后，才由约克或其子嗣继承亨利的王位。逐渐复权，一步步建立约克王朝，从而使得这次王朝嬗变显得温和而有序，不至于被视为造反或篡权，而是亨利六世和平禅让。

如果事态是按照约克所设计的那样演变下去，应该说这种从兰开斯特王朝向约克王朝的王权转圜不啻为一种温和、改良的王权"革命"。这种法统变迁的方式具有较好的政制效果，不会带来剧烈和暴虐的破坏性，大体解决了上述两个变量的难题，并且克服了前述两种类型的谋反叛逆的不当和非义的特性，从而避免了暴政的发生和政制的混乱和黑暗，此后就不会有所谓的英国王朝史中大分裂和大混乱的惨剧发生。如此一来，也就不会产生后来的斯图亚特王朝的"光荣革命"，甚至不会有都铎王朝的两个王族的联合和王国再造。至于英格兰此后会如何演变，如何应对现代早期的政治与社会冲击，那就是另外一回事了，属于假想的历史悬疑。问题在于，上述约克公爵的设想并没有如期发生，事实上的王权政治朝着相反的方向一路坠落而下，致使约克与亨利六世的政治约定成为泡影，进而导致约克公爵在威克菲尔战役中被捕并被戴上纸制王冠，直至被杀且悬尸城头。最终亨利王朝也没能保持，约克党的军队在套顿战役中打败玛格莱特王后的王军，爱德华四世直接加冕为王，开启约克王朝的统治。这个故事并没有结束，罪恶的血腥政治一旦开始就收不住手，罪恶和暴政会自我复制和叠加演变，于是出现了约克第三个儿子理查三世（新加封的葛罗斯特公爵），这就进入三部曲的第三部——理查三世的邪恶暴政及加冕为王，还有理查三世与亨利·里士满伯爵的斗争。最终里士满胜利，创建都铎王朝，成为亨利七世。这是另外一个故事了，被莎士比亚作为《理查三世》一剧专门创作。

为什么约克的这个设想或愿望没有达成呢？这是莎士比亚三部曲第二部中隐含着的一个非常深刻的政治问题，涉及封建王朝政治赓续的实质，也是被莎学批评家们忽视的问题，它不仅属于文学艺术性质的戏剧冲突论，而且关涉历史政治学和王朝法统论，属于早期英格兰的宪政史。我认为这与政治和人性的罪恶以及暴政的现代起源密切相关。首先，它们的不能达成，原因在于约克缺乏坚定性信念，尤其是在其儿子们的赤裸裸的反对和诸位附庸贵族对于直接废黜旧君主的支持面前。例如，约克的三个儿子，尤其是爱德华和理查，还有支持约克的股肱大臣华列克伯爵，等等，他们都非常坚决地反对约克的这种妥协方式的复权——既然有能力（军事政治和血亲统绪等方面的各种资格和力量），为什么不直接罢黜君主自立为王重建约克王朝的王权统治呢？而且约克自己的主张也不真诚，是一种权谋和利用，其实完全不必如此，直接做就可以，诉诸武力和军事，加上资格上的正当性，放手一搏，有何不妥呢？所以，约克最终同意了约克党的意见。其次，作为对立面的王后玛格莱特的王党一派，也是秉持着约克子嗣的同样逻辑，他们只是立场全然对峙，其看法几乎完全一致。王党认为，约克不但不真诚，简直就是欺骗，既然在亨利六世死后由约克家族继承王位，那么实质上就是剥夺了亨利子嗣、玛格莱特的儿子爱德华亲王的继承权，英格兰王国实际上也就改朝换代，被约克家族篡权夺位，从兰开斯特王朝嬗变为约克王朝，这是彻底的谋反篡位和大逆不道。至于早一天晚一天，在亨利六世死前还是死后，没有多少实质区别，因为亨利六世本身就是一个符号，一个可有可无的摆设，一个戴着王冠的花瓶，并不真正具有王权的权威，他在王后玛格莱特党徒眼里早就死亡了。亨利王头顶戴的也不是一具真正的金制王冠，而是一个假王冠，他自己早就放弃了，玛格莱特王后在意的是其儿子爱德华亲王的金制王冠能否落实。但若按照约克与亨利的约定（政治契约），爱德华亲王就被剥夺王位，实际上等于被废黜，这是玛格莱特王后绝对不能接受的，因为如此一来她自己也等于是一位被废黜的母后，回到她原先一无所有的悲惨境地。对此，她要誓死抵抗，并且还可以打着讨伐逆贼、剪除叛逆的王室大旗，号召全国臣民起来响应。

如此观之，实质上，莎士比亚在《亨利六世》三部曲第二部集中展示的王权之争，真正支撑它们的力量源泉，不再是王冠形式背后的王权法统及其正统性权威和仪范，而是邪恶的暴政和暴虐的权力搏斗，这一点，争斗的双方都是很清楚的。约克一党凭借的暴力及暴政，随着理查三世的正式崛起而凸显，并一步步走向深渊，这是三部曲下部以及《理查三世》的戏剧内容。与此相对的玛格莱特王后一党又何尝不是如此呢？他们哪里是王国的正义之师，从其作为来看，他们早就失去了王权曾经拥有的正统性，实施的同样是邪恶残暴的暴政，他们与约克一党的暴政没有什么区别，都是在王国的光天化日之下，上演着一幕幕残暴血腥的暴力统治。对此，莎士比亚有过深入的揭示，例如克列福残暴地杀死小鲁特兰，还有亨利王目睹的战场中"父亲杀死儿子""儿子杀死父亲"的战争惨剧，这些都是在争夺王权的看似正义的名义下发生的。

以恶抗恶，也许是他们双方的底牌和说辞，问题在于，以恶抗恶是否就能够导致善政呢？良善的政治究竟从哪里激发出来呢？以恶抗恶或许只会导致更穷凶极恶的罪恶，而不是什么善恶互变的辩证法？

这里其实已经涉及历史正义论问题，涉及后来的康德和黑格尔两位德国哲学家理论对峙的深刻政治哲学乃至政治神学问题。当然，莎士比亚不是理论家，他不可能也不懂得以理论方式表达上述的思想观点，而且这些在18、19世纪才形成的系统化的历史、政治与哲学乃至神学理论在15、16世纪还只是处于萌芽阶段，莎士比亚不可能知晓太多，即便是在马基雅维利、托马斯·莫尔、理查德·胡克等人那里也并没有获得系统化的阐述，但这些思想的种子毕竟已经播撒。马基雅维利、蒙田等人的思想理论也在英格兰有所传播，更为重要的是，莎士比亚作为一位天才的戏剧家，他天然地感受和猜测到这股与传统封建王朝意识迥然不同的新的时代氛围和思想激荡，并通过文艺作品表现出来。应该指出，莎士比亚在此有关约克、玛格莱特两派暴政以及以恶抗恶的王权斗争方式的描绘，显然不属于蒂利亚德所指出的古典宇宙等级论和王朝循环往复论，甚至也不是基督教政治神学之神正论，而是早期现代的属于早期资产阶级化的君主论，尤其是马基雅维利式的君主之手段目的论，这种思想观点在《亨利六世》三部曲下部和《理查三世》得到了更加淋漓尽致的表述和展示。

莎士比亚的伟大在于，他虽然接受这种具有早期现代性的时尚风潮，但是又不完全附庸这股潮流，认同这个潮流所蕴含的惊涛骇浪之风险和危难，而是采取一种审慎和犹疑的态度与之申辩，这从他塑造的亨利六世、理查二世和塔尔博伯爵等人物形象中清晰可见。所以，他在第一个四联剧之后随即进入第二个四联剧的创作，其内在的动力之一就是面对这个现代早期潮流，他不照搬接受，而是予以抵抗，这在《理查三世》得到最为激烈的描述。何以抗辩呢？显然，不是重新回归古典传统秩序和层级谱系，也非王权传承次序以及由此建立的法统纲纪和政治伦理（自然血亲加神学加冕），而是试图在现代与古典的夹缝中寻求某种中道性的申辩。为此他创作了《亨利五世》乃至《亨利八世》等剧作，试图构建他的理想主义的既具有现代早期意义又秉有古典德行政治的明君——英格兰新君主论。这从表面上看还是属于都铎神话的历史叙事，很多评论家依此把莎士比亚纳入都铎历史观念的谱系之中。但正像我在本书第一部分所指出的，莎士比亚并不是真正属于这个系列的文学编撰者，更不是都铎王朝官方意识形态的打造者，而是有着自己的独创性思想，很多话语俱在不言中矣。当然，这里有莎士比亚稻粱谋的处世之道，不过，他并非反对都铎神话的历史叙事，而是不满足于此，试图超越其历史的狭隘性。

我认为理解这一要点的关键，乃在于如何看待他设计的约克头戴纸制王冠这个经典戏剧场景。其实，在第二部，莎士比亚为观众（英格兰伊丽莎白时代的朝野观众）以及我们这些后世解读者提供了两个纸制的王冠，一个是看得见的约克头上的被视为羞辱的表征的纸制王冠，另外一个则是看不见的戴在亨利六世乃至玛格莱特母子头上的似应为金制其实仍然是纸制的王冠。这两个王冠之所以都是虚假的、非真正金制的，是因为它们都与王权的本质——具有早期现代意义上的富有权威和灵魂力量的正统法权的王冠——不相关联。因此，它们不但克服不了权力野心和利益之恶以及以恶抗恶的更大之恶，而且它们本身就是恶，就是暴政和残暴之政治本身。所以，这种纸制王冠的必然结局是导致英格兰王国的大混乱、大分裂乃至大黑暗，导致王国最终陷入罪恶之地狱——人民遭受涂炭、战争频仍、贵族精英死亡的绝境。我认为这才是莎士比亚塑造约克纸制王冠这幕戏的最恰当解读。当然，莎士比亚不是理论家，他是文学家，他创作的作品具有无限的解读空间和刺激想象力的隐喻，对此见仁见智，莫衷一是。我以为纸制王冠的隐喻在于，权力斗争尤其是争夺最高王权的斗争必然导致人性之恶和现实世界的暴政，其缘由乃在于人性自身，这最终属于现代性的政治申辩或无解之困境。如何解决这个问题，马基雅维利的《君主论》是不行的，莫尔的《乌托邦》以及未完成的《理查三世史》也是不行的，莎士比亚又如何呢？亨利五世或许是一种寄托，但是否可行，不得而知。无论怎么说，纸制王冠的隐喻一直像希腊神话和悲剧中塑造的斯芬克斯之谜一样，对人间的政治提出诘问，斯芬克斯是古典世界的，希腊人自以为依靠智慧可以解决，而现代人的纸制王冠，依靠智慧显然不行，依靠信仰——基督教或英格兰的新教信仰，是否可行，不得而知，至少莎士比亚并没有给出肯定的答复。

成为君主之前的理查·葛罗斯特

一般评论家认为，从戏剧艺术的角度来看，《亨利六世》三部曲的下部并不完备，难以视为莎士比亚的经典之作。但从英格兰王权政治史的视角来看，下部却是较为必要的一个过渡，一个必不可少的中间环节，为第一个四联剧的最后一部经典《理查三世》做出了必要的铺垫和准备，而且使几位人物的形象得以丰满，尤其是玛格莱特王后的行为及独白，还有华列克作为贵族精英的凝聚力，以及至为重要的理查（葛罗斯特公爵）性格的塑造和独白，这些对于理解和解读莎士比亚的英格兰王权思想，都是非常必要的。

如前述所指出的，莎士比亚在第一个四联剧中关于君主—准君主的王权人物叙事以及贯穿其中的政治统绪的流变，其实是有一个演化和嬗变的复杂过程与跌宕起伏的波折的，正是这些构成了戏剧文学的丰富性和典范性，这些也是早期现代王权的兴起之所在。例如，从亨利六世到约克伯爵、玛格莱特王后和爱德华四世再到理查三世（先是葛罗斯特公爵），这是一个君主的善恶本性逐渐扭曲、良善逐渐式微、邪恶日益膨胀的过程，其中那些准君主人物如从护国公葛罗斯特、塔尔博到萨福克公爵、克列福再到小克列福勋爵、华列克伯爵，也存在一个良善逐渐消除、暴虐专横日渐蔓延的过程。这些都是四联剧故事中的主要内容，在三部曲下部则凸显出一对邪恶势力（玛格莱特王后与理查·葛罗斯特公爵）的性格和能力的生成与塑造，莎士比亚试图呈现它们得以如此的原因，尤其是现代成因，先是塑造了几个关键性的人物，最后又集中在理查（葛罗斯特公爵）身上。

首先是萨立斯伯雷伯爵、华列克伯爵父子、诺福克公爵这批约克白玫瑰党的力挺者。这些在与兰开斯特王党斗争和搏战中厮杀出来的新贵族，虽然支持约克家族的复权，但并非约克血亲后裔，而是旁支贵胄，如华列克伯爵可谓新型贵族首领。他们在利益方面不同于王党血亲老贵族系统，甚至相反，他们是在对那些老贵族权利的剥夺中成长起来的，他们的利益、权势和诉求与约克新王朝的兴起密切相关甚至是捆绑在一起，所以，他们大力支持约克家族的复仇和谋反。

在此值得特别指出的是，像华列克这类约克王朝的新贵族，他们依靠的既不是血统亲缘，也不是习俗伦常，而是他们的实力和能力，即他们依靠的是自己积累起来的经济、政治和军事上的实力，尤其是他们个人和家族的卓越能力。总之，他们是实力派和能力派，希望在新一轮政治洗牌中获得凸显的政治地位和势力，谋取自身和家族的最大利益。从这个视角来看，他们不属于保守派，而属于革新派或求变派，只有变革甚至王朝巨变，他们才有出头之日，因此他们是早期现代的潮流之代表，一切为了自己的利益和目标，其他都是手段和工具，而且凭借实力、能力说话。像萨立斯伯雷所指出的，华列克伯爵就是亨利王朝除了护国公之外最得人心、最有能力的贵族，约克公爵也许愿在事成之后华列克伯爵当处于一人之下、万人之上的位置，获得华列克伯爵的支持对于其篡权夺位至关重要。在下部剧中，莎士比亚塑造了一批这样的新贵族，尤其是在几场著名的战役——威克菲尔战役、套顿战役和科文特里战役中，他们的表现具有举足轻重的作用，除了华列克伯爵之外，还有蒙太古侯爵、萨穆塞特伯爵（这个萨穆塞特不是三部曲上部与约克争执的兰开斯特家族的萨穆塞特，在莎士比亚三部曲中有三个名叫萨穆塞特的贵族），甚至约克的儿子克莱伦斯公爵等人也都属于这一类。

在三部曲中，莎士比亚集中描述了华列克伯爵的命运，读来令人感慨万千。作为新一代的贵族首领，他在兰开斯特和约克两个王族的纷争中扮演了非常重要的作用，可谓实力派贵族的代表者。由于封建王权的血亲统绪，他们不可能成为君主，他们也承认这个政治伦理，从未有过称王的野心（例如在他因为爱德华王的背叛转而支持亨利王时，亨利王曾经说自己只挂一个国王的虚名，把国家政务交付给他，他虽然最终接受他与投靠来的克莱伦斯同为护国公，但仍然保持君臣的礼仪，主张把王位继承权交给亨利王之子爱德华亲王），但对于谁称王他们的支持与否却具有至关重要的作用。与塔尔博这样的亨利王朝的中流砥柱不同，华列克选择站在约克一边，并帮助约克父子夺取了王权王位，也可谓约克王朝开国的中流砥柱。但他又不完全是极端功利主义者，他依然保持着英格兰贵族的高贵传统——为荣誉而战，当他为爱德华王（后来称为爱德华四世）欺骗和出卖之后，无可奈何之下，他又回过头来选择支持玛格莱特王后的王党，虽然他英勇绝伦、能征善战，最终还是在科文特里和巴纳特战役中负伤被俘，死于刀剑之下。诚如爱德华王所言：

> 你一死，就没有什么可怕的人了。华列克的确是最使我们头痛的灾星。

华列克预感到这一点，他临死前说道：

> 呵呀，谁在我的身边？朋友也好，仇人也好，望你到我跟前来，告诉我谁是胜利者，是约克还是华列克？我为什么要问？我遍体鳞伤，血流如注，身体困惫，心头剧痛——这一切都表明，我的躯体必然归于泥土，我死之后，胜利必然归于敌人。……噫，我的盖世功名是付于尘土了！……唉，什么气派、权势、威风，都算得什么？不过是一抔黄土罢了！（卷五，页388—389）

华列克的死亡或许是这一类新贵族的天命，可歌可泣，令人神伤。

与华列克等人相关联的是玛格莱特王后及其追随者，诸如萨穆塞特公爵、克列福勋爵、小克列福勋爵、爱克塞特公爵、牛津伯爵、诺森伯兰伯爵、威斯摩兰伯爵等人，他们可以说是权贵的维护者，但又不是亨利家族的老权贵，而是附庸于王后所代表的旧王朝权势的新分享者。他们附庸和听命于玛格莱特王后之差遣，依靠她的庇护关系而上下进退，所以这是一批虚假保守的势利主义之徒，没有任何实质性的灵魂，不如华列克他们具有独立自主的高贵品质。虽然这批新权贵不堪大用，但代表他们的则是玛格莱特王后以及爱德华王（爱德华四世）。在三部曲下部，玛格莱特王后俨然成为一个扛鼎性的主角，她代表着一种来自旧王朝的维权、复仇，甚至诅咒，伴随着理查三世的崛起，在莎士比亚第一个四联剧的《理查三世》中，有关玛格莱特王后的复仇及诅咒还将得到进一步延伸和深化，成为莎士比亚历史剧的一个重要主题。

现在我们还是回到理查（葛罗斯特公爵）上来。说起来理查三世是一个贯穿莎士比亚四联剧的中心人物，也是兰开斯特和约克两个王朝家族之残酷斗争——军事战争及王权王位之争——的终结者或者说掘墓人，由此他也成为都铎王朝之发轫的推动力量，这个主题乃是《理查三世》的中心内容，莎士比亚在《亨利六世》三部曲中，仅仅是铺垫和前奏性地予以展示，即便如此，也是非常值得关注的。为什么会是如此呢？这里涉及一个理查作为新君主的性格塑造及其成因的关键问题。在这个三部曲的下部，理查是如何成为马基雅维利式的新英格兰的邪恶君主的，为什么理查会有这样的性格构成，是什么因素导致他最终成为这样一个罪大恶极的残暴君主的呢？总括《亨利六世》三部曲尤其是在下部的展开，莎士比亚从三个层面或维度对于理查性格的形成及催生机制进行了戏剧化的描绘，当然莎士比亚提供的不是理论的归纳，而是文学性的展示，其内涵由读者或观众自己提取和省思。

首先，就人性层面来看，莎士比亚尤其典型化地揭示了理查本性上的恶之本源，即莎士比亚的戏剧接受了传统基督教之人性恶的观点，这一点与古典希腊的人性观大不相同，因此他的悲剧也与希腊戏剧的命运悲剧迥然相异。莎翁的悲剧从类型上属于性格悲剧，虽然这种文学戏剧化的类型研究来自欧洲浪漫派的文艺观，但是所谓性格悲剧的根源还是源自希伯来—基督教的传统，浪漫派的戏剧理论若没有基督教神学的溯源则显得较为肤浅。莎士比亚生活于已经接受了基督教文明教化的英格兰，无论是罗马天主教还是后来的英国新教，他们关于人性恶方面的意识是共同的。莎士比亚无疑深受这个传统的影响，他创作的作品，塑造的人物，展现的故事，不可能脱离这个大背景。尤其是在英国历史剧这个宏大的舞台，莎士比亚更是找到了一个施展艺术才华的重要场所，他塑造的各种各样的英格兰君主乃至准君主式的人物形象，都有深厚的人性底蕴，人性恶与人性善的冲突与搏斗，均具有基督教神学的价值和意义，从而使得他的戏剧有别于古典的希腊戏剧，尤其是希腊悲剧。

从基督教之人性良善的视角来看，莎士比亚在英国历史剧所塑造的人物形象，诸如亨利六世和理查二世，乃至一些无辜的牺牲者，像亨利王之子爱德华、约克之子鲁特兰，还有护国公葛罗斯特、塔尔博勋爵父子等，都秉有某种纯良的天性，但这种人性的良善并非希腊化的善之美德，而是注入了基督教的意蕴。对此，莎士比亚在下部第二幕的套顿战场所描述的亨利王的观察与独白中有过深切的揭示。当事关重大的套顿战役发生之时，由于担心他的软弱存在对战局产生不利影响（他不在场就有好运），亨利王为王后和克列福所迫置身事外，作为一个观察者反而更为深切地看到了王权争夺所导致的战争对于英格兰人民的戕害，并由此引发无限的同情和感伤。他独白道：

　　这一仗好似大海一般，时而涌向这边，时而涌向那边；……这场恶斗就形成两不相下的僵局。……活在世上除了受苦受难，还有什么别的好处？上帝呵！我宁愿当一个庄稼汉，反倒可以过着幸福的生活。就像我现在这样，坐在山坡上，雕制一个精致的日晷，看着时光一分一秒地消逝。……我宁愿做个牧羊人，吃着家常的乳酪，喝着葫芦里的淡酒，睡在树荫底下，清清闲闲，无忧无虑，也不愿当那国王，他虽然吃的是山珍海味，喝的是玉液琼浆，盖的是锦衾绣被，可是担惊受怕，片刻不得安宁。（卷五，页 338—339）

当其时，他亲眼看到了交战双方的队伍中，两对父子之间发生的"父杀子"和"子杀父"的惨剧，感受到这种战争的凶恶、残酷、荒唐、暴戾和违反人性！

　　一桩惨事接着一桩惨事！这种惨事真是出乎常情之外！唉，我宁愿用我的死亡来阻止这类惨事的发生。唉，慈悲的天主，可怜可怜吧！这人的脸上有两朵玫瑰花，一红一白，这正是我们两家争吵的家族引起许多灾祸的标记。红玫瑰好比是他流出的紫血，白玫瑰好比他苍白的腮帮。叫一朵玫瑰枯萎，让另一朵旺盛吧。倘若你们再斗争下去，千千万万的人都活不成了。（卷五，页 340）

亨利王的这段著名的独白，依据蒂利亚德的解读是为了证明一个宇宙的整体等级秩序之安详，①与他的观点有所不同，我认为这一幕场景及对话和独白，充分展示了亨利王的良善天性，而且这种纯良天性与基督教的神恩关怀密切相关，只有在苦难的对照之下，人性的光辉才获得超越的价值。

应该指出，莎士比亚的历史剧不是道德剧，其中一些人物的人性良善只是一种补充和陪衬，人性的罪恶及其导致的英格兰王权政治的大分裂和大崩溃才是莎士比亚历史剧的主题，而这些罪恶的集大成者无疑聚焦在理查三世身上。理查三世的政治罪恶及暴政的实施，主要是在《理查三世》一剧中表现出来的，但追溯其性格形成的缘由，则要涉及《亨利六世》三部曲的中、下两部，尤其是下部，莎士比亚在此对理查·葛罗斯特公爵采取了典型化的艺术处理方式，把内心之恶与外貌之丑刻意地叠加起来，塑造了一个内外两个方面都相当邪恶的理查形象。至于这个理查形象是否符合历史上真实的理查则另当别论，从戏剧艺术的角度来看，灵魂之恶与身体之丑叠加起来，它们相互激荡，愈发使得其本性之恶到达极端。莎士比亚在下部剧中多次通过玛格莱特和克列福的嘴斥骂理查是驼背的怪兽。

> 你既不像老子又不像妈，只像一个丑陋无比的怪物，你生来就使人见了生厌，你好比癞蛤蟆、四脚蛇，到处螫人。（卷五，页334）

对此，理查虽然予以同样歹毒的反击，但其内心还是受到深深伤

---

① 参见蒂利亚德：《莎士比亚的历史剧》，第172—175页。

害的，他在第三幕第二场的伦敦王宫，独自悲叹：

> 哼，我在我妈的胎里就和爱情绝了缘；她不善于调护胎儿，使我脆弱的身体受到损害，我的一只胳膊萎缩得像根枯枝，我的脊背高高隆起，那种畸形弄得我全身都不舒展，我的两条腿一长一短，我身上每一部分都不均称，显得七高八低；我好像一只不受疼爱的熊崽子，因为它跟它母亲毫无相似的地方。我这个人能得到女人的欢心吗？嗐，存着这样一个念头，就是千不该、万不该哟！我在世界上既然找不到欢乐，而我又想凌驾于容貌胜似我的人们之上，我就不能不把幸福寄托在我所梦想的王冠上面。在我一生中，直到我把灿烂的王冠戴到我这丑陋的躯体上端的头颅上去以前，我把这个世界看得如同地狱一般。（卷五，页 355）

由此可见，理查对于自己如此丑陋的躯体也深以为耻，痛心疾首。这种外部形体之丑的痛感和羞辱感，愈加激发出他作恶的本能，形成一个外在之丑与内在之丑相互叠加的人物形象，这种形象与 18 世纪法国作家雨果创造的外貌丑陋但心灵美好的巴黎圣母院敲钟人卡西莫多形成鲜明对照。浪漫主义作家雨果显然受到了前辈莎士比亚创造的理查形象的影响，他们都深谙人性尤其是人性的复杂幽暗的本质，理查和卡西莫多分别呈现了人性的不同侧面。莎士比亚的理查形象及性格历来被文学批评家们视为一种文学艺术的典型形态，是一种高度浓缩化的代表性人物形象，他的性格塑造及成因具有深厚的人性内涵。对这一类人物形象的性格构成及运行机制，黑格尔在《美学》中曾有过深入的分析，他写道："理查三世、奥赛罗、玛格莱特之类人物也是如此。……人物性格愈特殊，愈坚持只按照自己的性子行事，因而容易走向犯罪的道路，他在具体现实世界也愈须对付防止他实现目的的障碍，而且就连这目的的实现本身也愈要把他推向毁灭。这就是说，他如果实现了自己的意图，他就会碰到植根于他的性格本身的一种自作自受的毁灭。但是这种命运的发展并不仅取决于他个人的外在动作，而且同时也取决于一种内心变化，即人物性格本身在横冲直撞，失去自制，直至损伤困顿的发展。"①

其次，人性分析仅仅是理查形象的一个开始，从政治尤其是王权政治的层面或维度来看，上述只是一种人性论的铺垫，关键还是在王权政治的特殊领域，即权力斗争的政治博弈，这才是理查性格成因的核心要素。一个普普通通的恶人，哪怕是内外两个方面都邪恶的恶人，在现实政治领域中的作用也是无足轻重的，但一个邪恶之人若是一位君主，或一位在资格和权谋方面都具有君主能力的人，那这种人性之恶的无限能量就很可能被极大地激发出来，从而制造出人间最为惨烈的灾难和祸害，而这恰恰是莎士比亚在《亨利六世》三部曲中所着重刻画的理查形象的中心议题。

莎士比亚笔下的这个理查，早先出现在三部曲前两部剧情中时，还是一个配角，作为约克公爵的儿子，他跟随其父追求约克家族的权利，积极参与约克一党的政治与军事斗争，从支持白玫瑰与红玫瑰之争开始，为约克家族的权利，尤其是其父约克公爵的夺位称王，立下汗马功劳。在决策上面，他与其兄爱德华一起敦促约克废除与亨利王

---

① 参见黑格尔：《美学》（第二卷），第 346 页。

的逊位之约，力挺约克通过战争获胜直接夺取象征王权之王冠；在战场上他金戈铁马奋勇冲杀，一系列战功使他被爱德华王加封为葛罗斯特公爵（尽管他内心不愿接受这个不吉利的封号），由此成为约克家族的重要成员，成为约克公爵倚重的儿子和其兄爱德华四世的股肱大臣、左膀右臂。也就是说，只是到了下部理查才开始暴露出其摘取王冠的野心。

但是，正像他自己深知的，这条通往王权王位的道路还有很多艰难险阻，其中有几乎难以逾越的障碍，因为从家族权利的继承来看，按照封建法，理查的排序在后头，轮不上他来继承约克王朝的王冠与王权，约克第一顺位继承人及其子嗣都排在理查前面，何况在他之前有两个兄长及他们的子嗣。此外，从才能方面，至少在第二部的开始时期，虽然理查能力超群，但也并没有显示出神异的非凡才能，与其兄爱德华处于伯仲之间，他身体上还有残疾，是个瘸子，驼背，在一个贵胄精英等级制的封建社会，理查天然就属于被遗弃的候选人物，不可能成为一代君王。

所以，在《亨利六世》三部曲中，包括下部，从外部政治情势来看，并没有谁把理查视为王位的候选者或竞争者，他最多只是一位功绩显赫的辅助者，一位约克家族的王室贵胄，被封为葛罗斯特公爵理所应当。约克家族的君主人选，首先是约克公爵本人，但他享命不永，被玛格莱特王后杀头之后，继承权自然就传给年长的儿子爱德华，又称马契伯爵。爱德华先是称爱德华王，在第三幕第七场于约克郡正式称王，为爱德华四世。对于爱德华称王，其拥有第一王位继承权，约克父子们大致都是认同的，理查本人开始似乎也是如此认为的，他曾说道：

谁有胆量谁就首先取得王冠。皇兄，我们立刻宣布你为王，这消息一传出去，就会有许多朋友到这里来的。

爱德华答曰：

就照你们的意见办吧，王位本是我的，亨利不过是个篡位的人。（卷五，页 380）

但是，理查并非真心甘愿如此，他早就有觊觎王位的野心，但深感异常困难，所以隐忍不发，从未流露出来。当他看到他的那位王冠在身的兄长爱德华如此不堪——竟然疯狂喜爱上一位无权无势的寡妇葛雷夫人，以致约克党派的扛鼎大将华列克伯爵愤而与约克家族决裂投奔王党玛格莱特王后，并被亨利王封为护国公，进而筹划与约克家族的战争时，不禁心襟荡漾，但也十分纠结。正像他感慨的：

嗳，爱德华说要好好招待女人。但愿他荒淫无度，连骨髓都耗光，使他生不出子女，以免阻碍我达到我所渴望的黄金岁月！可是纵然纵欲的爱德华绝了后嗣，在轮到我继承王位以前，还有克莱伦斯，亨利、亨利的儿子小爱德华，以及他们可能生出来的子子孙孙，一个个都在候补着国王的位子，他们都是我达到我朝思暮想的目标的障碍，想到这些就好似在我心里浇了一桶冷水！……我不知道怎样才能把王冠弄到手，因为在我和我的目标之间，还有好几个人构成我的障碍。……我一定要摆脱这些困苦，不惜用一柄血斧劈开出路。我有本领装出笑容，一面笑着，一面动手杀人；我对着使我痛心的事情，口里却连说"满意，满意"；我能用虚伪的眼泪沾濡我的面颊，我在任何不同的场合都能扮出一副虚假的嘴脸。我能比海上妖精淹死更多的水手，我能比蛇王眼中的毒焰杀死更多对我凝视的人。我的口才赛过涅斯托，我的诡计赛过俄底修斯，我能像西农一样计取特洛亚城。我比蜥蜴更会变色，我比普洛透斯更会变形，连那杀人不眨眼的阴谋家也要向我学习。我有这样的本领，难道一项王冠还不能弄到手吗？嘿，即便它离我更远，我也要把它摘下来。（卷五，页354—356）

理查是这样说的，也是这样做的。随着形势的变化和剧情的展开，他觊觎王位的野心逐渐膨胀起来，内心深处的某种深层的力量被极大地激发和调动出来，他开始显示出越来越非同寻常的才能，尤其是在计谋、勇毅和胆识方面，在约克的诸位儿子当中，理查开始表现得日益凸显，且正如他独自言说的，他还要处处施展阴谋诡计。例如，他一方面抬举爱德华继承王位，公开宣称爱德华四世；另外一方面他又暗自怂恿爱德华娶葛雷夫人为王后，从而削弱其王者的威仪，使得处于飘摇状态的英格兰政局朝着有利于自己的方向发展。

果不其然，当爱德华最信任也是最仰仗的大臣华列克伯爵在法国为爱德华王位的正朔与前来求救的玛格莱特王后发生激烈争执，其担负的促使两国结盟并请求法国路易王把胞妹波那郡主许配给爱德华国王为妻的使命正在他的努力之下进展顺利，法王根据当时的两国政局以及法国利益的考虑准备接受华列克伯爵的请求时，一切似乎都在按照华列克临行法国前与爱德华王所商定的谋划实施，突然一位信使到

来，他带来的信件使得刚才发生的一切对于爱德华王极其有利的情势
全部泡汤，于是出现了一幕极具戏剧性的反转场面。处于绝望状态的
玛格莱特王后绝地重生，法国与约克家族的结盟和联姻戛然而止，至
于股肱大臣华列克伯爵则由于遭受爱德华王的背叛感到奇耻大辱，反
戈转向支持亨利王朝，加入玛格莱特王后的军队，扶保亨利恢复江山。
这样一来，英国政局骤变，一场更大的风暴即将来临。①

　　面对如此危急的情况，昏聩的爱德华四世似乎浑然不知，或者依

---

① 关于爱德华四世派华列克出使法国以通过与法王胞妹联姻而与法国结盟，但又突
然在华列克已经达成此事之时改变主意，娶葛雷夫人为妻，使得华列克感到名誉
严重受辱从而转变立场，支持玛格莱特王后支撑的兰开斯特王朝，这里涉及一系
列问题，例如究竟为什么爱德华如此行事不周呢？莎士比亚剧情中的解释或有关
研究者的看法大多归于爱德华王做事鲁莽，意气用事，因小失大，等等。不过，
马里奥特从英国史的视角提出了另外一种解释，也值得我们参考。他写道："爱
德华四世得罪此人可谓是愚蠢至极。华列克不仅是一个门客家丁远超三千的大地
主和出色的战士，更是一个野心十足的政治家、一个聪明且善于规划的外交家。
在他看来，约克政权要在国内得到巩固，重要事项之一便是与之前一直支持兰开
斯特的法国结为盟友。所以，1464 年，他奉命前往法国寻求建立政治同盟以及
姻亲关系。事情进展十分顺利，路易十一很乐意将胞妹波那·萨伏伊嫁给英格兰
王。……华列克受到的打击是双重的。作为大使，他深感耻辱，作为政治家，其
霸业雄心受到了极大摧残。他的外交计划的一手好牌顿时化为泡影。当然，这个
与法国结盟的外交计划本就是华列克一厢情愿的想法，爱德华四世基于重要的考
虑始终对此计划不冷不热。因为，与法国的结盟常常就意味着与低地国家的敌对，
而在英格兰与欧洲大陆的所有关联中，与低地国家——佛兰德斯、勃艮第、联合
省、比利时——的关系一直是重中之重。从诺曼人威廉到乔治五世，英国人总是
本能般地、持续地关注着尼德兰的海岸线。这不是一种贪婪的表现，不包含将后
者吞并的企图。但英国人认定，这些海岸港口无论如何不能被欧洲大陆列强中的
任何一方控制。秉持着这一原则，伊丽莎白与腓力二世决一死战；为了保持低地
国家的独立地位，英国人也同意威廉三世动用国家军队对抗法王路易十四。如果
拿破仑不曾盘算拿下安特卫普，他也绝不至于沦落到被放逐至厄尔巴岛与圣海伦
娜岛。低地国家的独立从来都是英国外交的核心关切之一。"马里奥特：《莎士比
亚戏剧中的英国史》，第 206—207 页。

然陶醉在与新婚的伊利萨伯王后（葛雷夫人）的恩恩爱爱之中，并且
不顾其弟克莱伦斯公爵的反对以及萨穆塞特公爵、蒙太古侯爵的不满，
封赏王后的儿子和兄弟，把荣华富贵随意赏给无功受禄之徒。在这样
的情况下，爱德华四世可谓独断专行，以为自己的旨意就是法律，愿
意怎么做就怎么做。当被问到如何应对王国新的危机问题时，他竟然
说华列克不过是个华列克，路易不过是个路易，他爱德华是华列克的
君主，他爱怎么做就怎么做。当信使带来英国方面的信息，路易王对
于受此戏弄大为不满，决意报复，而华列克更是义愤填膺，让信使转
告爱德华，由于爱德华做了对不起他的事，他要支持兰开斯特的亨利
王，与玛格莱特王后一起统率大军杀来，并说：

> 不久我就要褫夺他的王冠。

虽然爱德华口口声声要武装起来与他们兵戎相见，但并没有获得
大臣们的一致认同。克莱伦斯得知华列克的大女儿已经许配给亨利王
的爱德华亲王子，他才不顾什么约克家族的江山，而是决定要投靠过
去，娶华列克的小女儿，萨穆塞特也追随着克莱伦斯公爵投奔华列克。
事已至此，爱德华王才感到情况如此糟糕，内忧外患，迫不得已，他
说道：

> 克莱伦斯和萨穆塞特都跑到华列克那边去了！不论事情
> 变得怎样坏，我决定用武力对付，在这紧急关头，必须行动
> 迅速。彭勃洛克和史泰福德，你们两人传下我的旨意，征调人
> 马，准备交战，因为敌人已经登陆，或者很快就要登陆，我本

人随即前来接应你们。（卷五，页 368—369）

对于与华列克在血统上和袍泽上都有密切关系的另外两位将领海司丁斯与蒙太古，他请他们做出抉择，是忠实于他爱德华还是华列克。在获得他们的衷心拥戴后，他又转向理查，问这位御弟是否愿意为他保驾。理查的回答当然是肯定的，他口上说不论有多少人反对他，他都是一定保驾护航的，但在内心里，理查自我旁白道：

　　我抱着更远大的目标。我呆着不走，不是有爱于爱德华，
　我爱的是那顶王冠。（卷五，页 369）

通观莎士比亚《亨利六世》下部的第四幕和第五幕，我们看到，理查邪恶君主的形象和复杂饱满的性格，在如此动荡不定的时局中得到非常丰富而深入的展示，不得不说莎士比亚擅于驾驭战争、政治和英雄人物交互融汇的题材，并能抓住事情的根本。这就进入第三个层面，就理查来说，他要谋取王位，必须依靠自己突出的政治与军事能力来夺取，这样就需要他不失时机、恰如其分地制造危机并处理和管控危机，只有这样，他才能绝处逢生，逐步实现自己的目标。为此，他就不能仅仅凭借永不熄灭的野心，还需要卓越的智慧和能力——所谓马基雅维利式君主所具备的雄狮一样的凶猛和狐狸一样的狡诈，要达到这些，就不能讲道德，不能温良恭俭让，而是要把智慧、才能与人性中的恶的动力本源结合在一起。如此这般，理查才有可能开始他称王加冕的僭越的政治运作。恰好，在下部的剧情中，莎士比亚提供了这样一个理查可以挥洒自如地从事争取王冠活动的戏剧化政治舞台，

这样就把理查的一代王者之雄心和无所不用其极的运作能力淋漓尽致地揭示了出来。理查之所以邪恶，是因为他的这些作为破坏了既有的君臣秩序和法统绪绪，正像理查自己所说的，在他摘取王冠之前，有无数的几乎难以逾越的障碍，为此，他要一次次打破和清除这些障碍，违背一系列王国法律和政治伦理，才有可能达到自己的最终目的。这是一个多方面的运作过程，至少有如下两个层面，在下部和《理查三世》中，莎士比亚逐渐将它们以戏剧化的方式多维度交织地呈现出来。

第一，理查与玛格莱特王后还有亨利六世以及王党方面的斗争。与兰开斯特王族的斗争是理查实现目标的前提，若不推翻亨利王的统治，打翻他头上的王冠，理查的一切努力都将付诸东流。所以，他从始至终都维护和捍卫约克王族的利益和权利，强烈支持其父约克的篡权夺位，并在这些斗争中冲锋陷阵，在著名的圣奥尔本战役中，他把亨利家族的萨穆塞特这位约克家族的宿敌杀死，为约克在伦敦国会会场逼迫亨利王退位立下汗马功劳。以至于约克说：

> 我的几个儿子当中，理查的功劳最大。（卷五，页304）

随着剧情的演变，其父约克公爵被杀，其兄爱德华称王，尤其是在华列克转而支持亨利王统兵来战，约克党接近分崩离析之时，理查就不再仅仅是约克家族的一分子或一个王室贵胄，而是权势愈益凸显起来的重要角色（这个结果也正是理查需要且参与促成的）。此时的理查在略显式微的约克家族中，俨然成为一个主力或一个顶梁柱，爱德华王及其他一些贵族将领都越来越依赖于他的运筹帷幄和披坚执锐。对此，理查也是非常清楚的，只有战胜兰开斯特家族，他的目标才有现实的依据。所以，他虽然对爱德华的无能既恨又喜，既妒又羡，但在生死存亡的危急关头，他还是尽显果断刚毅、雄才大略，担负其挽狂澜于既倒的使命。为此，他带领着约克家族仅存的忠诚之将领，与华列克以及玛格莱特王后招募的法国援军，展开了一场决定王国命运的战斗。尤其是爱德华王在华列克郡被华列克的卫士们抓到时，他并没有弃之不管，而是以大局为重，即便将来他是要从爱德华手里夺取王冠，此时也不能让爱德华落入华列克手中。因为华列克信誓旦旦地对爱德华王采取了如下措施，华列克说道：

> 我出使的时候你让我垮台，我那时就撤销了你国王的资格，这次回来再封你做约克公爵。……就让爱德华在他的思想上当英国国王吧。（取下爱德华的王冠）这顶王冠送给亨利去戴，请他当真正的国王，你只能做国王的影子。（卷五，页 372—373）

在此情况下，理查施展了他的计谋，在爱德华被押送往华列克之弟约克大主教那里暂时关押的途中，派海司丁斯勋爵和斯丹莱爵士两位将领领兵偷袭，营救出爱德华王，使他重掌王权。另外，理查还精于心理算计和情感鼓动，他似乎也与克莱伦斯暗中勾通。无论怎么说，竭力打败亨利和玛格莱特王后的兰开斯特家族，才是当务之急。

在至关重要的科文特里战役中，理查使出了全部的才智和力量，加上某种天意，爱德华继承的约克王国才得以从危难中保全。在第四幕结尾和第五幕中，莎士比亚绘声绘色地描述了这场对于双方都关系重大的战役，使人看得触目惊心。先是第四幕第七场在约克城前，爱德华在理查、海司丁斯的保护下领兵前来，并且受到来此勤王的约翰爵士的欢迎，各地领兵勤王的义兵将领需要一个合法的名分，那就是他们保护的是国王，加上理查等人的怂恿，于是在此情况下，爱德华宣布正式称王登基为爱德华四世。与此同时在伦敦城的王宫，亨利王正与信心满满的各位大臣——华列克和克莱伦斯两位护国公，以及蒙太古侯爵、牛津伯爵等一起谋兵布阵，尤其是雄心万丈的华列克，决定在约克郡的科文特里打败约克家族的军队，一举决定王国的归属。但不曾想到的是，华列克等将领刚刚离开，亨利王就被理查领兵设计抓获了。他们将亨利王秘密关押于伦敦塔下不许其发声。随后，两军决战于科文特里，第五幕的第一场就在这里。爱德华和理查领兵攻打科文特里城，华列克守护这弹丸之地，需要原先布阵时谋划的各路援军的支持。牛津伯爵、蒙太古侯爵和萨穆塞特伯爵的援军到了，高喊着拥护兰开斯特开进城门；虽然克莱伦斯护国公统领的大军开到，但发生了重大的变化，他突然痛加反悔，违背自己的誓言，转而又投靠自己的胞兄爱德华四世，支持血亲所归的约克家族。这样的反戈一击搞得华列克猝不及防，致使他调整战术，放弃科文特里，转战巴纳特。而在巴纳特附近的战场，华列克虽然神勇无比，但最终还是被理查打败，负伤死亡，追随他的萨穆塞特同样战死，这就出现了前述华列克死前慨叹的一幕。

　　华列克战神既死，命运的天平开始向约克家族倾斜，理查·葛罗斯特决定约克的大军向图克斯伯雷进发，迎战玛格莱特王后从法国带来的军队。于是在第四场和第五场，莎士比亚描述了玛格莱特王后及其三万军队的壮烈失败和哀鸣，这两场剧情一方面刀枪剑戟、电闪雷鸣，另一方面又悲愤激越、婉转情深，使人不禁潸然泪下，如此恢宏壮丽、气贯长虹的兰开斯特王朝，就这样落得一个悲悲切切的下场？

当然，玛格莱特王后也是具有英雄气概的女人，她与亨利王的儿子爱德华亲王也不像他爹没有骨气，哪怕最终他们母子被俘，身陷囹圄，仍然保持住了自己高贵的气节，虽然言语中也不乏歹毒的怨恨。经过如此惨烈的一番苦战，爱德华王在理查等人的保驾辅佐和英勇杀敌下，赢得了最终的胜利，正像他在下部剧结尾时所言：

> 我们重新坐上英格兰皇家宝座，这是在使敌人流血以后才夺回来的。正当强大的敌人十分猖狂的时候，我们就像秋天收割庄稼一样把他们铲除了！前后三个萨穆塞特公爵，他们都是声威久著、坚强无比的英雄；克列福家父子俩，诺森伯兰家父子俩，他们这两对，在号筒的激动之下，策马临阵，也都勇不可当；还有华列克和蒙太古两兄弟，赛过两只勇猛的大熊，他们曾用链索锁住兽中的狮王，以他们的吼声震动整个森林世界——这一伙全都被我扫平了。我们的卧榻之旁再没有别人鼾睡，我们可以高枕无忧。（卷五，页399）

果真如此吗？爱德华王的这番感言无疑显示出他的浅薄和无知，莎士比亚如此描述，其用意十分明确而富有内涵，紧接着爱德华的这番感慨，他就写了理查的表演，这其实也是《亨利六世》三部曲下部一直延伸展开的主题，那就是理查僭越夺位的第二个层面。

第二，理查在约克家族内部的一系列斗争。这个主题贯穿理查的一生，在三部曲的中下两部只是开始显露。理查不止一次地说起他的称王、摘取王冠的野心，但实现这个野心的第一个前提是约克家族在与兰开斯特家族的斗争中获胜，这在前面已经陈述。是的，爱德华这位王位继承者在他的辅佐之下获得了最后的胜利，坐上了王座，戴上了王冠。但与理查相关的是，这个王位不是他的，是其兄爱德华的，他在与兰开斯特王族斗争获胜之后所面对的最大敌人乃是爱德华四世及其子嗣（爱德华与葛雷夫人新生的小爱德华）。所以，当爱德华祝福自己的儿子时，理查有一个旁白：

> 等你的脑袋倒垂下来，你家小宝贝就坐享不成啦。世人对我的抱负还没有足够的估计。我生就熊腰虎背，是注定要担负重任，或者是挑起重任，或者是压断我的背脊。照你的意思做去，你就会达到目的。（卷五，页400）

当克莱伦斯和理查·葛罗斯特分别亲吻小宝贝时，或许克莱伦斯是表达对于陛下的忠诚，而理查却非如此，正像他旁白所言：

> 说老实话，我这一吻，好比犹大吻耶稣，口里喊"祝福"，心里说"叫你遭殃"。（卷五，页400）

对于理查的野心及疯狂，平庸的爱德华四世似乎浑然不知，他在胜利与永享和平的陶醉中，知道亨利王已死，对于寡妇玛格莱特王后，他以为把她送回法国最好——她从哪里来就回到哪里去。莎士比亚的《亨利六世》三部曲到此结束，但这个结尾意味着这个故事远没有结束，只是约克家族在与兰开斯特亨利王的斗争中获得胜利。对于理查来说，这只是第一步的胜利，真正的斗争甚至只是刚刚开始，其后的《理查三世》才将理查的第二个主题展开并推至高潮。也就是说，理查要达到自己的目标，夺取英格兰的王冠，还有很多障碍要克服，且看他是如何机关算尽、穷凶极恶地铲除他的家族对手的吧。

不过，这里还有一个问题，究竟是把理查残忍地杀害亨利王父子归为他们与兰开斯特家族的斗争，还是归为他与约克家族内部的夺位斗争呢？当然，从形式上看，杀死亨利王父子也就是彻底斩断了兰开斯特王族的血脉，使其王位的血亲继承权因无后嗣而终结，剩下的享有英格兰王国血亲王位继承权的只有他们约克家族一脉。所以，理查残酷地杀死战败的国王父子，战争以白玫瑰约克家族彻底战胜红玫瑰兰开斯特家族而告终结，标志着红白玫瑰战争的结束。但是，这只是一个方面，还有另外一个方面，那就是对于理查来说，他参与亲手杀死小亨利王子（玛格莱特王后与亨利六世之子），尤其是单独奔赴伦敦塔亲手杀死亨利王，其实还意味着他篡权夺位的更大阴谋，那就是把可能阻挡他夺取最高权力的障碍一一扫除，彻底消灭。这一穷凶极恶、罪恶滔天的事情，他做起来可谓深谋远虑、毫无愧疚。请看，他先是和兄弟们一起杀死小亲王爱德华，当小爱德华痛骂他们三人，即约克的三个儿子爱德华王、克莱伦斯和理查：

> 荒淫的爱德华、发假誓的乔治、丑八怪狄克，我对你们三个说，我比你们高尚，你们都是叛贼。你篡了我父亲和我的位。（卷五，页394）

他们三兄弟气急败坏，每个人都用剑刺杀这位小亲王，最终把他刺死。当他们准备继续把玛格莱特王后也一并刺死时，爱德华叫停，尽管昏厥过去的王后醒来后要求与儿子一同赴死，但他们还是决定把她轰走了事。此时，歹毒的理查却另有企图，他紧急赶赴伦敦塔，恐怕爱德华王一时善心萌发，坏了他的好事。正像克莱伦斯所言：

> 他急急忙忙赶往伦敦去了，我猜他要在塔狱里举行一次血的晚宴。（卷五，页 396）

是的，理查要办理的是把那位心性纯良的亨利王立刻杀死。

莎士比亚专门在第五幕为理查杀害善良的亨利王设计了第六场，此处别有深意，他要展示这位人间的魔鬼是如何为了自己的目的而罪大恶极、丧尽天良的，并为未来的血雨腥风做出不祥的预言。理查到了伦敦塔，先让卫队长退下，他要单独与亨利王做一番对话。

亨利王：你是来干什么的？不是来要我命的吗？

理查·葛罗斯特：你以为我是刽子手吗？

亨利王：你是一个害人精，那是肯定的。假如杀害无辜也算是执行死刑的话，那你就是刽子手。

理查·葛罗斯特：你儿子太放肆，我才杀他。

亨利王：如果你第一次放肆就被人杀掉，你就活不到现在来杀我儿子了。我现在作这样的预言：尽管成千成万的人现在一点也不相信我所担心的事情，可是不久就将有无数的老人因为失去儿子而哽咽，无数的寡妇因为失去丈夫而号泣，无数的孤儿因为父母死于非命而流泪，他们都将因为你的诞生而痛心疾首。你出世的时候，枭鸟叫唤，那就是一个恶兆，夜鸦悲啼，预示着不详的时代…………

理查·葛罗斯特：不要听了。预言家，叫你言还未了，一命先休。（刺亨利王）这是完成了上天授予我的一桩任务。

亨利王：是呀，你杀人的任务还将层出不穷哩。呵，请求天主赦免我的罪过，也请天主宽恕你！（死。）（卷五，页397—398）

亨利王已死，被理查刺死，但由于死者揭示了他的无涯的黑暗，理查气急败坏，把他的所思所想和盘托出，反正死无对证，对他却不失为一种释放和解脱：

呵呵，心高志大的兰开斯特，你的血也会沉入地底吗，我原以为你的血是要升入天空的哩。看，我的宝剑因为这可怜的国王的死亡而流泪了！以后但凡遇到企图推翻约克家族的人，就叫我的宝剑为他流下紫色的泪！如果你还有一丝气息未断，我就把你推进地狱，并且告诉你，是我推你下去的。（再刺亨利王）我本是个无情无义、无所忌惮的人。真的，刚才亨利说我的话一句也不错，我也多次听到我母亲说，我出世的时候是两条腿先下地的；那也难怪，有人夺去了我的权利，我怎能不快走一步把他们打垮？当时接生婆大吃一惊，女人们都叫喊："呵呀，耶稣保佑我们呀，这孩子生下来就满嘴长了牙齿啦！"我确实是嘴里长牙，这显然表示，我生下来就应该像一条狗那样乱吠乱咬。老天爷既然把我的身体造得这样丑陋，就请阎王爷索性把我的心思也变成邪恶，那才内外一致。我是无兄无弟的，我和我的弟兄完全不同。老头们称作神圣的"爱"也许人

人都有，人人相同，可我却没有什么爱，我一向独来独往。克
莱伦斯。你得小心，你既然遮住我的光明，我就该替你安排黑
暗的日子。我要散布童谣，使爱德华感到惶惶不安，然后，为
了解除他的忧虑，势非置你于死地不可。亨利王和他的儿子爱
德华王子都已经完蛋，克莱伦斯，现在就轮到你头上了。我要
把这伙人一个一个都解决掉，我一天不成为唯我独尊的人，我
一天就认为是受了委屈。（卷五，页 398—399）

　　理查·葛罗斯特的这番独白是莎士比亚戏剧中的一个名篇，他赤
裸裸地把自己的邪恶计划一览无遗地暴露在光天化日之下，而且他不
怕，因为他否定了天赋之命，否定了亲情之爱，他不但要推翻兰开斯
特家族，同时还要毁坏他自己的约克家族。他要否定一切，除了他自
己以外，其他的一切都是他一睁开眼就要撕咬的敌人，而他自己是什
么东西呢？他自己都承认，而且乞求把身体之丑陋与心思之丑陋、肉
体之邪恶与灵魂之邪恶，融合在一起，成为内外一致的丑陋与邪恶之
尤，如此他才能"唯我独尊"，成为英国的新君主。

　　由此可见，理查·葛罗斯特的斗争具有双重的含义。首先是对于
兰开斯特王族的斗争，这是与他归属的约克家族一起进行的，而且随
着莎士比亚三部曲故事情节的演变，理查的作用日益凸显，直到最后
胜利，但又使得胜利者的能量减弱到他可以纵横捭阖予以掌控的地步，
要达到如此恰当的状况，何其难也，除了偶然的天意之外，理查的险
恶用心、殚精竭虑、左右腾挪以及无所不用其极，也起到了关键性的
作用。但这个胜利对于理查来说，只是一个前提，更为关键且步履艰
难的是在得胜的约克家族内部，铲除一系列障碍，最终僭越称王，把

王冠戴在自己头上，这才是他的目标之所在。这样一来，约克家族的王位继承者爱德华四世及其子嗣，还有克莱伦斯及其子嗣，也都成为他斗争的对立面，成为他的敌人，在这个意义上，理查的所作所为也是一种篡权谋逆。

因此，理查的行为具有双重的篡权弑君谋逆的意义，一次是对于亨利六世及其与玛格莱特王后所生的爱德华亲王的弑君篡权谋反，另外一次是对于约克继承人及其小王子的篡权谋反，由此也就使得他所属的约克家族成为他的敌人。理查的上述两个层面的篡权谋逆，使他登基称王成为英国的理查三世。但这样一个决绝的君主，使得这个君主称号同时斩断了他的法权统绪的所有正统性与合法性来源，甚至成为最大的僭主僭政，他的王权统治使他落得一个非法暴政的境地，英格兰封建王朝的两个显赫家族都成为他的敌人，他是他们法权统绪的最大叛徒。这促成了里士满伯爵的兴起，并为都铎王朝的两个家族的联合奠定了政治基础。当然，理查三世与里士满伯爵的斗争以及都铎王朝的兴起，这是《理查三世》戏剧中的主要内容，但其脉络已经包含在《亨利六世》三部曲的中、下两部剧情之中（在下部第四幕第六场，莎士比亚刻意埋下了一个伏笔，一个此后足以颠覆理查三世的人物出现——小亨利·里士满伯爵，还有亨利王对于他的预言，对此下文将深入阐发），莎士比亚在此富有戏剧化地描绘出这个理查·葛罗斯特公爵以及未来的理查三世奋然勃起、恶贯满盈的篡位过程及其历史性的意蕴。

综上所述，理查三世的王权争夺之路跌宕起伏且富有戏剧性，内容也是丰厚而深刻的，如何看待理查罪恶滔天的权力之争呢？这是莎士比亚一直关切并灌注在三部曲乃至两个四联剧中的一个经纬性的问题。显然，莎士比亚笔下的这个理查形象，不是按照传统的君主标准塑造的，他既不是古典希腊罗马式的君主或贵族英雄，也不是接受基督教洗礼的符合君主仪范和政治伦理的封建王朝君主，而是一种新式的君主，一种具有现代意义之发轫时期的基于虚无主义的君主。这类君主的形象受到马基雅维利的影响，无论莎士比亚是否认真研读过意大利文艺复兴时代的各种君主论，他创作时正值英格兰都铎王朝中晚期，马基雅维利的思想在文史界精英中被广泛传播，且英格兰的时代也已经进入早期现代的历史时期。莎士比亚有感于时代潮流，也会意识到一种新的王权统绪及法统沿革正在兴起，其作品中的理查·葛罗斯特（理查三世）就是一个典型的代表人物。虽然，诚如某些论者指出的，莎士比亚笔下的理查三世与真实历史中的理查三世在人物形象、沙场征战、王权夺取以及统治体制和法制革新等方面，有着很多不符合历史事实的出入瑕疵，但莎士比亚的理查三世毕竟是历史戏剧的人物，并不是历史的人物，两者之间有很大的差别，也是正常的，我们不能将两者等量齐观，视为一人。①

　　文学往往比历史更能把事物的本质揭示出来，所以，莎士比亚戏剧中关于理查（包括理查三世）的人物塑造，就势必引发一个问题，即如何看待理查之邪恶君主的所作所为？在这方面，马基雅维利的观点或许得到了莎士比亚的认同，即这位邪恶君主的一切行为，均来自现代的君主野心，这个野心具有现代的王国构建的意义，他打破了传统君主伦理，把政治之恶赤裸裸表现出来。为了目的，一切都是手段，现代君主必须具有狮子一样的凶猛和狐狸一样的狡诈，必须要有作恶

---

① 参见马里奥特：《莎士比亚戏剧中英国史》，第六章、第七章。

的卓越能力。最终落在权力王冠顶端的，其实是现代性的虚无主义，是一切皆无的彻底的空虚，最大的恶，甚至最极致的恶，乃是极端的虚无，这是不同于传统（古典城邦和封建王朝两个传统）的最根本的标志。我们看到，理查三世在邪恶计谋不断得逞之际，总有终极的虚无的独白，这个虚无主义的政治，才是莎士比亚所要呈现的英格兰王国大混乱和大分裂的底牌，这也是那些都铎王朝的历史观念以及都铎神话的编撰家们所没有也不愿看到的。当然，莎士比亚是通过理查三世的灵魂独白而将其一次次揭示出来的，对此，莎士比亚自己是否很清楚呢？他果真愿意接受这位君主吗？答案像是这样的——他看得很清楚，但不愿接受。

爱王冠的理查:《理查三世》《理查二世》

按说，莎士比亚应该先写《理查二世》再续写《理查三世》，这是沿着英格兰封建王朝自然时间顺序的写作，若作为编年史故事本该如此。但是，莎士比亚是当作戏剧文学作品予以创作的，并不一定非要依照自然时间顺序，正如我在开篇第一部分就已经指出的，莎士比亚的英国历史剧其实是有着两个时间的逻辑构成，由此形成他两个四联剧的作品系列。这两个时间结构恰恰是反向的，即从后朝前倒推，先写后发生的历史故事，再写此前的历史故事，这样就出现了《理查三世》在前《理查二世》在后的情况。为什么莎士比亚要如此安排，且作为文学化的历史剧也允许他如此，这里当然不是随意的，是有某种深刻的原因，对此我在前面第一部分中已经有所讨论。

现在回到《理查三世》，我们看到，这部第一个四联剧的最后一部作品，与莎士比亚第二个四联剧的第一部作品《理查二世》倒是有着某种隐秘的关系。我认为，《理查三世》的结局看上去是里士满伯爵的胜利，从而迎来亨利七世之开创的都铎王朝的新统绪，但这只是外部形式上的，若究其更深层的原因，就必须把第二个四联剧联系起来，从缘起追溯都铎王朝的源流，那就势必从理查二世开始，所以，《理查三世》与《理查二世》的关系，就使得莎士比亚有关英格兰王朝的王权演变之戏剧故事具有了更广阔的意蕴。说起来，蒂利亚德也很敏锐地发现了两个四联剧的关系，他认为第二个四联剧的结构与第一个四联剧的结构是一种重复性的关系，《亨利六世》上部很类似于《理查二世》，《亨利六世》中部和下部很类似于《亨利四世》上部和下部，《理查三世》很类似于《亨利五世》，都是一个羸弱而良善的君主被强有力的另一个王族的首领篡权夺位，最后这个篡权者得以巩固其王权统治，并奠定新王朝的故事，只不过结局是理查三世最终失败了，而亨利五世雄才大略，最后胜出了云云。①

从形式类比上看，蒂利亚德的观点有其合理性，确实这种对应的重复大致如此，第二个四联剧不过是一个类似于第一个四联剧的另外一轮王族篡权夺位的故事，不同的是，第一个四联剧后面的故事失败了，而第二个四联剧后面的故事成功了。问题在于，这种形式重复的篡权夺位故事一个就足矣，为什么莎士比亚还要费劲再写一个四联剧呢？显然并非如此简单，莎士比亚应该另有深意。这个深意究竟是什么呢？作为文学家，莎士比亚自己并没有直接说出，而是通过作品来说的，他在作品中究竟想表达什么呢？后来者（观众和各种批评家）的解读是否符合莎士比亚的原意呢？这一系列问题属于解释学的问题，甚至有解释学的循环悖论，对此仁者见仁，智者见智。下面我尝试通过分析两个理查的戏剧故事及其反向的时间倒推关系，给出我的答案。

---

① 参见蒂利亚德：《莎士比亚历史剧》，第二部分第二章。

理查三世：早期现代虚无主义的邪恶君主

莎士比亚在《理查三世》中，把理查三世的性格及邪恶行径描绘到极致，由此也使得英格兰王朝的王权之争达到无以复加的黑暗，若按照马基雅维利的思路观之，作为一个现代君主就应该如此，没有什么可以斥责的，甚至只有把邪恶发挥到极致，把权力之功效用到无以复加，才能达到理查三世篡权夺位的至高目的，为此一切都是手段，都可以无所不用其极。[①]问题在于，莎士比亚在该剧中，在整个有关英格兰王权历史叙事中，并不全部接受马基雅维利的这套君主论言辞，也就是说，莎士比亚一方面赞同马基雅维利的看法，认同理查三世的所作所为，但另一方面，他又极其反对马基雅维利的观点，不接受邪恶君主之王权统绪的正统性、正当性与合法性。因此，他在《亨利六世》三部曲尤其是在《理查三世》一剧中，通过不同的层面总是对理查三世予以谴责，这种谴责尤其体现在玛格莱特王后的诅咒和理查三世的独白式的自责和自我否定上。

我们且看理查三世的一系列罪恶的勾当。他先是密谋杀害亨利六世父子——是他最终把亨利六世之子爱德华亲王和亨利六世杀死的，

---

① 门德尔在《莎士比亚笔下的恶魔君主》一文中写道："莎士比亚说《理查三世》讲述了一个要做国王的人，记录了这位暴君的历史，他试图'掩饰（自己）赤裸裸的恶行'，让'杀人弄权的马基雅维利也自叹不如'；理查这位谋杀犯没有'丝毫的怜悯之心'，是个超级大'骗子·'和'阴险、狡诈、背信弃义'的恶棍，然而他的罪恶却显得那样地完美、精彩，令人忍俊不禁。他最精彩的阴谋就是按照马基雅维利的精神构想和实施的，也就是利用了受害人的虚荣心。'在莎士比亚笔下的国王中，只有理查三世与马基雅维利有明确的关联'。"参见刘小枫、陈少明主编：《莎士比亚笔下的王者》，华夏出版社 2007 年版，第 103—104 页。

这是《亨利六世》三部曲下部第五幕的内容，前面我们已经论述了。紧接着在《理查三世》的第一幕，理查·葛罗斯特就开始实施他的第二个邪恶的计划，即设计陷害他的三哥克莱伦斯公爵，因为这位公爵哥哥是他图谋篡位夺权的障碍之一，在血亲排序上，克莱伦斯优先他具有王位继承权，为此，理查早就酝酿着如何加害于三哥。正如他的独白所说的：

> 我这里已设下圈套，搬弄是非，用尽醉酒诳言、毁谤、梦呓，唆使我三哥克莱伦斯和大哥皇上之间结下生死仇恨：为的是有人传说爱德华的继承人之中有个 G 字起头的要弑君篡位[①]，只消爱德华的率直天真比得上我的机敏阴毒，管叫他今天就把克莱伦斯囚进大牢。（卷四，页 94）

其实，这个谣言就是理查私底下让人传播的，但他在途中遇见克莱伦斯时还假惺惺地装作不知，甚至为他打抱不平，把他和海司丁斯勋爵的仇恨指向王后伊利莎伯，因为这位王后已经给爱德华四世生出了一位儿子小爱德华王子（又叫威尔士亲王），所以，他们母子俩也是理查实现目标的障碍。

不过恰在此时，爱德华四世由于病重召集朝中大臣们觐见，理查审时度势，感到自己要加快步伐。他当然希望爱德华活不了，因重病而亡，但又不希望爱德华早死，最好要在他干掉克莱伦斯之后再死。若他的计谋得逞，即：

---

① 克莱伦斯名乔治（George），与葛罗斯特（Gloucester）均以 G 字起头。

　　这件事办妥了，上帝就好照顾爱德华王，那时这世界便由
我来独自纵横了！（卷四，页 97）

与此同时，理查的另外一个计谋又滋生出来，他自忖道：

　　那样，我好娶过华列克的幼女（即安夫人）。我虽杀了他
的丈夫和父亲，这有何相干，要补偿这娘儿的损失莫过于由我
来当她的夫君和父亲：这才是我的主意；倒不是为了什么爱，
为的却是另一桩私底下的打算，只有娶到了她才能如愿。可是
这些话我其实说得太早一点：克莱伦斯还在人世；爱德华还占
着宝座；病而未死：且等他们都去了再打我的算盘不迟。（卷四，
页 97）

　　由此可见，在第一幕，理查的计谋就在三个方面展开，一是陷害
除掉克莱伦斯，二是坐等爱德华四世病死，三是娶安夫人实现另一图
谋。莎士比亚的戏剧情节就是这样，一环接一环，环环相套，他不愧
是戏剧创作的绝顶高手，与权谋大师理查三世恰好形成对勘，绝妙的
人物需要绝好的剧情相互匹配。①

---

① 莎士比亚毕竟是艺术创作，他并非完全照搬历史的实际情形，对此，马里奥特写
　道："值得注意的是，剧作覆盖了 14 年的历史时间，其中 12 年的历史事件在第一
　幕至第二幕第一场就得到了'解决'，其余各幕各场都聚焦于 1483 年至 1485 这
　两年时间。剧作对历史时间的这种分配，显然是要突出单一角色的塑造及表现，
　并契合早期几个版本所用的剧名：'理查三世的悲剧，他对兄弟克莱伦斯无耻的
　陷害、对无辜侄儿的残杀，他大逆不道的篡权夺位，他令人憎恶的存在以及罪有
　应得的暴毙。此乃 1640 年前印行版本最多之莎剧。'"参见马里奥特：（转下页）

紧接着第一场，莎士比亚在第二场编创了一幕使读者惊心动魄、匪夷所思的场景，安夫人作为亨利六世的儿媳（爱德华亲王之妻），在伦敦街头与差役们一起簇拥着亨利六世的棺具送殡致哀，她悲伤地感叹兰开斯特王室的余灰残烬：

> 这副皇族血统的枯骨，滴血都已流尽！

而她作为被害的爱德华亲王的妻子，一方面为自己王族的悲惨遭遇哀叹，另一方面也对杀害他们父子的毒手予以诅咒——是那位歹毒邪恶的约克家族的理查，害死了他们，带来无穷的灾难。她要诅咒这个魔鬼：

> 愿这个人妖继承他自己的逆运！愿他所娶的妻房也因亡夫而受苦，比我因我夫和你两人的遇难所受的苦还要多！（卷四，页98）

正当此时，理查出现了，他拦住送殡的队伍，安夫人看到是理查，不禁恶骂这个魔鬼，请他走开。

（接上页）《莎士比亚戏剧中的英国史》，第218—219页。类似的情况也还有很多，例如关于爱德华四世，英国史中的情况就并非如此昏庸无能，"爱德华四世虽难称得上一位伟大的君主，但也远非其兄弟'单纯的克莱伦斯'可比。约克家族相对而言获得了兰开斯特的家族——亨利五世除外——所不曾得到的人民大众的支持，而在约克家族中，爱德华四世所获得的人民支持又是最多、最广泛的"。第223页。

恶魔，上天不容，走开些，莫来寻麻烦；你已经把快乐世界变成了地狱，让人间充满了怒咒痛号的惨声。……是你的所作所为，反人性，反天意，引发了这股逆潮。（卷四，页99）

不曾想到，这位理查如此恬不知耻，对她说什么要表白一番，是她的天姿国色惹起了这一切，引发他的无穷爱意，使他顾不上天下生灵，一心想着如何取得她的芳心和温暖，才干出那些伤天害理的事情。这一切不是为了别的，只是为了爱她，为了她能够找到一个天底下最适合她的郎君。理查竟然表白称自己是那个最合适的人，而且他如此鬼使神差地迷恋上她。对于这位杀死自己亲夫和公爹国王的仇人，这位自己刚才还千般诅咒的魔鬼，在送殡国王亨利的途中，他竟然向自己求爱，这种举措简直令人错愕和震惊，天下有谁能干出这种匪夷所思的事情？他理查就干了。安夫人开始咒骂他这副喷着毒液的臭嘴：

哪儿还有比你更臭更烂的毒蛤蟆。我见不得你！你会使我双目都遭殃。

但理查对于她的连声咒骂和横眉怒视不仅不生气，还愈加挑逗地表白对她的一腔赤诚，步步紧逼地对安夫人说道：

如果你还是满心仇恨，不肯留情，那末我这里有一把尖刀借给你；单看你是否想把它藏进我这赤诚的胸膛，解脱我这向你膜拜的心魂，我现在敞开来由你狠狠地一戳，我双膝跪地恳

求你恩赐，了结我这条生命。（打开胸膛；她持刀欲砍）快呀，
别住手；是我杀了亨利王；也还是你的美貌引起我来。莫停
住，快下手；也是我刺死了年轻的爱德华；又还是你的天姿鼓
舞了我。（她又做砍势，但立即松手，刀落地）拾起那把刀来，
不然就挽我起来。（卷四，页103）

　　莎士比亚真是心理学大师，他笔下的理查邪恶到无以复加，因此
也是心理学大师，深谙人性的幽深渊谷，尤其是女性的柔软天性。经
过他的一番纠缠和陈情，加上心理上的剖析自辩，安夫人竟然与这位
魔鬼和解，甚至接受了他的虚假的爱情。① 在安夫人走之后，邪恶的

---

① 　评论家门德尔在论文中对理查三世的恶魔本性给予了非常深入的分析，尤其是在
　他如何对待安夫人方面，门德尔对于两人的心理剖析很是到位："理查从来没有当
　真地诅咒过任何人，可能是因为他是唯一一个把自己的不幸归结为天（nature）的
　人。他过于丑陋，或他自认为如此，因此不配任何人的爱。理查'不爱任何人，
　不信任任何人，奇怪的是，他也不憎恨任何人。'……理查虽然更有可能激起我
　们的崇敬而不是憎恨，但他仍然是个魔鬼。……他'不尊重'任何事情和任何人，
　包括他自己。他不会尊重，因此也没有廉耻。在他眼里，没有神圣不可侵犯的东
　西。如果形势需要，任何原则他都可以背叛，任何信用他都可以抛弃，任何人他
　都可以牺牲。我们根据天生的习惯和信任度区分公众和私人、朋友和敌人、亲人
　和陌生人，但理查的马基雅维利主义却模糊了这些区分，在他那里，个人才是主
　导，而个人所属的团体和组织则是次要的，处于从属地位。"参见刘小枫、陈少明
　主编：《莎士比亚笔下的王者》，第109—110页。"在马基雅维利的政治学中，找
　不到自然权利（或自然正确），因为任何人都没有权利凭借自己的天性统治他人。
　一位君主若是希望保持自己的地位，不仅一定要作恶，而且一定要学会如何作恶。
　他必须放下架子，在心理上准备好对自己的臣民投其所好。因此，理查最大的成
　功，即他最难以令人忘怀的马基雅维利式行动，就是向安夫人求婚。""理查的屈
　就使安夫人无所作为。她自己不能动手杀死理查，也不能让他自杀。已经是两起
　谋杀的帮凶了，她不愿意成为第三起谋杀的帮凶。然而，因为她不愿意惩罚理查，
　她既无权要求上帝为亨利之死报仇，也不能坚持认为，理查'现在除了（转下页）

理查不禁自鸣得意，下面是他的独白：

> 哪有一个女子是这样让人求爱的？哪有一个女子是这样求到手的？我要娶了她；可是也不要长期留下她来。什么！我这个杀死了她丈夫和他父王的人，要在她极度悲愤之余娶过她来；她的咒骂还在嘴边，眼眶里还含着泪，她那心头之恨还有这斑斑血痕做实证；上帝、她的良心和我的这些缺陷都在控诉我，叫我简直站不住脚跟，而我呢，只凭包藏的祸心和满面的春风，仍要把她弄到手，哪怕她那边千岩万壑，而我却空无所有！（卷四，页105）

（接上页）上吊之外，无法为自己赎罪'。因为理查渴望成为'她的丈夫和她的父亲'，以示补偿。安夫人几乎不能抗拒他，因为后者让她忘掉悲痛并'帮她得到一个更好的丈夫'。理查刚才还是个'恶棍'，'不遵守上帝的律法，也不遵守人间的常理'，但现在，安夫人却接受了他的戒指，高兴地给予了他所请求的恩惠，并使'他成为最有资格的吊丧者'，去主持'这位高贵的国王'的葬礼。看到自己表演成功，理查满心欢喜：'她居然垂青于我……我的一切还不抵爱德华的一半，她竟然垂青于我。'而安夫人看到理查'如此悔过'，也是满心欢喜，其程度仅次于理查。"同上书，第115、119—120页。对于莎士比亚笔下的理查之如此娴熟地运用马基雅维利的计谋，另外一位评论家弗里希在《莎士比亚笔下的理查三世与僭主的灵魂》一文中写道："莎士比亚的理查三世与苏格拉底在柏拉图的《王制》中所描述的僭主不同，因为理查三世身上有一股迷人的魅力。理查的性情中有一种东西会让我们情不自禁地着迷。考虑到理查从一开始就'决心做一个恶棍'，这就越发显得不可思议。他令人惊叹的应变能力和一语双关的表达才能足以令人神往。莎士比亚以卓越的技巧刻画了这位僭主的狡猾，使我们的情感不由得跌宕起伏。反思理查的性格让我们得到了乐趣。在这种乐趣中，在莎士比亚展现理查的各种场景中，我们似乎忘记了那个冷酷无情、工于心计的僭主，他精彩的智力把戏盖过了——在某种程度上甚至是遮蔽住了——他丑恶的灵魂。"同上书，第126—127页。

　　看来，理查的这个计划是实现了，但他没有停息，紧接着就开始实施另外一个计划。这个计划就是理查感觉时机已到，直接指派两个杀手去伦敦塔刺杀克莱伦斯，铲除他篡权夺位的一个主要障碍。可怜而可叹的克莱伦斯直到被杀手刺死也还蒙在鼓里，以为是兄长爱德华四世要他死，他盼望着弟弟理查能够救他。虽然他在梦中梦到的是这位王弟理查将他推入波涛翻滚的大海，害死他的是这位他信任的胞弟，但他仍然执迷不悟，说什么理查所做的一切事情，包括那些背信弃义的事情，都是为了他们约克家族，为了夺取兰开斯特的王位，老父亲曾经祝福他们三兄弟要互敬互爱，如今三兄弟阋于墙，理查弟肯定会落泪的。当然，克莱伦斯被杀还有某种因果报应的含义，他屡次违背誓言，出尔反尔，已经失去了一位贵族的高贵品格，他自己也愿意接受惩罚，但他要求依法审判，要有证据，要有法官的判决书，这样被刺杀于监牢他是不能接受的。他没有想到，使他如此死去的恰恰不是王兄爱德华四世，而是他信任的胞弟理查·葛罗斯特。如此看来，理查的邪恶是非常高明的，其鬼蜮伎俩足以欺骗世人，不管是善人还是恶人，谁都没有办法识破他的阴险图谋。不过，理查固然需要欺世盗名，但也需要招募死党，还要让他们知晓他的计划，并甘愿供其驱使。这不，机会就来了，这就进入戏剧的第二幕，剧情内容是理查与爱德华四世家族的斗争。

　　其实，理查早就在爱德华家族打入了自己的楔子，在第二幕一开场，便是生命垂危的爱德华王为了自己家族的利益，请两支对立的势力友好和解。一个是王后伊利莎伯笼络培植的一干后党，例如王后前夫的两个儿子道塞特侯爵、格雷勋爵及其他新封的爵士；另一个则是辅助爱德华四世上位的有功王党，例如遭受冤屈的海司丁斯勋爵，还有勃金汉公爵等一批实力派干将。这两派的矛盾由来已久，理查更是私下煽风点火，进一步深化他们的仇恨和对立。在爱德华重病希望看到双方和好之际，他们虽然表面表示和好，但内心的积怨已深。恰在其时，爱德华王得知其弟克莱伦斯已死，据说是按他的旨意被处死，他不禁大惊失色，感到万箭穿心，他懊悔自己一念之差竟叫弟弟遭受了杀身之祸。可是他感慨道，从未有谁在他愤怒之余为他弟弟求情请命，爱德华王的悲愤、自责还有悔恨纠缠在一起，病情急速转危，以至于王后不得不考虑爱德华王的身后事，准备派遣人马立刻去把住在鲁德罗的小王子接来，让他随时加冕为王，继承其父爱德华四世的王权。而在此时，理查也在密切关注这一切，他已经得到勃金汉公爵等人的拥护，这些人随时听从他的吩咐。勃金汉建议王后派遣一小队人马去接小王子即可，派大队兵马反而易引发朝野和民众的恐慌。勃金汉对理查说道，他们必须赶在王后派遣的人马到达之前接到小王子，以便为今后的图谋做出安排。总之，由于获得这些反对王后势力的大臣们的支持，理查可以从容地实施自己的计划，一步步地把可能阻碍他摘取王冠的挡道者干掉。

在理查看来，万事俱备，只欠东风，小王子的到来就是这个东风。他让勃金汉公爵抢在王后党人的前头，直接把小王子送到伦敦塔，与此同时，他还让克拉立夫爵士把后党的三个亲贵利弗斯伯爵、葛雷勋爵和付根爵士押赴邦弗雷特城堡（理查二世被害之地）不经审判立即判处死刑。在莎士比亚笔下的第三、四幕中，各种场面可谓不停地变换，理查邪恶至极的本性被揭示得淋漓尽致，如下的几个场景都很具有代表性。一个场景是理查与小王子的对话，小王子问为什么要送他们去伦敦塔，而非别的地方，还强行把另外一个王弟小约克公爵一起叫来。小王子说自己就不喜欢伦敦塔，因为据说是凯撒建造的，若要暂时休息等待加冕，可以选择任何一个地方下榻。但勃金汉公爵按照理查的意旨不允许，理查想以此来了结这位小王子之命，他在一旁独自说"才华早发，断难长命"。而聪慧的小王子似乎也有所领悟，才予以对答道：

> 这位凯撒是个有名的人物；他的勇气丰富了他的聪明，聪
> 明又为他的勇气栽下了根。死亡并不能征服这位征服者，他的
> 生命虽已结束，可是名声不灭。（卷四，页142—143）

这场对话显然理查并不占上风，他感到这位未来的爱德华王大胆，敏捷，灵巧，无顾忌，能干，从头到脚就是爱德华母亲的化身，于是加快部署自己的称王之事。对此，他笼络了勃金汉公爵、凯茨比爵士、斯丹莱勋爵等人，他还试图说服海司丁斯勋爵这位强悍的贵族，派凯茨比去观察海司丁斯的心意。虽然海司丁斯对王后党徒非常不满，但他并不赞同理查篡位称王，取代爱德华亲王的王位继承权，他对凯茨比说道：

> 要我对理查表示拥护，阻挡我主君的后人合法承嗣，我死
> 也不会干。（卷四，页148）

最后的结果是海司丁斯在伦敦塔被送上断头台，但他依然大义凛然道：

呵，血腥的理查！悲惨的英格兰！我向你预告，一个最恐怖的时代就要到来。好，带我去断头台，把我的头拿去给他；此刻对我嬉笑的人，在瞬息间自己也休想活得成。（卷四，页154）

尽管没有海司丁斯的配合，理查依然在伦敦塔上和贝纳堡庭院里，在勃金汉和被迫的伦敦市长的导演下，上演了一幕劝君登基的政治滑稽戏。说起来这类劝进书在中国历史上并不稀奇，看来在英格兰历史上也有——莎士比亚的《理查三世》就出现了类似的一幕。在理查与勃金汉于伦敦塔反复密谋之后，他们把伦敦市长以及市民们叫到贝纳堡，勃金汉公爵对理查隆重陈辞道：

您不该再三推辞，放弃至尊的宝库，那是您祖代相传的威权所在，是您福运降临，也是您世袭而来的名分，您奕奕皇室的世代光荣，岂能由您让给一支腐朽的系族；您在高枕无忧之中悠思遐想，而这块皇土正等待着大力扶持，为国家前途计，我们特来敦促您醒悟过来；如今纲常不振，面目全非，皇朝正统，凭添枯枝残叶，无以生根，势必陷落深渊，从此湮没无闻。为了拯救这种颓运，我们衷心请求殿下亲自负起国家重任，掌握王权；不再为人作嫁，做一个护政者、家宰、代理人；或当一个卑贱的经手员；您应该维护血统，继承王业，本是您生来的权利，是您的领土，应归您自有。为此之故，我和市民们一起，还有您的虔诚热情的朋友们，都急切地催促着我来向殿下发出这正义呼声，求您垂听下情。

请看，这位理查是如何表演的，真是天下中西如出一辙，这位理查·葛罗斯特殿下说道：

> 以我的地位或您的处境看来，我不知道该默然离去此地，还是该严斥您一番。……您的热诚值得我衷心感激；但是对我要求过分，我自愧无能，怕难孚众望。首先，即使一切障碍都能扫除，我面前这条登基的道路已经铺平，创业时机已经成熟，只等我继承正统，可是我志气还不够高昂，我德行菲薄，瑕疵多端，缺陷重大，我宁愿闭门思过，以免卷入洪流……
>
> 勃金汉：我的大人，这确实说明您心地磊落；无奈从多方面考虑，您所顾念的都是些不可捉摸的细节。您说爱德华是你大哥的儿子，我们也如此说，却不出自他的妻……寡妇重婚；因此一场漠视法纪的结合传下了这个小爱德华，为了保持体面，称为太子。……所以，我的好大人，愿您亲自接过我们所呈献的至尊权位；即使不为我们和全国的幸福着想，也该把这祖传的尊贵血统继承下去，匡时拯世，恢复真正的纲纪。
>
> 市长：接受吧，好大人；您的市民在请求您了。
>
> 勃金汉：伟大的主君，莫拒绝这诚心的献礼。
>
> 凯茨比：呵！让他们欢庆吧，允许他们的合理请求吧！
>
> 葛罗斯特：唉！你们何必硬要把重担堆在我身上呢？我不配治理国家，不应称君王；务必请你们不要误会，我不能，也不愿，听从你们的要求。
>
> 勃金汉：如果您拒绝所请……我们只好拥立他人继承王位，那样，您的王室势必声名扫地，倾覆无闻……市民们，走

吧，我们不再请求了。（勃金汉与市民们下。）

　　凯茨比：叫他们回来，好主君；接受他们的请求。你如果再不应允，全国都要遭殃了。

　　…………

　　葛罗斯特：勃金汉贤弟，各位父老，你们既不顾我是否愿意，坚持要把命运的重担压上我肩头，勉强我负起重任，从此我就不得不任劳负重，忍受下去；但是万一在你们迫使我登位之后，假若有人暗中攻讦，或破口辱骂，那么此事既由你们促成，一切垢污糟蹋都应与我无关；上帝知道，你们也可能见到，这是一件多么违反我的心愿的事。

　　市长：上帝祝福您殿下！我们看见了真情，我们要让大家知道。

　　葛罗斯特：你们宣扬出去必须根据事实。

　　勃金汉：现在我向您称君道贺：理查王万岁，英国的尊君万岁！（卷四，页 161—164）

　　这出戏不啻为一场政治滑稽戏，但对理查来说，必须演下去，如此他才能获得形式上的合法性，才能在第二天加冕称王。至此，理查或者说理查三世才舒缓下心来，一切看上去都大功告成，他的终身谋划终于获得实现。不过，莎士比亚的《理查三世》并没有结束，而且实际上的英格兰王朝史或者准确说英国的红白玫瑰战争也还并没有结束。好戏还在后头，理查三世的命运究竟如何，他的政治野心以及为此不计一切代价的行为究竟带来怎样的下场呢？这一切都还需要进一步展开，这也是该剧第五幕的主要内容，真可谓一幅云谲波诡、大势逆转的时代画卷。

对此，评论家弗里希分析道："这个英国最著名的僭主遵循马基雅维利的模式，采用阴谋诡计和谋杀的手段，把这个世界的道德规范束之高阁。他残酷无情的统治和精心策划的残暴行为具有马基雅维利的特色，使他成功获取了王位，并在这个位置上坐了一小段时间，但他要超越马基雅维利的预言落空了。这个要高人一等的想法似乎过于狂妄，根本无法实现，因为他王冠还没有戴稳，他的大厦就倾覆了。他保持不住刚刚到手的王权，没有证据表明理查曾统治过英国。在莎士比亚的历史剧中，《理查三世》与政治关系最为密切。当时的红白玫瑰战争给英国带来了最为深重的灾难。理查的悲剧史不单单要表现被内战吞噬的英国的悲剧史，而且要通过描写一位罪恶僭主的行动，增强我们的敏感，使我们能够察觉政治生活中可能出现的悲剧。谋杀两个年幼的王子是一个毫无根据的罪恶，其程度超过了红白玫瑰战争中最残酷的行为，表现了僭主的灵魂是何等的丑恶。莎士比亚并没有用很多的字眼来这样表述，但我们有理由认为，他相信，负责任地行使政治权力、明智的统治和严谨的规范在政界几乎不存在。明智的统治很难实现。亨利五世在位时是英国的黄金时期，但好景不长，可怖的红白玫瑰战争就开始了，在国内纷争所带来的僭主政治时期达到顶峰。另外还有长期以来疯狂的王位复辟，让英国伤痕累累。接下来便是一个充满未知数的将来。在人类事务中，绝对恶的倾向似乎过于强大，使人们无法期望残酷的政治生活有所改变。"

弗里希进一步写道："这完全不足以解释理查的邪恶行为，因为他对于挑起君主的重担并不感兴趣。他不关心权力的责任，只关心如何保持权力。因此，人们很难说明，他当王的欲望造成了他的邪恶行为。他更多的是一个阴谋家而非机会主义者。他有难以抑制的阴谋欲。邪恶本身似乎变成了目的，也就是说，用于达到目的的手段取代了目的，而成为目的本身。我们似乎根本不可能认为，理查心里想的仅仅是要证明自己是个恶棍，除了以暴虐的方式展示自己外，没别的什么目的。……理查最大的欲望似乎是要操纵或控制别人。不言而喻，正是由于权力欲这种性质才使它永远得不到满足。权力欲必须用权力来满足。只有目标后退，权力的追逐才能令人感到愉悦。目标必须不断地得到重新界定，否则，权力追求将会结束，愉悦感也会停止。理查想当国王，但他真正想做的是证明自己有能力当上国王。对他来说，奋斗就是一切，结果微不足道。追逐权力或僭主的行为目的只有一个：权力。这正是理查的问题之所在。理查的行动也有一定的合理性，因为一位王储考虑自己是不是有可能继承王位，是合情合理的事。但理查的合理性仅此而已，因为目标本身对他而言无足轻重。通过对僭政的描述，莎士比亚清晰地表明了权力的虚幻：从根本上满足越来越高的欲望是不可能的，因为人们看不到它的尽头，它就没有尽头。"①

我们看到，在理查三世邪恶的权力登顶大戏上演之际，莎士比亚在剧中又狠狠地补了一刀，这一刀也是使人叫绝。勃金汉公爵如此卖力，劝进一幕演得如火如荼，真假难分，其目的显然是名利二字，理查曾经许愿把海瑞福德伯爵爵位以及那些不动产全都赏赐给勃金汉，勃金汉这才如此卖力。但是，理查三世还有一块心病，他要把阻挡其篡权夺位的那些障碍者铲除干净，无论是兰开斯特家族还是约克家族，除了他理查三世，不留任何血亲后嗣，所以，在杀死亨利王子之后，

---

① 参见刘小枫、陈少明主编：《莎士比亚笔下的王者》，第132—134页。

其兄爱德华王的嫡系子嗣小爱德华亲王也是要被斩草除根的。为此，他曾经对勃金汉有所暗示，但也许是过于残酷惨烈，勃金汉虽然知晓理查的心思，但并没有马上应承下来。就是勃金汉的这一举动，招致独裁者和暴君理查三世的猜疑和愤怒，他要的是百依百顺的家奴，容不得半点疑惑，所以他就另外指派杀手提瑞尔爵士去办理这件邪恶的事情，而把勃金汉冷落一旁。当勃金汉有所悔悟决定为理查干这件脏活时，理查已经不再信任勃金汉也不再提曾经允诺的赏赐之事。对此，勃金汉惴惴不安，胆战心惊，他知道命不长矣，于是决定连夜逃跑投奔里士满伯爵（勃金汉最终还是被理查三世捕获并立即处死）。

看，暴君就是如此，独裁者暴政就是如此，不搞得天下大乱、人心丧尽、天怒人怨，就不足以导致新的转机出现。此时的理查三世真可谓孤家寡人，挡在他之前的所有血亲后嗣都被他斩尽杀绝，兰开斯特家族与约克家族的所有可能继承王权的嫡系后裔、王室子嗣，都被他铲除干净，甚至那些辅助他登基称王的重臣功勋之人，也都被他一一清除，或杀掉或贬谪或逃亡，剩下的只有他自己以及几位被他胁迫的旁枝贵胄，例如斯丹莱勋爵。正像理查自己所言：

> 克莱伦斯的儿子我已经关禁起来；他的女儿我已经把她嫁给了穷人；爱德华的两个儿子睡进了亚伯拉罕的怀抱里，我妻安辞别了人世。现在我知道布罗塔尼的里士满觊觎着我的侄女小伊利莎伯，想借这一结合，妄图争得王冠，我就去找她，再做个快乐幸福的求婚郎。（卷四，页173）

冥冥之中自有天命，很多事未必是人能够算计了的。说到里士满伯爵，一种新的历史契机开始出现，对此我们下文再予以讨论。

整个莎士比亚第一个四联剧——《亨利六世》（上、中、下）和
《理查三世》，到此抵达了所谓的大分裂与大混乱的黑暗之低谷，理查
三世以其无所不用其极的邪恶能力最终摘取了英格兰的王冠。这里的
深渊与黑暗不仅意味着世间的战争、杀戮与死亡，还意味着人性的幽
暗与兽性的嚣张和暴虐，甚至极端的虚无，因为最终是虚无的，所以
无所畏惧，所以恶恶相随。果真如此吗？这就涉及贯穿莎士比亚这个
四联剧始终的，甚至贯穿莎士比亚整个历史剧的一个重大主题——诅
咒、报应、复仇乃至忏悔的问题。在这个四联剧中，它们主要是通过
几位女性之口发出的，并且获得了某种刻骨铭心的应验。对此，蒂利
亚德站在宇宙秩序论和神学正义论的视角予以解读，例如他分析说：
"将四部戏剧联结起来的最强联系是稳定的政治主题：秩序与混乱，恰
当的政治层级和内战，罪行与惩罚，上帝的仁慈最终调和了他的严厉
公正，以及认为这就是上帝对待英格兰的方式的信念。""《理查三世》
中伟大的人物死去时都承认自己的罪并会考虑到其他人。"关于理
查三世，"只有玛格莱特王后才能成其为对手的人物。他只害怕她
一人。她（玛格莱特）的诅咒，在刚刚塑造的心理上可信的人物之
外，又建立了与之抗衡且最终胜出的恶魔形象、国家的替罪羊、整个
国家的腐败毒瘤"[1]。

我认为蒂利亚德的一系列讨论当然具有很大的启发性，也确实揭
示出莎士比亚历史剧某种关于社会秩序，包括宇宙秩序的不同等级构

---

[1]　参见蒂利亚德：《莎士比亚的历史剧》，第 225—226、229—300、236—237 页；此
　　外，在该书中的第二部分第二章，以及《伊丽莎白时代的世界图景》第一部分，
　　都有相关的论述。

造，还有强烈的基督教神恩救赎论的思想底色，这些都是没有问题的，由此来展开莎士比亚历史剧关于诅咒、复仇、报应乃至忏悔的主题也是有一定依据的。但是，最大的问题在于，蒂利亚德没有看到莎士比亚历史剧，具体到第一个四联剧，尤其在《理查三世》中，这个主题还蕴含着一种早期现代的新因素，一种新的政治形态——封建国家王权权力争夺的邪恶本性及其相关的复仇、报应和忏悔，这实际上为莎士比亚的历史剧注入了新的动力机制。

正是鉴于国王权力在人世间的无所不能，才引发二位夫人的诅咒。一位是理查三世的母亲约克公爵夫人，虽然她是理查三世之母，但也难以容忍自己儿子的邪恶行径。理查破坏自然人伦，竟然把自己亲兄弟克莱伦斯还有亲侄儿爱德华小王子杀害了，还娶亨利六世之子爱德华的寡妻为妻，又抛弃之，再去追求嫂夫人伊利莎伯王后的小女儿（爱德华王子的妹妹）。这一系列毁坏自然人伦的邪恶勾当，为了篡权夺位，可谓费尽心机，不顾廉耻到无以复加，真是天人共愤。这位约克公爵夫人对理查三世斥责道：

> 呵！是我，我早该从胎中就把你勒死，早该拦阻了你的生路，免得你这个恶种来人间屠宰生灵！……愿天公有眼，你在这一次战争中休想得胜，也得不到生还；否则我宁可年迈心碎而死，而不愿再见到你的面。现在要你听取我最凶恶的咒诅，让你在交战之际感到心头沉重，重过你全身的铠甲！我要为你的敌方祈祷，向你攻击，让爱德华孩儿们的小灵魂在你敌人的耳边鼓噪，预祝他们成功，赋与他们胜利。你残杀成性，终究必遭残杀；生前有臭名作伴，臭名还伴随你死亡。（卷四，页179—180）

　　显然，这是一种基于自然人伦的对于权力暴虐的诅咒，即便是自己的母亲，也诅咒理查的暴行和邪恶，这是何等的天怒人怨。不过，若仅仅从自然伦理的视角来看，这种诅咒似乎也奈何不了理查三世把持王权的僭越和暴政之邪恶，因为他早就剪断了自己的自然血亲渊源，真可谓从虚空中蹦出来的妖魔鬼怪。

　　下面，请看另一位夫人也就是亨利六世妻子玛格莱特王后对理查的诅咒。相比之下，玛格莱特的诅咒更有分量。她对理查发出如此的诅咒：

> 我愿凶灾降临你身，但天上如果还积存更多的噩运，呀，我愿天公暂作保留，且等你一旦恶贯满盈，再大发神威，猛击你这个扰乱人世的祸首！愿你的一点天良像蛊虫般永远啮蚀着你的心魂！愿你此生将契友认作仇人，把奸贼当作亲人！让你那双杀人的眼睛终宵不得合拢，除非噩梦苦扰你的心神，这时刻所有地狱中的牛鬼蛇神全都出动，吓得你心惊胆裂！是一条打了鬼印、流产下来的掘土猪！你在出胎时早已注定要永远做天地造化的贱役，地狱的产儿！你糟蹋了你生母沉重的胎腹！你是将你送入人间的生父的祸根！（卷四，页112—113）

　　玛格莱特以自己的罪恶来抗拒和诅咒理查三世的罪恶，以自己以及所属党派（兰开斯特王党）的彻底失败为标准对理查三世发起最怨毒和无穷的诅咒，虽然有力且触目惊心，但是没有意义，因为她凭借的只是权力的失败，她们权力在手时，不也是任意而暴虐地使用这种权力之剑吗？她只不过是在权力斗争中失败了，亲子的王冠被摘去了，成为一个寡妇了，不甘心而已，所以她的诅咒尽管恶毒而歇斯底里，但对于理查三世的杀伤力并不巨大。总的来说，莎士比亚在第一个四联剧中所塑造的玛格莱特这个人物形象并不是一个美好的王后，而是招惹是非、自私自利、刻薄歹毒、怨恨无能且任性报复的恶女人，她只是一个符号和隐喻，标志着兰开斯特王朝竟落得如此一个下场，真是可惜了亨利六世的亡灵。

尽管如此，莎士比亚在《理查三世》第四幕的第四场还是塑造了一场三个女人的经典性的对话，可谓诅咒文学的典范，具有深刻的历史意蕴。这三个女人便是老约克公爵夫人、玛格莱特王后（寡后）和将被理查诱惑的伊利莎伯王后（也是一位寡后），而且是分别属于对立的兰开斯特与约克两个家族的女人，她们恰巧在伦敦王宫前相遇。潦倒的玛格莱特正准备返回法国故土，另外两个女人相互搀扶而行，老公爵夫人坐下歇息，下面是她们三人的一段悲惨而经典的对话：

> 玛格莱特王后：你们尽可假我旧恨历数你们的新愁。我有一个爱德华被一个理查杀害了，我有一个亨利被一个理查杀害了；你有一个爱德华被一个理查杀害了，你有一个理查也被一个理查杀害了。
>
> 公爵夫人：我也有一个理查，是你杀害了他；我还有一个鲁特兰，也是你同谋杀害了他。
>
> 玛格莱特王后：你还有一个克莱伦斯被理查杀害了。从你那狗窝般的肚腹里爬出了一条地狱猛犬，来追噬我们大家。他张牙舞爪，扑住羔羊，撕咬、舐吮着他们宝贵的血，他把天工精品全部污损，又在人们哭肿的眼眶里肆虐，他是天地间一个

了不起的大暴君，原是你放他出胎，来追逐我们进墓穴。上帝呵！你何等正直无私，我感谢你让这吃人兽来攫食同母所生的后嗣，还叫那老母与他人同声哀泣，共诉神明。

公爵夫人：呵！亨利的妻后，我啼哭，你莫得意；上天知道，在你哀痛中我曾陪过眼泪。

玛格莱特王后：且为我设想；我渴待着洗雪旧恨，而且时到如今，我又看厌了满目疮痍。你那杀害我儿的爱德华已经死去；你另一个爱德华又抵偿了我儿的命；再赔上一个小约克，但他俩加在一起也抵不上我的重大损失。你的克莱伦斯曾刺杀过我的爱德华，如今他也死了；至于利佛斯、伏根、葛雷和荒淫的海司丁斯，都是这场惨变的旁观者，现在也都断送了性命，埋进了幽穴。理查仍留在人间，他是地狱的使者，专为魔鬼们收买灵魂，解送冥府；不过，快了，快了，他那无人怜悯的惨局已面临终结。眼见地面即将崩裂，地狱喷火，恶鬼呼号，圣徒祈祷，为了风驰电掣地传他上路。亲爱的上帝，撕毁他的命契吧！我但求能在瞑目之前说一声，"恶狗死矣"。

伊利莎伯王后：呵！你曾预言过那一天我还会望你来助我咒骂这只毒胀的蜘蛛，这只驼背的蟾蜍。

玛格莱特王后：……如今你丈夫何在？你兄弟何在？你孩子何在？人生乐趣又何在？谁还来跪求你，高呼着"神佑吾后"？……可见天道循环，赏罚分明，你只落得在时间的鹰爪下做个牺牲者；你倘若只顾怀念过去，同时又无法摆脱目前的处境，你的苦难将更难忍受。你既僭占了我的名位，岂能不分摊其中的苦楚？……再会吧，约克的夫人，厄运的王后；英国的这些忧伤，将在法国供我作笑料。

伊利莎伯王后：呵，你这诅咒的能手，且暂留一步，望你教我如何诅咒我的仇人。

…………

玛格莱特王后：你的忧痛就能磨炼你的字句，使得你锋牙利齿与我一样。（卷四，页 175—177）

上述的这番对话，可谓莎士比亚戏剧中有关诅咒问题的一个经典场景，把英格兰红白玫瑰两个王族纷争及其战争与仇杀等引发的仇恨、死亡和血亲复仇刻画揭示到深刻无比、无以复加的程度。通过三个女人之口，诅咒与复仇及其报应的主题显得愈发血脉偾张和阴森可怕。值得注意的是，蒂利亚德等学者在莎士比亚的两个四联剧中乃至在英格兰王朝历史中，还敏锐地发现一个魔幻的现象，那就是两个王族的隔代报应问题。例如，亨利四世的篡权夺位的僭越之举在亨利六世之死及理查三世的篡权夺位中得到报应，同样的，约克公爵的篡权夺位之举在爱德华亲王之死中获得报应等。总之，这些诅咒及报应都是隔代的，在罪犯的第三代获得验证，尤其是女人的诅咒，它们是致命攸关且极其黑暗的，它们"是内战之恐怖与邪恶的终极表达"。[1]

问题在于，蒂利亚德并没有解释或揭示为什么会有如此的隔代报应、复仇和诅咒。仅仅依据自然血亲的王权赓续次序和传统古典宇宙层级秩序论，似乎难以说得很通畅和明晰，因为他们忽视了一个早期现代的邪恶暴政的动力机制。我以为应对这一系列问题还是要回到时

---

[1]　参见蒂利亚德：《莎士比亚的历史剧》，第 213、67 页以及相关内容。

代背景，即一个迥异于古典世界甚至基督教世界的新政治已然出现，虽然它还只是端倪，在但丁《神曲》和马基雅维利《君主论》那里早就被揭示出来，这显然比霍尔和蒂利亚德的解释要有效得多。当然，莎士比亚不可能深入理解意大利早期现代的思想肇始，但他凭借着戏剧家的敏感、直觉和对于英格兰王国政治流变的感受力，却能集中关注权力之恶的现代隐喻及其在这些戏剧人物中的表现，尤其是玛格莱特王后的绝望诅咒和理查性格的成因。玛格莱特的诅咒之所以是绝望和无效的，乃是因为其骨子里的邪恶，也就是说，这位王后所代表的并非真正的王权正统，而是以王后擅权形式的假正统，是基于自己利益和野心的王党败絮，所以她只能落得一个永远的歹毒的诅咒，一种空的幽怨和仇恨，难以开花结果。

不过莎士比亚历史剧中还塑造了一些无辜的人物及其悲惨命运，例如爱德华亲王，这位王子被理查三世派人杀害按说是无辜的，莎士比亚创作这样的故事情节或许是为了文学戏剧化的效果，凸显理查的邪恶至极，实际上爱德华王子（爱德华五世）的故事并不与历史的事实完全吻合，对此也有某些英国史专家有所论及。但无论怎么说，爱德华王子的命运是有些无辜的，他是几种邪恶的政治权势相互争斗的牺牲品，他在位时间不长，仅仅一年，并与其弟小约克公爵一起被理查三世杀死（莎士比亚在《理查三世》是这样描述的，实际上是兄弟俩一起神秘失踪，猜测是被理查所杀，但并没有确切的证据）。另外，约克公爵的小儿子鲁特兰伯爵被小克列福勋爵所杀，还有玛格莱特与亨利六世的儿子爱德华亲王被爱德华、克莱伦斯、理查三兄弟所杀，他们都是罪恶政治的牺牲品，他们的命运令人唏嘘不已。在此，就有一个历史政治学的问题出现了，那就是如何看待无辜呢？我们不能仅仅从道德方面来解读，莎士比亚历史剧中的这些无辜者，他们都具有君主或准君主的身份，所以，从政治哲学乃至政治神学的视角看待这个问题才若合符节，因为他们的无辜本身就说明政治权力尤其是最高权力——王权之内涵的邪恶本性，所谓英国历史的大分裂和大混乱的终极黑暗或许就在这里。

通观莎士比亚的两个四联剧，除了三位女人的诅咒（尤其是约克老公爵夫人和玛格莱特王后）之外，其实，真正的诅咒还有一个，那就是理查三世的自我诅咒，这才是富有力量的对于王权的彻底质疑和对于人性和权力勾结之恣意妄为的否定，这也是莎士比亚不认同马基雅维利式新君主论的实质所在。我们看莎士比亚在戏剧中对理查三世的描写，他一旦实施起恶来，施展权谋和计算人心，可谓战无不胜、所向披靡，但这种胜利是理查三世所要的真正的胜利吗？恰恰相反，乃是最大的失败，因为贯穿它们的是一种最大的虚无和对于人世间一切事物的否定，这种终极虚无感时时充满在理查三世的心中，使其灵魂发抖。他由此看到了自己的邪恶和罪责的真面目，看到了权力这个魔鬼的真实属性。只有在理查获得一场场计谋的成功之时，在夜深人静的黑暗之中，他才感受到虚无的来到，感受到魔鬼的到来，意识到自己就是那个魔鬼，终将一无所有，落入尘埃，并为万人诅咒。因此，这种理查三世自己的警醒不啻为一种自我的诅咒和否弃——请看莎士比亚是如何描写理查三世的独白的：

> 我诅咒我自己！天意与幸运莫给我欢乐！白昼莫为我放光；黑夜莫给我安息！（卷四，页186）
> 饶恕我，耶稣！且慢！莫非是场梦。呵，良心是个懦夫，

你惊扰得我好苦！这正是死沉沉的午夜。寒冷的汗珠挂在我皮肉上发抖。怎么！我难道会怕我自己吗？旁边并无别人哪；理查爱理查；那就是说，我就是我。这儿有凶手在吗？没有。有，我就是；那就逃命吧。怎么！逃避我自己的手吗？大有道理，否则我要对自己报复。怎么！自己报复自己吗？呀！我爱我自己。有什么可爱的？为了我自己我曾经做过什么好事吗？呵！没有。呀！我其实恨我自己，因为我自己干下了可恨的罪行。我是个罪犯。不过，我在乱说了；我不是个罪犯。蠢东西，你自己还该讲自己好呀；蠢才，不要自以为是啦。我这颗良心伸出了千万条舌头。每条舌头提出了不同的申诉，每一申诉都指控我是个罪犯。犯的是伪誓罪，伪誓罪，罪大恶极；谋杀罪，残酷的谋杀罪，罪无可恕；种种罪行，大大小小，拥上公堂来，齐声嚷道，"有罪！有罪！"我只有绝望了。天下无人爱怜我了；我即便死去，也没有一个人会来同情我；当然，我自己都找不出一点值得我自己怜惜的东西，何况旁人呢？我似乎看到我所杀死的人们都来我帐中显灵；一个个威吓着明天要在我理查头上报仇。（卷四，页199—200）

这些独白所呈现的是一幕幕但丁《神曲·地狱》篇中的邪恶灵魂或一系列魔鬼，当然，对于异教徒来说，这些邪恶的灵魂无所皈依，但基督教文明中的魔鬼，也是彻底的虚无的灵魂，有点类似早期教父论中的那些魔鬼人物，他们不信上帝，甚至挑战上帝，最终坠入的是虚无主义的深渊。理查三世的独白就有这样的气息，他感到虚无的无所不在，处处贯穿在他的权力计谋之中，即便胜利了，也是失败，甚至是更大的失败，因为这只会使他更加狂热地做下去，把邪恶发挥到极致，获得的只是更大的虚无。他感受到这种无尽的虚无，也想忏悔，但何以忏悔呢？因为他已经否定了上帝，否定了上帝确立的人世间的律法和伦常，否定了上帝对于邪恶的束缚，即便他想忏悔也无处忏悔，这样只能任凭虚无的毒刺肆虐地撕咬着自己。这样一种现代意义上的虚无主义，尤其在王权政治中，获得最激烈和惨烈的表现。这是马基雅维利没有也不愿看到和揭示的，莎士比亚通过理查三世的邪恶言行看到也接受了，因此，他就把英格兰王权政治中所谓大混乱和大分裂以及大黑暗的底牌呈现出来。也就是说，英格兰王朝政治的恩恩怨怨的故事，什么篡权夺位、谋杀叛逆、僭主暴政，等等，这一切的人世间的穷凶极恶和悲惨景象，都是虚无主义这个魔鬼所致，理查三世不过是这个魔鬼的化身。

如何看待理查三世及其魔鬼的邪恶性质，早在莎士比亚之前，大法官和思想家托马斯·莫尔曾经有过讨论，他在未写作完毕的《理查三世传》一书中，试图用一种反基督的性质定位理查三世的邪恶勾当。他认为理查之所以敢于如此胡来，篡权夺位，杀伐无度，残暴天下，乃是因为他是敌基督的邪灵，是魔鬼在世，妖孽附身，云云。托马斯·莫尔的理查三世传记对莎士比亚的戏剧《理查三世》显然有巨大影响，但是，莫尔关于理查三世的传记并没有获得莎士比亚时代朝野的重视，甚至还被视为异端思想，因为莫尔崇信的乃是天主教，崇敬罗马天主教教皇，这就与亨利八世和伊丽莎白时代的英国新教有别，他最终被亨利八世送上了断头台。莫尔固守传统基督教，归属罗马教廷，其苍凉悲壮的人生对于莎士比亚等伊丽莎白时代的文人墨客当然具有警醒的作用，莎士比亚一生创作的数十部戏剧虽然也涉及宗教问题，但对于天主教、英国新教之争却从来没有直接涉及，避免触及宗教纷争的政治风险或许也是原因之一。

对新旧教之残酷纷争保持缄默，但对于基督教蕴含的问题，尤其是其相关于王权政治的问题，莎士比亚是不可能也不愿逃避的，因为政权与神权在基督教化的英格兰封建王权时代，甚至在早期现代的宪政转型时代，都是绕不过的问题。莎士比亚不赞同莫尔从天主教的邪灵视角分析理查三世的邪恶行径以及权力诉求，他也不完全接受用马基雅维利式的权力至上的功利主义来定性理查三世，同样他也不全部认同蒂利亚德后来所指出的那种封建王朝的循环论报应思想。在莎士比亚看来，上述三种因素在理查三世身上都存在，且都非常凸显，他的第一个四联剧（《亨利六世》的上、中、下和《理查三世》）非常戏剧化地把这些因素表现得起伏跌宕、酣畅淋漓，但它们都还不是最为根本性的。

那么根本性的是什么呢？我认为，早期现代的虚无主义才是理查三世敢于为所欲为、蛮横邪恶地追逐和使用权力的根本原因，上述三个因素最终都归属于这种现代性早期的虚无主义。[1] 尽管理查三世在多处独白中屡屡感到虚无并对这种虚无予以嘲讽、责骂甚至诅咒，但由于他除了虚无之外，并没有什么可以凭借的，在面向虚无忏悔之后，他所能做的仍然是继续更加恣肆无忌地作恶，无以复加地作恶，因为虚无本身就是一个无穷的深渊，是一切罪恶的渊薮。面向虚无的忏悔，

---

[1]　在此，我特别强调的是早期现代的虚无主义，以与晚期现代的虚无主义做某种区别，参见高全喜：《浮士德精神——在上帝与魔鬼之间》，北京时代华文书局 2014 年版；高全喜：《何种政治？谁之现代性？——现代性政治叙事的左右版本及中国语境》，新星出版社 2007 年版。

是魔鬼的忏悔，没有任何意义。这种虚无主义是理查三世的宿命，是他最终的极致，同时也是现代政治的宿命。对此，莎士比亚并没有直接点明这个观点，但马基雅维利式的问题，在他塑造理查三世时就感觉到了，他并不赞同马基雅维利的新君主论的观点，更不认同他的有关一切都是工具，为了至高的王权可以为恶到无所不用其极的看法。理查三世对于英格兰王权政治败坏到无以复加的地步，大混乱和大分裂到黑暗之渊，对于这个魔鬼君主的虚无本性，莎士比亚是拒斥的，尽管他也看到，野心和权能、事功与权谋是现代君主的必不可少的利器，但仅仅如此，还是远远不够的，只会导致英格兰王国血流成河和恶贯满盈的大黑暗。究竟如何才能克服理查三世这个魔鬼为英格兰王国带来的虚无之渊，走出这个黑暗世界之劫难呢？莎士比亚似乎接受了都铎神话的历史观念，即一个超越并联合了前面两个王朝的新君主，一个崇信基督的有为君主——里士满伯爵出现在他的戏剧之中，成为《理查三世》一剧的潜在主角。

里士满伯爵的崛起及其使命

里士满伯爵在莎士比亚的戏剧中出场甚晚，最早在《亨利六世》三部曲的第二部中出现过，虽然只是匆匆现身，但给亨利六世留下了难以磨灭的印象，对此，评论者认为这是莎士比亚埋下的伏笔。在《亨利六世》下部第六场，当时被约克党徒囚禁在伦敦塔的亨利六世刚被转叛过来的华列克等人救出，他看到一位英俊少年前来觐见。

亨利王：萨穆塞特贤卿，你那样百般爱护的那个少年人，他是谁？

　　萨穆塞特：我的王上，他是里士满伯爵小亨利。

　　亨利王：过来，英格兰的希望。（抚摩小亨利头部）如果我的想法灵验的话，这个漂亮小伙子会替我们国家造福的。他的相貌温和而有威仪，他的头形生来佩戴王冠，他的手生来能握皇杖，他本人在适当时候可能坐上皇家的宝座。众卿们，好好培养他，他对你们的益处要比我对你们的害处大得多。（卷五，页 377）

恰当此时，有信使来报，约克儿子爱德华亲王已经逃往勃艮第，爱德华、理查·葛罗斯特和海司丁斯一定会怂恿勃艮第出兵，一场大战不必避免。为此，萨穆塞特说道：

　　刚才亨利对里士满说的预言，使我很喜欢，我对他抱着希望，又怕他在未来的战争中受到损害。因此，牛津爵爷，为预防万一起见，我想立即送他到布列塔尼，等内战的风浪过了以后再接他回来。（卷五，页 378）

说做就做，萨穆塞特等人随即把小里士满送到法国的布列塔尼。谁也未曾想到，短短数年，上文提到的亨利王、萨穆塞特勋爵、华列克伯爵、牛津伯爵、克莱伦斯公爵以及其他诸多的红白玫瑰两个家族的精英显贵，几乎全都黯然死去，天下沦陷于理查三世的邪恶、残暴之手。

说起来，理查三世为了独占王位、独揽王权，在篡权夺位的过程中，已经血腥地把英格兰国内的兰开斯特和约克两个家族的血亲子嗣斩尽杀绝，放眼望去，在英格兰的疆域只有他自己是仅存的王室正朔，只有他才具备掌握王权的资格权利。但是，人算不如天算，在法国的布列塔尼，还存续着兰开斯特家族的一支旁支，那就是里士满伯爵，此时他已经长大成人，具有雄才伟略，可以号令天下。追溯起来，这位亨利·里士满伯爵，虽为王室旁支却也是源远流长。先说他的母亲玛格丽特·博福特郡主，这位郡主具有兰开斯特的血亲关系，是英国亲王兰开斯特公爵冈特的约翰（爱德华三世的儿子之一）与情人凯瑟琳所生，郡主的王室身份后来也被罗马教廷和亨利四世以及英国议会所承认，虽然没有王位继承权，但博福特仍然属于兰开斯特王朝的王族谱系。下面再说里士满的父系，约翰·博福特郡主嫁给了里士满伯爵爱德蒙·都铎，而爱德蒙·都铎又是威尔士贵族欧文·都铎与英王亨利五世的寡后瓦卢瓦的凯瑟琳的私生子，是亨利六世的同母异父兄弟。这样一系列复杂的母系和父系两个方面的血缘关系，就使得里士满伯爵获得了兰开斯特家族的资格权利，既可以被称为小亨利，也可以被称为小都铎。当亨利六世被爱德华四世以及理查杀害后，都铎家族也被迫流亡法国，年仅十四岁的小亨利·都铎来到法国的布列塔尼，成为硕果仅存的兰开斯特的王族首领。而他的母亲玛格丽特·博福特郡主则在英国又与托马斯·斯丹莱勋爵（又称王德比伯爵）结婚，虽然斯丹莱夫妇蛰伏在理查三世的朝中身居显要，但其内心仍然想为儿子里士满在英格兰的未来做些谋划。

这位里士满伯爵——未来的亨利七世，都铎王朝的建立者，在莎士比亚的《理查三世》中实际上成为真正的主角，即堪与理查三世抗衡并超越理查三世的大英雄、一代君王。里士满伯爵后来娶了约克家族的爱德华四世的女儿为妻，于是这位君王就不仅是兰开斯特王朝硕果仅存的继承者，还具有约克王朝的血亲关系，因此是两个家族的联合之产物。作为都铎王朝的开创者，里士满——亨利七世，依据封建法权，有充分的资格和统绪来完成两个显赫而高贵的家族之联合，使他们结为一体，重新开始一个英格兰王国的新时代。这也是都铎王朝历史观念的基本内容，诸多英国编年史家以及文人墨客都以这个都铎神话为主题，创作了大量的历史和文学作品，霍尔、斯宾塞、锡德尼、沃纳等人便是其中的佼佼者。当然，莎士比亚也不能免俗，他不反对这个都铎意识形态的历史叙事，他的两个四联剧也可以纳入这个都铎神话的大合唱之中。但是，我一直提醒应该看到莎士比亚历史剧另外一个方面的意义，即他并非简单重复和盲从都铎历史神话叙事，他有自己的独立性理解，或者说，他的一系列历史剧创作其实蕴含着莎士比亚式的英格兰王权的历史演变机理。对此，我在前文中已经论述，现在再回到具体的戏剧人物中，我们来分析其中的一些要旨。

理查三世当然是这部戏剧的重要人物，他的虚无主义君主的邪恶本性难以克服，两位王后的诅咒无济于事，连理查三世的自我诅咒也是适得其反，反而使邪恶君主的作恶更加无所顾忌。那么，真正能够对理查的君主之恶予以匡正的是来自里士满的力量，这个力量并不是自然血统上的，也不是武力军事上的，甚至不是民情人心上的，虽然这些都有作用，但关键的还是精神上的，即真正的良善的政治，在英格兰王国源远流长的到莎士比亚时代也没有减弱的那种基于基督教信仰的良善政治——这种政治能够克服和超越人世间的邪恶政治，能够对抗虚无主义的君主权力论。对此，蒂利亚德在书中曾经给予过深入的分析，他援引并指出，里士满与理查三世最大的不同在于是否崇信基督和上帝，是否愿意把权力、政治、灵魂以及人世间的一切都交付给上帝，只有彻底地舍掉自我，才能真正战胜虚无的深渊，战胜恶的毒刺和魔鬼的诱惑。在至为关键的博斯沃斯战役决定战争胜负的晚上，两位君主的所作所为，以及在战场临阵鼓励兵士们的宣誓中两位君主的言辞，是大相径庭的。

　　在博斯沃斯战役前夜的漆黑夜晚，两位君主在自己的篷帐中都有过一番梦境。理查三世的梦境里是他害死的那些人物，亨利六世及其子爱德华亲王、克莱伦斯、利佛斯、葛雷、伏根、两位爱德华四世的小王子、安夫人、海司丁斯、勃金汉等，他们的幽灵纷至沓来，纷纷谴责和诅咒理查三世，盼望明天的战役中这位邪恶的暴君能够被里士满伯爵杀死，堕入绝望、耻辱和灭亡的深渊。与此相反，这些幽灵纷纷进入里士满的梦中，祝福这位未来的君主战胜邪恶的理查，这些幽灵还一起加入里士满的队伍，向残暴的敌人猛击，摧毁他们的钢盔，打破他们的头颅，让理查绝望而死，祈祷英格兰迎来新的明君。理查三世被自己的恐怖之梦惊醒，不得不感叹"再给我一匹马！"（卷四，页199）并陷入绝望的独白和自我诅咒的深渊之中。为此，在黎明前他带领军队投入战场，其精神的萎靡程度可想而知。莎士比亚这样描绘：

　　　　理查王：呵，拉克立夫！我做了一场噩梦。据你看，我们的战友们都靠得住吧？

　　　　拉克立夫：当然，我的君王。

　　　　理查王：呵，拉克立夫！我怕，我怕——

拉克立夫：不要怕，好君王，不要怕什么影子。

理查王：有使徒保罗为证，这一夜的浮影惊动了我理查的魂魄，胜于上万个里士满手下的戎装铁甲的兵卒。（卷四，页 200）

里士满却是满心欢喜，他感到做了一个最甜蜜的、最吉祥的梦。他似乎看见理查所杀害的人们都来到他的梦中显灵，欢呼着祝福他获得胜利。为此，在四点的钟声中，他坚定而虔诚地对他的士兵们致辞：

亲爱的同胞们，时间已经十分紧迫……上帝和正义都在同我们一起作战；圣洁的圣徒们和冤死的人们都在为我们祈祷，他们站在我们面前像一座高耸的堡垒；除了理查而外，他手下的人没有一个不宁愿我们战胜，惟恐他得到胜利。要知道他们所跟从的这个人是个什么样的人呢？弟兄们，他确实是一个杀人如麻的暴君；他在人血中成长，靠流血起家；利用他原有的地位以扩展势力，屠宰他自己的谋士，过河拆桥；一颗卑劣的假宝石，空凭英国的王座来衬托出光芒，其实是装错了地位，满不相称；他始终与上帝为敌。你们既和上帝的敌人交战，做上帝的战士必得天道庇护；如果你们挥着汗除恶奸暴，功成名遂之后，自可高枕无忧；如果你们为国家战胜公敌，国家自然会把肥甘犒赏你们；如果你们为保护妻孥的安全而战，你们的妻孥就会迎接胜利者回家园；如果你们把儿女救出了虎口，你们的子孙就可在你们的晚年承欢报恩。所以，为上帝之名和这一切权益，举旗前进，凭自愿拔刀杀敌去吧。至于我，为了

> 这英勇的一役要激战一场，甚至不惜寒土埋冷骨；但是我若幸
> 而获胜，这胜利的果实要和你们每一个士卒共享。（卷四，页
> 201—202）

相比之下，战前理查对于士兵们的致辞则显得嚣张跋扈、色厉内
荏，他说道：

> 走，将士们，担起各自的任务来。莫让喋喋的梦呓使我
> 们丧胆；良心无非是懦夫们所用的一个名词，他们害怕强有力
> 者，借它来做搪塞；钢筋铁骨是我们的良心，刀枪是我们的法
> 令。……只消记住对方是些何等人：不过是一群流氓、歹徒和
> 逃犯，布列塔尼的渣滓，村夫贱卒，他们因地窄不能容，泛滥
> 出去，一个个铤而走险，眼见他们要遭毁灭，而葬身无地。……
> 难道听他们这些人来践踏我们的国土吗？来淫乱我们的妻女
> 吗？听哪，他们的战鼓声！战吧，英国人！战吧，英勇的士兵
> 们！（卷四，页 203）

两相对比，我们可以发现，对于里士满来说，全能的上帝在他心
中占据神圣的地位，他和他的士兵们祈愿把自己的身体、灵魂以及全
部的人世间的荣耀，还有家庭和个人的权益与声名以及和平的生活，
全部交付给上帝，最后为此而与上帝之敌和人民公敌理查展开斗争，
并且赢得胜利；而理查则是尚未从夜里的惊梦中彻底醒悟过来，念念
不忘的还是权力的法则、为了目的不择手段的勇猛，并没有对人世间
的正义、和平以及宁静美好的生活寄予厚望。于是两军对垒，理查最

终的失败、发狂乃至死亡是必然的，不可遏制的。在《理查三世》第五幕的结尾，在著名的博斯沃斯战役的结局，莎士比亚描绘了一幅悲壮欢腾的画卷，一幕激动人心的场景。在此，理查三世被刺伤、发狂并且死亡，他临终留下了一句经典的疯言疯语，他在战场中纵横驰骋，被刺于马下后狂喊着而去：

> 一匹马！一匹马！我的王位换一匹马！……我已经把我这条命打过赌，我宁可孤注一掷，决个胜负。我以为战场上共有六个里士满呢；今天已斩杀了五个，却没有杀死他。——一匹马！一匹马！我的王位换一匹马！（卷四，页 204—205）

而里士满则在战场上威武神勇，他在取得胜利后，对士兵们赞叹道：

> 颂赞上帝和你们的战绩，胜利的朋友们；今天我们战胜了，吃人的野兽已经死了。

当斯丹莱恭贺他的胜利，并把那一顶久被篡夺的王冠从死去的理查三世头上摘下来，递给他请他戴上做英国的王时，这位里士满则显得从容仁爱，表现出一位卓越君主的大智大慧。他请士兵们乃至英国人意识到，这场博斯沃斯战役的胜利，不仅是决战双方中他的胜利，而且也是英国的胜利，不仅意味着他与邪恶君主理查之战的结束，而且意味着困扰英国长达三十年的红白玫瑰两个家族的纷争及残酷斗争的结束。凭借着这场胜利，他要重新缔造一个新的英国，一个既不属于兰开斯特家族又不属于约克家族而是把两个家族重新融汇在一起的崭新的英国。因此，他要求对两方战死的亡灵：

> 按他们的身份依礼入葬；对逃亡的士兵宣布赦免令，让他们前来归顺；然后，我们既已向神明发过誓愿，从此红、白玫瑰要合为一家。两王室久结冤仇，有忤神意，愿天公今日转怒为喜，嘉许良盟！我这句话，纵有叛徒听见，谁能不说声阿门？我国人颠沛连年，国土上疮痍满目；兄弟阋墙，闯下流血惨祸，为父者在一怒之间杀死亲生之子，为子者也毫无顾忌，挥刀弑父；凡此种种使得约克与兰开斯特两王族彼此叛离，世代结下深仇，而今两家王室的正统后嗣，里士满与伊利莎伯，凭着神旨，互联姻缘；上帝呀，如蒙您恩许，愿我两人后裔永享太平，国泰民安，愿年兆丰登，昌盛无己！（卷四，页205）

莎士比亚的《理查三世》在此结局，与此同时莎士比亚的第一个四联剧也宣告结束。通观这场结束英格兰红白玫瑰之战的戏剧，尤其是对勘两个大人物：理查三世和里士满伯爵（亨利七世），我们看到，里士满凭借的是信仰上帝，以此对抗人世间的虚无、英格兰的黑暗和污泥浊水，这使得他在精神品质上、在王权的根基上能够抗衡理查三世的暴行邪政及其虚无主义的底色。

为什么基督教信仰能够抗拒虚无主义呢？这就要回到神学政治论上。我们知道，希腊罗马的哲学是宇宙循环论的，在古典城邦政治乃至罗马帝国那里，是没有虚无主义的，世界不过是一种宇宙循环的产物，对于人世间来说，生生死死不过是循环往复。伴随着基督教的兴起，一种绝对的虚无出现了，魔鬼或罪恶之渊才是否定性的虚无，而上帝则是这个虚无的克服者，他通过耶稣基督来拯救人，说到底也就是使人战胜魔鬼和虚无。西方文明世界接受基督教之后，实际上就进入了神权政治的历史时期，但有一个问题，就是罗马帝国的覆灭和封建王朝的兴起等，是否克服了虚无之魔鬼呢？从理想性上看，大概也是如此，不过采取的是二元主义的政教关系，凯撒的归凯撒，上帝的归上帝。政治权力或封建王权要接受基督教会的加冕，膏油，即王权神授，地上的世俗事务属于王权管理，然而神权和王权很难厘清，所以围绕着主教叙任权之争发生了教皇格利高里七世的宗教革命，此后罗马教会的神圣权力与封建王国的政权权力两相对峙，彼此既相互对立又相互依存，二元主义一直处于激烈的斗争与协调之中。

在这个问题还没有圆满解决之际，一个新的问题出现了，那就是新的反神权的具有现代意义的王权论——国王要占据人世的中心地位，而支撑其抗衡神权的主导力量就是现代民族国家的新君主论，以意大利文艺复兴时代的马基雅维利为代表。这个风起云涌的时代风潮自然也影响到英格兰，由于英国市民阶级的兴起与意大利人文主义彼此接续，这个基于权力政治的魔鬼就与资本、财富、金钱、人性欲望、贪婪成性等早期现代的野心和喧嚣元素联系在一起，而虚无主义构成了它们的底色和最终的渊薮。

为什么我不赞同蒂利亚德从王朝循环论的视角解释莎士比亚的历史剧，主要的原因便是他忽视了莎士比亚对于早期英格兰乃至欧洲社会的认知，其中包含着相当丰富的不属于古典宇宙层级论的内容，尤其是有关权力野心、人性欲望、财富金钱和商业贸易等丰富的内容以及它们对于王权政治和王朝嬗变的强烈影响。例如，理查三世的权力欲望及其虚无主义的底色，显然就不是传统政治之道德善恶乃至封建法统之正朔与否所能解释得了的，而是蕴含着早期现代的反基督教神权政治的影子。里士满伯爵所代表的匡复政治，是否就是一种封建王朝政治传统的回归呢？这个问题就涉及都铎王朝的历史观念及对于这个神话意识形态的理解或解释。从里士满付诸对基督教上帝的崇信以及把英国的命运重新交付给新的人间之有道君主来看，这是一种回归，但是，这种回归是重回王权神授的旧教义吗？这里就有很多值得回味的东西需要挖掘。对此，在《理查三世》结尾处里士满伯爵宣谕，他要弥合兰开斯特和约克两个王族的血海深仇，作为他们的正统后嗣，开启一个新的太平安康的英国，我们要从英国王权政治演变史的视角来解读其中的历史深意。①

按说，莎士比亚在创作《理查三世》之后，应该沿着时间的轨道

---

① 作为一个历史学家，马里奥特的分析独树一帜，他写道："国家团结，这正是历史剧系列的要义所在。在伊丽莎白时代的英格兰，任何一个心系天下的爱国者都会围绕这一要义大做文章。……任何一个英国人，只要冷静地观察一下 16 世纪的最后 10 年，都不会不对接下来的时局心存疑虑。避免动荡的关键仍在于保持国家团结。需要罗马教会的信众、英国国教的信众以及清教徒们共建和而不同的关系；需要经济发展、修道院制度解体导致的农业世界变革不再进一步伤及传统佃农以及无产者；需要国会不畏都铎王朝的贵族专权，充分使用其在 16 世纪逐步巩固起来的宪制权力；需要王权学会接受下议院对权力的必然'侵夺'。未来晦暗不明，一切都尚未见分晓。值得欣慰的，所有这些难题都在莎翁心中占据着重要位置。他所面对的正是 15 世纪的王权纠纷、政府无能以及社会混乱给英格兰造成的各种破坏。可以真切地看到，莎士比亚在所有历史剧中始终自觉承担着推进国家统一与社会团结的重任。正因为都铎王朝给人民的重大关切带来了希望，有着爱国之心的英国人才会带着尊敬、感激去爱戴与拥护那些并不完美的统治者。而在都铎时代，最受人尊崇的莫过于终生未嫁的伊丽莎白女王，女王陛下也乐此不疲地欣赏在她主政时期的那些杰出人物：雷利、德雷克、斯宾塞以及莎士比亚。"《莎士比亚戏剧中的英国史》，第 241—243 页。

继续创作以里士满伯爵为主题的《亨利七世》，然后接着创作《亨利八世》，依据上述的王朝演绎进程，完成从兰开斯特、约克两个王朝到都铎王朝的演变，甚至大胆进入他生活的都铎王朝之伊丽莎白女王时代。但是，莎士比亚并没有这样做，而是调转回头，去追溯红白玫瑰战争的始发，创作了第二个四联剧，从《理查二世》，到《亨利四世》（上、下），最后在晚年，在创作了其他一系列悲喜剧（尤其是四大悲剧）之后才创作了《亨利八世》。这是为什么呢？不敢或不愿直接触及当朝政治当然是一个原因。熟悉都铎王朝史的读者都知道，莎士比亚生活其中的都铎王朝，最大的政治不外乎新旧教之间的冲突，即信奉罗马天主教和信奉国教圣公会之间的冲突，亨利八世朝政以及由此引发的玛丽女王、伊丽莎白女王之间的最大政治问题，乃是宗教纷争问题，这个问题还延续到斯图亚特王朝，詹姆斯一世、查理二世、詹姆斯二世统治时期相关的一系列重大问题无不与这个宗教冲突或斗争有关，并且这个问题直接导致了 1688 年的英国光荣革命。

　　莎士比亚对于身后的斯图亚特王朝政治和光荣革命未必有确切的感知，但他基于文学艺术家的敏感，不会意识不到他那个时代的宗教信仰与王权政治有着甚至可能会引来杀身之祸的关系，托马斯·莫尔就是一例。所以，对此保持缄默或许是最好的方法，但是基督信仰与王权政治的关系，确实是他的历史剧无法回避的问题，因此，对于《理查三世》中里士满这个未来的亨利七世之匡复基督教信仰，并以此战胜理查三世的虚无主义之邪恶暴政，究竟其中的基督教是罗马天主教抑或英国圣公会，莎士比亚只能存而不论，而且即便在晚年创作的《亨利八世》一剧中，他也并没有触及这个实质性的问题。或有论者会说，莎士比亚创作的那些英国历史剧，诸如兰开斯特、约克两个王朝，从时间上看，英国都铎王朝尤其是斯图亚特王朝时期的新旧宗教纷争尚没有出现，所以莎士比亚大可不触及这些问题。表面看上去，莎士比亚确实可以通过其作品的主题内容和时间所及，躲过不必要的麻烦，实际上的情况也是如此，莎士比亚凭借着自己的政治智慧，不但没有为自己招来祸端，而且在晚年他的戏剧还受到伊丽莎白女王以及詹姆斯一世的礼遇。

但这一切都是表面上的，我认为，莎士比亚不愿也不能逃避关于里士满伯爵的基督教信仰克服和战胜理查三世的虚无邪恶暴政的实质性问题。显然，莎士比亚并不完全赞同恢复封建王朝的神权加冕以及来自王权神授的统治传统，也并不赞同只是依靠自然法的血统赓续来匡复政权。在此之上，这位未来的亨利七世要开辟一个新王朝，确立其王权的强有力地位，就势必要接纳早期现代主义的精神及其力量渊源。为此，他与理查三世争夺的不仅是王位之权柄，更重要的还有王权的立命之根基。这样一来，就促使莎士比亚进入更深层次的思考和戏剧描述。是否只能把早期现代性的权力之恶与理查三世完全画等号？早期现代的东西，理查凭借的那些激发他为恶篡权并实施暴政的东西，就是早期现代的全部内容吗？早期现代的武器库里是否还有理查三世没有使用过的或甚至尚未发现的东西呢？也就是说，莎士比亚笔下的两位君主——里士满与理查三世在如何应对早期现代，以及由此激发的诸如英格兰民族、王权能力、君主作为、君主的智慧勇敢和警觉、君主德行、君臣政治伦理，甚至还包括如何信奉上帝、接受基督教会管辖等方面，存在着尖锐而本质性的冲突和争斗。

莎士比亚试图通过里士满的言行以及戏剧化的作为，甚至进而在《亨利五世》中将亨利五世这位里士满——亨利七世的前辈君主那里，塑造出一位堪称比理查三世更加具有早期现代君主仪范的国王。这位新君主，在权力政治的运作上能力勇毅卓越，心胸宏阔高远，信仰虔诚崇敬，即在权、位、德以及信奉上帝、仁爱、威望等方面，都不弱于甚至超越理查三世，这样一位信奉上帝、受到基督教会加冕的新君主，才是可以承担英格兰民族国家大任且能引领英国走向现代王朝的伟大英雄，一位名实相符的现代君主，一位开辟都铎王朝良善政治的新使命的基督教君主。

　　上述寄托在里士满伯爵身上的内涵，显然不是霍尔、霍林斯赫德、斯宾塞他们叙述的传统基督教君主所能涵括的，这里需要添加新的精神和活力，因为时代已经出现了新的内容，即都铎王朝和斯图亚特王朝的时代环境，不可能是前两个王朝时期的封建时代所能包含了的，诸如现代英国民族兴起与凝聚的诉求，新贵族的权力与商业利益，市民阶级的发展以及从农耕文明向工商资本主义文明的转变，还有新的人文主义的思想潮流，议会体制的初步运行，加尔文和路德新教对于天主教罗马教廷的冲击及其在英格兰的强烈影响，等等，这些在莎士比亚时代都已经显示出端倪。因而在里士满伯爵与理查三世争权夺位的王朝嬗变之斗争中，它们也不是没有任何表现，所有这些政治、经济、法律、社会、军事、道德与民情等方方面面的内容，莎士比亚多有观察、感受和思考，他一生创作的大量作品，特别是一系列市民悲喜剧中，上述内容都有大量的表现。我们不能说这些莎士比亚其他戏剧中的内容，诸如对于现代早期商业契约、海外贸易、土地纠纷、资本利息、市民生活、道德宗教、文化生活等英国社会全方位的描绘，它们与莎士比亚的英国历史剧是绝缘和割裂的，其实，这些都与英国历史剧融汇在一起，并且成为莎士比亚历史剧中王朝政治的社会背景，

成为他的英国王权观的现实背景。所以，从这个意义上来理解里士满
的崛起以及他对于虚无主义的邪恶政治权力的抗衡，就不能简单地将
其解读为对于传统基督教信仰的回归，而是要把握其蕴含的早期现代
主义的新社会政治内涵。

王权的巩固：《约翰王》《亨利八世》

莎士比亚并没有沿着英国史的时间顺序，在《理查三世》之后开
始都铎王朝的写作，而是朝前追溯，开始写作第二个四联剧，其深意
是把自己有关本朝的史观包藏在前朝政治兴亡浮沉的描述中，更有甚
者，他在创作《理查二世》之前还先创作了《约翰王》，[①] 直接把他的
英国史叙述追溯到威廉登陆建立诺曼王朝之后的金雀花王朝。不过学
界一般还是把《理查二世》视为莎士比亚第二个四联剧的第一部，至
于《约翰王》则并没有纳入第二个四联剧之中，这大概是因为在理查
二世那里，继承的是金雀花王朝的正统王权，其王权资格无论是自然
血统，还是教皇加冕，乃至王朝延续，都具有封建王朝的合法性、正
当性及正统性。但就是这样一个正统的爱德华三世依法传承王位的理
查二世，为什么竟然被波林勃洛克的兰开斯特王朝推翻了呢？这是莎
士比亚乃至都铎史观必须回答的一个问题。当然，根据传统封建王权

① 多佛·威尔逊在《理查二世》的前言里认为该剧写于《约翰王》之后，蒂利亚德
赞同这个观点，并认为"无论理查二世与亨利四世之间在风格上有多么明显的差
异，这些戏剧通过相互指涉的网络联结起来。另一方面，尽管《理查二世》可能
写于《约翰王》完成不久，二者之间的联系却是断断续续、不重要的"。参见蒂利
亚德：《莎士比亚的历史剧》，第 262 页。

论的观点，理查二世之后的王朝嬗变及王权争夺以致两个王族之间发生的红白玫瑰战争，也都属于英国封建之金雀花王朝演变史的内容，只不过这次演变闹得实在有点大，造成英格兰王国的大分裂和大混乱，以致把英格兰王国拖入无尽黑暗的政治深渊之中，好在里士满伯爵（未来的亨利七世）开启的都铎新王朝终结了这个大混乱和大黑暗，把两个显赫高贵的家族联合起来，开启一个新时代，从而使得英国封建王朝得以重建，又重新恢复生机，并在伊丽莎白女王时期达到黄金时代。这就是英国史中耳熟能详的都铎王朝之神话叙事，看上去无可争议，莎士比亚在他的英国历史剧中也大致保持着某种赞同和尊崇。

问题在于，都铎王朝是金雀花封建化王朝体制的简单恢复吗？若深入追究的话，情况并非如此简单，甚至连赞同都铎王朝神话的蒂利亚德也这样认为。他在《莎士比亚的历史剧》第一章中明确地指出了理查二世作为封建君主各个方面都是合格的——继承权、政治伦理、神学加冕，甚至其君主的仁爱品质，理查统治英格兰的二十余年可以说是没有任何暴政劣迹，英格兰王国太平安详，人民生活幸福安康。就是这样一个即便不是雄才大略但也堪称合格适中的封建王朝的君主，为什么却被其朝臣下属的王亲贵族谋反叛逆、被废黜甚至弑君谋杀了呢？虽然蒂利亚德揭示了莎士比亚《理查二世》剧情的这个显著特性，得出了这是因封建王朝君主被废黜而王朝被终结的观点，但他并没有进一步追问。这次金雀花王朝的封建王权被废黜，合法君主被谋杀，并不是封建王朝演变史中诸多篡位谋权的一次而已，而是意味着英格兰封建王朝的王权法统及其正统性被某种新的力量所颠覆，其后的王权恢复以及王朝演变显然不可能是旧秩序的恢复、旧制度的修补，而是某种新的力量、新的要素决定性地主导着这个所谓的英格兰红白玫瑰战争的王朝裂变。即便由此新生的新王朝，也已不可能是旧王朝的简单恢复，而是新的王朝的腾空而起，是一种英格兰王国的新命。

当然，莎士比亚并没有直接赋予他理解的里士满伯爵和都铎王朝的历史以明显的早期现代的意义，而是曲折迂回地追溯过去，去探究为什么一个较为良善的英格兰封建王朝及其并非不贤明的理查二世会被推翻和废黜。如果不是简单的王朝循环往替的话，那一定是这个王朝的重要支撑出现了问题，其危机是骨子里的，在根基上衰败的王朝何以可能经过一番乾坤大腾挪之后又周而复始，重新恢复如旧呢？如果这样，那么经历一番大混乱、大分裂和彻底动荡的英格兰，此后的恢复就不可能返还如旧，一切都不可能再回到过去了，新的生命已然注入其中，即便是赓续传统联合旧族的新王朝诸如都铎王朝，它所建立的历史观念或都铎神话，那也不过是一种确立正当性和正统性的说辞，新的时代在旧秩序的覆灭中势必卓然而起。或许这才是莎士比亚执着于创作第二个四联剧的深层缘由。

不过，莎士比亚走得更远，在创作《理查二世》之前，他创作了《约翰王》，试图把他笔下的英格兰历史追溯到诺曼征服之后的金雀花—安茹王朝，在《约翰王》写完之后，莎士比亚才紧接着创作了《理查二世》《亨利四世》（上、下）和《亨利五世》，完成了第二个英国历史的四联剧。此外，到了晚年，莎士比亚在创作完一系列著名的悲喜剧，尤其是在创作了一些传奇剧之后，又创作了《亨利八世》，似乎想对英国历史剧有一个总结性的交代。实际的情况是，莎士比亚的这个夙愿像是并没有如愿以偿。《亨利八世》没有展现出作为英国王朝史戏剧收官之作应有的表现，而是偏重对亨利八世在位期间一些跌宕起伏的重大事件的描述，诸如白金汉公爵被诛，凯瑟琳王后被废，红衣主教沃尔西被黜，安妮·波琳加冕，以及英国教会脱离罗马教廷的统治而单独成立由英国国王直接领导的英国国教等主要故事情节。但是，关于英国史的王权新命以及亨利八世在英国历史中的举足轻重的地位和作用，还有这位杰出而怪异的君主雄才大略的统治，以及他云谲波诡的多次婚变所引发的英国王权裂变之端倪，他给都铎王朝甚至未来斯图亚特王朝带来的政治、宗教和国内外战争及革命等一系列重大主题，在这部戏剧中都没有获得充分的展示。

也有人指出，莎士比亚晚年的这部作品，由于可能不是其独自创作，系与别人合作而成（一般认为是与当时的剧作家弗莱切共同完成），所以并没有达到经典的艺术成就之高度。[①] 虽然《亨利八世》剧中人物性格分明，情节对比鲜明，但也有首尾不甚贯通之瑕疵，尤其是亨利八世在这部戏剧中出场情节很少，在某种意义上很难说是这部戏剧的中心人物。相比之下，红衣主教沃尔西、白金汉伯爵、王后凯瑟琳和新王后安妮·波琳，他们的形象就较为丰满，例如白金汉、诺福克、萨立等一干宫廷贵族，他们看不惯沃尔西红衣主教颐指气使、权倾朝野的霸气，于是联合起来试图扳倒他，向亨利八世指控沃尔西擅自利用国王名义征税，中饱私囊，并且与罗马教廷相互勾结，没有想到的是沃尔西圆滑老练，精于算计，巧舌如簧，反而以叛国罪的名义逮捕了白金汉伯爵，导致其最终被诛杀。不过，沃尔西也没有落得什么好的下场。他在处理亨利八世离婚这件事情上，虽然为国王出主意哄骗凯瑟琳王后使之同意解除婚约，但又私下给教皇写信建议教皇推迟批准亨利八世的离婚请求，以便阻止国王与具有新教倾向的安

---

① 参见马里奥特：《莎士比亚戏剧中的英国史》，第八章。

妮·波琳成婚。亨利八世发现了沃尔西侵吞国家财产，还发现他竟然鼓动教皇推迟批准离婚，于是罢免了沃尔西的官职，任命托马斯·克兰默为坎特伯雷大主教，以隆重的礼仪迎娶了安妮·波琳。

在戏剧的最后一幕，尽管伍尔习和凯瑟琳都已先后去世，但贵族之间以及贵族与罗马教会之间的冲突依旧，他们结党营私、明争暗斗，互不相让。例如，他们在枢密院会议上指控大主教克兰默信奉异端邪说，此时亨利正欲探望刚生下伊丽莎白公主的新王后安妮·波琳，便允诺授予克兰默豁免权，因而当枢密院做出决定要把克兰默投入伦敦塔监狱时，他否定了这项判决，还要克兰默做伊丽莎白公主的教父。在洗礼仪式上，克兰默讴歌了这位新出生的公主，并声称她将为英国人民带来无上的荣耀。

应该说上述的故事情节还是较为丰满的，但最大的问题是莎士比亚描述的亨利八世之王者风范不甚凸显和硬朗，虽然他为子嗣继承问题费尽心力，不惜与罗马教廷决裂，但除此之外，并没有什么可圈可点的治理政绩，尤其在政治品德上难以达到莎士比亚所推崇的正直、刚毅和真诚的君主风范，而是私欲膨胀，肆意妄为，大权独揽，不受约束且喜怒无常，让人难以捉摸。莎士比亚并没有把亨利八世视为自己的理想君主予以刻画和塑造，所以才有戏剧结尾处通过克兰默大主教之口对未来的伊丽莎白女王表达的无限赞慕：

> 这位皇室的公主——愿上帝永远在她周围保护她——虽然
> 还在襁褓，已经可以看出，会给这片国土带来无穷的幸福，并
> 会随岁月的推移，而成熟结果。她将成为——虽然我们现在活
> 着的这一辈人很少能亲眼看到这件好事——她同辈君主以及一

切后世君主的懿范。她具有纯洁的灵魂,《圣经》上的示巴女王也不及她这样渴求智慧和美德。这位公主的伟大器宇集一切帝王的贤哲于一身,她具有善良人所具备的全部德操,这些美德必将永远与日俱增。……在她统治时期,人人能在自己的豆架瓜棚之下平安地吃他自己种的粮食,对着左邻右舍唱起和平快乐之歌。人人将对上帝有真正的理解;在她周围的人们将要从她身上学到什么叫完美无缺的荣誉,并以此来决定他们的贵贱,而不依据血统。……这位公主在上天把她从这片乌云中召唤回去之时,也将把吉祥遗留给一位后嗣,这位后嗣将从她的光荣的、神圣的灰烬之中像明星一样升起,赢得和她媲美的名声,永世不替。曾经为这位天赐的公主服务过的和平、丰足、仁爱、真理、畏惧,也将为她的后嗣服务,并依附在她身上,就像葛之附树。天上的红日照耀到的地方,她的荣耀和伟大的声名也必到达,并且创立新国。她必将昌盛,像山间苍松以它的茂盛的枝叶荫覆周围的平野。这一切,我们子孙的子孙必将看到;并感谢上苍。(卷六,页399—400)

其实,历史上的亨利八世也并非莎士比亚戏剧中所描述的那样不堪,他在位期间进行了一系列政治、经济、军事和文化,尤其是宗教上的改革,并且为伊丽莎白时代英格兰的繁荣强大做出了很大的贡献。据说,年轻的国王亨利八世身材魁梧,能文擅武。在其统治初年,他的很多言行便受到文艺复兴新思潮的影响。亨利八世亲自拜访《乌托邦》的作者托马斯·莫尔,并一直任用他为亲信大臣。随着宗教改革思想传入英国,广大民众反天主教会的情绪日益高涨,在乡绅和资产阶级中涌现了许多思想更为激进、力主改革的人士，他们要求摧毁天主教会，排除罗马教廷的干涉，正值此际，亨利八世的离婚问题成为英国宗教改革运动爆发的导火线。随着内政、外交、财政、司法、军事、宗教事务的日趋繁杂，原来的宫廷和贵族咨议院这些旧机构已不能适应需要。亨利八世鼓励宫廷改革派大臣进行政府改革，由大法官、财政大臣、枢密院长、掌玺大臣、国务秘书、警务大臣、会计官、御前大臣等十几位主要专职大臣组成枢密院，成为中央政府核心。亨利八世作为国王有任免枢密大臣的全权，并且是枢密院会议的名义主持者。在亨利八世一朝，司法制度也进行了改革，星室法院、请求法院等特权法院成为推行政府政策，实施社会管制的得力工具，弥补了旧有的通常法院因循腐朽、缺乏效率的不足。这些改革造成了强大的中央集权，使亨利八世拥有了此前国王从未得到的专制权力。

总的来说，亨利八世在位期间，推行宗教改革，使英国教会脱离罗马教廷，自己成为英格兰最高宗教领袖，他还对国家政府机构进行了全面改革，在欧洲以军事外交政策保障本国的政治经济利益。这些促使英国的社会经济、政治体制、文化思想和宗教体制各方面都发生了很大变化，并使英国最终成为统一集权的近代民族国家，为早期资本主义因素的进一步发展创造了有利条件。在这个过程中亨利八世作为拥有空前权力的专制君主起了重大作用，并为伊丽莎白一世的统治奠定了深厚的基础。①

---

① 马里奥特写道："莎翁写作《亨利八世》时，都铎王朝的威权时代已经结束，社会环境已经不再需要威权性的统治方式。都铎历代君主们成功地完成了他们的工作，这使得他们的专制号令失去了必要性，也不太可能继续被推行。不过，这也正是都铎王朝给斯图亚特王朝遗留下来的难题。如果那些不走运的（转下页）

　　莎士比亚在《亨利八世》这部戏剧中有点脱离他的英国历史剧以君主为题的主旋律，并没有隆重刻画和塑造亨利八世的历史形象，而是将其隐藏在剧情背后，只是重点描写了一些相关的故事情节并集中描绘了其他一些次要的人物，这是为什么呢？这固然与亨利八世距离莎士比亚生活其中的都铎王朝太近有关，即莎士比亚由于恐惧文字狱而不涉及本朝事务，但我认为更主要的或许与莎士比亚晚年思想的变化有关。我们知道，在创作完八部英国历史剧之后，莎士比亚还创作了大量的悲喜剧，诸如四大悲剧以及《威尼斯商人》《罗密欧与朱丽叶》《仲夏夜之梦》《一报还一报》《雅典的泰门》等市民剧，这些戏剧展示了英国生活的方方面面，尤其呈现出一个人文主义、市民主义和早期现代社会的矛盾景观。他对资本主义的未来及人文主义理想的感知，不再像早年那样积极乐观，而是产生某种忧虑，甚至怀疑和恐惧。为此，他晚年的戏剧创作逐渐进入一个传奇剧的短暂时期，他试图通过某种理想主义或浪漫主义的想象，来平息内心的某种忧伤和疑惑，

（接上页）斯图亚特君主们能有前朝统治者十分之一的智慧，他们也不会意识不到专制时代已经一去不复返。击败西班牙无敌舰队这一盛举，既标志着专制政体达到顶峰，但也确切地预示了专制权力已再无用武之地。危机已然解除，民族获得大捷，国家这艘大船平安抵达了港口。在如此辉煌的成就中，那些薪火相传的领航者们所起到的居功至伟的作用，令整个国家都报以感激之情。诚然，亨利七世与亨利八世的为人皆有不光彩之处，成就斐然的伊丽莎白女王也不免会因虚荣、无能及狭隘惹人轻视，但一味强调他们的缺点绝对有失公允，也将损害对历史的理解。负责任的历史学家绝不会不顾及具体情况而空谈全局之大义，这样一位历史学家以其谨慎的态度，不会将都铎时期描绘为压抑的，更不会将之描绘为暴虐的，而会将其界定为一段见证了国家扩张的利大于弊的专政时期。"《莎士比亚戏剧中的英国史》，第 293 页。另参见 J. J. 斯卡里斯布里克：《亨利八世》，左志军等译，广西师范大学出版社 2022 年版；安东尼·弗雷泽：《亨利八世和他的六位妻子》，外语教学与研究出版社 2003 年版。

像《辛白林》《冬天的故事》和《暴风雨》就属于这类作品。从某种意义上说，《亨利八世》也可以划归到这个传奇剧的宽泛系列，或者说是受到这个时期传奇剧的重要影响。

在《亨利八世》一剧，莎士比亚像是脱离了早年创作历史剧的现实主义语境，而置身于一个传奇剧的宫廷幻想之中，莎士比亚在此关注的不再是英格兰王权专制政治的沉浮起落，而是寄情于梦幻般的想象状态，把人文主义的理想与未来的乌托邦世界结合起来，他试图通过善恶轮回、因果报应的神秘主义来克服现实主义的权力嚣张和金钱腐蚀，重新开始描绘一个人类美好未来。所以，《亨利八世》在宫廷权斗和宗教纷争的戏剧场景之下，并没有刻意追求能者为王、王者至尊的经世目标，而是对未来的理想王国予以祝福。这样一来，在莎士比亚英国历史剧之下，除了两个密切相关的四联剧，《约翰王》和《亨利八世》就成为两部稍微有点游离王权主题的作品，尽管如此，它们仍然属于英国历史剧，并且与莎士比亚关注的英国王朝史以及王权政治的早期兴衰有着这样那样的关系，我们可以将它们视为莎士比亚戏剧历史观的某种补充和插曲，视为理解莎士比亚历史剧的某种历史性背景参照。

现在我们回到《约翰王》这部戏剧上来。说起来，这部戏虽然距离金雀花王朝末年的理查二世有近二百年的时间，但约翰王却是英国封建王朝的一位著名君主。在诺曼征服英格兰建立中世纪的英国封建统治之后，约翰王一朝可谓一个重要的时期，从英国王权政治的视角来看，在约翰王统治时期发生了一系列大事件，这些足以使得约翰王成为一个封建王朝的君主代表。约翰王身上突出地表现出一位封建君主的成败利钝和得失沉浮，具有欧洲中世纪封建王权政治统治的典型性特征。例如，约翰王一朝最著名的事件就是他在 1215 年与贵族签署的《大宪章》。约翰王由于王位来源不正，王权受到质疑，且又与罗马教廷发生争执，为了加强统治，他被迫穷兵黩武，发起对法战争。战争需要钱，为此约翰王要不断征税，这就与当时英格兰的土地大贵族产生了矛盾，导致大贵族的群起反抗，甚至发生了内部战争，最后约翰王只能妥协，在大封建领主、教士、骑士和城市市民的联合施压下被迫签署了著名的《大宪章》。《大宪章》承认英格兰贵族们有权对约翰王享有的君主权力予以限制和制约，把王权限制在法律之下，从而确立了私有财产和人身自由不可被随意侵犯的原则。从英国宪政主义的起源来看，约翰王与贵族们签署的《大宪章》具有划时代的价值和意义，在英国王权史上意义重大，被视为英国宪政主义的开端，光荣革命时代的英国所建立的立宪君主制，势必要追溯到约翰王时期的《大宪章》。因此，在英国宪政史和王权政治史中，相关论述汗牛充栋，不一而足。

　　然而，莎士比亚《约翰王》这部以约翰王为主题人物的作品，虽然涉及约翰王一朝的诸多政治与战争以及宫廷事宜，还有对外关系、政教关系、王室婚姻、土地税收等，但对于上述英格兰宪政史上至关重要的大宪章事件，竟然只字未提，这是为什么呢？①评论者也有一

---

① 历史学家波拉德在其著作《英国史：从爱德华六世就职到伊丽莎白去世》一书中曾经指出："英国文学史上的任何一个时期，与政治之间的关系都不比其鼎盛时期少，而就仅仅与政治史相关的问题而言，任何英国作家的态度都比不上莎士比亚晦涩，但都和他同样重要。"波拉德以莎士比亚在历史剧《约翰王》只字未提著名的《大宪章》为由，认为莎士比亚的《约翰王》忽视政治内涵。对此，著名的莎翁学者怀特在《独生子与篡位者——莎士比亚的〈约翰王〉》一文中予以反驳，他认为波拉德的观点失之偏颇，莎士比亚固然没有提及大宪章，但并没（转下页）

些批评，认为莎士比亚的历史剧缺乏历史的深度，对政治事务缺乏清醒的认知，对于英格兰王权历史没有本质性的认识，致使《约翰王》的艺术成就不高。对此，应该怎么看呢？我认为应该放到莎士比亚所

（接上页）有忽视英国的政治，《约翰王》集中关注的是英国内战问题，他指出英格兰从 1399 年理查二世被流放到 1485 年里士满（亨利七世）在博斯沃斯战役中打败理查三世的近百年可谓英格兰的苦难岁月，其中的关键问题是王朝合法性问题，并且还涉及政府与教会的关系问题，上述两个问题贯穿着英格兰红白玫瑰战争史，若探究其起源，可以追溯到约翰王时期。怀特认为莎士比亚的"《约翰王》则另有深意。这一时期因其和大宪章有关的宪法进步而有名——而这恰是莎士比亚有关这一时期的写作中没有提到的。他所写到的这一时期，主要处理了两个问题：合法性问题、教会与政府问题。在两组四部曲中同样出现了这些问题，而有时《约翰王》看来几乎是两组四部曲的压缩版。另外，这些问题在都铎王朝继续成为首要问题，在詹姆斯一世时期也同样如此"。怀特继续分析道："大宪章涉及的是与王位抗衡的人权。伊丽莎白同样镇压了与王位相抗衡的传统权利。对福康勃立琪、伊丽莎白和莎士比亚来说，重要的是国家的安全和防止宗教战争。无论是王权还是与之抗衡的权利都无法与这些相比。比起与王权相抗衡的权利，莎士比亚确实更关注王权。除非有严苛的不义发生，一个公民更倾向于保持现存的统治而不是掀起内战。莎士比亚对大宪章的忽略，主要是对与《约翰王》无关的问题的忽略。"转引自刘小枫、陈少明主编：《莎士比亚笔下的王者》，第 69、71、93 页。另参见马里奥特：《莎士比亚戏剧中的英国史》，第二章中的论述："自诺曼征服以来，教会总体而言支持国王反对封建割据的斗争，但这一传统因为约翰与教皇的决裂、禁令的颁布、革除教籍与罢黜的决定以及国王丧尽颜面的彻底投降而被打破。……在各种派系与利益的角逐中，国王与教皇的关系对于伊丽莎白时代的戏剧家们来说是最有吸引力的。莎士比亚对于'大宪章'其实无话可说。他对此基本上一无所知，其更早时期的作品完全不曾涉及《约翰王》所挖掘的主题。把这一话题搬上戏剧舞台只会使伊丽莎白时代的观众摸不着头脑，而将大宪章作为一笔政治遗产挖掘出来，是斯图亚特王朝议会中那些法律界代表们所做的事情。如果说环球剧场的观众们对于'大宪章'话题可能会哈欠连天，那么最能令他们兴奋不已的，恰恰是约翰王对付教皇的那些故事以及莎士比亚在这段统治中总结出来的政治教训：国家团结至关重要。……《约翰王》将此教益以崭新的、更有效的方式重新提出，将其中的意蕴深长展现出来：如果英格兰的贵族与人民团结一致，教皇、法国、西班牙都不能伤它分毫。"第 36—37、59 页。

处时代的大背景予以考察。确实，莎士比亚的《约翰王》戏剧没有涉及《大宪章》的签署，主要描述的是金雀花王朝约翰王的君主权位问题，以及狮心王理查一世打下的英格兰属地所受到的诸如法国等列强的侵蚀问题。在莎士比亚的时代，英格兰正处于英国宪政主义的一个特殊时期，即早期现代国家的发轫时期，这个时期的英国乃至欧洲的政治主题不是现代主义语境下的限制王权的主流宪政问题，而是强化王权的国家能力、削弱大贵族的制约从而构建一个民族国家的发轫之动力机制问题。也就是说，不但法国这样的大陆国家有绝对主义的强化王权专制的时期，在英格兰也有这样一个准绝对主义王权时期，莎士比亚的时代恰好就处于这个时期，伊丽莎白女王的统治可谓构建了英国强君主统治的典型时期。

对于这类君主权力究竟如何看待呢？我认为应该有一个历史主义的宪政发生学视角，即从君权神授到王者尊崇，再由王者尊崇的强君主专制进入王在法下的宪政体制，这是一个英国历史主义的发展过程。对此，我将在本书的第三部分梳理出一个英国宪政主义王朝政治的小史。从英国宪政史的角度来看，1688 年光荣革命是一个重要的转折点，它标志着英国王权的实质转变，即从一个封建王权转变为一个现代的君主立宪制的王权，此后英国正式进入现代民族国家的宪政构建之路，并且开启英美宪政主义的大潮流，但这已经是莎士比亚逝世一百多年之后的事情了。

应该说，以光荣革命为界，英国王权史分为两个历史时期，一个是光荣革命后的现代英国民族国家的君主立宪制时期，其主要原则是虚君宪政主义，诚如英国宪政学家沃尔斯·白哲特在《英国宪制》所指出的，英国君主立宪制中那个"古老而尊崇的部分"越来越具有象征性的意义，[①]约翰王时期的《大宪章》就是这个宪政主义的重要源头，它受到广泛重视，并为辉格主义的历史观所日益神话化。但是，英国宪政史还有另外一个时期，那就是光荣革命之前的王朝历史时期，在这个时期宪政主义有一个发生、运行及培育和发展的演变过程，而其中又经历了一个一波三折的转变，即从王权神授到能者为王进而再到王者至尊。

也就是说，从王权受制于基督教神权和大贵族制衡到早期现代君主的崛起，直到君主地位的巩固、绝对王权的确立，然后再转而受到王在法下以及议会制度的制约，进而引发了英国的光荣革命，这样一个波澜壮阔的王朝政治的演变史，也是前光荣革命时期的一项主要内容。[②]

从这个视角来看，王权的性质、权力运行的效能及其政治德行的展现等，一点也不比王权受到贵族制约更不重要，甚至恰恰相反，探索如何达成一个封建化的君臣体制——君主像君主，贵族像贵族，由此君臣和谐、共同统治，或许更加重要。莎士比亚恰好生活在这样一个前光荣革命的王权巩固时代，在他眼里，如何规制王权，提升王权的统治能力并打造其政治伦理的优良品质，或许比揭示大贵族们通过宪章限制和约束王权更加重要，一个尚不堪用的王权，何来限制和约束呢？关键是如何使王权强有力地运行起来，只有其僭越无度或专横跋扈，才需要贵族们拿起《大宪章》予以抵抗，这也许是莎士比亚在《约翰王》中没有描述大宪章事件的某种缘由。由于时代背景的不同，

---

① 参见沃尔斯·白哲特：《英国宪制》，李国庆译，北京大学出版社 2005 年版。
② 相关的进一步理论阐述，参见本书第三部分内容，我有具体而细致的理论分析。

莎士比亚与一百年后的洛克相比，他们关注的政治主题是不同的，洛克强调的是如何通过法律和议会限制和制约专制君主独断专横的特权，莎士比亚则更关注一个奋发有为的君主如何良善地行使其秉有的君主特权，而不至于被软弱怯懦和道德败坏所损害。正像在《约翰王》的第四幕第三场，可怜的小王子亚瑟跳下城墙而死之时，庶子抱起他所慨叹的：

> 把他抱起来。我简直发呆了，在这遍地荆棘的多难的人世之上，我已经迷失我的路程。你把整个英国多么轻易地举了起来。全国的生命、公道和正义已经从这死了的王裔的躯壳里飞到天上去了；英国现在所剩下的，只有一个强大繁荣的国家的无主的利益，供有力者攫取。为了王权这根啃剩的肉骨，蛮横的战争已经耸起它的愤怒的羽毛，当着和平的温柔的眼前大肆咆哮；外辱和内患同时并发，广大的混乱正在等候着霸占的权威的迅速崩溃，正像一只饿鸦眈眈注视着濒死的病兽一般。能够束紧腰带，拉住衣襟，冲过这场暴风雨的人是有福的。把这孩子抱起，赶快跟我见王上去。要干的事情多着呢，上天也在向这国土蹙紧它的眉头。（卷二，页134）

此外，还有一个问题需要指出，那就是莎士比亚在《约翰王》所涉及的有关英格兰王朝的欧洲国际背景问题。应该说，诺曼征服之后，英格兰作为一个由日耳曼蛮族统治的殖民地，在逐渐淡化统治者的大陆性质，慢慢呈现出一个独立自主的英格兰特性，这是一个有关英国自主性的问题意识。虽然诺曼王朝在英格兰建立起封建体制，但其法权统绪以及民风气质、贵族仪容等都与日耳曼森林的蛮族生活及统治方式有着千丝万缕的联系,英格兰民族的自主性有待凸显。作为一个独立自主的岛国,英格兰如何确立自己的统绪和民情民风以及贵族氏系等,这些攸关国运的问题,在莎士比亚看来,是在约翰王一朝开始真正确立起来的。因此,约翰王对法国等大陆王国的民族战争,以及对罗马天主教会的抗辩(虽然最终屈服),进而建立独立自主的英格兰民族雏形,就成为这部戏剧的主要内容。通过对外战争从而获得内部统治的法统及民族凝聚力,这是《约翰王》的主题,这个主题与此后金雀花王朝爱德华三世的雄霸欧洲,英格兰两个王朝的分分合合以及都铎王朝的崛起,都有着密切的联系,至少英国民族的主体意识是贯彻始终的。

在莎士比亚英国历史剧中,英格兰各个王朝的君主不过是这个民族前仆后继的代表,所以,王权是英国民族的权力表述和权威标志,并且受到基督教神权的加持,这是英格兰王权史的主要内容,莎士比亚也是从这个视角来创作他的《约翰王》的。因此,他不甚关注英格兰大贵族与约翰王之间围绕《大宪章》的斗争,而是关注约翰王发动的对欧洲大陆尤其是对抗法国的战争——约翰王以此争取王国作为英格兰民族的独立和强盛之表征。虽然约翰王的努力彻底失败了,他丢失了几乎所有在欧洲大陆的领地,但其政治理想并没有彻底湮灭。在《约翰王》的结尾,莎士比亚通过狮心王私生子即庶子之口,说出了这个英格兰的政治意愿:

> 我们的英格兰从来不曾,也永远不会屈服在一个征服者的
> 骄傲的足前,除非它先用自己的手把自己伤害。现在它的这些儿

子们已经回到母国的怀抱里，尽管全世界都是我们的敌人，向我
们三面进攻，我们也可以击退他们。只要英格兰对它自己尽忠，
天大的灾祸都不能震撼我们的心胸。（卷二，页 151—152）

约翰王之后，近二百年的英格兰王朝演变到金雀花王朝第七位国
王爱德华三世统治时期，达到了一个新阶段。爱德华三世是一位令人
生畏的国王，他在确立了王国的牢固统治大权之后，首先开始对苏格
兰用兵，1333 年爱德华三世在哈利顿山战役中大破苏格兰，此后还曾
领兵进入苏格兰南部，由此巩固了英格兰的疆域。爱德华三世最大的
伟业是在位期间开启了英法百年战争，对法国造成了巨大的打击，这
场百年战争延绵不断，对英格兰王国和法国乃至欧洲大陆的格局都产
生了深远的影响。爱德华三世身材高大，相貌堂堂，鼻子又细又长，
留着尖尖的黄色胡须，髭须长垂于胸，据当时人说，他的脸"就像上
帝的脸"。他高贵端庄，富有魅力，英语和法语皆佳，声音轻柔舒缓，
富有魅力；他极其优雅高贵，对待朋友非常热情，对待敌人则铁石心
肠。爱德华三世发动的最著名的一次战役是发生于 1346 年 8 月 26 日
的克雷西战役。爱德华三世通过对苏格兰开战尤其是发动英法百年战
争树立了声威，尽管当时英格兰也遭受了黑死病的威胁，但英格兰王
国在爱德华三世的领导下确实扮演了欧洲大国的重要角色。可惜的是，
在爱德华三世去世之后，英格兰王国开始走下坡路。爱德华三世生有
七个儿子，在子嗣们之间，出现了由继承权问题而引发的叛逆篡权等
不义的历史事件，致使英国陷入萧条、分裂和混乱的状态。

这样一来，中世纪的英格兰王权体制就出现了重大的变化，从某
种意义上说，英格兰封建王朝即将进入一个动荡不安的时代，编年史

学家一般认为随着理查二世继位以及亨利四世的谋反篡位，英格兰封建王朝进入兰开斯特和约克王朝两个显赫家族的争权夺位之斗争。随着红白玫瑰战争的爆发和演变，英格兰坠入一个大混乱和大分裂的黑暗时期，直到都铎王朝的出现，英格兰才迎来又一个繁荣的高光时代。问题在于，两个王朝之间的红白玫瑰战争以及都铎王朝的兴起和发达是否还属于封建王朝诸如金雀花王朝那样的正常运转呢？其中又包含着哪些迥异于封建王权政治的新时代内容，又延续着哪些封建王朝的衣钵呢？这些就会涉及前述的莎士比亚对于当朝思想观念的看法，涉及莎士比亚与都铎神话的关系。对此，莎士比亚并没有直接给出自己明确的论述，而是创作了第二个四联剧，他的思想很可能蕴含在这个四联剧之中，这就有待人们予以深入挖掘和探讨。下面我们从第二个四联剧的首篇《理查二世》开始探索其中的蕴意。

理查二世：英格兰中世纪封建王朝之终结

《理查二世》是莎士比亚在创作完《约翰王》之后随即创作的第二个四联剧的第一部作品。选择《理查二世》作为第二个四联剧的开始，莎士比亚也非随意，而是富有用心的，因为从理查二世起，英格兰的封建王朝进入了一个云谲波诡的历史时期。按说，理查二世合法地继承了祖父爱德华三世的王权，是金雀花王朝正宗的子嗣，统治英格兰金雀花王朝有着无可置疑的正统性，封建法统其来有自。纵观理查二世一朝，他的统治也并没有什么邪恶的暴政劣迹，甚至相反，理查二世是一位德行纯良、爱民有加、遵循法治、崇信上帝的君主。自1377 年执政以来，他虽然不是天纵之才，有时也难免刚愎自用，但总的来说也算是一位较为合格的封建君主，尤其是他本性柔弱善良，虔诚信奉上帝，对臣民也多有爱护。编年史家傅华萨曾经写道："理查王统治英国二十二年，在此期间，国家繁荣昌盛，拥有丰厚的财产和广阔的领地。"[①]在《理查二世》戏剧中，莎士比亚像是受到了傅华萨的影响，也把理查二世治下的王国描述为具有中世纪风格的王朝，例如，贵族们竟然可以选择采取骑士式的决斗来解决他们之间的纷争。在第二幕，莎士比亚借用临死前的冈特的约翰之口，这样描述英格兰金雀花王朝在理查二世时代的状况：

> 这一个君王们的御座，这一个统于一尊的岛屿，这一片庄严的大地，这一个战神的别邸，这一个新的伊甸——地上的天堂，这一个造化女神为了防御毒害和战祸的侵入而为她自己造下的堡垒，这一个英雄豪杰的诞生之地，这一个小小的世界，这一个镶嵌在银色的海水之中的宝石（那海水就像是一堵围墙，或是一道沿屋的壕沟，杜绝了宵小的觊觎），这一个幸福的国土，这一个英格兰，这一个保姆，这一个繁育着明君贤王的母体（他们的诞生为世人所侧目，他们仗义卫道的功业远震寰宇），这一个像救世主的圣墓一样驰名、孕育着这许多伟大的灵魂的国土，这一个声誉传遍世界、亲爱又亲爱的国土，现在却像一幢房屋、一块田地一般出租了——我要在垂死之际，宣布这样的事实。（卷二，页351）

---

① 转引自蒂利亚德：《莎士比亚的历史剧》，第284页。

上述描述，像是显示一个相对繁荣的封建王朝的景观，在此，君主依照法律和德行统治着臣民百姓，天主教会予以加冕祝福，这里有一批忠诚的贵族群体，他们辅佐君主统治，并且各自治理着自己的家产和领地。但是，就是这样一个融洽的有着中世纪光荣和尊崇的封建王朝，在理查王的手中，为什么会出现冈特的约翰所指出的病症，进而发生一场伤及筋骨的大贵族谋反叛乱和篡位夺权，以致产生了一个新王朝呢？由此展开的一系列王室家族内部的涉及最高王权王位的权力斗争，是否表明中世纪的封建体制面临自我瓦解的危机呢？促成这场大危机的动因究竟是什么呢？它们的动荡嬗变是封建王朝体制内常规的波动，还是另有新的动因，致使旧王朝不能依旧循环往复，或者说，这场大危机行将促成一种新的制度转型，其分分合合的演变不再是旧体制的起伏嬗变，而是意味着英格兰传统封建王朝的终结，一个新时代将在旧秩序的黑暗毁败中孕育和激发出来呢？

这个贯穿英格兰红白玫瑰战争直至都铎王朝兴起的深藏的历史隐喻，尽在其中。究竟如何认知这段王朝演变史，王朝循环论是一种说法，都铎历史神话观是另一种说法，在上述两种交集的历史观之外，是否还有其他的说法呢？若有的话，它与上述两种说法是何种关系呢？这些都是我们阅读莎士比亚历史剧需要思考的问题，莎士比亚第二个四联剧从《理查二世》开始，实际上也是不能回避这些问题的。①

---

① 马里奥特分析说："1398 年 9 月到 1400 年 2 月的这段时间，是莎士比亚在剧作中关注的焦点。然而，我将揭示，如果对这个时段之前的历史不熟悉，就无法读懂这部剧作。"按照马里奥特的历史解读，少年即位的理查王面临的政权是由核心贵族组成的摄政会议予以监护的，最先执行监护职责的是其叔父约翰·冈特，"莎士比亚笔下'德高望重的兰开斯特'其实与史实差距较大。他笔下的冈特是一位年迈的爱国者，不仅日夜为国担忧，而且费尽心力引导侄儿懂得智慧与（转下页）

莎士比亚戏剧中的人物

福斯塔夫挑选士兵

哈姆雷特及霍拉旭

麦克白和三位女巫

李尔王和考狄利娅

罗马城门口的科利奥兰纳斯

凯撒遇刺

安东尼和克莉奥佩特拉

贝叶挂毯上的哈罗德二世加冕

克雷西战役

理查二世退位

亨利·波林勃洛克夺取王位

阿金库尔战役

亨利六世封塔尔博尔为索鲁斯伯雷伯爵

亨利八世与议会

伊丽莎白一世

风起于青萍之末，浪成于微澜之间，任何事情的发生都有肇因。

（接上页）节制。历史上的冈特卒于 59 岁，终其一生都野心勃勃、为己谋划"。总的来说，这些贵族大臣形成了一个贵族同盟，可称之为上诉派贵族，以冈特的弟弟葛罗斯特公爵为首领，此外还有奥伦戴尔、德比、华列克以及诺丁汉等，他们掌握着王国的大权，当然也有一些保王党反对他们，但都被葛罗斯特集团打败。"1389 年，23 岁的理查突然宣布自己已经到了成熟年龄，并将葛罗斯特及其同党们逐出了枢密院。接下来的 8 年时间，他以自己的智慧成功地统治着国家。……在小心谨慎与仔细谋划中，他开始着手推翻宪政体制，试图使专政合法化。最首要的一步就是镇压对手，而那些顽固的反对派也在酝酿新一轮的反抗。"不过，理查二世在所有这些对大主教以及上诉派贵族采取的行动中，都恪守法律程序。由此可见，关于理查二世的君临天下，其实有一个贵族集团与王权的相互斗争的历史过程，前者体现了基于贵族私人利益的宪政体制特征，后者则显示出王权专政的集权化特征，这些均是莎士比亚《理查二世》这个剧本时间节点之前的政治情况。"《理查二世》这部剧是一部很纯粹的历史剧。剧中大部分语言以及几乎所有的历史事件都来自霍林斯赫德的著作。除了极少数不重要的例外，霍林斯赫德所提供的、由莎士比亚使用的'事件'都与史实相吻合。"此外，马里奥特也提出了一些不吻合之处，例如冈特临终遭遇的那些事情是否属实，还有葛罗斯特公爵夫人去世的时间，等等，但总的来说，"莎士比亚自己的作品只写了理查最后 18 个月的时光，起自 1398 年 9 月，止于通常认定的理查去世的时间，即 1400 年 2 月底。在这段岁月里凸显出来的是王政遇到的危机，在某种意义上也是整个世纪的危机，是进入高潮阶段的王权与贵族阶层之间长久的拉锯，是新兴赤贫阶级与有产阶级之间的斗争以及罗拉德派与正统教会人士之间的对抗。简言之，革命力量与保守派之间的博弈达到了顶点"。马里奥特进一步分析道："理查在位的早、中期历史，也已有大量作品涉猎，所以莎士比亚选择了其统治末年那段具有重要意义的时光。这段时光提供了一个世纪以来各种事件、各种潮流的缩影，甚至其本身就是自约翰王去世之后整个历史发展的缩影。对政治学专业的学生而言，正如英国宪制发展过程所证明的，自约翰王至理查二世的这段历史有一种特别重要的历史价值，它见证了三种政制之间的冲突：君主制、寡头制以及早期民主制。这段时期也经常被用来说明王权与处于早期形态的议会权力之间的斗争。当然，这只是斗争的一个面向而已，更为重要的还是王权与基本上只考虑本阶层利益、寻求对王上进行压制的权臣集团的斗争。……在 13 世纪至 14 世纪，主要的斗争还是在于王权与权贵寡头之间。这些权贵寡头，通常由王室家族中的一位次要成员领头，比如兰开斯特家族的托马斯、约翰·冈特、托马斯·伍德斯托克以及德比伯爵、海瑞福德公爵亨利·波林勃洛克等。"参见马里奥特：《莎士比亚戏剧中的英国史》，第三章。

理查王少年登位之时，就有几位大臣辅佐，他们大都是皇亲国戚，首推叔父冈特的约翰作为摄政王，其次还有另一个叔父约克公爵，此外，还有卡莱尔主教，以及大贵族诺福克公爵、萨立公爵、诺森伯兰伯爵，等等。在莎士比亚《理查二世》剧中，这些王公贵族和主教神父对于理查王看上去像是恪尽职守，忠诚耿耿，辅佐有加，但他们彼此之间却是矛盾重重，围绕着权力和利益相互争斗，互不相让，甚至发展到生死相搏。这本来也不是什么大事，历朝历代大都如此，若是贤明强悍之君主，自然处置有方，然而这位年少的理查王虽然心地善良，但能力有限，并不会搞纵横捭阖、驾驭群臣那一套君主策略，甚至意气用事，出尔反尔。在当时，其手下的两个大贵族，冈特之子海瑞福德公爵波林勃洛克与诺福克公爵毛勃雷素有恩怨，他们把矛盾闹到国王那里，相互指控对方犯有叛逆的重罪，尤其是波林勃洛克指控毛勃雷是叛徒和奸贼，辜负国恩，死有余辜。理查王对他的指控并没有付诸法律审核，而是听凭他们相互辩驳，充当和事佬，最后竟然同意他们两人采取古老的骑士式的私人决斗方式解决纠纷。作为高高在上的国王，对于涉及王国安危以及忠臣叛逆之类的国家重罪的指控，不是交付法律与法庭专门审查其是非真伪，予以公正审判，并绳之以法，而是姑息推脱，任凭他们破坏国家法律，采取贵族式的私人决斗方式一决生死，放弃国家公义和王权威仪，这无疑显示出这位君主的政治无能和治理无方。

既然如此，那就这样也罢，但没有想到的是，在两位贵族按照传统仪式行将决斗之时，理查王却突然改变主意，颁布谕令，要求他们放弃决斗，对两位贵族大臣不分对错地都予以惩处，把他们放逐出境——放逐波林勃洛克十年（后在其父老臣冈特公爵的请求之下改为六年），放逐毛勃雷终生离境，要他们在规定时限内不得返回故国，若有违背，立处死刑。从这个事件中，可以看出理查王治理国家的能力之差，实在是一位无能且善变的幼稚君主。其结果是导致大臣们的不满，尤其是受到处罚的两位贵族，他们的矛盾和恩怨并没有获得公正裁决，自然在对待君主旨意方面有了共同的不满和愤恨。例如，毛勃雷就抱怨道：

> 从陛下的嘴里发出这样的宣告，是全然处于意外的；陛下要是顾念我过去的微劳，不应该把这样的处分加在我身上，使我远窜四荒，和野人顽民呼吸着同一的空气。

至于波林勃洛克，他的内心则是充满了绝望与悲愤：

> 啊！谁能把一团火握在手里，想象他是在寒冷的高加索群山之上？或者空想着一席美味的盛宴，满足他的久饿的枵腹？或者赤身在严冬的冰雪里打滚，想象盛暑的骄阳正在当空晒炙？啊，不！美满的想象不过使人格外感觉到命运的残酷。当悲哀的利齿只管咬人，却不能挖出病疮的时候，伤口的腐烂疼痛最难忍受。

显然，这种举措为理查王一朝埋下了朝臣贵族抱怨不满的种子，一场风暴可能就要来临，正如冈特在临终时所言的：

> 虽然理查对于我生前的谏劝充耳不闻，我的垂死的哀音也

许可以惊醒他的聋聩。

但约克公爵并不这样认为：

> 不，他的耳朵已经被一片歌功颂德之声塞住了。他爱听
> 的是淫靡的诗句和豪奢的意大利流行些什么时尚的消息，它
> 的一举一动，我们这落后的效颦的国家总是亦步亦趋地追随摹
> 仿。……当理性的顾虑全然为倔强的意志所蔑弃的时候，一切
> 忠告都等于白说。（卷二，页 342、346、350—351）

当然，对于王国和君主来说，这也不是什么天大的事情，类似的朝臣故事时有发生，一般并不会伤及王朝的性命。但接下来的情况却有所不同，莎士比亚在《理查二世》着重从两个维度或方面向读者展示某些新的变化，或者说，传统封建王朝的常规政治逻辑在此面临着某种新情势的挑战，新的要素逐渐发生，若不加以防范，这股新力量很可能会腾云起舞，演化出足以掀翻王朝秩序的势能，所谓中世纪的英格兰王朝体制就是由此而走向终结的。这一教训不能不说是非常沉痛，当时的自觉者很是稀少，甚至当事人也未必觉察。

莎士比亚大致从两个方面描述了这个进程。第一，理查王沉湎于君权神授和自然血统而无动于衷，一味相信英格兰臣民对于他的王权之忠诚，以至于谋反篡位真的到来时，他都不知其所以然，悔之晚矣。第二，波林勃洛克，这位也可以说是曾经忠诚于理查王的大贵族，作为国王的堂弟可谓皇亲贵胄，他是如何一步步唤起成为君主的野心，并且施展自己的雄才大略，图谋叛逆，弑君篡位，最终加冕成为亨利

四世，开辟兰开斯特王朝的？这个争夺王权的野心，再匹配其君主的卓越能力，纵横捭阖，其动力机制究竟源于何处呢？是否这里呈现出一个从"君权神授"到"能者为王"的王权演变的内在政治逻辑呢？虽然其中插入一个篡权谋位的不正当大事件，但这个王权嬗变的逻辑却是存在的。不幸的是，同样的逻辑，甚至其中插入的篡权谋位的大事件，在第一个四联剧中的亨利六世君主身上又重复发生了一次，难怪在英格兰两个王族的权力斗争中，有一个隔代报应的隐喻贯穿始终。对此，16 世纪的编年史学家雷利曾经有过深入的观察，他"在国王犯罪、孙子受罚中看到了历史的主旋律，这在英国历史中始于爱德华三世。爱德华将他的叔叔肯特公爵杀死，他的孙子理查二世为此受罚。亨利四世违背了誓言，同样的也是他的孙子亨利六世受到了处罚。亨利七世尽管是一位明智而审慎的国王，且是上帝处罚理查三世的直接手段，在他犯下处死斯丹莱和华列克勋爵的罪行后，他的孙子爱德华六世受到处罚而早夭"[1]。

　　我们先看第一个层面，即理查王的所作所为。[2] 这位合法且正统

---

[1]　转引自蒂利亚德：《莎士比亚的历史剧》，第 66 页。Campbell, L. B., *Tudor Conceptions of History and Tragedy in "A Mirror for Magistrates"*, Berkeley: University of California Press, 1936。

[2]　关于理查二世，尤其是其作为君主的性格，历来是莎学研究的一个热点，我的分析主要是基于莎士比亚的作品《理查二世》剧情本身。其实，若从历史的视角来看，理查二世的君主性格具有非常复杂的多面性甚至带有"神秘气息"，马里奥特称之为"无人辅佐"的理查的执政，并且认为"这段历史仍旧晦暗不明，疑问最集中之处，应该说还是这位君主的性情"。莎士比亚为了达到戏剧效果，显然是把理查的性情简单化了，我下文的论述主要还是根据莎士比亚的剧本进行的。实际上，"在英国历代君王中，没有其他哪位的真实个性这么难以辨认。对于他的同时代人而言，波尔多的理查是一个难解之谜，500 年后的今天，认识其性格仍旧困难重重。只有他的俊俏与魅力是公认无疑的。他是一朵早早开放却又提前（转下页）

的君主，其王权来自封建的法统继承，当时并无任何争议，各位王叔也承认这位侄子的君主地位，并且对他效忠，以尽君臣之义，即便是波林勃洛克，在遭遇放逐时只是感到悲愤，似乎也没有任何非分之想。欧洲的封建王朝的政权统绪，除了血缘继承之外，还需要另外一个要素才具有合法性与正统性，那就是神权加冕，即这个王权还秉承神的旨意，有教皇特派的大主教予以加冕，从而获得神的认同，并由此统治万民。自查理曼大帝皈依基督教之后，罗马教廷就具有了为君主加冕的特权，理查王在世之时，对此特别推崇。他认为自己的王权和君主权柄，不但在血统上继承先王的法统，而且来自神的授予，君权神授在理查王那里具有重要的意义。所以，在《理查二世》剧中，莎士比亚特别突出地描述了理查王如何崇信上帝，如何看重罗马教廷和大主教所加持的神的保佑。例如在第三幕，理查二世在威尔士海岸，当他听到波林勃洛克起兵造反时，卡莱尔主教安慰他说：

> 不用担心，陛下；那使您成为国王的神明的力量，将会替
> 您扫除一切障碍，维持您的王位。

（接上页）凋落的甜美可爱的玫瑰，但其性格正如其面容那样缺乏男子气概，他的美属于温柔类型的，并不适合艰难的时世，而他的命运却又恰逢这样一种多舛的环境。当然，他并不是全无阳刚之气或坚毅表现，祖父与父亲的精神曾经在那位 15 岁的少年郎身上灵光乍现。……事实上，他有极高的天赋，但却缺乏真正的个性，其性情就像水一样不稳定，无法定型成规。有时可爱、关心他人，有时残酷记仇，时而积极勇猛，时而消沉怠惰，时而狡猾，时而鲁莽，开明与专横兼具，慷慨与狭隘并存其心。总而言之，其性格唯一确定之处就在于其不连贯、不统一。这就是我们目前所了解的历史上的理查，或者说，两个不一样的理查。"参见马里奥特：《莎士比亚戏剧中的英国史》，第 61—62 页。

理查王因此也坚定地认为：

> 汹涌的怒海中所有的水，都洗不掉涂在一个受命于天的君
> 王顶上的圣油；世人的呼吸决不能吹倒上帝所拣选的代表。每
> 一个在波林勃洛克的威压之下，向我的黄金的宝冠举起利刃来
> 的兵士，上帝为了他的理查的缘故，会派遣一个光荣的天使把
> 他击退；当天使们参加作战的时候，弱小的凡人必归于失败，
> 因为上天是永远保卫正义的。（卷二，页 372—373）

在理查王看来，只要他的权柄受到罗马教会的神权加冕和祝福，就具有了超越尘世的永固力量，会稳如磐石，而且王朝大臣、众多贵族，还有万千臣民，他们都由于信仰基督教而必定顺从神的安排，尊崇他的统治。作为臣民的君主，他具有不可动摇的权威和统治力，不受任何风浪和灾祸的影响，至于自己的君主能力，特别是如何驾驭臣民、统辖军队、治理朝政、造福邦国、对外战争、指挥战役等所谓君主的特权和卓越才能，都是不太重要、无关宏旨的。我们看到的理查二世就是这样一个崇信上帝、心地良善但又幼稚任性、能力孱弱的君主，由于长期耽搁在宫殿花园，刚愎自用，不理朝政，不懂国家财政，当王国面临一些地域发生的叛乱之时，这位君主又不能启用能征善战的贵族大臣。有些贵族大臣利欲熏心，弄虚作假，理查信任的几位近侍卫也不时搬弄是非，蒙骗涉世不深的君主。理查王重用的约克公爵内心矛盾重重，面对忠君与亲情的两难处境，难以了断：

> 我实在不知道怎样料理这些像一堆乱麻一般丢在我手里的

事务。两方面都是我的亲族：一个是我的君王，按照我的盟誓和我的天职，我都应该尽力保卫他；那一个也是我的同宗的侄儿，他被国王所亏待，按照我的天良和我的亲属之谊，我也应该替他主持公道。（卷二，页362）

诺森伯兰伯爵以及一批朝臣诸如洛斯、威罗比、费兹华勋爵，他们也并非克己奉公、忠诚报国之徒，而是口是心非，私利当头，他们预感到：

洛斯：平民们因为他苛征暴敛，已经全然对他失去好感；贵族们因为他睚眦必报，也已经全然对他失去好感。

威罗比：每天都有新的苛税设计出来，什么空头券、德政税，我也说不清这许多；可是凭着上帝的名义，这样下去怎么得了呢？

诺森伯兰：战争并没有消耗他的资财，因为他并没有正式上过战场，却用卑劣的妥协手段，把他祖先一刀一枪换来的产业轻轻断送。他在和平时的消耗，比他祖先在战时的消耗更大。

威罗比：国王已经破产了，像一个破落的平民一样。

诺森伯兰：他的行为已经造成了物议沸腾、人心瓦解的局面。

洛斯：虽然捐税这样繁重，他这次出征爱尔兰还是缺少军费，一定要劫夺这位被放逐的公爵，拿来救他的燃眉之急。

诺森伯兰：他的同宗的兄弟；好一个下流的昏君！（卷二，页357）

如此一来，表面看似繁荣、稳固的理查王朝，其实处处漏风，危机四起，各种内外忧患纷至沓来，这个王国面临着朝不保夕的厄运。最早到来的是外部危机，先有爱尔兰的谋反，一些不认同理查继位的叛逆贵族集合起来反抗理查王的统治。为此，理查不得不御驾亲征，招募兵马组织平叛，把他的叔父约克公爵封为英格兰总督，代他摄理国内政务。与此同时，被放逐的波林勃洛克无法忍受理查王对于他家族权利的非法剥夺——理查王竟然在冈特公爵去世后毫无理由地没收其生前所有的一切金银、钱币、收益和动产，本来按照封建法，这些都属于其合法继承人波林勃洛克所有，即便是君主也不得肆意剥夺。但理查王却无视法律，公然说道：

> 他的金库里收藏的货色足可以使我那些出征爱尔兰的兵士们一个个披上簇新的战袍。

对此，约克公爵争辩说：

> 您要把被放逐的海瑞福德的产业和权利抓在您自己的手里吗？冈特死了，海瑞福德不是还活着吗？冈特不是一个正直的父亲，哈利不是一个忠诚的儿子吗？那样一个父亲不应该有一个后嗣吗？他的后嗣不是一个克绍家声的令子吗？剥夺了海瑞福德的权利，就是破坏传统的正常的惯例；明天可以不必跟在今天的后面，你也不必是你自己，因为倘不是按着父子祖孙世世相传的合法的王统，您怎么会成为一个国王？当着上帝的面前，我要说这样的话——愿上帝使我的话不致成为事实！——

要是您用非法的手段，攫取了海瑞福德的权利，从他的法定代
理人那儿取得了他的产权证书，要求全部产业的移让，把他的
善意的敬礼蔑弃不顾，您将要招引一千种危险到您的头上，失
去一千颗爱戴的赤心……

理查王回答说：

随你怎么想吧，我还是要没收他的金银财物和土地。

约克愤而感慨地说：

慈悲的上帝！怎样一种悲哀的狂潮，接连不断地向这不
幸的国土冲来！……一切全是一团糟，什么事情都弄得七颠八
倒。（卷二，页 348、355—356、362）

正是在这样一个特殊的时刻，波林勃洛克以新的姿态在莎士比亚
的《理查二世》出场，颇有点"天降大任于斯人也"之感。

这样我们就回到《理查二世》的第二个层面，即波林勃洛克崛起
的心路和成长历程。在莎士比亚的描述中，波林勃洛克一开始并没有
争夺王位的非分之想，他起初控告毛勃雷中饱私囊、叛逆谋反是源于
他对国王的忠诚和对王国利益的维护，后来反被毛勃雷指控谋反，实
乃诬陷之辞，他为此要与毛勃雷决斗，以表明他对于王国的忠诚。理
查王的出尔反尔以及对他的放逐，虽然使他有不公正之怨言，但并没
有激发他的篡权谋反之心。他被流放数年，且家族财产以及权利被理

查王非法侵犯和剥夺，这种国王公然违背封建法的不公正做法，确实使他愤怒，迫其愤然起兵，以此迫使无道君主遵守《大宪章》以来的英格兰契约传统，但他的诉求也只是依法追求公道，依法索回他应该获得的家族财产以及权利和荣誉。为此，他派遣支持他的诺森伯兰伯爵传达自己对于理查王的诉求：

> 上帝决不容许任何暴力侵犯我们的君主！您的高贵的兄弟亨利·波林勃洛克谦卑地吻您的手；凭着您的伟大的祖父的光荣的陵墓，凭着你们两人系出同源的王族的血统，凭着他的先人冈特的勇武的英灵，凭着他自己的身价和荣誉，以及一切可发的约誓和可说的言语——他宣誓此来的目的，不过是希望归还他的先人的遗产，并且向您长跪请求立刻撤销他的放逐的处分；王上要是能够答应他这两项条件，他愿意收起他的辉煌的武器，让它们生起锈来，把他的战马放归厩舍，他的一片忠心，愿意永远为陛下尽瘁效劳。这是他凭着一个王子的身份所发的正直的誓言，我相信他绝对没有虚伪。（卷二，页 380—381）

但是，情况在发生变化，当王国被理查王治理得一塌糊涂，面临内忧外患之际，在英格兰王国（民族共同体）需要波林勃洛克站出来，担负起执掌乾坤、再造河山的重任之时，应该说，某种潜在的政治野心开始在他心中萌发。其实，理查王早就发现了某种端倪，他的三个侍卫布希、巴各特、格林都曾注意到并向他报告，他这位堂兄弟平时如何：

> 向平民怎样殷勤献媚，用谦卑而亲昵的礼貌竭力博取他们
> 的欢心；他会向下贱的奴隶浪费他的敬礼，用诡诈的微笑和一
> 副身处厄境毫无怨言的神气取悦穷苦的工匠，简直像要把他们
> 思慕之情一起带走。……好像我治下的英国已经操在他的手里，
> 他是我的臣民所仰望的未来的君王一样。（卷二，页 347—348）

说起来从自然血统的继承权来看，理查王也并非天衣无缝，他与波林勃洛克一样也是爱德华三世的子嗣，他们都有某种担负起王权的资格和权利，于是一种关于爱德华三世的七个儿子的继承权的故事就开始发酵，在当时，并没有严格的长子王位继承权的绝对排序，只是具有一定的优先性。理查王也非长子，只是爱德华的长孙子、黑太子爱德华之子，在世的他的叔叔辈的那些爱德华三世的子嗣在某种意义上也具有一定的资格继承王位。当然，既成的事实是理查王已经王权加冕，权柄在身，但如何守护和执掌这个手中的权柄，戴好头上的这顶王冠，除了神权的加冕之外，是否还需要君主雄才大略的统治技艺呢？这个有关"能者为王"的疑问开始在波林勃洛克乃至众多大贵族的心中萌发出来。

由于合法权利和家族财产受到理查王的肆意侵犯和剥夺，为了捍卫自己的合法继承权和贵族尊严，波林勃洛克被迫挺身而出，此举无疑获得贵族们的广泛同情和拥护，因为他们也感同身受，担心自己的权利和财产得不到法律和惯例的保护，会被大权在握的君主随时剥夺。当朝的这位君主治理能力低下，独断专行，刚愎自用，任性胡来，出尔反尔，难以担负起保卫王国抵御外侵和平定国内叛乱之责任，而新近崛起的波林勃洛克看上去却秉有王者之才，让大家心悦诚服。在他

打出向理查王讨回公道的旗帜之后，便获得一干大臣贵族的拥护和支持，诸如诺森伯兰伯爵、潘西·霍茨波、洛斯、威罗比、费兹华特等纷纷投靠他，就连起初保持中立的约克公爵最终也拥戴了他。对其权能的认可，是否就激发出某种僭越的野心？从莎士比亚的剧情描述中，我们看到情势在逐渐发生一些变化，"能者为王"这个早期现代的新观念开始逐渐浮现出来。应该说"能者为王"是一个不同于传统政治的新种子，源自新时代的雏形和发轫之际，早在意大利的但丁和马基雅维利那里就孕育而生，不久浸润到英伦三岛，尤其是在英格兰有所浮现。当然，与之伴随的还有其他一系列因素，例如，新贵族的兴起和市民阶级的聚集，城镇贸易的发展以及人文主义的兴起，海洋和金钱的权重地位的凸显，等等，这些在莎士比亚的其他戏剧中成为剧情的主要内容，它们与权能施展的效力，君主的智慧、野心、狡猾和才能等结合在一起，构成了一种新的社会氛围，这些势必成为激发波林勃洛克野心的动力机制。

在剧情中，从第二幕第三场开始，一个罪恶的种子开始出现，那就是波林勃洛克的野心膨胀——凭借自己的军事能力和资格权利，以及王国各种贵族和民众势力的支持，为什么不能够能者为王呢？但是，既有的国王已经存在，为了达到这个目的，就会引发一个罪恶——篡权谋反或叛逆篡位，这件封建王朝大逆不道的事情一旦被戳穿，现实的政治态势就变得明朗起来，《理查二世》的主题也就确立下来，一场能者为王的夺权斗争就这样在莎士比亚笔下正式开始。正像约克公爵面对波林勃洛克所说的：

你犯的是乱国和谋叛的极恶重罪，你是一个放逐的流徒，却

敢在年限未满以前，举兵回国，反抗你的君上。（卷二，页367）

波林勃洛克的篡权谋反成功与否，关系到传统王朝向一个具有新因素的王朝之转变，旧的君权神授的君主将被能者为王的新君主取代，这是封建王权史上的一次重大变迁，莎士比亚力图呈现这个转变的过程及其核心情节，揭示这场导致英格兰王国陷入大混乱和大分裂的王权嬗变的内在机理。其实，波林勃洛克自己开始起兵回国时，也是不甚清楚自己的所为及其内涵之历史意义的，所以，他对自己的叔父约克公爵抗辩道：

当我被放逐的时候，我是以海瑞福德的名义被放逐的；现在我回来，却是要求兰开斯特的爵号。……虽然我有产权证明书，他们却不准我声请掌管我父亲的遗产；他生前所有的一切，都已被他们没收的没收，变卖的变卖，全部充作不正当的用途了。您说我应该怎么办？我是一个国家的臣子，要求法律的救援；可是没有一个辩护士替我仗义执言，所以我不得不亲自提出我的世袭继承权的要求。（卷二，页367）

波林勃洛克的一番陈词，也使得约克公爵不得不采取中立的立场，他回应说：

我不能不踟蹰，因为我不愿破坏我们国家的法律。我既不能把你们当做友人来迎接，也不能当做敌人。无可挽救的事，我只好置之度外了。（卷二，页368—369）

但是，当一系列军事上的情势变化以及战场的胜负结果逐渐明朗之后，波林勃洛克的野心也在不知不觉中被激发出来，他原先提出的两项合法而公正的要求已经难以满足他的胃口，他虽然没有亲自说出，但实际上是用行动做出来了，那就是篡位夺权，自己成为取代理查王的新君主。这样一来，就是他违背了自己的承诺，不再仅仅是诉求恢复继承权和结束放逐，而是逼迫理查王退位，将君主之王权转让给他，由他担任新的君主，行使英格兰的王权。对此，理查二世是深有感触的，当他得知自己募集的军队已经解散，忠诚于自己的贵族和侍卫们都已经战死或被俘处死，约克公爵已经与叛军讲和，北部城堡全部投降，南部士兵也已经归附于波林勃洛克麾下，他就明确地知悉自己作为国王的尽头到了，自己的一切，生命和土地，都将归波林勃洛克所有，正如他自嘲的：

> 从理查的黑夜踏进波林勃洛克的光明的白昼。（卷二，页
> 377）

莎士比亚重点描写了波林勃洛克的篡位和理查王在王权被剥夺时的感受以及相关情形。在第三幕第三场的威尔士弗林特城堡前，当理查王感慨万千而发出著名的心声之后，诺森伯兰请他下来去见正在恭候着他的下跪的波林勃洛克，理查王面对着自己的这位堂弟说道：

> 贤弟，你这样未免有屈你的贵膝，使卑贱的泥土因为吻着
> 它而自傲了；我宁愿我的心感到你的温情，我的眼睛却并不乐
> 于看见你的敬礼。起来，兄弟，起来；虽然你低屈着你的膝，

我知道你有一颗奋起的雄心，至少奋起到这——这儿。（指头上王冠。）

针对波林勃洛克一再言及的：

陛下，我不过是来要求我自己的权利。

理查王戳破道：

你自己的一切是属于你的，我也是属于你的，一切全都是属于你的。（卷二，页383）

理查王果真愿意接受这个现实吗？他真的如此理解这个现实吗？其实并非如此，正像诺森伯兰所言：

悲哀和忧伤使他言语痴迷，像一个疯子一般。（卷二，页383）

然而，对于一个颠倒的世界，恰恰是疯子的言语才真正说出了这个世界的本质，因为这个世界秩序以及赖此存续的王权正统已经被颠覆，并且获得了贵族和民众的普遍赞同，这种颠倒的民情也从一个侧面激发和鼓励着波林勃洛克摘取王冠的野心。

当第四幕第一场约克公爵在威斯敏斯特大厅向波林勃洛克宣告理查王的意旨——愿意让位于他时，波林勃洛克立刻就接受了：

凭着上帝的名义，我要升上御座。

约克公爵是这样说的：

伟大的兰开斯特公爵，我奉铩羽归来的理查之命，向你传
达他的意旨；他已经全心乐意地把你立为他的嗣君，把他至尊
的御杖交在你的庄严的手里。他现在已经退位让贤，升上他的
宝座吧；亨利四世万岁！（卷二，页391）

难道这是理查王的真心话语吗？是，也不是！

在此，我们要问的是，理查王的意旨是他的真实的想法吗？显然
不是，而是波林勃洛克的意旨，通过理查王的摄政约克公爵之口说出，
不是颠倒了话语的真实性了吗？但情况就是如此，世界的真相就是如
此。对此，理查王不得不接受，甚至不得不由他的口说出，这不是疯
痴还是什么？所以，当波林勃洛克问理查王：

你愿意放弃你的王位吗？

理查王的答复非常值得琢磨，也具有特殊的含义，他回答道：

是，不；不，是；……（卷二，页394）

这个回答显示出两个双重的意义。第一个双重的意义，是虚假而
又真实的。依据传统王权的合法性与正当性之源，理查王不可能也不

应该更不愿意放弃自己的王位，所以他的让位是虚假的。但它又是真实的，因为他必须让位，而且已经让位。这种篡权谋反的事情已经发生并且获得贵族和民众的拥护，表明传统王权的合法性与正当性已经遭到颠覆，新的法源随之产生。这就产生了第二个双重的意义，即是真实而又虚假的。也就是说，理查王接受这种新的能者为王的现实，主动放权让位才是真实的，而他依据传统王权之法理的不接受则是虚假的。这表明这个英格兰王国，他继承的金雀花王朝不得不面对终结的结局——由一位凭借着新的势力而谋权夺位的君主接受王冠和御杖。在这两个双重的意义转折中，一种新的王权法统应运而生，它究竟是什么，或许两位新旧君主未必看得很清晰，但这种转折或逆变却是显然易见的。

作为失败的君主，理查王只能承认和接受自己的不幸结局，此时他感受到王权王冠与自己的肉身心灵并非完全一体，而是可以分割分离的。当理查王看到他的王国被波林勃洛克所篡夺，自己的合法王位被废黜，而一众大臣纷纷离他而去，过去的威仪丧失殆尽，行将成为走向伦敦塔的阶下囚之时，他不由得感慨万千，自我反省，自己的被迫让位不仅使他看到一群叛徒的嘴脸和面貌，而且还发现自己也同样如此，对于祖先和国家也是一个叛徒，属于叛徒们的同党，是自己为君无能，一错再错：

> 造成这种尊卑倒置、主奴易位、君臣失序、朝野混淆的现象。（卷二，页 395）

是他自己断送了自己的一切，正像他慨叹的：

　　　　现在瞧我怎样毁灭我自己：从我的头上卸下这千斤的重
压，从我的手里放下这粗笨的御杖，从我的心头丢弃了君主
的权威；我用自己的泪洗去我的圣油，用自己的手送掉我的王
冠，用自己的舌头否认我的神圣的地位，用自己的嘴唇免除一
切臣下的敬礼；我摒绝一切荣华和尊严，放弃我的采地、租税
和收入，撤销我的诏谕、命令和法律；愿上帝宽宥一切对我毁
弃的誓言！（卷二，页394）

　　究竟这样的只有悲哀和忧伤的曾经的君主是什么呢？理查自己都
难以知晓，他请波林勃洛克让人拿来一面镜子，他要看看失去君主的
威严只留下悲伤的自己还有一张怎样的面孔，他要用这面镜子阅读人
世沧桑，看看悲哀是如何打击自己的脸颊并留下伤痕，以及脸上新生
的皱纹，还有其中的隐喻。这是一面谄媚的镜子，一面自我欺骗的镜
子，它照射出理查王的软弱无能和荒唐错谬，以至于他不堪忍受镜子
中自己这副黯然失色的面孔，最终用力掷碎这面镜子，片刻之间也就
毁坏了镜子里自己的容颜。一切都结束了，这面镜子的破碎就是一种
写照，正像波林勃洛克指出的：

　　　　你的悲哀的影子毁灭了你的面貌的影子。①

────────────

① 　对于波林勃洛克的这句评价，"曾有一位莎剧评论家非常精准地揭示了这一幕场
　　景的内涵：'生命对于理查就是一场演出、一系列的形象；首要的事情是使自己达
　　到由自己的位置所决定的美学要求'"。马里奥特由此进一步分析道："他在本质上是
　　一个装模作样者，而非真性情的汉子。理查不仅是一个装模作样的人，还是一个
　　感觉主义者，而且其感觉方式不比寻常，颇为标新立异。在感觉世界中，他豪奢
　　无度，贪恋着各种类型的情感。他倾心于荣华富贵，但对厄运的享受也（转下页）

理查感慨道：

> 我的悲哀的影子！哈！让我想一想。一点儿也不错，我的
> 悲哀都在我心里；这些外表上的伤心恸哭，不过是那悄悄地充
> 溢在受难的灵魂中的不可见的悲哀的影子，它的本体是在内心
> 潜藏着的。（卷二，页 397）

这种悲伤在理查去伦敦塔的路上与妻子会面时，可谓达到了顶
点，王后目睹曾经的"万兽之王"现今的惨状，感到她的理查在外形
和心灵上都已经换了样子，昔日的雄风不在，就像一位学童一样，甘
愿俯首帖耳地受人鞭挞和羞辱，她痛苦地表述愿意陪伴其共渡厄运。
但理查并不同意，他请她回归母国法兰西，在冗长的寒冬的夜里，向
她的同伴们叙说一些古昔悲惨的故事，告诉她们自己这位被罢黜君主
一生的痛史，为这位君主的悲惨遭遇掬一把同情之泪。没有想到的是，
在途中诺森伯兰又下达了新的谕令，命他们再做诀别，理查改判去邦
弗雷特，王后立刻动身返回法国。这不啻使他们夫妻二度离婚！理查
不禁气愤欲绝：

> 恶人，你破坏了一段双重的婚姻；你使我的王冠离开了

（接上页）不差分毫。快乐与悲伤都能成就其反省的激情，他在二者之中均可寻获
需要的食量。他向自己的审美标准看齐，不仅让自己神魂颠倒，也让别人看得稀
里糊涂。"所以，马里奥特认为，"虽生来向人发号施令，但理查从未探究，更谈
不上掌握那复杂的统治艺术。从始至终，他都只是一个业余级别的政治家"。参见
马里奥特：《莎士比亚戏剧中的英国史》，第 92、95—96 页。

我，又要使我离开我的结发的妻子。……我向北方去，凛冽的
寒风和瘴疠在那里逞弄它们的淫威；我的妻子向法国去，她从
那里初到这儿来的时候，艳妆华服，正像娇艳的五月，现在悄
然归去，却像寂无生趣的寒冬。

　　你在法国为我流泪，我在这儿为你流泪；与其近而多愁，
不如彼此远隔。去，用叹息计算你的路程，我将用痛苦的呻吟
计算我的路程。（卷二，页401）

　　理查看似在指责诺森伯兰的恶举，其实是在斥责波林勃洛克这位
新君，他的行为已经违背了天良和传统法律，将一位合法的君主罢黜
贬谪，逼迫他们夫妻别离，终究会有悲惨的报应。

　　我们看到，波林勃洛克不仅如此，他继位之后还有更加严重的罪
行，在第五幕第四场和第五场，莎士比亚描述了波林勃洛克是如何暗
示其部下侍从艾克斯顿爵士对理查施以谋杀的。艾克斯顿对他的仆人
说道：

　　　你没有注意到王上说些什么话吗？"难道我没有一个朋友，
愿意替我解除这一段活生生的忧虑吗？"他不是这样说吗？

　　是的，他是这样说起过的，而且接连说了两次，于是艾克斯顿领
会到新君的暗示：

　　　当他说这句话的时候，他留心瞧着我，仿佛在说，"我希
望你是愿意为我解除我的心头的恐怖的人"；他的意思当然是

指那幽居在邦弗雷特的废王而说的。来，我们去吧；我是王上
的朋友，我要替他除去他的敌人。（见二，页 412）

于是，在邦弗雷特城堡的监狱里，他们来了，此时此刻，理查正
沉浸在对命运无常变幻的感慨中，他感觉自己时而是一个国王，时而
是一个乞丐，作为国王经受不住叛逆者的篡权夺位，作为乞丐又承受
不了贫穷困苦的压迫，因此在人世间无论是什么干什么都难以达到自
我的满足，直到化为乌有。就像钟面上的时针，滴答滴答响个不停，
其实对他已毫无意义，这个把他转化为机器人一样的包含着叹息、眼
泪和呻吟的钟声只能使他发疯，最终在无意义的时间中消逝于无形。
恰在这个时候，艾克斯顿一行人出现了，先是狱卒让理查用餐，按照
平日的规矩，狱卒要先尝一口，但狱卒拒绝了，说艾克斯顿爵士新近
从王上那里来，吩咐他不准尝食。理查感到魔鬼把亨利·兰开斯特
（波林勃洛克）和狱卒一起抓了去，于是他按捺不住，动手捶打狱卒。
这时艾克斯顿带着仆从拿着武器不得不现身，而此时的理查像是换了
一个人，他的勇气油然而生，一边怒吼着：

恶人，让你自己手里的武器结果你自己的生命。

一边从仆人手中夺下兵器将其杀死，并且继续怒吼着：

你也到地狱去吧！

又把另一个仆人刺死。在这个时刻，艾克斯顿不得不亲自动手，

将理查击倒致死。在临死前，理查也不停地吼叫着，表现出作为一位王者的勇气：

> 那击倒我的手将在永远不熄的烈火中焚烧。艾克斯顿，你的凶暴的手已经用国王的血玷污了国王自己的土地。升上去，升上去，我的灵魂！你的位置是在高高的天上，我的污浊的肉体却在这儿死去，它将要向地下沉埋。（死。）（卷二，页 415）

当然，最终艾克斯顿并没有获得什么好处，除了载入地狱的黑册中之外——这一点应该也是艾克斯顿能够想象到的，但他却愚蠢地没有想到。当他率仆从带着理查的棺椁来到温莎，见到新君波林勃洛克，说道：

> 伟大的君王，在这一棺之内，我向您呈献您的埋葬了的恐惧；这儿气息全无地躺着您的最大的敌人，波尔多的理查，他已经被我带来了。

但这位新君却说道：

> 艾克斯顿，我不能感谢你的好意，因为你已经用你的毒手干下了一件毁坏我的荣誉、玷辱我们整个国土的恶事了。

艾克斯顿辩解道：

> 陛下，我是因为听了您亲口所说的话，才去干这件事的。

波林勃洛克答曰：

> 需要毒药的人，并不喜爱毒药，我对你也是这样；虽然我
> 希望他死，乐意看到他被杀，我却痛恨杀死他的凶手。你把一
> 颗负罪的良心拿去作为你的辛劳的报酬吧，可是你不能得到我
> 的嘉许和眷宠；愿你跟着该隐在暮夜的黑影中徘徊，再不要在
> 光天化日之下显露你的容颜。（卷二，页417）

如此看来，这位波林勃洛克也深知自己篡权谋位的弑君之罪，虽然这桩滔天的重罪悖逆封建法统，但他还是不会停下手来，而是一再主动地干下去，直到理查被杀死。一旦这一重负解除，他又痛感自己背负起另外一个重负，虽然理查不是他亲手所杀，但也等同于他亲手所杀，摒弃艾克斯顿免除不了他自己手中的鲜血。如何获得良心的安顿，这就为莎士比亚另外一部历史剧《亨利四世》开启了一个序曲。与此同时，也是在第五幕第三场，莎士比亚《亨利四世》的上、下和《亨利五世》三部戏剧中的另外一个重要的人物——哈尔王子即未来的亨利五世首次出现，不过还不是他本人，而是通过波林勃洛克之口，在波林勃洛克与亨利·潘西的对话中出现的，这为后来的三部戏剧做了铺垫。

现在还是回到莎士比亚《理查二世》的结尾，当理查被迫将王权王冠转让给波林勃洛克，这位新君主自以为要升上御座，众多大臣和贵族出于各种原因而为之鼓掌时，一位忠诚于封建王权之正统性与神圣性的人物——卡莱尔主教勇敢地站了出来，发出了他的义正词严的反对，他大声说道：

上帝不允许这样的事！……哪一个臣子可以判定他的国王的罪名？在座的众人，哪一个不是理查的臣子？窃贼们即使罪状确凿，审判的时候也必须让他亲自出场，难道一位代表上帝的威严，为天命所拣选而治理万民、受圣恩的膏沐而顶戴王冠、已经秉持多年国政的赫赫君王，却可以由他的臣下们任意判断他的是非，而不让他自己有当场辩白的机会吗？上帝啊！这是一个基督教的国土，千万不要让这些文明优秀的人士干出这样一件无道、黑暗、卑劣的行为！我以一个臣子的身份向臣子们说话，受到上帝的鼓励，这样大胆地为他的君王辩护。这位被你们称为国王的海瑞福德公爵是一个欺君罔上的奸恶的叛徒；要是你们把王冠加在他的头上，让我预言英国人的血将要滋润英国的土壤，后世的子孙将要为这件罪行而痛苦呻吟；和平将要安睡在土耳其人和异教徒的国内，扰攘的战争将要破坏我们这和平的乐土，造成骨肉至亲自相残杀的局面；混乱、恐怖、惊慌和暴动将要在这里驻留，我们的国土将要被称为各各他，堆积骷髅的荒场。啊！要是你们帮助一个王族中人倾覆他的同族的君王，结果将会造成这被诅咒的世界上最不幸的分裂。阻止它，防免它，不要让它实现，免得你们的子孙和你们子孙的子孙向你们呼冤叫苦。（卷二，页392）

卡莱尔主教的这番慷慨陈词可谓撕心裂肺，意味深长，也可谓义正词严，精辟绝伦。他不但站在卫道士的立场一语揭穿了波林勃洛克和一干臣子篡权叛逆的罪行及其所悖逆的传统封建法理和德行尊严，而且指出了这场谋逆篡位将给英国人及其子孙后代带来的难以弥补的灾难。通过卡莱尔之口，莎士比亚还揭示了英格兰王朝史的一个重大变迁，那就是为众多编年史家所描述的理查二世之死开启的英国历史上的一次大分裂和大混乱。莎士比亚的英国历史剧，包括两个核心的四联剧，就是围绕着这场大分裂和大混乱展开的。卡莱尔的上述陈词无疑是这场大变革最好的说明，它蕴含着一种新时代的肇始之端倪，虽然他是以守旧的立场对此坚决反对的，甚至不惜为之做出牺牲，被以叛国的罪名逮捕，并最终被判决终身幽禁在一间清净的神舍，终老于此，但是在他身上可以看到忠义正直的光辉。不过，卡莱尔的反抗还是无法阻碍现实的进程，波林勃洛克仍然登上王位，依靠他的权能以及军事胜利，获得众多贵族大臣乃至民众的拥护，由此开始了一个新的王朝。在英国史上，这就是理查二世之死结束了金雀花王朝，篡权夺位的亨利四世则开启了一个新的兰开斯特王朝。①

---

① 在英美史学界，关于亨利四世在 1399 年废黜理查二世创建兰开斯特王朝，一直存在着不同甚至相互对立的观点。有论者认为这是英国封建社会晚期的一场具有近代宪政意蕴的"1399 年革命"或"兰开斯特革命"，这一革命的发生与中世纪后期英国政治形势的变革密切相关。随着议会的构建，贵族地方骑士、市民开始制度化参与王国事务，独断天下的君主不再权力无边，成为须与议会协商为政的"议会君主"。但也有不同的观点，认为所谓"1399 年革命"夸大了亨利四世的政治作为，这次废黜理查二世的政变仍然属于封建王朝改朝换代的篡位夺权之举，从根本上说仍然还是一种"变态封建主义"的勃兴，是大贵族权力膨胀的产物，并不具有近代宪政的意义。相关论述参见孟广林：《"革命"或篡权：亨利四世王位"合法性"的确立》，载公号"一瓢"网文；另参见 Wilkinson, B., *Constitutional History of Medieval England in the Fifteenth Century*, New York: Barnes and Noble, 1964; Tuck, A., *Crown and Nobility, 1272—1461*, London: Routledge, 1985。值得关注的是，不同于史学家们的史学观点，莎学研究专家杰恩特从政治哲学的王者名实视角分析了《理查二世》所展示的王朝嬗变，他在《乞丐与国王——莎士比亚戏剧〈理查二世〉中的胆怯与勇气》一文中指出，"莎士比亚历史剧《理查二世》既展现了国王理查的坍塌覆灭，又刻画了新王波林勃洛克的横空出世。原本万民（转下页）

　　问题在于，为什么波林勃洛克能够凭借自己遭受的冤屈发起兵变，甚至以此摘取王冠获得王权，颠覆中世纪封建王朝的传统法统？此举不但没有遭到王国上下的一致反对，而且得到大部分贵族以及民众的支持和响应，连老臣约克公爵也跟着高呼万岁，这其中的深层缘由究竟是什么？处于身心分裂之发疯状态的理查王当然是困惑不解：为什么他会落得众叛亲离的下场，为什么他来自上帝神授的权柄，他获得神圣加冕的王冠，就这样被遗弃了呢？他的贵族和大臣的忠心和效忠到哪里去了呢？他的臣民的拥戴和欢呼到哪里去了呢？人心居然如此叵测，贵族居然如此屈膝变节，上帝的保佑又在哪里呢？只有卡莱尔主教对此提出了义正词严的抗议，但他只能用未来的诅咒来恐吓变节的新君和新臣，并不知晓这次逆变的原因何在。

　　如此看来，确实是世道变了，人心不古，具体一点来说，就是中

（接上页）景仰的国王理查变成了乞丐，而在剧情开端被带上宫廷向他跪地请愿的波林勃洛克，最终却取而代之。理查的肆意妄为，激起了波林勃洛克的反抗，结果众叛亲离，无力自卫，只好俯首称臣。总之，该剧全面展示了理查王自我挫败的过程以及随之而来的其主导的政治秩序不可逆转的瓦解过程。……但是，出乎意料的是，理查破碎的人生却以某种胜利姿态和自我救赎形式高调收场。他政治生活的终结，恰恰证明其精神生命的开端。失去了外王之名，他却成就了内圣之实。同样，随着剧情的发展，波林勃洛克政治地位的陡升，仅仅标志着他内在精神坍塌积弱的开始。在此意义上，《理查二世》描写了两个人命运的双重逆反，每重逆反又各具双重内涵。一个牺牲了王冠获得了王者精神，另一个牺牲了王者精神获得了王冠。两者都仅是半个意义上的国王；他们有王者之名时，却无王者精神之实"。参见刘小枫、陈少明主编：《莎士比亚笔下的王者》，第136—137页。杰恩特的分析细腻而深刻，从两个人物的心理情感变化及其内涵的君主德行等方面揭示了王朝嬗变的精神内涵，不足之处是缺乏封建王朝社会变迁的经济与政治大背景的时代精神之考察。另参见 Alvis, J., West, T. G., *Shakespeare as Political Thinker*, Durham, NC: Carolina Academic Press, 1981；Traversi, D., *Shakespeare from Richard II to Herry V,* Redwood City, CA: Stanford University Press, 1957。

世纪的封建王权大致已经走到了自己的尽头。诚如前述，理查王即便不是金雀花王朝中贤能的君主，也算是一个中规中矩的君主，但就是这样一位君主，却被能力卓著的王族兄弟推翻，被篡权夺位，直至被谋杀身死，而这桩滔天大罪并没有受到朝臣贵族乃至万千臣民的反对，反而被其中的大多数赞同拥护。究其深层原因，其中实蕴含着某种新的革命性因素，对此理查王可能没有觉察，但后来者如亨利五世、理查三世、亨利七世，以及都铎王朝的个别编年史家，尤其是像莎士比亚这样的英国的人文思想家，确实有着强烈的感受，那就是时代变化了，君权神授正在被一种能者为王的合法性逐渐取代。英格兰王国在这个变革的时代，需要一位贤明而才能卓著的君主，需要一位能够凝聚民族向心力并能征善战的君主，理查王显然不再符合这一时代的新要求。波林勃洛克恰当其时，他在关键时刻应运而起，担负起重振英格兰王国的使命。于是天降大任于斯人，一位新君主——亨利四世在理查王的罢黜中崛起，由此开启了英国王朝历史的新气象，这个新英国一路颠簸地走下来，虽然历经大分裂和大混乱，但最终在都铎王朝重新兴起与发展，并为 17 世纪英国的光荣革命注入了历史的生机。

当然，这里有一个难以逾越的门槛，那就是波林勃洛克要变成亨利四世，就要废黜理查王自立为王，并创建新的兰开斯特王朝。新王朝不是他率众从草莽中拼杀出来的，而是对一个合法且正统的王朝和国王篡权夺位得来的，这就属于封建体制下的滔天重罪，是波林勃洛克难以逃脱的重负，对此他深有感知。那究竟该如何应对呢？在戏剧中，我们看到莎士比亚用大量的篇幅描写野心雄起的波林勃洛克是如何在权势和谋反方面殚精竭虑，步步为营，并最终达到他能者为王的目的的。为了确立王权、赢得王权的合法性与正当性，以及重塑王朝统绪的正统性，祛除旧王朝的遗患，波林勃洛克还做了两件事情：一是指使属下残酷而不义地秘密杀死理查王，这真是犯了弑君的重罪，为了掩盖罪责，波林勃洛克又贬谪弑君者艾克斯顿爵士。二是重新追溯英格兰王国法统，追溯王位继承权的始末，国王试图把自己的统治与从爱德华三世以降的法统联系起来，所谓重回正朔，自己也是爱德华三世的合法继承人，手中的王权来自这个源远流长的传统，有其血缘上的纽带，也是正统在兹。

　　与此同时，新的王权还需要神权加冕。当时的罗马教廷审时度势，派遣大主教为亨利四世加冕，授予其统治世俗王国的大权。这些都是莎士比亚另外一部紧随其后的戏剧《亨利四世》开场的剧情内容，我们若把《理查二世》与《亨利四世》连贯在一起，其含义不言自明。这一切都是为了解除波林勃洛克这位新君王亨利四世的负罪心结，即由他之手终结了中世纪封建王朝——理查二世承继的金雀花王朝，并开启兰开斯特新王朝。究竟如何才能把他手中的篡权夺位和弑君谋反的鲜血洗涤干净，请听一下《理查二世》最后一场结尾处波林勃洛克发出的忏悔：

　　　　各位贤卿，我郑重声明，凭着鲜血浇溅成我今日的地位，这一件事是使我的灵魂抱恨无穷的。来，赶快披上阴郁的黑衣，陪着我举哀吧，因为我是真心悲恸。我还要参谒圣地，洗去我这罪恶的手上的血迹。现在让我们用沉痛的悲泣，肃穆地护送这死于非命的遗骸。（卷二，页417）

　　尽管如此，这位亨利四世还是没有洗涤掉弑君谋反、篡权夺位的滔天大罪。对此，卡莱尔主教严厉痛斥；一些贵族诸如约克公爵的儿子奥墨尔等人，他们忠诚于传统王权并试图谋划杀死新王；还有一些势力蠢蠢欲动，在北方秘密集合，准备起兵对抗；以及海外势力也在渗透呼应，等等。这些都成为莎士比亚另一部《亨利四世》的剧情内容。

总的来说，莎士比亚在《理查二世》一剧中试图展示两个世界秩序的图景，一个是理查所代表的中世纪封建王朝的正统秩序，另一个则是波林勃洛克所代表的新的封建王朝构建的秩序，正像蒂利亚德所指出的，《理查二世》尽管被认为是一部简单、内容单一的戏剧，其实是建立在对比之上的。实际上它所表现的主要对象是中世纪优雅考究的世界，不过这个世界受到了威胁，最后被当下这个更熟悉的世界所取代。莎士比亚在表现这个对象时，用最出色的技艺把重点始终放在理查身上，同时暗示在波林勃洛克的世界有一种向前发展的可能性"。"波林勃洛克所代表的世界尽管是个篡夺的世界，但却表达了更为真诚的个人感情。"《理查二世》实际宣告了莎士比亚历史剧整个时间周期的重大主题：初始的繁荣，一项罪行打破了这种繁荣，内战，最后重新获得繁荣的局面。"前一个四部曲（第一个四联剧）在表现这段让人激动和受益的历史时最关注的是英格兰的命运。在《理查二世》里则是具有真正继承权的最后的金雀花家族这一段辉煌的中世纪英格兰时期。在《亨利四世》里则不再是中世纪的英格兰，而是莎士比亚自己的英格兰。""莎士比亚在接下来的戏剧中将（用更多其他方法）描绘如他所了解的、他所处时代的整个国家，包括社会的各个方面与各种形态的生活方式。"①

---

① 参见蒂利亚德：《莎士比亚的历史剧》，第289—294页。

如此看来，在莎士比亚《理查二世》戏剧中，新的王朝和君主——兰开斯特王朝及其开国君王亨利四世，就这样在理查王的废墟上卓然兴起，在某种意义上意味着中世纪英格兰封建王朝的终结，一个新时代行将开始，虽然形式上它依然是一个封建王朝，相比之下，还不是现代的民族国家或现代君主立宪制政体，但某种新的政治要素已经渗透在王权之中，从君权神授到能者为王的转变，在莎士比亚这个《理查二世》和下文将要分析的《亨利四世》的上、下以及《亨利五世》三部戏剧中（它们构成第二个四联剧）明确地显示出来。①

---

① 在此，我认为匈牙利学者阿格尼斯·赫勒在其《脱节的时代——作为历史哲人的莎士比亚》一书中引用哈姆雷特的 "时代脱了节"（Time is out of joint，朱生豪译为 "这是一个颠倒混乱的时代"）作为其书的书名，并将其引申为莎士比亚伟大悲剧和某些历史剧的时代表征，是恰如其分的。她在书中写道："我将分两步或从两个方面来探讨莎士比亚何以是历史哲人和政治哲人。在本书第一部分，我将从整体上剖析 '时代脱了节' 这句话。'时代脱了节' 是为何意？脱节的时代有哪些表现？接着，我会在二、三部分给出自己对莎士比亚几部政治剧的解读。在第二部分，我选取了英国历史剧的《理查二世》，《亨利六世》（上、中、下）以及《理查三世》几部剧；第三部分则选取三部罗马剧——《科利奥兰纳斯》《尤利乌斯·凯撒》及《安东尼与克里奥佩特拉》。我在论述时遵循剧作所涉及的真实的历史时间顺序，而没有考虑剧作的写作时间顺序。……我会尽可能地避免提及莎士比亚所处的时代，以及他的某些历史剧在他所处时代的语境下发挥的政治作用（这点在《理查二世》一剧中尤为明显），因为如果有人像我一样，想集中探讨莎剧中同时混杂的 '现代性' 与 '历史性'，那么，现代世界的任何一个时代都能替代莎士比亚所处的时代。正如伊丽莎白女王与伦敦的观众们能在《理查二世》中认出他们自己一样，20 世纪 40 年代的观众也能将理查三世和希特勒划上等号。因为不同时代的人都对僭主怀着同样的恐惧，对僭主必将招致的覆灭怀着同样的期待。莎士比亚曾是并将永远是我们的同代人。"第 17—18 页。

国王的成长史:《亨利四世》(上、下)与《亨利五世》

　　莎士比亚在创作完《理查二世》之后,接着就创作了《亨利四世》,而且从戏剧艺术的角度来看,《亨利四世》(上、下)是莎士比亚历史剧中真正体现"英国性"的作品,所以,他要分为上下两部予以充分展现,此后他进一步创作了寄托其理想君主的《亨利五世》。上述四部戏剧构成了莎士比亚英国历史剧的第二个四联剧,这个四联剧用掉了莎士比亚最重要的创作时光,写作前后长达四年,可以说莎士比亚把他最有才华的岁月中相当长的一段时间都用在了创作这些作品上。

　　从标题上看,《亨利四世》(上、下)应该是以亨利四世为主角,其核心人物是亨利王,其实不然,这部上下剧的主角和核心人物不是亨利四世,而是哈尔王子,即未来的亨利五世。[①]"《亨利四世》中描绘的王子(下面并不涉及剧中作为国王的亨利五世)是个很有能力的人,奥林匹斯式的高深莫测,精明老练,对他自身和其他人的人性有

---

　　① 在汉语莎士比亚作品以及研究著述中,有些把"哈尔"翻译为"哈利",本书为统一人名,在引述时一律把"哈利"改为"哈尔",不再另做说明。

着深刻的认识。他是莎士比亚对国王类型深思熟虑后刻画的形象。这个形象是前面诸多不完美国王类型引向的结果，是他多年思考和试笔的成果。莎士比亚精心设计和表现了他的性格，包括直接描写和通过言行对自我的揭示。虽然所有的微妙之处都体现在第二种表现方式，但是两种表现方式之间没有什么出入。"① 从剧情的实质上说，《亨利四世》的上、下两部戏可谓一个英格兰王子的成长史，一个浪子回头的未来卓越君主跌宕起伏的历程记述，既是一部社会与政治的成长史，也是一部王子归位的心灵史。通过这两个方面的历程，莎士比亚叙述了一个英格兰王国的君主是如何在政治技艺、道德伦理和经邦济世等诸多方面经受锻造与冶炼，最后成长为可担大任的一代君王的故事。对此，蒂利亚德指出："'国家'的主题有了新的转向，不仅关乎命运，而且与英国的本质联系起来，这就是我所说的史诗主题，它逐渐表现出来。这种表现取决于两个条件：其一，该剧两部分是一个有机的整体；其二，我们从一开始就能够确信王子会成为一个好国王。上篇自身不能完整地表现英国的主题，而只在暗示或片段里表现它；下篇里在葛罗斯特郡发生的事情太多，重心过于偏向英国乡下生活。然而如果把上下两篇作为一部完整戏剧来看，英国的主题就会得到自然地发展，而且当亨利五世这位完美的国王登上王位时，一切臻至圆满。"②

这里所谓的英国主题，指的是哈尔王子的成长历程不是外在于英格兰的，不像英格兰中世纪的很多王位继承者，他们并没有母国的刻骨铭心的经历，大多生活和漫游于所谓欧洲王公贵族的公共世界，缺

---

① 参见蒂利亚德：《莎士比亚的历史剧》，第 300 页。
② 参见蒂利亚德：《莎士比亚的历史剧》，第 332 页。

乏对祖国的感受。哈尔王子的成长直接扎根在英格兰本土，甚至与英格兰中下层民众的生活水乳交融，从而使其在灵魂深处秉有了英格兰性质，这就为其未来掌握国王大权之后维护、捍卫和发展英格兰的本土民族精神以及权益打下了牢靠的基础。所以，有论者称哈尔王子是英国第一位本土出生的君主，在《亨利四世》剧中展示了英国社会的生活风貌，酒馆及其女主人、行路的脚夫、用餐的账单、短外套和套裤，以及日常风景和流逝的时光，等等。莎士比亚极具反思性地把这些民间生活细节与国王联系在一起，这位哈尔王子即未来的"亨利五世不仅传统上就被赞誉为完美的国王，而且是得到英国人民真心拥戴的国王。除了那些特定的君主品质，他还具有平易近人的优点，英国的图景与典型的英国君主放在一起相得益彰。这一图景的细节证明，莎士比亚是有意将它们并置在一起"①。

当然，在亨利四世一朝，波林勃洛克如何构建兰开斯特王朝的故

---

① 蒂利亚德：《莎士比亚的历史剧》，第333页。另外，还有论者从更为隐秘的马基雅维利的视角来解读哈尔王子的英国人民性特征，"根据马基雅维利所言，要想巩固权力并让国家备战，首先要使自己的潜在威胁势力中立化。马基雅维利强调，一个头衔还不稳固的新君主需要赢得人民的支持，因为贵族们往往容易'觉得他们是平等的'，新君主因此就不能有效地命令他们，除非他'受到民众的喜欢'，这样，他就会发现'没有人或者只有极少数人，不想服从他的指挥'。这同样也是哈尔计划的一部分。哈尔表现得好像是他们中的一员，借此，他作为王储就赢得了人民的热爱和信任。年轻的哈尔曾走访贫民窟，却主要是通过与一个臭名昭著的小偷团伙相勾结而完成的；这个团伙的领导人就是他喜欢的朋友，'邪恶的、可憎的、败坏青年的'福斯塔夫爵士。的确，哈尔出场的地方是福斯塔夫客栈，而且几乎专门出现在《亨利四世》上篇中。用福瑞（Frye）的话来说，通过深入'这个王国里社会的方方面面'，哈尔'渐渐地以个人形象代表整个国家，而这正是一个国王的样子。'换句话说，哈尔刻意地创造了自己与人民之间的纽带和联系，而根据传统，一个君主通常凭借自然获得这种纽带"。转引自刘小枫、陈少明主编：《莎士比亚笔下的王者》，第10—11页。

事并非没有留下痕迹，而是初建有成，所以，《亨利四世》在形式上还是要被冠以亨利王的时代，哈尔王子的故事是在亨利四世王权拓展之下展开的。在这上下两部剧中，亨利四世强大的影子还在，但戏剧的核心主角已不是亨利四世，而是作为王子的哈尔。不过，即便自甘沦落风尘，但王子毕竟还是王子，他与平民百姓仍然有着天壤之别，所以，莎士比亚在《亨利四世》（上、下）这两部戏剧中，还创造了另外一个重要的人物——福斯塔夫。①

福斯塔夫代表着英格兰的臣民大众，可谓一个令人喜闻乐见的人物，不仅属于亨利四世那个时代，而且也为莎士比亚生活其中的伊丽莎白时代的观众所津津乐道。这个福斯塔夫可不是莎士比亚历史剧中偶尔出现的一般小人物，诸如市民、兵士、侍从、旅客、农夫等，而是贯穿两部戏剧的中心人物，通过他的上下关联以及生活处境，我们可以看到英格兰王国当时真实的社会生活景观以及民生经济、习俗道德和生活品位等方方面面，也有论者认为《亨利四世》剧名较为恰切的应该是《福斯塔夫的故事》，这个名字可能更为切题。正像评论家斯比克曼所指出的，"亨利四世的僭越之罪造成了国内的派系斗争，并最终酿出内战。这一罪过也造就了福斯塔夫，一个堕落的蔑视传统的叛逆之人；这个人在乱世中发迹，并完美地再现了那个乱世。福斯塔夫不仅象征混乱的政治状态，也是即将为王的哈尔王子的伙伴。这个光棍胖酒鬼被莎士比亚塑造成哈尔的伟大朋友兼导师。福斯塔夫扮演了导师的角色，这毫无疑问。他成功地取代了哈尔的父亲，至少暂时取代

① 关于福斯塔夫，在汉语莎士比亚作品和相关研究著述中，有些译为"福斯塔福"，本书为统一人名，在引述时一律把"福斯塔福"改为"福斯塔夫"，不再另做说明。

了这位父亲，成为影响哈尔的一个重要人物。福斯塔夫对哈尔的教育不依靠任何'教义'。但凡他关心的事，他看重或不看重的事以及嘲笑的事，都是他用以教育哈尔的活教材"①。

确实如此，这位福斯塔夫一被莎士比亚创作出来，就被广大的读者和观众所喜爱，甚至也为王公贵族们所喜爱，被视为文学艺术中经典的人物形象，具有广泛的代表性。为什么福斯塔夫的形象塑造获得如此成功，其中一个主要原因就是他接地气，很好地表达出英格兰中下层民众的气质、性格、爱好、德行与生活，而在国王的戏剧中，这类形象不可能成为主角，被浓墨重彩地予以刻画和展现的几乎都是帝王将相、才子佳人，他们占据舞台的中心。莎士比亚却能够突破条条框框，把这位福斯塔夫推上前台，这无疑获得了打通王权与人民之间的联系渠道。从某种意义上说，福斯塔夫代表着英格兰王国的人民性，当然，这还不是光荣革命之后的主权在议会的人民性，而是莎士比亚时代乃至理查王时期英格兰王国的人民性，对此，我在下文还要进一步讨论。

除了哈尔王子、福斯塔夫，有论者还指出，在《亨利四世》的上、下两部戏剧中，还有一位重要的人物，也被视为一个主角，他就是潘西家族的潘西·霍茨波伯爵。为什么这位贵族后裔也会成为这部戏剧中的一个主角呢？可以从两个方面来讨论。

第一，在亨利四世那里，一旦他加冕称王建立新王朝，那他面临的问题便是如何巩固自己的王朝并传承有序。在此，他的王子哈尔并

---

① 参见阿鲁里斯、苏利文编：《莎士比亚的政治盛典——文学与政治论文集》，华夏出版社 2011 年版，第 129—130 页。

不令他满意，相比之下，哈尔的表弟霍茨波却表现出优异的才情和能力，干练卓越，一表人才，获得贵族们的广泛赞誉，且在统兵打仗方面也很卓越。物色王国的接班人，是令亨利四世踌躇难安的大问题，他不止一次地流露出对于霍茨波的欣赏，认为霍茨波与哈尔相比更加优秀，这种情形无疑把霍茨波推到了王国的前台，成为剧中闪亮的人物。例如《亨利四世》开篇第一幕第一场，在伦敦亨利王的王宫，当他得知年轻的霍茨波战胜苏格兰的道格拉斯伯爵，击毙万名苏格兰兵士，捕获大批苏格兰俘虏，包括道格拉斯长子法辅伯爵以及其他一众贵族时，对此赫赫战功，亨利王不禁感慨道：

> 提起这件事，就使我又是伤心，又是妒忌，妒忌我的诺森伯兰伯爵居然会有这么一个好儿子，他的声名流传众口，就像众木丛中一株挺秀卓异的佳树，他是命运的娇儿和爱宠。当我听见人家对他的赞美的时候，我就看见放荡和耻辱在我那小儿亨利的额上留下的烙印。啊！要是可以证明哪一个夜游的神仙在襁褓之中交换了我们的婴孩，使我的儿子称为潘西，他的儿子称为普兰塔琪纳特，那么我就可以得到他的亨利，让他把我的儿子领了去。（卷五，页 7）

当然，实际的结果并非如此，哈尔王子最终用自己的言行证明了其父的错误认识，只有他才是一代君王的典范，而霍茨波不过是他的手下败将，徒有北方野蛮人的神奇之骁勇。

第二，从王公贵族方面来看，一个王国需要一大批贵族精英家族的鼎力支持，霍茨波作为亨利一朝的大贵族之子嗣，且与国王还有亲缘关系，他们父子及其家族对于亨利四世的弑君篡位和登基称王，可谓厥功甚伟。从某种意义上说，他们是英格兰贵族阶层的代表，表达的是王国贵族精英的愿望和观念乃至利益诉求，这些贵族大多与欧洲贵族氏系构成国际上的贵族同盟，与英格兰本国的臣民和百姓缺乏水乳交融的关系。但是，当亨利王试图确立其君主的强势地位且伤及上述大贵族们的重大利益时，例如亨利王让霍茨波把战场捕获的俘虏全部交给自己处理，把他们视为王国的财产而非贵族可以染指时，诺森伯兰父子就跳了起来：

> 即使魔鬼来向我大声咆哮，索取这些俘虏，我也不愿意把他们交出；我要立刻追上去这样告诉他，因为我必须发泄我的心头的气愤，拼着失去这一颗头颅。

如此针对亨利的王权不啻为造反，对此，霍茨波似乎也感觉正气满满：

> 我的父亲、我的叔父跟我自己合力造成了他现在这一种尊严的地位。当时他的随从还不满二十六个人，他自己受尽世人的冷眼，困苦失意，全然是个被人遗忘的亡命之徒；那时候他偷偷地溜回国内，我的父亲是第一个欢迎他上岸的人；他口口声声向上帝发誓，说他回来的目的，不过是要承袭兰开斯特公爵的勋位，要求归还他的财产，并且准许他平安地留在国内。
> （卷五，页83）

他们听信了他的言辞，帮助他实施了他的誓言，其他的大臣贵爵看到诺森伯兰家族鼎力支持他，也都纷纷投靠于他，使他占据大片国土，最终废黜理查王，登基上位，把全国置于他的虐政之下。现在，霍茨波说道：

> 把理查，那芬芳可爱的蔷薇拔了下来，却扶植起波林勃洛克，这一棵刺人的荆棘？难道你们愿意让它们提起这一件更可羞的事实，说是你们为了那个人蒙受这样的耻辱，结果却被他所愚弄、摈斥和抛弃？不，现在你们还来得及赎回你们被放逐的荣誉，恢复世人对你们的好感；报复这骄傲的国王所加于你们的污蔑吧。（卷五，页 19）

综上所述，霍茨波在《亨利四世》的出现也绝非无缘无故，具有深厚的中世纪封建社会政治背景，也是亨利王开国时期的一种政治情势，表现出王国内部精英群体的政治生态。莎士比亚《亨利四世》的上、下与《亨利五世》三部戏剧，说起来主要是围绕如下三条主线旋转的：一是为了巩固兰开斯特王权，亨利王率领哈尔王子和其他子嗣对以潘西家族霍茨波为代表的众多贵族勋爵的反抗展开的一场具有平叛性质的国内战争；二是哈尔王子在英国民间的历练过程，即从受教于福斯塔夫等人的蛊惑到最后脱胎换骨成长为一代具有英国属性的贤明君主；三是亨利五世如何实现了莎士比亚理想君主的德才兼备的典范作用，从而一举挽回了理查二世以来英格兰王国的颓势，重新奋发有为，既为英格兰创建了国内外的不世之功，打败霍茨波，并征服法国，雄霸欧洲大陆，又确立了君主王权在手的雍容高贵的至尊美德。

最后，上述三条主线归结于莎士比亚在《亨利五世》开场白和第二幕序曲的致辞者所言：

> 啊！光芒万丈的缪斯女神呀，你登上了无比辉煌的幻想的天堂；拿整个王国当做舞台，叫帝王们充任演员，让君主们瞪眼瞧着那伟大的场景！——只有这样，那威武的亨利，才像他本人，才具备着战神的气概；在他的脚后跟，"饥馑"、"利剑"和"烈火"像是套上皮带的猎狗一样，蹲伏着，只等待一声命令。（卷四，页107）

> 现在，全英国的青年，心里像火一样在烧，卸下了宴会上的锦袍往衣橱里放——如今风行的是披一身戎装！沸腾在每个男儿胸中的，是为国争光的志向；他们卖掉了牛羊去买骏马，叫脚下平添翅膀，像英国的使神，好追随那人君中的圣君。（卷四，页122）

亨利四世的初心及其转变

亨利王虽然凭借天纵英才赢得王位，并获得贵族和民众的支持，但他也知道自己的王权有着重大的瑕疵，甚至是一个罪恶的短板，即他的王冠是通过谋反篡权废黜了理查王而获取的，这一直是他的隐忧，为此他要寻找弥补之道，以确保统治的稳固。恰好当时正值罗马教廷发动又一次十字军东征，为了安顿自己内心的忏悔，并为英格兰王国开疆辟土，通过圣战获得统治的合法性，他一登基便筹划军事准备，效法他的前辈狮心王理查，带领英格兰王国军队奔赴耶路撒冷，在东方为基督信仰建功立业。在《亨利四世》第一幕开篇，亨利王就这样对自己的群臣说道：

> 在这风雨飘摇、国家多故的时候，我们惊魂初定，喘息未复，又要用我们断续的语言，宣告在辽远的海外行将开始新的争战。我们决不让我们的国土用她自己子女的血涂染她的嘴唇；我们决不让战壕毁坏她的田野，决不让战马的铁蹄蹂躏她的花草。……所以，朋友们，我将要立即征集一支纯粹英格兰土著的军队，开往基督的圣陵；在他那神圣的十字架之下，我是立誓为他而战的兵士，我们英国人生来的使命就是要用武器把那些异教徒从那曾经被救主的宝足所践踏的圣地上驱逐出去，在一千四百年以前，他为了我们的缘故，曾经被钉在痛苦的十字架上。（卷五，页5）

可以说，筹备十字军东征以及冶炼骑士精神，为自己的统治打下神圣的根基，就构成了《亨利四世》第一部剧的主要内容。[1]

---

[1]　马里奥特分析道："1399年将亨利·兰开斯特推上王位的革命已经成功了，不过亨利很快就陷入到无法摆脱的个人与政治的困境中。他所面对的困境有一部分来自他的性格与权位，但更多地来自使他称王的那场革命的特殊性质。""亨利不仅是一个篡位者，也是一个复古派，他是在复古派一系列的抵抗行动中登上权力巅峰的。14世纪下半期，英格兰在许许多多方面都面临着革命爆发的隐忧。……暂时性地，也可能是偶然性地，当时的上诉派贵族主张王权由议会限制，理查则代表着绝对王权的理念。1399年的革命则成功地维护了宪制原则。……亨利四世他在更大程度上是过去200年间公开反抗王权的贵族寡头权力的代表。……亨利四世与13至14世纪寡头派政治运动的关联、他所受到的权贵们的（转下页）

　　但是，亨利的愿望并没有如愿以偿，在戏剧一开始，情况就出现了变化，北方的苏格兰以及那些反对他称王的理查旧部贵族结合在一起，在能征善战的道格拉斯伯爵的领导下，发起了兵变，使他被迫派遣少年英武的霍茨波和其他将领出兵平叛，暂时搁置了他远征耶路撒冷的计划。按照亨利王原先的设想，通过参加圣战，他就可以把四分五裂的贵族们团结起来，要求他们勇于献身神圣的事业，并发扬光大源远流长的中世纪骑士精神，从而把他们凝聚在自己的统率之下，服从自己神圣的王权壮举。也正是在这个时候，他感到自己的王子哈尔不堪敷用。这位威尔士亲王说起来简直是吊儿郎当，胸无大志，与一群社会草莽混子等下层民众混在一起，整天插科打诨，吃喝玩乐，无所事事。相比之下，辅佐亨利王登上王位的重臣亨利·潘西·诺森伯兰伯爵，尤其是其子霍茨波这位少年贵族，却孔武有力、英姿飒爽，表现出贵族精英的才智、能力和卓越的气概，他们跟随亨利王战胜理查的军队，并且平定苏格兰叛乱，获得辉煌战功。为此，亨利王既大力予以赞赏，又滋生难以释怀的妒忌。

　　平乱已定，本该旧事重提，启动十字军东征，但问题并没有如此

（接上页）恩惠——比如，潘西家族的支持——是理解其 14 年王权生涯为何麻烦不断的一个关键。""很明显，莎士比亚希望聚焦于这段统治的另外一个方面，即'篡位'的国王与那些'篡位'行动的支持者之间的矛盾。对于政权易位，他并没有作出任何具体评价，对于王位的合法继承事宜也未持任何具体立场。无论'篡权'一事是否得到正名，亨利·兰开斯特都需要竭尽其能来应对政局中的各种难题：满足那些鼓动'篡权'的朝中元老的各种保守立场的诉求；接纳正统教派的主张，又要避免激怒下议院中那些罗拉德派的同情者；一方面要接受议会的控制权，但又不能使行政权受到严重损害；打压贵族阶层的蠢蠢欲动，又得与有恩于他的寡头们保持友谊。这些就是重压在亨利·兰开斯特肩头的任务。"参见马里奥特：《莎士比亚戏剧中的英国史》，第四章。

简单，莎翁戏剧的情节一环套一环，深得封建政治的运行之道。说起来霍茨波他们大功告成，捕获了大批苏格兰俘虏，包括道格拉斯长子及其他一干叛乱的贵族，但是，这次征战并没有从根本上解决亨利王忧心的问题，甚至相反，由于获胜反而增强了王室贵族们的势力，尤其是潘西家族由此获得了举足轻重的政治地位。为此，亨利王不得不对贵族们的嚣张有所抑制，他借故要求霍茨波将捕获的一大批俘虏交给身为国王的自己来法办处理。不过此事却不是很通畅，尽管诺森伯兰为儿子辩驳，可是霍茨波并不准备交出战俘。亨利王感到自己不仅权益受到侵犯，而且荣誉受到羞辱，于是一场重大的朝野分裂开始了——以霍茨波为主导的潘西家族，还有其他一些心存异议的贵族与亨利王分道扬镳，秘密策划一场推翻亨利王朝的战争。在亨利王这里，他对大臣们宣告：

> 告诉你们吧，从此以后，我要放出我的君主的威严，使人家见了我凛然生畏，因为我的平和柔弱的性情，已经使我失去臣下对我的敬意；只有骄傲才可以折服骄傲。（卷五，页 14—15）

但在霍茨波那里，情形则相反，他说道：

> 我一听见人家提起这个万恶的政客波林勃洛克，就像受到一顿鞭挞，浑身仿佛给虫蚊咬着似的难受！（卷五，页 20）

于是君臣不两立，一场战争或叛乱就要爆发，霍茨波说：

我已经嗅到战争的血腥味了。凭着我的生命发誓，这一次一定要闹得日月无光，风云变色。（卷五，页 21—22）

华斯特回应说：

就是为了保全我们自己的头颅起见，我们也有充分的理由督促我们赶快举兵起事；因为无论我们怎样谨慎小心，那国王总以为他欠了我们的债，疑心我们自恃功高，意怀不满。（卷五，页 22）

主意已定，霍茨波就与父亲诺森伯兰伯爵、叔父华斯特伯爵一起商议，如何立即释放被俘的苏格兰俘虏，也不要求交纳什么赎金，单单留下道格拉斯的儿子作为人质，要求苏格兰再次起兵，与他们联合一起反抗亨利王的非法苛政。这些英格兰的贵族早就不能忍受亨利王的刚愎自用、自以为是，不仅众多爵士贵族参与其中，而且诺森伯兰还悄悄联系了约克大主教，获得了教会的信任。

如此看来，亨利王的雄心壮志非但没能如愿以偿——他的十字军东征并未成行，而且后院起火，在他的王国出现了外侵内乱、贵族分裂，他所担忧的内战发生了。由于他的王权来路不正，服膺理查王的一些贵族并不承认新君主的合法性，他们在苏格兰聚集起来，图谋匡复旧王国，道格拉斯伯爵就屡次带领他们对新王国发起攻击。此外，即便是赞同支持亨利王的那些贵族，他们看上去服膺亨利王，但并不真诚，说起来他们服膺归顺的理由也潜伏着危机，既然亨利王是以能力卓著获胜为王，那么，遵循同一个逻辑，若有人具备不让于亨利王，甚至比亨利王更威武睿智，更具有高超的能力和才华，是否也可以与亨利王一争高低，谋取王位呢？如此推演，就不能排除某些亨利王麾下的大臣和贵族有这样谋反的举措，例如亨利·潘西家族就具有这样的实力和野心，霍茨波这位少年英才、骁勇善战的北方豪杰，就更是跃跃欲试。

亨利四世的王国并不太平，从初建之时就潜伏着各种各样的危机，对此亨利王也心知肚明。他本来试图领导发起一场参加十字军东征的圣战，来平息王国内外的矛盾和纷争，以英格兰的名义聚集起贵族和人民对他的拥戴，从而巩固自己的王权和王位，但是，亨利王的这个初心被打破了，急转而下的国内形势打乱了他的部署。面对苏格兰尤其是霍茨波等贵族的大肆叛乱，他不得不搁置初心，组织王室和忠诚于自己的贵族予以平叛，甚至调动社会民众积极参与。恰是在这个时候，原先不入法眼的哈尔王子进入他的视野，并且担负起平定叛乱的重任，一个迥异于传统王室贵胄的全新的人物由此冉冉升起。

应该指出，亨利四世的初心以及情势的转变，都与王权的位与能关系密切相连。所谓位，就是王权的国王之权位，其中最根本的是合法性与正统性问题，但支撑这个王位的还不仅仅是合法与否、正统与否这类形式程序性的问题，还有更为关键的君主之能力、权势之施展、统治技艺之效力方面的支撑和保障，若两者不能有效结合，偏于一隅，就会出现失衡，谋反、内战乃至篡权等关涉政权稳定的大事就会防不胜防。早期现代的意大利文艺复兴时期代表性思想家诸如马基雅维利等人，就在《君主论》等著述中多次谈及这个问题，明确警示过君主要有强有力的能力，要具备狮子一样的勇猛和狐狸一样的狡猾，只有这样才能保证君主的权位不被颠覆。这些思想家的教诲已传播到英格兰，莎士比亚应该也有所耳闻。《亨利四世》的上、下和《亨利五世》三部曲的一个核心主题也是君主的权位与能力之关系问题，说莎士比亚的第二个四联剧贯穿着马基雅维利的思想锋芒不是没有道理的。

不过，莎士比亚毕竟不是马基雅维利的忠实信徒，在权位与才能之外，莎士比亚的《亨利四世》和《亨利五世》还展示了另外一个问题，即君主之德行问题，也就是封建王朝的政治伦理问题。在他看来，王国在赓续以及变迁的过程中，不能忽视道德正当性的拷问。此时的道德，已不属于私人（即便是君主、臣子）的德行，而主要是政治德行或政治伦理，固然个人私德是必要的，如中国的仁义礼智信等，但关键的还是公共或政治德行，如何通过政治伦理来协调王权政治的权位和才能之矛盾，这是莎士比亚关注的一个中心问题。在《亨利四世》乃至《亨利五世》所构成的三部曲中，他集中于这个政治伦理的深层思考，试图提出一个妥帖的理想主义方案，并将其具体表现在德才兼备的亨利五世身上。关于《亨利四世》，也有论者认为它是一部充满着伊丽莎白时期英格兰观念的道德剧，表现出莎士比亚对英格兰王国一直没能解决的有关王权统绪、君主能力和政治伦理三者失衡的忧虑。诚如阿格尼斯·赫勒所言，"时代脱了节，英国王位的篡夺者通过诡计和武力来攫取王权，他们知道自己所做之事名不正言不顺，却仍然想维持表面的合法性。每个篡位者都能给出自己的继位谱系，都声称自己的确有王位继承权"[1]。

现在回到《亨利四世》的剧情，莎士比亚所展示的故事表明，亨利王试图通过十字军东征唤醒中世纪的骑士精神，但这不足以克服其

---

[1] 参见阿格尼斯·赫勒：《脱节的时代——作为历史哲人的莎士比亚》，第28页。

政权不稳的隐忧，于是他还是要重新捡起德行，但王国的政治德行究竟在哪里呢？亨利王难以启齿，不足以义正词严，因为他的王权加冕就是依靠权势和军事，凭借着能者为王和胜者为王而建立起来的，对于发动内战的他的敌对者和叛乱者来说，亨利王使用君臣道德之类的传统说教难以服众。因为亨利王自己就是封建法权以及政治伦理的最大破坏者，所以最终还是诉诸战场上的胜负，以胜者为王来定乾坤秩序。在这个内战的关口，他曾经信赖的一些大贵族出现了问题，最具代表性的是霍茨波以及潘西家族，贵族摩提默、勃伦特、葛兰道厄，约克大主教，还有苏格兰的道格拉斯伯爵。在《亨利四世》的上、下两部戏剧中，莎士比亚用相当长的篇幅描绘了两军对垒的索鲁斯伯雷战场以及伦敦王宫和诺森伯兰城堡的场景，正像亨利王所看到的：

> 潘西、诺森伯兰、约克大主教、道格拉斯、摩提默，都联合起来反抗我了。（卷五，页 63）

于是，亨利王被迫调兵遣将，御驾亲征，尤其是把自己的三个儿子亨利、托马斯和约翰重用起来，带领忠诚于自己的贵族诸如威斯摩兰伯爵、华列克伯爵等，兵分三路，与各处举事造反的叛军决战。

亨利四世，这位理查时代的波林勃洛克，毕竟是一位能力超群的君主，或者说，他主要是依靠权谋和智慧获取了王权并建立了兰开斯特王朝。当贵族们基于同样的理据发起反抗他的内战，为了保持自己的王位，他立即展开了军事上的对抗和镇压。不过，就莎士比亚的《亨利四世》剧情来看，在内战中真正扮演着举足轻重之关键作用的，主要还是两个人物，一个是被亨利王视为"襁褓中的战神"的霍茨波，另外一位就是威尔士哈尔亲王，即哈尔王子，曾经不被其父看好，但是在这场平定叛乱的斗争中，这位混迹草莽的浪荡王子成长起来，承担了重大的使命。面对父王对于自己的疑惑，他这样向他的父亲宣誓：

> 不要这样想，您将会发现事实并不如此。上帝恕宥那些蛊惑陛下的圣听、离间我们父子感情的人们！我要在潘西身上赎回我所失去的一切，在一个光荣的日子结束的时候，我要勇敢地告诉您我是您的儿子；那时候我将要穿着一件染满了血的战袍，我的脸上涂着一重殷红的脸谱，当我洗清我的血迹的时候，我的耻辱将要随着它一起洗去；……总有这么一天，我要使这北方的少年用他的英名来和我的屈辱交换。我的好陛下，潘西不过是在替我挣取光荣的名声；我要和他算一次账，让他把生平的荣誉全部缴出，即使世人对他最轻微的钦佩也不在例外，否则我就要直接从他的心头挖取下来。（卷五，页64）

事实也果真如此，在著名的索鲁斯伯雷战场，两军对垒，哈尔王子在与霍茨波的交战中，最终刺死了这位赫赫有名的少年英雄，在霍茨波临死前两个人的对话可谓莎士比亚戏剧的神来之笔，非常具有感染力。

> 霍茨波：啊，哈尔！你已经夺去我的青春了。我宁愿失去这脆弱易碎的生命，却不能容忍你从我手里赢得了不可一世的声名；它伤害我的思想，甚于你的剑杀害我的肉体。可是思想

是生命的奴隶，生命是时间的弄人；俯瞰全世界的时间，总会有它的停顿。啊！倘不是死亡的阴寒的手已经压住我的舌头，我可以预言——不，潘西，你现在是泥土了，你是——（死。）

亲王：蛆虫的食物，勇敢的潘西。再会吧，伟大的心灵！谬误的野心，你现在显得多么渺小！当这个躯体包藏着一颗灵魂的时候，一个王国对于它还是太小的领域；可是现在几尺污秽的泥土就足够做它的容身之地。在这载着你的尸体的大地之上，再也找不到一个比你更刚强的壮士。要是你还能感觉到别人对你所施的敬礼，我一定不会这样热烈地吐露我的情怀；可是让我用一点儿纪念品遮住你的血污的双颊吧，同时我也代表你感谢我自己，能够向你表示这样温情的敬意。再会，带着你的美誉到天上去吧！你的耻辱陪着你长眠在坟墓里，却不会铭刻在你的墓碑之上！（卷五，页 98—99）

　　过去传统的封建战争，大多在贵族之间乃至王国和王国之间进行，大多是大小贵族以及骑士之间的非常有限的战争。依据封建原则，底层民众并不参与到战争中去，老百姓的生活不太受其影响，无论王国和领地归属于谁，王冠最终戴在谁头上，他们依然是领主制下的臣民（农奴以及平民）。但是，在这场亨利王时期的英国内战以及对外战争中，情况开始有所变化，广大的下层民众被牵扯进去，他们被征兵入伍，被迫参战，莎士比亚在上部第四幕的第二场和下部第三幕的第二场，通过福斯塔夫的卑劣行为，描写了这场战争的情况。福斯塔夫巧舌如簧，骗取了替官家征兵的权力，但是他滥用征兵命令，用一百五十个兵士换来了三百多英镑，在征兵时，专拣那些有油水的敲诈，让他们出钱免除兵役，最后剩下的入伍士兵都是敲不出钱来的酒囊饭袋、无用之徒。例如，当乡村法官向福斯塔夫推荐士兵时，他专拣一些废物，诸如霉老儿、影子、肉瘤、弱汉、小公牛等下层社会渣滓招募当兵，从而克扣征兵钱款。莎士比亚借着这些情节揭露了英格兰王国社会的民间世象，也从一个侧面反映出亨利四世时期发生的英国内战已经与传统封建王朝的贵族战争有所不同，英国民众开始被调动起来，战争已经使英国下层社会的生活秩序受到影响。

当然，这些情况是逐渐呈现出来的，亨利王以及当时的王公贵族未必有清醒的认知，但是，莎士比亚对此却非常敏感，他深刻地预感到王朝国家正面临着一场剧烈的变革，英国社会的本土力量开始侵袭高高在上的王权和贵族共同体。于是，他在《亨利四世》的上、下两部戏剧中，展示了另外一个重要的线索，或者说描绘了一个与国王贵族之间战争相互平行的连续剧情，那就是以福斯塔夫和落魄王子为中心构成的英国中下层社会的景观，他们是不同于权贵精英阶层的另一个世界，在此，莎士比亚试图构建一种英格兰社会的人民性特征。

说到亨利王的初心转变，还有一个重要的因素需要指出，那就是亨利王对于权位的痴迷，无论是初心还是转变，其中不变的是要保持王权在手、王冠在首、王袍在身。之所以如此，一个核心原因是其权位来路不正，这个弑君夺位的罪责是亨利王摆脱不了的梦魇。他在临死前对哈尔王子即未来的亨利五世说出这样的肺腑之言：

> 过来，亨利，坐在我的床边，听我这垂死之人的最后的遗命。上帝知道，我儿，我是用怎样诡诈的手段取得这一项王冠；我自己也十分明白，它戴在我的头上，给了我多大的

烦恼；可是你将要更安静更确定地占有它，不像我这样遭人嫉视，因为一切篡窃攘夺的污点，都将随着我一起埋葬。它在人们的心目之中，不过是我用暴力攫取的尊荣；那些帮助我得到它的人都在指斥我的罪状，他们的怨望每天都在酿成斗争和流血，破坏这粉饰的和平。你也看见我曾经冒着怎样的危险，应付这些大胆的威胁，我做了这么多年的国王，不过在反复串演着这一场争杀的武戏。现在我一死之后，情形就可以改变过来了，因为在我是用非法手段获得的，在你却是合法继承的权利。可是你的地位虽然可以比我稳定一些，然而人心未服，余憾尚新，你的基础还没有十分巩固。那些拥护我的人们，也就是你所必须认为朋友的，他们的锐牙利刺还不过新近拔去；他们用奸险的手段把我扶上高位，我不能不对他们怀着疑虑，怕他们会用同样的手段把我推翻；为了避免这一种危机，我才多方剪除他们的势力，并且正在准备把许多人带领到圣地作战，免得他们在国内闲居无事，又要发生觊觎王位的图谋。所以，我的亨利，你的政策应该是多多利用对外的战争，使那些心性轻浮的人们有了向外活动的机会，不至于在国内为非作乱，旧日的不快的回忆也可以由此而消失。我还有许多话要对你说，可是我的肺力不济，再也说不下去了。上帝啊！恕宥我用不正当的手段取得这一顶王冠；愿你能够平平安安享有它！（卷五，页 194—195）

　　毋庸置疑，亨利王的这番言谈把莎士比亚这部戏的潜在思想表述得淋漓尽致，虽然在此前一瞬间，剧情还有重大转变，亨利王基于贪恋权力的本能甚至怀疑哈尔王子对他不忠，趁他未死就把王冠从他的枕边拿走戴在自己头上，由此盼他早死。不过，在大臣华列克伯爵的劝慰尤其是哈尔王子的恳切陈情下，最终有所转圜，亨利王最后认可了哈利亲王（哈利亲王即哈尔王子，又被称为威尔士亲王）作为他的王位继承人。于是，这位得位不易的君主，对着世界宣布一个亨利五世的新时代已经来临。对比亨利四世在临死前瞬间的情绪变化，我们可以看到，权力——君主的至上权力，对于人性所具有的侵蚀作用是多么巨大，它可以使人发疯，可以使人窒息，可以使人成为天使，更可以使人成为魔鬼。莎士比亚在《亨利四世》充分描述了兰开斯特王朝的创建者亨利四世，在登基称王之后是如何应对一系列国内外各种势力对于他王权的挑战的。亨利王深感统治的根基不稳，他曾使用各种韬略，虽然最终战胜了多位挑战者，但殚精竭虑，灯枯油尽。值得庆幸的是，在这场捍卫王权的战斗中，一位不世出的卓越君主——哈尔王子日益凸显出来，继承了亨利王未竟的事业。① 从某种意义上说，

---

① 马里奥特分析指出："亨利·兰开斯特所获得的英国王权，有一种自相矛盾的特点：它既代表着寡头利益，又包含着君主立宪制的要求；亨利本人既是篡位者，又是保守派事业追求的代表人物；他既是一个成功的谋反者，又是一个无情的镇压谋反者。他的统治注定不会安宁，所有这些矛盾都将影响到他的命运。""在现代史学家看来，亨利四世统治的一个显著之处就在于其所开启的令人关注的宪制改革。1399 年的'革命'将议会推到了一个前所未有的高度，议会再次到达这个高度就要等到 1688 年光荣革命之后了。"但这场革命并没有达成预期的效果，"整个国家还没有为此做好准备。以议会为主导的行政机制，须以政治教育的充分发达为基础，而行政管理的高效率一部分取决于政府，最根本的，还是取决于国家秩序的建立。这些条件在 15 世纪的英格兰无一具备，至亨利六世时期，情况会更加糟糕。王权在资金上长期匮乏，政府执行能力低下，'管理'简直就成了混乱与腐败的代名词。以后当我们考察更加无序的亨利六世时代的时候，会再看到主要是由亨利四世的改良实验所导致的社会混乱。无须多言，宪制改良带来（转下页）

莎士比亚创作《亨利四世》只是为了给《亨利五世》做铺垫，前两部戏重点叙述和展示了哈尔王子的成长过程，其主旨就是把未来的理想君主塑造和冶炼出来，为此不惜让他经历一番和平嬉戏与战争危难、乡村生活与朝臣争宠的历练，借用中国的一句古语："天将降大任于斯人也，必先苦其心志，劳其筋骨，饿其体肤，行拂乱其所为，所以动心忍性，增益其所不能。"之所以如此，也是莎士比亚深感英格兰王国的安稳和存续，需要一位卓越有能、德才兼备的君主，此时这个经历了篡权夺位、贵族暴动、外族侵扰的王国，迫切呼唤一位强有力的王者像舵手一样执掌其在风浪中运行，保持它的存续、安康和繁荣。

福斯塔夫的英国属性

福斯塔夫在莎士比亚《亨利四世》的上、下两部戏剧中作为一位重要的人物，甚至是主角出现，并且受到广大观众、读者经久不衰的欢迎和喜爱，成为英国文学史中一个典范性的艺术形象，说起来既有偶然性，但又并非偶然，而是具有某种必然性，莎士比亚敏锐地把握

（接上页）的好处并不是莎士比亚关注的重点，作为戏剧家与心理探究者，他所感兴趣的是各种个体之力的交织纠缠。……1399 年的事件给国家造成的失序、扰乱，相较于历史上大多数的变乱都算是小的，即便如此，其领头人还是不能躲过此类情况中与成功如影随形的报应，而亨利·波林勃洛克取得王位的'诡诈的手段'也决定了他不可能免于报应。对于百姓来说，这个时代并不平安，对于君王来说，也无安宁与快乐。波林勃洛克在衰年之中的唯一安慰，就是寄望儿子能够'更安静更确定地'保住王位"。参见马里奥特：《莎士比亚戏剧中的英国史》，第 130、135—136 页。

到这种情形，并把其天才性地创造出来，赢得广泛赞誉。福斯塔夫不是册封贵族或庄园领主，更不是王室贵胄，他之所以能够在《亨利四世》脱颖而出，甚至成为主角人物，其中的一个主要缘由在于他身上体现了某种以前英格兰文学艺术中少有的人民性，或者说，具有英国特征的人民性。前文我曾经谈到亨利王时期，英国结束了理查王代表的传统封建王朝时代，开始酝酿出一种英格兰民族的人民性内涵，这种具有地域性的英国人民不能仅仅由贵族或贵族首领承担，而是逐渐向民众或下层老百姓敞开，市民和农夫还有手工业者、小业主等都参与到英国人民的构建之中。

我们知道，封建时代的欧洲各国贵族有一个共同的特性就是"贵族国际"，即贵族们相互之间是没有国界的，他们的领地遍布欧洲各处，分属各国统辖的地域内外。各国君主也不纯粹是一国利益之代表，他们会随着"贵族国际"的分分合合而有所变迁。国王（及王后）甚至贵族们的婚嫁也都是政治，贵族领地随着主人身份的变更而改变，今日属于 A 国明日就可能归属 B 国。根据分封制的封建原则，在欧洲中世纪普遍出现了"国王附庸的附庸不是国王的附庸"的状况，王国治下的贵族领地和庄园，他们的附庸或农奴并不关心也不参与上层贵族乃至王国政治的事情。由此可见，封建关系是一种国王与臣民、封主与封臣之间依据契约形成的权力义务关系，每个人都对他人负有义务，国王有权强制执行，但封臣也有相应的权利，若国王侵犯了贵族封臣的权利，也会招致他们的反抗。在这种封建制下，国王的权力是有限度的，国王和贵族们依据封建契约（封建法）相互行事，国王拥有王国的统治权，但贵族们也有相当独立的封建自主权。不过，在封建社会中晚期，尤其是在欧洲大陆，上述情况开始发生变化，各个王国的贵族逐渐为君主所统辖和控制，开始出现贵族与君主的斗争，各国君主最终赢得主动权，形成一个短暂而重要的绝对主义的王权专制时代，法国路易十四王朝就是典型的代表。当然，英国由于诺曼征服早就建立起中央王权的统治地位，加上处于岛国远离大陆，情况有所不同，但在亨利王时期尤其是伊丽莎白女王时代，这种君主强权的情况也难以脱离欧洲政治的大环境。[①]

　　为了与大贵族们斗争，国王往往与社会中下层人民有所联合，强调民族的地域性和生活习俗、道德礼俗等特征，这些就构成了所谓英国的人民性。莎士比亚创作的《亨利四世》的历史背景恰是这个转型社会的开端之时，英国的人民性或者也可称为英国性，就显然不再单纯体现于英国贵族们身上，还体现在君主和臣民的结合之中。福斯塔夫作为臣民或中下层民众的代表，与哈尔王子这位未来君主恰好构成了一种相互呼应的对称关系，成为《亨利四世》两部戏剧中的主角。所以，我们在前面说到，这部戏有两个主角，一个是福斯塔夫，一个是哈尔王子。为什么会是如此，从上述分析的封建社会的演变大背景来看，自然有其对应的道理，英格兰王国的民族性（地域属性）和人民性（民众属性），在他们身上得以体现。由此可见，亨利四世时代，英格兰王国的王权特征就在于，国王不仅仅是贵族们的首领，他还是人民的代表。人民或臣民开始分享王权的一部分权重，虽然在开始时还十分渺小，微不足道，但最终会壮大，斯图亚特王朝光荣革命后的英国议会，其主权在议会，主要权重转向下院，至于欧洲大陆国家的

---

① 相关资料，参见马克·布洛赫：《封建社会》（上、下），张绪山等译，商务印书馆2004年版；马克尧：《英国封建社会研究》，北京大学出版社2005年版。

主权在民，则更是如此，例如法国就是第三等级，西耶斯认为"第三等级是什么，是一切"①。当然这些都是二百年之后的事情，但发轫却是在亨利王朝，莎士比亚敏感而锐利地感受到这个大趋势，作为文学家，他不失时机地创造出福斯塔夫这个重要的人物形象。

在初始阶段，英国性和人民性主要体现在国王和王族身上，这毋庸置疑，莎士比亚的英国历史剧集中表现的也是君王史和王权演变史。不过，在《亨利四世》这两部戏中，人民大众作为一个群体出现了，他们以福斯塔夫为代表而凸显出来。虽说福斯塔夫具有人民性，但这里的人民性或英国性，还与后来社会学中的英国人民、纯粹的下层农民或农奴（维兰）有所不同，主要还是社会学中的中下层民众（自由民），他们在英国主要是由小地主、城镇市民、工商业雇主、各类手工作坊业主、破落转型的骑士、城市工人甚至早期商贸经营者、股票市场的投资者、小资本家等与新兴职业密切相关的群体组成。

福斯塔夫就属于这类英国民众的复合体，他身上既具有某种传统骑士的风范，其生活方式也接近游侠骑士，甚至他还被册封为约翰爵士，但他实质上却是反传统的早期现代的英国人，骨子里具有英国中下层社会的反讽与低俗的特点。从文学形象上看，福斯塔夫与塞万提斯创造的堂吉诃德堪称经典的对比，互为参照。塞万提斯笔下的堂吉诃德可谓一位过于理想主义而与现实迥然对立的骑士形象，其道德、正义感和爱情等都充满过时的幻想，与已经走出中世纪社会的现实格格不入，他因此成为一个喜剧性的人物，但其理想主义的光芒足以消弭世俗社会的污泥浊水，是属于旧时代的道德绝唱。莎士比亚笔下的

① 参见西耶斯：《论特权 第三等级是什么？》，冯棠译，商务印书馆 2004 年版。

福斯塔夫却与之截然相反，他聪明通达，对于生活其中的英国社会了然于心，不仅如此，为了获得自己舒心的生活，他懂得如何装疯卖傻、插科打诨、投靠王权、混迹江湖，处处与这个世俗社会相投合。这样做时，他心中很是清醒，对于自己的所作所为也有欣赏与鄙弃并存于心的复杂纠结。说到底，福斯塔夫具有某种虚无主义的情愫，但作为英国人，他又不愿走极端，既不自暴自弃也不浑然不知，而是在玩闹嬉戏中有一份清醒，在清醒聪敏中依然保持着幽默、调侃的反讽。正像哈尔王子所指出的：

> 那邪恶而可憎的诱惑青年的福斯塔夫，那白须的老撒旦。
>
> 你全然野得不成样子啦；一个魔鬼扮成一个胖老头儿的样子迷住了你；一只人形的大酒桶做了你的伴侣。为什么你要结交那个充满着怪癖的箱子，那个塞满着兽性的柜子，那个水肿的脓包，那个庞大的酒囊，那个堆叠着脏腑的衣袋，那头肚子里填着腊肠的烤牛，那个道貌岸然的恶徒，那个须发苍苍的罪人，那个无赖的老头儿，那个空口说白话的老家伙？（卷三，页 49）

对此，福斯塔夫调侃道：

> 如其喝几杯搀糖的甜酒算是一件过失，愿上帝拯救罪人！如其老年人寻欢作乐是一件罪恶，那么我所认识的许多老人家都要下地狱了；如其胖子是应该被人憎恶的，那么法老王的瘦牛才是应该被人喜爱的了。不，我的好陛下；撵走皮多，撵走

> 巴道夫，撵走波因斯；可是讲到可爱的杰克·福斯塔夫，善良
> 的杰克·福斯塔夫，忠实的杰克·福斯塔夫，勇敢的杰克·福
> 斯塔夫，老当益壮的杰克·福斯塔夫，千万不要让他离开你的
> 亨利的身边；撵走了肥胖的杰克·福斯塔夫，就是撵走了整个
> 的世界。（卷三，页 49—50）

难怪，福斯塔夫一经莎士比亚推出，就受到英国读者的广泛喜爱，从王公贵族到平民百姓，从市民商人到农夫匠人，几乎无人不喜爱这个福斯塔夫。从莎士比亚所处的伊丽莎白时代直到维多利亚时代，甚至延续到今天，几乎每个时代的英国人都对福斯塔夫情有独钟，或许在他身上，每个英国人都发现了自己的某种影子，英国人的机智、巧辩、自嘲、中庸、调侃和反讽等性格特征在福斯塔夫身上得到淋漓尽致的表现。有多位论者对此观点大体一致："这个人物绝对没有恶意，即便是缺点，他自己都会把它们放大。他不是假装得比自己的本性更好一点，从而向美德致敬，而是装作比真实的自己更差一点。就像莫里斯·摩根正确地指出的：'他在不同的程度上，对所有通常所谓的名望不屑一顾；在其无边的智慧中，无论是借钱、赖账、欺骗或是抢劫都不显得低下。笑声与赞许伴随着他的过分之举，因为他心无恶念或下作的算计，愉快与幽默才是其行为举动的根本。当然，因为放纵无度，他养成了不同程度的坏习惯，变得油腔滑调，体形也越来越臃肿，老年衰朽之相渐显，但本属于年轻人的轻浮与恶习在他身上未减分毫，那种既自娱又乐他的欢快情绪一如往昔。也就是说，他身上混合着青春与老年、进取之心与臃肿身材、智慧与愚蠢、贫穷与浪费、上流身份与下流说笑；他心眼单纯，却行为不端，未因恶念招致

怨恨，也未因胆怯被人鄙视。因为一体两面，他既是个笑柄，又是个高人，成天没个正经，但的确富于幽默。他是一块试金石，同时又是被人取笑的对象；是一个爱开玩笑的人，但其本身就是一个玩笑。就福斯塔夫这一段被描绘出来的生活经历而言，他也许是古往今来最完美的喜剧形象。'"①

莎士比亚在《亨利四世》中刻意设计了"快嘴桂嫂的野猪头酒店"这个具有典型特征的戏剧场所，在此，福斯塔夫和波因斯、皮多、盖兹希尔一群人，与落魄的哈尔王子以及一干酒店人物，酒店主妇、酒保、桃儿、二脚夫、旅客以及侍从、差役，等等，上演了一幕幕英国世俗的生活风情戏，所谓的英国的人民性在此得到丰富而多样化的展现。② 显然，桂嫂的酒店主角是福斯塔夫，这位具有过时骑士风范的人物并没有像堂吉诃德那样缅怀和追寻逝去的中世纪之梦，恰恰相反，他转向英国的民间社会，与最世俗的蝇营狗苟的人世生活沆瀣一气，不以为耻，反以为荣。这是一个失落的庞大的阶层，既无所事事，游手好闲，又不甘如此；梦想向上攀附，但又无所凭依。恰好，乡村酒馆成为他们寄托的场所，在此三教九流、好运坏运之各色人等聚集在一起，大家萍水相逢，又各奔东西，他们为生活奔波，为生命宣泄，

---

① 参见马里奥特：《莎士比亚戏剧中的英国史》，第124—125页。
② 参见蒂利亚德在《莎士比亚的历史剧》中的论述："我前面提到的这些创造英国图景的场景，涵盖了英国生活从高到低的大部分阶层。最大的缺口是中间阶层。莎士比亚对商人阶层说得很少，而他是在这个阶层中成长起来的。也许正是这一缺口使他接到指令再写福斯塔夫时，选择了中产阶级的背景。《温莎的风流娘儿们》没有任何史诗的因素，但是它的背景可能取自莎士比亚在《亨利四世》中的史诗旨意。不过这一缺口及其可能的结果并不重要。《亨利四世》里对英国的描绘已经足够多并具有足够自信，可以使上下两篇表达出莎士比亚对自己祖国的情感。"第337页。

为劳苦所累，但又大快朵颐，快意恩仇，很像中国的江湖世界。一个客栈，一个酒馆，英国生活的万千风情和生活景观浓缩于此。莎士比亚在戏剧中着重刻画和描绘了在桂嫂酒店发生的各种故事，进而在《温莎的风流娘儿们》一剧中延伸了福斯塔夫的故事，由此可见，福斯塔夫一群人在此的林林总总，活灵活现，透过这个舞台场景，将一个世俗生活中的英格兰民众生活画卷展示了出来。

英国乡村桂嫂酒店以及福斯塔夫等人，作为 14、15 世纪英格兰世俗生活的一个主要内容，自有其人民性的本质特征，代表着封建社会的中下层民众的形象和属性，庞大的封建体制就是由这些民众尤其是还没有展现出来的下层农民（农奴维兰）的辛苦劳作、农耕手工业支撑起来的。在文学戏剧中表现他们，与古典主义戏剧有着重大的区别，在欧洲，法国高乃依、拉辛等人的戏剧主要描绘的是国王君主、王公贵族的华丽生活，莎士比亚敢于把民众生活展示出来，是一个戏剧艺术史上的创新，使英国的人民性内涵获得了一种提升，赋予了其接地气的意义。这个莎士比亚笔下的英国社会的横切面足够丰富多彩，为未来工商社会的资本主义生活方式开辟了道路，例如狄更斯等人的作品就是从乡间生活走向城市生活的，但其文学的人民性与莎士比亚的农耕生活画卷完全不同，狄更斯笔下的故事已经是另外一种资本主义社会的景观了。莎士比亚并不满足于这种横断面的社会刻画，他要打通上下，把中下层民间社会与贵族社会乃至王朝体制结合在一起，综合展示英格兰王国的历史宿命，为此，一个重要的也是《亨利四世》的主角人物——哈尔王子就出现了。通过哈尔王子与福斯塔夫的联系，他们之间的交集和纠结，英国王朝社会的全貌得以富有戏剧性地展示。蒂利亚德指出："《亨利四世》里的葛罗斯特郡场景绝不是一种讽刺，它们完成了对英格兰的描绘，强调了莎士比亚想要突出的主题：英国的乡村生活。这正好也是哈尔王子成为亨利五世的时候。"[1]

哈尔王子的人生历程

按说，哈尔王子作为亨利四世的儿子，他的生活圈子是王公贵族世界，与福斯塔夫尤其是桂嫂酒店毫无瓜葛，封建等级制使他们不可能有任何关联。他们分别属于两个社会，这是欧洲中世纪的封建制所决定的。但是，哈尔王子是一位不寻常的天纵英才，他不但没有局限于自己的藩篱，甚至敢于打破羁绊，从少年时代就与福斯塔夫这群社会的没落游侠厮混在一起，浪迹于桂嫂酒店之类的英国下层民间社会，这不啻一个奇葩。莎士比亚不失时机地捕捉到这个契机，在《亨利四世》戏剧中予以重点发挥和推演，把这个王子成长的曲折经历与英国中下层民间社会联系在一起，从而形成了厚重的社会画面，使得英格兰王权演变与英国中下层人民的参与联系在一起，这是莎士比亚英国历史剧的新内容，也是英国王权的新要素。当然，民间社会参与王权演变，并非英国民众的主观意愿，应该说此时这种人民的主体性力量还没有萌生出来，某种意义上说，它们是哈尔王子偶然招惹的，但一旦介入就不可遏制地难以阻断。百年后英格兰中下层人民通过下议院逐渐侵蚀贵族院，便是这个故事的升级版，而英国议会（主要是下议院但也包括上议院）对抗英国君主专断的至上权力甚至还可以上溯到约翰王时代的《大宪章》。

---

[1]　蒂利亚德：《莎士比亚的历史剧》，第 336 页。

在莎士比亚的戏剧中，英国王权主要还是围绕君主王位的继承以及王族其他子嗣篡权谋反等政治活动而展开的，只是在亨利四世时代的哈尔王子那里，才有了一番历经英国民间社会的冶炼和锻造，使得这位未来的亨利五世具有了迥异于前朝君主的王权特性，也正是在他身上莎士比亚寄托了自己的某种理想君主的愿望，并与马基雅维利式的权能君主相互拮抗。在《亨利四世》的上、下两部戏剧中，莎士比亚可谓浓墨重彩地塑造了哈尔王子的这番不寻常的人生经历。这位王子在《亨利四世》的上部戏中，并没有受到国王的器重，甚至相反，亨利王对于这位王子深感不满。为了稳固自己来之不易的王朝和王位，亨利王非常希望自己的继承人能够像自己一样神武英勇，雄心浩荡，征战沙场，领袖群伦。而眼前的这位王子看上去并不具有如此的权能和气概，甚至显得有些懦弱和顽劣，这使亨利王很是唏嘘。相比之下，另外一位贵族少年潘西·霍茨波，则表现得神勇豪迈，不禁使得亨利王感慨万千，委任他主持平定苏格兰贵族叛乱，但其结果则是事与愿违，潘西家族借势造反，亨利王不得不重新启用自己的三个儿子担负平定叛乱的重任。

作为威尔士亲王的哈尔王子究竟是怎样的一位王子呢？在如此情势下，这位王子到底是如何开始自己的人生经历的？随着剧情的展开，我们看到了一个王子的成长记录，莎士比亚用他的神来之笔娓娓道来，描绘了一位经受磨炼的王子的君王成长史。这不是一个简单的王子，而是一个复杂而复合的人物，一方面他天性中就有纯良、柔弱和顽劣的成分，另一方面又有深刻、忍耐和坚毅的成分；一方面有单纯朴素的特性，另一方面又有老到和狡黠的特性。这些矛盾复合体不是一下子一展无余地暴露出来的，而是逐渐展现出来的。随着剧情的演变，他的某种特性就会看似突然其实必然地呈现出来。例如，哈尔王子不惜被他的侍从视为"伪君子"，他对波因斯说道：

> 哼，你以为我也跟你和福斯塔夫一样，立意为非，不知悔改，已经在魔鬼的簿上挂了名，再也没有得救的希望了；让结果评定一个人的真正价值吧。告诉你吧，我的心因为我的父亲害着这样的重病，正在悲伤泣血；可是当着你这种下流的伙伴的面前，我只好收起一切悲哀的外貌。（卷五，页 136—137）
>
> 朱庇特曾经以天神之尊化为公牛，一个重大的堕落！我现在从王子降为侍者，一个卑微的变化！这正是所谓但问目的，不择手段。（卷五，页 140）

莎士比亚善于把握人性的复杂性，即便是历史剧中的君主形象，他也能从人物性格的视角对他们复杂多变的性情予以剖析。在《亨利四世》两部戏中，他对于哈尔王子的刻画就是将其放置于社会环境的大熔炉中，把他潜在的性格激发和锤炼出来，人性与社会息息相关，没有社会环境的烘托和激发，纯粹的主观性格是无力的，也是茫然无措的。

哈尔王子深知自己的性格天然地与宫廷贵族社会抵牾，并感受到父亲对自己的失望，对此他并没有自暴自弃或独自忧伤，而是依着他的性格毫不迟疑地投奔他天性中喜爱的草莽生活，在民间的江湖社会，淋漓尽致地展示他吃喝玩闹、不拘一格的豪情和潇洒。所以，戏剧中因为哈尔王子生活轨迹的转变，才出现了英国社会中下层民众的生活景观，尤其才会有福斯塔夫一干过气的假骑士和桂嫂酒店。值得一提的是，哈尔王子与福斯塔夫一样都有着双面人的性格特征，他们都既沉湎于世俗的声色犬马的生活且乐此不疲，但又知道这些只是逢场作戏、自我安慰，真实的自己并不属于这里，也不终止于此。

真实的自己到底是什么呢？福斯塔夫感受到的可能是极致的虚无以及自嘲与反讽，哈尔王子却与福斯塔夫截然相反，他不是一个真正的虚无主义者，而是有着自己最终的目标，那就是君主的权位和王权的威望，但这是深埋在他心底的，莎士比亚在戏剧中也是逐步揭示出来的，并非一步到位。这样，哈尔王子展现的也是自嘲和反讽，对于女人、金钱、权势和积极人生的反讽和嘲弄，对于恶俗下流的喜好和追逐。正是在这一点上，哈尔王子与福斯塔夫惺惺相惜，找到了共同点，所以他们成为莫逆之交，成为江湖净友。对此，斯比克曼指出："福斯塔夫扮演了导师的角色……但凡他关心的事，他看重或不看重的事以及嘲笑的事，都是他用以教育哈尔王子的活教材。我们看见福斯塔夫醉酒，看见他寻欢作乐；我们听见他笑谈打劫，津津有味地谈做爱；我们注意到他用最犀利的言辞和智慧，攻击最受人尊敬的传统事物，法律、宗教、政治以及家庭。"[①]

为此，莎士比亚在上篇第二幕第四场，特别设计了伊斯特溪泊野猪头酒店一场戏，当侍从波因斯询问哈尔王子去哪里时，他说：

> 我在七八十只酒桶之间，跟三四个蠢虫在一起。我已经极
> 卑躬屈节的能事。小子，我跟那批酒保们认了把兄弟啦；……
> 总而言之，我在一刻钟之内，跟他们混得烂熟，现在我已经可

---

① 阿鲁里斯、苏利文编：《莎士比亚的政治盛典——文学与政治论文集》，第130页。

以陪着无论哪一个修锅补镬的在一块儿喝酒，用他们自己的语言跟他们谈话了。（卷五，页34）

此后，哈尔王子遇到了著名的福斯塔夫，与他扮演一出游戏，让他假扮他的父亲。福斯塔夫说道：

> 我充你的父亲？很好。这一张椅子算是我的宝座，这一把剑算是我的御杖，这一个垫子算是我的王冠。……既然你是我的儿子，那么问题就来了：为什么你做了我的儿子，却要受人家这样的指摘？天上光明的太阳会不会变成一个游手好闲之徒，吃起乌莓子来？这是一个不必问的问题。……有一件东西，亨利，是你常常听到的，说起来大家都知道，它的名字叫做沥青；这沥青古代著作家们说，一沾上身就会留下揩不掉的污点；你所来往的那帮朋友也是这样。（卷五，页47）

哈尔王子最终认可了这个——

> 邪恶而可憎的诱惑青年的福斯塔夫，那白须的老撒旦。

也就是那个自我嘲讽又自鸣得意的"可爱的、善良的、忠实的、勇敢的、老当益壮的杰克·福斯塔夫"，他也是哈尔王子的"整个的世界"。

哈尔王子与福斯塔夫如此的气味相投，情如师徒或父子，难怪大法官对福斯塔夫严加叱责道：

您到处跟随那少年的亲王，就像他的恶神一般。

您把那位年轻的亲王导入歧途。

对此，福斯塔夫辩驳道：

不，是那位年轻的亲王把我导入歧途。我就是那个大肚子的家伙，他是我的狗。

您错了，大人；恶神是个轻薄的小儿，我希望人家见了我，不用磅秤也可以看出我有多么重。可是我也承认在某些方面我不大吃得开，我也不知道是怎么回事。在这市侩得志的时代，美德是到处受人冷眼的。真正的勇士都变成了管熊的役夫；智慧的才人屈身为酒店的侍者，把他的聪明消耗在算账报账之中；一切属于男子的天赋的才能，都在世人的嫉视之下成为不值分文。你们这些年老的人是不会替我们这辈年轻人着想的；你们凭着你们冷酷的性格，评量我们热烈的情欲；我必须承认，我们这些站在青春最前列的人，也都是天生的浪子哩。（卷五，页122—123）

大法官听此不禁嘲讽说：

您的身上已经写满了老年的字样，您还要把您的名字登记在少年人的名单里吗？您不是有一双昏花的眼、一对干瘪的手、一张焦黄的脸、一把斑白的胡须、两条瘦下去的腿、一个胖起来的肚子吗？您的声音不是已经嘎哑，您的呼吸不是已经短促，您的下巴上不是多了一层肉，您的智慧不是一天一天空虚，您的全身每一个部分不是都在老朽腐化，您却还要自命为青年吗？啐，啐，啐，约翰爵士！（卷五，页122、123）

上述这番对话非常有意思，也可谓意味深长，莎士比亚试图通过这几位的对话，把当时英国社会的另一个面相——民间生活的世俗面貌——展示出来。我们看到，哈尔王子与福斯塔夫具有很多的共同点，他们从基本的人性出发，虽然对世俗社会的等级观念是大致认同的，但仍然怀有朴素而真诚的人性情感和生活感受。例如福斯塔夫就这样感叹道：

上帝在上，我一眼就认出了你们。嗨，你们听着，列位朋友们，我是什么人，胆敢杀死当今的亲王？难道我可以向金枝玉叶的亲王行刺吗？嘿，你知道我是像赫刺克勒斯一般勇敢的；可是本能可以摧毁一个人的勇气；狮子无论怎样凶狠，也不敢碰伤一个堂堂的亲王。本能是一件很重要的东西，我是因为基于本能而成为一个懦夫的。我将要把这一回事情终身引为自豪，并且因此而格外看重你；我是一头勇敢的狮子，你是一位货真价实的王子。（卷五，页43）

为什么他们两人能够成为莫逆之交，惺惺相惜，而没有尔虞我诈、彼此欺骗？这里有真实的人性表露，也符合当时民众的愿望。对于那个时代的下层民众来说，能够通过劳作勉强糊口，没有战争和灾荒，过自己的小日子，满足物欲和生存需要，就是很好的年景了。至于荣华富贵、富丽堂皇的朝廷，国家的对外战争和宫廷的权势斗争，离他们的生活非常遥远，他们想都懒得去想。这些真实的生活以及朴素的生存欲望，高高在上的哈尔王子本来是无从知晓的，它们远离他的生活，但是由于他的特殊处境和性格，使得他能够沉下身子到英国民众之中，与福斯塔夫和桂嫂酒店为伍，感受到平民百姓对于性欲、金钱、道德和权力以及王室朝臣的看法。应该指出，这些真实的中下层人民的生活对于哈尔王子的触动是很大的，所以他才与福斯塔夫有同感，不能否认哈尔王子性格成长的这个方面，这些也是人性的基本内容，像哈尔王子这样的王公贵族也非与此绝缘。哈尔王子的融入民间社会具有人性的基础，流露的也是其真诚情感，莎士比亚深谙早期现代的人性，他的描绘显然受到了当时人文主义思想的影响。

不过，毕竟哈尔王子不是普通百姓，而是王子贵胄，他与下层民众的生活内容有着深层的裂痕，与福斯塔夫以及桂嫂野猪头酒店的芸芸众生在本质上还是不同的。所以，莎士比亚在戏剧中着重表现的是其另外的一个面向，即哈尔王子的成长道路，描绘他是如何从一位落魄于民间的看似自暴自弃的王子成长为一个具有雄才大略的真正君主的。这个经历是封建王朝体制下的其他王子或王权继承者所没有过的，也是莎士比亚在《亨利四世》中刻意塑造的，这就使得哈尔王子的形象非常饱满，富有时代内涵。一方面，哈尔王子是英格兰亨利王朝的王子，具有继承王位王权的正统性与合法性，担负着王国确立朝纲开疆辟土的重任；但另一方面，哈尔王子又与其他的储君有所不同，在他身上不仅具有高贵的王族血统以及尊贵显赫的君主性，而且由于特殊的经历，他又具有了英国社会的一种人民性特征，他与中下层民众的生活交融，与福斯塔夫等人的江湖交往和患难生活，使他不再仅仅是高高在上，与下层民众生活绝缘，不接地气，而是能够感受英格兰人民的喜怒哀乐。两者结合起来，就使得哈尔王子具有了特别的本性，其未来对君主王权的掌握就显示出卓越的特征。对此，哈尔王子也深有感知，并非懵懵懂懂。莎士比亚在《亨利四世》下篇借用华列克伯爵之口，对亨利王这样解说道：

> 陛下，您太过虑了。亲王跟那些人在一起，不过是要观察观察他们的性格行为，正像研究一种外国话一样，为了精通博谙起见，即使最秽亵的字眼儿也要寻求出它的意义。可是一朝通晓以后，就会把它深恶痛绝，不再需用它，这点陛下当然明白。正像一些粗俗的名词那样，亲王到了适当的时候，一定会摈弃他手下的那些人们；他们的记忆将要成为一种活的标准和量尺，凭着它他可以评断世人的优劣，把以往的过失作为有益的借镜。（卷五，页 187）

由于当时的英格兰还处于中世纪封建时代的中晚期以及现代社会的早期发轫之际，王权和贵族社会与下层民众之间还存在不可逾越的鸿沟，虽然哈尔王子具有两方面的特性，但要把它们调和在一起还是相当困难的。在《亨利四世》两部剧中，莎士比亚费心处理和富有戏剧化表现的也是这种具有张力的关系，它们尤其体现在哈尔王子的性格以及行为之中。例如，哈尔王子是非常晓得自己王子身份的，但他也有世俗情感，也有民众的喜闻乐见和犬马声色爱好，正是这些使他与福斯塔夫们沆瀣一气，在桂嫂酒店以及其他场景中与他们成为莫逆之交。但是，一旦他的王子身份被明示出来，他必须以威尔士亲王身份奔赴战场为王国战斗之时，他与福斯塔夫以及英国中下层民众的区分就凸显出来，他们毕竟不是一类人，分属不同的社会等级，承担的使命也迥然不同。例如，在他被父王召唤，出征与霍茨波率领的叛军开战时，他如此说道：

> 战火已经燃烧着全国；潘西的威风不可一世；不是我们，就是他们，总有一方要从高处跌落下来。（卷五，页72）

为此，他统率军队开进索鲁斯伯雷战场，身先士卒，冲锋打仗，正像霍茨波的手下凡农所描述的：

> 我看见年轻的哈尔套着脸甲，他的脚甲遮住他的两股，全身披戴着壮丽的戎装，有如插翼的麦鸠利从地上升起，悠然地跃登马背，仿佛一个从云中下降的天使，驯伏一头倔强的天马，用他超人的骑术眩惑世人的眼目一般。（卷五，页77）

特别是两位英雄在战场上兵戎相见、相互对决时，他们之间的对话以及壮烈冲杀，可谓莎士比亚戏剧中经典的场景。

> 霍茨波：我的名字是亨利·潘西。
> 亲王：啊，那么我看见一个名字叫亨利·潘西的非常英勇的叛徒了。我是威尔士亲王；潘西，你不要再想平分我的光荣了吧：一个轨道上不能有两颗星球同时行动；一个英格兰也不能容纳亨利·潘西和威尔士亲王并峙称雄。

　　霍茨波：不会有这样的事，亨利；因为两人之间有一个人的末日已经到了；但愿你现在也有像我这样伟大的威名！

　　亲王：在我离开你以前，我要使我的威名比你更大；我要从你的头顶上剪下荣誉的花葩，替我自己编一个胜利的荣冠。

（卷五，页 98）

　　毕竟亨利王朝的王国不是福斯塔夫他们的王国，他们只是平民百姓，王朝战争谁胜谁负与中下层民众没有多少关系，国王附庸的附庸不再是国王的附庸。所以，王国征兵打仗除了劳民伤财，使人生活受苦，甚至生命不保，对于平民百姓没有什么意义。至于福斯塔夫这些中间官吏，他们弄虚作假，自私自利，谋取自己所图，也不关心谁胜谁负，只要有机会就会图谋私利。例如，当哈尔王子为福斯塔夫谋到一个招募兵士带兵打仗的差使时，他想的乃是如何从中牟取差价赚得一笔，而当他带着那些老弱病残的士兵奔赴战场时，他想的也是如何让那些手下的炮灰"填填地坑"：

　　好，一场战斗的残局，一席盛筵的开始，对于一个懒惰的战士和一个贪馋的宾客是再合适不过的。（卷五，页 81）

　　在他恰巧参与到哈尔王子与霍茨波的生死对决时，他选择的则是闭上眼睛装死，骗取哈尔王子的信任，并由此讨得国王的封赏。但是，战争与冲杀对于哈尔王子就完全不同了，王国是他的王国，战场胜负与他的命运息息相关，不仅王权传序、王族生死、王位得失与此攸关，甚至自己的身家性命也与之联系在一起。所以，在这样的危急时刻，他的使命意识和高贵品质就焕发出来，促使他闪亮出自己王室贵胄的本色，激励他冲锋陷阵，担负起王国安危系于己身的使命。哈尔王子对其父亨利王陈情道：

> 凭着上帝的名义，我立愿做到这一件事情；要是天赐我这样的机会，请陛下恕免我这一向放浪形骸的过失；否则生命的终结可以打破一切的约束，我宁愿死十万次，也决不破坏这誓言中的最微细的一部分。

亨利王欣然答曰：

> 你能够下这样的决心，十万个叛徒也将要因此而丧生。你将要独当一面，受我的充分的信任。（卷五，页64）

这样一来，莎士比亚的戏剧就把英格兰王国的两个并非和谐联系起来的特征之张力关系揭示出来，而且是富有戏剧化地揭示出来。在哈尔王子的成长经历中，英格兰的贵族性与人民性有时是密切结合的，这些在《亨利四世》两部剧中多有描述。从依斯特溪泊的野猪头酒店，到科文特里附近公路，从伦敦街道再到依斯特溪泊，从葛罗斯特郡夏禄家中花园到约克郡的一处森林，直到威斯敏斯特寺附近广场，它们甚至构成了一幅与贵族谋反、战争烽火、胜负结局相并列的生活画卷。但是在关键时刻，在王国面临战争和王权安危的时刻，英国的贵族性与人民性，或者王国君主与民众之间还是分裂的，还难以达到君主是人民之代表的实质内涵。君主贵族是君主贵族，人民大众是人民大众，他们还没有达到后来光荣革命之后通过议会主权而实现的君主贵族与人民大众的有效结合。但是，毕竟两者之间，两个社会等级之间，通过哈尔王子的成长历程，还是具有了某种密切的结合，正是这个结合，使得莎士比亚展示了早期现代社会的某些特征，它们是英格兰正在经历的人文主义和市民社会的某种表现，这是过去的封建王朝所没有的新因素，也是莎士比亚戏剧捕捉到的英国社会之新机。

当然，英格兰社会的人民性、民间性以及中下层生活只是亨利王朝的补充内容，这个时代的本质还是王权政治，君主与贵族以及他们的生活才是这个王国的中心内容，哈尔王子经过一番民间社会的锤炼之后，最终仍然要回归上流社会，回到其所属的王权政治和君主统治人民的封建结构之中。只不过这位亲王由于经历了在民间社会的摸爬滚打，一旦成为君主就显得愈发成熟老到和经验丰富，甚至变得更加通晓君主的统治之道，因此也显得愈发冷峻、威严和无情。为此，他要斩断过去与民间底层社会的勾连，甚至斩断世俗情感——作为君主要恪守君臣之道和王国法律，用王权威仪和王国法律统辖万民，而不偏袒和纵容私人之情。[①] 莎士比亚在戏剧中，描绘了令人唏嘘的经典

---

① 也有论者从马基雅维利的视角深入分析了哈尔王子的形象特征以及他与福斯塔夫的关系，认为："哈尔不仅从政治策略上来看是一个马基雅维利主义者，而且他从恶也是为了公众的迫切目的，从这一更深的意义上来看，他也是一个马基雅维利主义者。""影响哈尔生活的另一个人是福斯塔夫。福斯塔夫不是政客，他是酒鬼、色狼、小偷和骗子。福斯塔夫擅长取乐，智慧过人；他有充分理由在哈尔作为国王所取得的惊人成功中居功。与福斯塔夫交往之后，哈尔好像接受了马基雅维利主义，变成了彻底的马基雅维利主义者，而他的父亲亨利四世只算得上半个马基雅维利主义者。""现代君主必须以福斯塔夫为起点，审慎地平衡各种恐惧和欲望，达到平衡。"上述论述，参见普罗：《哈尔王子：莎士比亚对马基雅维利的批评》；斯比克曼：《〈亨利四世〉第一、二部：哈尔王子的教育问题》；普拉斯：（转下页）

一幕，这不但打碎了福斯塔夫的迷梦，也由此向世人宣示，哈尔王子已经成熟，不再是那个沉湎江湖的浪荡王子，而是继承王权的威仪在身的亨利五世之君主。

这个经典一幕如下：哈尔王子从战场胜利归来，已然完成加冕典礼，王权在手，王袍在身，骑在马上，气宇轩昂地奔驰在威斯敏斯特广场，万民欢呼新王。此时也置身在一片欢呼场景中的福斯塔夫以及一干草莽兄弟，觉得这位曾经莫逆之交的朋友登上王位，会为他们带来福祉和利益，不是封官加爵，也会是某种奖赏和提拔，使他们与有荣焉。于是福斯塔夫激动得手舞足蹈，奔向前去，向骑着高头骏马的哈尔王子致敬，并有所示意——他是哈尔王子过去的好朋友、老相识福斯塔夫：

> 我的王上！我的天神！我在对你说话，我的心肝！（卷五，页210）

戏剧性的场面出现了，这一点出乎福斯塔夫的意料，谁都不曾想到，骏马上的哈尔王子瞥了一眼福斯塔夫，冷冷地说道：

（接上页）《死荫幽谷中的福斯塔夫》。这些文章分别刊载于《莎士比亚笔下的王者》，第19页；《莎士比亚的政治盛典——文学与政治论文集》，第119页；《莎士比亚戏剧与政治哲学》，第262页。对于上述论述，我认为他们过分强调了莎士比亚所受到的马基雅维利的思想影响，既不符合莎士比亚的作品原意，也歪曲了哈尔王子乃至亨利五世及其他与福斯塔夫关系的真正内涵。若说莎士比亚笔下的理查三世是一个彻底的马基雅维利主义者，或许还有一定道理，但把哈尔王子甚至亨利五世说成是一位彻头彻尾的马基雅维利主义者，与莎士比亚笔下的人物形象相去甚远，也违背了莎士比亚创作第二个四联剧的理想寄托。

我不认识你，老头儿。跪下来向上天祈祷吧；苍苍的白发
罩在一个弄人小丑的头上，是多么不称它的庄严！我长久梦见
这样一个人，这样肠肥脑满，这样年老而邪恶；可是现在觉醒
过来，我就憎恶我自己所做的梦。从此之后，不要尽让你的身
体肥胖，多多勤修你的德行吧；不要贪图口腹之欲，你要知道
坟墓张着三倍大的阔口在等候着你。现在你也不要用无聊的谐
谑回答我；不要以为我还跟从前一样，因为上帝知道，世人也
将要明白，我已经丢弃了过去的我，我也同样丢弃过去跟我在
一起的那些伙伴。……（卷五，页 211）

然后，亨利五世扬鞭跃马，带着扈从疾驰而去。此时的福斯塔夫
宛若被雷击一样，呆立在那里。经过一阵眩晕之后，福斯塔夫才自我
安慰说新王的话只是一种烟幕和托词，但当大法官带着警吏把他们一
班人押赴弗利特监狱时，他们才像大梦初醒。

为什么莎士比亚要刻意塑造出这个场景对话呢？这幕戏究竟具有
什么意义呢？对此有多种解释。有论者指出，这场戏主要是揭示哈尔
王子的冷酷无情，对于阶级等级的思想自觉，他这样做是为了与福斯
塔夫及下层民众划出界线，向贵族统治阶级表明他作为君主是属于上
层社会的，由此赢得贵族统治阶级的支持与拥戴。这种封建阶级论的
解释显然有一定的道理。哈尔王子最终属于他出身的统治阶级这是无
疑的，尽管他有一番民间生活经历，但这并不能改变其王权贵族阶级
的本色，这一幕表明他的阶级回归，以及与英国人民大众的决裂。也
有从人性论角度的分析解释，认为这一幕显示出莎士比亚对于人性复
杂性的洞悉，哈尔王子显然不可能不认识福斯塔夫，甚至也并非与福

斯塔夫没有感情和友谊，但是，当他成为君主，其人性的某些要素就显示出来，为了维系统治的权力和国王的威仪，他必须斩断过去的情感，为了权力不惜牺牲情感，这是一种人性的扭曲和政治的虚伪。在权力面前，人性也会扭曲，情感也会变异，通过这一幕，莎士比亚深刻地揭示了封建王权的这种人性变异的本质。这种人性论的解释也有某种道理，因为事实确实如此，哈尔王子一旦成为君主，开始统治英格兰，其朴素和自然的情感就会被政治权力所腐化，人性的丑陋方面就显示出来。

我认为上述的各种解释都有一定的道理，也从不同的侧面揭示了莎士比亚这幕戏中的某种含义，但是，它们又都具有片面性，不足以解释这幕戏中的莎士比亚所展示的真正意图，并契合《亨利四世》和《亨利五世》的内在逻辑。在我看来，莎士比亚设计的这一幕极其精彩，它充分显示出哈尔王子的政治成熟，即以文学艺术的形式表明这位王子已经走出过去的羁绊，正式以君主的身份及王权威仪开始统治和治理其名下的王国，由此亨利王朝进入一个新的阶段——亨利五世时代。哈尔王子不再是哈尔王子，而是向世人宣示，他是亨利五世，英格兰王国已然是他亨利五世的王国。通过这个细节，莎士比亚完成了《亨利四世》，随即进入《亨利五世》的写作和公演。从《亨利四世》到《亨利五世》，莎士比亚不是随意写作的，而是把一种内在的政治逻辑隐含在其中的，这一幕就是经典的体现。所以，要解释这个细节的含义，我认为应该从莎士比亚英国历史剧的内在关系展开，才符合莎士比亚的原意，而且也符合这个王权时代的政治大背景。

问题在于，为什么莎士比亚要设计或创作出这精彩的扣人心弦的一幕呢？上述等级论和人性论的解释都有一定的道理，但莎士比亚的这一幕其实又超越了它们各自的视野，富有某种新的早期现代的迹象。首先，从人性情感来看，哈尔王子虽然在这个特殊的场合断然否定了与福斯塔夫的相识，但是否真的说明这位王子因为权力在手就扭曲了自然情感呢？应该说，既是又不是。说其是，因为政治权力尤其是最高的王权，对于自然情感具有重新塑造的功能，一旦王位在身，此时的君主就难以达到肉身与权能的完全合一。君主其实有两个身体，一个是权位之身体，一个是自然之身体。可以说，抛弃福斯塔夫的是君位之身体，这个身体是拟制的，需要其统治王国和万民，不能徇私枉法，也不能滥用职权，要按照法律程序和规则行事。而若认同与福斯塔夫一干人等的江湖莫逆之交，就难以严格遵守王国法律办事，会为这些过去的草莽兄弟谋取私利，从而损害王国的治理和秩序。以这个君主之身体断然否认与福斯塔夫的情谊，舍小情谋大义，这有什么错呢？是权力扭曲情感吗？是的，但又不是。因为作为另外一个自然身体的国王之情感，显然是隐隐作痛的，君主孤家寡人之情感割舍之痛唯有自知，这杯苦酒唯有自饮。应该说，这种内涵，来自马基雅维利《君主论》给予莎士比亚的激发，虽然莎士比亚未必阅读过此篇宏文，但其裹挟的新时代的精神气息，即君主为了政治目标牺牲一切也在所不惜，当然自然情感也包含在其中，敢于牺牲小情成就君主大业，这是新的政治伦理。

其次，也更为关键的是，哈尔王子对于福斯塔夫的抛弃，是为了回归封建等级制，敌视下层民众的情感认同，恢复贵族等级论吗？显然这种论点是非常偏颇的，莎士比亚的戏剧从来没有为封建制度辩护的含义，他的历史剧以及其他的市民剧，其中的一项基本内容和思想就是接受乃至拥抱早期近代的人文主义和市民主义。由此，他怎么会主张恢复业已式微的封建等级制度呢？哈尔王子之所以回避与福斯塔夫们的交往和私情，为的是维护他的君主政治以及王权威仪，但此时的君主王权已经不完全是封建王权那种僵硬的体制了，因为对于那一套体制哈尔王子从小就有所拒斥，这才有了走向民间社会结交福斯塔夫们的经历。因此一旦他王权在手，又怎么会重蹈覆辙呢？但是，刚刚即位的亨利五世，他对于政治是清醒的，他非常清楚地知道，亨利王朝不可能把统治和权力的根基押在福斯塔夫这些中下层英国民众身上，中下层民众及其喜怒哀乐、生活操持、观念意识、道德习俗，只是这个王国的配角和佐料，真正强有力地支配这个王国之生死的力量还是上流社会，还是封建制度下形成的法律制度、王权威仪、道德德行和行为规范及朝臣惯例，等等，它们才是他作为亨利五世统治英国的有效且合法的手段和工具。例如，当福斯塔夫听到哈尔王子继承王位的消息时，首先想到的就是"咱们那位大法官老爷这回却要大倒其霉"，说什么"英国的法律都在我的支配之下"。而大法官们也担惊受怕，担心新王受福斯塔夫等卑贱民众的影响，"上帝啊！我怕一切都要推翻了"。

但实际的情况是，这位新继位的亨利五世，一改往日的形象，对朝臣政要保证：

> 各位王弟们，请你们相信我，我的狂放的感情已经随着我的父亲同时下葬，他的不死的精神却继续存留在我的身上，我要一反世人的期待，推翻一切的预料，把人们凭着我的外表所加于我的诽谤扫荡一空。……现在我们要召集最高议会，让我们选择几个老成谋国的枢辅，使我们这伟大的国家可以和并世

朝政清明的列邦媲美，无论战时平时，都可以应付裕如；你，

老人家（指大法官），将要受到我最大的倚重。（卷五，页 202）

由此可见，这位新君亨利五世要获取并改造这个王权与贵族体制，而不是照搬与恢复；要把英格兰的人民性纳入其中，而不是彻底抛弃。这样一来，他的统治基础就有了深刻的变化，他的合法性就有了新的内容，他对福斯塔夫的回绝就获得了另外一个层次的补偿，他对贵族体制的认同就获得了某种意义上的提升，超越了过去的王权体制，成就出一代新君主的风范。戏剧《亨利四世》中这位担负着某种王朝新命的哈尔王子作为新君主，究竟能否达到莎士比亚的隐秘期待呢？这就进入莎士比亚的《亨利五世》，这部戏剧可谓哈尔王子的升级版，莎士比亚某种不可言谈的隐秘寄托俱在这部戏剧之中。

亨利五世的王朝新命

莎士比亚创作了诸多君主形象，尤其是他的历史剧，无论是狭义的英国历史剧还是广义的罗马剧以及其他王国历史剧，几乎都是以君主为主题并冠之以戏剧名称的。这些君主人物品质参差，性格各异，且历史赋予他们的政治定位也多有不同。总的来说，他们都与莎士比亚的理想君主有一定的距离，甚至难以达到莎士比亚理想的王者标准。为此，莎士比亚在其创作中一直多有踌躇，尤其是在他的历史剧创作中，虽然难以避免地受到他那个时代传播甚广的马基雅维利主义的影响，但是他似乎不甚满意，或者说，他虽然接受了某些马基雅维利思想的教条，但他对此也有着某种强有力的抗拒，那种人文主义化的政

治伦理，被某些论者概括为"能者为王"的早期近代的政治思想意识，他也是不能全部接受的。① 为此，他创作出一个历史形象，一位体现着他异于马基雅维利式构想的理想君主，一位德行和才能结合于一身的君主，这个君主就是亨利五世。当然，从历史学家的视角来看，这位亨利五世并非英格兰历史中的亨利五世，而是莎士比亚戏剧中的亨利五世。不过，对勘历史，也不能说两个亨利五世相差甚远或完全不同。莎士比亚通过戏剧化予以美学加工的亨利五世，具有很大的历史现实性，同时莎士比亚又添加了一些理想化的要素和政治寄托。这就构成了《亨利五世》与莎士比亚其他历史剧的本质性区别，也打破了传统英国王朝史观的一般叙事，甚至也不同于或者说超越了"都铎史观"的意识形态神话，显示出独特的莎士比亚之王权理想的特征。

前文已经指出，亨利五世是哈尔王子的升级版，哈尔王子一旦登基称王，作为亨利王以合法王权统治英格兰王国，就意味着他的肉身不再属于自己所有，而是服膺于王权体制。作为君主，他的王冠代表

---

① 我在前述的注释中曾经指出当今的一些莎士比亚政治思想的研究者，诸如普罗、斯比克曼和普拉斯等人，他们过度看重马基雅维利对于莎士比亚的影响，把莎士比亚笔下的亨利五世、福斯塔夫以及亨利四世、理查三世等戏剧人物都阐释为彻底的马基雅维利主义者，这股风气追溯起来，可以说是源自20世纪下半叶的一种政治思想史意义上的莎士比亚解读，以阿兰·布鲁姆编的《莎士比亚的政治》为代表，以马基雅维利主义的视角解读莎士比亚的历史剧成为一种学术时尚。对此，我的看法是，莎士比亚显然受到了意大利文艺复兴思想的重大影响，包括马基雅维利等人对于莎士比亚作品的人物塑造是非常关键的。但是，我们也不能夸大这种影响，莎士比亚笔下的君王并非都是马基雅维利主义者，而且莎士比亚对于马基雅维利的思想观点也并非全盘接受，他是有保留的，甚至是予以批判的，他理想的君主并不是马基雅维利主义者。

着英格兰所有的人民，包括臣民和贵族以及一切王国的所有物。他享有世俗世界最高的统治权，可以颁布和制定法律，并且发动战争，处理财产和税赋，还有与罗马教廷的关系，等等。显然，亨利五世一旦大权在握，执掌王权，他就具有了主人意识，代表着英格兰之民族和国家。所谓的升级版，突出的特征就是亨利五世俨然具有了英格兰民族国家的意识自觉。在他的统治下，英格兰不再是凌乱分散，甚至封建割据、失序无章的王国，而是一个有着强有力的王权统辖，治理有方、和平正义的王国。这个王国，他的父亲亨利四世曾为之奋斗，历经艰辛，但并没有实现且英年早逝，他作为王位继承者，作为亨利五世，首要的责任就是继续先父未竟的使命，进一步把英格兰王国打造为一个强有力的邦国，为人民（臣民）谋取更大且持续的福祉。在登基称王时，他这样说：

> 加冕典礼举行过了以后，我就要大集臣僚，临朝视政；愿上帝鉴察我的诚意，不让一个王裔贵族找到任何理由，诅咒亨利早离人世。（卷五，页 202—203）

如此看来，对英格兰王国作为一个民族和国家的这种认识和定位，是亨利五世的一种政治意识的升华，可谓一种"王朝新命"。也就是说，传统封建王朝的王位继承和国王登基，其使命主要是保持前朝秩序和法度，即保江山，保守传统秩序不遭颠覆，巩固统治，这是所谓的奉天承运，顺势而为。但是，亨利五世不仅如此，他还要开出新命，即他意识到一味保守旧的传统难以符合时代潮流，所谓"时也命也"，时代已经进入一个马基雅维利的时代，因应时代的变化，需要打造一种新的王国使命，那就是把英格兰塑造为一个民族之国家，即通过他的王权统治，把英格兰各阶层凝聚起来，作为这个国家利益的最大代表，行使他的统治权。马里奥特写道："在《亨利五世》中，莎士比亚终于能够提笔描写一位理想的基督教骑士，一位既受欢迎又成功的统治者，一个人们不仅爱戴而且尊羡的人。除此之外，摆在面前的是编写一部伟大的民族史诗的绝佳机会。……在《亨利五世》中，莎士比亚达到了他的爱国戏剧的顶峰。凭着娴熟的技艺、广受赞颂的智性能力，他是否相信自己能够完成那登顶的一步？'啊！光芒万丈的缪斯女神呀，你登上了无比辉煌的幻想的天堂。'……不应仅仅将《亨利五世》视为戏迷们的消遣，它更是一部采用了戏剧形式的伟大的民族史诗，从这一角度来说，它是非凡的、无可挑剔的作品。在莎士比亚的其他作品中，很难找到这么多荡气回肠、雄辩的段落，很难觅得对骑士精神与爱国主义如此激动人心的展现。"①

当然，莎士比亚在《亨利五世》剧中，并没有如此明确地展示这种思想理论的内核以及言辞，他是通过人物形象和故事情节予以展示的，这是文学艺术的表达方式，区别于理论表达方式，但它们的思想内涵是息息相通的。正是在这部作品中，莎士比亚塑造的亨利五世，与他笔下的另外两个君主形象就构成了强烈的对比关系，通过对勘这三个戏剧人物及故事情节，我们才可以看到其中体现出的莎士比亚的良苦用心以及蕴含的深意，也才能够深入理解莎士比亚的亨利五世。这两个人物便是理查三世和亨利八世，他们都是莎士比亚历史剧中的著名戏剧之名称，也是两个著名的君主人物，他们的故事在当时的伊

① 参见马里奥特：《莎士比亚戏剧中的英国史》，第140—142页。

丽莎白时代人们耳熟能详，遂成为莎士比亚作品的资料来源，被莎士比亚创作成为历史剧的名篇。

首先看理查三世，诚如前文所言，《理查三世》是莎士比亚创作的一部经典历史剧，剧中理查三世是一个邪恶、丑陋且具有非凡才能的君主。作为马基雅维利式的君主，在理查身上已经渗透着早期近代人文主义的个人至上的气息，他是集才能、权谋、邪恶、自私、骄傲和自卑等多种因素于一身的君主，是一个为了权位不惜牺牲一切，以恶为荣，篡位谋杀无所不用其极的君主，也是一位实施暴政的暴君，对此，莎士比亚是带着非常复杂的情感予以创作的。一方面，他欣赏理查身上的个人主义英雄本色，并以此反对传统基督教道德的软弱无能，为了目的不惜以一切为手段，敢作敢为，尽显人性中的生命本色，莎士比亚在戏剧中将其表现得淋漓尽致，可谓惊天地而泣鬼神；但另一方面，莎士比亚也难以接受理查的道德无底线，那种把道德品质与政治权力隔离开来的马基雅维利主义，莎士比亚是难以承受的。如何把才能尤其是卓越的政治才华、统治权术与基督教道德以及古典美德结合起来，使得一代新君主能够达到德才兼备的特征，实现德、才和位的结合，这是莎士比亚一生政治思考的难点，也是他应对当时泛滥的马基雅维利主义的难言之隐。为此，作为与理查三世对立的人物形象，莎士比亚创作了《亨利五世》，他企图在亨利五世身上实现才能与德行的统一，完成他理想中的一位既具有非凡的政治才能又秉有高贵德行品质的拥有至上王权的君主，亨利五世就是作为莎士比亚这个理想君主的寄托应运而生的。

在莎士比亚看来，负有王朝新命的君主，不但是一位能者为王的君主，而且是德行高贵的君主，只有德才兼备，才能够达成王者至尊，君主的尊荣和权威不仅来自其统治有术的治理能力和传承有序的法统正朔，而且还要以德配位，王者应该具备高远优良的政治美德。显然，理查三世与莎士比亚的理想君主是不匹配的，甚至是相反的。为此，莎士比亚把理想寄托在亨利五世身上，他在戏剧中力图塑造一个卓越才能与完美德行兼备的君主，以此打破马基雅维利主义的束缚，为英国早期现代的政治转型打下基础，为伊丽莎白王朝树立一种新的风范，也正因如此，莎士比亚的历史叙事不同于都铎王朝的神话编织，呈现出他自己对于英格兰王朝历史的解读和阐发。

由此就会论及亨利八世，说起来《亨利八世》也是莎士比亚英国历史剧的一部，完成于较晚时期，不属于他的英国历史剧的两个四联剧系列。有论者指出，亨利八世也是一位雄才大略的君主，且把都铎王朝治理到一个新的高度。在他的统治之下，英格兰政制和文化发生了很大变化，不仅创立了安立甘宗国教以与罗马教会相抗衡，促使英国发生新教变革，并且在国内治理、对外战争和法制建设等方面，都使得都铎王朝日益强大起来，并且凝聚起英格兰民族的统一性，为现代英国之民族国家打下基础，为伊丽莎白时代的繁荣昌盛铺垫了道路。

确实如此，莎士比亚在《亨利八世》戏剧中描述了亨利八世时代的英格兰宗教、政治、军事乃至文化和民族风俗等方面的内容，亨利八世诚然是一位强有力的治理有方、具有君主威严的国王，也是一位马基雅维利式的雄才大略的君主，且他并非理查三世那样邪恶，德行还不错，法制实施也较为平稳和公正，这些在莎士比亚的戏剧中都有所呈现。从某种意义上说，亨利八世是一位较为贤明且才能卓越的君主，在《亨利八世》那里，莎士比亚好像也是把他视为一位理想的君主来塑造和刻画的，在这位君主身上体现着早期现代民族国家的王者之尊崇，从君权神授到能者为王，再到王者尊崇，亨利八世体现着君主之能力和德行的结合，看上去堪为都铎王朝之扛鼎君主。

不过，若从更实质的意义上说，在莎士比亚眼里，亨利八世并非他理想的君主，尽管亨利八世强悍能干，狂傲不羁，但与德才兼备的理想君主仪范还有很大距离。莎士比亚在《亨利八世》戏剧中并没有把亨利八世作为中心人物来描绘，只是作为一种王权背景，戏剧的中心内容是朝臣关系、宗教关系以及对外关系等，而亨利八世的一些风流韵事、婚姻变故和喜怒无常的脾性，加上政治上的独断专行、宗教纷争上的私人恩怨，等等，这些都有碍于他成为莎士比亚笔下的贤明君主。所以，我认为亨利八世并不是莎士比亚理想的君主，而是另一种马基雅维利式的君主，在某种方面与理查三世也有类似之处，一切以自己为中心，为了个人私欲和独断权力无所不用其极，藐视世间乃至神圣的准则和法律，至少不是一位秉持基督教美德的有道之君主。

对勘理查三世和亨利八世两位君主，莎士比亚心中的理想君主，在亨利五世那里得到了较为完美的体现。由于在哈尔王子时期，他就贴近英格兰的民间生活，接触底层社会，感受到英格兰人民的疾苦和愿望，所以，他的王权具有了某种人民性的特征。正像坎特伯雷大主教所言说的：

> 国王是圣明了，他的恩宠是深厚的。……凭他年轻时的那份荒唐，谁又能想到啊。……那么说，一定是实践和实际的人生经验教给了他这么些高深的理论。这可真是稀奇啊！（卷四，页 110）

　　这种来自朝堂贵族衣钵又浸染人民性的亨利五世之王权，打造的未来英格兰民族之国家，显然就超越了一家一姓之私权，具有了早期现代国家利益的本性，这样的王权也就不再属于封建王权了，而是具有了一定的现代意义。亨利五世试图通过人民性凝聚英格兰的各阶层，尤其是四分五裂的大小贵族庄园主，从而锻造一个新的民族，把传统王国转变为一个国家，这里已经具备了他受到马基雅维利思想的启迪而激发出来的新意向（所谓王朝新命）。当然，这种有关早期现代民族国家的意向还是潜在未明、隐隐约约的。在莎士比亚的时代，在当时的欧洲大陆和英伦三岛，都还是初步的，那是一个人文主义的 15、16 世纪，真正的现代民族国家在 17、18 世纪的欧洲诸国，在 17 世纪英国光荣革命之后，才逐渐显现出来，成为西方历史的大潮流。但应该指出，莎士比亚在理想主义的君主身上很早就敏锐且富有天才性地感受到这一先机，并通过《亨利五世》戏剧化地展示出来。

　　在莎士比亚看来，亨利五世不仅具有新命之冀望，还有实现其目标的卓越才能和治理手段。除了前文已经指出的亨利五世一改哈尔王子的作风以新姿态对待福斯塔夫等一群过去的江湖兄弟之外，在王权在手处理朝政之际也显示出非凡的谋略，表明他作为君主的雄才大略。在第二幕中，亨利五世早就做好与法国一战重振英格兰王国雄风的准备，对于如何防御苏格兰捣乱以及选将布阵等军机大事，他虽然胸有成竹，但需先要整治朝纲、整饬军纪，在贵族中树立王道君主的权威，如此才能贯彻落实自己的战争规划，实现国内的军民一心，同仇敌忾。在此他使用了君主韬略，所谓马基雅维利式的"狡猾如狐狸，凶猛如狮子"，在亨利五世那里也得到娴熟运用。

　　剧情是这样展开的，亨利五世早就知道三位大臣作为对法作战的将领其实早就与法国王太子相互勾结，背叛王国的利益，这样的国家叛徒显然不能赋予重任，还要严惩。但贸然出手，使用国王谕令将他们定罪，难免落下君主专权的口舌，于是，在戏剧中，亨利五世先是与诸位大臣王公在开战前展开一场义正词严的讨论，在取得他们一致赞同和支持之后，亨利五世话锋一转，直指三位叛臣——剑桥的理查伯爵、马香的斯克鲁普勋爵和诺森伯兰的葛雷爵士，把查获的法国王太子颁发给他们的委任状摔在他们面前，使他们无可狡辩。亨利五世用充分的证据在大庭广众之下揭露了他们叛国求荣、勾结法国王太子、图谋不轨的事实，依据刚刚君臣讨论并一致赞同的有关王国战争的法度，这三位叛变的大臣显然严重违背了自己信守的诺言，犯下了欺君叛国的重罪，理当严惩。三位叛国者对此判决哑口无言，没有任何争辩，自知罪恶难赦，其他大臣和将领也无任何异议，反而觉得亨利五世主持正义，这样做不是君主之擅使私权，而是以王国利益为重，以国家伦理为依据，为了保证对外战争的胜利而不得不为之。

> 你们阴谋弑杀一国的国王，私通敌国，从敌人的财库里领
> 受了金银当做预付的定金；于是就把你们的君王出卖，任人宰
> 割，把王亲国戚与公卿出卖，任人奴役，把全国臣民卖给了骄
> 横的征服者，把整个王国卖给了那奸淫掳掠的敌寇。涉及我本
> 人，我并没报复的打算；可我们祖国的安全，我们却必须万分珍
> 重，你们企图破坏它，我现在就把你们交给了祖国的法律。没骨
> 头的可怜虫，快去吧，死刑在等待着你们。（卷四，页 133）

显然，戏剧中亨利五世这招欲擒故纵的计谋，实乃有为君主的韬

略，马基雅维利《君主论》的词典中有之，中国古代的《孙子兵法》中也有之，亨利五世施展得也非常精妙。莎士比亚在剧中将此刻画得非常精彩，充分展示了亨利五世不同于亨利六世、理查二世等无能君主的禀赋，在治国理政方面完全可以与理查三世、亨利八世相媲美。通过这种君主手段，亨利五世不仅收获了朝臣一致的赞许，赢得大小贵族的称颂，还鼓舞了士气，强化了王国的国家利益，从而为英法战争及其胜利打下了基础。

> 现在，大臣们；到法兰西去吧！到那边去干一番事业，光荣将同样地属于我和你们。这次出兵，一定会很吉利、顺当；因为上帝显示了恩宠，把那潜伏在我们身边、想一开头就阻挠我们的祸害——那危险的叛逆，给揭发出来了；毫无疑问，我们前途的障碍全部清除了。亲爱的同胞，动身吧，把我们的大军交付在上帝的手掌里。马上就出兵吧。高扬起战旗，欢欣鼓舞下海洋；不在法国称帝，就不做英格兰国王。（卷四，页133）

亨利五世发动英法战争，其来有自，国之大事在祭与戎，早在亨利四世篡权登基，创建兰开斯特王朝时，就有振发英格兰昔日雄风，以事功和军事胜利来夯实王权根基，扩展王国利益的想法。为此亨利四世曾计划摆脱法国瓦卢瓦王朝的约束，把法国霸占已久的英格兰在大陆的领地收归国有，还积极参与罗马教皇发起的十字军东征，以此赢得王国在欧洲列国的权威和声誉，提升英格兰作为大国的政治地位。但是，由于内政外交等诸多原因，亨利四世的王国蓝图并没有得到实施，他的早逝为继任的亨利五世留下了大展宏图的空间。亨利五世要继承先父的遗志，实现一代君主的新使命。就当时的情势来看，战争是首选，尤其是对法国开战（重启英法百年战争），以洗英格兰百余年来饱受法国侵辱的世仇，这是亨利五世王权底定的当务之急，也是英格兰国之大任。经过国内的秣马厉兵，审视权衡国际局势，此时正是法国瓦卢瓦王朝的衰败之时，法王查理六世统治软弱，身患疾病，王太子刚愎自用，有胆无谋，而此时各地封建领主之间矛盾重重，奥尔良和勃艮第两派为争夺查理六世的摄政权争斗不息，城市居民和农民由于恶劣的生存环境多次举行暴动，鲁昂和巴黎均发生反抗重税的市民抗议，王国处于四分五裂和内政紊乱的状态。因此，对于亨利五世来说，这是一个难得的时机，抓住这个千载难逢的机会，发动英法战争，若获得胜利，就可以一举奠定英格兰称霸大陆的目的，从而确立英格兰的国际地位，展现征服法国威慑群雄的大国风范。继承爱德华三世的伟业，超出英伦三岛，入主大陆腹地，实现英国政制法统的普遍治理，与罗马教会达成新的良好的政教关系，这是亨利五世的梦想。

　　为此长远目的，军事胜利是关键，我们看到，在《亨利五世》剧中，莎士比亚着重描绘和展示的便是那些举足轻重的战场情景，他叙述了几场战役，尤其是对于英法两国都具有决定性意义的阿金库尔战役。正是在这些战役中，亨利五世的英雄壮举及其勇敢、坚毅、睿智和身先士卒等，表现得栩栩如生，莎士比亚借此刻画了一位理想君主的风姿。例如，在对法国哈弗娄城的攻打中，为了尽快拿下城池，在城门前亨利五世不惜以残酷的杀戮相威胁，逼迫总督及市民开城投降，他警示说：

　　　　这一次，是我们最后一次的谈判了，所以趁早接受了我

们最大的恩典吧；要不然，你们就像自寻死路的人，休怪我们
太毒辣无情。凭着我是个军人——这称呼在我的思想中跟我最
相配——一旦我又发动了攻城，不到把这毁灭殆半的哈弗娄
城埋葬在灰烬底下，就决不罢休。……那火光熊熊、杀气冲
天的战争，本来就像是面目狰狞的魔鬼，魔鬼中的首领，到时
候如果它把一切烧杀掳掠的勾当都做尽了，那跟我又有什么相
干？……你们愿意投降，避免这场惨剧呢，还是执迷不悟、自
取杀身之祸？

面对亨利五世的胁迫，总督只好打开城门，向他投降：

> 伟大的皇上，我们把城市，连同自己的生命，都呈献在您
> 宽厚的恩德的面前。进城来吧。我们，以及我们的一切，全听
> 凭您发落。（卷四，页148—149）

当然，亨利五世对全城官吏百姓施以优待，顺利拿下哈弗娄城
池，向法国进发。

莎士比亚在《亨利五世》剧中重点叙述了著名的阿金库尔战役，
用大量的篇幅刻画和描写了两军对垒的具体情节，集中展示了亨利五
世的君王风采以及英军将士高昂的士气。莎士比亚在第四幕通过"致
辞者"首先描述了战场的情况，其情势对于远道来征的英军是大为不
利的：

> 在这无边的黑暗中，双方的阵地，营帐接着营帐，传播着

轻轻的声响；那站岗的哨兵，几乎各自听得见对方在私下用耳语把口令传授。……战马在威胁战马——那高声的嘶鸣好像在咆哮，刺破了黑夜的迟钝的耳膜。……且说法兰西将士，仗着人数众多，满以为这一回准能旗开得胜，心情是多么轻快；他们兴高采烈，一边掷骰子，拿不中用的英国佬做输赢，一边大骂那黑夜；……那些该死的可怜的英国人，真像是听凭宰割的牺牲，耐心地坐对着篝火，在肚子里反复盘算着，明天天一亮，危险就要来临；他们那种凄厉的神情，加上消瘦的脸颊和一身破烂的战袍，映照在月光底下，简直像是一大群可怕的鬼影。啊，如果有谁看到，那个领袖正在大难当头的军队中巡行，从一个哨防到一个哨防，从这个营帐到那个营帐，那就让他高呼吧："赞美与荣耀归于他一身！"他就这样巡逻，这样访问，走遍全军，还用和悦的笑容，问大家早安，拿"兄弟"、"朋友"、"乡亲"跟他们相称。……他总是那么乐观，精神饱满，和悦又庄重。那些可怜虫，本来是愁眉苦脸的，一看到他，就从他那儿得到了鼓舞。真像普照大地的太阳，他的眼光毫不吝惜地把温暖分送给每个人，像融解冰块似的融解了人们心头的恐慌。那一夜，大小三军，不分尊卑，多少都感到在精神上与亨利有了接触——可是，这又叫我们怎么表现呢！（卷四，页168）

此时此刻，亨利五世感到战争如此残酷，王国军队并不占优，士兵的生命犹如浮云，恐慌和焦虑在蔓延，为此，他作为君王，理应关心士兵们的疾苦和忧虑，以平等之身巡视士兵帐篷，问候看望，甚至与士兵们打成一片，彼此打赌，相互鼓励。最后，他孤身一人，独自祈祷，祈求上帝赐福其获胜，不要在今天追究他的父王曾经犯下的篡位谋反的罪孽。

相比之下，对方法国的法王、王太子以及统军首领，奥尔良公爵、法国元帅、波旁公爵，等等，他们又是如何做的呢？莎士比亚这样描写道，他们居高自傲，看不起破衣烂衫的英国士兵，先是派使节蒙乔去见亨利五世，要求其献上赎金，以免遭受法国大军的痛击。这些王亲贵胄、贵族大臣，只想着自己的荣誉和利益，甚至为了自己的得失斤斤计较，彼此猜忌，没有人顾惜士兵和民众的疾苦和利益，他们在战前面对即将来临的杀伐牺牲，念念不忘以至于相互调侃的还是什么"飞马""情妇"，全然漠视士兵们的生命和疾苦。而英国军队的远征将士，如葛罗斯特公爵、培福公爵、爱克塞特公爵、欧平汉爵士，等等，他们个个身先士卒，英勇无畏，以王国利益为重，展现出英格兰贵族的精神风采，尤其是亨利五世在战前微服巡视军情，引发了莎士比亚的一段关于君主和士兵们的对话描述，可谓经典之笔。

亨利五世在阿金库尔附近的阵地上遇到普通的士兵培茨和威廉斯，他们三人之间展开了一场对谈。培茨认为士兵们只要跟随着国王征战牺牲，作为臣民也就心安了。威廉斯则不同意，他说道：

> 如果这不是师出有名，那么国王头上的这笔账可有得他算了。打一场仗，有多多少少的腿、多多少少的胳膊、多多少少的头要给砍下来；将来有一天，它们又结合在一起了，就会一齐高声呼号："我们死在这样一个地方！"有的在咒天骂地，有的在喊叫军医，有的在哭他抛下了苦命的妻，有的高嚷他欠了人家的债还没还，也有的一声声叫他甩手不管的孩子——我只

怕死在战场上的人很少有死得像个样儿的！人家既然要流你的血，还能跟你讲什么慈悲？我说，如果这班人不得好死，那么把他们领到死路上去的国王就是罪孽深重了。苦的是小百姓，他们要是违抗了君命，那就是违反了做百姓的名分。（卷四，页173—174）

面对威廉斯如此的诘问，亨利五世感到万箭穿心，难以回复。君主要为每个士兵的死负责吗？国王征战是要师出有名，因为战争与否，是否向敌人献上赎金，这些要搞清楚，它们关乎正义，是为了正义和国家利益的战争，君主有权带领着士兵们冲杀甚至牺牲，但是，具体落实到每一个士兵，他们的生与死，结局如何，君主并不应负责。他说道：

> 国王手下的兵士他们一个个怎样结局、收场，国王用不到负责。做父亲的对于儿子，做主人的对于奴仆，也是这样；因为，他们派给他们任务的时候，并没有把死派给他们。……每个臣民都有为国效忠的本分，可是每个臣民的灵魂却是属于他自己掌管的。（卷四，页174—175）

作为基督徒，这里涉及每个人的罪责与报应问题，对此即便是君主也是无能为力的。虽然上述讨论暂时结束，但它们对于亨利五世的刺激还是很大的，以至于他对国王、君主之名分也有了深入的认识，这是那些生在宫廷未曾经历残酷战争的国王所没有的心灵感受。他感慨道：

要国王负责！那不妨把我们的生命、灵魂，把我们的债务、我们的操心的妻子、我们的孩子以及我们的罪恶，全都放在国王头上吧！他得一股脑儿担当下来。随着"伟大"而来的，是多么难堪的地位啊；听凭每个傻瓜来议论他——他们想到、感觉到的，只是个人的苦楚！做了国王，多少民间所享受的人生乐趣他就得放弃！而人君所享有的，有什么是平民百姓所享受不到的——只除了排场，只除了那众人前的排场？你又算得什么呢——你偶像似的排场？你比崇拜者忍受着更大的忧患，又是什么神明？……你凭什么法宝叫人这样崇拜？除了地位、名衔、外表引起人们的敬畏与惶恐外——你还有什么呢？……不，你妄自尊大的幻梦啊，你这样善于戏弄帝王的安眠。我这一个国王早已看破了你。我明白，无论帝王加冕的圣油、权杖和那金球，也无论那剑、那御杖、那皇冠、那金线织成和珍珠镶嵌的王袍、那加在帝号前头的长长一连串荣衔；无论他高踞的王位，或者是那煊赫尊荣，像声势浩大的潮浪泛滥了整个陆岸——不，不管这一切辉煌无比的排场，也不能让你睡在君王的床上，就像一个卑贱的奴隶那样睡得香甜。（卷四，页 176—177）

尽管如此，他还得背负起这个君王之肉身，义无反顾地带领着众将士致力于沙场，抛头颅洒热血，一往直前，这不是人世间最大的荒诞吗？是，也不是，这就是他的君王之命。在此，亨利五世对法国使节蒙乔道：

我请你，把我先前的答复带回去吧，叫他们先杀了我，然后再卖我的骨头。……不用说，我们有好多人会安葬在故土，在他们坟前的铜碑上我相信这一天的事迹将流传下来；而那视死如归、把英骨遗留在法兰西的勇士，虽然埋葬在你们的粪土堆里，可他们的芳名自会流传开来……（卷四，页184）

综上所述，我们可以看到，英国的君主及其将士与法国的君主及其将士，两相对比，宛若霄壤之别。

总之，通过对于英法战争中的几场战役，尤其是阿金库尔战役，以及战争期间英格兰王国内政外交等多个方面的经典刻画，莎士比亚为读者展示了一位既有雄才大略又有高贵道德，并吸收了英国中下层人民性的亨利五世君主形象，这个君主无疑寄托了莎士比亚的君主理想，承载着他所期望的英国王朝的新命。历史的结果大致也是如此，通过亨利五世时代对法战争的胜利，爱德华三世开启的百年英法战争，以英格兰王国的伟大胜利暂时告一段落。经过亨利五世的战争，法国已经被英格兰打垮，英格兰不但收复了在欧陆的一些失地，而且通过1420年亨利五世与法王查理六世签署的《特鲁瓦条约》，法国从属于英国，查理六世之子夏尔被剥夺王位继承权，英国国王亨利五世成为法国君主。在《亨利五世》一剧中，莎士比亚用戏剧艺术的表现形式，浓墨重彩地描绘了阿金库尔战役的胜利、随后法国的求和以及与凯瑟琳公主的婚姻，其戏剧在艺术结构上，承转跌宕，摇曳多姿，一个高潮接着一个高潮，从血淋淋的战场到辉煌胜利的礼赞，从阿金库尔战场众多将士的死亡到法国特洛华行宫的豪华美艳的婚庆，这一切来得如此神妙，简直不可思议。

先看战场上亨利五世营帐前的剧情，亨利五世询问埃克塞特公爵战役的状况如何，公爵汇报完之后，亨利五世说道：

> 这份报告上写着有一万个法国人尸首横陈在沙场上。……
> 在他们丧失的这一万人中普通招募来的兵士只有一千六百名。
> 其余的全都是王爷、男爵、贵族、爵士、候补骑士以及有身份
> 的绅士。……咱们英国军队阵亡的数字呢？爱德华·约克公爵、
> 萨福克伯爵；理查·克特利爵士；台维·甘姆候补骑士；其他
> 的都是些普通军人。总共不过二十五人。啊，上帝，在这儿你
> 显出了力量！我们知道，这一切不靠我们，而全得归功于你的
> 力量！（卷四，页199）

固然对照历史记载，莎士比亚剧中所言及的英法双方具体死亡人数并非真确，但作为戏剧艺术语言，其起到的效果足以宣告这场伟大胜利的神奇，它们为第五幕提供了一个牢固的基础。[①]

下面再看《亨利五世》最后一幕——第五幕的和平盟会场景及其富丽美艳的婚庆。两位国王相互致意，和平已经降临，通过勃艮第公爵的调停，法国公主凯瑟琳嫁给亨利王，法国王位转继给英国君主，

---

① 对勘一些历史学的史实研究，莎士比亚历史剧的某些细节描述，难免有一些不甚符合实情的情况，这一方面是由于当时的历史学还没有达到现今的科技高度，更为重要的是，莎士比亚所写的不是历史考证，而是历史戏剧，所以，"我们看莎士比亚不是看这些历史细节，他是让历史为戏剧服务。尽管他会压缩、精简、不顾细节，但在主要事实上，他从未歪曲杜撰，也未曾作出错误的引导。史家所要尽现于笔下的很多东西，都是戏剧家根据戏剧要求不予采纳的"。参见马里奥特：《莎士比亚戏剧中的英国史》，第170—171页。

正像伊莎贝尔王后所言：

> 一切的怨愤、争执，在今天全都变成了一片友爱。

也如亨利王充满爱意地对凯瑟琳所说的：

> 凯蒂，当法兰西属于我了，而我属于你了，那么，属于你
> 的是法兰西，而你是属于我的了。

最后在结尾处，威斯摩兰伯爵对亨利王说道：

> 法兰西皇上已经同意了全部款项：首先是公主，从而是一
> 切条件，依照你严格的规定，全接受了。

对此在剧情中紧接着还有补充，埃克塞特伯爵与法国国王曾经讨论过，但还是规定下来，即英格兰的国王亨利作为法王的女婿——娶公主凯瑟琳为妻——也是法兰西王位的继承者，亨利五世作为共同的国王，使得两个曾经相互争雄的王国，良缘泯恩仇，最终，荣耀归于上帝：

> 是他成全了普天下的婚姻，把你们俩（亨利王与凯瑟琳
> 公主）的心合而为一颗，把你们俩的疆土合并为一个吧！一
> 对夫妇，由于相爱，就结成一体；但愿两个国家同样地如胶似
> 漆。幸福的婚姻生活，往往会被卑鄙的勾当、阴险的猜忌所破

坏；但愿这些永远闯不进两国和睦的邦交间，把巩固的联盟破坏。但愿英国人就像法国人，法国人就像英国人一般，你敬我爱吧！（卷四，页215、218）

回顾英国数百年历史，甚至从长时段的英国史来看，亨利五世统治时期的英国，其统辖的地域以及治理的民众，可以说是处在最为辉煌的时期，法国成为英格兰的从属国，西班牙、意大利等地域的王国和公国也对英国仰目相望，英国地跨岛国和大陆，那些曾经归属法国的广阔领地成为英国的统治区域。这种地缘政治情况，即便是在都铎王朝时期，像伊丽莎白一世时代未曾有过，维多利亚统治的英帝国黄金时代也未曾有过。当然，莎士比亚对于身后之事，尤其是后来大英帝国的升降沉浮，不可能先知先觉，但是，到他身处的伊丽莎白时代为止，英格兰王朝国家的历史还从未有过如此辽阔的王国疆域。诚然，国土疆域并非判断王国实力大小和强弱的唯一标准，但在古典和早期近代，它们却是极其重要的标志，亨利五世的不世之功确实为英格兰王朝打下了一份偌大的基业。也正因如此，攻城略地的赫赫武功，审时度势的用人策略，治理王国的法制依据，以及兼容人民性的英国王权特性，这些都构成了莎士比亚《亨利五世》戏剧中的主要内容，莎翁以理想化的标准筛选加工并编织拟制历史中的亨利五世之辉煌业绩，犹如《史记》司马迁的列王"本纪"之笔法，塑造出了他心目中的卓越君主亨利五世，以寄托其关于英格兰王国之政治理想。时值英国的文艺复兴时期，莎士比亚的《亨利五世》在某种意义上可以与前后时代的但丁的《神曲》、詹姆斯·哈林顿的《大洋国》等政治理想相媲美，它们都注入并散发着早期近代人文主义的精神气息。

英格兰王国毕竟是基督教国家，自英国人归化以来基督教信仰就成为王国的精神根基，不同王朝时期的君主王权均受到罗马教廷的加冕，所以，基督教的神权赋予，也是英格兰王国的重要传统。莎士比亚的历史剧，尤其是《亨利五世》所彰显的这位背负新命的君主，其新命并没有达到废除罗马教廷加冕、摈弃神权加持的地步，甚至还没有达到后来亨利八世那种以圣公会新教与罗马教会相抗衡的地步。恰恰相反，亨利五世所表现出的君主权威更加强烈地诉求基督徒的道德戒律，并为此不止一次地虔诚忏悔——为他自己的行为，尤其是为其父亨利四世的篡权夺位而忏悔。这种忏悔意识显然是一种基督教的精神品质和德行风范，亨利五世并没有因为自己是一代君主握有世俗世界的最高权柄，即王权在手，就豁免或减弱自己的忏悔，反而更加严格和虔诚。[①] 莎士比亚在剧中多次描述亨利王对于上帝的崇信和祈求，特别是在阿金库尔战役前夕的夜半忏悔最具代表性意义：

> 啊，战神！使我的战士们的心像钢铁样坚强，不要让他们
>
> 感到一点儿害怕！假使对方的人数吓破了他们的胆，那就叫他

[①] 莎士比亚是否阅读过马基雅维利同时代的荷兰人文主义思想家伊拉斯谟的作品，不得而知，但伊拉斯谟针对马基雅维利的君主论所提出的不同思想，还是与莎士比亚的理想君主理念若合符节的。伊拉斯谟强烈反对马基雅维利力图教导君主攫取权力的非道德主义观点，他在《论基督教君主的教育》中试图提出一种简洁明了的君主教育手册，通过倡导一系列基于基督教信仰的劝诫和箴言，启发开明的统治者，赋予他们的良善统治和法治治理以一种基督教义的道德高度，从而使统治者的臣民免受赤裸裸的暴政，也使得统治者能够长治久安。莎士比亚的理想君主显然也具有这种统治者的道德品质。参见伊拉斯谟：《论基督教君主的教育》，李康译，商务印书馆 2017 年版。

们忘了怎样计数吧。别在今天——神啊，请别在今天——追究我父王在谋王篡位时所犯下的罪孽！我已经把理查的骸骨重新埋葬过，我为它洒下的忏悔之泪比当初它所迸流的鲜血还多。我长年供养着五百个苦老头儿，他们每天两次，举起枯萎的手来，向上天呼吁，祈求把这笔血债宽恕；我还造了两座礼拜堂，庄重又严肃的牧师经常在那儿为理查的灵魂高唱着圣歌。我还准备多做些功德！虽说，这一切并没多大价值，因为到头来，必须我自己忏悔，向上天请求宽恕。（卷四，页 178）

上述一系列行为无不表明亨利五世是一位基督教君主，虽然具有盖世之武功和权力，但仍然臣服于基督教神权之下，甘愿做神的奴仆。对此莎士比亚显然是赞同的，他如此刻画亨利五世的忏悔，强化他的君主美德，在褒扬和力挺亨利五世的世俗事功和强大的政治权力的同时，依然要刻画他虔诚的忏悔，对于神权的臣服。这样做，莎士比亚其实是富有深意的，即他要与马基雅维利及被渲染的自我主义的终极虚无做出实质性的区别。马基雅维利式的君主可以没有上帝，以自己的欲望和目标为中心，为此可以牺牲一切，以万物为刍狗、为手段，为了达到目的无所不用其极。这样的马基雅维利主义者虽然也颇为早期人文主义所拥护，但其结果却是不可预知的，也会给世界和自己带来无尽的灾难。

在此，莎士比亚通过亨利五世的君主形象，与形形色色的马基雅维利主义者划清了界限，并与他们截然有别。莎士比亚不赞同完全彻底的个人主义、自我中心主义或唯我主义，不赞同马基雅维利主义者们所标榜的他人是工具，为了自己的大业可以牺牲别人，政治可以不讲道德，等等。其实，马基雅维利自己的真实思想或许并非如此，但既然被断章取义地渲染，已然背负骂名，那也是难以分辨。总之，这样的马基雅维利式的君主及其治国宝鉴，莎士比亚并不认同，难以为伍，并与此判然有别。在强调人文主义的个人自主、责任担当、权利自持、个人奋斗，展示个人才情、重视情欲表达，以及实现个人能力等方面，莎士比亚与马基雅维利没有什么区别，他们是非常一致的，这些在莎士比亚的众多人文戏剧中都有深刻的表现，例如《仲夏夜之梦》《皆大欢喜》《威尼斯商人》等。但是，在政治和历史领域，尤其是关涉王国最高权力的王权、王位以及邦国治理、法制裁判、内外政治，特别是在王位继承、王朝变迁、篡位夺权、谋反叛国等重大政治事件中，莎士比亚与马基雅维利倡导的《君主论》（或许莎翁并没有读过），有着迥然各异的想法，莎士比亚在《亨利五世》乃至英国历史剧的所有剧目中，都坚持着王权政治必须与政治伦理尤其是基督教德行相匹配，德才兼备才是衡量一位君主乃至一个王朝正当和稳固与否的标准。①

---

① 莎剧学者伯恩斯指出："真正意义上的政治生活非常接近亚里士多德在《政治学》中的描述：其特征不在于服从君主的命令，不在于不假思索地忠诚于国家或祖国，亦不在于保护并增进自身权利的个人关切；毋宁说，其特质在于对善与恶、正义与不义、高贵与卑贱的共同思考，即在于我们对严肃道德问题的道德判断，在于我们确实共同尊敬那些自己认为值得尊崇和献身之事，并对那些我们认为卑贱可鄙之事感到轻蔑。……莎士比亚尤其充分而清楚地展现了政治生活的核心问题。这问题就是：谁应当统治？谁配统治？什么德性使一个人有资格领导他人？何种败坏使一个人没有资格居于领导之位，甚至没有资格活着？谁最能引导我们共同实现我们作为公民的目的，而什么人因此在道德上使其他所有人负有服从的义务？"参见伯恩斯：《莎士比亚的政治智慧》，袁鹏译，华夏出版社 2021 年版，第6—7 页。值得注意的是，伯恩斯的莎士比亚戏剧研究过于推崇古典罗马的公共政治及其公民美德，认为基督教文明败坏了古典的政治智慧，以此解读（转下页）

从这个标准来看，理查三世就是一个极其反面的君主形象，其邪恶暴政有目共睹，亨利八世也未具备优良的君主风范，此君喜怒无常，虽然威权赫赫，但王室伦理紊乱，难以说是虔诚的基督教君主，至于理查二世、亨利六世，则是另外一种君主形象，他们能力太弱，不堪担负君主大任，只有亨利四世像是具备了一定的雄姿，但有一个致命的短板或罪责，那就是篡权夺位，另立新朝，这显然违反了王权传承的政治伦理和封建法统。说到底，英格兰封建王朝中晚期的这些君主中，只有亨利五世距莎士比亚理想君主的目标最近，也就因此成为莎翁戏剧化塑造的对象。当然，戏剧中的亨利五世形象与历史事实中的亨利五世并不完全吻合，毕竟文学作品不是历史传记，但也并非莎士比亚的臆想编造，而是具有相当真实的历史现实性。这个莎士比亚的理想君主之目标在英格兰王国并没有实现，接续亨利五世的亨利六世又是一位软弱无能的君主，由此开始了英国历史中残酷的红白玫瑰战争，致使英格兰王国陷入无尽的黑暗。饶是如此，莎士比亚在亨利五世身上寄托的理想君主的期望也并没有消失殆尽，而是随着英国作为一个现代民族国家的兴起变得越发可期。

莎士比亚塑造的亨利五世之王朝新命，若从王权政治的视角来看，依然有一个隐忧，那就是兰开斯特王朝创建之际的王位篡夺问题，这个问题虽然不是亨利五世一朝的当务之急，甚至从直接性来看，也与亨利五世无关，他的王权继承是公正合法、承继有序的，亨利五世自己的王权并没有受到诸如篡位、谋反之类的困扰，但若追溯兰开斯

（接上页）莎士比亚显然也是片面的，不过，他对于何为政治的论述，有助于我们理解莎士比亚历史剧的精神内涵。

特王朝的起源以及王朝初建之时的正当性，即法权溯源或正统性问题，亨利五世也不能完全回避。① 关于这个法统流转以及王朝正朔问题，我们在前文屡有论及，其中所谓的"都铎史观"也是为了解决类似问题而人为拟制出来的。站在基督教君主的立场上看，莎士比亚在《亨利五世》剧中之所以屡屡展示亨利五世的忏悔，甚至为其父忏悔，其实也正是表明亨利五世承认了其父开启的兰开斯特王朝从政治伦理上是不正义的，是一种篡权夺位和叛逆谋反，这就承认了政治原则上的正统性之唯一标准，而不是模棱两可，文过饰非。不过，对于过往的事情，即便是过往的罪恶，作为基督徒或基督教君主，所能做的也就是忏悔，深深的、虔诚的忏悔，在戏剧中亨利五世就是如此。既然忏悔是一种重负的解脱，那么亨利五世便可以从容无畏地行使他的君权，施展他的雄才大略，为王国创建不世功勋，这也是支撑亨利五世奋发图强的一种心灵的力量。在莎士比亚看来，尘世的功业，即便是盖世英雄的不世之功，单凭世俗之力也是难以支撑下去的，必须有一种心

---

① 理论家贝克曾经指出："莎士比亚八部连续的英国历史剧展示了一个'罪与罚'的故事。"评论家普罗分析道："罪是在第一个剧目《理查二世》中犯下的，在此剧中，海瑞福德公爵波林勃洛克篡夺了他无能的堂兄理查二世的王位。而惩罚包括了剩下的历史剧，从都铎王朝的第一个国王亨利七世最终登基，一直到《理查三世》结束。整个冤冤相报的结构很接近悲剧的结构：在一种秩序恢复的迹象中暗含着衰败和逐渐毁灭。莎士比亚以一种典型的风格对这个悲剧性的衰败提出了多重解释。在《麦克白》中，也呈现出一种弑君—混乱／惩罚—恢复的逻辑在起作用。莎士比亚把天意的解释置于叙事的背景之中——恶破坏了神的秩序，在秩序最终被恢复之前，罪需要被偿还。然而，在戏剧的前景之下，他还提出了一个更现实的、政治—心理上的解释。无论是在政治上还是在心理上，不合法的统治将会滋生不断增加的混乱，这合在一起会导致社会结构的崩溃，从而使政治进入一种谋反和暴政的恶性循环。"参见刘小枫、陈少明主编：《莎士比亚笔下的王者》，第4页。

灵上的超越性力量，一种来自基督教精神的信仰和奉献，一种来自人的谦卑和高贵之情怀，才能持之以恒，而这恰恰是他与马基雅维利最终的分野，也是虚无主义与人文主义背后之超越性的最终分野。

有忏悔，也会有复仇。这个复仇的主题，虽然未必来自基督教神学，但也是一种为基督教所赞许的历史宿命，而且往往是悲剧性的，其结局是惨绝人寰的。《圣经》上说"申冤在我，我必报应"，这是神的语言，复仇在神圣的上帝之手，但血亲复仇与因果报应追溯起来还有更加远古的起源，莎士比亚的戏剧显然也受到这种远古历史宿命论的影响，在他创作的一系列戏剧中都有复仇和报应的主题，在英国历史剧中这个主题没有减弱，反而以一种更加神秘主义的形式表现出来。在《亨利五世》乃至《亨利四世》和《亨利六世》那里，是通过隔代的报应方式，对亨利四世的篡权夺位施以复仇和报复，剧中不止一次地提到亨利四世的罪恶不是通过忏悔就可以彻底解除的。尽管亨利四世尤其是亨利五世多次对于篡夺理查二世的金雀花王朝王权的行为忏悔，这个谋反夺权的罪恶还是没有得到彻底的弥补，报应和复仇并没有消除。不过这种复仇和报应不是立刻应验的，甚至不是在第二代国王身上应验，而是神秘地发生在第三代国王身上，即在作为孙子的亨利六世那里得到应有的报应。亨利六世作为亨利四世的王孙和第三代兰开斯特王朝的君主，其命运和结局是悲惨的——亨利六世最终死于伦敦塔，兰开斯特王朝又被约克王朝所取代，爱德华四世，尤其是理查三世他们恢复了被亨利四世颠覆的金雀花王朝（改称为约克王朝）的王权，这种王权往复也可谓一种复仇和报应，理查二世之死和王位被篡夺，在第三代亨利六世那里获得复仇和匡正。莎士比亚在他的英国历史剧中，非常神秘地描述了这个隔代报应和复仇的故事。

　　还有更神秘的，在莎士比亚的两个四联剧中，莎士比亚多处触及与王权相关的复仇和报应问题，有论者研究和统计后指出，在两个四联剧中至少有三组与王权关联的复仇和报应的故事，而且都是隔代应验的，这三组复仇和报应的故事构成了莎翁英国历史剧的一条隐秘的主线，把王权的辗转传承延续贯穿起来，形成了都铎王朝的前史。都铎神话意识形态的一个主要关切点就是从这些血亲复仇和因果报应的王朝史中超越出来，从而塑造出一个包含并超越前朝的新史观，以为都铎王朝的王权合法性与正统性提供论证。关于三个复仇和报应的故事，蒂利亚德指出，"雷利在国王犯罪、孙子受罚中看到了历史的主旋律，这在英国历史中始于爱德华三世。爱德华将他的叔叔肯特公爵杀死，他的孙子理查二世为此受罚。亨利四世违背了誓言，同样的也是他的孙子亨利六世受到了处罚。亨利七世尽管是一位明智而审慎的国王，且是上帝处罚理查三世的直接手段，在他犯下处死斯丹莱和华列克勋爵的罪行后，他的孙子爱德华六世受到处罚而早夭"[1]。为什么在莎士比亚的英国历史剧中，复仇与报应都是通过第三代——不是当下，甚至也不是第二代，而是非要延伸到第三代，即孙子辈才予以实施，这是一个难以解释的秘密，莎士比亚没有给出任何有效的解答。对此，也有论者指出莎士比亚的戏剧具有浓郁的神秘主义色彩，他的创作受到中世纪神秘剧和古代神话传说的影响，诸多场景、鬼怪异灵和预言启示，乃至一些情节的匪夷所思的结局等，都明显可以看到神秘主义的强烈气息。[2]

---

[1]　参见蒂利亚德：《莎士比亚的历史剧》，第 66 页，以及他援引的其他相关资料，例如雷利和戴维斯的相关研究。

[2]　参见查尔斯·米尔斯·盖雷：《英美文学和艺术中的古典神话》，北塔译，（转下页）

尽管谋反、篡权、诅咒、复仇和报应，以及预言、启示、忏悔等贯穿在莎士比亚英国历史剧的始终，且不乏神秘主义的气息，但有一条主线还是清晰和强有力的，那就是英国王朝史的叙事展示的是一部王朝演变和王权彰显的历史。其中，英国王权从"君权神授"到"能者为王"再到"王者尊崇"，莎士比亚力图在英国王朝史的跌宕起伏甚至陷入低谷的绝境之中，张扬一种具有早期现代意义的德才兼备的一代英国君主的风范，而在亨利五世那里，莎士比亚看到了某种希望，并且予以戏剧性地提升，赋予其理想君主的新使命。① 历史学家马里

（接上页）上海人民出版社 2005 年版；黄国彬：《解读〈哈姆雷特〉：莎士比亚原著汉译及详注》，清华大学出版社 2013 年版；傅光明：《〈麦克白〉的"原型"故事及"魔幻与现实"的象征意味》，载《东吴学术》2017 年第 2 期。

① 莎学评论家普罗在《哈尔王子：莎士比亚对马基雅维利的批评——〈亨利五世〉新解》一文中曾经引述评论家沃切尔的观点，并展开自己的论述，沃切尔写道："大家经常会注意到，在《亨利五世》文本所独有的诸多特征中，其表面特征特别能引发激烈的分歧。在这个问题上，文学批评中存在着两大严重对立的阵营，这一点几乎人所共知：一个阵营决定地认为，该剧是'所有基督教国王的镜子'和所有历史剧中最成功的英国君主的颂词，的确是一次激动人心的庆典；而另一个阵营的追随者也同样决定地嘲笑一个马基雅维利式的征服者的洋洋得意，总之是嘲笑那毫无意义的战争。"对此，普罗写道，他的文章"致力于研究莎士比亚常常被人们忽略的历史剧，从而把他作为一个严肃的政治思想家来研究。为了达到这个目的，本文试图揭示莎士比亚的亨利系列剧作（《亨利四世》第一部和第二部，以及《亨利五世》）中，特别是在哈尔王子成长为亨利五世的故事中，莎翁对马基雅维利政治思想尽管含蓄但依然尖锐的批评。与马基雅维利相反，在这里，莎士比亚揭示出，政治的美德只有在难以忍受的以人为牺牲的基础之上，才能在实践中创造出政治的合法性"。普罗进一步分析道："通过哈尔的一生和表现，莎士比亚对马基雅维利的政治思想提出了一种批判。莎士比亚不像那个时候大多数的批评家那样，满足于谴责马基雅维利的道德败坏。他从历史的角度，阐明了持续不变的政治美德的要求——持续不断的欺骗和操纵，友谊和爱从属于国家重负，无力承认和补救过去的罪行，为了自我身份合法化而进行战争，贪得无厌地要求一种治国艺术——这些，甚至对理想的马基雅维利式的君主来说，最终（转下页）

奥特认为："作为一个戏剧家、一名爱国者，莎士比亚希望找到一个主题，通过这个主题去呼应伊丽莎白女王统治末年全社会高扬的爱国热情。那是一个属于伟大人物与伟大事件的时代。莎士比亚想把时代的精神阐发出来，而他的方式如同以往那样绝不是单刀直入，他要传达的教训也不是教条式的。带着自己的目标，莎士比亚对亨利五世的主要生平进行了精湛的改编与使用。这部剧作无疑是对荣耀之治的精确呈现，是对人物性格的深刻分析，它完全称得上是爱国主义之类诗作的典范。它兼具品位与智慧，韵味高远，闪耀着诚挚的国家情怀所散发的光芒。"[1]

本书行文至此，已经大致分析和解读了莎士比亚十部英国历史剧尤其两个四联剧集中关涉的王权和王朝问题，细心的读者可以发现，我并没有按照莎士比亚创作年表来分析这些戏剧内容，也没有按照英国历史纪年的王朝次第来分析和解读这些剧本，更不是按照都铎王朝的历史观来分析和解读这些剧本，而是遵循着前文我所揭示的莎士比亚历史剧的时间结构及其内涵来分析和解读莎士比亚心目中的英国王朝历史的王权嬗变以及隐含的意义。

当然，莎士比亚不是理论家而是文艺家，他的王权思想是通过历

（接上页）都太沉重了，难以承受。没有人可以失去自己的生活而活下去。马基雅维利式的美德吞噬生命，把它简化成偶像一般的礼仪。简言之，莎士比亚说明，马基雅维利式的君主从心理上来说不可能存在。……莎士比亚似乎暗示，合法性不能只靠君主来产生，它必须——如果证明是持久的话——在某些方面与一个社会传统的道德基础保持一致。如果照这样的方式来阅读，就可以发现，《亨利五世》加强而非扰乱了这一系列历史剧的重要主题：罪行——惩罚——赎罪。"参见刘小枫、陈少明主编：《莎士比亚笔下的王者》，第2—3、28—29页。

[1]　马里奥特：《莎士比亚戏剧中的英国史》，第174页。

史人物形象尤其是君主以及戏剧情节的发生、发展、冲突和铺陈等艺术手法表述出来的，尽管如此，封建政治的历史传统，基督教神学的精神背景，早期人文主义的酝酿发育，市民主义的世俗生活，英格兰民族的初步凝聚，时代对于德才兼备之卓越君主的迫切诉求，还有马基雅维利主义的非凡影响，等等，这一系列复杂而多元的要素都以各种方式融汇到莎士比亚历史剧的创作之中。他的作品，尤其是以英国王朝君主以及王权演变为主题的历史剧，显然都不可能置身其外，甚至相反，这些历史剧构成了一个富有生命力的历史舞台，让各式各样的君主粉墨登场，唱白脸的有之，唱红脸的有之，唱黑脸的有之，唱红黑白杂糅的有之，它们就像一部有声有色的京剧，或者说，它们更像一部多声部的交响乐，在英国王朝历史中，铿锵有力、不绝如缕地演奏着，深沉、幽暗、辉煌且摇曳多姿。我们若想了解英国史，尤其是英国政治史、王权史以及早期宪政史，阅读史家之历史研究或者史记、编年史等学术理论著作固然是一种方式，但阅读莎士比亚的英国历史剧，也不失为一种有益的补充，甚至其中对于历史本质和人物命运的描绘和揭示，比史学家们更加深刻、生动和熠熠生辉。

权力的游戏:《哈姆雷特》《麦克白》与《李尔王》

前文曾经指出,莎士比亚的英国历史剧狭义上指的是十部历史剧,主要内容涉及都铎王朝以及此前的兰开斯特与约克两个王朝及其相互斗争的故事,这里的主要人物是君主,诸如亨利四世、亨利五世、亨利六世和理查二世、理查三世等,主题也是围绕两个王朝显赫家族之间争夺王权和王位的冲突与斗争,引发了英国历史上著名的红白玫瑰战争,还有英法百年战争的接续与终结等。总的来说,莎士比亚的历史剧与英国这段二百余年的历史水乳交融,很多戏剧情节和内容直接来自相关的编年史。正如我在前文中指出的,莎士比亚的历史剧还有广义的解释,即从一个更为宏阔的视野来看,莎翁的历史剧除了狭义的十部英国历史剧之外,还包括另外两个层面的内容:一个是以英格兰王国周边其他王国的历史与政治演绎为主题的历史和王朝剧,例如发生在丹麦王国的《哈姆雷特》、苏格兰王国的《麦克白》、不列颠王国的《李尔王》等,这些构成了莎士比亚历史剧空间结构的扩展;另外一个便是莎士比亚创作的罗马剧,例如《科利奥兰纳斯》和《尤利乌斯·凯撒》《安东尼与克莉奥佩特拉》,它们构成了莎士比亚历史剧时间结构的溯源，把英国政制及其王权演变上溯到古典罗马时代政制巨变的大背景下予以审视。总的来说，通观莎士比亚历史剧，其实有狭义与广义之分别，若把它们叠加整合在一起，可以更为清晰和深刻地了解莎士比亚关于政治体制、战争情势、君主德能以及文明演进、人性幽暗等多个维度的思考和戏剧化展示。下面先从英国所置身的欧洲空间层面予以讨论。

王权之死：哈姆雷特的悲剧及王国遗命

哈姆雷特是丹麦王子，莎士比亚在《哈姆雷特》一剧塑造的这位王子的复仇故事可谓世界文学之经典，也是近代人文主义戏剧文学之绝唱，与之相关的文学戏剧论述汗牛充栋，在此无须多言。我之所以把《哈姆雷特》纳入莎士比亚英国历史剧谱系分析，并非从戏剧文学的视角考虑，而主要是基于下面两个维度的考虑：一个是作为地缘位置的丹麦王国，一个是哈姆雷特所纠缠于其中的关于王位的政治谋杀与血亲复仇。上述两个方面的叠加，构成了我们理解莎士比亚英国历史剧的更广阔的时代和政治背景，有力地增进了我们对一些英国君主的事功与性格的深入了解，莎士比亚显然是在创作完英国历史剧的两个四联剧之后，感到意犹未尽，很多更为深入和丰富的内涵并没有展示出来，才继续创作了一些类似的虚拟的王国政治剧，以对勘和补充英国历史剧的缺憾，《哈姆雷特》就是一例。

从欧洲历史上看，丹麦王国并不属于英格兰，其起源和国运与英格兰封建诸王朝并没有直接的瓜葛，虽然追溯起来，它们都属于北方诺曼人（又称维京人），在古代英格兰的七国时代一度入侵英国，控制过英国北部大片地区，但很快就被原住英国人逐出。英国诺曼征服之后，丹麦维京人就离英格兰越来越远，属于北方偏僻寒冷之地，以海盗著称，到了莎士比亚生活的都铎王朝时代，丹麦王国对英国的影响并不大。当然，丹麦王国其来有自，从古代到近现代有自己的发展历程，并且与周边的瑞典、挪威等分分合合，辉煌过也衰落过。关于丹麦王国发生的哈姆雷特王子复仇的故事，并没有多少历史的真实成分，它最早出现于 12 世纪的丹麦史。这个故事作为一个遥远而刺激的传说，在 16—17 世纪被欧洲的一些文人墨客演绎为津津有味的故事和戏剧，莎士比亚作为戏剧圈子里的人，博览群书，对此肯定是非常熟知的。莎士比亚以此为模本于 1599—1602 年集中精力创作了《哈姆雷特》，这幕戏剧可谓一不小心就成为莎士比亚的经典作品，盛演不衰，哈姆雷特成为世界文学中的经典人物，被视为文艺复兴时代最卓越的文学代言者。《哈姆雷特》被批评家们视为莎士比亚最杰出的代表作，这或许是他始料未及的。不过深究起来，《哈姆雷特》从两个维度或层面深化和补充了英国历史剧的内容和内涵，英格兰国王的国家特性尤其是英格兰国王的王权本质，还有贯穿了早期近代人文主义的内涵以及困扰，都在此得以深入展开。

　　莎士比亚《哈姆雷特》戏剧中的丹麦王国，既是丹麦，又不是丹麦。从故事的梗概、人物以及出场的环境来说，这个故事当然不是发生在英格兰王国的，而是发生在英格兰之外、与其相互毗邻的北方丹麦王国。《哈姆雷特》的故事如下：丹麦的老国王爱子心切，把王子哈姆雷特送到德国的威登堡大学读书，接受古典文学和政治学的教育，以便回来继承王位，更好地统治丹麦王国。但是在此期间，丹麦王国发生了一件大事，国王的弟弟克劳狄斯谋杀了国王，篡位并且娶了王后即哈姆雷特的亲生母亲乔特鲁德为妻。哈姆雷特得知巨变之后，从留学地德国返回丹麦，作为王子的他面临着是否复仇以及如何复仇的问题。哈姆雷特在犹豫许久并经历心灵剧痛之后，最终亲手杀死新国王、他的叔父克劳狄斯，他的母亲乔特鲁德王后因误饮毒酒而亡，心爱的恋人奥菲利娅伤心忧恨而自杀，他自己也在复仇过程中身中毒剑而死，丹麦王国则由挪威王子福丁布拉斯继承王位。这个悲剧故事世人耳熟能详，从历史剧的角度来看，还有两层特别的含义需要在此详加讨论。

第一层，这个故事表面上看是丹麦王国发生的谋杀、篡位和复仇的故事，但不排除莎士比亚暗指的是英格兰王国，或者说，丹麦就是英格兰的隐喻——王族血亲兄弟之间弑君篡位以及复仇的故事在英格兰王国屡屡发生，他的四联剧描述的不就是这些王族之间的仇杀、篡权和复仇的王朝故事吗？所以，彼丹麦亦可谓此英格兰也。甚至还可以更进一步推测，丹麦王国作为英格兰的邻国，与英格兰同宗同源（同为北方诺曼人且都皈依基督教），也不排除可以纳入未来英格兰王国之谱系，就像英格兰王国一度归属大陆诺曼底公国的治理。这种设想或许有着某种英格兰中心主义的帝国雄心之谜思——英格兰若成长为一个庞大的帝国，像丹麦这样毗邻的小王国、公国，也可以纳入其中。无论如何，英格兰与丹麦在政治体制乃至王权嬗变方面的同类性却是不可不提的，莎士比亚创作丹麦的哈姆雷特之时，心中想着的或许就是英格兰的哈尔王子或理查二世、亨利六世。从剧情来看，丹麦王国是一个独立自主的国家，且在与挪威的战争中获得主动权。老国王在治理国家方面才能平庸，其弟克劳狄斯则属于马基雅维利主义式的人物，类似理查三世，为了谋取君主王权，达到个人的政治野心，不惜谋杀其兄国王，还强娶王后为妻，可谓费尽心机，机关算尽，坏事做绝。克劳狄斯施展阴谋诡计加害于哈姆雷特，最终致使自己的亲侄子哈姆雷特王子在万般犹豫中奋起复仇，一个王国两代王权由此沦落。类似的王朝故事并不陌生，莎士比亚在十部英国历史剧中，描绘和推演了多个谋杀、篡位以及复仇的故事，理查二世、亨利六世、亨利四世和亨利五世等在莎士比亚戏剧中无不经历过类似的惊心动魄的剧情。问题在于，为什么莎士比亚在创作了上述历史剧及类似剧情之后，还要如此重复地创作《哈姆雷特》《麦克白》之类的政治悲剧呢？主题重复显然不适用于莎士比亚这样的伟大戏剧家，其中必有更深入的原因，这就涉及我所要说的第二个维度或第二层含义。

第二层，就是在哈姆雷特这位王子身上有着前述的几部历史剧君主人物所没有穷尽或没有深入挖掘的东西，为此莎士比亚不惜新创一部戏剧尤其是悲剧予以展示。也就是说，哈姆雷特与哈尔王子、理查二世、亨利六世等君主有很多相似的方面，但更有迥异之处——在哈姆雷特身上体现着更为浓烈的时代特征。上述几位人物局限于各自生活的时代，例如，理查二世生活于 14 世纪，哈尔王子、亨利六世则生活于 14、15 世纪，此时的英格兰虽然开始步入早期现代的潮流，但相比于文艺复兴时期的意大利乃至意大利周边直到北海周边的西南和西北欧来说，早期现代的时代风潮，人文主义、市民主义、个人主义以及古代希腊罗马的复兴诉求，甚至对于罗马教会的人文主义批判，凝聚民族国家的某种殷切期望，等等，这些发端于地中海沿岸意大利诸邦国的新潮流，在红白玫瑰战争时期的英格兰王国并没有获得足够的成长，只是呈现出些许的端倪，莎士比亚似乎也很难进一步发挥，这致使他的四联剧笼罩在传统的都铎王朝历史叙事的神话解释之中。显然，莎士比亚不甘受制于都铎史观的约束，他要展示其独特的英国历史观，尤其是要深入展示那些决定英格兰王国特性且深受早期人文主义浸润的王国君主的生命内蕴和精神实质以及悲剧性命运，因此他选择了一些隐喻，丹麦王子哈姆雷特以及王子复仇的故事就成为他的载体，莎士比亚试图把在两个四联剧中意犹未尽的东西淋漓尽致地表述出来。

由此可见，莎士比亚笔下的哈姆雷特是一位具有现代精神气质的王子或君主，这一精神气质与哈尔王子、理查二世、理查三世和亨利六世等英格兰君主大不相同，哈姆雷特所遭遇的劫难和困境与哈尔王子、理查二世等人也有本质性的不同。如果说英国红白玫瑰战争中的两个王族及其王室贵胄所面临的困境是如何夺位复权、匡正王朝统绪以及忏悔自己在谋反复权中的不义手段，从而确立和延续英格兰王朝之正朔统治，最终都被都铎王朝予以统一性合并进而实现和解的话，那么，哈姆雷特所面临的困境则属于看似简单实为现代性的，即为什么要对谋杀、篡权、夺位的叔父及不忠的母亲实施复仇呢？若按照传统的封建王权观念及政治伦理，作为王位继承者的哈姆雷特，应该毫无疑义地、不惜任何代价地复仇，实施王权的正义报应，这样的话，这部悲剧的意义就非常简单明了了，而莎士比亚也就无须创作这部作品了。正是在是否行使复仇以及如何复仇这些方面，莎士比亚把戏剧的中心思想予以聚焦并凸显了出来，哈姆雷特的虚无痛苦、忧郁迟疑、装疯卖傻和决绝复仇等心理和精神的内在纠结成为《哈姆雷特》剧情的核心内容。莎士比亚把一个看似简单的问题，一个王子本无须思考的问题，铺陈和锤炼为一个生死攸关的大问题或者说人生之终极问题，这究竟意味着什么呢？

一般的文艺批评家把《哈姆雷特》视为一种新的悲剧形式，有别于法国古典主义戏剧，他们认为莎士比亚在《哈姆雷特》创造出一种新的戏剧类型，即性格悲剧，并从文艺学的历史流变中将莎士比亚视为一代宗师，由此开启了现代浪漫主义。从人物性格方面解读哈姆雷特以及莎士比亚的王朝历史剧，当然有一定的意义，也符合某种真实的情况，莎士比亚在哈姆雷特身上确实展示了人物的生命本质以及与此相关的生死抉择的灵魂拷问，具有文艺复兴时期人文觉醒的意义。对此，19 世纪以降的一系列浪漫主义大诗人，诸如英国湖畔派诗人柯勒律治、法国文豪雨果、德国浪漫派诗人施勒格尔兄弟等，都对莎士比亚的戏剧给予了高度评价，认为莎翁悲剧突破了法国古典主义戏剧之藩篱，展现了人性的内在本质力量及鲜活的生命力，从而把莎士比亚的戏剧提升到一种浪漫主义的典范地位。[①] 相比之下，对于莎士比亚的性格悲剧的分析，还是德国思想家黑格尔论述得最为精深，他在《美学》中对莎士比亚以及莎剧人物哈姆雷特、麦克白、奥赛罗、理查三世，等等，都是从浪漫主义的视角予以分析的，认为他们展现了精神的深厚本质。当然，黑格尔对于"浪漫剧"的理解具有其精神哲学的独特含义，但无论怎么说，莎士比亚戏剧开辟了一种新的戏剧范式，对近代市民主义文化艺术之兴起，无疑具有指导性意义。[②]

---

① 参见杨周翰选编：《莎士比亚评论汇编》（上、下），中国社会科学出版社 1979 年版；白利兵：《走上神坛的莎士比亚：柯勒律治莎评研究》，中国电影出版社 2014 年版；Roberts, A.(ed.), *Coleridge: Lectures on Shakespeare (1811—1819)*, Edinburgh: Edinburgh University Press, 2016。

② 参见黑格尔：《美学》（第一卷），第 121、222、229、243 页。值得注意的是，休谟作为英国经验主义思想家，其艺术品位还是推崇古典主义的审美标准，他在《论趣味的标准》《论趣味的敏锐与激情的敏感》《论悲剧》等文章，尤其在《英国史》第五卷等内容中，对于莎士比亚的戏剧评价不高，甚至多有贬损。他写道：如果将莎士比亚视为一介草莽，考虑到他生于粗蛮年代，只受过最鄙陋（转下页）

通观莎士比亚三十多部戏剧，应该指出，他确实深受近代人文主义的影响，创造的诸多人物，包括君主人物，都超越了各自的身份和地位之束缚，具有人本主义以及个人主义的思想内蕴，体现着某种人的觉醒，即从封建王权和基督教神权统辖之下挣脱出来的人的觉醒。由此观之，哈姆雷特复仇之际的某种犹豫、迟疑乃至忧郁、迷惑和痛

（接上页）的教育，既未曾受教于经纶事务，也未曾求学于硕学鸿儒，那么，称其为旷世奇才也不为过。但如果将莎士比亚视为一代诗才，能为博学明识的读者提供合适的消遣，那么，我们对他的这种颂词将大打折扣。我们遗憾地看到，在他的作品中，不合绳尺，甚至荒唐悖谬之处俯拾皆是，从而让那些原本兴味盎然、激情四射的场景大为减色。但与此同时，也正因为有了这些穿缀其间的纰漏和瑕疵，我们才愈加尊崇其文辞之美。他常有神来之笔，能将特定人物的特定情绪刻画的惟妙惟肖，但却始终无法以一种合理而得体的方式来表达思想。他的作品中总不乏刚健生动的笔触，但却往往缺少措辞的纯净或质朴。他对于戏剧艺术和舞台表演一无所知，这是他的一大缺陷。但它更多地影响到观众，而非读者，故而不难赢得我们的宽宥。与之相较，更难让人容忍的是他的作品常常格调不高，唯有靠间或迸发的天赋灵光予以克服。他当然是旷世大才，拥有极高的天分，他同时提升了我们的悲剧和喜剧。但人们应当将他引为前车之鉴：要想在文艺上卓然有成，仅仅靠天赋是多么的危险！人们甚至仍会怀疑：我们是否高估了他的才赋，一如那些奇形怪状、比例失调的身体总是显得更为硕大。参见大卫·休谟：《英国史》（第五卷）；《论道德与文学——休谟论说文集》（第二卷），马万利、张正萍译，浙江大学出版社 2011 年版。为什么休谟会如此评价莎士比亚戏剧呢？对此我认为休谟的文艺审美观与 19 世纪的浪漫主义大不相同，他注重古典主义的趣味和典雅，对于莎士比亚戏剧尤其悲剧人物的心灵冲突及其破坏社会既有秩序的内涵并不认同，其保守主义的平和气质与莎士比亚历史剧中的灵魂革命气质不相合拍，所以，休谟难以欣赏亨利四世、理查三世和麦克白之类的马基雅维利式的人物形象。当然，莎士比亚并非完全赞同马基雅维利的思想，也不完全认同他笔下的各类君主类型的人物，但接受其部分的生命乃至虚无主义的诉求，也是昭然若揭的，黑格尔则是发挥了这些内容，予以放大，至于浪漫主义对莎士比亚的推崇，则是因为莎翁打破了古典主义的僵硬范式，激活了人的生命力和丰富多彩的内涵。由此可见，不同的理论家都有一个自己眼里的莎士比亚，相互之间的矛盾和差异也是正常的，恰恰由此反而展示了莎士比亚戏剧艺术的多样性及其难以穷尽的人文价值。

苦，并非仅仅作为王子的心灵挣扎和人生拷问，还超越了这种封建身份上升到一般人的角度，对生与死及生命价值和意义做出生存论式的追问，著名的哈姆雷特自问：生存还是毁灭——这是一个问题。这个人生抉择就不再是仅仅属于王子的，而是属于任何人的，每个人处在一些人生关口，都会油然产生这样的生死之问。这样的哈姆雷特问题，显然是要经历一番人文主义的洗礼，受到文艺复兴时期的思想影响之后，才能产生出来，传统的封建思想和封建伦理，不可能激发哈姆雷特生发出这样的问题。

从这个早期近代人文主义的视角分析与解读莎士比亚的《哈姆雷特》乃至《麦克白》《奥赛罗》等悲剧和诸如《罗密欧与朱丽叶》《威尼斯商人》等被视为浪漫主义戏剧的其他市民剧，莎士比亚在创作中破除古典主义戏剧的繁文缛节、程序格律，以彰显人物性格的丰富性，并渲染性格即命运的悲剧冲突，这些都具有相当合理的文学戏剧逻辑，并与莎士比亚时代的精神气息相吻合。在《哈姆雷特》戏剧中，莎士比亚用大量的笔墨，设置了很多诡异的场景，编造了各种灵异鬼魂和亲朋好友，集中描绘的便是哈姆雷特的犹豫和迟疑及其面临的是否复仇的心灵拷问。由此导致的内心的灵魂忧郁和神秘主义的恐惧，把人文主义思潮的流变推到了极致，即人性的幽暗和生死之际的虚无——当生命面对虚无的恐惧之时，是否以及如何行动便成为一种动力，一种人性无法遏制的冲动。在此激发之下，哈姆雷特最终选择了复仇并在复仇中走向死亡。

哈姆雷特的复仇及生命终结使得人文主义走到了尽头，莎士比亚的《哈姆雷特》能成为著名的经典悲剧及感动无数人的地方即在于此，哈姆雷特揭示了人文主义的效能，即个人主义的觉醒，但也同时揭示了人文主义的无效，因为它最终导致的是死亡，而且是双重的死亡——谋杀国王篡位（及占有王后）的应得之死亡和实施复仇的正义之王子哈姆雷特的死亡。从死亡开始到死亡结束，这就是《哈姆雷特》悲剧的情节逻辑。这难道就是早期近代人文主义的结语吗？人文主义难道就是通过死亡把人生的价值和意义演示一番吗？显然，这个结论是难以令人接受的，也不是莎士比亚所要寻求和展示的全部内涵。所以，用性格悲剧来分析和解读莎士比亚的王朝政治剧，未免有些偏颇和狭隘，用浪漫主义戏剧之滥觞来定位莎士比亚的诸多悲喜剧，也显然是不得要领，没有把握莎士比亚关注的历史政治之要义。为此，我们要重新审视莎士比亚戏剧中的人文主义，审视莎士比亚戏剧是何种意义上的浪漫主义，以与现代虚无主义的人文主义或个人主义相区别。这样一来，就又回到王朝政治剧的传统之中，莎士比亚通过《哈姆雷特》的王子复仇记，不是要彻底颠覆或消解王朝历史的演变及其王权正当性的考辨，用人文虚无主义化约君权王国等政治内容，而是要提升其人文主义的内涵，因此，该剧并没有取消和消除哈姆雷特作为丹麦王子复仇的政治含义。

通过上述一番讨论，我们重新回到哈姆雷特的复仇，莎士比亚的《哈姆雷特》就具有了另一层意义，对此的解读可以纳入英国历史剧的逻辑加以展开。其实，关于谋杀、篡位及其复仇等政治故事以及当事人面临的生死拷问，在莎士比亚英国历史剧中也有多方面的展示。例如，理查二世在被罢黜面临被杀时，曾经要波林勃洛克给他一面镜子，他要借着它阅读自己，感叹道：

我的悲哀的影子！……我的悲哀都在我的心里；这些外表

上的伤心恸哭，不过是那悄悄地充溢在受难的灵魂中的不可见的悲哀的影子，它的本体是在内心潜藏着的。（卷二，页 397）

此外，通过谋杀篡位夺权而走向人世间的虚无或虚无主义，理查三世则有着与哈姆雷特相同的感受，对此我在前文中已经多有论述。理查三世在实施一系列邪恶的杀戮和暴政时，看穿了人世间乃至人的生命的黑暗、虚无和终极的无意义。所不同的是，理查三世是在自己篡权夺位无所不用其极的邪恶行为中感受和洞悉生命的虚无，而哈姆雷特则是在他人的谋杀篡位之邪恶行为中感受和洞悉生命的虚无，这是他们二人最本质的区别。在此，哈姆雷特的虚无感和荒诞感，又与其作为王子的使命有关，因为他背负和承担的不仅仅是一个人的责任，其实还有更重大的王国的责任，他要为自己的王国，为既是父亲又是国王的君主之被谋杀篡权，担负起匡扶正义的责任。他这样呼喊：

> 这是一个颠倒混乱的时代，唉，倒楣的我却要负起重整乾坤的责任！（卷四，页 121）
>
> 可是我，一个糊涂颠顸的家伙，垂头丧气，一天到晚像在做梦似的，忘记了杀父的大仇；虽然一个国王给人家用万恶的手段掠夺了他的权位，杀害了他的最宝贵的生命，我却始终哼不出一句话来。我是一个懦夫吗？谁骂我恶人？谁敲破我的脑壳？谁拔去我的胡子，把它吹在我的脸上？……嗜血的、荒淫的恶贼！狠心的、奸诈的、淫邪的、悖逆的恶贼！啊！复仇！——嗨，我真是个蠢才！（卷四，页 147）
>
> 生存还是毁灭，这是一个值得考虑的问题；默默忍受命运

的暴虐的毒箭，或是挺身反抗人世的无涯的苦难，通过斗争把它们扫清，这两种行为，哪一种更高贵？……谁愿意忍受人世的鞭挞和讥嘲、压迫者的凌辱、傲慢者的冷眼、被轻蔑的爱情的惨痛、法律的迁延、官吏的横暴和费尽辛勤所换来的小人的鄙视，要是他只要用一柄小小的刀子，就可以清算他自己的一生？……（卷四，页150）

所以，正是在王子双重责任的重压之下，哈姆雷特感受到生命的虚无和荒诞，以及由此而激发出来的心灵和精神层面上的忧郁、愤懑、痛苦、忧伤和绝望，其中纠缠着多种亲情爱恨（他与父亲、母亲以及叔父等）和王权伦理（谋杀、篡位、忤逆），还有爱情、友谊与背叛，等等。

请看，哈姆雷特也曾有这样的慨叹：

人类是一件多么了不得的杰作！多么高贵的理性！多么伟大的力量！多么优美的仪表！多么文雅的举动！在行为上多么像一个天使！在智慧上多么像一个天神！宇宙的精华！万物的灵长！（卷四，页137）

但是，就是这样的人类生活的世界，却又是一座监狱，至少他生活的丹麦是如此：

仿佛负载万物的大地，这一座美好的框架，只是一个不毛的荒岬；这个覆盖众生的苍穹，这一顶壮丽的帐幕，这个金黄

色的火球点缀着的屋宇，只是一大堆污浊的瘴气的集合。（卷四，页 136—137）

他对着死去的父亲的亡灵说道：

> 天上的神明啊！地啊！再有什么呢？我还要向地狱呼喊吗？啊，呸！忍着吧，忍着吧，我的心！我的全身的筋骨，不要一下子就变成衰老，支持着我的身体呀！记着你！是的，我可怜的亡魂，当记忆不曾从我这混乱的头脑里消失的时候，我会记得你的。……我的记事簿呢？我必须把它记下来：一个人可以尽管满面都是笑，骨子里却是杀人的奸贼；至少我相信在丹麦是这样的。好，叔父，我把你写下来了。现在我要记下我的座右铭那是，"再会，再会！记着我"。我已经发过誓了。（卷四，页 118）

经过一番痛苦而婉转的抉择，哈姆雷特最终还是做出了自己的决断，他在第四幕的第四场立下决心，开始实施自己的复仇计划。他说道：

> 我所见到、听到的一切，都好像在对我谴责，鞭策我赶快进行我的蹉跎未就的复仇大愿！一个人要是把生活的幸福和目的，只看做吃吃睡睡，他还算是个什么东西？简直不过是一头畜生！上帝造下我们来，使我们能够这样高谈阔论，瞻前顾后，当然要我们利用他所赋与我们的这一种能力和灵明的

理智，不让它们白白废掉。现在我明明有理由、有决心、有力量、有方法，可以动手干我所要干的事，可是我还是在大言不惭地说："这件事需要做。"……真正的伟大不是轻举妄动，而是在荣誉遭遇危险的时候，即使为了一根稻秆之微，也要慷慨力争。可是我的父亲给人惨杀，我的母亲给人污辱，我的理智和感情都被这种不共戴天的大仇所激动，我却因循隐忍，一切听其自然，看着这二万个人为了博取一个空虚的名声，视死如归地走下他们的坟墓里去，目的只是争夺一方还不够给他们作战场或者埋骨之所的土地，相形之下，我将何地自容呢？啊！从这一刻起，让我屏除一切的疑虑妄念，把流血的思想充满在我的脑际！（卷四，页184—184）

所有这一切又都回到王权王位这个关键点上，《哈姆雷特》作为一部王子复仇记，在莎士比亚那里，显然不仅仅是性格悲剧、人的悲剧，更重要的其实还是政治悲剧，是与王权密切相关的政治伦理剧，是关于最高权力的悲剧，这便与莎士比亚英国历史剧的王权主题密切相关。莎士比亚既接受了马基雅维利主义的影响，又迥然有别于马基雅维利主义，这在哈姆雷特这个悲剧人物身上获得了充分的体现，哈姆雷特形象便是对于马基雅维利式君主形象的有力反驳和控诉。虽然他们都赞同人文主义，且哈姆雷特就是一位人文主义气息浓郁的王子，但哈姆雷特的悲剧，无论是性格悲剧还是事业悲剧，又从另外一个方面有力地反驳了马基雅维利主义的人生哲学，击破了马基雅维利式君主的政治可以不讲道德之理论证成。

如果说，莎士比亚塑造的亨利五世是从正面回应马基雅维利主义，其形象是一种德才兼备的卓越君主，在政治伦理、治世才能和权威显赫等方面都彰显了莎士比亚的理想寄托，那么，哈姆雷特则是另外一种失败的君主类型，即充满了人文主义关怀的忧郁的复仇王子，他最终实施了匡扶正义之复仇，但并没继承和延续王权和王位，而是因死亡丢弃了王国的权柄。《哈姆雷特》之所以是一部悲剧，不仅是因为哈姆雷特复仇之死，更因为王权之死，哈姆雷特的事业之死，哈姆雷特的人文主义既使他觉醒了生命的意义，同时又导致了他复仇后死亡，并且致使丹麦王国的王权沦落。一个曾经具有斑斓色彩的丹麦王国（老国王送其亲子去海外留学显然表明这个王国不甘落后于国际潮流）在经历了一场惊心动魄的谋杀和复仇之后很快就湮没无闻了，这不是一桩令人震撼的政治悲剧吗？谋杀篡权的君主深受马基雅维利式的为了达到目的不计任何手段的唯我主义影响，而老君主的王子则受到人文主义的浸润和鼓舞，在犹豫徘徊之后最终达成生死之际的生命自觉（走向复仇），早期近代人文主义的两个方面对两个君主（伪君主和真王子）的影响，不但没有保护、延续和激发丹麦王国之国祚繁荣昌盛，反而成为这个王国混乱、衰败和倒塌的致命缘由。一个富有生息的王国就这样垮掉了，这对于马基雅维利式的君主论不是强有力的讽刺吗？对于近代兴起的人文主义不是最大的嘲弄吗？

如此看来，单纯的人文主义在处理王朝政治问题时难免不敷使用，因为这里涉及最为重大的权力问题，即王权或王国的最高权柄之归属问题，仅仅单方面的个人觉醒，在王权尤其是王权转移、篡权弑君等重大事变面前，往往是力所不逮的，即便像马基雅维利这样的旷世奇才，他的《君主论》与《论李维》的内涵及两者之间的关系，也是思想史上的难解之谜。因此，在写完《哈姆雷特》之后，莎士比亚又继续创作了《麦克白》，他试图换一个视角，从政治现实主义的角度，挖掘和展示王国权力或王权的本质及其内涵的悲剧性意义。

权力的诱惑：麦克白夫妇的野心

《麦克白》是莎士比亚创作的又一部经典悲剧。我们都知道莎士比亚有四部著名的悲剧，西方戏剧学界一直有论者认为《麦克白》是莎士比亚的四大悲剧之首。为什么《麦克白》被视为莎士比亚的悲剧之首，为什么我要把《麦克白》纳入莎士比亚的英国历史剧，并认为麦克白的悲剧是王朝政治中触及王权最核心的一幕政治悲剧呢？因为这部悲剧与人性和政治有关，它以戏剧的方式把人类生活的最核心内容即权力欲望及其悲剧性的结果赤裸裸地展示出来。莎士比亚从政治现实主义的角度，通过麦克白夫妇的野心以及谋杀篡权的邪恶行径，还有由此导致的心灵的扭曲和崩溃，深刻揭示了人类社会及人世生活的激情、权力游戏的可怕以及最终失败的本质，从思想深度来看，要比《哈姆雷特》《理查三世》《亨利五世》等戏剧更具有警醒的意义，不啻为一曲世俗王权的权力魔鬼纵横捭阖、升降浮沉的挽歌。

《麦克白》叙述的是古苏格兰王国的故事，关于苏格兰王国邓肯国王被其表弟麦克白大将军谋杀篡位而篡权者最终恐惧至死的传说，在莎士比亚生活的时代广为人知，在莎翁创作《麦克白》之前，也有一些文人的传说故事和诗歌作品在坊间流传。莎士比亚创作此部悲剧，并非狗尾续貂，而是另有所图，他感到自己创作的一系列人物形象，尤其是君主形象，可能并没有穷尽他关于王朝政治权力的想象，或者说，还没有哪一部戏剧，无论两个英国历史四联剧，还是《哈姆雷特》

等，都还没有把权力的野心及其毁灭彻底地揭示出来。例如，《哈姆雷特》展示了生死抉择的忧郁及人生的毁灭，但权力的野心并没有与毁灭密切相关，它还是被动地通过王子复仇而达到。至于《理查三世》，虽然权力的野心展示得无以复加，但其内涵的赤裸裸的毁灭却并不凸显，理查三世只是在作恶多端的自我觉醒中感受到权力的虚无。还有其他那些王朝君主剧，像亨利四世、亨利五世、亨利六世等君主，他们都还为了权力的法权统绪和王国根基等在事业方面恪尽其功，还没有深入洞悉至上权力导致的彻底毁灭的悲剧结局之荒谬。恰巧近邻苏格兰王国发生的邓肯国王被麦克白谋杀篡权的故事为人们津津乐道，也为莎士比亚提供了一个恰当其时的题材。于是他深入其中，冷峻而深刻地剖析了这个故事中的权力之野心和人性之幽暗的方方面面，抽丝剥茧、层层深入、步步紧逼地解剖了围绕着争夺王权王冠所发生的狂妄、罪恶、阴谋、惊慌、猜忌、暴虐、悔恨和恐惧等诸多内容，从而彻底展示了政治权力的凶残、使人沦为魔鬼的恐惧及其所导致的人性幽暗的虚无之渊薮。这部悲剧可谓达到了西方文艺复兴以来直至莎士比亚时代，有关人文主义政治思想揭示的最高程度，同时代的文艺作品大概无出其右。

　　历史上的英格兰与苏格兰之关系，要有一部大书才能说得清楚，至少时至莎士比亚所处的伊丽莎白时代，英格兰与苏格兰还是两个各自独立，但剪不断、理还乱的王国，它们之间的恩恩怨怨、分分合合，直到斯图亚特王朝末期，两国议会于 1707 年通过《联合法案》，英格兰和苏格兰两者才正式合为一体，即便如此，苏格兰的独立运动也还是此起彼伏，直到今天也没有消停。① 莎士比亚当然不知道身后数百年的英国发展历程，不过，就莎士比亚生活其中的都铎王朝时期来看，如何处理苏格兰是个非常棘手的政治事务。若追溯英格兰王国的历史，尤其是在英法百年战争以及红白玫瑰战争期间，苏格兰王国就一直是英格兰的严峻挑战，由于王室传承的血亲关系以及新旧教派的宗教纠纷，苏格兰与英格兰两个王国之间曾发生过无数的战争侵扰与王权嬗变。对此，莎士比亚显然是耳熟能详。但莎士比亚创作《麦克白》并没有多少关涉两个王国政治事务的想法，他选择这个苏格兰王国的故事，更多的是在使用一种隐喻，就像《哈姆雷特》的丹麦王国是一种隐喻一样，其所隐含指向的是英格兰以及英格兰王权的权力性质。②

在莎士比亚看来，苏格兰王国的忧郁寒冷气候或许更加贴合他心中的关于政治权力的感性特征，苏格兰那种阴森、寒冷、黑暗和潮湿的气候及其构成的王权生活场景，恰当地显示出权力之剑所蕴含的热烈、高冷、神秘和恐惧，他在《麦克白》第一序幕中，就把这种权力

---

① 参见高全喜：《苏格兰道德哲学十讲》，第一章、第二章，上海三联书店 2023 年版。

② 评论家诺布鲁克在《〈麦克白〉与历史编纂的政治》一文中，对莎士比亚生活其中的伊丽莎白一世和詹姆斯一世时代的历史编纂及其意识形态以及关于英格兰与苏格兰的关系问题，做了非常繁复和深入的考察，认为莎士比亚的《麦克白》具有浓厚的历史语境，受到多种思想观念的影响，且受制于当时的文字狱的约束，其表达也非常隐晦，"因此，莎士比亚写作《麦克白》的任务极为麻烦。关于他要写的那个历史时期，最有分量的史作遭到他的庇护者查禁"。对于诺布鲁克的这个观点以及烦琐的分析，我认为这固然是莎士比亚创作《麦克白》以及《李尔王》的一个原因，甚至属于某种过度解释的原因，但就剧本的直接含义以及莎士比亚的真实思想而言，可能探究权力的本质更符合莎士比亚的原意，对此读者可以参考。参见彭磊选编：《莎士比亚戏剧与政治哲学》，第 162—218 页。

魔性的热烈而冷峻的神秘气息表述出来。[①] 我们看到，在苏格兰的原野，有女巫们的合唱：

> ……雷电轰轰雨蒙蒙？且等烽烟静四陲……美即丑恶丑即
>
> 美，翱翔毒雾妖云里。（卷八，页 307—308 ）

而麦克白则言道：

> 我从来没有见过这样阴郁而又光明的日子。（卷八，页 311 ）

此时正是麦克白大功告成为国建勋的好时节，由于他英勇奋战、搏命冲杀，打败了残暴的叛军，而且还重创了挪威国王的增援大军，获得了巨大的胜利，为保卫苏格兰王国的安全与和平做出了贡献。在麦克白凯旋之际，邓肯国王对他大加表彰：

> 你的功劳太超越寻常了，飞得最快的报酬都追不上你；要
>
> 是它再微小一点，那么也许我可以按照适当的名分，给你应得
>
> 的感激和酬劳；现在我只能这样说，一切的报酬都不能抵偿你
>
> 的伟大的勋绩。（卷八，页 316 ）

---

① 关于巫术和神话等隐秘的力量在苏格兰历史传统中的作用与影响，参见 Williamson, A. H., *Scottish National Consciousness in the Age of James VI*, Edinburgh: John Donald, 1979。另外，诺布鲁克在《〈麦克白〉与历史编纂的政治》一文中，对于巫术与政治也有相关的分析讨论。

于是，荣耀、骄傲、僭越和妄想等精神元素出现了，对此，麦克白虽然嘴上说这是作为臣子对陛下的责任，为王国尽忠效命，本身就是一种酬报，但由于率军回国途中遭遇三女巫预言的神奇经历，麦克白的内心深处燃烧起僭越称王的欲望。

> 要是命运将会使我成为君王，那么也许命运会替我加上王冠，用不着我自己费力。（卷八，页314）

显然，这是一种魔鬼的诱惑，一种深埋在麦克白心中的关于最高权力的野心，被所谓的女巫们的预言勾引出来了，他自忖道：

> 我的思想中不过偶然浮起了杀人的妄念，就已经使我全身震撼，心灵在胡思乱想中丧失了作用，把虚无的幻影认为真实了。（卷八，页314）

这样一来，在有关王权诱惑的情况下，就出现了多层纠结复杂的关系。首先，麦克白潜伏的野心是深藏不露的，甚至也是他自己都未觉察到的，恰是麦克白夫人洞悉了人性的本质——追求无限的权力是每个人的所求，她的丈夫麦克白不但不例外，而且作为国王的肱股大臣和表弟，屡建奇功，拯救王国于危难，比其他任何人都更有资格和能力，去实现自己的权力野心。因此，她有责任激发出丈夫的斗志和精神，谋求人世间至高的君主权力，为此她说道：

> 你希望做一个伟大的人物，你不是没有野心，可是你却缺

少和那种野心相联属的奸恶；你的欲望很大，但又希望只用正当的手段；一方面不愿意玩弄机诈，一方面却又要作非分的攫夺；伟大的爵士，你想要的那东西正在喊："你要到手，就得这样干！"你也不是不肯这样干，而是怕干。赶快回来吧，让我把我的精神力量倾注在你的耳中；命运和玄奇的力量分明已经准备把黄金的宝冠罩在你的头上，让我用舌尖的勇气，把那阻止你得到那顶王冠的一切障碍驱扫一空吧。（卷八，页 317—318）

　　确实如此，麦克白要实现自己的权力野心有一个巨大的障碍，一个不可逾越的门槛，那就是王国现已有一个合法且优良的君主邓肯国王。这位国王虽不是雄才大略，但也是品性良善、治理有方，他给予了功勋卓著的麦克白最大的荣誉和利益，宣布授予他葛莱密斯爵士，又继续授予他考特爵士以及这个爵号的所有权利，这是苏格兰王国一人之下万人之上的殊荣。作为一个封建王朝的君主，对国家大事的法度礼仪，邓肯国王做得无可指责，他为万民拥戴理所应当。诸事顺遂之后，邓肯又宣布他的长子马尔康为储君，册封为肯勃兰亲王，将来继承他的王位。然后要诸臣陪他一起去麦克白的城堡殷佛纳斯巡视下榻。

　　应该指出，权力的魔鬼不能安置于封建王权君臣秩序之藩篱，魔鬼作为魔鬼，其本性就是不安于现状，就是否定和决绝，于是一场人性之权力场域的神魔之战就开始了。在此，莎士比亚赋予这次权力斗争以神秘主义的色彩，他刻意编造了一些灵异鬼魂的预言场景，以及作为权力隐喻的催生婆。在第一幕第一场"荒原"，戏剧一开始就是三女巫在风雨雷电中出场，共同去见凯旋途中的麦克白，见到胜利在手的麦克白之后，她们分别向这位功勋卓著的将军发出预言：

> 祝福你，麦克白，葛莱密斯爵士！祝福你，麦克白，考特爵士！

甚至还预言：

> 祝福你，麦克白，未来的君王！

对于三女巫的预言，虽然麦克白听得心襟动荡，但也半信半疑，因为考特爵士还活在人世，势力非常显赫，他怎么可能成为考特爵士。但是，女巫的预言验证为真——邓肯国王派来的贵族洛斯向他宣告，邓肯国王谕令不仅册封麦克白为葛莱密斯爵士，而且还册封他为考特爵士，因为考特阴谋叛国已被废除这个称号，邓肯国王把这个尊贵的称号册封给麦克白。看，女巫们的预言实现了，她们所说的三个预言有两个已经成真，那么第三个，即麦克白将成为国王，这个惊天动地的预言能否应验呢？这是一个重大而严峻的考验和关口，对此，麦克白如何应对呢？在权力的魔力之下，人性的幽暗及其人性中魔鬼的伎俩也就开始上演了，这构成了莎士比亚《麦克白》悲剧上半部内容的中心主题。

且看莎士比亚是如何完成这场戏剧的情节运行和人物性格的本性展示的。其实，麦克白的野心已经被女巫们挑唆出来，当他听到邓肯宣布马尔康将继承王位时，不禁旁白道：

肯勃兰亲王！这是一块横在我的前途的阶石，我必须跳过这块阶石，否则就要颠仆在它的上面。星星啊，收起你们的火焰！不要让光亮照见我的黑暗幽深的欲望。眼睛啊，别望这双手吧；可是我仍要下手，不管干下的事会吓得眼睛不敢看。（卷八，页 316—317）

麦克白一面把遭遇的情况快函发给夫人，一面快速返回城堡，说是恭迎邓肯国王的莅临。实际上，一场麦克白夫妇的弑君篡位阴谋开始谋划和启动了。

莎士比亚在接下来的第二幕和第三幕中，为读者描绘的这场权力游戏的魔鬼之战，尤其是麦克白夫妇的灵魂之战，可谓腥风血雨，触目惊心，天地为之动容，鬼神为之变色，权力的地狱本性被展示得淋漓尽致。先是阴谋及恐惧，谋杀弑君的恐惧使得麦克白胆战心惊，迟疑徘徊，正像他说的：

要是干了以后就完了，那么还是快一点干；要是凭着暗杀的手段，可以攫取美满的结果，又可以排除了一切后患；要是这一刀砍下去，就可以完成一切、终结一切、解决一切——在这人世上，仅仅在这人世上，在时间这大海的浅滩上；那么来生我也就顾不到了。可是在这种事情上，我们往往逃不过现世的裁判；我们树立下血的榜样，教会别人杀人，结果反而自己被人所杀；把毒药投入酒杯里的人，结果也会自己饮鸩而死，这就是一丝不爽的报应。他到这儿来本有两重的信任：第一，我是他的亲戚，又是他的臣子，按照名分绝对不能干这样的事；

第二，我是他的主人，应当保障他身体的安全，怎么可以自己持
刀行刺？而且，这个邓肯秉性仁慈，处理国政，从来没有过失，
要是把他杀死了，他的生前的美德，将要像天使一般发出喇叭
一样清澈的声音，向世界昭告我的弑君重罪；……没有一种力量
可以鞭策我实现自己的意图，可是我的跃跃欲试的野心，却不顾
一切地驱着我去冒颠踬的危险。（卷八，页320—321）

麦克白的恐惧与担忧，甚至放弃阴谋，满足眼前的荣耀的想法，
如他所言：

我们还是不要进行这一件事情吧。他最近给我极大的尊
荣；我也好容易从各种人的嘴里博到了无上的美誉，我的名声
现在正在发射最灿烂的光彩，不能这么快就把它丢弃了。（卷八，
页321）

请看麦克白夫人是如何激发他的：

难道你把自己沉浸在里面的那种希望，只是醉后的妄想
吗？它现在从一场睡梦中醒来，因为追悔自己的孟浪，也吓得
脸色这样苍白？从这一刻起，我要把你的爱情看做同样靠不住
的东西。你不敢让你在行为和勇气上跟你的欲望一致吗？你
宁愿像一头畏首畏尾的猫儿，顾全你所认为生命的装饰品的名
誉，不惜让你在自己眼中成为一个懦夫，让"我不敢"永远跟
随在"我想要"的后面吗？……是男子汉就应当敢作敢为；要

是你敢做一个比你更伟大的人物，那才更是一个男子汉。（卷八，
页 322）

麦克白问道：

假如我们失败了——

夫人说：

我们决不会失败。

她还说可以嫁祸于邓肯的侍卫，是他们犯下谋杀罪，等等。于
是，夫妇俩决心已定，全力以赴去干一件惊天动地的大事。正如麦克
白所言：

去，用最美妙的外表把人们的耳目欺骗；奸诈的心必须罩
上虚伪的笑脸。（卷八，页 323）

下面就是麦克白夫妇如何在月黑风高时分联手把可怜的邓肯国王
残酷地杀死在尖刀之下，并且栽赃于他的两个侍卫。莎士比亚描绘的
这一幕可谓惊心动魄，麦克白行凶时十分恐惧，战战兢兢，后来是麦
克白夫人接过尖刀返回房间补上一刀才把邓肯刺死。刺刀的血成为一
种心灵的标记，正像麦克白所言：

> 这是什么手！嘿！它们要挖出我的眼睛。大洋里所有的
> 水，能够洗净我手上的血迹吗？不，恐怕我这一手的血，倒要
> 把一碧无垠的海水染成一片殷红呢。

麦克白夫人从杀死邓肯的房间走出说道：

> 我的两手也跟你的同样颜色了，可是我的心却羞于像你那
> 样变成惨白。（卷八，页328）

我们看到，在这场弑君的罪恶中，开始时麦克白在某种意义上是
被动的，麦克白夫人则是主动的，她以女人的偏执固执和歇斯底里激
发着麦克白实施弑君篡权的大逆不道之罪恶。在封建王朝社会，弑君
篡位无疑是最大的罪恶，这严重侵犯了封建王权的纲纪大统，对此，
麦克白是深有感知的，他在行动中屡屡迟疑和犹豫，因为深知这是天
下之大罪，上犯王国统绪，下犯人伦之仪，罪恶滔天，罪不可赦。但
是，麦克白夫人却全然不忌惮这些天条、法则和人伦，从某种意义上
说，她更像是一个无所畏惧的马基雅维利主义者，她的心中只有权力，
只有权力的野心和为获得最高权力这一目的无所不用其极的勇气。面
对麦克白的软弱、迟疑和犹豫，她屡次怂恿、嘲讽和激励其丈夫麦克
白，唤起他的野心，唤起他愤然不顾一切的斗志，敦促他实施杀害肯
特的计谋，并且发出抗拒天怒人怨的诅咒。

当然，麦克白夫人也有犹豫的一面，会感受到生命的忧伤和恐
惧。为此她有忏悔，但一想到权力的荣耀与高贵以及万人敬仰的尊荣，
还有无所不能的权势，她的野心又被一次次激发出来，她简直发疯似

的鞭策着麦克白尽快实施这场谋杀，从而摘取王国之王冠，掌握至高无上之权柄，她成为王后才得以心安。对于这部《麦克白》，也有论者指出，麦克白夫人才是始作俑者，是谋杀篡位的最大谋主，而麦克白不过是个配角，甚至说女人是祸水，麦克白夫人是一切罪恶之渊薮。不过通观整部《麦克白》，我认为，麦克白夫人还不能说是彻底的主角，弑君篡权夺位的凶手应该是麦克白夫妇，其中罪恶的种子早就埋藏在麦克白的内心深处，他的人性之恶是主因，而麦克白夫人不过是激发他人性之罪恶显示出来的外部刺激而已，他们夫妻两人一阴一阳共同完成了这桩苏格兰王国的弥天大罪。

王权固然有其荣耀与高贵，但也深含着寒彻灵魂的阴冷，前文曾经谈到苏格兰的地理场景，这种阴冷、荒凉和神秘的诡异气息在麦克白夫妇实施弑君篡位的场景中始终贯穿和展现，莎士比亚通过卓越的戏剧艺术手法，把他们夫妇施展的弑君谋反罪恶刻画得惟妙惟肖，让人喘不过气来。这种气氛恰好与权力的炙热甚至显赫高贵构成强烈的反差，使人感受到在高贵荣耀的王权背后，竟然是如此惨不忍睹、阴险刻毒、黑暗无比的权力魔鬼的伎俩。权力与人性的关系，在麦克白夫妇谋杀邓肯国王并篡位称王之际，被赤裸裸地撕下了表面的伪装，露出狰狞的面目。

既然弑君大罪已经铸成，麦克白夫妇，尤其是麦克白，就会依照罪恶的逻辑一路狂奔下去，非到尽头不可。当邓肯的两个儿子马尔康和道纳本分别逃奔英格兰和爱尔兰时，麦克白为了铲除后患，派人在途中刺杀，最终马尔康逃脱奔往英格兰，邓肯家族的势力在苏格兰境内被清除殆尽。此后，麦克白感到大臣班柯的危险，因为他们一起在平叛胜利返回途中遭遇三女巫，女巫对于班柯也有祝福，说麦克白不能传位给后嗣，班柯的子孙将要君临王国。既然女巫的预言皆有应验，关于班柯的预言无疑是对麦克白的最大威胁，为此他拉拢不成便加以谋害，在班柯父子逃跑的途中，派人刺杀。班柯遇害，好在其子弗里恩斯得以逃脱。最后，正直的大臣麦克德夫也没有被麦克白放过，在麦克德夫感到危险匆忙机智地投奔英格兰去找马尔康之后，麦克白残忍地杀害了这位大臣在苏格兰的夫人和儿子，可谓丧尽天良，没有一点贵族精神的仪范。他为了权势和王位，藐视人世间一切的道德和德行，这样总算是通过罪恶之手摘取了苏格兰的王冠。

这还只是《麦克白》上半部，莎士比亚刻画的是他们夫妇如何邪恶地通过弑君谋杀篡权，获得王国最高的权力，实现权力的野心。但是，问题在于，当麦克白夫妇获得王权，摘取王冠之宝石，俨然成为新的国王和王后之后，情况又如何呢？这构成了《麦克白》下半部的故事情节。令人震撼的是，麦克白夫妇攫取的王权和王位并没有为他们带来所谓的荣华富贵、荣耀辉煌和无所不能的权势，也没有带来充裕丰满的内心欢愉和功成名就、登临绝顶的满足，恰恰相反，当他们夫妇费尽心机地谋得苏格兰王位之后，他们反而感受到一种从未体尝到的空虚、无助和恐惧，一种难以排遣的痛苦和恐惧侵扰和刺激着他们各自的心灵，使他们彻夜难安、惊恐万状且神情恍惚。

莎士比亚这样描述麦克白夫妇在登基称王之后的情形，先看麦克白夫人——这位新的苏格兰王后，她感慨道：

> 费尽了一切，结果还是一无所得，我们的目的虽然达到，
> 却一点不感觉满足。（卷八，页343）

以至于她的卧室通宵达旦地点燃着烛火，她虽然眼睛睁着，但丧失了视觉，一刻不停地做着洗手的动作，喃喃自语：

> 去，该死的血迹！去吧！一点、两点，啊，那么现在可以动手了。地狱里是这样幽暗！呸，我的爷，呸！你是一个军人，也会害怕吗？既然谁也不能奈何我们，为什么我们要怕被人知道？可是谁想得到这老头儿会有这么多血？……这儿还是有一股血腥气；所有阿拉伯的香料都不能叫这只小手变得香一点。啊！啊！啊！（卷八，页374）

对此，医生也不禁叹道：

> 这一声叹息多么沉痛！她的心里蕴蓄着无限的凄苦。（卷八，页374）

为什么麦克白夫人会如此病毒郁结，还有毒瘤侵扰她的灵魂，甚至连她自己都慨叹生不如死？这无疑是因为她中了权力的魔道，为魔鬼诱惑，鬼迷心窍，丧尽天良。最终的结果是，麦克白夫人发疯而死。这是一种罪恶的报应，权力野心导致的对于心灵的戕害，使她失明、惊慌、恐惧、疯狂和躁动不安，最终死于非命。

下面再看麦克白的下场。如果说麦克白夫人代表的是一种阴冷的、极其负面的权力毁灭对灵魂的戕害，那么，麦克白则要刚烈得多，他深知自己的罪恶以及难以挽回的巨痛，在得知夫人之死时的感受是冷峻而平和的，他知晓自己的罪孽不可能躲过复仇的劫难，并且他自己也会主动承担起这种忏悔后的自戕，认为他们夫妇的死亡反而是一种解脱。他这样说道：

> 她反正要死的，迟早总会有听到这个消息的一天。明天，明天，再一个明天，一天接着一天地蹑步前进，直到最后一秒钟的时间；我们所有的昨天，不过替傻子们照亮了到死亡的土壤中去的路。熄灭了吧，熄灭了吧，短促的烛光！人生不过是一个行走的影子，一个在舞台上指手画脚的拙劣的伶人，登场片刻，就在无声无臭中悄然退下；它是一个愚人所讲的故事，充满着喧嚣和骚动，却找不到一点意义。（卷八，页380—381）

在麦克白看来，自己的罪孽要比夫人深重，虽然野心及弑君篡权并非自己主动发起的，而是夫人激发并由自己致命的愚蠢所实施的，但最终还是责任在己，是自己制造出人世间的这桩惨案，这不可饶恕的罪恶是自己制造出来的。

> 流血是免不了的；他们说，流血必须引起流血。据说石块曾经自己转动，树木曾经开口说话；鸦鹊的鸣声里曾经泄漏过阴谋作乱的人。……我现在非得从最妖邪的恶魔口中知道我的最悲惨的命运不可。为了我自己的好处，只好把一切置之不顾。我已经两足深陷于血泊之中，要是不再涉血前进，那么回头的路也是同样使人厌倦的。（卷八，页350）

让麦克白惊恐的是，为什么自己会有如此的权力野心呢？表兄邓肯国王已经给予他所能给予的最大荣耀，自己为什么还不满足呢？为什么还会有难以遏制的权力的冲动和激情，要获得最高的权力，摘取王冠，并为此不惜牺牲一切，干出弑君篡权的勾当呢？是什么东西使自己瞎了眼睛、蒙蔽了心肝呢？当然，是权力，是权力的野心和权力的诱惑，才导致麦克白夫妇落得如此下场。

为此，麦克白再一次找到女巫，一定要询问自己究竟应该如何做。

> 凭着你们的法术，我吩咐你们回答我，不管你们的秘法是从哪里得来的。即使你们放出狂风，让它们向教堂猛击；即使汹涌的波涛会把航海的船只颠覆吞噬；即使谷物的叶片会倒折在田亩上，树木会连根拔起；即使城堡会向它们的守卫者的头上倒下；即使宫殿和金字塔都会倾圮；即使大自然所孕育的一切灵奇完全归于毁灭，连"毁灭"都感到手软了，我也要你们回答我的问题。（卷八，页 357）

于是女巫请来她们的主人幽灵予以回答，她们不需要麦克白开口就知道他的所思所想，告诫他，要留心麦克德夫，这个麦克白已经做了，然后就是，麦克白说要用三只耳朵倾听：

> 一个幽灵说：你要残忍、勇敢、坚决；你可以把人类的力量付之一笑，因为没有一个妇人所生下的人可以伤害麦克白。
>
> 另外一个幽灵说：你要像狮子一样骄傲而无畏，不要关心人家的怨怒，也不要担忧有谁在算计你。麦克白永远不会被人

打败，除非有一天勃南的树木会冲着他向邓西嫩高山移动。（卷八，页 358—359）

听到幽灵们的预言，麦克白不由得心花怒放，暂且安定下来，他知道，这是：

> 幸运的预兆！好！勃南的树林不会移动，叛徒的举事也不会成功，我们巍巍高位的麦克白将要尽其天年，在他寿数告终的时候奋然物化。（卷八，页 358—359）

至于麦克白的其他疑惑，诸如班柯的后裔是否会在一个王国称王等，幽灵们不再回答，而是如鬼影般消逝。

既然女巫和幽灵有所预兆，麦克白便使用自己僭越获取的权力在苏格兰掀起了一场魔鬼般的清除运动，使这个安宁和谐的王国陷入疯狂的暴政之下，正像麦克德夫在英格兰对马尔康所描述的：

> 每一个新的黎明都听得见新孀的寡妇在哭泣，新失父母的孤儿在号啕，新的悲哀上冲霄汉，发出凄厉的回声，就像哀悼苏格兰的命运，替她奏唱挽歌一样。……流血吧，流血吧，可怜的国家！（卷八，页 364—365）

此外，投奔他们而来的洛斯爵士也哭诉道：

> 唉！可怜的祖国！它简直不敢认识它自己。它不能再称为

我们的母亲，只是我们的坟墓；在那边，除了浑浑噩噩、一无所知的人以外，谁的脸上也不曾有过一丝笑容；叹息、呻吟、震撼天空的呼号，都是日常听惯的声音，不能再引起人们的注意；剧烈的悲哀变成一般的风气；葬钟敲响的时候，谁也不再关心它是为谁而鸣。（卷八，页369）

总之，麦克白统治的苏格兰已经是地狱，悲惨的人民在遭受着无尽的苦难。于是，逃亡在外的马尔康、麦克德夫、洛斯等苏格兰的贵族，决定揭竿而起，发动起义，恰好此时，英格兰的西华德伯爵已经带领着一万名战士，装备齐全，向苏格兰进发。苏格兰贵族们的士兵和英格兰的义兵联合在一起，以正义之师向残暴的麦克白讨伐，在邓西嫩展开一场决战。

在邓西嫩的原野，麦克白由于穷凶极恶、残暴无度，已经丧尽民心，士兵将领也是毫无斗志，无心恋战。愚蠢而狂妄的麦克白自以为有女巫幽灵的预言，无人能够战胜他，除非有不是从娘胎里出来的人，尤其是除非勃南的森林会向邓西嫩移动。但女巫的预言其实是在玩弄一些词汇，也可以说是魔鬼的预言，因为智慧而正义之人完全可以破除女巫的符咒，实现真正的正义。例如，麦克德夫就是早产儿，是从其母腹中剖生出的，最终麦克白也是被麦克德夫砍下了头颅；而所谓勃南的树木向邓西嫩移动，马尔康令士兵们砍下树枝高举着向邓西嫩移动，俨然一片森林，破除了麦克白的迷执。最终麦克白众叛亲离，被麦克德夫杀死，他在临死前，这样感叹女巫的欺骗，以及权力这个魔鬼的伎俩及其对于人之灵魂的戕害，还有自己的不可饶恕的悔恨：

> 愿那告诉我这样的话的舌头永受诅咒，因为它使我失去了
> 男子汉的勇气！愿这些欺人的魔鬼再也不要被人相信，他们用
> 模棱两可的话愚弄我们，听来好像大有希望，结果却完全和我
> 们原来的期望相反。（卷八，页 384）

最后，《麦克白》在麦克德夫向新王马尔康的祝福中结束，他宣告说：

> 祝福，吾王陛下！你就是国王了。瞧，篡贼的万恶的头颅
> 已经取来；无道的虐政从此推翻了。我看见全国的英俊拥绕在
> 你的周围，他们心里都在发出跟我同样的敬礼；现在我要请他
> 们陪着我高呼：祝福，苏格兰的国王！（卷八，页 385）

我们看到，莎士比亚在《麦克白》戏剧中，以别人难以企及的多情又铁石的心肠，创作了一场权力的游戏。这是一幕惊心动魄且残酷无比的权力游戏，他把权力赤裸裸的魔鬼的本质揭示出来，把权力导致的最邪恶的毁灭，对于人性的戕害，使人为之心膻发狂、为之粉身碎骨和为之羞愧难当的死亡结局，一展无余地暴露在世人的眼中。有论者认为，莎士比亚的《麦克白》主要揭示了人性的黑暗，鞭挞了人追求权力的野心及其导致的世间悲剧，这一论述没错。但是我认为莎士比亚的这幕政治剧还有更深入的东西，那就是人性的黑暗和追求权力的野心，不只是存在于人的心灵意向之中，政治权力或王权本身在《麦克白》中就成为主体性的东西，它其实是在操纵着人的行为的，《麦克白》完全可以视为一场权力的游戏，一场邪恶而悲惨的权力游戏。

人性为什么会如此黑暗，如此沉溺于权力欲望和权力野心之中不能自拔，说到底权力本身就是罪恶之源，是权力之手在操弄着人世间万人的心意和行为，在权力的嚣张和淫威之下，麦克白夫妇不过是一具玩偶，他们被权力所操纵、调拨和纵容，最后这个权力的游戏又反过来侵蚀和吞噬麦克白夫妇这两具毒蛇，把他们抛入无底的深渊。权力是最毒且能致死的春药，这是莎士比亚对于权力或王权的反省。

　　所以，莎士比亚的《麦克白》其实展现了两个悲剧，一个是权力野心的悲剧，一个是权力本身的悲剧。第一个悲剧是剧情的表面内容，读者和观众可以清楚地看到麦克白夫妇是如何把自己心中对于王国权力的野心激发和释放出来，一步步施展弑君篡权，并且在获得最高权力后感到痛苦和恐惧以及最终被折磨致死的。这是一幕主观心灵的死亡悲剧，这场悲剧惨绝人寰、警钟长鸣，深化了此前莎翁历史剧有关谋杀篡权的王朝政治内涵，旨在恢复王权伦理的正义之道，符合复仇报应的政治正义。只不过这里的复仇报应不是来自他人之手，而是立刻应验，是由叛逆者自取的惩罚，罪有应得，否则王朝正道难以落实，天理难容。这个悲剧主题与《哈姆雷特》《理查三世》《亨利五世》的主题密切相关，是王朝传承的道义所系。

　　《麦克白》还展示了第二个悲剧，即权力本身的悲剧。这个主题是莎士比亚此前的所有历史剧乃至《哈姆雷特》等悲剧中没有揭示和呈现的，这种对于权力或王权本身的反省和控诉乃至批判可谓《麦克白》的独特贡献，是莎士比亚戏剧中最新表现出来的尤其闪亮的思想光芒，超越了他的十部英国历史剧。莎士比亚此前创作的英国历史剧，主要是围绕着王权以及权力传承展开的，虽然内容丰富，情节复杂，人物众多，涉的历史素材、君主形象也可谓不胜枚举，但还是以王权的正统与合法性及君主的德才兼备为中心内容。无论是弑君谋杀、篡权夺位，还是心灵忏悔、复仇匡正、法统正朔，等等，尽管涉及权力的方方面面，但莎士比亚在这些戏剧中并没有对权力本身尤其是王权本身予以质疑、考辨，甚至批判。他质疑和谴责的是不公义的导致英格兰王国分裂和陷于灾难的无道王权，以及乱伦的谋逆和篡权的无耻，等等，即便是公义的王权、奉天承运的王权，其真相究竟如何，是否权力本身就是一种人世间最大的罪恶？这些问题莎士比亚并没有深思。在《麦克白》这里就完全不同了，透过麦克白夫妇权力野心的悲剧，莎士比亚展开了更深一层的拷问：权力本身，或者说封建王朝念兹在兹的正统王权本身是否也包含着罪恶，是否权力本身就是人世间一种难以摆脱的罪恶呢？麦克白夫妇的悲剧难道只是他们的权力野心所导致的吗？权力本身不是更为根本性地致使人们产生如此野心的原因吗？对此，莎士比亚在第一幕就以"送死的乌鸦"的隐喻通过麦克白夫人之口说出权力的蛊惑及其不祥之兆，她听到邓肯国王要来他们家下榻的消息时，这样说道：

> 来，注视着人类恶念的魔鬼们！解除我的女性的柔弱，用最凶恶的残忍自顶至踵贯注在我的全身；凝结我的血液，不要让怜悯钻进我的心头，不要让天性中的恻隐摇动我的狠毒的决意！来，你们这些杀人的助手，你们无形的躯体散满在空间，到处找寻为非作恶的机会，进入我的妇人的胸中，把我的乳水当作胆汁吧！来，阴沉的黑夜，用最昏暗的地狱中的浓烟罩住你自己，让我的锐利的刀瞧不见它自己切开的伤口，让青天不能从黑暗的重衾里探出头来，高喊"住手，住手！"（卷八，页318）

这实际上就是权力这个魔鬼，是花瓣底下潜伏的那条毒蛇，它对麦克白夫人如此，对麦克白，对所有人都是如此。由此可见，莎士比亚把矛头对准了王权或权力本身，权力的游戏远比人的野心更为根本，是权力在利用人、操纵人、玩弄人。在权力之下，贵贱贤愚、各色人等，不过是权力游戏中的砝码和玩偶，不过是权力驱动的工具。麦克白也好，麦克白夫人也罢，甚至，理查三世也好，亨利五世也罢，他们一切的善恶的行为，一切的所谓正义与邪恶、功业和罪责，等等，在权力的淫威和嚣张之下，不过都是一些微不足道的事情，都是人的徒劳无意义的举动，在权力的神秘大口之下，最终都是死不足惜的玩偶和生不自知的浮云。

这种权力自身的悲剧是《麦克白》一剧中最为深刻的对于权力的控诉，也是莎士比亚在他那个时代所能达到的伟大思想之高度。为什么我赞同相关论者认为《麦克白》是莎士比亚的四大悲剧之首，主要是因为莎士比亚在此剧中超越了此前历史剧的政治思考，不仅从人性方面，而且还敢于直面权力本身，对王权政治的核心内涵发起批判性质疑。《麦克白》将权力以及权力游戏对于人性的戕害，揭露得无以复加，把权力的蛮横、野蛮、荒谬、傲慢及虚伪，展示得淋漓尽致，血肉灌注，使人震惊、颤抖又无可奈何。这样的权力的悲剧，使人们对于津津乐道的王权有了新的认知，充分展示了王权政治的残酷、阴森及暴虐的性质。这一点显然是文艺复兴时代的思想家们极少达到的，更是马基雅维利之类的君主论者所忽视的。可以说《麦克白》超越了此前莎士比亚对于马基雅维利主义的批判尺度和标准，通过《麦克白》的双重悲剧，他对于马基雅维利式政治思想的批判，就不再只是强调君主权力在才德兼备上面的重大不同，而且直指权力本身，揭示出权力本身的灾难性以及悲剧性，权力游戏本身就是邪恶的渊薮。

当然，莎士比亚在《麦克白》中对于权力的批判也不能过分放大，不能与现代以来的政治思想中对于权力批判的理论及其在文艺作品中出现的权力虚无主义等量齐观。毕竟莎士比亚是文艺复兴时代的剧作家和思想家，他对于权力，尤其是王权的政治权力的认识，与时代密切相关——当时处于近代政治的发轫时期，资本主义的政治权力还处于上升时期，对于陈腐反动的封建君主专制权力还在斗争之中，甚至还在通过王权的强化而挣脱神权政治的窠臼，此后再进展到宪政主义的君主立宪制。莎士比亚在其戏剧创作中，并没有把权力一棍子打死，视为绝对的罪恶之源，而是敏感地发现权力及权力游戏的邪恶本质，并清醒地展示出来。所以，他是复杂而深刻的文艺思想家，是与时代精神密切相关的思想精灵。《麦克白》一方面揭示了权力野心所导致的弑君篡权这一传统法制之下的人性悲剧，是英国历史剧的进一步延续。另一方面又展示了权力本身的邪恶本性，这是莎士比亚对于政治权力的新认知，由此开辟了现代宪政主义限制王权专制的思想之先锋。这种复杂性和深刻性，在《麦克白》中得到卓越的表达，至今依然有着警钟长鸣的历史之功。我们说莎士比亚用政治现实主义的视角来看待王朝政治，像苏格兰王国的麦克白弑君篡权及其报应的故事，就没有局限于都铎史观的对于王朝正朔权力的礼赞，而是尖锐且隐秘地揭露出王朝权力的另外一个狰狞的面相，启发人们对于政治权力本身的反省和警觉，以及权力游戏的暴虐和凶残的预防，使人睁大眼睛看清权力的真相。《麦克白》之后，莎士比亚在另一悲剧《李尔王》那里，试图通过描述英格兰王国一个古老的权力游戏之分家故事及其惨痛悲剧，再一次警示世人要好好看清权力的真相。

分裂之家：李尔王与三个女儿

　　《李尔王》是莎士比亚继《哈姆雷特》《麦克白》之后创作的又一部与王朝政治有关的历史剧。李尔王故事取材于比邓肯的苏格兰王国更为古老的大不列颠王国。故事中的李尔王堪比王国初建时期的建国者，莎士比亚选择这个建国者的王国分裂的悲剧故事，似乎有所暗指。也有论者指出过，莎士比亚其实指陈的是英格兰王国的早期故事，可以追溯到诺曼征服之前的英格兰王国，这个王国后来分为一些小的国家，其发端就是李尔王的分裂之家。当然，这些古老的传说只是一些隐喻，莎士比亚不是历史学家，他也无意做历史学的钩沉稽古，他在《李尔王》一剧中关心的不是王国史实，而是王国的权力，即一个王国创建者的王权是如何形成又瓦解的，一个王国在国王的王权失势之后是如何坍塌和分裂的。由此，莎士比亚再次呈现了他对于王权本质清醒而深刻的认知，并通过李尔王的悲剧呈现出来。这样一来，《李尔王》就接续着《哈姆雷特》《麦克白》和两个四联剧的主题，把权力的真相及附庸其上的各种人性要素戏剧性地表现了出来。在此，莎士比亚塑造了李尔王以及他的三个女儿高纳里尔、里根和考狄利娅，两个女婿奥本尼公爵、康华尔公爵，还有忠臣肯特伯爵、葛罗斯特伯爵以及爱德伽和爱德蒙等一系列人物形象，由此形成了一个以王权分封与传承为中心的分裂之家的悲剧。

　　李尔王的故事是这样展开的，古老的英格兰王国，在老国王李尔王的打造和统治之下，曾经国家一统，秩序井然，可谓国泰民安，人民安居乐业，社会和平安定。李尔王作为成功的国王，功成名就，志得意满，享受着王权在手的骄傲、荣誉和尊贵，但也难免糊涂、自负甚至昏聩。随着李尔王自己的年岁已高（八十高龄），又只有三个可爱可亲的女儿，如何接续和传承他的王国权力，便成为他的忧虑所在，为此，他自作聪明地设计出一个自己甚为满意的方案。作为大权在握的君主，他的这个方案并没有征求任何人的意见和建议，尤其是没有与忠诚尽责且睿智勇敢的老臣肯特伯爵商议，而是他的一己决断。在他看来，王国是他的财产，他自己想怎么做就怎么做，无须他人指教和协商，这个决定可谓其独揽王权的专制性表现。应该说，在早期王朝的初建时期，这种专制君主独断定乾坤的事情是司空见惯的。

李尔王的设计是这样的，他决定把王国分为三个部分，所谓一分为三，然后根据三个女儿对于他所提问题之回答，把三分王国分别作为嫁奁分配给她们，之后，自己彻底退休，然后轮流居住在三个女儿管辖的分封土地之中，享受一位退位父亲安详幸福的晚年生活。他对两位女婿奥本尼和康华尔这样说道：

> 告诉你们吧，我已经把我的国土划成三部；我因为自己年纪老了，决心摆脱一切世务的牵萦，把责任交卸给年轻力壮之人，让自己松一松肩，好安安心心地等死。（卷七，页 130）

此时两个女儿已经婚嫁，只有小女儿考狄利娅尚未成婚，勃艮第公爵和法兰西国王正在求婚之中。李尔王的这个退位设想不能说有什么不妥，问题是他在自己还在位之时有这样的设想，未免显得太缺乏对权力及人性真实的认知。当他召来三个女儿并分别提问且听到了她们的不同答复之后，他的内心感到了一次大的震撼，但碍于自己国王的脸面，他并没有深入反思为什么女儿们会有如此不同的回答，反而迁怒于小女儿考狄利娅的不忠不孝，一意孤行，废除了原本准备给予她的三分之一的国土及权益，将其扫地出门。李尔王此后的一系列遭遇，使他一再地受到强烈的震撼，最终致使他在狂风暴雨的荒野中发疯嘶嚎，痛哭流涕，悲愤欲绝，诅咒天地，痛悔万分，于是，李尔王的故事才真正达到高潮。为什么会是如此，莎士比亚显然洞彻了权力的本质，他在戏剧中明显对李尔王既给予同情和悲戚，又不乏嘲讽和揶揄，虽然李尔王贵为国王，创建王国并统治王国，但可悲的是他并不真的懂得王权的本质，没有看透王权的真相，实乃一个愚蠢至极的国王，一个占据王权但又被王权恣意嘲弄的国王。

关于李尔王的悲剧情节和内容，读者们耳熟能详，在此无须多言。大意是当李尔王分别询问大女儿高纳里尔和二女儿里根，在他还没有把政权、领土和国事的责任全部放弃之前，她们是如何爱他这个父亲的，两个女儿的回答自然令他非常满意，极大地满足了他的虚荣心。她们异口同声地说，她们对他的爱难以用语言表达，胜过她们的眼睛、身体和生命，对他的爱超越一切世间的事物，无边的大海和广阔的田野都难以企及，她们对他的爱难以计算，胜过一切言语所能包含的内容。两个女儿的回答均讨得李尔王的欢心，他分别给予了她们三分之一的王国领土及权益，使之为她们的子孙所永远拥有。但李尔王最为珍爱的小女儿考狄利娅的回答，却大大出乎李尔王的意料，她这样说道：

> 我是个笨拙的人，不会把我的心涌上我的嘴里；我爱您只
> 是按照我的名分，一分不多，一分不少。（卷七，页 132）

当李尔王感到惊愕，并要求她修正，否则将会毁坏她的命运时，考狄利娅坚定地说道：

> 父亲，您生下我来，把我教养成人，爱惜我、厚待我；我受到您这样的恩德，只有恪尽我的责任，服从您、爱您、敬重您。我的姊姊们要是用她们整个的心来爱您，那么她们为什么要嫁人呢？要是我有一天出嫁了，那接受我的忠诚的誓约的丈夫，将要得到我的一半的爱、我的一半的关心和责任；假如我只爱我的父亲，我一定不会像我的两个姊姊一样再去嫁人的。
>
> （卷七，页132）

对此，李尔王非常震惊和急躁，甚至非常愤怒，于是他强烈指责考狄利娅的不忠不孝，决定割断与小女儿的父女亲情和血缘纽带。为了惩罚小女儿忤逆他的旨意，李尔王决意收回准备给予她的嫁奁，把第三份三分之一国土及产业权益再分给另外两个女儿，让考狄利娅一无所有。在此时，他还多次打断老臣肯特伯爵对他的劝阻，并且十分恼怒，将肯特逐出国门，惩其五天之内必须离开王国，否则处死。对于父亲的绝情和惩罚，考狄利娅无怨无悔，她在法兰西国王情深脉脉的求爱之下，没有获得李尔王任何的嫁奁，而是带着纯粹的爱情这件无价之宝，嫁给法兰西国王，随即离开她珍爱的父亲和王国。此时的李尔王似乎还处于悲愤交加的激动之中，他对两位女儿说道：

> 我把我的威力、特权和一切君主的尊荣一起给了你们。我自己只保留一百名骑士，在你们两人的地方按月轮流居住，由

你们负责供养。（卷七，页 133）

　　莎士比亚在戏剧中为我们描述的是这样一番情景：此后，李尔王痛苦的晚年生活才真正开始。按照事先说好的，李尔王退位之后，便带着一百名侍卫，一位仆从（忠诚的老臣肯特装扮）和一位弄人（傻瓜），一起来到大女儿高纳里尔的城堡居住一阵子。没有想到的是，大女儿对他很不友好，对他的侍卫任意责骂，李尔王很不开心，于是愤然离开，又来到二女儿里根的辖地。更使他没有想到的是，两个女儿早就私下串通好了，她们不能容忍业已退位的老父亲还是像过去那样颐指气使，招摇过市，摆弄过往的威仪。没等李尔王抵达里根的府邸，里根夫妇就抢先把他一行拦截在途中，让他暂住在格罗斯特伯爵家里。二女儿夫妇赶来不是隆重恭迎，而是对李尔王多有责备，认为他既然退位，已经不再是显赫的国王，就不该依然享受国王尊荣，配备一百位侍卫和臣属，招摇醒目地到处巡游等。甚至二女儿还警告他说，她不能容忍父亲配备这些侍卫，最好减少到五十名甚至三五名仆从，现今时候未到，他还是返回高纳里尔那里为好，而且今后住在她家的时间也就一个月，时间一满必须离开到其他地方生活，至于大女儿是否接待他，她可管不了，云云。听了二女儿这番言辞，李尔王虽然满腔悲愤，但不得不忍气吞声，把他的侍卫减少到寥寥数人，等大女儿到来时，没有想到她又极力推诿，生出枝节，让李尔王难以承受，迫使他只得又去请求二女儿收留，可是二女儿与大女儿沆瀣一气，以时间不到她没有准备好招待为借口，百般刁难，恶语相向。总之，这两个他非常看好并重加赏赐的宝贝女儿，此时暴露出真实的面目，她们谁都不情愿供养他，都盼望他早早离开，恨不得这位父亲早点死去。

李尔王忍无可忍，他满腹忧伤，不禁痛心地对两个女儿一一说道：

> 可是你是我的肉、我的血、我的女儿；或者还不如说是我身体上的一个恶瘤，我不能不承认你是我的；你是我的腐败的血液里的一个疖子、一个瘀块、一个肿毒的疔疮。（卷七，页178—178）

> 神啊，你们看见我在这儿，一个可怜的老头子，被忧伤和老迈折磨得好苦！假如是你们鼓动这两个女儿的心，使她们忤逆她们的父亲，那么请你们不要尽是愚弄我，叫我默默忍受吧；让我的心里激起了刚强的怒火，别让妇人所恃为武器的泪点玷污我的男子汉的面颊！不，你们这两个不孝的妖妇，我要向你们复仇，我要做出一些使全世界惊怖的事情来，虽然我现在还不知道我要怎么做。你们以为我将要哭泣；不，我不愿哭泣，我虽然有充分的哭泣的理由，可是我宁愿让这颗心碎成万片，也不愿流下一滴泪来。啊，傻瓜！我要发疯了！（卷七，页180）

此情此景，李尔王痛不欲生，悲愤欲绝，他痛惜错爱了两位女儿，没有看到她们的蛇蝎心肠，当他还是国王大权在握之时，她们百般逢迎、顺从追捧，甚至欺骗和撒谎，但情况一变，她们就翻脸恶相，对他刁难羞辱、管制欺凌。李尔王悔叹错怪小女儿考狄利娅，看来她的回答才是真心话，她对他的爱才是真实坦诚的，相比之下，高纳里尔和里根两位是狼狈为奸、狼心狗肺、毫无心肝的卑劣女儿。想到此，李尔王义愤填膺，羞愧难当，一方面感到这是他的愚蠢行为所应得的报应，另一方面他出于可怜的一点自尊也无颜去求助远在法国且他分毫未给的小女儿。诸多情愫纠结于李尔王愤懑郁结的心中，致使他发疯发狂，他狂奔到荒野，又遭遇到暴风雨的打击，于是上演了莎士比亚《李尔王》戏剧中著名的暴风雨在荒野呼啸的场景。

《李尔王》暴风雨的荒野呼啸，可谓莎士比亚戏剧中的著名片段，也是戏剧史上经典的场景，莎士比亚塑造了一位发疯至癫狂的老年国王的形象。在荒凉、雄峻和广袤的苏格兰山区的荒野，在雷鸣电闪、激烈凄厉的暴风雨之下，李尔王这位失势的退位君主，饱尝了遭人遗弃的苦难和打击。曾经显赫一时的荣耀和咄咄逼人的权势没有了，曾经享有的尊崇和服侍，以及作为君主的桂冠和权杖都没有了。一旦没有了权力，不说别人，连自己亲生的女儿们都不再尊崇自己，不再善待自己，而是视之为一个毫无用处的老人，弃之如敝屣。对此，李尔王满心懊悔，并且深感怨恨，生不如死。他由此看到了权力的真相，看到了王权的暴虐、凶残和神秘及其魔鬼的本性，万民包括自己的女儿们，她们哪里是敬爱自己，分明是敬爱和尊崇权力和王权本身。一旦自己失去王权，哪怕是主动交权，她们就都不再认他了。她们顶礼膜拜的是权力本身，是罪恶和凶残的王权本身，还虚假地把什么高贵、荣耀和一切冠冕堂皇的好话好词附加其上。其实，她们说的一切关于国王的言辞都是鬼话，都是赤裸裸的谎言，剥去权力的魔障，他自己什么都不是。为此李尔王发出痛彻心扉的诅咒，他诅咒这地上的一切，诅咒亲情，诅咒权力，诅咒高贵的谎言，诅咒卑劣的人性：

> 吹吧，风啊！胀破了你的脸颊，猛烈地吹吧！你，瀑布
> 一样的倾盆大雨，尽管倒泄下来，浸没了我们的尖塔，淹沉了
> 屋顶上的风标吧！……雨、风、雷、电，都不是我的女儿，我

不责怪你们的无情；我不曾给你们国土，不曾称你们为我的
孩子，你们没有顺从我的义务；所以，随你们的高兴，降下
你们可怕的威力来吧，我站在这儿，只是你们的奴隶，一个可
怜的、衰弱的、无力的、遭人贱视的老头子。……伟大的神灵
在我们头顶掀起这场可怕的骚动。让他们现在找到他们的敌人
吧。战栗吧，你尚未被人发觉、逍遥法外的罪人！躲起来吧，
你杀人的凶手，你用伪誓欺人的骗子，你道貌岸然的逆伦禽
兽！魂飞魄散吧，你用正直的外表遮掩杀人阴谋的大奸巨恶！
撕下你们包藏祸心的伪装，显露你们罪恶的原形，向这些可怕
的天吏哀号乞命吧！我是个并没有犯多大的罪、却受了很大的
冤屈的人。（卷七，页 184—185）

恰在此时，另外一位饱受陷害的同样发疯的爱德伽也隐藏在暴风
雨交加的原野的破陋茅屋之内，两个陌生的天涯沦落人开始了一场疯
子之间的哲人对话，莎士比亚特别塑造的傻瓜——弄人，看似一个小
丑，实乃真正的清醒者，不时地插科打诨，为这场暴风雨中的对话平
添了一丝悲哀的冷峻和揶揄。最后，还是那位忠诚的装扮为仆人的老
臣肯特，居中筹划，把老国王悲惨的遭遇传递给小女儿——法兰西的
王后考狄利娅，希望她能够说服丈夫出兵营救陷于危难的李尔王。

我们看到，在《李尔王》昏黑肮脏和残酷无情的权力场中，在漫
天风雨的狂野中，莎士比亚塑造的小女儿考狄利娅的形象可谓光彩夺
目，一尘不染，显示出在丑陋邪恶的权力场中敢于超越的绝代风华，
与李尔王另外两个邪恶的女儿构成鲜明的对比。考狄利娅心地善良，
并没有被权力所腐蚀，她对父亲的爱出于纯粹的亲情，没有任何利益

的熏染，且她遵从封建家庭礼教，钟爱夫君，恪守女人的名节。面对父亲的提问，她也像两个姐姐一样知道，如果讨得父亲欢心便可以获取不菲的财产，甚至得宠于父亲的偏爱，但是她不能，她要诚实忠贞，她的回答导致父亲大怒，她也理解并坦然接受。尽管遭受父亲的遗弃，但她依然对父亲抱有深切的爱，这是纯粹的人伦情感。当她得知父亲遭到两位姐姐的恶意辱骂和肆意摧残，并且还得知两位姐姐与姐夫康华尔，尤其是与爱德蒙之间蝇营狗苟时，她非常愤怒，于是说服夫婿法兰西国王带领兵马进入英格兰营救其父。当法兰西国王因要事返回，她仍然不愿妥协罢兵，而是带领着将士们毅然前行，即便是寡不敌众，依然英勇奋战，虽然最终被爱德蒙和康华尔公爵的士兵打败被俘，但仍然保持着自己的忠贞和对于父亲的炙热情感，不惜为之赴死。

此外，莎士比亚在《李尔王》中还塑造了一系列感人至深的人物形象，最突出的是忠心耿耿的老臣肯特伯爵。这位忠臣始终忠诚不渝地维护他的老主人李尔王，即便屡屡受到李尔王的责备甚至贬谪，仍然拼尽性命照顾和保护李尔王的生活乃至生命安全，任劳任怨，哪怕备受欺辱，依然以过人的智慧和谋略拯救主人李尔王于危难，表现出封建王朝曾经具有的浩然正气。葛罗斯特及其两个儿子爱德伽和爱德蒙也是值得关注的人物，这位父亲先是出于盲信听从了庶子爱德蒙的欺骗和摆布，致使长子爱德伽蒙冤受辱，被迫亡命天涯，人不像人鬼不像鬼地躲避无妄的灾祸，竟然在暴风雨之夜与李尔王巧遇在茅屋。最终爱德伽与双目失明的父亲葛罗斯特相见，莎士比亚的经典台词——

　　　　疯子带着瞎子走路，本来是这时代的一般病态。（卷七，
　页 207 ）

——就是出自葛罗斯特之口，这对父子在这样的荒谬时代还能够保持良知和信念，也是非常不容易的事情。至于葛罗斯特的庶子爱德蒙，则是莎士比亚在《李尔王》着力塑造的人物，他属于权力魔鬼的宠儿，既是世间罪恶的制造者又是牺牲者，为了解除他作为私生子的屈辱及被剥夺的权利，爱德蒙诉诸权力的魔杖，通过不择手段地施展阴谋诡计以谋取权力来达到自己的目的，可谓一个十足的马基雅维利主义者，但其结果却是自取灭亡。另外，还有一位弄人的形象，这个一般戏剧中插科打诨的小丑角色，在莎士比亚笔下却闪现出睿智的光彩，他随时供李尔王取乐的言辞和自嘲，不啻为一剂剂苦口的良药，与李尔王的傲慢言行形成鲜明的对照。例如，这位被李尔王视为"好尖酸的傻瓜"的弄人，却道出了李尔王甚为得意的分割王国土地之事的本质，他唱道：

> 听了他人话，土地全丧失；我傻你更傻，两傻相并立；一个傻瓜甜，一个傻瓜酸；一个穿花衣，一个戴王冠。（卷七，页152）

总之，君主的权力这个东西在《李尔王》中得到了充分而彻底的展示。权力，尤其是君主的无所不能的权力，确实在世人眼中是个好东西，它能带来富贵荣华，能赋予尊荣和体面，能把人抬到社会之巅峰，使人耀武扬威，使人无所不能，使他人臣服在它的脚下，匍匐下跪，并垂涎三尺，可以说，权力，至高的权力具有魔性的力量，几乎所有的人都会被它诱惑和侵蚀，都会向权力这个魔鬼顶礼膜拜。[①] 应该指出，李尔王曾经也是如此，虽然晚年的遭遇使他彻底悔悟，并在暴风雨中对权力发出惨绝人寰的诅咒和控诉，但在他握有王国权柄时，他对于权力的威力还是一味享受的。他之所以能将权力分给三个女儿并为所欲为地向她们提出问题，不就是因为他还在位上，还是威仪显赫的国王吗？一旦他不再是国王了，虽然作为肉身的李尔还是李尔，但已经不再是李尔王，即肉身的李尔与作为国王的李尔，便有了霄壤之别，退位的李尔王不再是李尔王。但是，李尔自己并不清楚自己的身份已经发生本质的变化，国王的两个身体已经产生强烈的分野，退位的李尔王不再是在位的李尔王，此李尔不再是彼李尔。其他人，包括他的三个女儿，尤其是高纳里尔和里根两个女儿却深刻且清醒地懂得两个国王的区别，或者说，懂得一个李尔王两个肉身的区别，只有李尔自己还在犯糊涂，不明事理，不懂得自己两个肉身的本质区别。[②]

---

① 作为深刻的文艺复兴时代的思想家和剧作家，莎士比亚不仅看透了权力的真相，还看透了金钱的真相。在著名的戏剧《雅典的泰门》中，莎士比亚借着泰门之口，也曾对金钱这个魔鬼发出赤裸裸的诅咒："在我们万恶的天性之中，一切都是歪曲偏斜的，一切都是奸邪淫恶。所以，让我永远厌弃人类社会吧！泰门憎恨形状像人一样的东西，他也憎恨他自己；愿毁灭吞噬整个人类！……咦，这是什么？金子！黄黄的、发光的、宝贵的金子！不，天神们啊，我不是一个游手好闲的信徒；我只要你给我一些树根！这东西，只这一点点儿，就可以使黑的变成白的，丑的变成美的，错的变成对的，卑贱变成尊贵，老人变成少年，懦夫变成勇士。嘿！你们这些天神们啊，为什么要给我这些东西呢？"（卷六，页 57—58）不过，作为早期资本主义的思想家和剧作家，莎士比亚并没有把金钱与权力的关系，尤其是它们之间尖锐且势不两立的冲突和斗争，作为自己戏剧创作的主要内容，这个主题乃是后来西方文学艺术的一个主题，狄更斯、雨果等人的作品大抵就是如此，他们深刻地揭示了金钱、权力和人性之间的复杂关系。

② 关于国王的两个身体的研究，参见恩斯特·康托罗维茨：《国王的两个身体：中世纪政治神学研究》，徐震宇译，华东师范大学出版社 2018 年版。应该（转下页）

　　从某种意义上看，李尔王的遭遇可谓自食其果，他的两个女儿如此对待他也有一定的道理。按照她们的说法，老父亲既然已经退位，把王国权力分割给她们了，他就是一介臣民或一位老人，不再是国王，因此，不能再享有国王才享有的尊荣和待遇。然而老父亲却不懂得这个道理，到她们家里来住，还是显摆着国王之威仪，带着原先的一百名侍卫以及家臣弄人，耀武扬威地以国王的身份巡游她们的家。这让她们如何行使国王父亲已经赋予她们的权力和尊仪，如何以君主的身份统治和治理分封给她们的王国呢？既然父亲不明事理，她们也只有以其人之道还治其人之身，羞辱父亲，让他和世人知晓李尔不再是原先的李尔王，现今只不过是一个叫李尔的老头而已。由此看来，李尔王与两个女儿的纠纷以及李尔王的愤怒、羞辱和疯狂，不过都是权力这个魔鬼惹的祸，是权力这个邪恶的魔鬼扭曲了他们的人性，使他们失去了人之常情和正常的人伦亲情。看来，权力、王权、君位这些东西，是人世间的魔鬼，是扭曲、颓废的邪恶力量。

　　除了与老父的矛盾之外，两位女儿至死都不清醒，她们相互之间还纠缠于另外一场关于权力魔鬼与夫婿、奸情和毒杀的悲剧之中，这场关于权力与情爱的魔鬼性悲剧作为《李尔王》的一条副线一直伴随

（接上页）指出，"国王的两个身体"是伊丽莎白一世时期英国法学家们创制出来的概念，指的是国王有两个身体，一个是自然之身，国王的个体肉身，可以生病、会疲惫、可以朽坏；但同时国王还有一个政治之身，他永远存续、不可朽坏。然而，政治体的历史发展又塑造了超越时间的"祖国"和"人民"这样的观念，并自然引向国王的可朽肉身，尤其是作为肉身之首的国王个体，其生死问题就成为王国的根本性问题，其中关乎政治权力的激进主义和保守主义两种思想的激烈冲突及其和平相处的可能性。莎士比亚当然并不知晓法学家们的上述理论创制，但他的历史剧却自然地与其时代的政治问题相互匹配，其君主人物的丰富形象暗含着某种国王两个身体的隐喻。

着，从侧面映衬着李尔王父女之间的悲剧，展示了莎士比亚戏剧艺术的丰富性和结构上的立体性。关于爱德蒙与高纳里尔、里根还有爱德蒙与爱德伽、葛罗斯特之间的关系，以及奥本尼公爵的抉择，构成了《李尔王》的一条副线，也是非常精彩的，在此不予多论。

就李尔王来说，在他经历了一番刻骨铭心的不堪遭遇之后，才大彻大悟，在荒野的暴风骤雨中，深刻而战栗地认识到权力的邪恶真相，对之发出了惊天动地的控诉和诅咒，并为此付出了生死癫狂的代价。这是李尔王的悲剧，也是一种权力游戏的悲剧。不过，作为对权力魔鬼的反抗，莎士比亚在《李尔王》中还塑造了一个新的光彩夺目的形象，那就是小女儿考狄利娅。检视莎士比亚的历史剧，在两个四联剧和其他悲剧中，虽然莎翁创作了各种各样的女性形象，例如，圣女贞德、玛格莱特王后、葛雷夫人、麦克白夫人、奥菲利娅、快嘴桂嫂，甚至其他戏剧中的苔丝狄蒙娜、朱丽叶、鲍西娅，等等，但敢于对抗至高权力的神奇女子，却未曾有过，只有在《李尔王》中考狄利娅才神奇而美好地出现，这不能不说是莎士比亚思想的一个跃进。在几乎所有人都对权力尤其是君权俯首帖耳、顶礼膜拜和听命顺从之时，唯有一位软弱、纯洁的小女子考狄利娅，敢于对权力——父亲的权力、君主的权力，大声说出：不！我们看到，权力、王权、君位，这些凡人视为神明的东西，对于考狄利娅的心灵和行为，没有任何影响。父亲大权在握时，她如此，本着天良情感，不惜忤逆父亲的君权；父亲退位毫无权势且受到两位姐姐的羞辱时，她还是如此，本着天良情感，不惜发兵攻打姐姐的军队以救父亲。所有这一切都与世俗的权力——不管是君权还是父权以及它们承载的荣华富贵或尊辱浮沉，没有丝毫的关系，而是本着最良善和纯粹的天然情感，是淳朴、善良和美好的父女之情，诚如考狄利娅所言：

> 我们出师，并非怀着非分的野心，只是一片真情，热烈的
> 真情，要替我们的老父主持正义。（卷七，页214）

莎士比亚在《李尔王》中塑造的考狄利娅形象，显然灌注了他对于权力与人性的理解，在他看来，人世间有一种东西是能够抗拒权力之淫威的，是能够抵制权势之侵袭的，是可以出淤泥而不染的，那就是至善至淳的自然情感、朴素纯粹的自然亲情。在一系列戏剧中，尤其是诸多王朝政治和历史剧中，莎士比亚都无奈于权力的淫威，坐视权力游戏对于人性的摧残。虽然他也创造了一些正面的德才兼备的卓越君主的形象，刻画他们良善地运用美德约束王权的肆意妄为和嚣张跋扈，但他知道美德有时是无力的，难以束缚权力的魔力，也难以阻止权力毁灭性的胡作非为。无数人间惨剧、君王残杀、骨肉血拼、良臣叛逆、父子相残，等等，都是权力的魔掌造成的。权力啊权力，它才是人间最大的罪恶之渊薮！为了解除权力的灾祸，莎士比亚在《李尔王》中试图通过小女儿考狄利娅的形象寻求另外一条道路，那就是不同于政治美德的自然情感之路，通过一种人世间的天良纯情和淳朴的自然亲情，抵御权力的魔掌，抗拒权力的淫威。尽管这种反抗是卓有成效的，也是光彩夺目的，但其结果却必定是一场悲剧。《李尔王》就是以考狄利娅和李尔王之死宣告了这种以自然亲情抗拒权力侵蚀的失败，这是一种失败的悲剧。莎士比亚此剧的结局使人唏嘘不已！面对考狄利娅的死亡，李尔王号啕大哭：

哀号吧，哀号吧，哀号吧，哀号吧！啊！你们都是些石头一样的人；要是我有了你们的那些舌头和眼睛，我要用我的眼泪和哭声震撼穹苍。她是一去不回的了。一个人死了还是活着，我是知道的；她已经像泥土一样死去。（卷七，页 242）

而李尔王的死去，则是死不瞑目：

你是永不回来的了，永不，永不，永不，永不，永不！请你替我解开这个纽扣；谢谢你，先生。你看见吗？瞧着她，瞧，她的嘴唇，瞧那边，瞧那边！（死。）（卷七，页 245）

此外，莎士比亚或许是无意吧，在《李尔王》中还触及另外一个关于权力的主题，即王权和王国分割的问题。莎士比亚生活于都铎王朝的中晚期，也是伊丽莎白时代，在都铎王朝之后还有斯图亚特王朝，莎士比亚当然不知晓斯图亚特王朝以及其中发生的光荣革命等历史事件，也不知道此后的君主立宪制，还有法国王权专制主义以及王权和主权绝对论等一系列思想理论。即便是在寻常的封建王权主导的时代，由于中世纪以来源远流长的王权神圣论之传统，对于王权大一统的思想，也并非所有人都完全接受和认同，实际上一直有各种关于王权的异端邪说流传于坊间各处。我们不知道莎士比亚究竟是否接触到这些思想，也不知道他关于王权的真实想法，从他的英国历史剧的作品来看，他虽然对于王权并非一味尊崇和大力拥护，但还是基本认同王权的权威，认为雄才大略、德才兼备的君主是有益于英格兰王国的，由此他才塑造了亨利四世、亨利八世、亨利五世乃至理查三世这些强有力的君主形象。

尽管如此，莎士比亚并没有陶醉于关于强势君主或君主至尊的理想之中，在后来的三个著名悲剧中，正像前文所分析的，他对于权力本身还是给予了某种强有力的反省，甚至对最高权力给予了某种控诉和批判。沿着这个思路，我们发现，莎士比亚对于王权的权力本质的反省越来越超越同时代人的见识，超越都铎王朝的历史观念，愈发具有现代性的意义和价值，这是非常难能可贵的，甚至也是他自己都没有清醒意识到的。例如，在《李尔王》中，实际上就涉及一个王国王权至尊之下的权力分割问题，或者说王国的分裂之家问题。

在《李尔王》中，从头至尾莎士比亚并没有交代清楚这个问题，即李尔王自己也没有说清楚甚至自己也没意识到这个问题，那就是为什么在晚年他要把自己的王国分为三份，分别赐给三个女儿，虽然最终只是给了两个女儿。若按照传统的封建法，国王或者贵族爵士在死后都有把财产分给子嗣的权利和义务，遗产由子嗣继承，这是司空见惯的做法，没有任何问题。但是，把王国土地分封为若干份，对王权加以分割，而不是保持一个完整的王国将其传给继承者或继位者，这还是比较稀奇的事情，因为这不同于王国的分封制——封建国家就是一种层层分封的王国土地制度，这是封建制度的起因和本质。

为什么李尔王要如此分割自己的王国，使主体自我解体，分给三个女儿，在戏剧中确实并没有说清楚，历史先例是否有过也不清楚。当然，当时也没有人否认李尔王有这样的权力，作为国王，国家就是他的私人财产，他可以随心所欲地做自己想做的事情，除非公然违背神法和自然法，传说中的古英格兰王国的李尔王的故事就是如此叙述的，也许莎士比亚没有多加思考就借用了这个故事，但这确实是一个令人疑惑的问题。不过，戏剧揭示的结果是李尔王对于王国财产和王权的分割及授予女儿们，却是彻彻底底失败了的，看来，王国不同于国王的其他财产，是难以或不可能彻底分割的，若没有审慎的制度上的保障，仅仅凭着国王的一己独断和一意孤行，其结果将是非常恐怖和悲惨的。王权这具重器，实在是不可乱动，即便是国王，也不可恣意妄为。①

———————

① 当然，在莎翁学界关于《李尔王》也有不同的解读。例如，克雷格在《哲人与王者——莎士比亚〈麦克白〉与〈李尔王〉中的政治哲学》一书中，对于李尔王通过如此检验三个女儿的爱以苦心孤诣地分配英格兰的国土，有另外一番讨论。克雷格认为李尔王之所以试图如此划分，是有着自己的老谋深算，而不是老年昏聩。因为李尔王意识到在他百年之后，英格兰势必面临邻国势力的侵袭，由于他只有三个女儿，没有直接继承王国的儿子，所以他特别选中了三个女婿及其相关的势力，以此拱卫英格兰的中心，以防范法国的侵袭和吞并。"李尔统治统一的大不列颠，希望将国家交给继任者。但李尔是怎样统治的呢？显然，不是单枪匹马，而是借助忠诚下属组成的统治集团，他们借由个人效忠及裙带关系组成的网络，有效地管理他们的领地。其中最强大的两位下属显然是奥本尼与康华尔，两人的名字可能暗示各自的封地：前者是苏格兰与北爱尔兰的领主，后者是从前名叫威塞克斯（英格兰西南部，幅员辽阔，管辖葛罗斯特伯爵的封地）一地的领主。无疑，国王安排了两位长女的婚事（正如他打算安排考狄利娅的婚事），并且实际上毫无疑问，国王选择驸马时，高度重视地缘政治。通过政治联姻，动乱的北方与遥远的西南部均能与强大的中部相连，中部是最广阔、最富饶的国土，是李尔亲自施展威权的地方。问题是李尔迟早会离开人间。李尔试图交接的是他自己实际做出的政治安排。因此，李尔'赐给'奥本尼与康华尔他们已有效控制的国土，而将中心国土留给考狄利娅与李尔选定的夫婿。李尔保留国王的名号与特权，而将实际的政务管理交予三位女婿，这样他就能继续住在国家中心，若有任何需要，他可以在那儿继续审慎地管理各种国务——尤其重要的是，辅佐考狄利娅的丈夫，使其地位稳固，成为自己的继任者。……考狄利娅的婚事是整个计划中最后有待拼入的一块拼图。"李尔王通过此举实际上是在评估和考察哪位更适合成为考狄利娅的夫婿，最终他认为勃艮第公爵比法兰西王更为合适，因为法兰西王本身已是国王，不会离开法国住到大不列颠中央，他成为英国的夫婿，很可能会侵占英国的独立性，将英国纳入法国的势力范围。而勃艮第公爵则较为合适，（转下页）

　　问题在于，《李尔王》这个王国分裂之家的悲剧结局，是否就意味着至高权力之不可撼动了呢？这些关于权力、王权、君位的一系列复杂、纠结和惨烈的问题，迫使莎士比亚进入新的思考，由此他的戏剧就进入一个新的领域，即罗马历史剧的构思与创作。

　　（接上页）他若成为考狄利娅的夫婿，"新得的英国国土会增强勃艮第的力量，因而勃艮第会悉心守护英国的利益。那时，勃艮第公国将成为英国的附庸，必要时提供坚实的大陆基地，用以攻打法兰西。由此，法兰西会更愿意与英国和平共处"。参见克雷格：《哲人与王者》，汤梦颖译，华夏出版社 2023 年版，第 150—153 页。依据克雷格的分析，剧情中令人可惜的是小女儿考狄利娅并不懂得老李尔王的政治考量及其设计方案，不知晓所谓"爱的考验"只是走个过场，坚持保持自己的纯粹的自然天性，致使李尔王面临困境，而且最终的结果，也是李尔王没能把握好政治的审慎理性，做出基于义愤的决定，导致悲剧的结局。当然，正是这场悲剧，反而使得莎士比亚从另外一个层面展示了李尔王如何成为一位政治哲人，在痛苦和愤怒中完成这个从政治家经过自然哲人到政治哲人的转变。总的来说，我认为，无论如何看待莎士比亚笔下的李尔王，是把他视为一个老而昏聩的国王还是把他解读为一位深谋远虑的国王，这部戏剧本身无疑具有深刻的政治思想性和英国历史的现实相关性，莎士比亚通过这个改装的故事，揭示了政治权力难以把握的本质及其可能导致的"疯子领着瞎子行走"的现实生活图景。

共和理想:《尤利乌斯·凯撒》及其他罗马剧

前文我曾经指出，莎士比亚的历史剧有狭义和广义之分，狭义上只是指十部英国历史剧，尤其是两个四联剧；广义上说，则包括与英格兰王国并列的丹麦、苏格兰等王国的悲剧，尤其是莎士比亚著名的四大悲剧中的三部悲剧，还有以古代罗马政制为素材的罗马剧，尤其是《科利奥兰纳斯》《尤利乌斯·凯撒》和《安东尼与克莉奥特佩拉》，其中尤以《尤利乌斯·凯撒》为经典。我认为狭义和广义两个维度下的莎士比亚戏剧才可谓完整的莎士比亚历史剧，它们围绕的中心议题是王权问题，或者说是英格兰王国的最高权力问题，也就是说，虽然莎士比亚的戏剧包括诸多内容，非常丰富多彩，但政治权力，尤其是他生于斯长于斯的祖国——英格兰王国的王权问题，一直是莎士比亚关注的中心议题。他一生创作了大量的王朝历史剧或历史政治剧，对此我在前文已有较为深入的分析和解读，从这个意义上说莎士比亚是一位政治思想家式的戏剧家，应该毫无疑义，他对权力与人性关系的洞察力和表达力，其深刻性、丰富性和复杂性以及历史演变过程中的悲剧性表述，一点也不弱于文艺复兴时期诸国的其他一些理论家和思想家，例如马基雅维利、伊拉斯谟、托马斯·莫尔、蒙田等，甚至还更为卓越和经典。

现在的问题是，在创作了一系列英国历史剧以及三大悲剧（《哈姆雷特》《麦克白》和《李尔王》）之后，为什么莎士比亚还要继续创作几部以罗马政制为剧情内容的所谓罗马剧呢？当然，作为伟大的戏剧家，莎士比亚在其壮年之时，完全可以寻求更加丰富的创作内容，增加其创作的丰富性，事实也是如此，在此期间他创作了一系列其他题材的作品，尤其是市民剧和言情剧，例如著名的《罗密欧与朱丽叶》《威尼斯商人》《雅典的泰门》《温莎的风流娘儿们》等。但是，这些题材的创作，并没有淹没或消解他对于政治问题的思考和敏感，尤其是关于权力政治与人性复杂性的关系问题，依然是莎士比亚戏剧创作的一个中心主题，四部著名的悲剧作品就是例证。莎士比亚在年龄趋于成熟的壮年时期，对王朝政治、最高权力，以及人性幽暗、人物心理和政权组织等方面的认知，要比早年创作英国历史剧的时期深远和厚重得多，也深刻和尖锐得多。所以，这些历史和政治戏剧几乎都以悲剧的形式出现，在他看来，只有悲剧才能探究到政治权力与人性的幽深和神秘之处，才能洞悉王朝政治的本质。虽然作为伊丽莎白时代的剧作家，他仍然关注英国王朝政治的问题，但他的视野已经非常开阔和深厚。莎士比亚显然不再受都铎王朝的神话历史观的束缚，甚至也不再局限于那个时期文人思想家们对于政治权力的封建王朝制度藩篱的影响，而是试图从一个更为纵深的历史视角来审视王朝政治的历史以及贯穿其中的权力的残酷游戏和人性的云谲波诡。于是，罗马剧就成为莎士比亚的一个重要题材，从当时权贵贤达之士津津乐道的古代罗马的政治史料中攫取自己需要的戏剧内容，以达到对政治事务和人物命运的新认知，并富有悲剧性地展示出来，对莎士比亚来说，也就顺理成章，自然而然了。

关于古代罗马的历史叙事和人物评传，在莎士比亚时代也是甚为众多且斑斓多彩的。崇尚古典的希腊罗马，是文艺复兴时期的一个时尚，15、16 世纪的英格兰也不例外，古希腊罗马之英雄传说，在当时也是文人墨客、贵族精英所耳熟能详的。莎士比亚的戏剧题材大多来自普鲁塔克的《希腊罗马名人传》以及其他一些传记史料。需要指出的是，莎士比亚的罗马剧并没有拘泥于这些史料记录，而是在吸取了主要的历史和人物史实之后，添加了很多关键性的内容，这些内容可以说是莎士比亚杜撰的或戏剧化虚构的，它们不但在戏剧艺术形式方面十分必要，而且在政治思想的内涵方面也是非常重要的。通过莎士比亚的戏剧化改造和编撰，一部部不同于两个四联剧的罗马剧被创造出来，且呈现出提升英国历史剧政治思想高度的价值意义。说起来，莎士比亚大致创作了三部罗马剧，它们分别是：创作于 1599—1600 年的《尤利乌斯·凯撒》，创作于 1607 年的《安东尼与克莉奥特佩拉》，以及创作于 1607—1608 年的《科利奥兰纳斯》。[1]虽然是三部罗马剧，但它们却有内在的关联，尤其是对比莎士比亚创作的其他历史剧，三部罗马剧的政治社会意义就显得更为突出，下面我分别扼要地讨论之。

---

[1]　关于莎士比亚的罗马剧，莎翁学界一般认为主要是上述三部戏剧作品，但涉及希腊罗马社会生活的戏剧，还有诸如《提图斯·安德洛尼克斯》《特洛伊围城记》《特洛伊罗斯与克瑞西达》《雅典的泰门》等作品，它们主要描述的是希腊罗马公民的世俗生活，大多不直接涉及政治权力及罗马政制的存亡绝续的重大剧情，所以不把它们视为莎士比亚罗马历史剧。

相比于莎士比亚的其他历史剧，甚至包括三部著名悲剧，罗马剧的最大不同，是莎士比亚的戏剧内容所依托的政治环境或政治背景，不再是封建的王朝体制，不再是君主王权主导的封建王国，而是罗马共和国，或者更准确地说，是处于关键时期的罗马共和国。下面我将具体分析这个关键时期意味着什么（一个是护民官①制度初设时期，一个是共和国遭遇颠覆之际）。但无论怎么说，罗马政制不属于封建王朝体制，其政治权力，尤其是最高的政治权力，在实质和形式上都与王朝和王权迥然不同。对此，虽然莎士比亚没有政治理论家们那样理性和概念化的思考和表述，但对其实质性的内涵还是有着深刻的认识的，他在罗马剧中对政治人物以及围绕着权力问题的诸种言行举止及演绎而生的众多故事情节和悲剧情态，才会有迥异于王朝政治的描述和展示，才使之呈现出与王朝剧大不相同的底蕴。为什么莎士比亚要创作一系列罗马剧，显然是他对于王朝剧中关于权力的认知和把握不满足，封建王国王权的体制限制了他对于权力政治的进一步认识。他或许发现在王朝政治之外，还有另外的政治领域和政权形态，其中的人物行为、内心情态和由此产生的政治伦理与德行，并非完全按照王朝政治的规则、礼仪、尊崇和惯例等运行和施展，但它们不但依然属于政治领域，而且还在历史上成就出一个如此显赫和非凡的罗马共和国甚至罗马帝国，与此相关的政治及其权力问题，无疑值得处于王朝政治生活的人们予以关注，予以借鉴。

世界并不是只有都铎王朝及其伊丽莎白时代，历史上也不是只有

---

① 在关于罗马"护民官"的中文翻译中，也有很多翻译文本译为"保民官"，两者意思相同，本书为译名统一，一律译为"护民官"，所引资料的译名改动不再另做说明。

延续经年的英格兰王朝史，在此之外，还有其他的王朝及其王朝史，甚至还有辉煌灿烂、声名显赫的希腊罗马城邦政治，尤其是源远流长、辗转曲折的罗马政制史。莎士比亚在壮年时期对政治、社会和人性的认知和感悟较之早年已经大为开阔和深切，他感到要展示政治社会的丰富内容及其与人性情感的关系，不能受限于单纯的王朝政制以及君主权势，其实在罗马政制中，有着不同于王朝君主风范的其他政治英雄及其运作和对待权力的方式，还有由此延展出来的各种人世间的壮丽戏剧，他们轰轰烈烈、可歌可泣的故事足以与英格兰王朝的君主人物相媲美，甚至更加光彩夺目和富有魅力。为此，他以罗马政制为题材，创作了三部罗马剧，即《科利奥兰纳斯》《尤利乌斯·凯撒》和《安东尼与克莉奥特佩拉》。虽然这三部罗马题材的戏剧各呈其姿，各有千秋，但最深刻、最宏伟、最意味深长且影响甚巨的是悲剧《尤利乌斯·凯撒》，本书在此便是以《尤利乌斯·凯撒》为中心，并且兼顾相关的剧情内容，对莎士比亚的罗马剧展开分析，强调的依然还是与权力政治以及人性攸关的主题。

此外，还有一点需要补充说明，创作这些罗马剧的时候莎士比亚虽然正处于壮年的生命旺盛期，但并不是一鼓作气地只创作罗马剧，然后再创作其他市民剧、爱情剧、传奇剧的。就像他早年集中创作英国历史剧一样，莎士比亚这段时间的创作是多彩的，他断断续续地创作了三部罗马剧，这些罗马剧并不是按照罗马政制史的进程，依据历史演变的时间顺序，而是按照他自己的审美偏好和问题意识进行的自由创作。例如，他先是在 1600 年前后创作了《尤利乌斯·凯撒》，又过几年于 1607 年创作了《安东尼与克莉奥特佩拉》，于 1608 年前后创作了《科利奥兰纳斯》。不过，虽然莎士比亚创作罗马剧的时间略显散漫，但其挖掘和开发戏剧主题的能力还是天才性的、富有神奇魔幻力的，显示了其卓尔不群的超凡天赋，他在林林总总的罗马政制史的人物传记和大事辑录中，一下子就抓住了罗马政制的重要变革时代，通过在此期间的政治故事和英雄人物的行动及悲剧命运，展示罗马政制的本质特征及奥秘之所在。本书下面的分析，不是按照莎士比亚创作罗马剧的时间图表，而是按照罗马政制史的时间进程，集中讨论莎士比亚在罗马剧中呈现出来的政治权力和与人性攸关的英雄人物的悲剧命运及其内涵。

科利奥兰纳斯：罗马共和制下的英雄悲歌

虽然莎士比亚先创作了《尤利乌斯·凯撒》，但我们分析他的罗马剧，还是要从《科利奥兰纳斯》开始，这符合罗马政制史的历史进程。罗马国家在人类历史上存活了一千余年（包括罗马共和国存在的四百八十三年），可谓人类史上持续最久的政治体制，但这个体制并非一成不变，而是充满了剧烈的内外演变，说起来大致经历了五个重大的阶段。一个是早期罗马王制时期，此后便是最著名的罗马共和国时期，然后转入罗马帝制时期，再后是东西两个帝国的分裂以及西罗马帝国的存续与覆灭，最后便是东罗马帝国时期。莎士比亚不是罗马史学家，他在自己的罗马剧中关注的乃是罗马历史上的两个重大变革时期，即罗马共和国体制的确立与巩固时期，以及共和国转向帝制的奥古斯都时期，其中尤以凯撒被刺杀的危急时刻为聚焦中心。据此，莎士比亚创作了三部悲剧：《科利奥兰纳斯》《尤利乌斯·凯撒》和《安东尼与克莉奥特佩拉》。

　　我们先看罗马共和国的情况，通过罗马贵族英雄科利奥兰纳斯的悲剧故事，莎士比亚把罗马共和制之和平稳固所赖以维系的政治根基及其卓绝的牺牲精神，展示得惊天动地、惨绝人寰。该剧使习惯于封建王朝体制下生活的读者和观众倍感另一种共和国体制的沉重内涵，世人推崇备至的罗马共和国的和平与强盛实乃来之不易。按照西塞罗的解释，罗马共和国的全称是——罗马元老院与人民的共和国，采用的是一种共和制，[①]或者更准确地讲，是一种混合政体，即贵族制与民主制的混合体制，两种体制的结合构成了罗马共和国。应该指出，罗马政制能够把两种差异鲜明的体制结合为一（罗马共和国），并非轻而易举，而是非常艰难的，其中付出了惨烈的斗争和卓绝的牺牲，在罗马执政官之后设立的护民官制度，显然是共和制妥协的产物，莎士比亚创作的贵族英雄科利奥兰纳斯的故事，就是在这个护民官制度设立之际所发生的一幕人物悲剧。

　　从罗马制度的结构及其本质来看，贵族院或元老院是共和国的权力中心，颁布罗马的法律，决定罗马的重大事务，选派执政官行使元老院的法律和决议，统治罗马军团的对外战争，维护罗马的和平以及内政事务，这些都是由罗马贵族阶级所承担的，共和国建立以来，罗马政制历来如此。但是，罗马人民在哪里呢？据历史记载，氏族大会以及库利亚大会、百人团会议也参与罗马政制，但只是在每年的一定时期内参与确定重要职务的人选等，罗马市民或平民在罗马政制中的权重并不凸显，人民的权利及其地位和利益并没有得到有效的保障。

① 参见西塞罗：《论共和国》，王焕生译，上海人民出版社 2006 年版。西塞罗指出："国家乃人民之事业，但人民不是人们某种随意聚合的集合体，而是许多人基于法的一致和利益的共同而结合的集合体。"

因此，这导致了罗马历史上重大的经久不断的政治斗争，即罗马市民与罗马贵族之间的斗争，其中的一个相互妥协的结果，就是在共和国设立了护民官制度，即由罗马市民选举护民官来制约罗马贵族执政官的权力行使，以维护罗马人民的各项权力和利益，从而达到某种均衡或阶级妥协，罗马共和国得以存续和发展壮大。[①] 科利奥兰纳斯是护民官初步设立之时的罗马贵族统帅，他的故事便是基于这个历史背景。

莎士比亚创作的《科利奥兰纳斯》故事情节如下：时值公元前5世纪的罗马共和国初期，共和国外事不宁，罗马城遭遇外邦伏尔斯人的侵扰，强敌首领奥菲狄乌斯领兵攻打罗马城，紧急时刻，元老院启用大将卡厄斯·马歇斯（后被罗马元老院授名为科利奥兰纳斯，又称卡厄斯·马歇斯·科利奥兰纳斯）带兵迎敌。科利奥兰纳斯作为卓越神勇的贵族青年，秉承罗马贵族的英雄风骨，骁勇善战，英猛无畏且骄傲高贵，珍爱名誉高于生命。经过一系列战役，尤其是在攻陷伏尔斯人首府科利奥里的大战中，科利奥兰纳斯孤身奋勇作战，一人大破敌人围攻，挥舞利剑斩杀敌人无数，最终领兵攻入城堡，占领和征服伏尔斯首府。此后，科利奥兰纳斯又马不停蹄地率领一支骁勇军队，

---

① 彭磊认为："护民官代表平民对抗贵族，标志着平民获得政治权力，能够与贵族分庭抗礼。古典哲人波利比乌斯与西塞罗、现代哲人马基雅维利等人都认为罗马共和国是混合政制：元老院保留了贵族制，执政官保留了君主制，护民官则对应民主制，三种政制各得其所或说相得益彰，共和国的国体得以稳固。在这三种混合元素中，护民官的设立最晚，从而标志着罗马共和的初步奠定。但是，对于彻底改变罗马政制的这一事件，马歇斯和米尼涅斯都称之为'奇怪的'，'可以致贵族于死命，令最有权的人为之失色'。《科利奥兰纳斯》开场对民众和护民官的描写颇为负面，带着浓厚的反民主色彩。马歇斯对民众对高傲看法很容易感染我们，从而让我们警醒民众的权力可能会遭到滥用。"《凯撒的精神——莎士比亚罗马剧绎读》，第34页。

驰援处于被动和劣势状态的罗马元老考密涅斯统领的罗马军团，并与奥菲狄乌斯展开面对面厮杀，将其打败，使之带着安息的残兵落荒而逃。可以说科利奥兰纳斯以一己之雄风为罗马赢得战争的胜利，迫使伏尔斯人签署了和平条约。正像考密涅斯所言：

> 你的功劳是不能埋没的；罗马必须知道她自己的健儿的价值。隐蔽你的勋绩，比偷窃诽谤的罪恶更大。……让全世界知道，卡厄斯·马歇斯戴着这一次战争的荣冠，为了纪念他的功勋，我送给他我这一匹全军知名的骏马，以及它所附带的一切装具；从今以后，为了他在科利奥里所建树的奇功，在我们全军欢呼声中，他将被称为卡厄斯·马歇斯·科利奥兰纳斯！让他永远光荣地戴上这一个名字！（卷七，页274—275）

科利奥兰纳斯凯旋，在其母的鼓励下，积极进取，被元老院选为罗马执政官。不过，依据罗马共和体制的法律规定，当选执政官需要有一个程序，即获得人民的同意，在此两位护民官就起到举足轻重的作用。作为世家贵族的科利奥兰纳斯并不熟稔罗马政治，尤其是不懂得如何面对罗马设立的护民官，他只是一位卓越而强悍的将领，以勇毅、骄傲和荣誉为安身立命之道，尤其是始终如一地保持甚至彰显贵族的勇敢、荣誉和骄傲的美德，对于广大的罗马市民大众——那些只知道柴米油盐、鼠目寸光、贪生怕死的芸芸众生，他从内心就瞧不起且鄙视厌恶他们。于是我们看到，在这个戏剧中贯彻始终的一条主线，就是科利奥兰纳斯代表的贵族精神及其美德传统与两位护民官西西涅斯·维鲁特斯和裘涅斯·勃鲁托斯所代表的罗马市民大众的矛盾和冲突。作为罗马共和国的执政官，必须获得贵族和市民两个阶级的共同拥护才能真正当选并且有效行使职权。卓尔不群、孤傲豪迈的科利奥兰纳斯恰恰在这里遇到了重大的问题。当然，元老院是贵族主导的，他们推举这位罗马不世出的英雄担当新一任执政官义不容辞，科利奥兰纳斯也承担得起，诚如考密涅斯在元老院所说的：

> 勇敢是世人公认的最大美德，有勇的人是最值得崇敬的；要是我们可以这么说，那么我现在所要说起的这一个人，在全世界简直找不出一个可以与他抗衡的人物。……他从一个新列戎行的孺子，变成一个能征惯战的健儿，他的与日俱增的勇敢，像大海一样充沛，在前后十七次战役之中，战无不胜，攻无不克。（卷七，页289—290）

其他的元老们纷纷表态，科利奥兰纳斯是了不起的英雄！准备给他的光荣，他当之无愧。他们一致同意推举他为共和国的执政官。不过，既是元老也是科利奥兰纳斯好朋友的米尼涅斯说，现在还有一步手续需要履行，科利奥兰纳斯要向人民说几句话，并告诫他说：

> 将军，人民必须表示他们的意见，不要激怒他们；您还是遵照着习惯，像前任的那些人一样，用合法的形式取得您的地位吧。

科利奥兰纳斯虽然内心多般无奈，但还是愿意前往市场，身披粗衣，与两位护民官一起去接受人民的询问并赢得他们的同意。经过一番真诚的努力，科利奥兰纳斯通过了众多民众的质疑，并且在保持尊严的情况下，获得了他们大部分人的同意，眼看着这个程序即将完成，科利奥兰纳斯就可以成为罗马共和国的新一任执政官。然而，天有不测风云，就在科利奥兰纳斯准备换装重新回到元老院接受执政官的任命时，一桩重大的意外事件出现了，即两个护民官不干了，他们不愿这位骄傲的看不起民众的贵族英雄担任新执政官，这样不但他们作为护民官的权力、利益和影响力将受到大大损伤，而且他们认为罗马市民的权利在科利奥兰纳斯的执政下得不到任何保障，还将受到严重损害。于是两位卑鄙的护民官西西涅斯和勃鲁托斯开始施展阴谋诡计，挑逗和唆使一些民众，串联和号召五百人组织起一次集会，反对科利奥兰纳斯的就任，就说他们重新做了一次郑重的考虑，一致撤回此前愚昧的选举。勃鲁托斯挑拨他们说：

> 你们难道不会对他说，现在他登上了秉持国家大权的地位，要是他仍旧怀着恶意，继续做平民的死敌，那么你们现在所表示的同意，不将要成为你们自己的诅咒吗？你们应当对他说，他的伟大的功业，既然可以使他享有他所要求的地位而无愧色，但愿他的仁厚的天性，也能够想到你们现在所给他的同情的赞助，而把他对你们的敌意变成友谊，永远做你们慈爱的执政。（卷七，页298）

两位护民官知道科利奥兰纳斯的骄傲，不会受制于民众的请求，会坚持他的固有偏见，于是勃鲁托斯蛊惑民众说：

> 你们立刻就去，告诉你们那些朋友，说他们已经选了一个
> 执政，他将会剥夺他们的自由，限制他们发言的权利，把他们
> 当作狗一样看待，虽然为了要它们吠叫而豢养，可是往往因为
> 它们吠叫而把它们痛打。（卷七，页299）

最后他们还要这些民众把糊涂的选择推诿到他们两人身上，这样就可以光明正大地重新选举，废除过去的错误选择，其结果是他们两位表面看上去也没有开罪于元老院的贵族们，是在引导民众但没有成功而已。下面是两位护民官的阴险的对话：

> 他要是不倒，我们的权力也要动摇。为了促成他的没落，
> 我们必须让人民知道他一向对于他们怀着怎样的敌意；要是他
> 掌握了大权，他一定要把他们当作骡马一样看待，压制他们的
> 申诉，剥夺他们的自由；认为他们的行动和能力是不适宜于处
> 理世间的事务的，正像战争的时候用不着骆驼一样；豢养他们
> 的目的，只是要他们担负重荷，要是他们在重负之下压得爬不
> 起来，一顿痛打便是给他们的赏赐。（卷七，页286）

应该指出，上述情形固然有两位护民官的阴谋诡计、挑拨唆使，其中不乏包藏个人的一己私心，但也要看到，科利奥兰纳斯确实存在着贵族阶级的强烈偏见，他内心深处真是看不起平庸、自私和卑劣的罗马民众。这个人数众多的群体本来就是如此——占据人口大多数的罗马平民百姓，与罗马的贵族精英群体是本质不同的两个阶级，根本不是一类人，但罗马共和国就是由两个群体联合构成的，此时的罗马

政制已经进入混合政体时代，护民官及支撑其运行的罗马民众，他们的阶级利益、政治观念和道德伦理，与贵族迥然不同，甚至是截然对立的。护民官所代表的罗马民众是庸俗的群氓，他们缺乏贵族的勇毅、奋斗、智慧、牺牲及骄傲，是平庸、懒惰且无所事事的大多数人，至于他们的护民官也不过是一些善于言辞、投机取巧、拨弄是非的卑劣之士，西西涅斯和勃鲁托斯不过是他们的代表而已。对于这些罗马平民大众，骄傲、勇敢且注重声誉和尊荣的科利奥兰纳斯不止一次地公开表达过他的鄙视和轻蔑，所以他一直被视为罗马人民的公敌。例如，莎士比亚在第一幕就把作为大将军的科利奥兰纳斯的贵族风范及偏见表现得一览无遗，他对罗马街道上熙熙攘攘的罗马民众这样咆哮道：

> 你们这些违法乱纪的流氓，凭着你们那些龌龊有毒的意见，使你们自己变成了社会上的疥癣？……你们究竟要什么，你们这些恶狗？你们既不喜欢和平，又不喜欢战争；战争会使你们害怕，和平又使你们妄自尊大。谁要是信任你们，他将会发现他所寻找的狮子不过是一群野兔，他所寻找的狐狸不过是一群鹅；你们比冰上的炭火、阳光中的雹点更不可靠。你们的美德是尊敬那犯罪的囚徒，诅咒那执法的刑官。谁立下了功德，就应该受你们的憎恨……该死的东西！相信你们？你们每一分钟都要变换一个心，你们会称颂你们刚才所痛恨的人，唾骂你们刚才所赞美的人。你们在城里到处鼓噪，攻击尊贵的元老院，究竟是怎么一回事？倘使没有他们帮助神明把你们约束住了，使你们有一点畏惧，你们早就彼此相食了。（卷七，页 256）

　　但问题在于，这些平民大众是罗马的基本盘，占据大多数人口，罗马的士兵也主要来自他们，科利奥兰纳斯如此偏激地贬抑和痛斥他们，虽然说的是实情，没有错，他们就是这种德行的下层群氓，但如此就该被舍弃和虐待吗？要知道，他们也是罗马的公民，不是奴隶，他们也有权利和利益要保障和捍卫，护民官制度就是为此设置的，护民官代表和保卫着绝大多数的下层普通的平民的利益和权利。这是罗马的法制所强制规定的，是必须遵守的，即便是杰出卓越的贵族英雄，也不能例外。所以，科利奥兰纳斯上述的一系列言行，不但使得他没能获得执政官的职务，而且使他触犯了罗马共和国的法律，于是就出现了下面的一幕，针对科利奥兰纳斯在罗马街道上面对大众一番违背罗马法律的言辞及其桀骜不驯的贵族傲气，西西涅斯要求警官去召唤广大的罗马民众，并对科利奥兰纳斯说道：

　　　　我用人民的名义亲自逮捕你，宣布你是一个企图政变的叛徒，公众幸福的敌人；我命令你不得反抗，跟我去听候处分。

　　对此，科利奥兰纳斯予以反抗，众位元老院元老想替他担保，但这位英雄难以放低身段投合民众，宁愿死去也不愿受辱，这样就导致当时的场景一片混乱，众多受到蛊惑的民众高呼——

　　　　打倒他！打倒他！——

　　勃鲁托斯附和西西涅斯要判处科利奥兰纳斯死刑罪：

让我们执行我们的权力，否则让我们失去我们的权力。我
们现在奉人民的旨意，宣布马歇斯应该立刻受死刑的处分。（卷
七，页 308）

尽管科利奥兰纳斯不畏人民的死刑处罚依然保持贵族的骨气和骄
傲，但在考密涅斯、米尼涅斯等众多贵族元老的调停之下，把对他的
处罚改为放逐。西西涅斯宣布：

你企图推翻一切罗马相传已久的政制，造成个人专权独裁
的地位，所以我们宣布你是人民的叛徒。（卷七，页 320—321）

并对元老院和人民大众宣布：

因为他不但在思想上，而且在行动上不断敌对人民，企图
剥夺他们的权力，到现在他居然擅敢在尊严的法律和执法的官
吏之前，行使暴力反抗的手段，所以我们用人民的名义，秉着
我们护民官的职权，宣布从即时起，把他放逐出我们的城市，
要是以后他再进入罗马境内，就要把他投身在大帕岩下。用人
民的名义，我说，这判决必须实行。（卷七，页 321—322）

科利奥兰纳斯不甘受辱，他说道：

你们这些狂吠的贱狗！我痛恨你们的气息，就像痛恨恶臭
的沼泽的臭味一样；我轻视你们的好感，就像厌恶腐烂的露骨

的尸骸一样。……对于你们，对于这一个城市，我只有蔑视；
我这样离开你们，这世界上什么地方没有我的安身之处。（卷七，
页322）

经过一番内心的挣扎斗争之后，科利奥兰纳斯决定去伏尔斯人处
安息，投奔外敌奥菲狄乌斯。当然，科利奥兰纳斯的投奔，受到伏尔
斯人的大力欢迎，尤其是对奥菲狄乌斯来说，去掉一个自己屡屡败给
他的强大劲敌，如虎添翼，两人摒弃前嫌，联手合作。恰在当时，奥
菲狄乌斯正准备重新整备军马去攻打罗马城，以解此前被动签约之耻，
于是伏尔斯人的元老院在奥菲狄乌斯的推举下，委派他们两位大将军
均为统帅。科利奥兰纳斯为前锋，带领一半军马攻打罗马城，一路战
无不克，很快就兵至城下，罗马共和国再次面临危急时刻。在驱逐科
利奥兰纳斯之时，罗马民众自以为获得胜利，这位贵族英雄的消逝，
看上去也没有什么了不得的，正如西西涅斯沾沾自喜地说道，罗马从
狂乱状态回复到安宁平静，罗马的百工商贾们安居乐业、歌舞升平，
共和政府照样存在，而且还会继续存在，科利奥兰纳斯的被放逐，没
有什么可惋惜的。

但是，社会安宁、百业兴旺、歌舞升平是需要基本前提的，究竟
谁为罗马共和国提供和平的保障呢？在外敌虎视眈眈的侵扰之下，这
个共和国需要擎天柱捍卫，需要一批真正的贵族英雄为了公共利益和
国家安危奋不顾身、浴血奋战。驱除了科利奥兰纳斯这位不世出之英
雄，谁来承担？这不，罗马的危机说来就来了，据使者们报告：

马歇斯已经和奥菲狄乌斯联合，带领一支军队来攻打罗马

了；他发誓为自己复仇，把罗马人无论老幼，一起杀尽。……
请各位大人到元老院去。卡厄斯·马歇斯由奥菲狄乌斯辅佐，
已经率领了一支声势浩大的军队，向我们的领土进犯了；他们一
路过来势如破竹，到处纵火焚烧，掳夺一空。（卷七，页 341）

由于科利奥兰纳斯的神勇无畏和军事才能，罗马人知道在他的统
率下，共和国国将不国，罗马城被攻陷指日可待，于是处于一阵混乱。
考密涅斯、米尼涅斯等罗马元老纷纷斥责两位护民官西西涅斯和勃鲁
托斯：

你们干的好事！……你们使罗马发生空前的战栗，它从来
没有像今天这样濒于绝望的境地。（卷七，页 342—343）

为了罗马的安定，他们只能屈膝请求科利奥兰纳斯看在祖国的份
上，能够罢兵息战，为此先是派曾经作为科利奥兰纳斯主帅的考密涅
斯去说服他，请他看在过去的交情上退兵，但科里奥兰纳斯不为所动。
于是他们又请科利奥兰纳斯视为父亲的米尼涅斯去规劝他，虽然米尼
涅斯千般不愿，但为了罗马的存亡，还是拖着年迈的身躯忍受着卫士
们的羞辱，诚心去见科利奥兰纳斯。科利奥兰纳斯最终与奥菲狄乌斯
一起接见了米尼涅斯，并且严词拒绝了这位老人的请求：

我不知道什么妻子、母亲、儿女。我现在替别人做着事
情，虽然是为自己报仇，可是我的行动要受伏尔斯人的支配。
讲到我们过去的交情，那么还是让它在无情的遗忘里冷淡下

去，不要用同情的怜悯唤起它的记忆吧。……奥菲狄乌斯，这
个人是我在罗马的好朋友，可是你瞧我怎样对待他！（卷七，
页 352）

虽然科利奥兰纳斯嘴上如此说，但是心中依然滴血，来使们的种
种言辞，不过是对他动之以情，晓之以理，请求他不要背叛自己的国
家，要忠诚于祖国，因为他是共和国的儿子，继承着罗马人的高贵血
液，而敌国不过是野蛮之邦，不讲道义，废弃合约，悍然举兵侵犯罗
马，他科利奥兰纳斯不能因为个人一己之辱，就背叛国家，置共和国
于水火，云云。对于来使们的这番陈词，科利奥兰纳斯不以为然，他
认为既然罗马已经把他逐出门墙，不再视为国人，那就不存在什么背
叛祖国、背叛投敌之说，他是一个孤魂野鬼，可以做任何他想做的事
情。至于为什么罗马人民将他驱逐，显然说明罗马不再是一个高贵的
国家，在那里一群小人得势，混淆是非，庸人治国，群氓掌握国家大
权，他们打压高贵的贵族精神，迫害国家精英，去除勇武、豪迈、睿
智、任毅的国家精神，把罗马赖以立国的贵族精英消弭殆尽，致使国
家弱不禁风，风雨飘摇，人民惨遭灾祸。这样的国家早就不再是昔日
的罗马，失去了罗马的高贵、神勇和显赫，对此又有什么可以背叛和
保护的，又有什么可以大言不惭的呢？倘若来使们真的听到科利奥兰
纳斯的这番慷慨陈词，想必也会是哑口无言，只能怏怏而返。

虽然科利奥兰纳斯面对来使们能一吐心中郁结的块垒，但他并非
真的舍弃了罗马故国，其实他也是踌躇不安，辗转反侧：

最后来的那位老人家，就是我使他怀着一颗碎裂的心回去

的那位，爱我胜如一个父亲；他简直把我像天神一样崇拜。（卷
七，页 354）

现在让米尼涅斯如此失望而返，科利奥兰纳斯不禁黯然神伤。但
没有想到的是，此时第二批罗马使者又至，这次来的竟然是他的妻子
维吉利娅和他的幼儿小马歇斯，还有他的母亲伏伦妮娅一行，她们穿
着的竟然是黑色的丧服——这让科利奥兰纳斯陷入悲惨的绝境。

科利奥兰纳斯早年丧父，伏伦妮娅在该剧中是一个十分重要的人
物，她既是科利奥兰纳斯的母亲，其实又起着父亲的作用，她从儿子
很小时就守寡抚养其成长，采取的是一种贵族精英的教育之道，期望
儿子能够继承甚至超越其父亲的威望，将来成为罗马的栋梁和雄鹰。
她鼓励儿子在军功卓著之后担任执政官，进入政治领域。但遗憾的是，
她并没有教育儿子如何成为政治家，如何面对平民百姓妥协安抚，所
以使得儿子不仅没能当选，这位罗马的大英雄反而被放逐流亡他乡。①

---

① 参见彭磊在《凯撒的精神——莎士比亚罗马剧绎读》中的论述："普鲁塔克原本对
伏伦妮娅着墨不多，只记述了伏伦妮娅劝服马歇斯从罗马退兵的原委和说辞（《科
利奥兰纳斯传》），而莎士比亚对这个女性角色进行了再创造，增添了许多戏份，
赋予她更鲜活的人物性格。从第一幕到第五幕，伏伦妮娅皆有出场，与马歇斯的
出征、凯旋、与平民的纷争、被流放、反攻罗马如影相随。此外，莎士比亚将伏
伦妮娅劝服马歇斯退兵的情节扩展为一场戏（第五幕第三场），而且还创作了另
一场惊心动魄的戏：在马歇斯触怒护民官操控的平民之后，面对剑拔弩张的情势，
伏伦妮娅传授马歇斯关于荣誉与权谋的教诲，以图将他推向执政官的高位。可以
说，伏伦妮娅的戏剧地位绝不亚于马歇斯，她犹如一面镜子，鉴照出马歇斯灵魂
的缺陷并昭示如何疗治这一缺陷。"其实，伏伦妮娅是有责任的，她"教育孙儿
和教育儿子的方式一样，只注重培养战场上的品德，而忽视了其他教养。……马
歇斯的悲剧部分缘于其天性，部分缘于其教育的缺陷。由于缺乏整全的教育，马
歇斯的美德非常单一，他无法节制自己的怒火，更缺乏权变的智慧。（转下页）

此次她带领着科利奥兰纳斯的妻子和儿子一行来到科利奥兰纳斯的营帐，内心充满了无尽的悲哀和苍凉，她谆谆教诲过的儿子遭受罗马人的屈辱，她悲痛而坚定地扛住了，但现今儿子兵临城下，使得高贵显赫的罗马处于颠覆毁灭的关头，她扛不住了，所谓大义灭亲，她为了共和国的危亡，不惜放下人伦情谊，向儿子下跪，请求他不要毁灭罗马——他的祖国！

> 让坚硬的石块做我的膝垫，我现在跪在你的面前，颠倒向我的儿子致敬了。

此情此景，科利奥兰纳斯惊颤难当。

> 您向我下跪！向您有罪的儿子下跪！

是的，伏伦妮娅说道：

> 你的妻子，这位夫人，以及我自己，现在都来向你求救了。

面对科利奥兰纳斯的拒绝：

（接上页）他固然能在战场上博得最大的荣誉，获得'科利奥兰纳斯'的荣名，但他的性格难以'从戎马生活转向官宦生活'，注定要在罗马共和国的内乱中悲剧收场。他需要一次再教育：执政官不仅需要勇敢，还需要修辞和智慧"。第40、43、44页。

不要叫我撤回我的军队，或者再向罗马的手工匠屈服；不要对我说我在什么地方太不近人情；也不要想用你们冷静的理智浇熄我的复仇的怒火。

这位母亲仍然说道：

你已经拒绝我们一切的要求，因为我们除了你所已经拒绝的以外，更没有什么其他的要求了；可是我们还是要向你请求，那么要是你拒绝了我们，我们就可以归怨于你的忍心。所以，听我们说吧。（卷七，页355—356）

下面便是莎士比亚在该剧中创作的母子两人的一段著名的对白，可谓惊天地而泣鬼神。伏伦妮娅说道：

请你想一想，我们到这儿来，是怎样比世间所有的妇女不幸万分，因为我们看见了你，本来应该眼睛荡漾着喜悦，心坎里跳跃着欣慰，可是现在反而悲泣流泪，忧惧颤栗；母亲、妻子、儿子，都要看着她的孩子、她的丈夫和他的父亲亲手挖出他祖国的心脏来。你的敌意对于可怜的我们是无上的酷刑，你使我们不能向神明祈祷，那本来是每一个人所能享受的安慰。因为，唉！我们虽然和祖国的命运是不可分的，可是我们的命运又是和你的胜利不可分的，我们怎么能为我们的祖国祈祷呢？唉！我们倘不是失去我们的国家，我们亲爱的保姆，就是失去你，我们在国内唯一的安慰。无论哪一方得胜，虽然都符

合我们的愿望，可是总免不了一个悲惨的结果：我们不是看见
你像一个通敌的叛徒一般，戴上镣铐牵过市街，就是看见你意
气扬扬地践踏在祖国的废墟上，高举着胜利的旗帜，因为你已
经勇敢地溅了你妻子儿女的血。至于我自己，那么，孩子，我
不愿等候命运宣判战争的最后胜负；要是我不能把你劝服，使
你放弃了陷一个国家于灭亡的行动，而采取一种兼利双方的途
径，那么相信我，我决不让你侵犯你的国家，除非先从你生母
的身上践踏过去。（卷七，页 356—357）

此时此刻，他的妻子也同样喊道必须从她的身上践踏过去，幼小
的儿子年少不懂事则喊着他要逃走今后长大也要打仗。上述母亲和妻
子二人的言辞实际上已经将科利奥兰纳斯逼迫到生命之深渊、暗夜之
尽头，母亲这番流血的涕泣衷肠，使得科利奥兰纳斯心如刀割，他诚
惶诚恐，无言以对；母亲的这番陈词无异将他置于绝地——置于两重
可怕的诅咒之中。如果说元老使者们所言已经使他感到震撼——来自
国家的诅咒，他表面上冷眼相对，内心已经掀起狂澜，母亲的哭诉
则是在此之外又增加了另外一层家族诅咒的重负。他别无选择，只
有选择死亡。当然，伏伦妮娅也并不是要她的儿子反戈一击，而是
提出了一个双方和解的方案，听上去也不失为一个解决问题的办法。
她说道：

要是我们的请求，是要你为了拯救罗马人的缘故而毁灭你
所臣事的伏尔斯人，那么你可以责备我们不该损害你的信誉；
不，我们的请求只要你替双方和解，伏尔斯人可以说，"我们

已经表示了这样的慈悲，"罗马人也可以说，"我们已经接受了
这样的恩典，"同时两方面都向你欢呼称颂，"祝福你替我们缔
结和平！"……跪下来；完了，这是我们最后的哀求；我们现
在要回到罗马去，和我们的邻人们死在一起。（卷七，页358）

莎士比亚在该剧的最后一幕制造了一个经典的戏剧化场景，罗马
命运将系于科利奥兰纳斯与母亲伏伦妮娅的母子对话。面对母亲的良
苦用心，有学者具体研读了伏伦妮娅的言辞，总结出六步层层递进的
情义逻辑，最终迫使科利奥兰纳斯接受了她的方案：

啊，母亲，母亲！您做了一件什么事啦？瞧！天都裂了
开来，神明在俯视这一场悖逆的情景而讥笑我们了。啊，我的
母亲！母亲！啊！您替罗马赢得了一场幸运的胜利；可是相信
我，被您战败的您的儿子，却已经遭遇着严重的危险了。可是
让它来吧。奥菲狄乌斯，虽然我不能帮助你们战胜，可是我愿
意为双方斡旋和平。好奥菲狄乌斯，要是你处在我的地位，你
会听你的母亲这样说而不答应她吗？（卷七，页358—359）

在此情此景之下，奥菲狄乌斯不得不说自己也深受感动，愿意为
此缔结两国的和平。但其内心却意识到科利奥兰纳斯难以像他母亲所
言那样调和慈悲和荣誉两种观念之间的冲突，实际上已经背叛了伏尔
斯人，而这恰恰是他想要的，他感到科利奥兰纳斯已经超越了他在伏
尔斯人心中的位置，这一背叛反而成全了自己的图谋。

当伏尔斯人知道科利奥兰纳斯再次背叛了他们，与罗马重新结盟

之后，他们中的那些曾经在过去的战争中被科利奥兰纳斯带兵所杀害的士兵的亲人们，在科利奥里的广场上，掀起了一场血腥的复仇和谋杀，最终把跟奥菲狄乌斯返回的科利奥兰纳斯乱刀杀死。从某种意义上说，他们的怨恨有一定的道理，但他们群龙无首，吵吵嚷嚷，伴随着一阵阵仇恨的喧嚣，奥菲狄乌斯发挥了重要的作用，无论是出于私利还是公心，他在伏尔斯人的广场上，当科利奥兰纳斯向元老院执政官员及其伏尔斯人汇报说自己已经顺利执行了使命，为伏尔斯人带回来一件战利品，那就是：

> 我们已经缔结和约，使安息人得到极大的光荣，但是对罗马人也并不过于难堪。这儿就是已经由罗马的执政和贵族签字，并由元老院盖印核准的我们所议定的条件，现在我把它呈献给各位了。（卷七，页366）

此时此刻，奥菲狄乌斯说出了自己的真心话，他认为科利奥兰纳斯是叛徒，再次叛变了伏尔斯人，他说道：

> 不要读它，各位大人；对这个叛徒说，他已经越权滥用你们的权力，罪在不赦了。……是的，马歇斯，卡厄斯·马歇斯。你以为我会在科利奥里用你那个盗窃得来的名字科利奥兰纳斯称呼你吗？各位执政的大臣，他已经不忠不信地辜负了你们的付托，为了几滴眼泪的缘故，把你们的罗马城放弃在他的母亲妻子的手里——听着，我说罗马是"你们的城市"。他破坏他的盟誓和决心，就像拉断一绞烂丝一样，也没有咨询其他将领的意见，

就这样痛哭号呼地牺牲了你们的胜利；他这种卑怯的行动，使孩

儿们也代他羞愧，勇士们都面面相觑，愕然失色。（卷七，页 366）

在奥菲狄乌斯的鼓噪之下，伏尔斯的民众也被挑唆起来，他们纷
纷高呼：

杀死他，杀死他！

撕碎他的身体！——立刻杀死他！

杀，杀，杀，杀，杀死他！

尽管科利奥兰纳斯对于奥菲狄乌斯的指证表达了强烈的不满，不
惜与之决斗——对付这个他剑下的多次失败者无须多言，但架不住民
众群起攻击他，最终他死于奥菲狄乌斯和一干群众的乱剑之下。当然，
古典社会对于英雄，无论是自己一方的还是敌对一方的，仍然是有着
尊贵的评价标准以及处置方式的，科利奥兰纳斯已死，伏尔斯人还是
要给予他一个光荣的葬礼，并致以隆重的敬礼。诚如莎士比亚在戏剧
中所叙述的，科利奥兰纳斯之死是其宿命，他的两次背叛必定导致他
的死亡。其实，正像有论者分析的，即便他没有第二次背叛，也是必
定要死的，虽然他与奥菲狄乌斯相斗相惜结为兄弟，但一旦科利奥兰
纳斯带兵打败罗马，取得战争的胜利，所谓一山不容二虎，奥菲狄乌
斯也会设法将其杀死。所以，死亡是科利奥兰纳斯的宿命，他无论如
何都是摆脱不掉的，甚至他没有第一次背叛，在自己的祖国不也是被
判死亡而后又改为放逐吗？而放逐，对于共和国的公民来说，甚至比
判死刑还要严峻，被放逐之人犹如孤魂野鬼，生不如死。亚里士多德

曾经指出，人是城邦政治的动物，离开城邦，就失去了祖国和家庙，人就不再是人，政治上已经死亡。[①]

不过，莎士比亚塑造的罗马贵族英雄科利奥兰纳斯之死与他此前塑造的一系列封建王国历史剧中的人物之死有所不同，例如，与塔尔博、约克公爵、亨利六世、理查三世，甚至与哈姆雷特、李尔王和麦克白之死相比，就非常不同。

首先，科利奥兰纳斯是一种自觉的独立意识的死亡，是他主动选择了死亡，他意识到自己的宿命，因此不加逃避，而是主动地承担，这充分显示出他作为罗马贵族精英的精神气概。应该指出，虽然苏格拉底也是不畏死亡，也是自己主动选择死亡，但是他们两人之间还是有很大差别的，苏格拉底是孤身一人，他通过忠实于雅典城邦的法律而实际上反抗或诋毁了法律，带来一个自我觉醒、瓦解城邦民主制的结果。科利奥兰纳斯不同，他的死亡，不是抵抗和瓦解罗马城邦的法律和制度，而是对罗马体制某种弊端的克服，是一种对于罗马共和制的真正意义上的巩固，这样的主动选择死亡就具有了积极的价值和意义。

其次，就实际上的效果来看，科利奥兰纳斯确实为罗马带来了和平，通过他的再次转变，罗马城的存亡危机得以解除，强敌伏尔斯人由于科利奥兰纳斯的再次背叛，不再具有攻陷城邦的强大力量，不得不与罗马共和国签署和平条约，尽管他们最终杀死了科利奥兰纳斯以惩罚他的背叛。对于罗马人来说，科利奥兰纳斯的转圜为他们赢得了

---

① 参见库朗热：《古代城邦——古希腊罗马祭祀权利和政制研究》，谭立铸译，华东师范大学出版社 2006 年版。

和平，既摆脱了伏尔斯人的外患侵扰，又摆脱了内在的贵族与平民之间的矛盾，避免了非常时期的内战，完成了一次政治上的和解，从而实现了较为稳固的共和国的和平。阿格尼斯·赫勒分析道："科利奥兰纳斯的死亡以及罗马摆脱伏尔斯人的外患威胁，使科利奥兰纳斯完成了他个人生存性矛盾的和解，而罗马摆脱内忧、幸免于内战，则完成了政治上的和解。这两种情况迎来的最终结果都是和平。正如我们所知，一切归于和平是莎剧一贯的完满大结局。"①

　　莎士比亚在戏剧的结尾第五幕第四场，这样描绘罗马广场上罗马共和国的民情起伏和国家的成熟。先是各个阶层的人们都处于恐慌的等待状态，贵族元老们依然盛赞科利奥兰纳斯的中流砥柱作用，米尼涅斯说道：

> 他坐在尊严的宝座上，好像只有亚历山大才可以和他对抗。……当我们把他放逐的时候，我们就已经冒犯了神明；现在他回来杀我们的头，神明也不会可怜我们。

此时有使者来报告说：

> 民众已经把你们那一位护民官捉住，把他拖来拖去，大家发誓说要是那几位罗马妇女不把好消息带回来，就要把他寸寸碟死。

恰当此时，又有使者传来好消息：

---

① 参见阿格尼斯·赫勒：《脱节的时代——作为历史哲人的莎士比亚》，第445页。

　　那几位夫人已经得到胜利，伏尔斯军队撤退了，马歇斯也去了。

　　听闻这个好消息，罗马人民欢天喜地，好消息传进城里，比潮水冲过桥孔还快，喇叭、号筒、弦琴、横笛、手鼓、铙钹等鼓乐齐鸣，欢呼的罗马人使太阳都跳起舞来。米尼涅斯说道：

　　这位伏伦妮娅抵得过全城的执政、元老和贵族；比得起你们这样的护民官来，那么盈海盈陆的护民官，也抵不上她一个人。

　　连护民官西西涅斯也表达他的赞美，要凑凑热闹欢迎她们的归来。正如元老甲所言：

　　瞧我们的女恩人，罗马的生命！召集你们的部族，赞美神明，燃起庆祝的火炬来；在她们的面前散布鲜花；用欢迎他母亲的呼声，代替你们从前要求放逐马歇斯的鼓噪，大家喊，"欢迎，夫人们，欢迎！"（卷七，页360—362）

　　莎士比亚为什么要塑造科利奥兰纳斯这样一位英勇无畏且最后惨死的贵族人物，将其叙述为一部悲剧呢？这其实包含着莎士比亚丰富的政治想象力，他知道罗马共和制不同于英格兰王制，罗马本质上是一个共和国，其中的权力关系既不是君主人物的王权至尊，也不是平民大众的民主选举，而是两种力量的协调与共和之混合，共和国的权力中心在于贵族阶层，即元老院以及执政官等政治精英。但是，罗马共和国还有罗马人民，尤其是民众的利益、心愿和诉求也不能被忽视和遗弃，所以，罗马共和体制的巩固以及和平既要保持贵族精英的强有力领导，又要照顾到平民百姓的利益和诉求，这样才是一个完整的共和国，护民官制度便是为了这个目的而设立的，要防止罗马贵族的独断专行以及肆意侵犯民众的利益，这在罗马具有自己的正当性与合理性。

作为贵族精英代表的科利奥兰纳斯却缺乏政治家的智慧，他只具有军事家的卓越才能，并拥有贵族阶层才具备的诸多美德——骁勇善战、意气风发、骄傲和高贵，以及罗马战士的激情和豪迈，这些使他成为一代将才（军神），带领士兵抵御外敌侵犯，并且艰苦卓绝地取得连续不断的胜利。罗马贵族如果仅仅如此，对于这个国家来说，显然是不够的，一旦科利奥兰纳斯担任执政官，作为政治家要管理邦国的事务，他的短板就出现了，处理与护民官的关系使他陷入僵局。他只是看到了护民官怯懦、卑鄙、夸夸其谈的方面，对罗马民众充满偏见，对他们的庸俗、低劣和无能甚为厌恶，以至于还对共和国的民主机制大为不满，没有深刻认识到共和国有赖于罗马人民的参与和支持，共和国的贵族元老院以及执政官只是舵手和压舱石，但罗马民众才是共和国的躯体和内容，失去了他们，罗马将什么都不是。罗马平民在罗马共和国中所发挥的作用，无论是在日常城邦生活所需的物资乃至智力方面的付出和贡献，还是在战时的参战和英勇杀敌及牺牲奉献，等等，罗马人民有充分的权利和理由参与城邦政治生活，设立护民官保护自己的利益不受贵族阶层的侵犯。所以，科利奥兰纳斯要为自己的偏见付出生命的代价。其实，他的牺牲只是一个表征，莎士比亚揭示的乃是整个罗马体制，贵族精英群体大多具有科利奥兰纳斯的特征，对待罗马平民大众并不宽容，然而，罗马共和国的长治久安以及和平稳定，仅仅依靠贵族体制以及贵族美德是远远不够的，需要两种体制的融汇和混合。这才是科利奥兰纳斯悲剧的实质以及罗马共和国的本质之所在。

当然，莎士比亚不是理论家，他不可能也没必要从理论上对于上述罗马政制的内容及其含义申言，他的卓越才华展现在他非常敏感而深刻地意识到罗马政制的本质，进而富有戏剧性选择了罗马共和国在设立护民官制度时为罗马体制带来的巨大冲击，并且塑造了科利奥兰纳斯这样一位悲剧人物，通过科利奥兰纳斯的两次背叛，把罗马共和国具有的深刻内涵文学化地表现出来。莎士比亚既是一位政治思想的大师，也是一位心灵分析的大师，他的《科利奥兰纳斯》故事情节非常准确而深刻地揭示了罗马政制体制的构成实质，把罗马共和制中贵族和平民两种政治势力及其各自的短长优劣，还有它们最终和解从而达成罗马的和平与稳固这些内容描述得层层深入、波澜起伏。另外一方面，他还把这部悲剧中的诸多人物的心理以及性格特征、心灵冲突、情感激荡等人性内涵，展示得精彩纷呈、惊天动地。此剧宛如一曲古代英雄的陨落之歌，可谓莎士比亚版的罗马之《离骚》。

此外，值得格外注意的是，莎士比亚的这部悲剧并没有导致一种政治和人性交集的虚无，反而激发出一种罗马式的政治和解与和平。也就是说，科利奥兰纳斯之死，不但达成了罗马与外敌的和平协议，导致外患消除，对外刀枪消弭，为罗马赢得外部和平环境，而且更为珍贵的是，他的死亡及其灵魂最终回归祖国和家庙，也弥补了罗马贵族制的短板，他以自己的再次背叛和牺牲赢得了罗马民众的尊重和爱戴，从而促成了共和国体制下的贵族与平民阶级矛盾之和解，解除了内战的纷扰，为罗马赢得了国内的和平与稳定。应该指出，科利奥兰纳斯之悲剧对于罗马内政的意义要远高于对外争霸的意义。纵观罗马史，外患对于罗马的安危是次要的，内乱才是根本性的，平民与贵族的斗争贯穿着罗马史。莎士比亚创作《科利奥兰纳斯》也是寄托着自己的一种理想，即通过贵族英雄科利奥兰纳斯之死，为罗马共和国找到一条政治和解的途径，从而达到罗马的和平与永续。当然，这里的代价是惨不忍睹的，是惊心动魄的，更是不可多得的。《科利奥兰纳斯》这部悲剧恰如其分地抓住了这个多种情愫交集的时刻，把政治权力所能达到的某种均衡与英雄人物心灵的人性颤动结合在一起，从而实现了某种高贵和悲惨的和解，为罗马政制塑造了一个典范的样态，为罗马的贵族赢得了光荣和赞誉。

尤利乌斯·凯撒：无与伦比的传奇

对于莎士比亚来说，创作《尤利乌斯·凯撒》[1]无疑是一个巨大的挑战。凯撒是人类历史上几乎无人企及的伟大人物，他在罗马史甚至人类史上的地位毋庸置疑，要勾勒和描述他辉煌绚丽的一生以及在罗马共和国关键时刻的遭遇，还有蕴含在他身上的政治人物雄伟而神秘的品质等复杂、多重而神奇的历史内容，显然是一件极其困难的事情，甚至是不可能的。莎士比亚选择尤利乌斯·凯撒作为罗马剧的主角，

---

[1] 关于莎士比亚《尤利乌斯·凯撒》戏剧中一些主要人物的中文译名，目前的翻译以及研究中，有多种译名，本书为了统一体例，一律采用一种译名，例如：尤利乌斯·凯撒，不采用裘力斯·凯撒；玛克斯·布鲁图斯，不采用玛克斯·勃鲁托斯，其他一些人名也是如此，本书在援引时不再另做说明。

创造出一部非凡而经典的政治悲剧，显示出他卓越的勇气和强烈的自信。事实也证明，莎士比亚的《尤利乌斯·凯撒》确实是一部堪称完美的戏剧，它甚至超越了莎翁一贯擅长的英国历史剧，达到了他试图表达的政治思想之新高度，可谓前无古人后无来者。[1]

当然，凯撒是一代超绝的英雄，每个人心中都有自己版本的凯撒形象，正如说不尽的莎士比亚一样，凯撒更是说不尽的。为什么莎士比亚如此成功地塑造了凯撒形象，展现了他心目中的凯撒，又赢得了广泛的认同？此剧在历史上经演不衰，被视为戏剧文学的传世经典，直到今天依然具有强大的影响力，在文学、政治和历史领域获得高度重视，其原因是多方面的，我认为此剧至少在如下三个方面达到了无人企及的高度。

第一，这部历史悲剧的政治内涵之宏大关键在于，罗马政制是人类历史上的一个极其重要的制度形态，对后世影响深远，如何看待罗马政制及其历史演变，尤其是罗马历史处在的这个从共和制到元首帝制（奥古斯都）转型的非常时期，其中所发生的故事及人物作为，是任何时代都不可回避的问题。

第二，历史究竟是人民创造的还是伟大之人创造的，历来有所谓的人民史观和英雄史观之分歧，无论如何，尤利乌斯·凯撒在罗马从共和国到元首帝制的转变过程中，扮演了举足轻重的作用，占据着

---

[1] 对此，布鲁姆论述道："《尤利乌斯·凯撒》说的是人成为神的故事。作为人类，凯撒的成就包括共和国的覆灭和普遍的君主政体的建立，此外他被当作神来崇拜，许多继承他名字的人也一样。他的出现永远终结了人类英雄的时代，他实现了英雄的野心必然企望的全部理想，他证明自己是全人类的最强者。此外他所向披靡，是无需任何帮助的施恩者。最后他的精神统治着罗马，传递唯一合法的名号，惩罚所有冒犯它的罪人。一言以蔽之，他是自足的。"《莎士比亚的政治》，第68页。

核心的地位，他的被刺身死究竟意味着什么，对于罗马的命运至关重要。莎士比亚敢于选择罗马政治转型的关键时刻以及伟大人物凯撒作为其戏剧艺术表现的主要内容，无疑在题材和人物两个方面，都是空前绝后的。莎士比亚的《尤利乌斯·凯撒》具有历史政治题材的唯一性（不可替代性），以此为选题无疑显示了他的艺术雄心和对于政治思考的创造性把握，罗马转型时期的凯撒之作为及其被刺死，比英格兰王朝历代君主的故事要宏伟、壮烈和精彩得多，其政治权力的内涵也更为深厚和雄浑。

第三，莎士比亚不是通过编年史的方式，而是通过凯撒的悲剧这样一部戏剧作品，把他的所思所想及政治权力和人性情感的关系表现出来，其时代背景、故事情节和人物命运环环相扣、休戚相关，作为一部完美的悲剧在人类思想史和心灵史上经久不衰、广为传颂，这才是莎士比亚的伟大成功——既是艺术创造的伟大成功，又是思想发凡的伟大成功。

从戏剧的结构形式上看，凯撒在莎士比亚这部《尤利乌斯·凯撒》中出现的幕次场面并没有贯彻始终，以至于有论者认为布鲁图斯才是该剧的中心人物，这部剧的名字应该称为《布鲁图斯》才恰当。①

---

① 彭磊指出："凯撒在剧情未半时就死掉，而且全剧以布鲁图斯的死和葬礼结束，相当于凯撒的悲剧与布鲁图斯的悲剧两部悲剧。全剧布鲁图斯台词最多，其下依次为凯歇斯、安东尼、凯撒、卡斯卡。尼采曾认为布鲁图斯才是这部剧的主角，他称此剧是莎士比亚最好的悲剧，并说：'至今，这悲剧的剧名仍被搞错——献给了布鲁图斯，也就献给了崇高道德的典范，即心灵的自主'（《快乐的科学》条98）。但另一方面，凯撒之名在剧中出现219次，布鲁图斯之名出现134次，而且戏剧后半部分可以理解为凯撒幽灵的复仇。纵观全剧，凯撒才是所有情节赖以发生和转变的枢纽。如布鲁姆所说，'我们从未看到这位非凡之人的行动；我们看到他说话，看到他投射于世界之上的影子，人们的行动仅与他相关，而且天空（转下页）

这番言论当然是肤浅的，其所言只是拘泥于戏剧的外在形式，关于布鲁图斯在该剧中的地位及意义我在下文将会具体讨论，但主流的莎翁剧评家们都认为凯撒是该剧当之无愧的主角，莎士比亚将这部戏剧命名为凯撒无可争议。不过，确实有一个问题还是存在的，那就是为什么凯撒仅仅出现在该剧中的前三幕，莎士比亚完全可以创作出一部让凯撒贯穿全部戏剧情节的罗马悲剧，这对于莎士比亚的艺术才华来说根本不是问题，而且凯撒一生的惊世伟业也足堪匹配。为什么莎士比亚要如此构建这样一部以凯撒为主角又只让凯撒出现在前三幕的命名为《尤利乌斯·凯撒》的悲剧呢？究竟应该如何理解莎士比亚的良苦用心，并深刻把握前三幕中凯撒的核心地位及其隐晦意义呢？

我认为，对于莎士比亚创作此剧要有一个更为宏阔的政治背景的理解，也就是说，无论是在莎士比亚心目中，还是在罗马当时的世人眼中，乃至在凯撒自己心中，他——尤利乌斯·凯撒，就是世界上独一无二之人，他人难以与其媲美，或他人与他就是不同的两类人。无论凯撒做什么，如何做，都是在为世界立范，在为罗马乃至人世间的行为举措和心理感应确立规则、准绳和仪式。所以，像凯撒这样的人物用希腊神话的语言来说，就是神，对于凯撒这样的超人或神人，有关他的描绘和叙述，越少、越简略、越质朴和笨拙，就越好，越恰如其分，越得其神似，越达到精华浸染之效果。中国智者老子有大象无

（接上页）似乎也反射他的形象'。凯撒以及他所代表的精神支配着所有人，甚至在他死后，他的守护神惩罚了所有参与这项阴谋的人。因此，尽管凯撒死了，但这并不妨碍凯撒的精神成为真正的主角。"《凯撒的精神——莎士比亚罗马剧绎读》，第196—197页。为了本书的译名统一，引文中的"卡修斯"改为"凯歇斯"，下同。

形、大音希声的说法，其实这个道理中西古今是相通的，例如，《荷马史诗》对大英雄阿喀琉斯的描绘就非常简略，所谓"阿喀琉斯的愤怒"在开篇的寥寥数笔中，无须多言，一个饱满的伟大形象跃然而出。[①]

　　看来莎士比亚显然是深得其中三昧。他在《尤利乌斯·凯撒》开篇，并没有对凯撒的历史功勋及其英雄气概做什么渲染，也没有描写当时罗马政治所面临的政治危机，以及时代政治宏图和云谲波诡之氛围，而是直接把凯撒是否出席元老院会议这个司空见惯的日常活动场景展现出来。其实，谁都知道，此时此刻的凯撒出席会议与否，事关重大，甚至具有扭转乾坤的决定性意义，因为罗马政治危机不是一日形成的，凯撒政治地位的确立也不是一日之功。在这个场景之前漫长的岁月中，这一切都在逐渐酝酿和发酵，凯撒的权势在缓慢增长，刺杀僭主的阴谋在悄悄筹划，极其关键的时刻总要到来，非常时刻的抉择总会发生，罗马历史的新旧篇章总要在某个时刻翻开。对此，无须多言，也难以多言，每个人都心知肚明，当时的所有当事人，凯撒、布鲁图斯、安东尼、凯歇斯、西塞罗、小加图，等等，包括诡辩学者、预言家、诗人，甚至仆人们，谁都知道罗马到了非常严峻的转变时期，过去的元老院以及共和国已经难以承担罗马这艘巨轮的继续航行，罗马必须改变体制。如何改变体制，究竟改为何种体制，每个人似乎都

---

① 《伊利亚特》以歌唱阿喀琉斯的愤怒作为开篇，将之视为更残酷的命运起始的标志。"歌唱吧，女神！歌唱裴琉斯之子阿喀琉斯的愤怒，——他的暴怒招致了这场凶险的灾祸，给阿开亚人带来了受之不尽的苦难，把许多豪杰强健的魂魄打入了哀地斯，而把他们的躯体作为美食，扔给了狗和各种兀鸟，从而实践了宙斯的意志，从初时的一场争执开始，当事的双方是阿特柔斯之子、民众的王者阿伽门农和卓越的阿喀琉斯。"荷马：《伊利亚特》，陈中梅译注，译林出版社 2005 年版，第 1 页。（此译本原文为"阿基琉斯"，现通用"阿喀琉斯"。）

处在剧变前的恐惧和惊慌之中——未来的必然要来，但又惊恐其来，甚至莎士比亚也把这一境况视为《尤利乌斯·凯撒》的预设前提。对于非凡时刻超人性的人事纠葛以及行为言辞，最本质和恰当的方式，就是尽可能地保持其原生态的状况，以最本色乃至质朴笨拙的方式予以展现。

当代学者洛文塔尔在《莎士比亚的凯撒计划》一文中提出了一个非常具有刺激性的问题，即莎士比亚通过《尤利乌斯·凯撒》一剧炮制了一个隐秘的关于凯撒自我设计的伟大设想，通过他的死创建出一个既不同于传统的王制也不同于危机重重的共和制的政制方案，并以此解释了莎士比亚剧本中存在的种种疑窦和矛盾之处。

他写道："莎士比亚的（不是普鲁塔克的）凯撒真的想成为国王吗？他希望人民这样想，这点似乎很明显。但这样做他将得到什么呢？毫无疑问，一旦有了王冠，就有机会进一步废除共和国的形式，或许还有权把自己的职权传给自己的亲生子嗣，如果没有子嗣，还可以传给他自己选定的人。不过，像凯撒这样热爱名誉的人也会看见某些不利之处。按照罗马传统和通常的理解来看，王权制决不会与塔奎尼乌斯家族完全脱离关系，因而也摆脱不了延续许多世纪的恶名。而且，王权制作为一种非常古老的体制的复兴，将是其他人设计出来的，所以，这种政制很难像凯撒自己创造的新体制那样，带给凯撒声誉。最终，这种复兴的君主制将依靠元老院和人民的同意，因而也将会保留它所依靠的某些东西。从一个拥有最高野心的人——用林肯的话来说，那些极少数人属于'狮子家族和雄鹰部落'——的观点，这些保留下来的东西都是重要的缺陷，但如何才能避免这些缺陷呢？历史提供了答案：凯撒必须建立起一个新政制，以他自己来命名——凯撒家

族的统治。莎士比亚所做的唯一改变应该归因于凯撒的意图，归因于
一个全面的计划——尽管由于某种必然性，即便没有这个计划，也会
产生那样的历史结果。不幸的是，尽管这个计划可以考验凯撒，使他
展示一种无与伦比的坚韧刚毅，凯撒终究不能确保这个计划的成功，
除非他屈服于——从某种程度上来说，他实际上安排了——对他自己
的暗杀、牺牲以及神化过程。只有在这种不可能但又并非不可能的设
想的基础上，我们才能解释那种除此之外就会陷入其中的悖论和矛盾。
只有通过这种方式，我们才能解释，莎士比亚在那些相同的事件上为
何对普鲁塔克的描述做了一些细微的改变。而且也只能通过这种方式，
我们才能弄清楚此剧为何以凯撒之名来取名，才能明白凯撒精神的胜
利不是偶然的，而是必然的——凯撒精神体现在奥克泰维斯（屋大维）
和安东尼的暴力之中，而这构成了该剧第二部分和更大部分的主要意
思和教训。"①

我们看到，莎士比亚就是这样开始其凯撒剧第一幕场景的，当罗
马市民们纷纷涌向街道欢迎大将军凯撒的凯旋时，两位护民官弗莱维
斯和马鲁勒斯对他们斥责道：

> 你们这些木头石块，冥顽不灵的东西！冷酷无情的罗马
> 人啊，你们忘记了庞贝吗？……当你们看见他的战车出现的时
> 候，你们不是齐声欢呼，使台伯河里的流水因为听见你们的声
> 音在凹陷的河岸上发出反响而颤栗吗？现在你们却穿起了新衣
> 服，放假庆祝，把鲜花散布在踏着庞贝的血迹凯旋回来的那人

---

① 参见刘小枫、陈少明主编：《莎士比亚笔下的王者》，第 42—43 页。

的路上吗？快去！奔回你们的屋子里，跪在地上，祈祷神明饶恕你们的忘恩负义吧，否则上天的灾祸一定要降在你们头上了。（卷四，页6）

这是第一场，来自护民官们的恐惧。当然，他们有自己的私心，他们要驱赶聚集的人群——那些罗马的工匠市民，为的是要趁早剪拔凯撒的羽毛，否则一旦凯撒大权在握，他们以为自己就要俯首听命供其驱使了。紧接着第二场，才是真正的开始，凯撒出场了，跟随着凯撒进入罗马广场的，有凯撒夫人凯尔弗妮娅，还有布鲁图斯、布鲁图斯夫人鲍西娅、安东尼、凯歇斯、西塞罗、凯斯卡等，大群民众紧随其后，其中还有一位预言者。这场戏在凯撒剧中非常重要，至少集中表现了罗马精英阶层（统治阶级）内心的真实想法。首先是凯撒的雍容随意，他视若寻常地吩咐安东尼在奔走时不要忘记用手碰一下凯尔弗妮娅的身体，据年长者说让竞走的勇士碰了可以解除不孕的诅咒。随后，突然一个呼喊着"凯撒"的尖锐叫声穿透音乐扑面而来，凯撒听到后追问是谁，预言者说道：

留心三月十五日。

凯撒问他是什么人，布鲁图斯说：

一个预言者请您留心三月十五日。

凯撒说：

把他带到我的面前；让我瞧瞧他的脸。

凯斯卡让那位预言者过来见凯撒。凯撒问：

你刚才对我说什么？再说一遍。

预言者再次说道：

留心三月十五日。

对此凯撒像是置若罔闻，对众人说道：

他是个做梦的人；不要理他。过去。（卷四，页8）

于是，号声继续奏起，除了布鲁图斯和凯歇斯之外，其他人随凯撒一起走过广场。

下面便是这部凯撒剧的一个高潮剧情，布鲁图斯和凯歇斯两个人的对话，构成了这部悲剧的中心枢纽，表面看上去整部凯撒剧就是围绕着这场对话内容展开的。布鲁图斯像是无意与凯歇斯深谈，他说自己并不喜欢陶情作乐的事情，没有安东尼这样的活泼兴致，准备离开先走，但凯歇斯却是早就盯上了布鲁图斯，他的计划需要布鲁图斯的积极参与。如何才能打动这位罗马的贤者呢？现实的处境，罗马共和国的危机，无疑是一个最好的切入点，于是凯歇斯说起布鲁图斯的疏远和冷淡，揭穿其背后的烦恼和忧虑，即布鲁图斯没有勇气正视自己真实的处境，因为罗马的贵族精英全都呻吟于当前的桎梏之下，他们希望高贵而贤德的布鲁图斯能够睁开他的眼睛看看罗马政制的真相。其实，布鲁图斯是清醒的，他知道自己的烦恼和忧虑之所在，只是不愿正视而已。这个真相就是，面对罗马人民的众声欢呼，他说：

> 我怕人民会选举凯撒做他们的王。（卷四，页10）

当凯歇斯进一步追问他：

> 嗯，您怕吗？那么看来您是不赞成这回事了。

布鲁图斯说道：

> 我不赞成，凯歇斯；虽然我很敬爱他。可是您为什么拉住我在这儿？您有什么话要对我说？倘然那是对大众有利的事，那么让我的一只眼睛看见光荣，另一只眼睛看见死亡，我也会同样无动于衷地正视着它们；因为我喜爱光荣的名字，甚于恐惧死亡，这自有神明作证。（卷四，页10）

说到光荣，这恰恰也是凯歇斯的心结，一般所理解的光荣之人，显然具有非凡的品质和能力，犹如神明注入魂魄使其得以超越群伦，但凯歇斯并不认为凯撒具有如此巨大的光荣名分。他对布鲁图斯说起很多凯撒的故事，诸如他跳进台伯河里游泳一样膂力不支呼喊同伴救命，他在西班牙征战时也害过热病，也是浑身发抖不断呻吟，像凡夫俗子一样请求喝水。总的来说，凯撒并非什么天降神物，与他们一样都不过是正常的罗马人。

> 我生下来就跟凯撒同样的自由；您也是一样。我们都跟他同样地享受过，同样地能够忍耐冬天的寒冷。

现在，在盛大的广场竞赛中，当罗马民众连续三次锣鼓喧天地请求凯撒戴上王冠做他们的王时，以凯歇斯为代表的罗马贵族精英阶层，实在是坐不住了，正像凯歇斯对布鲁图斯所言：

> 嘿，老兄，他像一个巨人似的跨越这狭隘的世界；我们这些渺小的凡人一个个在他粗大的两腿下行走，四处张望着，替自己寻找不光荣的坟墓。人们有时可以支配他们自己的命运；要是我们受制于人，亲爱的布鲁图斯，那错处并不在我们的命运，而在我们自己。布鲁图斯和凯撒，"凯撒"那个名字又有什么了不得？为什么人们只是提起它而不提起布鲁图斯？把那两个名字写在一起，您的名字并不比他的难看；放在嘴上念起来，它也一样顺口；称起重量来，它们是一样的重；要是用它们呼神召鬼，"布鲁图斯"也可以同样感动幽灵，正像"凯撒"一样。凭着一切天神的名字，我们这位凯撒究竟吃些什么美食，才会长得这样伟大？可耻的时代！罗马啊，你的高贵的血统已经中断了！（卷四，页11）

在这场以及此后的两幕凯撒出场的戏剧中，莎士比亚对于凯撒形象的描绘，对他的对话语言以及神态描摹和心理勾勒，使人很难看出大名鼎鼎的不世出的英雄、握有经天纬地之权势的尤利乌斯·凯撒，竟然是这样一个寻常平淡的人物，简直与平民百姓没有什么差别。例如，凯撒也有常人一样的迟疑犹豫、丢三落四，说了不算，定了又变，还让仆人请祭司们算卦，两次改变主意，等等。看上去，这哪里像是一位勇毅绝伦、空前绝后的盖世大英雄，更像是一位凡夫俗子，为人处世、遇事行谊与普通人并无二致。但是，真正的超人也许就是如此，于平凡中体现最卓绝的非凡，在静水余波中展示最俊伟的惊涛骇浪。正如阿格尼斯·赫勒所分析的，莎士比亚笔下的凯撒，被描绘为"无与伦比的为人、光耀世界者和无可比拟的存在"①。这些非凡的特征恰恰是在他的平凡庸常中体现出来的，因为凯撒在政治舞台上并未扮演任何角色，他就是他自己。他不需要矫饰，只是展示原本的样子，他自己就是舞台的提供者，就是世界的一切，他不需要搭建任何东西，一切都是因为他的存在才成为可能，在他登台之后，历史才开始上演，故事才开始展开，他把罗马人推崇的勇敢、节制、正义等美德都抛诸脑后，这些都因他才得以创造出来。所以，他只需要展示最真实、最自然、最质朴的自己就足够了，他就是罗马的标准，就是罗马的尺度，就是罗马的根基。

莎士比亚敏感而天才般地把握到这一点，他在凯撒出场的戏剧场景中，着重描绘的不再是凯撒如何出众，如何匪夷所思，而是如何平易近人，如何贴近人情世故。他越是这样描绘，凯撒的形象才越会超

---

① 参见阿格尼斯·赫勒：《脱节的时代——作为历史哲人的莎士比亚》，第453页。

凡绝伦、光芒四射。凯撒是一尊罗马的神，就像耶稣是神一样，耶稣也会被钉上十字架流血而死，凯撒这尊罗马的神，也像凡夫俗子一样对待各种事情，以至于被视为僭主而遭刺死。

尽管剧中凯撒在第三幕第一场开始就被杀害，此后在从第三幕到第五幕的全部剧情中，凯撒并没有出场，但他依然是全部戏剧的主角，占据主导的地位。整部戏剧乃至整个罗马说到底就是凯撒笼罩的世界，每一个活着的人都会碰上已死的凯撒，死去的凯撒比活着的凯撒更富有生命力，所有人的所思所想都必定会面对凯撒的目光，所有人的行动都像是在凯撒面前上演，凯撒对于每个人，对于罗马政治产生了不可磨灭的影响。所以，尤利乌斯·凯撒是莎士比亚这部戏剧的中心，以此命名无可争议。当然，莎士比亚这部五幕罗马剧从结构上说可以分为两个部分，以第三幕凯撒之死为标志，一分为二，[①]第一部分是凯撒被刺之前叛乱者们的密谋和凯撒的常态行为，第二部分则是凯撒之死所导致的预料不到的权力纷争和罗马内战。诚如前言，两部分始终笼罩在凯撒的精神之中，而其中最为凸显的则是平凡中闪耀着的凯撒的崇高美德，尤其在对凯撒被刺的描绘中，莎士比亚以精彩绝伦的方式，把凯撒的超人品质表现得无以复加，惊天地泣鬼神。

我们还是回到剧情第二幕，那个关键的三月十五日，在第一幕开篇那位神秘的预言者就曾对凯撒说要留心这个日子。按照莎士比亚的描述，在这一天临近的夜晚，确实发生了一系列重大的事情。首先是密谋者们的聚会，在布鲁图斯的家中，这群罗马共和国的坚定拥趸和罗马贵族精英，是如何说服布鲁图斯一起去干一件经天纬地的大事的，

---

① 参见阿格尼斯·赫勒：《脱节的时代——作为历史哲人的莎士比亚》，第 459 页。

我将在下文涉及布鲁图斯时讨论，现在我们先来看在几乎同一个时间段，即三月十四日夜晚，发生在凯撒家里的事情。雷电交加，凯撒披睡衣出场，他自语道，今晚天地不得安宁，他的夫人凯尔弗妮娅在睡梦中高喊救命，有人要杀凯撒！对此，凯撒也有所警觉，他吩咐仆人要祭司们到神前献祭，问问吉凶祸福。此时恰好他的夫人出现了，要他无论如何今天（即将到来的十五日）不能走出这个屋子。凯撒说道：

> 凯撒一定要出去。恐吓我的东西只敢在我背后装腔作势；
> 它们一看见凯撒的脸，就会销声匿迹。

凯尔弗妮娅惴惴不安地说起她的噩梦和听到的各种可怕的异象：一头母狮在街道上生产；坟墓裂开了口，放鬼魂出来，等等，这些从来没有过的事情使她非常害怕。凯撒答道：

> 天意注定的事，难道是人力所能逃避的吗？凯撒一定要出去；因为这些预兆不是给凯撒一个人看，而是给所有的世人看的。

夫人说乞丐死的时候天上不会有彗星出现，只有君王们的凋殒才会有感天象。对此，凯撒说道：

> 懦夫在未死以前，就已经死过好多次；勇士一生只能死一次。在我所听到过的一切怪事之中，人们的贪生怕死是一件最奇怪的事情，因为死本来是一个人免不了的结局，它要来的时候谁也不能叫它不来。（卷四，页 33、34）

此时仆人上来说卜者们叫他不要外出走动，献祭的结果是，一头献祭的牲畜的肚子被掏出内脏，不料找不到它的心。凯撒对此依然果断地说道：

> 神明显示这样的奇迹，是要叫怯懦的人知道惭愧；凯撒要是今天为了恐惧而躲在家里，他就是一头没有心的牲畜。不，凯撒决不躲在家里。凯撒是比危险更危险的，我们是两头同日产生的雄狮，我却比它更大更凶。凯撒一定要出去。

夫人坚决不同意，于是哀求道：

> 哎！我的主，您的智慧被自信汩没了。今天不要出去；就算是我的恐惧把您留在家里的吧，这不能说是您自己胆小。我们可以叫玛克·安东尼到元老院去，叫他对他们说您今天身体不大舒服。让我跪在地上，求求您答应了我吧。（卷四，页34—35）

凯撒同意了妻子的哀求，叫安东尼去元老院说凯撒不大舒服。恰在此时，狄歇斯来到凯撒家，凯撒说可以让狄歇斯转告元老院他今天不去了，不是不敢来而是不高兴来。夫人补充说凯撒有病在身，对此凯撒正言道，不需要狄歇斯说谎，让他对这班白须老头子们讲真话，凯撒不高兴来，而且进一步说他不高兴去就是理由，并非夫人昨晚梦中的雕塑喷出鲜血所致。狄歇斯作为密谋的参与者见状说道，夫人的理解大错特错，雕塑喷血乃是大吉大利之兆，众多罗马人把手浸在血里，这表示伟大的罗马将要从凯撒的身上吸取复活的新血，而且狄歇斯还撒谎说：

> 元老院已经决定要在今天替伟大的凯撒加冕；要是您叫人
> 去对他们说您今天不去，他们也许会变了卦。（卷四，页36）

狄歇斯还说要是因为凯撒的妻子做梦不祥阻碍了此事，传扬出去容易变成笑柄云云。于是，凯撒在密谋者的蛊惑下，再次更改了主意。早晨八点，在来迎接他去元老院的众位人士的拥戴之下，凯撒来到罗马元老院圣殿，这群人中就包括姗姗来迟的安东尼以及布鲁图斯。

其后，在第二幕的最后两场，莎士比亚特意描述了两个不同但意象一致的场景，第三场和第四场都是在通往圣殿的街道上发生的，只是人物来自两个不同的方向。一个是来自凯撒方面的阿特米多勒斯，这位克尼陀斯的诡辩学者，他手中持有一封他写给凯撒的重要的信函，他在通往圣殿的街道上读着这封信的内容：

> 凯撒，留心布鲁图斯；注意凯歇斯；不要走近凯斯卡；看
> 着西那；不要相信特莱包涅斯；仔细察看麦泰勒斯·辛伯；狄
> 歇斯·布鲁图斯不喜欢你；卡厄斯·里加律斯受过你的委屈。
> 这些人只有一条心，那就是要推翻凯撒。要是你不是永生不死
> 的，那就警戒你的四周吧；阴谋是会毁坏你的安全的。伟大的
> 神明护佑你！爱你的人，阿特米多勒斯。（卷四，页37）

他要站在街道，等待凯撒经过时把这封信交给他，希望他予以警

惕。另外一个场景是第四场，布鲁图斯的妻子鲍西娅和仆人路歇斯也是匆忙走在通往圣殿的街道上，鲍西娅要路歇斯赶快跑到元老院，看那里究竟发生了什么并不时向她汇报，当路歇斯问究竟要他做什么时，她说把他的所见所闻所听一股脑儿全都告诉给她。当其时，那位预言者走过来，鲍西娅问他是否要到圣殿里去，预言者说他感到有很多人要谋害凯撒，但愿他能够看到凯撒，远远地向凯撒说话，因为人太多，他瘦弱的身体恐怕挤不进去，但他还是要向凯撒请愿，请求凯撒照顾好自己。不过，这一切似乎都为时已晚，因为在罗马元老院的圣殿之上，一场血淋淋的谋杀即将发生。莎士比亚第二幕的这两场剧情并非毫无意义，它们像是从一个侧面印证了凯撒被刺死不是完全出于民意，而是贵族精英所为，罗马的贵族精英是否真能通过谋杀凯撒保留住昔日的共和国，这是一个问题。

第三幕应该是凯撒剧中最为核心的剧情，但莎士比亚处理得却非常舒缓和庸常，他并没有展示什么惊涛骇浪的激烈剧情，而是平静地叙述三月十五日那天在罗马元老院的圣殿之上发生的事情。这类事情看上去时常发生，并没有什么稀奇——按照罗马共和国的惯例，作为执政官的凯撒在这个时日是要参加元老院聚会并做出汇报的。在剧情中，凯撒还是有所警觉的，在众人的簇拥下，他一到圣殿便向预言者说三月十五日已经来了，言下之意是预言者不是说过要留心此日吗？是的，预言者对凯撒说，这个日子它还没有过去，一切都还没有结束。此后便是阿特米多勒斯抢上前去向凯撒呈献他的信函，狄歇斯见状，也赶紧把特莱包涅斯的一个请愿书递给凯撒，阿特米多勒斯着急地说道：

　　啊，凯撒！先读我的；因为我的请愿是对凯撒很有关
系的。

　　凯撒回答说有关自己的事情应当放到末了办理，阿特米多勒斯情
急之下呼喊道：

　　不要把它搁置，凯撒；立刻就读。

　　凯撒见状也感到此人有点不可理喻，在元老坡勃律斯的招呼下，
凯撒要他们不要在大街上呈递自己的请愿书，而是到圣殿里来，这样
凯撒就在民众和元老以及贵族们的伴随下走进了元老院。

　　凯撒走进元老院，这幕惊天动地的历史剧才真正开始。元老坡勃
律斯走上前来，像在与他说些什么，而在此前擦肩之际这位元老曾对
密谋者的首领凯歇斯说道：

　　我希望你们今天大事成功。

　　看到坡勃律斯与凯撒言语，凯歇斯走近布鲁图斯说他担心他们的
计划已经泄露，坡勃律斯希望他们大功告成，不过，没有不透风的墙，
凯歇斯说道：

　　布鲁图斯，怎么办？要是事情泄露，那么也许是凯歇斯，
也许是凯撒，总有一个人今天不能回去，因为我们这次倘然失
败，我一定自杀。（卷四，页41）

　　布鲁图斯安慰说，别慌，坡勃律斯看来并没有把计划告诉给凯撒，他在笑，凯撒的脸色也没有变。此时，安东尼来了，还有特莱包涅斯，众位到场，凯撒与众元老就座，元老院会议像是正式开始。狄歇斯首先发言，他请麦泰勒斯·辛伯立刻过来，向凯撒呈上他的请愿，布鲁图斯安排几位贵族靠近帮助他说话，凯撒似乎也准备认真倾听。麦泰勒斯·辛伯走来跪在凯撒脚下，凯撒阻止道，不能以此改变已经做出的宣判：

> 　　按照判决，你的兄弟必须放逐出境；要是你奴颜婢膝地为他说情，我就要把你像狗一样踢开去。告诉你，凯撒是不会错误的，他所决定的事，一定有充分的理由。

　　麦泰勒斯苦苦哀求无果，布鲁图斯见状，出场说话了，下面的一幕似乎出乎凯撒的意料，但却是凯撒剧中最为震撼人心和纠结难解的一幕。

> 　　布鲁图斯：我吻你的手，可是这不是向你献媚，凯撒；请你立刻下令赦免坡勃律斯·辛伯。
> 　　凯撒：什么？布鲁图斯！
> 　　凯歇斯：开恩吧，凯撒；凯撒，开恩吧。凯歇斯俯伏在您的足下，请您赦免坡勃律斯·辛伯。
> 　　凯撒：要是我也跟你们一样，我就会被你们所感动；要是我也能够用哀求打动别人的心，那么你们的哀求也会打动我的心；可是我是像北极星一样坚定，它的不可动摇的性质，在宇

宙中是无与伦比的。……我就是他；让我在这个小小的事上向你们证明，我既然已经决定把辛伯放逐，就要贯彻我的意旨，毫不含糊地执行这一个成命，而且永远不让他再回到罗马来。

西那：啊，凯撒——

凯撒：去！你想把俄林波斯山一手举起吗？

狄歇斯：伟大的凯撒——

凯撒：布鲁图斯不是白白地下跪吗？

凯斯卡：好，那么让我的手代替我说话！（率众刺凯撒。）

凯撒：布鲁图斯，你也在内吗？那么倒下吧，凯撒！（死。）

西那：自由！解放！暴君死了！去，到各处街道上宣布这样的消息。

凯歇斯：去几个人到公共讲坛上，高声呼喊："自由，解放！"

布鲁图斯：各位民众，各位元老，大家不要惊慌，不要跑走；站定；野心已经偿了它的债了。（卷四，页42—43）

综上所述，我们看到，莎士比亚所塑造的凯撒的崇高美德及其被刺死的悲情，并非一步到位，而是采取中国式欲扬先抑的笔法，先是展示其平庸凡俗的方面，诸如他毫不掩饰自己的一些人性弱点，甚至在遭遇谋杀之时，都没有任何强悍的反应，任由他人宰割，等等。莎士比亚如此刻画这些情景和人物，究竟意味着什么呢？在莎士比亚看来，他所刻画的凯撒之崇高，非凡人之崇高，而是超人之崇高，其中有神的含义，但凯撒又不是神，不具有神的完全超然和全能，而是神–人，即秉有某种神性的人，人的一切弱点他也都具备。莎士比亚在上述场景描绘了凯撒具有所有的人的弱点之后，凯撒所秉有的神的特性也在这些弱点的铺垫下绽放出来。这些场景在他被刺的瞬间获得创造性的、浓墨重彩的展现——那些试图刺杀他的人，凯撒似乎都早已知晓，并且坦然承受：既然你们这些罗马的贵族精英认定我就是暴君、僭主、独裁者，并且要我死，既然你们认定我的死才能换来罗马的和平、共和与安宁，那么我凯撒又能怎么办呢？我用自己的口舌能为自己争辩出什么呢？你们要我死，要我三月十五日死，那我就死给你们看吧，看我死后你们是否如愿以偿，看我死后能否换来一个你们心目中的罗马共和国！唯有布鲁图斯，凯撒的精神之子，他竟然也参与其中，凯撒不相信，但最终还是坦然受死。凯撒临终的话语非常值得关注，具有某种神秘性的启示。

　　关于这个场景，需要仔细斟酌，在普鲁塔克的《希腊罗马名人传》中，曾经有这样一段记载，说的是："布鲁图斯，你也在内，孩子。"但莎士比亚在《尤利乌斯·凯撒》剧情中，对此却有所改动，去掉了"孩子"，还把它变成一句疑问句："布鲁图斯，你也在内吗？"应该指出，莎士比亚不可能没有读过普鲁塔克这部《希腊罗马名人传》，不晓得这句话的含义，为什么他要将其修改为一句问句呢？①

---

① 参见玛莎·C.努斯鲍姆的论述："说实在的，他对历史记载的一个关键调整加重了刚正者与个体之间的对比。因为虽然他保留了凯撒临死前对布鲁图斯的责备这个版本，但也没有引用苏埃托尼乌斯（罗马帝国历史学家）给予的材料，因而转移了注意力，不会让人感觉这有可能是布鲁图斯的个人动机。在莎士比亚的剧本中，凯撒说道，'布鲁图斯，你也在内吗？'在苏埃托尼乌斯的拉丁文本中，凯撒是用希腊文说的，'你也在内，孩子'（kai su, teknon）。因此，莎士比亚保留了临死责备这个事实，而且还保留了凯撒说的语言不是周围每个人都能听懂这个事实。（转下页）

显然，这里富有深意，通过莎士比亚的这段场景描写以及凯撒的话语，一个神–人的崇高形象耀然而凄惨地呈现出来。说他耀然，是表示凯撒超人的方面，诚如前言，凯撒就是罗马的法则，就是罗马制度的创制者，就是提供舞台的导演，时间是从凯撒开始的。因此，他深知那些试图刺杀他，把他视为罗马的暴君或僭主，并企图通过刺杀他而恢复罗马共和制的元老院诸位密谋者是徒劳的。他不是僭主，也不是暴君，无所谓强行揽权，权力在他手中，他就是权力的主人，他并没有所谓的僭主大权独揽的愿望，他缓和冷静地、毫无反抗地，甚至心甘情愿地坐视那些密谋者将他刺死。因为他知道，刺杀他并不能使罗马倒回过去的共和制，元老院也不可能再挽回昔日的风采和效能，罗马政治逝去的再也不可能恢复了。甚至连他都不知道该如何应对罗马面临的这个重大的危机或转型时刻，所以，选择一死（被刺杀）或许是他最恰当的结局。从这个意义上说，凯撒是神，罗马的神，他对一切都洞若观火，选择被刺死展现出凯撒极其崇高的美德，以自己之死来终结旧罗马，为后人开启一个新罗马，这只有凯撒才能做出，整个罗马只有他一人有资格和能力如此，其他任何人都绝无可能。[①] 伟

（接上页）不过他省略了一个关键问题：布鲁图斯被广泛认为是凯撒的私生子，因此，苏埃托尼乌斯在验证这个故事，让凯撒说出这些话，使得布鲁图斯有动机发泄个人不满。莎士比亚还省略了布鲁图斯行刺在凯撒腹股沟这个故事。因此，对父亲的爱和恨一点也不会混淆画面。莎士比亚的布鲁图斯是一位彻头彻尾的共和主义者。"载布莱迪·科马克、玛莎·C.努斯鲍姆、理查德·斯特瑞尔编著：《莎士比亚与法：学科与职业的对话》，王光林等译，黑龙江教育出版社 2015 年版，第 325 页。

① 彭磊写道："如果凯撒想要不朽，他应当留下不朽的精神，而不是留下易朽之物。剧中多次提示，人必有一死，死是人必然的结局。凯撒通过在荣誉的最高峰被不义地杀死，同时留给罗马人丰厚的产业，而永远被罗马人奉为神明。（转下页）

大的崇高之美德来自凯撒的超凡脱俗，来自神的秉性。

但是，凯撒还是人，他并非神，这个重要的细节在莎士比亚的笔下，不仅通过诸多人例如凯歇斯之口说出——这在一个共和国并不稀奇，每个人相互平等是公民的美德，也通过凯撒之口说起来，就是凯撒被刺临死时的那句含有责备性的话："布鲁图斯，你也在内吗？"于是，作为人的凯撒，喟然倒下而死。凯撒没有料到，布鲁图斯竟然也参与了这场谋杀，竟然也把匕首插入他的腹股！布鲁图斯是什么人？是凯撒的精神之子（也有传说是凯撒的私生子），是罗马最具有美德的高贵之人，毕生追随凯撒，仰慕凯撒。但凯撒却失算了，他没有想到这位自己的精神之子会亲手弑父。所以，凯撒才惊愕地说道：

布鲁图斯，你也在内吗？那么倒下吧，凯撒！（死。）

从这个意义上说，凯撒又是人，甚至是一个平凡的人，一个对于自己的寄托人一无所知的人。此外加上前述的一系列人性上的弱点，莎士比亚在戏剧中把它们一一勾勒出来，从而把凯撒的另外一个侧面展示得淋漓尽致，并在最后被刺之时把一个耀然而凄惨的形象描绘得无以复加。

莎士比亚的凯撒就是这样一个凯撒，他完美绝伦而又破绽百出，崇高险峻但也悲惨无奈，他不是基督教的耶稣，也不是希腊的苏格拉

（接上页）凯撒可能还事先安排好了安东尼的代行复仇，以及屋大维的继承资格。"《凯撒的精神——莎士比亚罗马剧绎读》，第140—141页。

底，他就是凯撒，是唯一的凯撒，一个无与伦比的凯撒。凯撒之死所显示的崇高，不是诸多罗马美德中排序第一的美德，而是唯一的美德，除此之外，没有其他，正像在罗马只有凯撒，除他之外，没有其他人可以与之媲美。他的时代和他这个非凡之人，决定了这一卓绝之性质，而莎士比亚通过这部《尤利乌斯·凯撒》，把凯撒之非常时刻的非常之悲剧与罗马政治的这个庄严而危机的历史之谜联系在一起，成为千古绝唱。

对此，赫勒曾经写道："尼采认为莎士比亚将凯撒描绘成一个无与伦比的伟大、光耀世界者和无可比拟的存在，我赞同他的看法。他还认为布鲁图斯的崇高得益于凯撒的崇高，这一点我也赞同。……在莎士比亚笔下，凯撒并非布鲁图斯的挚友或养父。我之前提到过，莎士比亚将凯撒的遗言'我的孩子布鲁图斯，你也在内吗？'截取为'布鲁图斯，你也在内吗？'。因此，这部剧并非家庭剧，它并不涉及献祭式的弑父或手足相残。在这部莎剧中，布鲁图斯对凯撒的谋杀只是诛杀僭主的政治行为。或许除了爱着加图的女儿，布鲁图斯的全部情感都投入到他的公民德行中去了。布鲁图斯并非毫无激情之人，只是他的全部激情都转化成了亚里士多德意义上的'高贵的人格'，如友爱、勇敢、慷慨、节制以及正义等等。所有这些美德都被誉为他对自由的共和式热爱。"[①]

不过，洛文塔尔则从另外一个视野赋予凯撒的"无与伦比"以新的解释，他写道："莎士比亚显然在某些方面赞同共和制，但在另一

---

① 阿格尼斯·赫勒：《脱节的时代——作为历史哲人的莎士比亚》，其中个别词语翻译与原译有所变动，第453页。

些方面，又支持凯撒，这让我们很困惑。让我们回头来看看，是否所有的特征都能得到解释。该剧总的基调是共和制，从开始到结尾，给人的印象都是：共和制比专制甚至比君主制都更为优越。但是下面这一点也对：共和制本身会逐渐衰落到不可救药的地步，因此某些类型的专制统治就会变得不可避免。为了共和国自身的利益，有些必然之物应该远离它，因此，莎士比亚没有一笔直接写到共和国的衰落。在专制统治不可避免的情况下，凯撒可能是最好的专制君主。如果真是这样，那么就应该偷偷摸摸地传达这种教诲，以避免鼓励凯撒式的行动，保护共和国的自由免遭鲁莽而不必要的袭击。然而，这个关于凯撒的最小个案很难详尽阐述或解释该剧对他的处理方式。凯撒意味着什么？无论是从该剧还是从历史来看，凯撒堪称古代异教徒中最伟大的英雄，而且那时的罗马也堪称古代最伟大的社会。罗马共和国总是鼓励领袖人物为了公众利益而互相竞争，但是随着帝国的发展壮大，抱负与爱国精神之间的纽带消失了，这导致个人对自己的权力、影响和荣誉的自然热爱第一次脱离了美德和公众的显然很不真实的约束。这里有一个很大的野心的竞技场——就如莎士比亚所描绘的那样，它是为这样的人所准备的：这个人能够被修改（借助诗人—哲人的魔术）以体现所有政治天才中最高尚的一位，因此，这个人不仅可以被允许叫作最伟大的罗马人、最伟大的英雄或古代的异教徒，而且同样可以被称为最伟大的政治家，如果野心正是人类的标志，甚至同样可以被称为最伟大的人。人们甚至可能要把他与基督本人作比较。他追求自己的牺牲并建立起一个世俗王国，不是为了其他人的热爱，而是为了对自己的热爱。在西方，这个世俗王国的光荣和持续时间从来没有被超越；在这个世俗世界里，在其世界和平的界限内，将会出现另一位殉难者——为着另一个目的和另一个王国。现在，我们可以开始来欣赏莎士比亚构思此剧时所面对的那些复杂问题。在一个整体来说是共和国的框架内，莎士比亚谨慎地揭示了一个令人迷惑又有点让人厌恶的凯撒。只有经过最仔细的研究，我们才能看见：凯撒如何开始统治这个世界；在最后的日子里，凯撒想要的是什么东西。为了在观众心中激起对这个人的同情兴趣，莎士比亚宁愿隐瞒了凯撒的违法行为和道德污点，而让他可怕的野心显得摄人心魄，令人意乱神迷。这就是该剧后半部分中凯撒'精神'（幽魂）的核心，而且莎士比亚自己（还有他所诱惑的那些读者）必须要么服从这个伟大的神明，要么发现它隶属于别的什么。"①

布鲁图斯：共和理想与失败

说起尤利乌斯·凯撒必然就要说玛克斯·布鲁图斯，在罗马史中，布鲁图斯是与凯撒同时载入史册的重要人物，他也是罗马的一位伟大英雄，甚至有论者认为布鲁图斯比凯撒更伟大，在他身上承载着罗马共和的理想，是罗马精神的象征，而他主导的刺杀凯撒事件不过是一桩诛杀僭主或暴君的正义之举。不过，这只是一种观点，因为从历史的实际进程来看，罗马共和国并没有因为凯撒被刺死而重新恢复到共和国的黄金时代，罗马不可阻挡地步入屋大维的奥古斯都时代，凯撒之死以及布鲁图斯之死，并没有改变这个进程，至于凯撒真的就是一位罗马僭主，还是负有另外的使命，布鲁图斯之举是否具有历史

---

① 刘小枫、陈少明主编：《莎士比亚笔下的王者》，第57—58页。

的正当性，这些争论一直延续着，直到今天也还没有了结。在莎士比亚《尤利乌斯·凯撒》一剧中，布鲁图斯当然也是极其重要的人物，甚至从剧情内容来看，他占据的篇幅比凯撒还多，尤其是在第三幕凯撒被刺死之后，后半部剧情就是以布鲁图斯为中心推进的，也难怪有人认为莎士比亚此剧应该称为《布鲁图斯》。当然，我在前述已经对此有明确回答，即凯撒当之无愧的是此剧的中心，后半部也是如此，窃以为莎翁之意也是如此。如何看待布鲁图斯呢？他究竟在该剧占据何种地位，扮演何种角色，他的行为和灵魂还有他的悲剧之死，又具有何种意义呢？这一系列问题值得深入分析和解答。

　　首先，从地位上说，在此剧中，布鲁图斯可谓罗马英雄人物排序的第一人，不过，这里所谓的第一人是指没有凯撒的罗马英雄谱，正如前言，凯撒是唯一之人，是罗马的神-人，当不在其中。有种观点认为布鲁图斯不是能与凯撒同等级的人物，在此等级序列下，凯撒第一，布鲁图斯紧随其后。对此，著名学者赫勒不甚赞同，她认为不是这样的，凯撒是超人，是创制者，是根基，是台柱，由于凯撒罗马才有所谓英雄谱系，罗马新旧之交才有开始，时间才展开。所以，布鲁图斯不可与凯撒同日而语，但在凯撒之外，并且基于凯撒，布鲁图斯才是第一人，而且他只是人，不是神，不具有神的禀赋和品质。莎士比亚塑造了伟大的布鲁图斯，尤其是展示了布鲁图斯的崇高之美德，这种美德是罗马贵族的最高美德，它兼容了勇敢、果断、智慧和卓越，以及理想和纯粹，且富有深思和牺牲精神。但这一切都是人的品质，布鲁图斯作为希腊廊下派的继承人，他忠于共和国，忠于罗马传统，并且作为一位贵族精英，为之赴汤蹈火，不惜牺牲一切，包括名誉和生命。他之所以背叛精神养父凯撒，之所以殚精竭虑，甚至为之死亡，念兹在兹的就是罗马共和制的理想，为了挽回这个心中的梦想，他可以承担一切。而这恰恰成就了布鲁图斯的崇高，这是罗马人乃至任何人都可以效法的崇高，在任何时代任何境况下，都有这样的崇高之美德。

赫勒写道："在我看来，莎士比亚相信布鲁图斯的确在这些美德上相当出众，因此他参与谋杀凯撒绝非受仇恨、嫉妒或野心的驱使。但我仍然认为，凯撒虽在道德层面略逊布鲁图斯一筹，却比他更为崇高。甚至可以说，莎士比亚笔下的凯撒高踞所有这些等级次序之上。他不能被人列名排次、估量评判或被拿来与之比较；也不能说他位列第一还是屈居第二，因为他不能被限制在条条框框里。我认为，凯撒与布鲁图斯两人的崇高有着云泥之别，后者对自由的热爱以及他葆有的真诚和自主都无法勾销这一绝对的差别。……（布鲁图斯）表演着一个完美的廊下派式的人物，因而也是扮演着一个道德完善的共和国公民——他演绎着'高贵的布鲁图斯'一角。事实上，布鲁图斯在别人看不见的地方也依旧品德高尚，他一直听从良心的声音。但作为罗马公民的他还是得扮演'高贵的布鲁图斯'，因为他的美德是共和国的资产。他是个以内心为导向的人，但也同时在表演给别人看：在历史的舞台上，从来就没有什么非此即彼。布鲁图斯确实高贵，但他扮演的是一个已有前人（如加图）演绎过的角色。

"让我们转过来看看凯撒是怎样的。政治舞台上的他并未扮演任何角色；他就是他自己。更加重要的是，他从不遮掩矫饰，他只展现原本的样子，并不想佯装得德行高尚。凯撒无须演戏，因为他这个角色就是由他创造的；他也无须装模作样，因为这就是真实的他。他把罗马人推崇的勇敢、节制、正义等美德抛诸脑后，这些都与他无关。

他勇敢，却无须刻意表现得勇敢，因为这就是他赖以存在的本性。莎士比亚笔下的凯撒从不会感到羞耻，同胞的看法根本影响不了他。因此他完全不受外物所役，无论是传统、法律，还是他人的看法都左右不了他。这并非因为他不在乎他人，他也有爱；也并非因为他不会识人，实际上除哈姆雷特之外，他是所有莎剧中最善于评判人性的角色。

"凯撒在这个世界舞台上从不出演角色，因为连这世界舞台都是由他一手搭建的。他登台之际，历史随之上演。他虽然在第三幕一开始就被杀害，但从第三幕到第五幕的世界全都是凯撒主导的世界。每一个活着的人都会碰上已死的凯撒，死去的凯撒比活着的他更富有生命力。所有的面孔都望向这个死人，所有的行动都在他面前上演。腓利比一役前夕浮现在布鲁图斯面前的凯撒幽灵，完全不同于哈姆雷特父亲的鬼魂。有趣的是，布鲁图斯见到的凯撒'冤魂'并没有激发他的愧悔之情。布鲁图斯只是确信他们终将在腓利比再会，这场最后的战役是一场他与凯撒的较量。凯撒将会取胜，因为他已经赢了，整个故事和历史都围绕着凯撒展开。凯撒对于他们的世界产生了不可磨灭的影响。"①

尽管如此，与凯撒绝对的崇高相对应，莎士比亚这部悲剧也始终贯穿着布鲁图斯的崇高。从戏剧的第二幕第一场"布鲁图斯的花园"开始，当罗马的另一位英雄——贵族凯歇斯密谋筹划刺杀凯撒时，布鲁图斯的崇高之美德就凸显出来，到全剧终结，布鲁图斯的崇高被凯撒之死推到极致。在三月十四日的夜晚，布鲁图斯在自家的花园也是辗转反侧，左右徘徊：

---

① 阿格尼斯·赫勒：《脱节的时代——作为历史哲人的莎士比亚》，第 454—455 页。

只有叫他死这一个办法；我自己对他并没有私怨，只是为了大众的利益。他将要戴上王冠；那会不会改变他的性格是一个问题；蝮蛇是在光天化日之下出现的，所以步行的人必须刻刻提防。让他戴上王冠？——不！那等于我们把一个毒刺给了他，使他可以随意加害于人。……既然我们反对他的理由，不是因为他现在有什么可以指责的地方，所以就得这样说：照他现在的地位要是再扩大些权力，一定会引起这样那样的后患；我们应当把他当作一颗蛇蛋，与其让他孵出以后害人，不如趁他还在壳里的时候就把他杀死。（卷四，页 23—24）

在布鲁图斯心思犹疑、彻夜难安之时，仆人路歇斯走上来点亮蜡烛，并带来一封不知是谁（显然是凯歇斯他们）刚刚放到他家窗口的信函，信中不无警示地写道：

布鲁图斯，你在睡觉；醒来瞧瞧你自己吧。难道罗马将要——说话呀，攻击呀，拯救呀！布鲁图斯，你睡着了；醒来吧！

布鲁图斯自语道：

"难道罗马将要——"我必须替它把意思补足：难道罗马将要处于独夫的严威之下？什么，罗马？当塔昆称王的时候，我们的祖先曾经把他从罗马的街道上赶走。"说话呀，攻击呀，拯救呀！"他们请求我仗义执言，挥戈除暴吗？罗马啊！我允

许你，布鲁图斯一定会全力把你拯救！（卷四，页 24—25）

恰在这个当口，三月十四日已经过去了，此时此刻，凯歇斯带领着一帮人敲响布鲁图斯的家门，布鲁图斯自语道：

> 自从凯歇斯鼓动我反对凯撒那一天起，我一直没有睡过。
> 在计划一件危险的行动和开始行动之间的一段时间里，一个人
> 就好像置身于一场可怖的噩梦之中，遍历种种的幻象；他的精
> 神和身体上的各部分正在彼此磋商；整个的身心像一个小小的
> 国家，临到了叛变突发的前夕。（卷四，页 25）

从某种意义上说，凯歇斯等人的到来并不蹊跷，选择这个时辰敲门乃是图谋已久的行为。起初，鉴于布鲁图斯与凯撒的关系非同一般，贵族元老院的密谋者们并不准备吸收他参与谋杀凯撒，但凯歇斯表示反对，并且强烈主张把布鲁图斯拉入，因为布鲁图斯是罗马共和制的一面旗帜，他坚决忠于罗马共和国，深得共和国的精神底蕴，是一位众所周知的共和国的理想者和捍卫者，他的参与将使得刺杀僭主凯撒的行为具有正义性并赢得罗马人民的拥护。正像凯斯卡所言：

> 啊！他是众望所归的人；在我们似乎是罪恶的事情，有了
> 他便可以像幻术一样变成正大光明的义举。（卷四，页 21）

布鲁图斯明明知道这群密谋者是一伙党徒，在百鬼横行的深夜搞些阴谋，但他还是让仆人路歇斯开门把他们引入家里，在凯歇斯、凯

斯卡、狄歇斯、西那、麦泰勒斯·辛伯及特莱包涅斯等人的一番鼓动下，布鲁图斯接受了密谋者的意见，认为凯撒就是罗马共和制的破坏者和颠覆者，是罗马最大的僭主，为了阻止罗马共和国的倾覆，要对僭主凯撒予以刺杀，只有凯撒之死才能挽回罗马共和国，拯救共和国于危难，重新实现共和国的理想图景。为此，布鲁图斯不惜与凯撒决绝，义无反顾地参与谋杀行为，而他一旦参与，凭借着他的威望就必定成为这场谋杀的领导者，为此他重新制定了相关的规则，例如，不邀请元老院元老、共和制的前贤西塞罗参加谋杀之举，还取消了参加者的个人宣誓，以及不同意把安东尼与凯撒一起杀死。他说道：

> 要是我们能够直接战胜凯撒的精神，我们就可以不必戕害他的身体。可是唉！凯撒必须因此而流血。所以，善良的朋友们，让我们勇敢地，却不是残暴地，把他杀死；让我们把他当作一盘祭神的牺牲而宰割，不是把他当作一具饲犬的腐尸而脔切；……在世人的眼中，我们将被认为恶势力的清扫者，而不是杀人的凶手。至于玛克·安东尼，我们尽可不必把他放在心上，因为凯撒的头要是落了地，他这条凯撒的胳臂是无能为力的。（卷四，页 28）

尤其是在刺杀凯撒之后，同意让安东尼演讲，等等，这些举措都基于布鲁图斯的品质及其号召力和影响力，基于他的崇高之美德。这无疑表明了布鲁图斯在戏剧中的地位之重要，可谓一人之下，万人之上。

其次，从剧情来看，在第三幕第一场凯撒被刺杀之后，布鲁图斯就占据着主要的情节内容，几乎所有人物和行为都是围绕着他运转的。但问题在于，这些只是形式上的，实质上却隐含着一系列的颠覆，即凯撒的主导一直在笼罩着，并且一步步把布鲁图斯的预想粉碎。首先，安排或允许安东尼对凯撒之死发表演说，这一点就挫败了布鲁图斯的骄傲自负，虽然安东尼表面上愿意与高贵的布鲁图斯等人握手合作，但还是为自己的旧主人凯撒请求在其尸体被带到广场之时，讲几句追悼的话，且严格按照布鲁图斯的要求，让布鲁图斯先行演讲，他所要说的话，会事先征得凯歇斯等的许可，这些看上去似乎并无大碍。但是，布鲁图斯还是错了，安东尼天才般的演说词加上魔鬼式的表演，使得布鲁图斯以及凯歇斯等谋杀者的意图彻底失败，虽然布鲁图斯也发表了自己的演讲，但效果显然不佳，致使罗马人民被安东尼所蛊惑，他们发出复仇之呐喊，纷纷要杀死密谋者。

布鲁图斯在对罗马人讲话时，不是没有阐释爱凯撒与做自由人而非做奴隶的道理，以及布鲁图斯不是不爱凯撒而是更爱罗马，凯撒有野心所以他杀死凯撒，为了自由的罗马，要是他的祖国需要他的死，他也可以用同一把刀杀死他自己，云云。布鲁图斯的这番演讲不是没有使用修辞，而是非常情真意切。但为什么最终效果不佳呢？这是由于安东尼采取的是直指罗马民众心魄的煽动技巧，且修辞使用具有强大的表现力和蛊惑性。请看，这群罗马广场的民众或者说芸芸众生，不是贵族，并不懂得更不会珍惜自由的价值、共和的高贵与平等的尊严，而是一些不会行动、易受煽动的庸众，他们先是拥护布鲁图斯，呼喊着：

不要死，布鲁图斯！不要死！不要死！

但等安东尼的演讲进行过半，他们就都转过来支持安东尼，异口同声地喊道：

遗嘱，遗嘱！我们要听凯撒的遗嘱！

当安东尼巧舌如簧地全部演讲完毕，这些平民大众就全都变成了暴怒无常、寻衅滋事的暴徒，大喊着：

复仇！——动手！——捉住他们！——烧！放火！——杀！——杀！不要让一个叛徒活命！（卷四，页51、57）

显然，两场广场演讲的胜负结果已经了然。安东尼没有别的武器在手，只用滔滔言辞就打败了叛党，他的话语煽动了罗马的平民大众，装备精良的密谋者集团最终敌不过人数众多的民众，安东尼转败为胜，而刚刚赢得胜利的叛党布鲁图斯、凯歇斯等人则一败涂地，被迫逃离罗马。

啊！你这一块流血的泥土，你这有史以来最高贵的英雄的遗体，恕我跟这些屠夫们曲意周旋。愿灾祸降于溅泼这样宝贵的血的凶手！（卷四，页48）

安东尼早就预感到凯撒被刺死后罗马会发生激烈的内乱，爆发流血冲突及动荡破坏，所以他在做演讲之前就通知屋大维先不要回到危险的罗马，等他赢得了罗马人民的支持后再去迎接屋大维。

　　如此看来，对布鲁图斯、凯歇斯及所有的密谋叛乱者来说，他们的图谋彻底失败了，用赫勒的话说，"这是一个脱了节的时代。他们妄想刺杀僭主以重整乾坤，结果发现大错特错。他们被历史愚弄，献祭之举成了枉然"①。不过，莎士比亚这部戏剧的神奇之处在于，它真是充满了奥秘，布鲁图斯上述的一系列决策失算、失误和失败，不但没有降低和削弱他的威望和崇高之美德，甚至恰恰相反——布鲁图斯在主导刺杀凯撒之后的行为越是失败，反而越呈现出他的光明磊落和崇高。这是为什么呢？我认为关键在于布鲁图斯的理想主义之纯粹。与凯歇斯及其他叛乱密谋者相比，只有布鲁图斯才真正是为罗马共和国的理想而战，为此不惜一切代价，其他人则不一定如此，甚至都隐藏着自己各种各样的利益和打算。例如在是否把安东尼一起杀死，还有是否允许安东尼发表演说这些后来看十分关键的问题上，也只有布鲁图斯试图表明，他们谋杀凯撒，不是为了别的，只是因为希望罗马共和体制不被僭主侵损，不为暴君控制，只是为了阻止凯撒成为僭主和暴君才刺杀他，而不是因为任何其他私人的目的。所以，不杀安东尼，并同意由他这位凯撒的追随者发表演说、陈情以及祭奠凯撒之死，正是为了布鲁图斯等人的清白和正义。布鲁图斯的决策在凯歇斯等人看来是愚蠢的，效果必定是灾难性的，但是，他们没有理由阻止布鲁图斯的决断，因为他们正是以此来说服布鲁图斯积极参与他们的谋杀筹划的，若非如此就是欺骗他，这是罗马贵族的道德所决不允许的。也正是基于此，安东尼才有机会和舞台，来展示他口若悬河的演讲才华，并赢得后凯撒时期的重要政治地位（被视为三巨头之一）。没有布鲁图

---

① 　阿格尼斯·赫勒：《脱节的时代——作为历史哲人的莎士比亚》，第 465 页。

斯纯粹的崇高美德，也就没有安东尼的胜出机会。

　　但是，安东尼终究与布鲁图斯不在一个层次，其德行与布鲁图斯相去甚远，两人不可同日而语。莎士比亚在第三幕凯撒被刺死之后，为安东尼提供了一个舞台，并且让他施展神奇的演讲之功，彻底扭转了当时的情势，使得罗马人民备受蛊惑，并为凯撒之死万分痛惜，进而仇视布鲁图斯等谋杀者，从而改变了罗马的政局，使罗马陷入内战，为他和屋大维赢得了关键的时机。其实，安东尼这样做，也是有私心的，他关注的是胜负得失，是如何扭转不利时局，利用和征服民心，而不是为了罗马共和国，不是为了共和制以及罗马政治的理想。所以，尽管他控制了局势，扭转了罗马的时局，但在人性尊严和崇高美德方面，他与布鲁图斯有天壤之别，一个是投机且煽情的利己主义者，一个是纯粹而固执的理想主义者。至于在该剧后半部才出场的屋大维，在德行上更是不堪。莎士比亚在罗马剧的两部戏剧（《尤利乌斯·凯撒》和《安东尼与克莉奥佩特拉》）中，非常看低屋大维这位极权者，把他描述为一个冷血的现实主义者，一位深藏不露、贪恋权力、以获取最高政治权力为唯一目的且手段特别高明的卓绝人物，一位谙熟古典政治权力的马基雅维利主义者，只有在他手里，罗马共和国才彻底消亡，一个罗马帝制时代的"奥古斯都"在人类历史上冠冕堂皇、不可一世地邈然出场。塑造了亨利四世、亨利五世和理查三世的莎士比亚，在塑造屋大维形象时究竟做何感想，我们不得而知，但屋大维要比前述的三位君主，在对政治权力的认知、把握以及运用上面更加深入骨髓，得其堂奥，挥洒自如，"奥古斯都"的底定与彰显可谓明证。

　　凯撒是莎士比亚戏剧中的一个谜，其超越的神-人性质已有前述，但其精神遗产究竟是什么？究竟屋大维是凯撒遗产的真正继承者，还是布鲁图斯才是真正的继承者？从凯撒到屋大维，从凯撒到布鲁图斯，究竟哪条道路才是罗马的道路？众说纷纭，直到今天，也还是莫衷一是。

　　我们还是回到这部莎士比亚的悲剧上吧。在第三幕之后，其实莎士比亚所描绘的故事情节有所转移，从戏剧艺术的角度来看，凯撒被刺前的半部分，其内容多少是单调、缓慢而沉郁的，微言大义而又让人难以忍受。凯撒被刺杀把剧情推向高潮，此后则是轰轰烈烈，酣畅淋漓，其激发的力量则是布鲁图斯的共和理想与诸种政治权力之间的剧烈冲突，正是这种冲突推动着剧情向前发展。布鲁图斯的崇高品质与其他人物心智德行的对峙成为剧情的中心，但凯撒的神秘内涵一直笼罩其间，也可谓凯撒阴魂不死——因为凯撒究竟意欲如何谁都不知道，凯撒就是一个永恒之谜。正像莎士比亚在第四幕第三场布鲁图斯的帐内所描述的，在经历了与凯歇斯的情感纠葛和心灵冲突，经历了爱人鲍西娅死亡信息的重创，经历了屋大维、安东尼他们对于罗马元老院的大屠杀，包括西塞罗在内七十多个贵族元老被判决死刑的冲击，又刚愎自用地否定凯歇斯的意见，决定在腓利比与屋大维、安东尼的大军决一死战之后，布鲁图斯感到了精神的极度疲乏，他需要休息片刻。他对凯歇斯发出告别的话语，明天一早他们就都出发，向前方进发，在腓利比再见。莎士比亚的"这部剧虽不是歌剧，但我们仍听得到剧中的配乐。布鲁图斯让他喜爱的童仆路歇斯为他演奏一曲，就像大卫为所罗门王弹琴一样。在此，我们再次见到了尼采笔下的布鲁图斯：一个正听着俊美的童仆为他弹奏音乐的忧郁男人"[1]。恰恰在此时，

---

① 　阿格尼斯·赫勒：《脱节的时代——作为历史哲人的莎士比亚》，第 478 页。

凯撒的幽灵出现了。布鲁图斯自语道：

> 这蜡烛的光怎么这样暗！嘿！谁来啦？我想我的眼睛有点
> 儿昏花，所以会看见鬼怪。它走近我的身边来了。你是什么东
> 西？你是神呢，天使呢，还是魔鬼，吓得我浑身冷汗，头发直
> 竖？对我说你是什么。
>
> 幽灵：你的冤魂，布鲁图斯。
>
> 布鲁图斯：你来干什么？
>
> 幽灵：我来告诉你，你将在腓利比看见我。
>
> 布鲁图斯：好，那么我将要再看见你吗？
>
> 幽灵：是的，在腓利比。
>
> 布鲁图斯：好，那么我们在腓利比再见。
>
> 凯撒的幽灵隐去。（卷四，页75—76）

虽然凯歇斯在莎士比亚的《尤利乌斯·凯撒》一剧中始终出现，但仍然是第二等级的人物。他也是元老院举足轻重的贵族，在密谋刺杀凯撒一事中可谓始作俑者，但由于其并不纯粹的美德，使他达不到布鲁图斯的高度。至于促成刺杀僭主凯撒之举，实有赖于布鲁图斯的参与和领导，凯歇斯只是配角。随着剧情的展开，在与安东尼和屋大维的内战中，凯歇斯的作用和地位在增大，甚至在决定罗马共和国存亡的关键战役中，凯歇斯的决策也是正确的，但结果却是一败涂地，凯歇斯屈就接受了布鲁图斯的主张，落得两个罗马英雄殒命沙场，纷纷自杀身亡，共和国理想一去不复返。为什么会是如此，莎士比亚在戏剧中给出的答案是凯歇斯对布鲁图斯的从属性心灵依托，或者一种

灵魂的爱恋依赖，导致凯歇斯没有坚持自己的判断，交付布鲁图斯来决定与安东尼和屋大维的决战，最后竟然为假象误导以为布鲁图斯战败，于是选择了自杀追随之，其实布鲁图斯击败了屋大维的军队。不过战场瞬息万变，一旦凯歇斯自杀败北，安东尼乘胜追击，屋大维卷土重来，布鲁图斯之失败就是必然的了，这也是他们两人的宿命。

在第五幕的腓利比战场上，莎士比亚特别描绘了布鲁图斯与凯歇斯的永诀场景：

> 尊贵的罗马人，你不要以为布鲁图斯会有一天被人绑着回到罗马；他是有一颗太高傲的心的。可是今天这一天必须结束三月十五所开始的工作；我不知道我们能不能再有见面的机会，所以让我们从此永诀吧。永别了，永别了，凯歇斯！要是我们还能相见，那时候我们可以相视而笑；否则今天就是我们生死离别的日子。（卷四，页81）

罗马共和国最后一位卓绝的英雄，崇高、纯粹而高傲的布鲁图斯，选择了死亡，这是在为罗马共和国的陨落和覆灭而陪葬，他的死亡是最后一曲美丽而高贵的挽歌。莎士比亚在剧中这样描述布鲁图斯的死亡，他对友人和仆人们说道：

> 凯撒的鬼魂曾经两次在夜里向我出现；一次在萨狄斯，一次就是昨天晚上，在这儿腓利比的战场上。我知道我的末日已经到了。……斯特莱托，请你不要去，陪着你的主人。你是一个心地很好的人，你的为人还有几分义气；拿着我的剑，转过

你的脸，让我对准剑锋扑上去。……（扑身剑上）凯撒，你

现在可以瞑目了；我杀死你的时候，还不及现在一半的坚决。

（死。）（卷四，页88、89）

如果说凯歇斯之死对于罗马政治是虚假的，他受骗于自己的失误，他对于布鲁图斯的灵魂爱恋和归依则是真诚的，他的死可谓一曲心灵情感的悲剧。[1] 布鲁图斯之死，则是真实地死于罗马共和制的倾覆和失败，他的死揭示的乃是至高无上的罗马共和国的政治悲剧。上述两个罗马贵族英雄的悲剧虽然性质不同，内涵各异，但作为谋杀凯撒的主谋者和实施者，他们的悲剧从反面印证了另一个棘手的问题，也是莎士比亚这部戏剧起始就似乎明确的问题，即刺杀罗马的僭主凯撒，拯救罗马于危难险恶之际，这个历史上所谓的正义之举，究竟是否果真如此？也就是说，尤利乌斯·凯撒是否确凿无疑地是罗马的大

---

[1] 莎士比亚的三部罗马剧的主题内容都不是单一的，或者说，其主题内涵具有某种复合性质，即在罗马政制的重大转型之际，呈现出多个面相，例如共和政治中的公民友情问题，甚至罗马英雄与埃及女王的恩爱情仇问题。"友情是共和政治的精神所在，高贵的罗马人彼此友爱，平等的友谊在形式上保证了共和政治的自由与平等精神。布鲁图斯和凯歇斯在政治上失败了，但他们的友谊却彰显出人性的光辉，长久地打动我们。"从某种意义上说，"我们能感到，凯歇斯的愤怒与克制的确是出于对布鲁图斯的爱，这种爱使我们不由得同情凯歇斯，他不再像上半部剧那样只是诱惑利用布鲁图斯，他深爱布鲁图斯，却遭到背弃"。"凯歇斯对布鲁图斯的爱是真诚的，布鲁图斯对凯歇斯的爱可能是造作的……布鲁图斯不能爱一个比自己低的人，他变相地在利用凯歇斯的爱。两人的关系提示我们，共和式的友爱也可能隐含高低两方的差异，因而也包含主宰和操控的关系，并非完全平等。相形之下，布鲁图斯对凯撒的爱更加真诚，故而才有他在刺杀行动前的那番纠结和彷徨。'不是我不爱凯撒，而是我更爱罗马'，即便在凯撒死后，布鲁图斯也无法忘却对凯撒的爱。"参见彭磊：《凯撒的精神——莎士比亚罗马剧绎读》，第222、226、230页。

僭主，试图颠覆罗马共和国？布鲁图斯、凯歇斯他们密谋刺杀凯撒是否真的是正义的行为？刺杀凯撒之后果真为罗马带来共和国的匡复以及和平了吗？罗马经过这样一番刺杀凯撒以及两派的内战之后，是否赢得了共和制的转圜，实现了布鲁图斯的理想？

显然，一切都不是如此，都没有按照布鲁图斯的预想演进，布鲁图斯的失败是必然的。但正是这个必然的罗马共和国之命运，反而成就了布鲁图斯的崇高——作为罗马英雄的崇高，这是罗马贵族最高的美德。[①] 在莎士比亚的罗马剧中，这种崇高在科利奥兰纳斯身上体现着，在布鲁图斯身上闪耀着，都是人的至上的崇高，但凯撒不同，凯撒的崇高是神-人的崇高，平凡朴拙而又深不可测。最后，关于布鲁图斯的历史评价不是由别人而是由他的对手——安东尼给予的，莎士比亚在剧中第五幕的结尾，通过安东尼之口这样说道：

> 在他们那一群中间，他是一个最高贵的罗马人；除了他一
>
> 个人以外，所有的叛徒们都是因为妒忌凯撒而下毒手的；只有
>
> 他才是激于正义的思想，为了大众的利益，而去参加他们的阵
>
> 线。他一生善良，交织在他身上的各种美德，可以使造物肃然

---

① 赫勒写道："与凯歇斯不同的是，布鲁图斯的性格始终如一。然而，他是否过分演绎了'高贵的布鲁图斯'这一道德家的角色？他将这一角色演得过火到底是为了博得自身的荣誉，还是为了创造历史神话？这可是完全不同的两件事。如果他只是过分演绎自己的角色，人们就有理由说他自以为是，他就会遭到'某种程度的'丑化。但创造历史神话却并非自我夸耀。在腓利比战役中，他成为悲剧的主角，带着残余的部下登上了历史舞台的最高处，他们书写了一个讲述罗马共和国陨落的故事，一个彰显共和主义、英雄主义以及罗马美德的神话。直到法国大革命甚至之后更长的时间里，这一神话依旧鲜活有力。"阿格尼斯·赫勒：《脱节的时代——作为历史哲人的莎士比亚》，第486页。

起立，向全世界宣告，"这是一个汉子！"（卷四，页 90）

安东尼与屋大维的罗马

安东尼和屋大维显然也是罗马的英雄人物，莎士比亚不仅在《尤利乌斯·凯撒》一剧中描述了这两位罗马英雄，还在另一部罗马剧《安东尼与克莉奥佩特拉》中，把他们作为主角来刻画。不过，从罗马政治的实质来看，莎士比亚对于他们的描绘已迥异于凯撒和布鲁图斯，罗马到了他们手里，虽然看上去威武雄壮、轰轰烈烈又绚丽斑斓，但根基已然崩颓，罗马共和而高贵的精神从根本上已然湮灭，残留的只是一具硕大无比的政制躯壳，各色人物的灵魂实际上如同在炼狱地火中徘徊和飘忽。

我们先看安东尼。说起来安东尼也是一位可圈可点、极具魅力且富有激情的罗马英雄，他的才华独步罗马政坛，无论是演讲的技艺，还是痴迷的爱恋，都是罗马史上难以匹敌的俊才与豪杰。在《尤利乌斯·凯撒》一剧中，莎士比亚着重展示的是作为凯撒忠臣爱将的安东尼翻江倒海的能力，尤其是在凯撒被刺死之后罗马政局的反转中，安东尼以雄辩之滔滔而把凯撒之死的冤屈以及密谋者的拙劣和险恶用心，一一铺陈展开，前后勾连，机关算尽，效果显著，从而一举奠定了罗马内战的胜机。"在年轻的安东尼身上，我们已经窥见了未来那个成熟的英雄模样：他热情洋溢、放浪形骸、情绪多变，本性乐善好施、慷慨大度。他善于征战，却不善政事。他会用最诗意的语言表明自己的想法——他的话辞章华美、情感充沛、极具煽动性。他会去爱，会背叛，也会遭受痛苦，他有着高贵的姿态。他最接近奥赛罗，他虽不是异乡人，却是个处于脱节时代中的罗马人。"①

尽管安东尼如此了得，但在莎士比亚此剧中，在凯撒之外，还是有两位人物超越了他，使他挣脱不了他们的束缚，难以卓然而立，这两个人物就是布鲁图斯和屋大维，他们两位一阳一阴左右着安东尼的行为举止，不能不说是安东尼的克星。关于布鲁图斯与安东尼的关系以及在罗马的地位我已在前文讨论过，屋大维在莎翁这部凯撒戏中出场很晚，直到第四幕才默默登场。但是，就是这位沉默寡言、神色庄严、中规中矩、面无表情的屋大维，一出场就胜过了安东尼，在屋大维稳如泰山的气场之下，安东尼的所有才智和举措以及蓬勃的激情，都黯然失色。请看莎士比亚的描绘，罗马三巨头在下发放逐令斩杀他们的敌人（近一百名叛党贵族及其家庭成员尽数被杀，甚至诗人西那仅仅因为与叛党中的西那重名，也被暴徒残忍杀害）之后，开始瓜分世界，他们的分歧也随之出现。安东尼首先挑明要将富有且愚蠢的莱必多斯剔除在外，他把想法透露给他觉得可与自己匹敌的屋大维。但屋大维却不像安东尼那样单纯，而是城府在胸，他其实是想把莱必多斯和安东尼一同铲除，但他把计谋深藏起来，不向任何人吐露。"这位诗人兼政治家的安东尼，不过是在为务实的政治家屋大维火中取栗。"②

为什么会是如此呢？我以为关键在于权力，或者说在于他们对于最高政治权力的态度。如果说布鲁图斯对待罗马权力是基于他的纯粹理想主义的共和梦，并由此以其崇高的美德超越权力的束缚，敢于以

---

① 阿格尼斯·赫勒：《脱节的时代——作为历史哲人的莎士比亚》，第466—467页。
② 阿格尼斯·赫勒：《脱节的时代——作为历史哲人的莎士比亚》，第471页。

高贵之心蔑视罗马之权柄的话，那么屋大维则是以其对于权力的固执和不惜一切代价地予以谋取的铁石心肠，表明了他与罗马权力的媾和与焊接。他——屋大维就是罗马之主，罗马最高权柄一定要在屋大维手中，至于这是何种权力，屋大维是何种人，它们之间是何种关系，这一切都无所谓，赢得权力才是屋大维的唯一目的。而安东尼则是首鼠两端，他既没有布鲁图斯的理想主义共和梦，也缺乏屋大维现实主义的权力至上目标，他有追求罗马政治的权力欲望，但不能为此粉身碎骨在所不惜，他有维系凯撒精神遗产中的罗马之梦想，但难以持续稳固甚至扭曲变异为个人的浪漫式激情表演，所以，莎士比亚在该剧中只能把安东尼描绘为一位过渡性的英雄。安东尼不搞阴谋诡计，甚至不会背信弃义，"从一开始就可以明显看出，莎士比亚笔下的安东尼根本无法与屋大维抗衡。安东尼总会因为激情、责任、多愁善感以及慷慨大度而改变心意，屋大维若改变心意，却只会是出于计策或战略上的考量。在迅速攫取权力这件至关重要的大事上，他永远不会改变主意"。"他只有一个目的：在世界舞台上傲视群雄，用统一的帝国来代替共和国及三巨头的格局"。[①]

至于在《安东尼与克莉奥佩特拉》一剧中，莎士比亚的主题意识已经有所偏移，他不再专注罗马政制的共和理想主题，而是在为罗马帝制的转型寻找载体，另外开辟出一个古典西方与东方埃及交融吸纳以及男女爱情贯穿的权力变异的新主题，虽然安东尼与克莉奥佩特拉的爱情被莎士比亚描绘得绚丽多姿、激情四射又悲惨涕泣，但屋大维

---

① 阿格尼斯·赫勒：《脱节的时代——作为历史哲人的莎士比亚》，第494、473页。

却仍然是该剧的主导力量。[①] 安东尼的挚情之死、克莉奥佩特拉的香消玉殒，这一切都是必然的，屋大维的胜利也是必然的。不过，屋大维的胜利不等于罗马的胜利，甚至相反，屋大维的胜利恰恰印证了罗马的死亡，他逐渐打造的奥古斯都这种新型的独裁专制体制彻底颠覆了罗马传统的共和精神。

赫勒分析道："屋大维实际上有着恶魔般的可怕力量，这力量就是他的沉默和他那无动于衷的冷漠，这不是说他不开尊口，他会说话，但在他说出的话语背后，沉默地隐藏着那还未揭露的绝对目的。他从不把别人当作具体的男人或女人看待，只将其看作达成他战略宏图的手段。对于他决定的每件事，他都有充分的理由为之辩驳，从不听取任何反对意见。例如，他在第三幕第六场细数了安东尼对自己的指控，安东尼的每项指控都证据确凿：屋大维的确先后背叛了庞贝、莱必多斯和安东尼。但屋大维却反过来说莱必多斯近来横暴残虐，所以自己那样对他是其罪有应得。他还提出了一项他明知安东尼绝不会应允的要求。他那稳如磐石的定力和目的性有着某种可怕的力量。这样一个只要情势所需便可以无所顾忌地撒谎的坚定固执之人，他同样也是个孤独之人，但他并不残暴，不会没由来地进行残杀。他也最懂得评价

---

① 彭磊写道："《安东尼与克莉奥佩特拉》采用了双主角和双主题的写作模式。安东尼在第四幕结尾死去，克莉奥佩特拉在第五幕结尾死去。戏剧一方面展现了安东尼与凯撒（屋大维）之间的政治角逐，另一方面又展现了安东尼与克莉奥佩特拉的爱情，而且这两个主题没有主次之分，完全交织在一起。正因为双主题，剧中混合了历史的肃穆和情爱的轻浮，既展现了罗马共和走向帝制最跌宕起伏的一段历史，又充斥着各种性玩笑、八卦、闲聊，时常把我们逗得大笑。历史、喜剧、悲剧在这部戏剧中有机地结合在一起，达到了最和谐的平衡。"《凯撒的精神——莎士比亚罗马剧绎读》，第 258—259 页。

人性。"①

　　莎士比亚的上述两部戏剧，落脚在安东尼和屋大维身上，还涉及一个莎士比亚的王朝历史剧所没有深入探究的问题，那就是权力与激情，尤其是爱情的关系。在《安东尼与克莉奥佩特拉》一剧中，关于权力与正义、崇高美德以及谋杀复辟等政治剧的内容都逐渐消失了，但依然有权力，且权力还是根本性的力量。如何对待权力呢？这部戏剧滋生了另外一个话题，那就是激情，尤其是爱的激情，甚至从某种意义上说，权力也是一种激情的力量。在此视野下，安东尼是值得大力推崇的，克莉奥佩特拉也是值得称赞的，他们的所作所为、他们的爱恋情仇，虽然皆由权力使然，即他们不是罗马三杰之一的大统帅，就是美丽绝伦的埃及女王，可以自由挥洒他们的爱情。即便如此，他们并没有为权力所彻底侵蚀和捕获，并没有成为政治权力的奴仆，而是在权力游戏的夹缝中，在嗜血的刀刃上，激发、体验和享受着另外一种爱恋的激情，演绎出一曲人间恩爱情仇的悲歌。从这个意义上说，从能够源于权力又超然权力的潇洒挥霍的视角来看，安东尼仍然不愧为罗马的一代风姿绰约的天骄，他的为情之死无疑为后人留下不尽的叹惋和痴迷。② 至于克莉奥佩特拉，在莎士比亚的罗马剧中，只具有

---

① 阿格尼斯·赫勒：《脱节的时代——作为历史哲人的莎士比亚》，第 496—497 页。

② 彭磊写道："《安东尼与克莉奥佩特拉》与另外两部罗马剧的区别在于，除了政治主题之外，它还引入了爱的主题。安东尼既是伟大的战士和领袖，又是卓越的爱人。安东尼固然在政治上失败了，但他与克莉奥佩特拉最终摆脱了相互猜疑，两人的爱变得牢固而坚定。我们由此不再认为两人仅仅是一对儿淫纵的情人，而是会赞叹他们是爱的典范和极致。他们的爱既是身体性的、占有性的、不受伦理羁缚的，但又朝向精神性的永恒，爱的成就甚至盖过了政治上的胜利。此剧'为热烈、纯粹的爱情树立了丰碑：爱无所不能、怡情悦性、激动人心、超越世俗，它比理智、利益、常识、崇高、成就、荣耀都更强大有力。人们值得为（转下页）

某种衬托的价值。她所代表的东方文明之底蕴以及女性的阴柔决绝之美艳，对于罗马英雄们来说，或许只具有诱惑的神秘意义。在屋大维的眼中，克莉奥佩特拉仅有某种工具性的利用价值，激发不出他的任何激情，或者说，屋大维就是无情的政治动物。

　　莎士比亚对屋大维自然是不待见的，甚至是厌恶的，这在他的两部罗马剧中明显可以看出。为什么莎翁不喜欢屋大维，理由也很简单，那就是莎士比亚对于权力本身并无好感，虽然他的历史剧触及的人物或君主无不与权力息息相关，但权力最终是一个魔鬼，这在莎翁的思想深处依然可以感受到。屋大维在莎士比亚笔下，就是这样一个与权力结为一体的罗马独裁者，屋大维就是权力自身，对于这样一个魔鬼式的人物，莎士比亚自然不会浸润有加。[①] 不过，莎士比亚毕竟是伟

（接上页）爱牺牲一切。'爱自身有着至高的价值，值得我们崇拜和歌颂，但爱又与政治荣誉相互冲突。'安东尼的故事，是关于政治与爱的最高矛盾，政治与爱同他一起长久地告别了世界，或许直到莎士比亚自己的时代。'"《凯撒的精神——莎士比亚罗马剧绎读》，第 356 页。另参见布鲁姆：《莎士比亚笔下的爱与友谊》，马涛红译，华夏出版社 2012 年版。

① 值得注意的是，著名的当代思想家玛莎·努斯鲍姆对于莎士比亚《尤利乌斯·凯撒》中塑造的屋大维有另外一种解读，她写道："如果读得仔细点就会发现，古代来源资料讲述的是希姆（罗纳德·希姆是一位当代的著名罗马史学家——译者注）圈定的故事：这是一个十足的伪君子，贪图着绝对的权力，当共和主义适合他的时候，他就使用共和主义的修辞，当共和主义限制了他的选择时，他就抛弃了共和主义；这个人只相信自己，他利用精英和民众的耗竭，为的就是从他们的手上攫取他们已无力捍卫的自由。相比之下，莎士比亚的屋大维是一个君主制主义的屋大维：一个仁慈的领袖，给遭受内战洗劫的人民恢复秩序和良好的政府。希姆对他那个时代主流历史传统充满了合法的抱怨——他们对奥古斯都十分宽容，因为他们觉得他结束了内战——这种抱怨也是对莎士比亚《尤利乌斯·凯撒》的合法指控，因为这出戏欺骗了失败者，奉承了胜利者。人民需要一个仁慈的父亲；奥古斯都就是这位父亲；因此，人民得到了他们真正想要的，一切显然都很好。"载《莎士比亚与法：学科与职业的对话》，第 328 页。我认为努斯鲍姆（转下页）

大的文学家，他并没有漫画式地对待屋大维，而是塑造了一位性格坚毅、果敢睿智的罗马英雄，在与诸位罗马英雄人物的对峙中，自然有其一席之地，甚至还是最终的胜利者，实现了罗马从共和国到帝制的转型。赫勒分析道："坐在观众席上的我们对莎士比亚笔下的屋大维并无好感。他之所以不招人喜欢，是因为他一点儿也不近人情，他之所以不受人尊崇，是因为他一点儿也不崇高伟岸。但是，一往无前、说一不二的决心难道不是某种意义上的崇高吗？整部剧自始至终唯有屋

（接上页）对于莎士比亚的文本解读是有问题的，莎士比亚并不赞赏甚至厌恶屋大维，他在该剧中多处流露出对于屋大维痴迷权力的鄙夷。另外，关于罗马民众的描写，莎士比亚也并没有像努斯鲍姆所描述的那样把他们低劣化，其实罗马民众也并非共和主义精神的体现者，他们是一群各种观念杂糅在一起的只顾眼前利益的庸俗大众，莎士比亚在《尤利乌斯·凯撒》和《科利奥兰纳斯》剧中对于罗马民众的描写更符合历史的真实状况。当然，努斯鲍姆对于布鲁图斯身上的共和主义精神推崇备至，并且把这种共和主义精神与美国革命及自由、法治的精神联系在一起，这无可厚非，但她认为这种精神是反莎士比亚的，认为莎士比亚维护专制的慈父主义，这个判断是值得商榷的。研读莎士比亚的作品，尤其是他的罗马剧，我们不能得出莎士比亚是一位反共和主义者，虽然他无法预知百年后在遥远的北美发生的共和主义革命，但以这场革命的视角批评莎士比亚，显然有些文不对题，谁能确定莎士比亚若活在那个时代就一定是反对者而不是支持者呢？努斯鲍姆写道："莎士比亚似乎走了另一个极端：人们太变化无常，太前后不一，因此不可能真的献身于抽象的理想，他们永远倾向于国王，而不是共和制度，因为人们基本上还没长大，国王满足了他们对一位慈父的渴求。""莎士比亚的《尤利乌斯·凯撒》是一部误导性的甚至危险的作品。它告诉无数阅读它的人共和价值是不可能成功的，因为人民需要照看。它再现的普通人非常野蛮，乱哄哄的，可以说，它部分实现了这个目标。莎士比亚设计中的这个部分相对容易辨认并加以批评。然而，这部戏剧策略中另一个更为阴险的部分是它再现的共和主义者不愿意或者说不能使用具有感情色彩的象征材料——这对于成功的自由辩护未必都有必要，但肯定会是一个很好的帮助。在此我们也会跟莎士比亚提出异议：布鲁图斯没必要那么冷漠（而且在真实生活中也并非如此），安东尼也没必要为了君主目的而使用其修辞天才。一个充满激情的共和主义是可能的，我们都知道它的样子是什么。"同上书，第331、340—341页。

大维一人知道自己在做什么，又为什么这样做。他精于算计，从未踏错一步，对于偶然事件应对自如。他设下的所有圈套都有人乖乖掉落其中，他的背信弃义都帮他取得了想要的结果。他能从所有复杂的情境中成功脱逃。到最后，只有他一人留在了台上。如今他孑然一身，因为再无人可与之匹敌。"①

在与安东尼的关系问题上，屋大维则是视权力关系的权重采取不同的对待方式，在凯撒剧中，起初屋大维采取的是笼络安东尼，使其尽其所能地展开对于布鲁图斯和凯歇斯的斗争。在打败布鲁图斯之后，屋大维改变了方式，在《安东尼与克莉奥佩特拉》一剧中，他采取了分而治之的方式，先后铲除了庞贝、莱必多斯，并最终与安东尼展开决战，其中又利用克莉奥佩特拉的女性魅力，在海战中一举击溃安东尼，迫使安东尼自杀身亡，屋大维成为罗马乃至世界的霸主。此后，莎士比亚在戏剧中没有描写的，而屋大维实际上乃是真正做到了的，是他——这个世界帝国的最高统治者，最终颠覆了罗马的元老院，使他们成为自己权柄下的傀儡。大权在握的屋大维又设立了奥古斯都，表面形式上看是罗马元首制，是什么第一罗马公民，但实质上就是称帝，坐上罗马皇帝的宝座。这一切皆源自他把权力视为唯一的目的，他的一生所系没有其他，只有权力，他的所有才能、智慧和勇毅，都是为了攫取罗马的最高权力，并不受任何制约地独享，他是绝对的权力所有者，是终身的独裁者。莎士比亚清醒地意识到这一点，他刻画的屋大维就是这样一个从头到脚彻彻底底为权力灌注了的人，一个丧失了真灵魂的权力人，他既是权力的主人，同时也是权力的仆人。

---

① 　阿格尼斯·赫勒：《脱节的时代——作为历史哲人的莎士比亚》，第535—536页。

在《安东尼与克莉奥佩塔拉》剧中，屋大维看上去终于达成了自己的目标，存活于世的是他这个世界的霸主及其追随者。"他曾想把敌人带到罗马的凯旋仪式上示众，可惜布鲁图斯、凯歇斯、安东尼及克莉奥佩塔拉等豪杰都已经死去，连庞贝与莱必多斯这样的配角也已经离场。"[1] 这样的胜利者其实是非常无趣的，也是非常悲哀的，难怪屋大维在哀悼安东尼之死时发出如下的叹息：

> 安东尼啊！我已经追逼得你到了这样一个结局；我们的血脉里都注射着致命的毒液，今天倘不是我看见你的没落，就得让你看见我的死亡；在这整个世界之上，我们是无法并立的。可是让我用真诚的血泪哀恸你——你、我的同伴、我的一切事业的竞争者、我的帝国的分治者、战线上的朋友和同志、我的肢体的股肱、激发我的思想的心灵，我要向你发出由衷的哀悼，因为我们那不可调和的命运，引导我们到了这样分裂的路上。（卷四，页332）

相比之下，屋大维的真正敌人乃至最大的对手，是布鲁图斯以及小加图，还有西塞罗等罗马共和制的坚定维护者，尤其是闪耀在他们身上的罗马共和国至高的美德。对此，他内心感到恐惧，莎士比亚特别安排了一幕戏剧，屋大维在腓利比决战中败于布鲁图斯。若结果果真如此，或许罗马的命运另有转机，但这只是一种真实的假象。说它真实，是指这场战役，据历史记载，这场关系罗马命运的腓利比战役，

---

① 阿格尼斯·赫勒：《脱节的时代——作为历史哲人的莎士比亚》，第536页。

布鲁图斯在战场上是战胜了屋大维的军队，但莎士比亚在描述这段史实时，另外编造了一个故事，即凯歇斯以为布鲁图斯在与屋大维的决战中战败身亡了，因而他在与安东尼的战斗中由于失败而选择了自杀，追随他爱慕的布鲁图斯。这样就导致腓利比战役的大逆转，屋大维重新整饬军队，与安东尼会合一处，最终合力击败布鲁图斯，迫使他也自杀身亡，追随其忠贞不渝的共和理想而去（灵魂意义上的）。这场戏显然是莎士比亚最擅长的天才之作，具有某种隐喻的含义，即真实的假象——这场战役的局部胜利只是一种真实的假象，最后的真相乃是失败，共和国的彻底失败。在这场决定罗马未来命运的内战中，布鲁图斯所代表的罗马贵族共和制失败了，屋大维取得了胜利，这才是历史的真实。

不过，布鲁图斯的崇高美德，却恰恰在其彻底失败中凸显出来，并且高高隆起，成为罗马美德的表率，这又迫使屋大维为之惊悚并予以尊崇和敬佩——也许尊崇和敬佩才是抑制屋大维这些专权者内心恐惧的有力武器，这种情感或许也是从权力的幽暗中滋生出来的。我们看到，在与布鲁图斯的关系上，屋大维并不占据主动，甚至总是处于劣势，或处于谦卑的地位，莎士比亚深刻地把握到这一点，在凯撒剧第五幕全剧的结尾，在安东尼盛赞布鲁图斯是一位罗马的"大丈夫"之后，屋大维也发自内心地命令道：

让我们按照他的美德，给他应得的礼遇，替他殡葬如仪。
他的尸骨今晚将要安顿在我的营帐里，他必须充分享受一个军
人的荣誉。（卷四，页 90）

这些无不表明屋大维尽管握有罗马至高无上的权力，但还是存有恐惧的，恐惧的根源不在权力这种力量，而是高于权力的内心激情以及精神魂魄，对此，权力无能为力。对于世人来说，他们恐惧权力，因为权力可以决定他们的生死、富贵、荣华等，权力可谓无所不能。但对于那些把崇高美德视为存在之根本的人，像布鲁图斯以及西塞罗、小加图等人，权力却奈何不了他们，在他们眼里权力一钱不值，权力乃是最大的虚无，甚至相反，极权者反而对崇高的美德产生某种恐惧，因为它们可以对权力施展摧枯拉朽的毁坏作用。因此，或许真诚地对崇高美德产生仰慕的尊崇和敬佩，反而可以遏制集权者的内心恐惧，不至于使握有最高权柄的人堕落为滥杀无辜的暴君。屋大维就是如此。

莎士比亚的罗马剧写到屋大维的凯旋可谓达致终结，屋大维的胜利就是权力的胜利，是罗马独裁者的现身出场，这位与权力结为一体的人物，是罗马的主人。屋大维给了自己一个特别的称号——奥古斯都。"奥古斯都"（Gaius Octavius Augustus）在希腊语中指的是受神特别祝福和庇护的人，在罗马拉丁语中，他与屋大维的人格能力结合为一，屋大维的权力受到神意的特别祝福、眷顾和庇护，罗马乃至世界的权力集于一身，使其无所不能。实际上屋大维作为奥古斯都就是罗马的皇帝，尽管他还保持着某种节制，自视为元首而非皇帝。自此，罗马共和国走出动荡和纷争，进入一个新的时代，罗马帝制由此开始。对此，莎士比亚不再关注，他的历史剧，乃至所有莎翁戏剧，与罗马帝制没有任何关联，在莎士比亚的精神世界，罗马帝制像是没有发生似的，为什么？这显然意味深长。

不过，通观莎士比亚的罗马剧，尤其是涉及屋大维的故事，一直有一个难以解释明白的暧昧不清的关系，那就是屋大维与凯撒的关系。

依据传统的罗马史叙事，屋大维与凯撒的关系是较为明确的，屋大维作为凯撒的养子，既是凯撒身份的继承者，也是凯撒精神的继承者。从凯撒到屋大维，他们是一脉相承的，屋大维的奥古斯都以及罗马帝制，是凯撒事业的必然结果，因此，罗马共和国之崩颓早就从凯撒开始了，屋大维所为不过是其遗愿的完成，并使共和国完美地转型为罗马帝制。不知在莎士比亚的时代，关于罗马史的正统叙事是如何阐释的，他究竟了解多少，但有一点却是清楚的，那就是莎士比亚创作的罗马剧并不是以帝制转型为中心展开的，也不是以屋大维之胜利为标志而宣告终结的，甚至相反，莎士比亚的罗马剧是以尤利乌斯·凯撒为中心展开的。究竟凯撒是谁？凯撒何为？莎士比亚并没有给出明确的答案，与此相关的，凯撒与屋大维的关系，他在戏剧中也是欲言又止，并不明确，屋大维是否得凯撒的真传，继承了他的衣钵，也是不明确的。所以，莎士比亚在两部涉及他们（凯撒与屋大维）的罗马剧中，并没有给出一脉相承的叙述，他们之间的关系反而是暧昧的，说不清楚的。由此，我们若以后来者的眼光来审视，莎士比亚并不认同主流罗马史观的这种论调。

这就回到我在前述中所指出的，尤利乌斯·凯撒才是莎士比亚罗马剧的中心人物，莎士比亚所塑造的凯撒形象，或许不是历史真实中的凯撒，而是他心目中的凯撒，是他理想化的凯撒。这个凯撒不是人，也不是神，是神-人的某种神秘结合体，他的本质不在其拥有的至高之权力，而在其崇高之美德，在于其为新旧交替的罗马提供了一个底座。他是唯一者，是启动罗马体制运作的英雄，但并不指引方向，因为他自己就没有方向，从这个意义上说凯撒是神，是一个缔造者，平凡质朴且静止不动。从凯撒，可以走向布鲁图斯，也可以走向屋大维，甚至还可以走向其他的道路。但他自己不是路标，这种超人的地位及其崇高的美德，才是莎士比亚在整个罗马剧中试图展示的精华之所在。为什么莎士比亚要这样塑造他心目中的凯撒，或许与他的王朝政治的关怀有关，在早年的英国历史剧中，虽然他创作了多个君主人物，尤其是塑造了亨利五世这样的理想君主形象，但说起来他们未必深得其心，亨利五世也并非完美之君主。他回溯古代罗马，是否在尤利乌斯·凯撒身上找到了他的理想政治人物也未可知。究竟有谁理解了莎士比亚的用心及其隐喻，不得而知，正像究竟有谁又理解了凯撒之死及其隐喻也不得而知一样。

说不尽的凯撒！说不尽的莎士比亚！

到此为止，我大致论述了莎士比亚历史剧的基本剧目内容，主要是从政治权力与人物关系的视角展开的，这并非一种文学艺术论的研究，而是一种历史政治学的研究。具体一点说，我集中解读了莎士比亚以两个四联剧为基本剧目的英国历史剧，还有与英格兰王国有关的其他王国的历史剧，集中于三部莎士比亚的著名悲剧，最后还解读了莎士比亚的三部罗马剧，由此涉及莎士比亚戏剧中更为宏阔深远的历史场景。总的来说，通过对于莎士比亚历史剧具体文本的分析研究，本书试图解读的还是莎士比亚的历史政治思想及其在戏剧中的表述。在我看来，虽然莎士比亚一生创作了大量作品，涉及的题材和人物众多，关注的主题也是形态各异，有市民剧、爱情剧、历史剧和宫廷剧，有君主、王公、将军、贵族、市民、商人以及贩夫走卒，还有爱情、友情、亲情等悲喜剧，但其中有一个中心主题，那就是历史剧，或者更准确地说，是历史政治剧。莎士比亚以政治权力，尤其是英国王权为中心，展开其对于社会政治生活的认知和想象，并通过一系列有关历史人物的描绘和叙事，以戏剧艺术的形式，表达了他的政治观、历史观和正义观。基于他对从古到今（即从古代罗马政制到他身处的都铎王朝）的人类政治的戏剧性把握和叙述，莎士比亚不仅超越了同时代的主流都铎史观，而且还隐秘地建立起一套具有莎士比亚特性的王朝政治史叙事，开启了一个戏剧艺术化的英国早期宪政史的历史演绎，这个人物故事的演绎足以与英国政治思想史中的早期宪政史相对勘，彼此互为参照和镜鉴。

Shakespeare's History Plays
&
The British Monarchy

英国王权演化

PAPT 3

莎士比亚是生活在他所处时代之中的，因此他的历史剧具有深刻的现实政治关怀。他梳理英格兰几百年的封建王朝史，编织兰开斯特与约克两个王朝的红白玫瑰战争史，进而构思英格兰周边的丹麦和苏格兰王国的悲剧传说，甚至追溯古代罗马政制转型之际尤利乌斯·凯撒被刺的政治内涵，这些无不与他对都铎王朝的历史走向，乃至对正在兴起的英国民族国家的命运的关注休戚相关。当然，莎士比亚不是理论家和历史学家，他不会对此建构一套历史理论和政治理论，但他的历史剧却与这些理论和思想密切相连。

　　幸运的是，莎士比亚生活的时代也是英国新旧之交的文艺复兴时代，各种思想理论纷至沓来，风潮涌动，他的戏剧显然受到意大利人文主义和马基雅维利思想的影响，受到当时正在发育的市民主义和商业贸易的影响，受到英格兰源远流长的君主王权论以及普通法的法治观念的影响。个人主义和商业主义以及市民生活的激荡，对于传统封建制度构成了缓慢但强有力的挑战，致使英国的封建制到莎士比亚生活的伊丽莎白时代，处于一个晚期封建制的特殊时代，或者说，处于一个甚至比欧洲大陆封建制面临的晚期转型还要偏早一点的特殊时代。因此，莎士比亚所受到的来自意大利、荷兰、法国等早期现代国家的思想影响，与他面对的具有某种前瞻性的英国早期资本主义的现实境况，构成了一种非常复杂的关系。究竟莎士比亚在他的时代氛围之下，吸收了哪些和多少上述复杂而嬗变的思想潮流，自己又是如何应对的，这些都不得而知，但有一点却是明确的，那就是莎士比亚把自己的想法都表现在他的戏剧作品之中了。理解莎士比亚及其时代，还是要回到他的戏剧作品中。

话又说回来，在前面对莎士比亚历史剧，尤其是其中的王权问题——王权人物和王朝故事以及罗马政制——做了一番较为细致的解读和剖析之后，我感到有必要换一种方式，从政治学和宪政史的视角，对莎士比亚戏剧所涉及的王朝历史剧做一个理论上的梳理。暂时离开莎士比亚的戏剧文本，尤其是离开其中的王朝政治人物及其故事，在理论上对英国王朝政治和早期宪政史中的王权予以讨论和叙述，这样会有助于我们更加深刻地理解莎士比亚及其所在的时代。另外，通过与莎士比亚历史剧的对勘，也有助于我们理解英国王权及英国社会的现代转型。鉴于上述原因，我试图简单地提供一个光荣革命前的英国宪政史或王权史的叙说，作为本书的第三部分，我准备讨论如下三个方面的内容：第一，传统英国王权的基本架构；第二，都铎王朝晚期的王权特征；第三，早期英国宪政史雏形以及莎士比亚的政治想象力。

传统英国王权的基本架构

从政治学来看，王权来自王制，即基于一个人的政治统治，王制在人类历史上古已有之，可谓源远流长。从人类走出蒙昧时代之后，大致所有分散在世界各个地域的政治共同体，都有一个王制时代，或者都经历过一种由一位如神明般的强有力的首领（尤其是军事首领）来统治一个部落群体的政治形式，这个首领一般被称为"王"或"国王"，这个组织起来的共同体叫作君主制，君主制或王制就是这样一个由国王统治的政治组织形态。考诸人类古代史，无论东西方，在早期政制中，几乎都出现过由一个人即国王或君主统治的政制形态，例如以欧洲为代表，早在古代希腊社会，就有一系列由国王统治的小城邦国家，此后才逐渐演变为一些贵族制或民主制城邦国家，大家耳熟能详的雅典就是民主制，而斯巴达则是贵族制，在它们之前，希腊诸岛屿也有一些王制国家，例如底比斯、马其顿等。罗马政制也是如此，早在罗马共和国之前，它也经历了一个王制时期，罗马城邦国家就是由罗慕洛斯兄弟建立的，此后经历了王政时代的持久统治，在最后一个国王塔克文的暴政被推翻之后，罗马才演变为贵族共和国。

　　总之，上述这些古代的王制国家，或基于一个国王统治的政治体制，与本书所涉及的英国封建王权关系不大，在此我们不准备详加探讨，而是指出王国或王朝其来有自，源远流长，对生活在近现代的人们来说，并不是什么新东西，而是政治上的旧器物。

　　相比之下，本书探讨的英国王权，即莎士比亚历史剧所关涉的英格兰封建王权，与上述古代社会的王制或国王之政治权力，有着很大差别，甚至相去甚远。虽然从形式上看，它们都是一人（君王）统治的政制体制，但封建王权与古代王权，即没有经过封建化过程的王权，直接从部落氏族打造出来的王权，无论在权力结构、组织体制、权力传承，还是在法统秩序和等级体系乃至德行仪范等多个方面，都有着重大的区别，不能等量齐观。

　　在本书的第三部分，我重点梳理和概述的乃是封建制度下的英国王权，这种形态的王权在欧洲社会经过了漫长的中世纪封建王朝的演变后，才逐渐产生和成长起来，并且在封建制晚期又面临着一种制度转型的严峻挑战。

　　此外，与这个封建王权相对应的，在欧洲社会，包括英格兰，还有另外一种神权政治的形态，即基督教会的以罗马教廷为主导的基督教神权政治体制。应该指出，在漫长的中古时代，基督教神权一直占据着欧洲社会的政治与文化中心地位，尤其是在教皇格里高利七世发起的教皇革命之后，欧洲就一直处在封建王权和基督教神权二元权力的矛盾对峙与妥协共处的相互关系之中，各个君主国的君主以及他们掌握的世俗政权与罗马教会所统辖的神权之间的斗争，从来没有停止过，而且在相当长的一段历史时期，世俗王权总是处于下风和被动状态，基督教神权占据一定的主导地位。

所以，分析英格兰的王权，就必须有两个现实的基础要考虑，一个是世俗的封建王朝制度，一个是基督教罗马教廷的神权政治，莎士比亚的历史剧也是在这两个基本的大框架下展开的，谈莎士比亚历史剧中的英国王权，既不能离开封建制也不能离开基督教会。在此需要说明的是，这里所说的基督教会是一个总称，在莎士比亚戏剧描述的历史时代，天主教和基督教（新教）还没有严峻的分野，只是在亨利八世之后，尤其是在伊丽莎白女王时代，英国新教（圣公会）才开始与罗马天主教有所分离，至于在欧洲大陆，路德和加尔文新教的改革风潮之发轫，虽然对莎士比亚的创作不无一些小的影响，但并不是他关注的中心议题。

本书分析英国王权，作为一种概述，漫长中世纪之两种权力的复杂关系，不是我们考察分析的重点，它们主要是在欧洲大陆展开的，至于其中涉及英格兰王国的部分，固然很重要，但也不是我们关注的主要内容，我们关注的内容还是以英格兰封建王朝的中晚期为主要时间节点，由此概述英国王权的基本构成及运行方式。[①]

英格兰王权的封建法权性质

从英国封建史来看，英国王权的确立还是较为晚期的事情。早在

———————

① 对于英国封建王权的一般性研究，参见孟广林：《英国封建王权论稿——从诺曼征服到大宪章》，人民出版社 2002 年版；丛日云：《在上帝与凯撒之间——基督教二元政治观与近代自由主义》，生活·读书·新知三联书店 2003 年版；李筠：《论西方中世纪王权观——现代国家权力观念的中世纪起源》，社会科学文献出版社 2013年版。

悠久的蛮荒时代，古代英格兰诸岛生活着一些土著人，来自北欧的哥特人、凯尔特人东移，渡过海峡，盎格鲁·撒克逊人才在英格兰逐渐建立起一些邦国。从公元 43 年起，这些小国遭遇罗马人的侵犯，罗马人自凯撒大帝开始逐渐占领了英格兰广大地区，后来打到北部边疆地区有些打不动了，于是建立了总督府，管理英国事务。在哈德良皇帝时代，罗马人在北部边疆的狭长地区构建了著名的"哈德良长城"以抵御北部凯尔特人的冲击。后来随着罗马帝国的衰落，到公元 409 年，罗马人在统治英格兰三百年之后全部退出英格兰。

罗马人走后，英格兰遭遇了盎格鲁人、撒克逊人和朱特人的侵扰，经历了一段混乱的时期，England 这个词从 Angles 孕育而生，这些民族在此建立了许多小王国。不列颠人在如今的威尔士和康沃尔地区独立生存下去。在这些小王国中慢慢形成了力量较强、称霸四方的王国，先是在北方出现了诺森布里亚王国，然后在中部出现了麦西亚王国，最后在南方出现了西撒克斯王国。但是，来自斯堪的纳维亚的北欧海盗接着入侵英国并定居下来，尽管在 10 世纪时西撒克斯王朝曾击败过入侵的丹麦人并一度称霸英格兰的广大区域，英格兰仍旧保持着政治上的统一。

在公元 10 世纪末期，丹麦的维京人开始入侵英格兰王国。其后丹麦、挪威等国数次筹划入侵英格兰，起起伏伏，英格兰王国一直处于独立、共治以及被统治等形态之中。公元 1042 年，丹麦王朝统治英格兰的哈德克努特没有自己的继承人，由埃塞尔雷德二世的儿子，他哥哥忏悔者爱德华继位。威塞克斯王朝复辟，英格兰王国再度独立。

1066 年 1 月 4 日，忏悔王爱德华驾崩，他并没有留下任何子嗣，王位由他的内兄弟哈罗德二世继承，但忏悔王爱德华的表弟诺曼底公爵威廉立即宣称自己拥有王位继承权。威廉开始发动入侵英格兰的战争，并且于 1066 年 9 月 28 日在萨塞克斯地方登陆。哈罗德二世与他的军队在约克的史丹福德桥之战获得胜利，他们行军穿过整个英格兰来对抗诺曼底公国的入侵，两军在黑斯廷斯战役中决出胜负，哈罗德二世不幸兵败阵亡，威廉获得最后的胜利。征服者威廉并没有将王国与诺曼底公国合并在一起，身为诺曼底公爵，威廉对法王腓力一世并没有足够的效忠之心，他感到独立的英格兰王国可以让他的统治不受法国和大陆的干扰，于是他在 1066 年 12 月 25 日加冕为英格兰国王。威廉征服后在英格兰建立起强大的王权统治，这对巩固英格兰的封建秩序起到了积极作用。

可以这样说，公元 1 至 5 世纪，大不列颠东南部受罗马帝国的统治，在罗马人撤出后，又相继受到盎格鲁人、撒克逊人、朱特人的入侵，并在分分合合的战争中于 7 世纪开始形成零散的封建国家，在公元 829 年英格兰统一，史称"盎格鲁—撒克逊时代"，直到公元 1066 年，随着诺曼底公爵威廉渡海实现对英格兰的征服，在英格兰建立了稳固的诺曼底王朝，英格兰的封建王权制度才真正得以落实，且随着诺曼底王朝的英格兰化，英国的封建制度具有了不同于其他欧洲国家的特征。

应该指出，威廉在诺曼底成功登陆，并通过黑斯廷斯战役的胜利，在英格兰建立起真正统一的英格兰王朝，使得一种源自欧陆并具备英格兰特色的封建体制在英国确立起来。此前的那些英格兰诸王国，分分合合，还不能说是完备的英国王朝封建制，它们更多的是一种王制，即基于一个人——国王的统治，还不属于典型的封建王朝，对此本书不予多论。只是到了威廉创建的诺曼底王朝，建立起统一的王国体制，才开始了英国的封建王朝制。因为威廉国王在建国之后，效法大陆的土地分封制，把王国土地分封给一批跟随他征服英格兰的有功之臣，建立了贵族等级制，分封了一批等级各异的大小贵族，这样才形成了一种围绕着国王旋转的土地分封体制。

威廉王朝还在古英格兰法（地方法）之外，创立了普通法作为统一的王国司法。为了王国统治的稳固以及调和各民族和地域之间的矛盾，国王重建了王室法院，并派出巡回法庭，施行巡回审判制度，通过判案对各地散乱的司法裁决和惯例予以总结和归纳，彼此承认其判决的效力，并推向全王国，从而形成了全国普遍适用的共同习惯法，即普通法。这样一来，英格兰就在王室的推动下逐渐创建了一种不同于大陆法的英格兰判例法，且具有普遍适用的王国性质。我们看到，英格兰的普通法虽然与大陆国家不同，但却同样为英格兰塑造了一个与欧洲大陆大致相同的封建王朝体系。在此，国王的王权占据最高地位，他是王国权力的中枢，是各位封臣拱卫的中心。此外，国王还是英国普通法的创建者，国王颁布的法律和谕令等，就是英格兰的法律，具有最高的权威，司法机构即王国的各种法院——王室法院、巡回法院以及衡平法院，等等，虽然采取的是判例法的司法程序，但依然在英格兰王权的管理之下。这样，威廉诺曼征服就在英国形成了英格兰王国的封建体制，并且奠定了英格兰封建法权的根基。

所以，在诺曼王朝及以降的英格兰诸王朝，所谓王权就具有了如下几个特征。第一，国王的权力是最高的政治权力，即王权是一种统治权力，国王统治万民，万民都是国王的臣民，受到王国的统辖，王国的安全、和平以及秩序等，皆属于王权的统治权，从这个意义上说，王国又可以说是国王的财产，属于国王所有，国王是王国的主人，对王国的一切具有所有权。第二，国王享有不受限制的制定和颁布法律的权力，王权的第二个属性就是立法权，国王钦定的法律以及谕令等都是王国的法律，以此规范和调整王国的秩序，实现王国的安稳与和平。综上所述，统治权与立法权便是国王独有的政治权力，具有最高的权威，并且属于国王本人，所谓王权指的便是这种国王享有的最高的王国统治权和立法权。

不过，作为封建王朝，英格兰王权还有第三个特征，那就是封建制的王权，也就是说，国王并不直接统治万民，而是间接统治，其中有一个封建的分封体制予以隔离。由于国王把王国土地分封给了多个贵族，贵族们在自己分封的土地上俨然是最高的领主，也具有治理权和立法权。在此，虽然名义上土地都属于国王所有，但实际上的占有、使用以及治理，却属于贵族或大领主。贵族或大领主具有相当大的独立性，这个分封制是由封建法权所保障的，即便国王也不能恣意侵犯。所以，在封建制下就有了所谓"封臣的封臣不是我的封臣"之说，这句当时流行的话实际上指的是国王与贵族之间的权利义务关系是相互对等的，贵族作为领主，其下属的各级附庸和从属，与国王并没有相互对等的权利义务关系，不受君主的直接管辖。这样一来，贵族就形成了一种对国王具有制约性的力量。依据封建法律，贵族对国王有尽忠、纳税和兵役等义务，但也同时享有独立自主的财产权利。在欧洲各个王朝的统治时期，一般说来大贵族们的势力都非常强大，他们有非常辽阔的土地和庄园，有自己的地方法庭和官吏，拥有自己的军队，享有一系列贵族特权，这些皇族贵胄、尊爵贵族对至高无上的王权具有相当有力的制约力量。例如，在爱德华二世时代，大贵族的势力就非常巨大，他们大多是王室贵族，对国王权力形成很大的制约，甚至国王最终也是死于非命。还有著名的约翰王，虽然在其执政期间发生了大宪章事件为英国宪政主义开启了头绪，但换一个视角来看，英国贵族势力的强大，对王权构成的巨大限制，也是有目共睹的。

因此，封建王朝的君主之所以不同于古代的君主或国王，是因为它最根本的特征就是分封制，即国王把王国分封给各级贵族，形成国王与贵族的权利义务关系，并且用法律予以保障。封建法是封建王朝的立国之本。国王与贵族的关系，是王国最重要的政治关系，国王的统治是通过大小不等的贵族来实施的，贵族的支持或拱卫使得君主治下的王国得以长治久安。封建王权基于封建法权，虽然国王的权力无远弗届，但要受到封建法权的约束，这种约束既是法律上的，也是道德上的，君主和贵族各有基于自己身份的政治伦理，而正义呈现出法律与道德之双重性的特征。例如，早在诺曼征服建立王朝之际，他就建立起英格兰王国的贵族体制，分封了大小一系列贵族，有公侯伯子男之贵族爵位，还有小贵族、骑士等附庸，赏赐给他们大小不等的土地。依据封建法，这些贵族由此承担相应的封建义务，供奉、税赋、兵役等，而这些大贵族又把自己的封地分给下属的附庸和仆从，直到自耕农，以及农奴维兰，这样就形成了一个封建社会的等级体系。另外，国王有自己作为最大贵族的王室土地以及林场、牧场，等等，它们是国王私人的王室财产。

由此观之，封建王权在国王身上就具有了两重性，君主实际上享有着两种性质不同的权力，一个是作为王国之国王的权力，这个权力是首要的和根本性的，至高无上。所有贵族都在国王的统辖之下，他们的权力及财产是国王分封赐予的，并且根据封建法，拱卫王朝、保护国王、服从国王的统治等，是他们的义务。在这个意义上，王国之国王乃是王国公共权力之所有者和代表者，国王就是王国的核心，国王的权力即王权是王国一切权力之根本。另一个则是，国王自己还是王国的最大的地主，是最大的贵族，在王国国王有自己的土地和财产，即王室土地和王室财产，它们不属于国王的国家公共财产，而是国王的私人财产，所以，从这个意义上，王室土地财产是国王个人或王室的。

从法理上这种划分是清楚的，封建王朝日常也是按照这套机制运行的，王朝国家的安全、官僚的俸禄和行政经费，还有司法、治安等费用，都是通过王朝税收所构成的公共经费支付的。相比之下，王国的大部分土地以及管理分封给贵族们了，国家的负担不是很重，且英格兰王国一直没有专门的国家（王室）军队，而是根据需要由贵族们提供——出兵打仗、拱卫王室、维护王国安全，这是大小贵族的封建义务。不过，当王朝从事重大的对外战争，需要大量的兵役时，钱就不够了，国王有时要拿出自己的王室财产，有时则要增加税收或增加新的税种，而这就需要征得贵族们的同意，于是贵族议会的作用就变得十分重要了。

总之，王权既是王国的最高权力，即封建国家的权力之属性，同时也是王室的权力，即国王私人的权力。当然，两种权力属性并不是泾渭分明的，往往叠合在一起，混淆起来，构成国王的权力，因为国王从肉身上就是一个人，一身二任，既有封建国家之君主的属性，又有封建之大地主（王室首领）的属性。在权力运行时，两者往往很难明确区分，但法理上还是清晰可辨的。对此，中世纪英国王权的研究者约翰·菲吉斯曾经指出："国王现在不仅是国家的代表，同时还是最高的地主；直接或间接地保有所有的土地。……随着国王成为最大的地产主之后，长子继承制规则的兴起就能够保证，王位继承权不会被分割。……人们不可避免地将王位继承的法律同封地继承的法律等而视之。国王是地位最高的地主，他的土地的继承也应当适用和其他人的土地继承相同的法律。"①

最后，英格兰王国还有一个特征，即英国普通法的普遍适用，使得英格兰王权与欧洲大陆的封建王权有了很大差异。从法系上说，英国属于普通法或判例法系，大陆国家属于大陆法或罗马法系，这些都是后世欧洲法制史研究的结论性叙说，但在当时的封建王朝时期，欧洲各地施行的都是封建法，即北方蛮族侵入欧洲腹地以后逐渐形成的封建法，例如《萨克森明镜》《黄金诏书》《萨利克法典》等。随着诺曼征服英格兰，其带来的封建法通过国王的加持变成英国的普通法，即英国的共同法，所有王国属地都必须遵循，如格兰维尔的《英格兰法律与习惯论》、布拉克顿的《论英格兰的法律与习惯》所论述的那样。

不过，在英格兰王国却逐渐形成了一种不同于欧洲封建法的涉及王权或君主权力的法权特性——尽管国王具有立法权与执法权，但司法权却为法院和法官所独立掌管，国王也不能介入司法审判，这就是

① 约翰·菲吉斯：《神圣王权理论》，戴鹏飞译，商务印书馆 2023 年版，第 18—19 页。李筠认为"英文 Kingship 一词，由 King（国王）和表示抽象意义的 ship 组成，指'国王身份，王位，王权'。Kingship 的基本含义有如下四个方面：第一，指国王的机构和尊严，作为国王的这样一个事实，统治；第二，国王的统治，君主制（一人统治）的政府；第三，国王的人格，其王家权威；第四，国王的统治权或领土。从上述基本含义可以看出，王权与王的含义虽然紧密相连，但存在着重大差别，'王权'主要用来表示诸多抽象的意义，区别于主要表示具体的、个人的'王'"。参见李筠：《论西方中世纪王权观——现代国家权力观念的中世纪起源》，第 9 页。

大法官柯克与詹姆斯一世的争论。[①] 尽管这个著名的争论是在莎士比亚晚年的时代发生的（17世纪初叶），但英格兰司法的独立性确实是源远流长，在封建王朝的中晚期成为共识，对于法院和法官的司法判决，国王们很少干涉，这样一来就形成了英国法治的传统，形成"王在法下"的自由传统，这些都为革命后的英国辉格史观所津津乐道，被予以神话般叙说。

总的来说，英国王权很少干预法院和法官的司法裁判权，这是英国所独有的法治传统。在大陆封建法国家，例如法国、西班牙等，司法的独立性并不凸显，国王们经常恣意干涉法院和法官的司法权，司法权从属于封建王权，但英国却不是如此，这一点也是英国王权受到限制的一个方面。

综上所述，关于英格兰王权，从总的封建法权的视角来看，大致具有上述四个方面的特征，即国王所拥有的英格兰王国至高的统治权和立法权、对所有世俗事务的治理权力，还有英国普通法的普遍适用。不过，在此之下，英格兰王权还受到两个方面的制约，一个是封建制下贵族等级性的特权，另外一个便是大法官的司法裁判权。虽然从形式上看，大小贵族的特权也是国王分封赐予的，最终仍然属于王权管

---

① 大法官柯克认为普通法的古老性决定了它独立于任何人的独立性和非制定性的特征，在他看来，没有任何人有权制定法律，法律是被发现的，而不是被创造的。以此为基础，柯克否认国王本人在制定法律方面的权威或国王拥有任何高于法律、不受法律限制的专制权力。柯克认为普通法的理性是一种技艺理性，它专属于普通法学家阶层，是他们经过多年时间对普通法判例的研习和实践运用而得到的。这样，在维护普通法至高地位的同时，柯克赋予普通法学家们在解释和运用法律方面以极高的权威，这正是他据以推进英国法治传统、反对詹姆斯一世专权的基础。参见裴亚琴：《17—19世纪英国辉格主义与宪政传统》，第58—60页。

辖，但依据封建法，贵族具有相对的权利义务及封建契约的法律保障，贵族可以依据封建法抵御王权的侵犯，捍卫自己的权利和自由。同样，虽然法律是由国王制定和颁布的，但大法官可以根据自己独有的司法理性，依据过往的司法判例以及习俗和惯例等，行使自己的独立裁判权，这种裁判权可以排斥国王权力或王权的恣意干涉，从而形成法治下的权利和自由保障。由此观之，英格兰的封建王权就是这样一个既绝对的、至高无上的、集中于君主一人的，又受到封建契约制约的、在司法权上也受到大法官之独立裁判权制约的、统治整个英格兰王国及其附属领地的权力。

由于封建王权与封建君主的个人肉身具有密切的关系，即王权就是国王的权力，而国王既是一种职位，或者说王国最高的职位，但又具有人格属性——要具体体现在君主的肉身上，所以，英格兰的封建王权，就有一个重大的问题，即王位的创建和王位继承，尤其是王位的继承权问题。首先是王位的创建，它与封建王朝有关，一个王朝的创建其实就是一个王位的构建问题之解决，也就是说，英格兰王朝并非一朝始终如一，贯穿整个英国封建历史，其中经历了若干个王朝，从诺曼王朝到金雀花王朝及安茹王朝，历经兰开斯特王朝、约克王朝，直到都铎王朝，即莎士比亚生活其中的王朝，此后还有斯图亚特王朝、汉诺威王朝等，直到今天作为君主立宪制的英国，还处于查尔斯三世为国王的温莎王朝的统治中。因此，每一个新的王朝就有一个王位的创建问题，尤其是英格兰第一个王朝，征服者威廉登陆后建立的诺曼王朝，还有诺曼王朝第四位君主斯蒂芬死后由其表甥亨利二世即位建立的金雀花王朝。显然，初始王朝之创建，国王的王权以及王位，大多是通过武力征服而获得的。对此，哲学家和历史学家大卫·休谟在谈到政府的起源时，曾经指出："几乎所有的政府——无论是现存的，还是在历史记载中出现的——最初建立的时候，要么通过篡夺，要么通过征服，或者二者兼备，从来都没有什么人民公平合理的同意或者自愿服从的伪装。……许多政府都是依靠这些伎俩建立起来的，而这就是他们自吹自擂的原始契约。"①

　　通过征服建立一个王国从而使得王权集中于国王，国王由此享有了王权这一至高无上的权力，问题在于作为肉身的国王，即某位国王，例如征服者威廉一世，他在生物意义上也会死去的。于是，任何一个王国都会出现关于王位的继承权问题，即如何传续一个王国的王权，由谁来继承上任国王的权力，谁有资格来继承，依据什么标准确定继承权的问题。由于一个国王死后，可能会有很多人享有继承的资格，那么如何甄别这些继承资格，如何排序这些资格，并最终决定王国的王位继承，这些都属于王位的继承权问题。考诸任何一个王朝的历史，

---

① 大卫·休谟：《论政治与经济——休谟论说文集》（第一卷），第335页。休谟结合其巨著《英国史》讨论了英国红白玫瑰战争中两个家族之间的纷争，围绕英国内战、理查二世于1399年退位，亨利四世被当时的议会"选上"王位，还有在1485年兰开斯特和约克两个家族战争结束，亨利七世继承王位开启都铎王朝等一系列问题，坚持自己的关于实际上的占有乃是王权的现实基础的观点。他进一步写道："英格兰的亨利四世和亨利七世没资格继承王位，只是通过了议会选举；虽然这两位国王从来不承认这一点，以免因此消弱他们的权威。如果所有权威的唯一基础就是同意和承诺，那岂不怪哉？……我这里的意图不是将人民的同意排除在政府的合理基础之外。如果建立政府，人民的同意肯定是各种基础中最好的，最神圣的。我只是认为，这种形式很少出现任何程度的认可，更未出现过充分的认可。所以，肯定还有其他形式的基础被忽略了。……理性、历史和经验告诉我们，所有政治社会的起源都不是那么精确和规律；如果要选择一个社会事务几乎不考虑人民同意的阶段，那准是在新政府建立之时。在业已稳定的体制中，人们的爱好常常还是被考虑在内的；但是，革命、征服的动乱以及人民骚乱时期，通常以军事力量或政治诡计来解决纷争。"参见大卫·休谟：《英国史》（第二卷），第337—338页。

可以说继承权问题都是一项重大的政治与法律问题，英格兰王国也是如此。在此，继承权又与改朝换代联系在一起，继承权出现问题，若引发王朝内部的冲突和权力斗争，甚至引发内战，最后取得胜利的一方势力，或者自视为合法继承了前任国王的权力，继续延续过往的权力，归属正朔；或者变更继承权，那就势必创建一个新的王朝，由此就把继承权变为创建权，一个新的王国通过创建新的王位而产生。但此后，这个新王朝之王权还会面临王权的继承问题，继承权周而复始，还是一个老问题。由此可见，王位继承权是任何一个王朝之王权都绕不开的至关重大的问题，关乎一个王国的安稳乃至生死。

既然继承权如此重要，那么在欧洲的封建社会，关于国王之王位的继承权问题，就逐渐形成了一套封建法的规则。从形式上来看，它们参考了罗马法的财产继承的法律，但由于涉及国家社稷之安危，又具有封建法的封建性质，英格兰王国参考欧洲封建法的继承权问题，在历史上逐渐形成了一套自己的具有英国特性的王位继承权的法律以及政制惯例。说起来这个王位和王权的继承权问题，主要是以血亲为基础的继承权，并根据国王直系亲属的血亲权重来排序继承权的次第，由此可以概括为嫡亲长子继承权，即根据国王子嗣的血亲排序，依照长幼顺序，最优先具有继承权的是嫡长子。当然，这个也不是绝对的，继承权还受到国王的遗嘱、子嗣们的能力和德行、贵族大臣的意见等各方面的影响，实际上的英格兰王国的王权继承问题，并非完全由嫡长子来继承的。"中世纪早期的国王不是通过单纯的个人继承权而获得王位的。事实上，他作为统治者确实拥有一定程度的继承性复归权利，或至少通过王室血脉拥有'配得上王位'的特权。但是，正是人民将他召到王位上，使其继位具有完全的法律效力；人民在统治王朝的成员中选出谁是最合适继承王位的人，谁是其次拥有继承权的人。"①

无论怎么说，封建王朝在王权王位的继承问题上，还是形成了一套关于最高权力继承的法律和政制惯例，并且构成了王权延续的正当性依据，或者说王权延续之法统，依据这个封建法统而延续的王朝以及王国之君主，就被视为正统王朝的君主，具有王权的正当性，悖逆这个正统，则被视为僭主或篡权者，不具有正当性。由此一来，在一个王朝的王室，就会有一个机构（例如各位国王建政或施政时期所建立的议会及其选举机制）或一批国王御用学士，根据上述继承权问题，炮制出有关王朝的王权王位的继承人排序问题的方案，以供国王选择，而贵族大臣们也会间接参与这些王位继承权的事宜，逐渐形成一种舆论或意识形态，进而形成一种关于王朝政治的政治伦理。②

① 参见弗里兹·科恩：《中世纪的王权与抵抗权》，戴鹏飞译，商务印书馆 2021 年版，第 39 页。弗里兹进一步分析道："这就产生了三种可能的继承方式：（1）长子继承制；（2）'长者继承制'或'同宗长者继承制，即亲属中年纪最长者继承'；（3）'同级长者继承制'，即在血缘关系上次一级的同级亲属之间的最长者继承。"第 39 页。不过，随着中世纪罗马教会全面深入地浸入世俗政治权力，"根据中世纪的君主制原则，每个具有权威的人都被认为是上帝的代牧，并且因此拥有了超越性的权力。……教会通过祝圣的仪式，核准了君主个人的统治权，并因而使君主变得独一无二，成为上帝在尘世中的代牧。……教会的介入就为日耳曼的王权观念提供了新的根基"。第 55—56 页。

② 相关的论述，参见约翰·菲吉斯：《神圣王权理论》，第二章及附录一。针对书中摘录的四条重要的历史性法律文本，菲吉斯指出："从 1483 年到 1603 年通过的涉及确立或宣布王位继承权的法律中可以清晰地看到继承权观念的发展以及选举理论的彻底衰败。一、《君主权利》将王位授予了理查三世。在这部法律中，我们发现，选举性君主制和通过世袭继承权获得的君主权利混淆在一起。……议会主张自身无权改变继承权，而只能宣布王位继承权，因此转向人们澄清这一事实。……二、授予亨利七世王位的法律在言简意赅方面显得与众不同。这份法律明白无误地暗示了议会可以任意处置王位继承权。……三、宣告伊丽莎白女王王位的法律虽然承认她的权利是继承而来，并且充满了阿谀奉承的溢美之词，不过（转下页）

　　由此可见，在英格兰的封建王朝，由于王权的创建以及王位继承的重要性，为了王朝的和平稳定和王朝顺利妥当地延续，就逐渐形成了一套基于封建法权的王朝意识形态，王室的机构或国王的御用学士又结合历代王朝的经验教训以及利弊得失，把封建法的法律规定与政治惯例（诸如贵族们的选举）结合起来，慢慢构成了一套关于王权王位继承的政治伦理，从而衍生出所谓法权法统以及正统王朝，还有王权继承的合法性与正当性问题。上述这些就成为一位君主乃至朝野精英不得不面对的难题，得势的君主势必要守护和捍卫自己权力的正当性与正统性，失势的君主不甘心，也会炮制关于篡位夺权的叙说，总之，围绕着王位的继承权问题，肯定会有一番理论上的论战或意识形态的斗争。比较显明的便是都铎王朝的历史观念，这种著名的都铎史观其实就是一场确立都铎王朝合法性与正统性的意识形态斗争，其对于英格兰的历史发展影响深远。

　　在本书的第一部分，我分析了莎士比亚与都铎史观的关系，指出莎士比亚既受到这套神话意识形态的影响但又超越了它们。在第二部分我分析莎士比亚历史剧的时候，其实就涉及大量的有关王权的创建以及王位的继承权问题，我们看到，有关兰开斯特与约克两个王朝的红白玫瑰战争，以及都铎王朝的兴起，在其中先后出场的那些君主，诸如理查二世、理查三世、亨利四世、亨利五世、亨利六世、亨利七世等，他们的兴衰起伏都与王位继承权有关，其中的王朝嬗变及王权

　　（接上页）她却毫无顾忌地认为，议会法案是王位的真正依据。……四、最后，承认詹姆斯一世王位的法律则浸透了世袭继承权的观念，对其他理由只字未提。这部法律小心翼翼地捍卫着授予王位继承权的权利，不过它依然宣称议会仅仅是宣布王位继承权。"第316—317页。

新创，也与继承权的不当获得有关，① 以至于都铎王朝的创建者亨利七

---

① 其实，关于英国史中这段王朝嬗变的正当与不当（篡权）问题的论述，历来是英国史观的一个聚讼纷纭的热点，所谓辉格史观和托利史观的对立在此也有显著表现，甚至出现重大分歧。休谟当然不是站在辉格主义的观点上看待这些王朝变迁，但也并非完全是托利党人的观点，而是某种现实主义的史观，对此，他有如下的稳健之论，我认为这是我们认识英国史的基础。他曾经这样写道："兰开斯特家族统治这个岛国大约 60 年；但白玫瑰一派在英格兰的势力仍然日益增强。现在的统治已经存在了很长一段时间。即便另一个现在健在的人寥若晨星，他们被放逐时已是知事之年，而且承认了现在的统治，或承诺了效忠，但这个家族有权统治国家的观点难道就彻底消失了吗？在这个问题上，人类的一般情感确实得到了充分的流露。我们不能仅仅因为长期以来被逐家族的党徒保持着自己想象中的忠诚而谴责他们。我们谴责他们，是因为他们忠诚于一个我们已经正当放逐的家族，而从新政权建立之时起，他们就失去了掌权的一切资格。不过，如果我们要对原始契约或民众同意的理论进行更合理、更具哲学意义的反驳，只需列出下面的观点就足够了。一切道德责任皆可分为两类：一类是受自然本能或直接倾向驱使而产生的道德责任，它不依赖任何义务的观念以及一切社会效用或个人效用的观念。属于这类性质的道德责任，比如对孩子的爱护、对恩人的感激、对不幸者的怜悯等等。当我们想到这些人类的本能给社会带来的好处时，我们对它们给予应有的道德认可和尊敬，不过受这些本能激励的人感受到的是先于这些想法的力量和影响。第二类道德责任，是不受任何原始本能激励、完全出于义务感而行使的责任，当我们考虑人类社会必要时，忽视这些责任社会就无法维持。这就是正义，即对财产的关心；忠诚，即恪守诺言，这些都成为人类应尽的责任，并且获得了一种权威。……效忠的政治责任或公民责任与正义和忠诚的自然责任情形类似。……但是效忠谁呢？谁是我们合法的君主呢？这个问题常常是最难回答的，往往陷入无尽的争论之中。有时人民比较幸运，能够回答说是我们现在的君主啊，他直接从祖先那里继承了王位，并且统治我们很多年代了。这种回答等于没回答。即便是历史学家将皇室的起源追溯到遥远的古代，常常也只是发现，最初的权威来源于篡位和暴力。人们承认，个体的正义，即不侵占他人的财产，是最主要的德行。虽然，理性告诉我们，像土地或房屋这样的长期财产，仔细考察它们的易手过程，在一段时间内总会以欺骗或非正义为基础的。……关于王位继承、君主权利以及政府建立等问题也形成了相同的看法。特别是某些制度建立之初发生的一些事情，毫无疑问都无法以正义平等的法则来进行决断。"大卫·休谟：《论政治与经济——休谟论说文集》（第一卷），第 343—346 页。

世和亨利八世，为了确立都铎王朝的正统性，组织编撰一套两个显赫王族合并为一的都铎历史叙事，构成一个神话性的都铎史观，其根源莫不如此。

　　莎士比亚当然不是都铎王朝钦定的史学家，也不是拥护都铎王朝的文人墨客，但他的戏剧创作难免受到都铎史观的影响。莎士比亚的野心或许更大，他试图以自己的历史剧构建一个更为宏阔的历史叙事，把当时毗邻英格兰的其他王国，甚至还上溯到罗马政制，把有关罗马共和国到罗马帝制转型之际的政制问题也涵括其中，从而汇集成一套自己的富有政治想象力的戏剧作品，其内涵对后世的读者，观众，乃至政治、历史和文学的研究者来说，必然见仁见智，与此相关的问题我在前文已经多有论及，不再赘述。我在此仅要提及的是，若深入理解莎士比亚的历史剧以及相关的英格兰王朝政治的问题，需要懂得一些封建王朝的王权权力结构的要素和内容，知晓王权的属性，还有与王权密切相关的统治权、立法权以及封建法权和普通法的司法独立权等权力形态，尤其还要明了王权的创建权以及继承权。上述一系列权力构成了英格兰王国的封建法权之基本内容，它们系于国王的至高无上的权力，但也对国王形成了一定的制约，英格兰王国就是有着这样一个既依附于王权又制约王权的封建法权结构，莎士比亚历史剧中所描绘的那些英格兰王国纷纷攘攘的君主故事，无不是在这个封建法权体系之下展开的。

英格兰王权与基督教神权：君权神授

　　前述的英格兰王权及其结构和性质，只是就封建制内部来说的，其实英格兰王权建立之初，还有一个封建制外部的问题，那就是基督教神权问题，以罗马教廷为代表的天主教神权（本书也称之为基督教神权，两者在此还没有分化，是同一个意思），它与封建制下的英格兰王权有着密切的关系，甚至形成非常复杂和纠结的二元权力的对峙关系。从更广阔的历史背景来看，在欧洲中世纪漫长的历史中，关于基督教会权力与世俗君主权力这两种权力之间的相互关联、相互斗争乃至相互妥协、相互扶持，由来已久，贯穿于中世纪欧洲各封建王朝的始终。它们此消彼长，互不相让，最终达成某种暂时的和平，所谓"耶稣的归耶稣，凯撒的归凯撒"，便是这种和平与妥协的产物。英格兰王国是欧洲封建制较为边缘的地域，在罗马帝国全面信奉耶稣基督之后，天主教的传教势力在公元 4 世纪就开始侵入英格兰岛屿，随着罗马帝国的撤离，盎格鲁—撒克逊人侵入英格兰，虽然他们有自己的神灵崇拜，但在与基督教信仰的竞争中难以保持持久影响力。公元597 年，受罗马教皇格里高利一世的派遣，时年五十岁的圣徒奥古斯丁带着一支传教团前往英格兰。经过一番艰难的跋涉和努力，奥古斯丁先是在英格兰北部传播基督教，建立坎特伯雷主教区，并被教皇任命为坎特伯雷大主教，此后又逐渐向东传教，把基督教传播到广阔的英格兰地区，先后使得肯特、埃塞克斯、东盎格鲁亚的国王信奉了基督教，基督教遂成为英格兰的主流宗教。

威廉诺曼征服，创建英格兰诺曼王朝之后，基督教在英格兰得到进一步的发展。本来诺曼公国就是天主教的辖区，威廉率众入侵英格兰受到基督教势力的大力支持，建立封建王国之后，威廉一世开始对英格兰教区进行一番改革，他在坎特伯雷大主教区和温切斯特主教区，更换了大主教和主教，由诺曼人担任。此外，在强化其王权统治的同时，进一步修好与罗马天主教教会的关系，使得英国教会和修道院的势力与王国世俗治理的力量有所结合。威廉一世在位期间，多次主持宗教会议，由罗马教廷任命的主教和修道院院长接受国王授予的指环和权杖，向国王宣誓效忠。通过法令和仪式，威廉一世牢牢地掌握着英格兰教会的教职任命和授职权。总的来说，从诺曼王朝开始，基督教神权就作为一种重要的权力，与封建王权发生了密切的关系，谈英格兰的王权，不能不谈基督教会的权力，作为封建制体系内部的王权必然要与基督教的神权发生这样那样的关系，甚至是相互辅助又相互对立的关系。

依据基督教神学的说法，基督教关涉人的信仰，只与人的灵魂和思想有关，并不直接干涉世俗的政治与经济等事务，所以它们是一种主观精神方面的宗教信仰，构成一个完整的心灵世界的秩序。但是，信仰者毕竟是活生生的人或者说信众，他们除了过信仰世界的精神生活，还要过世俗的物质生活，要服从政治秩序中的君主权力的统治。此外，信仰者还要有自己的社团，即基督教会，而最大的基督教会就是罗马天主教廷。基督教会由彼得创建，经过数世纪的努力，最终成为罗马帝国的国家教会。基督教会没有伴随着西罗马帝国的覆灭而消亡，反而在欧洲逐渐壮大，最后征服了南下的蛮族各个部落，成为神圣罗马帝国的国家教会。虽然威廉一世在位期间强化了英格兰的封建王权，但并没有彻底使罗马天主教会从属于英格兰的世俗政权，此后天主教的势力在英格兰各个王朝，也或隐或显地得到逐渐增强。

基督教在罗马建立了至高无上的天主教廷，实施教皇以及教士位阶制，从而统一管理世界各个地域的宗教事务，俨然一个独立王国或国中之国。菲吉斯分析道："神圣罗马帝国，无论其权力多么虚幻，只要人们还将其作为一项目标孜孜以求，那么它就是一项证据，表明在十七世纪结束之前存在一项最重要也是最有特色的政治思想，即相信政治与宗教之间存在密切联系。以基督为国王，基督的两位副手作为尘世统治者的帝国观念是一种神权政治观念。……在这个国家中，世俗权威和教会权威彼此共存，并且各自都主张拥有'强制性的'权力。……随着这个过程的进行，首先是教皇，之后是皇帝开始主张自己是通过世界最高统治者的神圣权利而成为基督教世界名副其实的至高首领。……卜尼法斯八世认为，否认教皇享有最高政治权威的人就是异端，而帕多瓦的马西利乌斯则认为，所有那些承认教皇享有至高政治权威的人才是异端。"①

这样一来，基督教神权就不仅仅只是关乎人的主观心灵的信仰之权了，天主教会尤其是其最高组织罗马教廷和最高首脑罗马教皇，作为神权的代表，就与世俗王权及其最高权力的所有者君主，产生了直接的关联。由于教会管辖信众即平信徒的婚姻、财产、遗嘱以及所谓婚丧嫁娶等一切事务的主观决意，教廷以及世界上的各级教会、修道院等还拥有大量的教会财产，教士又几乎垄断了社会的知识生产以及社区的管理事务，所以，在世俗王权看来，教会权力直接进入现实社会的各个层面，触及甚至侵犯了王权管辖的范围，限制和剥夺了封建君主的王权以及各级封建主贵族的世俗权力。在司法领域，教会还有自己的教会法以及教会法院，管辖平信徒的有关信仰等方面的纠纷，而这些纠纷很多又与财产、婚丧嫁娶等有关，致使教会法院与普通法院以及贵族的庄园法院裁决形成了冲突，侵犯了封建法的司法管辖权，

---

① 参见约翰·菲吉斯：《神圣王权理论》，第32—33页。

侵犯了王权和贵族的司法权。因此，罗马天主教会与各个王国的世俗政权就形成了持久不息的冲突和纷争，两种权力的斗争贯穿着欧洲整个漫长的中世纪，即便是相对边缘的英格兰在自金雀花王朝到都铎王朝的数百年间，也难以幸免，罗马教会与英格兰封建王权的斗争与妥协也同样贯穿着英格兰的封建史。

　　基于上述原因，我们看到，在英格兰王国相当长的一个历史时期，基督教会的权力都处于优势的地位。虽然封建王朝具有完整的基于王权的封建权力，对社会各等级施以君主专制性的统治和管理，但其力量还是相当薄弱的，因为在王权之外，还有一个重要的基督教神权存在。那么如何处理与神权的关系，具体一些说，如何处理君主与罗马天主教会尤其是其下辖的英格兰大主教区和众多修道院之间的关系，就成为王权统治的一个重要问题。考察一下英格兰封建王朝的漫长历史，在相当长的一段时间里，英格兰王朝变迁的一个强化王权的重要特征，就是国王就职时接受罗马天主教的加冕，对基督教神权采取恭敬信奉的虔诚态度，使神权为王权背书，从而在一个更高的层次证成王权的正当性与合法性，乃至神圣性，这就是君权神授。

　　说起来，君权神授在西方古代的政治观念中一度是主流的思想意识，西方早在罗马帝国时代就有相关的理念，尤其是基督教成为罗马帝国的国教，教会思想家奥古斯丁在著名的《上帝之城》一书中就提出了一套罗马皇帝及其帝国统治来自上帝授权的思想理论，可以说奥古斯丁是基督教世界君权神授的始作俑者。威廉登陆创建诺曼王朝之后，虽然他和历代君主都试图强化国王的权力，但仍然摆脱不了基督教神权政治的束缚，甚至还寄希望于基督教的神权加持以保佑其世俗的王权。所以，我们看到，从国王理查二世开始，直到都铎王朝的亨利七世这段长达数百年的英格兰王朝史的变迁中，君权神授一直作为一种主导的王权理论占据着王朝政治的中心地位，这样一来，君权神授就为封建王权的确立奠定了基督教神学起源的基础。

前面谈到王权起源时，曾经指出封建王权的建立起初来自国王的军事武功，即依靠武力征服创建一个王国，但是，对于一个信奉基督教的王国，这种王权论的论证显然是远远不够的，要赢得民众的信服乃至使之接受王权的统治，精神的征服以及心灵的服从乃是十分必要的。于是，基督教的神权就自然获得王权的青睐，而且神权要征服民众，也需要王权的维护。随着君主信奉基督教，所有臣民皆成为基督徒，这样一来，王权的起源就具有了神性的内涵，王权发端于神的加持，君权神授，君主的权力是神或上帝授予的，就使得王权的至高无上地位具有了神的祝福和佐证。罗马天主教廷代表神的旨意对君主即位予以加冕，由此变得顺理成章，作为一种神圣的仪式，在历代君主就职典礼上代表上帝和教会牧首予以加冕，逐渐形成了一套仪式和惯例。随着丕平献土、查理加冕，罗马教廷与世俗政权建立了稳固的同盟关系，"日耳曼人在罗马帝国晚期和西罗马帝国灭亡之后逐渐皈依了基督教，这是一个漫长的历史过程，加洛林王朝的崛起标志着日耳曼人的基督教化达到了一个新的阶段。虽然基督教从未绝对清除日耳曼王权观念中的异教因素，但它仍然成功地占据了中世纪王权合法性观念结构中的绝对主导地位"[1]。

这样一来，王权就具有了神授的起源，君主的权力不再是君王们依靠武力打下的，而是至高无上的神授予的，用中国的话说，就是

---

① 参见李筠：《论西方中世纪王权观——现代国家权力观念的中世纪起源》，第 59 页。

"奉天承运"，不过这里的"天"不是自然天道，而是人格神，是上帝以及耶稣基督，并由掌握地上神圣权力的罗马教廷加冕，这就意味着神的授权以及赐福。通过君权神授的世俗王权，获得了新的神圣化论证，同时也难免受到一定的约束，也就是说，君主必须信奉基督，依照神的旨意，遵循神的法则，并接受罗马教会的神权管辖，由此统治世俗的王国及其臣民。这些臣民也是平信徒，他们作为神的子民也同时接受教会的牧养。

在世俗君主看来，王权神授或君权神授，这一理论恰好投合了他们的迫切需要，君主个人作为基督徒，其权力从属于天主，忠诚于神或上帝，这一点无可置疑，但最为关键的还是王国的权力来源以及统治的正当性，如何能够正当而公义地统治王国的万民百姓，使他们忠诚于国王的统治？仅仅依靠武力是完全不可能的，需要更高的精神性的寄托，那就是不可抗拒的神的旨意。既然神赋予了其统治王国的权力，那么这种权力就具有了神圣的性质，就比武力的统治更能征服人心，使人们服从王权的统治。所以，我们看到，欧洲中世纪以来的历代君主，不论是欧洲大陆还是英格兰岛国，都毫无例外地接受君权神授的观点，把自己的王权交付给神来加持，这样一来，他们在登位称王时，罗马天主教的加冕就非常必要，因为能使得他们的王冠和剑柄具有神圣的意义。在莎士比亚的英国历史剧中，众多国王也都遵循着这一政治传统，信奉基督教，努力维系好与罗马教廷的关系，其中尤其是悲惨的理查二世，他曾经这样说道：

> 汹涌的怒海中所有的水，都洗不掉涂在一个受命于天的君王顶上的圣油；世人的呼吸决不能吹倒上帝所拣选的代表。每

一个在波林勃洛克的威压之下，向我的黄金的宝冠举起利刃来
的兵士，上帝为了他的理查的缘故，会派遣一个光荣的天使把
他击退；当天使们参加作战的时候，弱小的凡人必归于失败，
因为上天是永远保卫正义的。（卷二，页 373）

还有兰开斯特的亨利六世，也是非常虔诚地接受神的旨意，把他
的王权与神的授予联系在一起，并且出于善良的本性，在著名的套顿
战场发出了这样的感慨：

上帝呵！我宁愿当一个庄稼汉，反倒可以过着幸福的生
活。就像我现在这样，坐在山坡上，雕制一个精致的日晷，看
着时光一分一秒地消逝。分秒积累为时，时积累为日，日积月
累，年复一年，一个人就过了一辈子。若是知道一个人的寿
命有多长，就该把一生的岁月好好安排一下；多少时间用于畜
牧，多少时间用于休息，多少时间用于沉思，多少时间用于嬉
乐。还可以计算一下，母羊怀胎有多少日子，再过多少星期生
下小羊，再过几年可以剪下羊毛。这样，一分、一时、一日、
一月、一年地安安静静度过去，一直活到白发苍苍，然后悄悄
地钻进坟墓。呀，这样的生活是多么令人神往呵！多么甜蜜！
多么美妙！牧羊人坐在山楂树下，心旷神怡地看守着驯良的羊
群，不比坐在绣花伞盖之下终日害怕人民起来造反的国王，更
舒服得多吗？哦，真的，的确是舒服得多，要舒服一千倍。总
而言之，我宁愿做一个牧羊人，吃着家常的乳酪，喝着葫芦里
的淡酒，睡在树荫底下，清清闲闲，无忧无虑，也不愿当那国

王，他虽然吃的是山珍海味，喝的是玉液琼浆，盖的是锦衾绣
被，可是担惊受怕，片刻不得安宁。（卷三，页 338—339）

　　莎士比亚笔下亨利六世的上述感慨可谓千古名篇，把神权加冕的
一代国王的某种心曲表述得淋漓尽致。当然，谁都知道，亨利六世的
这番感慨只是暂时的，稍纵即逝，王朝历史的常态更多的则是腥风血
雨的权力斗争和王霸征战。

　　在中世纪的英格兰王国，虽然君权神授的思想早在诺曼征服之后
就被广泛接受，但是欧洲大陆围绕着叙任权之争展开的世俗权力与教
会权力的二元对立，在英格兰诸王朝也都有所表现。菲吉斯写道："在
中世纪，思想与学问都是国际性的。因此，如果中世纪早期在欧洲大
陆进行得如火如荼的争论并不存在于英格兰，这就是一件怪事了。此
外，奥卡姆的威廉本身就是英格兰出身的牛津学者。英格兰很久以来
就宣称自己是一个帝国；自诺曼征服和亨利二世时期，不受教皇干涉
或多或少就已经成为英格兰政治家们的心愿。即便在完全臣服于教皇
的时期，英格兰的贵族们也能够用一条有力的否定性短语——盎格鲁
的法律永世不得改变——抵抗试图用教会法规则取代英格兰继承法的
努力。爱德华一世非但没有屈服于教谕《教士不纳俗税》，相反，他宣
布教士不受法律保护；从那个时期起，英格兰就通过了一系列的立法
限制教皇的主张。"[1]

　　由此可见，任何事物都是两方面的，一方面，罗马教会提出君权

---

[1]　参见约翰·菲吉斯：《神圣王权理论》，第55页。另参见李筠：《论西方中世纪王
权观——现代国家权力观念的中世纪起源》，第一章。

神授，主要是为了天主教在英格兰的发展以及信众的利益，使得他们能够接受罗马教会的管辖；但另一方面，世俗权力接受君权神授也不是完全为了罗马教会，而是为了有益于自己的统治，使得国王的统治具有更高层面的合法性与正当性。总的来说，毕竟王权具有世俗的统治权力，国王和各级贵族占据王国的中心，控制了王国的资源和财富，并且依据法律管理社会。所以，君权神授的理论实际上是基于世俗国家的权力需要，为王权提供一种神权的加持，从而使得教会阶层参与到英格兰王国的社会管理之中，控制王国的知识传授，掌握王国的精神资源。基于上述两个方面的考虑，在欧洲大陆以及英格兰，随着封建社会的发展和演变，在君权神授的思想观念内部，就产生了一种神圣王权论的理论，这个理论越来越为君主们所喜爱和接受，并且逐渐发育出一种不同于基督教神权主权论的世俗君主主权论。

神圣王权论

如此看来，在英格兰王国，封建王权实际上是由两种权力叠加在一起的，一种是基于封建国王的武力而实施的世俗权力，一种是由天主教会加冕的基于基督信仰的神圣权力，两种权力的协调统一，构成了英格兰封建王权的基本架构。约翰·菲吉斯在《神圣王权理论》一书中对英格兰封建王朝的神圣王权理论有过较为深入的考察，在他看来，英格兰曾经有过早期的君主制概念，但在神圣罗马帝国后期全面接受了基督教，罗马天主教会开始渗透并逐渐主导了世俗政权的统治，即便在帝国覆灭之后，罗马教廷不但没有随之消弭，反而越来越强大，并且征服蛮族各王国。

随着查理曼大帝信奉基督教，虽然欧洲大陆分化为几个大王国，后来又演变为多个王国和邦国等，但罗马教会以及教皇制非但没有分散零落，反而日益凝聚强大，成为欧洲精神、知识和治理的中心，形成一个稳固的心灵乃至社会秩序的基础。当时的国王以及诸侯、王公、大贵族等世俗统治者，都在思想和精神乃至知识和治理上依赖基督教会，教士阶层成为各个王国和城邦乃至各个封建领主的有效工具，他们实际上既管理平信徒的信仰生活，也管理民众的世俗生活，与国王的治安官、税务官和朝廷官吏一起治理着社会，形成了一个封建秩序。这个秩序一方面受制于王权的统治，另外一方面也接受来自教皇代表的基督教会的统治，这样一来，就形成一个二元权力并行兼容的社会体制，其中教皇以及教会法占据主导地位。在欧洲封建早期，一直是教会体制主导着各个王国的社会秩序，就更不用说精神秩序了，国王和贵族们几乎无一例外地臣服于罗马教皇的统辖。

当然，上述状况也并非绝对，事实上王国的世俗权力并没有完全臣服，而是采取了各种各样的抵抗方式，毕竟国王以及封建贵族掌握着强大的军事、经济和法律上的权力，他们对封建国家的统治具有现实的有效性。菲吉斯在《神圣王权理论》中重点考察和分析的是英格兰王国的王权演变史，他指出，早在爱德华一世时代就有一些学者企图抵制教会权力对封建王权的过度侵犯，例如奥卡姆的威廉就主张英格兰应该是一个帝国，不受教皇的支配，爱德华一世时期通过了一系列立法限制教皇的权力，据此国王具有完全的自由权力。还有，当时的帝国派理论家威克立夫写作了《论王室职位》一书，不仅主张要剥夺教士的教产，且其直接的目的是提升王权的地位以反对教皇的权力。当时的学者们普遍赞同王权神圣论，认为国王的权力来自神的授予，国王是上帝在尘世的代理人，他们并不认同教皇及英格兰大教士具有超越君主的权力，在世俗领域和权威方面，君主具有更高的地位，在国王之上不应再有更高的权威，教士只是扮演祭司，仅仅在精神权威方面高于国王的世俗权力。上述理论虽然代表着一种来自王国世俗力量的观念表达，但其内在的理论矛盾还是存在的，世俗权力和精神权力之间究竟有着何种关系，国王是否遵从神的法则，接受罗马教会的加冕，这些问题都难以得到充分的解答。所以，这批王国派理论家对于教会权力以及教皇的抵制遭到了教会主流势力的反对和打击，即便他们激发了英格兰神圣王权理论的思想想象力。

在历史上，理查二世曾经有过一系列对于王权神圣的理论辩护，虽然他作为英格兰的君主在事功上乏善可陈，甚至沦为悲剧性的人物，对此，莎士比亚在《理查二世》一剧中曾经有过戏剧化的描绘，但作为一位君主理论家，理查二世却是可圈可点的。在理查二世统治时期，他发表过一系列言论和上谕，对于英格兰君主的权力给予过很多基督教神学的论证，可以说他是神圣王权论的一位思想家代表。他指出："英格兰的王权从古至今以来都是独立的，在所有涉及英格兰王权至尊地位的一切事项方面，它在世俗方面不服从于任何人。"理查二世不仅停留在文字表述上，还在立法以及议会改革方面有所实践，"毫无疑问，通过这些措施，理查二世试图创建一部成文宪法，一部《君王法》，以永久地维护英格兰王室的权利。它规定意图废除这些成文法律的行为是叛国行为，所有人都必须庄严地宣誓遵守这些法律，之后才能获得其封地。国王为了使教皇同意他所采取的这些措施而写信给教皇，这是一件闻所未闻的事情，而这也成为他被推翻的理由之一"①。

在理查二世看来，王权来自神的恩典是毫无疑义的，君主的权力由神授予，即君权神授，这是王国统治的根本。他作为国王信奉基督，对教皇臣服，自己的臣民接受罗马教会的统治，教会在英格兰设立主教以及众多教士，管理平信徒等，这些都是无可置疑的，也是神圣王权论的体现。但是，君权神授不等于恣意减免君权，国王作为世俗权力的握有者，他是独立而自由的，国王神圣的权力不容侵犯。为此，弗里兹·科恩这样写道："莎士比亚用了神圣权力支持者们坚持的理论来描述理查二世，在这点上他的描述具有历史准确性：'汹涌的怒海中所有的水，都洗不掉涂在一个受命于天的君王顶上的圣油。'（《理查二世》第二幕第三场）受教会涂油礼和加冕过的统治者具有的不可磨灭的特征，对于王朝正统主义者来说仍然是他们王位不可动摇的可靠保障：'除了用偷盗和篡夺的手段以外，没有一只凡人的血肉之手可以攫取我的神圣的御杖。'（《理查二世》第三幕第三场）"②

与此相关，埃克塞特主教在议会开幕式上所做的布道《唯一的国王无所不能》就清晰地表达了理查二世的理论和原则。这位主教认为，一个国家只能存在一位国王以及一位统治者，国王的权力必须强大有力，法律必须得到遵守，臣民必须服从。国王是法律的渊源，法官必须维护王室的权利。我们看到："最初构成反对教皇的理论体系的那些观念在一位固执己见的英格兰国王所坚持的绝对君主制理论中得到了表达，并且也在由君主世袭制的习俗以及涂油礼不可磨灭的特征加以

---

① 参见约翰·菲吉斯：《神圣王权理论》，第 61、64 页。

② 弗里兹·科恩：《中世纪的王权与抵抗权》，第 89—90 页。

证实的王权的神圣来源的理论中得到表达。"[1]理查二世的地位本身就足以证明，世袭继承权是王室地位的主要依据，教会的神权理论对此也不能予以反对，神圣王权论的一个主要内容便是确立王室的嫡长子继承权。当然，现实的情况是英格兰王朝的演变并非如此，争夺王室继承权的斗争一直没有停止，但在这个过程中神圣王权论并没有因此而消失，反而更加强化，只不过对确认继承权的标准有所变异，这种变化的继承权问题又与英格兰面临的时代问题密切相关。

从亨利四世到伊丽莎白时代的英格兰王国，处于一个王朝嬗变、风云变幻的动荡时期，长达百年的英法战争在这个时期进行着，这场战争尚未结束，红白玫瑰战争又起，外战频仍，内战残酷，英格兰的两个王族为了争夺王权和王位，不惜把英格兰引入混乱和黑暗的境地，在此期间，所谓的神圣王权论又是如何呢？通过菲吉斯的分析，我们发现这个时期不但不是神圣王权论消沉的时期，反而是神圣王权得到强化的时期，参与争夺王位的两大家族以及主要领导者们，要论证自己所赢得的王权具有正当性以及合法性。尤其是这些王朝大多是通过弑君谋反、篡位夺权而创立的，因此他们就更加注重强化其神圣性的色彩，加重基督教神权对于其王权权威的加冕和加持，即通过强化他们承担天意或神性寄托的正当性起源，从而豁免他们在封建法意义上的世俗罪责。

在此，王权的关键在于如何检验世袭继承权的真实含义，而不是取消继承权。对两个显赫家族来说，他们都力图证明自己才是真正拥有英格兰王位继承权资格的合法人选，而对手乃是篡位者或谋逆者，

---

① 约翰·菲吉斯：《神圣王权理论》，第66—67页。

自己的弑君夺权乃是匡扶正义，恢复失去的王权，因此具有历史的正当性。神权的加持，实际上就是在这一系列王室争夺中的对于胜利者的庇护，对于新君主的加冕，这样一来，新王朝才具有正当性与合法性，才能获得人民的支持和拥护。其实反过来说也是如此，新王朝之所以能够创建，新君主能够登基称王，说到底乃是由于他的君权神授，上帝赋予了其战胜非法国王从而匡扶正义的权利，所以，新王朝和新君主恰恰由于其成事在天获得神的庇护，其权力和权威就是正当的，其来源不仅秉有王室血统的继承权依据，而且有君权神授的神圣依据。

应该指出，在英国光荣革命以及洛克的自然权利论出现之前，14世纪至17世纪的英格兰，神圣王权论占据着主导性地位，当时的各派理论家，无论是教会派还是帝国派，都或多或少地接受甚至主张君主和王室在世俗世界的权力。"人们迫切需要某种关于不受限制的世俗权威的理论去对抗教皇的主张；人们必须召唤某项权力去推翻教皇的主张。最合乎自然的主权理论就是君主制的理论。唯一能够和教皇一较高下的权威就是王室的权威。出于理论连贯性的目的，同时也是出于现实有效性的目的，强调国王神圣权利的主权理论就成为了国家宗教改革不可避免的副产品。"[1] 我们看到，莎士比亚历史剧的创作也非常明显地受到这种思想观念的影响，并且表达了这个时期的社会舆情，在他创作的以英格兰封建王族之王权斗争为主题的两个四联剧中，通过理查二世、亨利四世、约克公爵、理查三世、亨利五世、亨利六世、里士满伯爵乃至亨利八世等一些重要的君主性人物的表现，充分揭示了他们的权力争夺和捍卫君主权力的虔敬、野心、固执、偏激和茫然，

---

[1]　约翰·菲吉斯：《神圣王权理论》，第 77 页。

最终无不与基督教信仰有关。从某种意义上说，他们作为君主对于王国之得失的责任，不仅仅系于王室家族的血统关系之维护，而且系于作为神在世俗世界的代理人这一身份，既然他的权柄为神所加冕，就要为神的和平与祝福以及王国的世俗秩序和王者权威而战。

大致说来，从英格兰诺曼王国的创建开始，爱德华一世以降，直到都铎王朝晚期，神圣王权论一直是英格兰王权的基本构架，其中两种权力的交互叠合及其内在具有张力的关系也随时可见，在不同的君主手里，在不同的政局之下，在立场各异的理论家们的论述中，存在着很大差异，尽管如此，他们还是保持着妥协性的互动关系。这种状况在斯图亚特王朝时期也还是如此，但由于其间发生了英国内战以及光荣革命，围绕着光荣革命的底定，封建王朝神圣王权论受到极大的挑战，两种权力的斗争由此也变得异常剧烈。对此，以詹姆斯一世的神圣王权论为一个极端，克伦威尔的共和国论为另一个极端，引发了英国的内战、克伦威尔的清教徒运动以及王朝复辟还有光荣革命君主立宪制的确立，这些反反复复、刀枪剑戟的政治斗争，还有革命与复辟，君主立宪制的完成，也说明这个历史时期也是神圣王权论大放异彩并随之逐渐消退的时期。① 之所以如此，是因为英国社会正步入一

---

① 菲吉斯富有洞见地指出："在亨利八世时代，英格兰提出了独立自主的主张。而一个世纪的政治技巧和冲突斗争才使得这项主张最终得到实现。因此，当时迫切地需要一种能够表达民族情感的理论。如果没有给出一些理由，人们不可能主张英格兰王权的主权地位，也不可能主张它不受教皇的控制。人们必须提出一些相反的理由，反驳教皇要求宣誓效忠的主张，以及教皇主张的废黜国王的权利。……英格兰人……不可避免地聚焦于唯一的国家最高权威这个概念。""在十六世纪行将结束之际，历史的发展已经强烈地加强了君主制，并且人们已经发展出了一种关于不受限制的王室权威以及不得以任何理由进行抵抗的理论。这项理论直到下一个世纪才会遭受人民权利理论的挑战。"约翰·菲吉斯：《神圣王权理论》，第75、89页。

个新的历史阶段，从中世纪的封建社会逐渐进入早期资本主义社会，时代发生了巨变，与其匹配的思想观念也必然会发生剧烈的变化。关于这种思想潮流，其实在中世纪的欧洲以及英格兰本土也是其来有自，源远流长。

应该看到，随着君主制的神圣王权之扩张，势必带来另外一个弊端，那就是王权专制主义，不受限制的国王权威也同样可以侵蚀和毁坏王国的法律和人民的自由，于是理论家们转而诉求人民权利。人民反抗暴君和暴政的权利也是英格兰思想的一个传统，这个传统在洛克的自然权利论和政府契约论中得到集中而经典的论述，并且成为他在《政府论》中反驳菲尔墨《父权论》并为英国光荣革命辩护的理论基础。此外，法国卢梭等人的社会契约论思想也是另外一种反抗君主制暴政的理论版本，其影响非常深远，虽然英格兰与法兰西的现代政治思想及其实践走的是完全不同的两条道路。值得庆幸的是，与欧洲大陆起自启蒙运动到法国大革命的反王权和反神权之决绝对抗相比，英国的光荣革命还是相对温和的，反抗旧秩序还是有限度的。由于君主立宪制保留了君主的尊仪，还有一个尊崇的外衣，所以，神圣王权论还存有一丝余绪，直到今天，还存在着某种高贵与尊荣的神性成分，为人民所敬仰。

为什么英格兰会是如此，尽管原因是多方面的，但菲吉斯揭示的一个原因还是非常富有启发性的，他认为从君主制的神圣王权论到立宪君主制的自然权利论（或人民主权论）其实有着内在的必然联系，后者是从前者那里演化出来的。"在神圣王权理论的历史上，菲尔墨确实占据着重要地位。……在某种程度上，我们可以认为，菲尔墨不仅为洛克铺平了道路，同时也为卢梭铺平了道路。显而易见，无论自然权利授予国王还是人民，自然权利理论都是神权政治概念发展的下一个阶段。……相比菲尔墨的理论，洛克的理论体系的基础是更加非历史性的，尽管其结论要更加合理。……就其本质而言，神圣王权理论在英格兰政治史中发生影响是从亨利八世时代开始。……只要宗教干预的危险开始逐渐消失，神圣王权理论开始发挥作用，那么世俗政治就会遵循着自身的逻辑发展。人们将不再用神学式的政治体系或纯粹神学的论证来反驳教皇或长老会的主张，而政治将最终迈入现代的阶段。因此，自然权利理论就是下一个阶段中不可避免地将产生出来的理论。自然权利理论不再试图在《圣经》中寻找世俗社会的存在理论，放弃了由上帝直接创立的制度。不过，它依然坚持一种根植于人类本性的永恒不变的政治体系，这种政治体系不会受到人类一时权宜的动机的影响。和神圣王权理论一样，自然权利理论试图先验地确定政府的性质、服从的限度以及控制政府活动的原则。它和神圣王权理论一样，几乎不考虑环境或历史的原因。……自然权利理论的支持者们不再关心民族特征或外部环境，他们主张自己的理论能够万世永存，并且能够有效适用于各个文明发展阶段。"[①]

基于上述这个神圣王权理论转向现代自然权利理论的内在逻辑，菲吉斯认为，"在十七世纪的政治斗争中，宗教扮演了重要的角色。在这场斗争中，国王的神圣权利是人们用来表达对传统的尊重的形式，同时也是人们用来表达他们如下本能的直觉的形式，即人们绝不可能通过摧毁旧制度而取得进步。因此，神圣王权理论就成为了复辟王朝的坚强壁垒，在其周围凝聚着一种强烈的情感，将国王视为民族生活

①　约翰·菲吉斯：《神圣王权理论》，第 127、128、133—134 页。

古老的中心和象征。神圣王权理论使宪政体系的延续性得以保存，并且很可能也是英格兰革命比较平静的主要原因（英格兰革命的波澜不惊是英格兰在革命史中别具特色的主要标志）"①。

　　总的来说，神圣王权论是封建王朝制的产物，与封建君主制以及罗马教皇制密切相关，在英格兰 14、15、16、17 到 18 世纪这几百年里获得丰富发展，并且在光荣革命前后得到辉煌的呈现又随之跌入低谷，伴随其后的则是现代社会的兴起、市民阶级的觉醒、市场经济的勃发以及宪政民主制度的畅行。不过，要追溯英格兰政治宪政主义的起源以及考察英国现代国家的成长和发展，探讨英国体制在世界范围的影响，我们还是要回到英格兰王权的神圣与世俗的两重权力架构的关系谱系之中，寻找和发现人类历史演进的政治动力机缘。就莎士比亚的历史剧来看，其戏剧情节和王朝故事所关涉的内容应该说离今天要更为远古一些，主要发生在都铎王朝伊丽莎白时代之前，尽管如此，它们的政治思想的内涵以及莎士比亚的政治想象力，却并非与英国现代政治的起源乃至与今天的政治历史命运漠不相关，而是古今相续，意味深长，他塑造的君主人物，尤其是悲剧性人物，对于今天的法治（普通法之下）宪政以及大众民主政治也充满了借鉴与镜像的意义。

---

① 　约翰·菲吉斯：《神圣王权理论》，第 140 页。

都铎王朝晚期的王权

我前文一再指出，莎士比亚历史剧的主要政治关切乃是莎士比亚生活于其中的都铎王朝晚期，即伊丽莎白一世的时代。为了更好地阅读和理解莎士比亚的王朝历史剧，前面一节我重点论述了英格兰封建王权的基本架构，对王权的主要内容以及君权神授和神圣王权论给予了一定的分析和概括，但那只是就封建王朝的一般情况展开的。随着英格兰王朝社会的演变，其到晚期发生了一系列重大变化，虽然莎士比亚历史剧描述的主要还是王朝政治的中间时期，但由于他的现实关怀，其对于兰开斯特与约克王朝的剧情演绎并没有采取客观中立的编年史方法，而是一种基于伊丽莎白时代的历史追溯和未来展望，具有十分特殊的现世情怀，因此也就被纳入都铎王朝晚期的思想谱系之中。那么问题就出现了，究竟都铎王朝晚期的英国王权是一种什么状况呢？所谓的封建王朝晚期在政治与经济乃至文化方面究竟与以前的封建时期有什么差别呢？从这个晚期社会究竟走向怎样的社会状态，又有什么征兆呢？莎士比亚在历史剧中是否敏锐地感受到这些时代特征并富有生命力地予以戏剧化地表现出来呢？下面我们就把这些问题聚焦在晚期王权的特征上面进行简单勾勒和概述。

人文主义思潮的兴起与传播

从思想史上看，人文主义最早发生于地中海沿岸意大利诸邦国和城市自治区，被视为意大利文艺复兴的主要内容。意大利作为古典希腊罗马的故地，在中世纪后期由于地中海经济贸易、文化交流以及其他诸多方面的影响，最早产生了一种冲击天主教神权统治的人文主义思潮，并且把这种具有人文思想的源流与古典希腊和罗马的哲学和文化联系在一起。由于当时的意大利政治上四分五裂，没有统一的政治强权，这股人文主义思潮在当地蔚然成风，受到久被天主教压抑的市民阶级的欢迎和期盼，很快就越出意大利向欧洲大陆传播。自然而然，虽然英格兰岛国地处边缘，但是也开始受到意大利人文主义的浸润和影响，一种具有英格兰文艺复兴特性的人文主义在英格兰王国酝酿而发。

据悉早在14世纪初叶，英格兰的文人墨客就已经知道意大利但丁、彼特拉克、薄伽丘等人的作品，并且熟知柏拉图、亚里士多德、西塞罗等古典思想家，例如，14世纪的伟大诗人杰弗雷·乔叟是英国诗歌之父，他的作品深受意大利、法国早期人文主义的影响。由于英格兰王族和贵族与欧洲贵胄很有渊源，很多人少年时代就游学法国、日德兰、荷兰等国家和地区，以及意大利的威尼斯和热那亚等城市，罗马法的重新发现，还有古希腊诗歌、史诗以及悲喜剧，罗马演说家西塞罗等人的著作，普鲁塔克的《希腊罗马名人传》，都对英格兰贵族社会产生了深刻的影响。这些思想在当时的一些学校，例如牛津大学、剑桥大学、爱丁堡大学和圣安德鲁斯大学，还有一些律师公会诸如林肯、中殿、内殿和格雷四个律师学院等，都得到非常广泛的传播，不仅贵族精英深受人文主义理念的涵育，即便是以中产阶级为主的市民阶层，也受到人文主义思潮的影响。在英格兰中小学课程中，古典语文课是必修课，莎士比亚所上的小学和中学，据其传记的描述，希腊文、拉丁文以及一些古典时期的名家文选，都是必读科目，逻辑学、修辞学、文法学、《希腊罗马名人传》，等等，莎士比亚也都学习过，且成绩优异。莎士比亚还只是一介中产之家的子弟，那么英格兰贵族，还有王族精英阶层，他们所受到的教育可想而知。[①] 在这些知识谱系中人文主义的思想显然占据重要的地位，它们对于英格兰封建社会势必产生重大的冲击。

英格兰的人文主义究竟包含着什么，它们对于英格兰王权究竟意味着什么呢？这个问题其实就涉及封建晚期的政治经济状况以及与此

---

① 参见安东尼·伯吉斯：《莎士比亚传》，刘国云译，北京出版社 1987 年版。此外，斯蒂芬·格林布拉特在《文艺复兴时期的自我塑造——从莫尔到莎士比亚》一书中曾经重点分析了 16 世纪英格兰六位文学家——莫尔、廷代尔、怀特、斯宾塞、马洛和莎士比亚的成长历程，指出他们深受意大利和法国文艺复兴思想的影响，并且他们本身都成为英格兰文艺复兴的代表人物。值得注意的是，这六位人物都是中产阶级的子弟，他们的成长反映了那个时代的精神状态。"莫尔，一位相当成功的伦敦律师的儿子，成了骑士、下议院议长、兰开斯特公爵领地的大臣、剑桥大学的管理人，最后成了英格兰的大法官、亨利八世的心腹；斯宾塞，泰勒商业公司的一位朴素的自由熟练工之子，成了拥有大量殖民地的地主，在官方材料中被描述为'住在科克郡乡下的绅士'；马洛，鞋匠、坎特伯雷圣玛利教区执事之子，在剑桥大学获得了学位——当然，这仅是些许上升，但尽管如此仍是上升；莎士比亚，一位富有的手套商之子，在他职业生涯行将结束时，代表他父亲获得了一枚盾徽，购买了斯特拉特福第二大的房子。所有这些才华横溢的中产阶层男士都走出了狭隘受限的社会领域，进入了一个能够密切接触那些权贵和大人物的领域。"吴明波等译，上海文艺出版社 2022 年版，第 10—11 页。

相关的思想意识形态。由于都铎王朝晚期，英格兰的社会经济构成较之以前开始发生一些看似微妙实则实质性的变化，以伦敦为代表的城市逐渐形成并有所扩张，土地经营也伴随着自由民的身份转型而逐渐私人化，自耕农有所增加，贵族庄园缓慢解体，城市市民和工商阶层大量涌现，于是一股市民主义的思想潮流开始涌动。与此相对应，在政治上，议会制度的阶层构成也有所变化，代表市民和工商阶层的人士在议会下院出现，他们对王国的征税、开战、贸易、城市治理等方面的事务发表言论，表述意见；而在贵族上院，大贵族也开始与王室的利益出现分歧，国王越来越难以控制大贵族们的言行。至于罗马天主教的教士阶层，他们依据教会特权，在土地、税收等方面也逐渐形成独立王国，听命于罗马教皇，与王国的利益产生隔离，甚至不再听从国王的谕令，还出现大主教、修道院与贵族们相互结合，欺诈压迫平民百姓，对抗国王的指令等情况。总的来说，市民阶层开始凸显，大贵族与教会势力相互勾结，王室和王权受到各种各样的挑战。可以说，英格兰的人文主义正是在上述情况下产生的，它们固然来自意大利文艺复兴思想的激发，但也有英格兰自己的特性，这个特性就是市民社会的个人主义开始在人的思想意识和行为举止中越来越占据主要的地位，而不再是阶层、国家和王室的利益占据主导地位，人们开始关注自己的利益和情感，关注自己在经济生活乃至政治生活中的地位和价值，以自己为中心，而不再以王国或共同体为中心。[1]

随着封建土地农奴制的逐渐解体，个体经济与工商贸易成为人们

---

① 相关论述参见艾伦·麦克法兰：《英国个人主义的起源》，管可秾译，商务印书馆2008 年版。

生活的经济来源，金钱成为每个人关注和追求的中心，金钱这个社会财富的标志物成为人们追逐的对象，整个社会都在向钱看。对此，莎士比亚在戏剧中曾经有过深刻的揭示和批判，认为这是一种金钱拜物教，例如在《雅典的泰门》中，他就感慨并诅咒道：

> 金子！黄黄的、发光的、宝贵的金子！……这东西，只这一点点儿，就可以使黑的变成白的，丑的变成美的，错的变成对的，卑贱变成尊贵，老人变成少年，懦夫变成勇士。
>
> （金子）啊，你可爱的凶手，帝王逃不过你的掌握，亲生的父子会被你离间！你灿烂的奸夫，淫污了纯洁的婚床！你勇敢的战神！……你有形的神明，你会使冰炭化为胶漆，仇敌互相亲吻！你会说任何方言，使每一个人唯命是从！你动人心坎的宝物啊！你的奴隶，那些人类，要造反了，快快运用你的法力，让他们相互砍杀，留下这个世界来给兽类统治吧。（卷六，页57、68）

还有，在社会生活中，金钱成为人们待人接物的标准，婚丧嫁娶，人情礼节，难免受到金钱的影响，传统的道德标准和德行品质，也都受到经济和金钱的严重侵扰和损害。例如，《威尼斯商人》就描述了一个关于金钱（借贷与还贷）的故事，犹太人夏洛克借款给基督徒商人安东尼奥，若他不能如期归还，就按约割下他的一磅肉，由此演绎出一段爱恨情仇的悲剧，正像摩洛哥亲王在追求鲍西娅时所抽中的金匣子中的纸卷所言：

发闪光的不全是黄金，古人的说话没有骗人；多少世人出
卖了一生，不过看到了我的外形，蛆虫占据着镀金的坟。（卷二，
页 269—270）

莎士比亚的这些戏剧明显地揭示出他所处的都铎王朝晚期社会，
已经是早期资本主义的发轫时期，以人的欲望、金钱和物质生活为中
心，反对基督教神权说教的压迫和束缚，强调人的价值和意义，成为
一种社会时尚和精神风潮。对此，莎士比亚在辛辣地嘲讽和批判金钱
拜物教的同时，也在张扬和讴歌这种以个人为中心的人道主义、人本
主义精神。他在《哈姆雷特》中写道：

人类是一件多么了不得的杰作！多么高贵的理性！多么伟
大的力量！多么优美的仪表！多么文雅的举动！在行为上多么
像一个天使！在智慧上多么像一个天神！宇宙的精华！万物的
灵长！（卷四，页 137）

如此看来，文艺复兴时代的文人思想家们就是如此，充满着矛盾
的观念，也恰好与社会现实密切相关，休戚与共。莎士比亚作为伊丽
莎白时代的杰出剧作家，他的作品本身就是都铎王朝晚期社会思想风
潮的典型化身和突出标志，莎士比亚的精神就是封建社会晚期向现代
早期资本主义转型阶段时代精神的展现。

上述经济、社会和精神领域的人文主义必然会对英格兰王权政治
产生影响，前述的英格兰神圣王权在都铎王朝晚期其实已经受到人文
主义的重大冲击，与传统封建王权相比，当时的王权开始发生一些重

大的变化，大致说来，主要表现在如下三个方面。

第一，王权与神权的统一性受到挑战，个人主义的权重逐渐凸显。无论是君主个人还是大贵族，他们对于王国至高权力的争夺和维护，不再强化基督教神权的君权神授，而是倾向于能者为王，更多的是从君主统治和治理国家的卓越能力方面予以审视。君王的雄才大略，以及篡权者的野心和才智，这些才是他们成功的关键，至于神的授予和加冕祝福，只是一种锦上添花的事情，而且教皇以及大主教的干涉，势必引起他们的警觉和抵抗——以亨利八世的行为为代表。

第二，市民阶级以及社会中下层的诉求，还有社会民情和舆论也开始参与到议会的运作和决策之中，发挥了以前从来没有过的作用。无论是战争还是内政以及税收等，市民社会以及工商阶级的兴起与发声会制约王权政治的决策，甚至获得君主的支持和肯定。

第三，贵族势力开始坐大，他们曾经联合起来制约君主的王权。随着都铎王朝晚期的社会经济变化，贵族成为英格兰王朝一股强大的保守力量，抑制着工商社会的发展，而封建法以及各种封建礼仪制度也多支持贵族们的诉求。这样一来，英国贵族就成为英格兰社会演进的一种保守势力。此时，在亨利八世乃至伊丽莎白一世时代出现了一种新的情况，君主要强化自己的权力，在不再与罗马教会结盟的情况下，为了摆脱贵族们形成的强势力量的束缚，就出现了君主投合与支持市民主义的新情势，国王与人民结合在一起共同对付贵族集团，从而产生出一种君主专制主义的倾向，这也是都铎王朝晚期的一种新的政治形态。[1] 其实，这种情况在欧洲大陆也是如此，由于封建贵族势

---

[1] 参见 J. J. 斯卡里斯布里克：《亨利八世》。

力的过分强大，在封建主义晚期或现代资本主义早期，曾经出现过一个短暂的君主专制主义的所谓绝对主义时期，[①]而在英格兰，这个绝对主义时期恰好就是都铎王朝晚期，尤其是莎士比亚生活的伊丽莎白女王时代。

历史的演进有时十分神奇，发轫于意大利的早期现代人文主义思潮，到了15、16世纪的英格兰都铎王朝晚期，竟然在强化个人主义的思想基石上衍生出一种君主专制主义倾向的王权体制，这是既匪夷所思又恰如其分的。因为英格兰封建社会的经济政治结构决定了其王权在社会演变中的地位及功能，个人主义一旦凸显，这个社会的任何一分子都可以从中抽取有利的内涵为我所用，工商市民阶级如此，大贵族土地所有者如此，王室之君王势力也会如此。大家都可以在权力游戏的政治世界中，以个人为中心实现自己的权力欲望以及理想主义的蓝图，而这个情况就势必产生所谓的马基雅维利主义，或者说，意大利的马基雅维利主义在英格兰也有自己的土壤。

亨利八世的宗教改革以及伊丽莎白女王时代的政教关系

前述封建王朝制的神圣王权论主要是强化王权与神权的统一性，但这种妥协的统一性在英格兰王国并非十分稳固和持久，在早期就有王权主义对于天主教会以及教皇专制独裁的指控，强调君主权力的至高唯一性。但由于封建势力和教士阶层的激烈反对，这种君权至上论还每每被视为异端邪说遭受打压。不过，随着都铎王朝晚期的社会经

---

① 参见艾伦·麦克法兰：《英国个人主义的起源》。

济政治变化，王权至上论开始抬头，并且得到君主个人的大力支持。由于在社会权力结构中，市民工商社会的兴起，大贵族土地所有者的坐大和内外联合，君主的权力受到严重的限制，弱势君主的地位难以与都铎王朝的王权创建相匹配，也使王室利益受到挑战。为了强化君主权力、巩固都铎王朝的国家稳定和势力扩张，都铎王朝的各位君主都采取与英格兰人民（市民阶级）相联合共同对付贵族集团的政策，并且在宗教上开始摆脱罗马教廷的控制和约束，强化基督教的本土国家特色。于是，一种所谓的英国国教——安立甘宗开始出现，并与罗马天主教相抗衡。受到大陆新教尤其是加尔文宗影响而在英格兰发育起来的英格兰圣公会（安立甘宗），得到了都铎王朝各位君主的大力支持。

这个都铎王朝开启的英国圣公会发育成长并与罗马天主教相抗衡的政教故事说来话长，它们贯穿整个都铎王朝和此后的斯图亚特王朝，并且引发了英国内战尤其是英国的光荣革命，最终建立起一个君主立宪制的现代国家，在此我们不准备多论，与本书主题相关的是都铎王朝晚期的政教关系以及莎士比亚历史剧中的王权问题。说起来，英国政教关系发端于亨利八世，在伊丽莎白女王时代得到正式确立，此后虽经过英国革命的洗礼但并没有消除，反而成为英国君主立宪制的根基。莎士比亚虽然生活于都铎王朝伊丽莎白女王统治时期，但他在戏剧创作中，并没有直接触及伊丽莎白女王的宗教政策，甚至他虽然创作了《亨利八世》，但也没有大张旗鼓地展示这位雄壮而怪异的神奇君主的一生事业之精华，而是把他视为一种时代背景加以描绘——莎士比亚理想的君主形象并非在亨利八世身上体现，而是另有寄托，例如亨利五世，甚至尤利乌斯·凯撒。为什么不写当代的君王故事，莎士比亚是有隐忧的，英国也有自己的文字狱，多少文人墨客因为文字而上断头台，这个教训莎士比亚不得不察。[1] 虽然他内心对于伊丽莎白女王是尊崇的，对于都铎王朝的正当性是接受的，但涉及具体的宫廷政治细节，若戏剧叙述稍有不慎或许也会给他带来不必要的灾祸。所以，历史隐喻就成为莎士比亚历史剧的一个重要的艺术手段，通过历史隐喻探究其关于王权与神权思想，是我们理解莎士比亚历史剧的一个重要途径。

英国的都铎王朝，是在亨利七世入主英格兰、威尔士和爱尔兰之后建立起来的一个王朝，从公元 1485 年直至 1603 年伊丽莎白一世去世为止，都铎王朝恰巧处于从封建主义步入现代化早期的关键时期。追溯起来，都铎王朝与曾开拓鼎盛疆域的金雀花王朝（又称"安茹帝国"）关系匪浅、颇有渊源。在英法百年战争中从金雀花家族分裂出来的两个分支——兰开斯特家族和约克家族为争夺王位正朔，展开一场旷日持久的红白玫瑰战争，最后是亨利七世通过联姻，重新将两家融为一体。都铎王朝前后共经历了五代君主，这期间影响最为深远的事件，便是由亨利八世发起的英国宗教改革，它对后来伊丽莎白一世时期的英国政教关系以及英国兴起，具有至关重要的铺垫作用。红白玫瑰战争基本扫平了英格兰的封建领主力量，也消除了地方上的分裂势力。对于都铎王朝时期的英国而言，能够威胁国家独立性和王室权威的就只剩下罗马天主教了。

而在其时，欧洲大陆的新教改革风起云涌，马丁·路德、约

---

[1]　例如，曾经位高权重的大法官托马斯·莫尔被亨利八世斩首就是一个著名的例子。参见乔治·卡文迪什、艾萨克·沃尔顿编：《英国近代早期传记名篇》，王宪生译，浙江大学出版社 2019 年版。

翰·加尔文等一批宗教改革家的思想观念和组织体制，对英国朝野上下也产生了不小的影响。中西欧国家普遍信仰的是天主教，罗马教廷管辖的教会系统拥有很大的权力，他们拥有天主教国家约三分之一的土地，同时还经常巧立名目搜刮民脂民膏。由于黑死病侵袭对欧洲社会的影响、天主教会自身的腐败以及新兴市民主义力量的发展，一股希望挣脱天主教会桎梏的思想逐渐涌现出来。英国虽然地处欧洲边缘，但也在经历着早期资本主义的发展阶段，通过"圈地运动"，英国的工商业获得了较为丰富的原料资源，生产力大为提高，与此相关，英国社会对宗教改革普遍持有正面观点，宗教改革在英国推行的缘起则是王室内部的纷争。在连续经历了英法百年战争和红白玫瑰战争之后，亨利七世时期的英国极度虚弱，同时还有法国在一旁虎视眈眈，于是亨利七世选择了与西班牙这样的强国联姻，让自己的大王子迎娶了西班牙公主凯瑟琳，并在大儿子死后让二王子续娶之。

后来，亨利七世的二王子成为英国国王，即亨利八世，他与凯瑟琳之间维持了长达 25 年的婚姻，并生下了五个孩子，遗憾的是其中仅有玛丽公主一人活了下来。在亨利八世看来，如果都铎王朝的继承者是一位女性，势必会导致王位继承权的纠纷，为了能够有一位合法继承王位的男性后代，使都铎王朝不至于绝嗣，亨利八世在凯瑟琳无法继续生育的情况下希望通过离婚来另立王后。问题在于在基督教国家，国王是不可以随便离婚的，亨利八世离婚需要获得教皇的首肯，而此时罗马教皇恰又受制于神圣罗马帝国皇帝理查五世，理查五世又恰好是凯瑟琳王后的外甥，且凯瑟琳又不愿放弃英国王后的身份，因此亨利八世的离婚就变得非常复杂和艰难了。很多历史事件看上去都有点偶然性，其结果却是举足轻重，事关重大。亨利八世的离婚请求需要罗马教廷批准，刚愎自用的亨利八世不甘受教皇摆布，虽然他也派遣特使大主教托马斯·沃尔西前往罗马教廷提出请求，但在未获得教皇同意（拖延不决）后，他一怒之下，不但按照自己的意志自行离婚结婚，还判决罗马红衣大主教托马斯·沃尔西死刑（罪名除了贪赃枉法、擅自专权、叛国之外，还包括在请求教皇同意亨利八世离婚问题上阳奉阴违），下令英格兰王国的教会以及教士脱离罗马教廷的管辖，接受英国国王的管辖，并且扶持英国新教安立甘宗创立英国自己的国教——圣公会。这样一来，就触犯了罗马教会长久以来在欧洲各国行使的高于王权的宗教特权，为此教皇发布谕令，革除亨利八世的教籍，并且鼓动大陆各国对亨利八世采取军事行为。

亨利八世面对罗马天主教会的强权打压并未屈服，而是采取公然对抗的措施，宣布英国教会脱离罗马教廷，并且通过英国下院颁布了《上诉法》。这部法律规定："本英格兰为一主权国家……受一最高首脑国王之统治，他具有本主权国君主的尊严及高贵身份，受制于他并仅次于上帝之下。"显然，亨利八世的这部《上诉法》不再接受罗马教廷的管辖，把英国国王的地位抬高到仅次于上帝的地位，据此，圣公会把亨利八世视为自己的最高首领，世俗君主同时成为国家教会的最高教主，英格兰王权高于圣公会的教会权力。与此同时，亨利八世还剥夺了教皇在英国的特权，例如提名权、司法权等，就连教皇特使也无权进入英国。亨利八世的这些措施在英国教士群体中引起了连锁反应，迫于政治压力和民族主义思想，英国教士们大多宣布效忠英王，脱离罗马教廷，加入圣公会。在此背景下，亨利八世任命了新的坎特伯雷大主教克兰默，坎特伯雷大主教公开宣布亨利八世与凯瑟琳王后离婚的现实，并予以承认。1534 年，英国议会通过《至尊法案》，"重申国王对国家和教会拥有绝对主权，英王可以处理道德、宗教、异端、教会改组等一切大权"。综上所述，亨利八世通过颁布一系列法律，创建英国国教圣公会，联合英国宗教界广大教士，培育新兴的信奉英国国教的贵族权贵，大致完成了英国的宗教改革。

亨利八世一朝的历史仅政教关系就足够一部大书予以论述，其中围绕着王权和教会权力的斗争，非常复杂和丰富，涉及王室、贵族、教士和民众，涉及英格兰的独立与周边天主教国家的关系，涉及传统的神圣王权论如何转变为王权至尊论，等等，在此我们不一一讨论。[①]不过，在亨利八世之后，虽然有过玛丽女王的天主教复辟，天主教与英国新教徒之间发生了一系列关于教规、仪式和戒律等方面的理论斗争和血腥论战，其中涉及教会财产的归属与整顿、教士担任王国官吏的职权任命，包括教堂、土地、税收、法官职务、议员遴选和王国官吏的任命等一些世俗权力和利益的争夺取舍，且反反复复，生生死死，多有歧变和流转，轰轰烈烈地持续了数年。

例如，著名的"血腥玛丽"女王，她在1553年通过政变推翻简·格雷的短暂统治，在10月1日加冕宣誓成为都铎王朝第五位国王即第一位女王玛丽一世。此后她作为天主教徒，恢复了英国教会的天主教地位，废除了爱德华六世颁布的宗教法，还命令议会废除了亨利八世颁布的一系列宗教法案，使得英国重新成为一个天主教国家。为此，她还嫁给西班牙国王腓力二世，强化英国与欧洲天主教国家的关系。在国内，玛丽女王残酷迫害新教徒，剥夺他们的财产，严令新教

---

① 参见 J. J. 斯卡里斯布里克：《亨利八世》；D. G. 纽科姆（Newcombe）：《亨利八世与英国宗教改革》，黄煜文译，麦田出版社1999年版。

徒不得担任国家公职，还把宣布她的母亲凯瑟琳与亨利八世婚姻无效的坎特伯雷大主教克兰默烧死在火刑柱上。玛丽执政的五年间烧死了三百多位新教徒，大批新教徒被迫流亡国外。

可以说，玛丽女王的天主教复辟，有个人性格以及母女生活经历对其心灵方面的影响，更有英国变革时期社会环境的大变动驱动。亨利八世以及爱德华六世的新教改革使得英国天主教的势力受到重大打击，教会和修道院的权利和财产被王国官吏以及新教徒攫取，通过玛丽女王的复辟讨回公道也具有一定的历史正当性和必然性。但问题在于，天主教在英国的势力及特权本身是有问题的，并没有得到英国王室、贵族和人民的真诚拥护，所以亨利八世的宗教改革表面看是关涉国王的婚姻及子嗣继承权问题，实则背后有其强大的社会基础，获得大部分贵族和市民的支持。所以，在玛丽女王短暂的天主教复辟（仅仅五年）之后，继位的伊丽莎白一世，都铎王朝的第二位女王，就拨乱反正，进行了一次新的复辟，即重新恢复亨利八世以来建立的新教统绪，在英格兰再一次确立了英国圣公会的国教地位，使得英国真正成为一个独立自主的新教国家。

伊丽莎白一世是亨利八世与第二任妻子安妮·博林的女儿，1558年11月继承去世的姐姐玛丽一世的王位，成为都铎王朝的最后一位女王。伊丽莎白终身未嫁，统治英国四十五年，功勋卓著，被视为英国的"英明女王"，奠定了英国现代化崛起的根基。[1] 伊丽莎白早年接

---

① 参见钱乘旦、许洁明："在这45年中，女王政绩卓著、王朝鼎盛，国家走向繁荣，这三者相得益彰以至于女王和她那个时代在英国历史上熠熠生辉——女王和英格兰人共同缔造了伊丽莎白时代。"《英国通史》，上海社会科学院出版社2019年版，第126页。

受良好的宫廷教育，在同父异母的姐姐玛丽一世在位时期曾经遭到打压。1558年，玛丽一世去世，伊丽莎白继承王位，次年1月加冕成为英格兰的女王。伊丽莎白继承王位主要是获得了一大批新贵族和资产阶级的大力支持，其在位期间进一步加强了自己的专制统治。伊丽莎白一世统治时期也是英国历史上的重要权力转折期：君主王权开始向议会主权转化。

即位之初，伊丽莎白推行一系列有利于国家富强和资本原始积累的政策，在政治上强化专制王权，重用威廉·塞西尔等大臣，逐渐把议会变成专制统治的工具。在对外关系方面，英国集中力量打击西班牙海上霸权，大力发展航海贸易和殖民事业，1585年支援"尼德兰革命"，1588年击败西班牙"无敌舰队"，开始树立英国的海上霸权。当然，历史总是起起伏伏，在伊丽莎白统治末期，都铎王朝也出现了一些问题，例如旷日持久的英西战争，爱尔兰危机，埃塞克斯伯爵叛乱，地方政府及中央官僚机构的腐败，社会下层的贫困以及流离失所的难民，这些都给这个辉煌的时代染上黯淡色彩。1603年，伊丽莎白指定由苏格兰的詹姆斯六世（即英格兰的詹姆斯一世）继位后旋即崩逝，享年69岁。此后英国的都铎王朝转变为斯图亚特王朝。

总的来说，伊丽莎白一世是英格兰历史上的一位伟大君主，她为英国发展成为一个强大的现代国家奠定了坚实的基础，诚如历史学家所论："伊丽莎白处在英国从中世纪向近代转变的重要历史时期。在她统治英国的近半个世纪中，她的政治活动和推行的政策巩固了君主专制政权，有利于英吉利民族国家的成长，促进了资本主义关系的发展。在此期间，英国还初步战胜了西班牙的海上霸权，开始了世界范围的海外扩张。因此，伊丽莎白女王在英国历史占有重要的地位。"[1]

回到政教关系方面，伊丽莎白即位之时，天主教在英国普通民众中仍有一定市场，来自大陆的新教势力也在逐渐蔓延，各派力量都试图在此时获取绝对优势地位。亨利七世的重外孙女、信仰天主教的玛丽·斯图亚特是伊丽莎白王位最大的威胁。伊丽莎白按天主教教规是私生女，又是新教徒，在宗教方面的任何过激行为，都可能招致教会和其他国家的干涉。因此，在对英国宗教事务的处理上，伊丽莎白及其大臣们明智地选择了"中间道路"，恢复介于天主教与新教之间的英国国教体系。一方面，"在全国还未习惯于服从她的权威以前"，她对她的新教立场采取含蓄的态度，仍派驻罗马使节，减缓罗马教廷和天主教国家的敌对情绪，以此来稳定国内的教派纷争；另一方面，在宣告她的统治公告中"禁止在宗教上做任何改变"，坚持走"中间道路"，使国教徒、天主教徒、清教徒都能接受，"争取时间来把她的统治建立在群众的支持的基础上"。这样既可以利用信奉天主教的西班牙国王腓力二世对罗马施加影响，在西班牙与法国的对抗中谋取利益；同时亦可使弱小的英格兰避免卷入一场遍及整个欧洲的意识形态冲突，划清与大陆的宗教边界，实现国内的和平与稳定。[2]

但在统治稳固下来之后，伊丽莎白中立的宗教政策开始朝着独立的方向发展。1559 年，英国国会颁布一系列法案，全面废除玛丽一世时期的天主教化措施，在做了一些初步的调整之后，恢复了亨利八世时期的国教基本模式：罗马教皇的权力再次被推翻，女王为英国所有

① 朱庭光主编：《外国历史名人传·古代部分》（下册），中国社会科学出版社 1983 年版，第 123 页。

② 参见刘季富：《英国都铎王朝史论》，河南人民出版社 2008 年版。

教会和僧侣团体的最高领导，一切神父和官吏必须宣誓接受这一领导并不得服从国外的权力；爱德华六世时期的《四十二条信条》经过修改更名为《三十九条信条》，并予以颁布；1552 年的《公祷书》在被剔除了一些过分的新教色彩后重新颁发。值得注意的是，1559 年颁布的诸法案中包含了反对外来干预的条文，规定自此往后"任何外来的君主、个人、教士、国家或无论教俗的当权者，都不得在本国内使用、享有或行使任何形式的权力，包括无论教俗的司法权、优先权、职权、超越权或特权"。这表明，伊丽莎白一世时期的宗教政策乃是一种从政治角度考虑的对外政策。1559 年诸宗教法案颁布后，伊丽莎白一世再也没有就有关宗教问题的决议案做出任何调整，因为她认识到宗教纷争带来的危害，希望依照冷静的法律来建立英国的教会，使自己被所有教派的信徒接受。与此同时，伊丽莎白对英国清教徒也加以压抑，并力图避免不同教派的教义争论。

这种中庸温和的宗教改革既初步满足了资产阶级和新贵族反对天主教的愿望，又不过分刺激那些信奉天主教的农民的宗教感情，在一定时期有利于稳定国内形势，从而有利于工商业发展和资本原始积累的进程。最终，亨利八世创建的英国国教体系逐渐巩固下来，新一代的英国人已习惯于英国国教——圣公会，英国国教信仰成了他们作为英国人区别于欧洲其他国家人民的特有标志。①

总而言之，都铎王朝的伊丽莎白时代，由于这位英明女王的雄才大略、文治武功，国家蓬勃发展。她采取了较为缓和宽容的宗教政策，巩固了英国圣公会的国教地位，调整了英国新教与罗马天主教的关系，

---

① 参见刘季富：《英国都铎王朝史论》。

并对国内大量天主教徒做了一定的妥协，加上女王统治时间长达半个世纪，从而推动了英格兰王国的国家发展。她强化了对于工商市民阶级的经济支持，放宽了对外开放的自由贸易政策，还不遗余力地提升英格兰的军事实力，使之在对外战争中取得长足的胜利。此外，女王还对英格兰王国的文化思想多有推动和鼓励，扶持和激发英格兰文化思想的创造，促进了英格兰文学艺术的繁荣，一大批优秀的人才，海军将领、贸易奇才、科技发明家，还有卓越的文艺大师和思想家，诸如莎士比亚、培根等人脱颖而出，他们成就了所谓辉煌灿烂的伊丽莎白时代。

就英格兰王权来说，自爱德华一世以降，英格兰王国辗转反复长达数百年，终于在都铎王朝末期的伊丽莎白女王时代达到了王权至尊的高度，王权甚至超越了基督教会的教权，成为世上唯一至高无上的权力（当然是在上帝之下），这是理查三世、亨利四世和亨利五世的梦想，也是亨利八世虽然达成但并不至尊的窘境所难以冀望的，伊丽莎白女王的王权至尊是通过一系列法权制度和非凡功绩最终成就的，所以在后来的英国历史上影响深远。

追溯起来，英格兰的封建王权到伊丽莎白女王时代，大致经历了三个过程或者说历史阶段，第一阶段是君权神授且蛰伏于神权加持之下的弱势时期，在此神权以及罗马教皇的权力高于王权，历代国王依靠神权加冕和天主教会的支持获得统治的合法性与正当性。第二阶段是能者为王的时期，这个阶段贯穿着红白玫瑰战争史，两个显赫家族为了争夺王权王位，不惜仇杀、弑君、篡位和夺权，而这一切举措之成功则依赖于非凡的君主人物，他们卓越多谋、雄才大略、工于心计、不辨善恶，为了权力可以牺牲一切，最后凭借武力和智慧推翻旧王朝创建新王朝，所以马基雅维利主义成为他们的理论护身符，莎士比亚以此塑造了诸如亨利四世、亨利五世和理查三世等能力卓著的君主，这是一个崇尚能者为王的时期。第三阶段则是王者至尊的时期，这个时期可以说是从亨利五世开始，经过亨利八世，直到伊丽莎白女王时代，大体宣告完成，并且形成了都铎王朝的历史神话或都铎意识形态。应该指出，这个时期的王权内涵有所变化，若还是依据君主能力来定乾坤，则道义和神圣性不足，其合法性与正当性也缺乏基础，因此，要使得王权具有神圣的尊荣和高贵，达成王者至尊，就必须与基督教神权联系在一起。问题在于，如果这个神权为罗马天主教以及教皇所拥有，英格兰王权一直就难以伸张。机缘巧合，欧洲大陆新教兴起，并且在英格兰得到大力传播，于是一种新的王权与神权的结合在英格兰王国孕育而生，其结果就是具有英格兰特色的神圣王权论，即立足于圣公会新教的神圣王权论潜移默化地影响着社会，在亨利八世时代发端并在伊丽莎白女王时代真正确立起来，由此王权至尊就具有了超越性神圣色彩。

前文我曾谈到英格兰的神圣王权论，需要指出的是，当时的"神圣"指的是罗马天主教掌控的基督教神权加持、礼赞和加冕带来的神圣性，这里实际上有着三重关系：一是上帝的权力（神权），二是君主的权力（政权），三是联系两者的中介，即罗马教会的教权（教皇制）。所以，神圣王权论是以罗马教会为旨归的，王权的神圣性来自罗马教会，罗马教会和教皇垄断着上帝的神权。但是，随着英格兰王朝政治的演变，到了都铎王朝晚期，神圣王权论的中介从罗马教廷转入英国圣公会，而且依照圣公会的《公祷书》，英国国王（伊丽莎白女王）不但是世俗王权的最高统治者，还是圣公会的最高首领，两个权力即君

权和教权合为一体，他们都信奉基督教，都以神圣的上帝为最高的主
人，接受神的庇护和祝福。神圣王权论在英格兰王权那里不但没有消
失，反而更加凸显，只是不再接受罗马教廷以及教皇的领导，而是直
接与神和上帝联系在一起。因此，才有后来英国光荣革命时期菲尔墨
的国王父权论理论，国王的权力直接来自《圣经》中亚当的遗产，这
要比罗马天主教廷继承彼得的遗产更加靠近神的神圣权力。[①]

　　这样一来，王权至尊论就与神圣王权论有了新的结合，王权有圣
公会的加持和保障，使得国王既是英格兰君主又是圣公会的基督教首
领，他的权威不但是强有力、无远弗届、无所限制的，而且还享有了
神的庇护，受到上帝的支持和加持，具有了神圣的高贵的超越意义。
这就为英格兰君主的绝对主义统治奠定了强大而神圣的基础，由此，
都铎王朝的亨利八世和伊丽莎白一世，依据这种王权至尊的动力机制，
不仅开辟了英格兰王国一个辉煌鼎盛的时代，还开始拓疆辟土，争霸

---

① 　参见约翰·菲吉斯：《神圣王权理论》："博丹之于其他法国作家的关系在一定程
　　度上就好比霍布斯之于神圣王权理论的英格兰支持者一样。……由此，在法国理
　　论家们的论著中，人们似乎发展了一种理论，这种理论只要稍加修改就和英格兰
　　的神圣王权理论完全一致。其最根本的观念是，国王是直接通过上帝的神圣任命
　　而获得国王地位的，并且他由此只对上帝负责而不对教皇负责。""有很多原因可
　　以解释为什么詹姆斯一世坚持的是严格意义上的神圣王权理论。他继承英格兰的
　　主张仅仅是以出生世系为基础的。……在都铎时期，神圣王权理论正在形成。在
　　同教会的斗争中，它成为了一件有力的武器。王权同教权之间的论战赋予了它重
　　要特征，这也是它最重要的品质。"菲尔墨在《父权论》中认为："王权是自然的，
　　并且因此它必定是得到自然的主人——上帝神圣授予的。他全部的论证都依赖于
　　将王国等同于家庭，将王权等同于父权。国王是人民的父亲这种说法是王权派作
　　家们经常用的一种隐喻。菲尔墨将这种隐喻进一步阐发成一项理论，并且在此基
　　础上建立了唯一合乎理性的绝对主义政治体系。……国王詹姆斯也公开地将这种
　　对比作为隐喻加以使用。"第106—107、115、121、125页。

欧洲大陆以及进行殖民地开发，使得英格兰成为当时称雄一时的世界霸主。这一切当然与伊丽莎白女王的雄才大略和超凡能力有关，与英国工商资本主义的兴起有关，也与王者至尊的王权专制主义有关。

前文我还谈到神圣王权论在都铎王朝晚期和斯图亚特王朝曾经绚烂一时，但是它们非常短暂，此后其迅速衰亡也是必然的，为什么这样说呢，因为时代使然。① 固然欧洲大陆和英格兰在都铎和斯图亚特时期都有过一段封建王朝的绝对主义王权专制时期，这个时期的特点是王权与神权教权相互结合，并联合新兴的市民资产阶级对抗权力日益凸显的贵族大土地所有者。国王与教会的结盟是短暂而不稳固的，尤其在英格兰王权是利用圣公会的支持，而与市民资产阶级的结盟更是埋下倒塌的种子，因为现代资产阶级的兴起与发展是要推翻封建王权的专制统治的。所以，当资产阶级登上议会舞台开始发挥主导性作用时，限制君主的独断专权、约束王权专制主义是必然的，这种短暂的结盟很快就会消失乃至决裂，英格兰以及欧洲社会随着市民资产阶级的发展壮大，势必就开始了宪政主义的政治变革。神圣王权论在伊丽莎白女王时代乃至在斯图亚特王朝詹姆斯一世时代的辉煌，将会被资产阶级的政治革命所扫除，新一轮富有生机的真正的宪政主义堂而

① 参见约翰·菲吉斯：《神圣王权理论》："神圣权利理论并不是由于荒谬不经而是由于它已经完成了历史使命而不再受人欢迎。正如人们在'光荣革命'时期有充分的理由不信任这种理论一样，人们在1598年或1660年也同样有充分的理由不信任它。当然，正如帕森斯的论文所表明的那样，有些作家甚至在更早的时期就已经了解到了神圣权利理论。国王的神圣权利不再具有现实的重要性，这并非由于这种理论是荒谬的，而是因为它所教导的教义已经变得不再必要了。转折已经完成。国家的独立性已经得到保证。政治已经有充分的理由证明自身是自然秩序的一部分，它不再需要神学的证明。"第218—219页。

皇之且难以阻挡地走上历史的舞台，英国光荣革命就是其典型的标志。由于英格兰有着法治主义以及王权至尊的传统，所以其结果是温和的君主立宪制，保留了王权的美好外衣；但欧洲大陆以法国为例，则是一场腥风血雨的大革命，国王路易十六被送上断头台，且翻天覆地的革命浪潮愈演愈烈，究竟伊于胡底也就不好说了。

因此，英格兰的神圣王权是一个辉煌而绚丽的彩虹，能够保持其尊荣源远流长，已然是甚为高贵而光荣矣。"如果单纯地考察神圣王权理论的政治层面，那么它所包含的概念已经成为我们共同的遗产。国家是一个有机体以及服从法律是一种义务的感受就产生了今天的'守法公民'，同时也塑造了英格兰人的性情，使他们厌恶暴力地同过去决裂——而后面这种性情已经成为英格兰与众不同的光荣：由此自由开始一代代地缓慢地积累、扩大——正是由于神圣王权理论，英格兰的革命是历史中最和平的革命，并且英格兰宪制的延续性丝毫不曾被打断。"[①]

---

① 　参见约翰·菲吉斯：《神圣王权理论》，第219页。菲吉斯进一步分析道："在十七世纪，神圣王权理论产生了最为强烈的政治影响，并且在人们看来，它是主权理论变得流行的唯一形式。它进一步起到了弱化或延阻政治变革的作用。当它完成了自己使命的时候，在'光荣革命'时期，它开始变得过时，并逐渐成为一种情感。……然而，神圣王权理论并不能以历史和功利主义为基础而得到支持，因此，它让位于以洛克阐发的人民的自然权利理论（这项理论只不过是改头换面的神圣王权理论）。不过，洛克比菲尔墨更加允许功利原则发挥作用。这种自然权利观念是必然会被取代掉的，而虚假的原初契约和不可转让的自然权利的美梦也注定会被打碎。神圣王权理论不仅仅一步步不为人知地转变成了自然权利理论，同时它还留下了一份遗产，即普遍的政府是神圣的，因为它是自然的，而服从法律的义务也是一项宗教义务。"第147页。

英国民族国家的发端

英格兰王国在历史上是一个其来有自的政治共同体，笼统地说，英格兰也是英国的主体称谓，若从当今严格的国际法意义上说，英国的全名应该是"大不列颠及北爱尔兰联合王国"，它是由大不列颠岛上的英格兰、威尔士和苏格兰还有爱尔兰岛东北部的北爱尔兰以及一系列附属岛屿共同组成的一个欧洲岛国。不过，有一个问题对于我们研究英国封建史，尤其是研究英格兰王朝史，以及深入阅读莎士比亚的英国历史剧，是值得探究的，那就是英国作为一个现代民族国家的生成。追溯起来，英格兰王国可谓现代英国的前身，作为封建王朝，尽管其中屡有变化，仍不能视为一个现代国家，因为英格兰王国的权力集中在国王手中，也可以说是国王的私人财产，属于一家一姓之王朝，国王（王室）以及他赐封的大小贵族是这个国家的主人。

从严格的历史政治学的视野来看，现代民族国家是欧洲近现代以来的新生事物，以"主权在民"为其基本的法权规定。当然，现代国家的主权有一个发展演变的过程，从主权在君到主权在民经历了历史的演变，不同的国家由于历史背景和社会结构及文化传统等方面的差异，演变又有着重大的不同，有些国家是渐进改良主义的，有些国家则是激进革命主义的。例如，英格兰就是采取改良主义的方式，以光荣革命为标志；法兰西则是采取激进革命的方式，以法国大革命为标志。无论怎么说，这种政治体制的产生及其演变都还是要采取变革或革命的方式进行，我们可以称之为西方社会的古今之变，有些是小革命，有些是大革命，变革则是必要和必然的。经过这些变革或革命，现代民族国家的政治体制、经济制度还有社会结构以及文化精神等，才进入一个新时代。

都铎王朝仍然属于英格兰的封建王朝，在此英国还没有构建出现代民族国家的体制，可以说直到英国光荣革命后所建立的君主立宪制才是英国现代国家的真正开始，英国的光荣革命及其政治成果才使得英格兰逐渐转型为一个现代民族国家。但是，斯图亚特王朝时期的光荣革命也不是从天上掉下来的，也有积累与发育的历史过程。从历史溯源的角度来看，在都铎王朝晚期，其实就已经开始酝酿和发育出现代民族国家的早期萌芽，都铎王朝的王权逐渐开始容纳一些人民性的内容，议会制逐渐活跃起来，下院中的市民工商阶级成分也有所增加，虽然没有法国所谓第三等级那样凸显，但具有市民工商属性的下议院议员也经常就国家事务有所发言，甚至在伦敦等城市，已经具有了较为广泛的政治自治权。占据主导的工商企业主以及城市市民需要更为公正的法律以维护自己的利益，在原有的王国法律的框架下，通过国王的"特许状"，城市逐渐争取到以独立的法律、行政和司法以及人身自由为主要内容的自治权。这实际上就是在逐步实现历史法学家梅因所谓的"所有社会进步的运动，到此处为止，都是一个'从身份到契约的运动'"①。随着英国社会的发展，英国下层民众开始摆脱农奴的土地依附制，成为城市市民，其身份随之发生了根本性的变化，他们开始获得基于契约的独立自由权利。在此情况下，实际上英国的国家性质也随之发生变化，王国不再属于国王的私人财产，而是具有了公共性质，具有了早期现代国家的雏形，议会体制也开始扮演越来越重要

---

① 　参见亨利·梅因：《古代法》，沈景一译，商务印书馆 1959 年版。

的作用。①

虽然英格兰封建王朝的君主独揽大权，建立了封建等级制的法权体制，但也不可能完全彻底地排斥掉人民，人民作为一种附庸隐藏在至上王权的背后，他们被分化为依附于土地的自耕农、封建农奴、仆役，还有各种工匠手工业者，受到王室、贵族、教会等统治阶级的管制。从形式上看，国王是所有英格兰人的总代表，掌管他们的命运，也代表他们的权利。实际上英格兰人民是一个空泛的词汇，谁是人民？人民在哪里？这些都是经不起深入追问的。应该说，随着君权神授，由于基督教神权的加持，王权也开始有了人民性的内容，因为基督教强调在神面前的平等，平信徒也能获得神的关爱，神圣王权论不忽视每个基督徒的存在，在神面前，君主、贵族与平民百姓，也是一视同仁的。但是，由于天主教会代表了人民的神权属性，正像封建王权代表了人民的世俗权利一样，人民被架空，被釜底抽薪，王权独大，主权在王。

在这个意义上，封建王权制还不如古代的希腊罗马城邦国家，因为那里有公民，每个城邦成员都是享有政治权利的公民，参与城邦国家的政治事务。在英格兰王国，每个臣民除了战争时服兵役、承平时尽徭役之外，是没有公共政治生活的，现实中存在的只有王室和贵族之间的政治。国王可以随着继承权问题不断变迁，英格兰国王可以由其他王国的诸侯或大公担任或兼任，其他国王或领地也可以由英格兰

---

① 对此，菲吉斯也指出："英格兰的历史事实也已经第一次使完全的主权权力成为英格兰民族国家生活中的一种必要。主权权力最终应当归属于谁这个问题通过近一个世纪的斗争才得以解决。无论英格兰国家的最高权威属于某个人还是某个组织，它所具有的主权权力在宗教改革时期就已经成为了一个历史事实。"参见约翰·菲吉斯：《神圣王权理论》，第 195 页。

国王管理等，这样的事情在封建王朝比比皆是，例如著名的诺曼王朝创建者威廉一世就既是英格兰国王也还是法国的诺曼底公爵，至于欧洲中世纪的王公贵族更是没有国家观念，只有属地观念，这就构成了后来的所谓"贵族国际"。① 总之，国家观念以及祖国观念，都是非常晚近的事情，是随着民族国家的构建而逐渐生发出来的，所以，神圣王权论所蕴含的人民性还是被王权独揽以及罗马教廷架空和遮蔽，并没有落到实处。

不过，在都铎王朝晚期，由于王权与罗马教会的矛盾，以及市民阶级的兴起，还有人文主义思潮的传播，一方面，都铎王朝从王权至尊走向王权专制的绝对主义；另一方面，王权开始与英格兰国家结合融汇在一起，强调君主作为英格兰民族和国家的代表，其民族属性开始凸显。正是这种日益强化的王权君主的民族国家化身的属性，使得以前被忽视和遮蔽的人民性开始登场，走向政治舞台，其标志就是王权与新贵族和市民工商阶级的联合，以对抗封建大贵族土地所有者以及其背后的罗马教会势力。例如，亨利八世等君主，尤其是伊丽莎白女王，他们不断强化英格兰或英国的民族属性，主权在王，但王是英国之王，是这个地域这块土地这个王国的国王，由此存续的王国是一个民族的国家，其中不仅有贵族封臣，还有市民或早期的资产阶级，以及各种身份的臣民，他们共同组成了英格兰王国。这样王权才可以推动圣公会的国教运动，才可以与罗马教廷相抗衡，也才可以分化各大贵族阶层，使其为英格兰国家和民族效忠。

---

① 参见朱孝远：《中世纪欧洲贵族》，广东人民出版社 1997 年版；莱昂哈德·雷洛夫斯基：《诸王的欧洲：17—18 世纪的宫廷政治与权力博弈》，李晓艳译，北京科学技术出版社 2023 年版。

陈晓律指出："红白玫瑰战争的结束标志着新时代的开端，都铎王朝的出现意味着原来的封建秩序已经解体，而新的社会金字塔需要按照新的界线加以构建。早已产生的议会作为这种变化的政治机构，在都铎王朝时期的作用越来越大，在国王需要用钱时尤为重要。在这样的社会政治结构中，给人印象最深的一点就是，新的社会阶层坚持不懈地强调'人民'有权利通过议会参与英国的政治决策。因此，英国作为一个民族，在很大程度上是指他们拥有这种政治参与的权利，作为英国民族特征的代表制选举出来的精英有权利也希望自己管理自己，实际上意味着民族国家的地位等同于政治公民权。这样一种象征性的选举意味着社会金字塔和传统阶级结构的彻底变化。这种变化在文化上的体现就是，无论社会上层还是下层，高贵的出身，甚至一般认为的体面血统，都迅速失去了它们的重要性。与此同时，在英国的政治生活中，教士的地位也遭到削弱，中等社会出身，受过教育并具有才能的人得到政府的信用，政治事务更多地由一个专业的律师团体处理。此外，社会舆论对高贵阶层的界定开始发生转变，由出身转化为对才能和美德的赞赏。而这样做需要一个思想的基础，那就是理性的、民族的意识。事实上，一个新的精英阶层呼唤民族主义，而民族主义也呼唤这些新贵。他们要求王权承认他们新的社会地位，都铎王朝十分迟缓但还是最终满足了他们的这种要求。作为回报，英国社会对王权贡献了应有的忠诚。支撑这种王室权威强化的基础却是高涨的民族主义意识。民族主义使每一个英国人都试图成为高贵的人，因为贵族血统不再成为人们社会上升的必要条件，教育却成为整个社会十分重要的事务，人们能否受到合适的教育成为上升的重要经历。按英国人的看法，新的贵族阶层是一个自然产生的阶层，是一个知识和美德的精英阶层，其社会地位是通过为社会提供的服务而不是对某人的讨好而获得的。从十六世纪早期开始，民族主义作为一种独特的社会意识已经在英格兰出现。服务于一个民族的说法在民众中流行，他们认为，英格兰并不仅仅是一个王室的财产，而是一个独立的政治和社会共同体。"①

---

① 参见陈晓律《现代英国民族国家的出现及其对欧洲格局的影响》一文，他进一步指出："这样的观念与文艺复兴的思想有类似之处，不过它并不是对外国思想的简单复制。英国新的精英阶层需要一种现实的观念为社会的理性化提供一个精神的框架，并给他们自身的地位提供合法性的基础，这样的需要终于在英国产生了民族主义的诉求。这样一种变化是由于数种力量的混合支持而产生的。民族观念被采纳首先是因为社会的变化：原有的精英阶层被新的商业阶级替代，关于贵族的界定和标准已经过时，社会需要一种新的评判标准。新的民族主义观念既强调神秘的过去，也强调能够自由发展的未来，所以它更容易为这种变动中的社会所吸收。更加密集的社会流动，使越来越多的出身于社会变动阶层的人们呼唤着新的民族认同。由于自身的原因，都铎的君主们，除了玛丽外，都十分同情这种要求并提供了重要的皇家支持来鼓励人们的热情，已经处于形成中的民族意识由于多种多样的形式得到了加强。英语圣经以及前所未有的富有刺激性的文学作品，对于大多数普通的英国民众如何用新的社会价值标准重新评估新的贵族而言同样重要。这些普通的民众读者，由此获得了一种高于以前的全新的尊严，这样一种意识由于民族认同而得到了强化，并导致他们更加热烈地拥抱这种观念。血腥玛丽反对改革的政策事实上也是反对民族主义的，当然也反对普通民众以及那些由于民族主义和清教主义而获得既得利益的精英集团。在她的统治末期，这些由精英构成的利益集团已经不能容忍她对他们利益的践踏。他们把这种利益界定为英国的利益，这样的一个统治集团是与清教和民族的事业有关而经历多年发展起来的。这样的一种联系给英国的民族意识提供了一种神圣的解释，这种内涵使得在当时只能通过宗教合法表达的民族情感坚持要用自己的仪式做祈祷。所以，在这一时期英国民族主义得到了充分的时间孕育，它进入政治和文化生活，并逐渐地渗透到社会的各个层面，最终成为一种强大的力量并且不再需要其他东西来掩盖其实质了。它要求它自己的动力机制，它因它自己的权利而存在，它是人们唯一能够认识的真实并且成为了真实自身，因为民族主义已经成为民众认同的基础。"载自媒体平台"网易号"。

从这个意义上说，英格兰作为民族国家，虽然还是君主制，但已经开始在都铎王朝晚期有所发育，神圣王权的圣公会化，市民资产阶级的加盟，以及对英语文化传播的重视，英国普通法的巩固，还有对于贵族们的纵横捭阖，对外战争（与西班牙、法国等）的胜利，环大西洋海洋贸易的拓展，殖民地（北美和印度殖民地）的开拓，等等，都是这个早期现代民族国家孕育而生的标志，这个过程直到光荣革命之际，才最终得以真正开花结果，构建出一个现代的君主立宪制的英国。

生活于伊丽莎白女王时代的莎士比亚，虽然没有亲眼看见现代英国的文明创制，但作为一位伟大的文学家，他早就敏感地意识到英格兰王国的人民性或民族属性之现代意义。我们看到，他在一系列历史剧中，多次揭示出王权背后的民族性和人民性，以及早期市民工商阶级在国家中的重要作用。例如，他塑造的福斯塔夫形象，以及哈尔王子的成长过程，就有着英国民族性的特征；还有他对多次战争场景的描绘，在《亨利六世》剧情中所描述的体现人民承担战争苦难的父子相互残杀的场景，里士满在战役前夕那番关于英国人民的期望和平生活的独白；以及在《威尼斯商人》和《雅典的泰门》中对于金钱和财富的商业价值、契约意识以及人性内涵的揭示，等等，都显示出莎士比亚深刻地认识到英格兰王权所蕴含的民族性和人民性的内容。他通过一系列戏剧人物和戏剧场景，说出了他心中的英国应该是什么，他理想的王权应该包含什么——人民的利益或权利，即平民百姓的生死存亡、和平环境、经济福祉，应该也是王朝君主斗争中不能忽视和遗忘的力量，人民可以支持君主保全王位，也可以使王权瞬间倾覆。莎士比亚通过文学艺术的形式，实质上说出了英格兰王国从主权在王到主权在民的某种演进的历史征兆，或许是基于这一点，他才去挖掘罗马剧，关注罗马共和国的命运及其转型的因缘变异，共和国也许是他关于英格兰王国的某种隐喻。

总的来说，在都铎王朝晚期，封建王权确实在发生某种深刻的变化。由于要与罗马教廷和教皇制相抗衡，王权在强化自己权力的同时，不得不吸纳英国人民的属性，而新贵族和市民阶级随着经济力量的增长，在英国人民之中的权重也在增加，人文主义的觉醒也需要在政治领域有所表达。因此，国王作为英国民族的化身，作为英格兰国家的代表者形象也日益凸显，一个民族国家便在这样繁复杂糅的政治语境中逐渐发端，酝酿而生。这个过程当然并非一帆风顺，其中有荆棘丛生和惊涛骇浪，也有倒退和反复，例如，王权专制主义的恣意妄为、不受制约，天主教君主的血腥复辟，以及共和主义的僭主当道，甚至残酷的英国内战，直到光荣革命的底定，英国才实现君主立宪制的民族国家体制。

英格兰早期的宪政主义

王权与宪政密切相关，谈王权制度必然要谈及宪政主义，相比欧洲大陆，英格兰封建王朝具有自己的特性，正是特殊的英格兰历史政治传统，使得英格兰王权与宪政主义的结合具有得天独厚的机运。从宏观历史的大尺度来看，宪政主义有两种形态，一种是古典宪政，主要是希腊罗马政制中的宪政制度，尤其是雅典民主制与罗马共和国的宪政，它们属于城邦国家的古代谱系；另外一种则是现代宪政，主要是发端于欧洲封建主义的现代宪政制度，其典范的形态是英美国家的宪政制度。说到英美，追溯起来主要还是英国的宪政体制，其标志是通过光荣革命所实现的以君主立宪制为代表的宪政形态，本书所谈的宪政主义以及与莎士比亚历史剧密切相关的主要还是早期现代的英国宪政主义。

英国宪政主义是一部历史演进的法权制度史以及思想史，以1688—1689英国光荣革命即君主立宪制为分水岭，英国宪政史又分为两个大的时期或阶段，前者属于早期宪政主义的孕育时期，后者则是英国现代宪政主义的大发展时期。现代政治学家和宪法学家们大多强调光荣革命之后的英国宪政史，认为它们才是现代宪政主义的真正发端和富有生命力的展现，由此导致西方其他国家，诸如美利坚合众国、法国、德国、日本以及其他后发国家的现代政治进程和宪法变革，从而成就现代化的世界政治格局。这个主流认识没有什么错误，确实如此，英国的宪政体制在光荣革命后成就卓然，影响深远，值得大力推崇，其成功经验值得其他国家效法学习，并推陈出新，加以创造性改造，例如美国创制就是如此，关于这个主题的著述可谓汗牛充栋，无复多言。但是，光荣革命之前的英国早期宪政史，其实也是意义非凡的。为什么英格兰会最早发生宪政变革，引发光荣革命；为什么英国的君主王权会受到宪政制约，接受君主立宪制；为什么封建的英格兰王国会在权力强盛之际转入危机，并由此衍生出一种改良主义的现代国家构建，等等，这些问题也都值得深思。

其实，封建主义与宪政主义是休戚相关的，封建王权本身就与宪政有关，研究英格兰早期宪政史，诸如一些名家及其学派，像著名的历史法学派大家梅特兰、波洛克以及梅因等，还有英国宪政史研究大家乌尔曼、吉尔克、卡莱尔兄弟等人，都把宪政主义追溯到早期英格兰王朝的封建体制以及其晚期的演变，揭示宪政主义的历史起源。①

---

①　丛日云指出：作为最高领主的国王，其与陪臣的权利—义务关系也由封建的法律体系确认，陪臣的效忠誓约还得到基督教信仰的担保。所以，国王的一个重要身份便是全国公认的最高宗主，这重身份对于国王维系其与国内臣民的关系是至关重要的，这种封建关系的重要特征即国王与臣民之间的关系是由法律规范和保障的、权利—义务对等的契约关系，正是这种政治法律传统和契约观念，到现代转换成社会契约论。另外，中世纪对于现代国家权力合法性观念的主要贡献，还在于其将王权的合法性基础安置于人民之上。对此，中世纪政治思想史著名学者W.乌尔曼早就提出中世纪政治思想从"上源理论"（君权神授）到"下源理论"（君权民授）转变的模式，这个转变模式具有重要的理论指导意义。实际（转下页）

李筠认为"英国走了一条与那不勒斯和法国都不太一样的道路来建构王权的至上性观念，'君权'（Crown）是英国王权得以强化的最核心概念。从法理内部逻辑来看，君权的概念与罗马法和教会法中有关法人（corporation）的政治理论有很多相似之处；从诸多政治法律观念的发展来看，法人政治理论、君权、封建效忠宣誓、王之'尊荣'（Dignitas）等，存在严重的交叉和相互影响；从地域分布来看，不仅英国，法国、德国、匈牙利也存在类似于'君权'的观念和相关的政治习惯；但是，从观念与制度的关系以及长期政治发展的角度来看，英国的'君权'是独一无二的，它在强化了王权的同时又限制了王权，在政治实践中走出了宪政主义模式，一直发展到现代（甚至是现在）"①。

这个时期恰好也是莎士比亚历史剧故事情节以及君主人物所发生和活动的时期，是莎士比亚对英格兰政治聚焦关注的时期，通过对莎士比亚历史剧的深入研读，我认为莎士比亚的历史剧可以对勘英格兰封建王朝的宪政史，莎士比亚用一系列英国历史剧展示了一个文学化的英格兰王朝演变的早期宪政史，其价值与意义不让于那些历史政治

（接上页）上，欧洲 13、14 世纪以后，在王权合法性理论中，"人民"因素由原来诸种因素中较不重要的一个，上升为最重要的因素。这个时期最有影响的思想家，包括巴黎的约翰、但丁、帕多瓦的马西利乌斯、奥卡姆的威廉和库萨的尼古拉等，都明确以"人民论"来论述王权的基础。此时与"人民论"相比肩的，只有君权神授论。天上的上帝与地上的人民，在理论上，成为君权的双重合法性来源。但随着教会中介权力的衰落和被边缘化，君权神授由于无从落实而被虚置，逐渐退隐于幕后；而"人民论"却在等级议会中得到有限的承载，并通过民族国家的形成、个人的成长，最终得以落实为现代制度形态。参见李筠：《论西方中世纪王权观——现代国家权力观念的中世纪起源》，序言。

① 参见李筠：《论西方中世纪王权观——现代国家权力观念的中世纪起源》，第 173 页。

学家的研究成果，甚至比他们的历史叙述和观念研究更有亲和力和感召性。

英国宪政主义的传统

现代宪政主义起源于英国，已成为宪政史的通说，但究竟如何起源于英国，还是众说纷纭，莫衷一是。有一种主流的观点，认为1215年的《大宪章》对于英国的宪政主义居功甚伟，可以说，《大宪章》塑造了英国的宪政主义传统。《大宪章》也称《自由大宪章》，是英国封建时期的重要宪法性文件之一，1215年6月15日，金雀花王朝国王约翰王在大封建领主、教士、骑士和城市市民的联合压力下被迫签署。该文件把王权限制在法律之下，确立了私人财产权和人身自由不可被随意侵犯的原则。全文共六十三条，主要内容是保障封建贵族和教会的特权及骑士、市民的利益，限制王权。《大宪章》规定非经贵族议会的决定，不得征收额外税金；保障贵族和骑士的采邑继承权；承认教会自由不受侵犯；归还原侵占的领主土地、抵押物和契据；尊重领主法庭的管辖权，国王官吏不任意受理诉讼，对任何自由人非经合法判决，不得逮捕、监禁、没收财产或放逐出境；承认伦敦和其他自治城市的自由；统一度量衡，保护商业自由等。同时规定由领主推举二十五人负责监督宪章的实施。《大宪章》主要是封建阶级内部权力再分配的文件，并未改变广大农民的地位，不久即被登基就职的亨利三世削减至三十七条。在15、16世纪英国王权专制主义时期，《大宪章》曾经被忽视和遗忘，但在17世纪英国资产阶级革命时期，《大宪章》则被利用作争取权利的法律依据，并被确定为英国宪法性文件之一。

　　《大宪章》历来受到英国法律思想家们的高度赞扬，尤其是辉格主义的历史、政治与法学家们，他们一贯重视《大宪章》的作用、价值和意义，将其视为英国宪政主义的基石。例如著名的大法官柯克在其名著《英国法概要》中就指出，《大宪章》是英国基本法得以确立的基础，使王权处于法律限制之下，有效地保护了英国人的自由和权利。他写道："它之所以被称为'大宪章'，并不是因其篇幅长短，而完全是因为它简短的条文中所包含事务之伟大的重要性和重要的伟大性。《大宪章》是王国一切基本法的源泉。"柯克通过对《大宪章》内容的逐条分析，得出结论，《大宪章》是古老的英国普通法，是对原本就存在的古代法的确认。柯克关于《大宪章》的观点非常深远而有力地影响了此后英国宪政史学家们对《大宪章》的阐释，例如，著名学者斯塔布斯在《英国宪政史》中就认为："《大宪章》是整个民族的第一次伟大的公共行动，此后它实现了自己的民族认同；……从形式上看，《大宪章》证明了历史学家们有关它起源和发展的叙述。它建立在亨利一世宪章的基础上；它遵循那一著名文件的安排，并对其进行补充和详述，从而最先出现于 1100 年的那些原则，现在有了更为具体的权利、主张和责任……毋宁说，整个英国宪政史就是对《大宪章》的一种注释。"持有辉格主义史观的法国历史学家基佐也认同上述观点，他写道："《大宪章》是英国自由传统的起源。十三世纪至十六世纪期间，有三十多位国王重新肯定了《大宪章》，而且为了维护和发展《大宪章》，还加进了新的条款。可以说，它的生命从未间断过。"①

　　上述主流观点确实处于主导地位，它们揭示了英国法律尤其是

---

① 上述论述，参见裴亚琴：《17—19 世纪英国辉格主义与宪政传统》，第 64—67 页。

《大宪章》对于英国乃至欧美宪政主义的重要意义，对此当代政治学者桑多斯指出："《大宪章》的历史不仅是一份文件的历史，更是一种观点的历史。文件的历史是不断被重新解释的历史；而观点的历史则是政治思考之连贯性要素的历史。从这个意义上来说，没有什么理由可以说明，原本为贵族利益而构想的法律为何不能应用于更广的范围。如果我们能够从亚里士多德那里找到真理，那么我们同样也能够从《大宪章》中找到真理。《大宪章》历史的各阶段所涉及的阶层和政治利益是一方面，它所主张的、暗含的或认定的原则是另一方面。它接近于政治理论，试图针对政治权力而确立臣民的权利，并支持权力服从于法律的原则。若从更宽广的主权权威对臣民权利的意义上来考察，它就是与约翰王、与查理一世斗争的法律问题，是北美殖民地抗议乔治三世的法律问题。"①

上述的滔滔宏论当然没有什么可以质疑的，它们主导着英国乃至现代宪政史的研究也无可争议，但它们是否全面呢？是否存在着通过所谓原则而掩盖了历史的某些真相的情况呢？这涉及对于英国宪政主义的理解，涉及原则与历史事实的关系。究竟什么是宪政主义，什么是英国宪政主义的起源及其传统，按照主流的学说，宪政主义就是限制王权，约束和制约君主的至上权力就是宪政的要义和实质。对此，著名宪政史学者麦基文对于何为宪政（constitutionalism）有过一段原则性的定义，他认为："在所有相互承认的历史阶段，宪政有着亘古不变的核心本质：它是对政府的法律限制，是对专政的反对；它的反面

---

① 参见裴亚琴：《17—19 世纪英国辉格主义与宪政传统》，第 67 页；Sandoz, E. (ed.), "Editor's Introduction", *The Roots of Liberty*, *Indianapolis*, Indiana: Liberty Fund, 1993。

是专断，即恣意而非法律的统治，现代，通过在国家政策的裁量事务上赢得主动权，人民代表们又为宪政增补了'政治责任'的内涵。但是，真正的宪政，其最古老、最坚固、最持久的本质，仍然跟最初一样，是法律对政府的限制。"①

基于上述麦基文对于宪政主义的定义，可以说《大宪章》是宪政主义的经典事件。英国金雀花王朝时期约翰王跋扈任性、专断而强横地滥用自己手中的王权，严重侵犯了贵族们的利益和权力。为此，这批贵族联合起来，通过武力抵抗和妥协谈判，制定了著名的《大宪章》，以此约束和限制君王的权力，要求他不得恣意妄为，独断专行，贸然侵犯他们古已有之的权利和利益。否则，贵族们将联合起来，抵抗王权的嚣张和专横，甚至通过合法的手段罢黜君主。上述限制国王的一系列具体条款，皆写进了《大宪章》之中，尤其是第一、二、十三、三十九、六十一条，明确保障封建贵族们的合法权利和利益以及骑士和自由农民的权益，规定了人身保护的概念，还具体规定了监督《大宪章》执行的机制，若发现国王有违背《大宪章》的严重违法行为，二十五位贵族可以组织起来行使各种手段包括武力以胁迫国王改正错误，这样就从法制上取得了反抗暴君的内战的合法性。②

从限制王权的角度来看，《大宪章》确实具有十分重大的历史和规范性意义，此前对于英格兰王权还从来没有如此强有力的限制法案，能使国王的专断权力受到强有力的限制。《大宪章》颁布之后，尽管在英格兰王权史上屡有波澜，《大宪章》的作用也时有反复，但它毕竟是

① 参见麦基文：《宪政古今》，翟小波译，广州人民出版社 2004 年版，第 16 页。
② 参见《大宪章》，陈国华译，商务印书馆 2016 年版。

一个卓有成效的先例，成为一面旗帜，引导着英格兰的各种政治力量，尤其是贵族们可以效法先例，以此约束和限制国王权力的恣意滥用和妄为。延续着《大宪章》的宪政精神，在英格兰王朝政治史中，1258年，又有约束亨利三世的《牛津条例》；到斯图亚特王朝时期，《大宪章》成为英国光荣革命的理论法宝和历史依据，革命之后颁布的《权利法案》直接继承了《大宪章》的精神实质；从某种意义上说，1688年的君主立宪制就是现代版《大宪章》之实现和对其已有成就的发扬光大。所以，以辉格党人的主导价值为旨归的所谓辉格史观，一直把《大宪章》捧得很高，视之为英国宪政主义的发源地和英国政治传统的卓越体现。[①]

但是，宪政主义是否仅仅意味着限制王权呢？对此在理论上是有不同看法的，在主流学说之外，甚至与之相对立，还有另外一些不同的声音，形成了各种观点和主张，例如同样著名的托利史观就不认同把《大宪章》抬到如此之高的地位。历史学家布雷迪认为，"《大宪章》中的所谓自由权，就是我们古代历史学家们如此孜孜以求的那些东西，如果认真考量的话，主要是神圣教会的自由权，有了这些自由权，教会自命不再隶属于世俗君主"，而非被无限夸大的那些贵族和人民的诸多权利。[②]

被称为具有托利史观的思想家和历史学家大卫·休谟在他的《英国史》中，虽然并没有像辉格党人那样一味神化《大宪章》的历史功绩，而是客观论述了契约签署的过程及其各方利益团体的党派博弈，

[①]　参见托马斯·麦考莱：《自詹姆斯二世和威廉三世即位以来的英国史》，赵超译，时代华文出版社 2015 年版；裴亚琴：《17—19 世纪英国辉格主义与宪政传统》。

[②]　转引自裴亚琴：《17—19 世纪英国辉格主义与宪政传统》，第 66—67 页。

但是也高度评价了《大宪章》对于英国封建体制的宪政价值和意义。他写道："这份著名的契约，通常称为《大宪章》，保证了王国各等级——教士、贵族、人民——的自由与特权不受侵犯。""必须承认，《大宪章》前一部分的条款减轻或公正合理地厘清了封建法律的解释，后一部分的条款奠定了法统政府的基础，保证了司法的公正和财产的自由。人类起初缔造政治社会，目的就在于此。人民有永恒不变、不可剥夺的权利，没有任何先例、法令、人为的制度应该阻止权利在他们的思想和注意力中占据至高无上的地位。尽管《大宪章》与时代精神一致，过于简洁、缺乏可操作性，难以有效抵制强权横暴支持下的讼师诡辩术。"[①]

在此我们先不陈述这些历史理论，仅就莎士比亚的文艺思想来看就有些蹊跷。莎士比亚创作了《约翰王》这部历史剧，但在其中《大宪章》如此重要的内容却只字未提，整个剧情是围绕着约翰王如何开展对法国征战以确立王权地位和其与罗马教廷的冲突展开的。对此，我在分析莎士比亚历史剧的第二部分中已经论及，即英格兰王权的创立及其巩固，是否也是英国宪政主义的必要内涵呢？强横的王权固然要限制和约束，使得王在法下，但羸弱的王权，是否也需要强化以保持王朝的和平安宁以及有效延续呢？尤其是关系到在王权与罗马教权的斗争中如何保持自身的世俗独立性，宪政是否也有辅佐王权以定天下秩序之含义呢？也就是说，限制王权的前提是先要有王权，王权不存，王国四分五裂，何以限制呢？回顾英格兰封建王朝史，历代王权的确立和奠定都并非易事，而是充满了腥风血雨，内有贵族豪强争权夺位，外有罗马教会虎视眈眈，还有域外其他国家不断侵扰，王权的

---

① 参见大卫·休谟：《英国史》（第一卷），第343、345页。

扛鼎之人面对内外忧患，无不经历了坚苦卓绝的努力和奋斗。

　　因此，王权包含着丰富的权力内涵，具有雄才大略和卓越品质、能实现内外征战的王者才能掌握王权。承平时期可以强化对王权滥用及君主专断任性的限制，但在王国创建以及危机时期，则需要强化王权，还需要君主保持崇高的政治德行。恰好在这样一个王权政治的发轫时期，即15、16世纪，英格兰封建社会的中晚期，也是英法百年战争尤其是红白玫瑰战争时期，尤其是都铎王朝的创建时期，《大宪章》这样一份重要的历史文献却被当时的朝野政治家和思想家们遗忘了，这也从另外一个侧面说明了某种问题。检点15、16世纪近二百年的法政文献史料，少有人（尤其是著名人物）谈及《大宪章》的价值和意义及其余波，人们反而更关注王权的创建、王朝的嬗变以及政治权柄的强力，受到朝野著名人士追捧的是马基雅维利等一批新型的意大利人文主义思想家，尤其是马基雅维利的《君主论》以及非道德的功效论，这些思想潮流显然与《大宪章》的思想传统是相违背的。如何看待这种具有君主专制主义的国家权力构建之肇始呢？它们是否与英国传统的宪政主义相接榫呢？

　　作为伟大的戏剧家，莎士比亚不甚关注承平时代的日常政治，而是聚焦于王朝生死之变的非常时期，关注伟大君主们的言行举止、丰功伟业和政治伦理，表面看上去与重在限制王权的宪政主义关系不大，若以主流的宪政史观为标准，则很少有人认为莎士比亚是一个宪政主义者。不过，若是从另一个方面，即全面理解英国的宪政主义传统，从王权创制到王权限制来理解莎士比亚，其历史剧中的宪政主义含义还是非常明显的，说莎士比亚的历史剧渗透着英国宪政主义的精神也不无理由。

这就需要重新回到英国的政治传统，即宪政主义的基础究竟是什么？在这个问题上，光荣革命前后酝酿产生的辉格和托利两党的历史观其实本质上是一致的，那就是英国有一个法治主义的自由传统，王权是基于法的统治之权，王在法下，法律是限制和强化王权的根本标准和最终依据。只不过托利党强调的是对王权的强化和尊崇的方面，辉格党强调的则是对王权的限制和祛魅的方面，但维护古老的英国人的自由和法治，则是两党共同赞同的。诚然，辉格党与托利党之间的政治分歧其来有自，但在反抗暴政和抵制罗马天主教等方面却是一致的，正是它们的联合才迎来了 1688 年的光荣革命，两党联手邀请荷兰执政奥兰治亲王威廉和夫人玛丽（詹姆斯二世的女儿）领兵抵达英国，兵不血刃地推翻了詹姆斯二世的统治，建立了英国的君主立宪制，由他们两人（威廉三世和玛丽女王）共同管理这个国家，并于同年 10 月颁布了《权利法案》，使得英格兰王国传承有序地保持着新教的斯图亚特王朝之政治传统。

所以，英国光荣革命以及由此建立的君主立宪制是辉格党与托利党两党共同的制度创新，英国宪政主义之根基是由它们共同奠定的。尽管在光荣革命之后，辉格党与托利党在政府政策、议会构成、内政外交、执政理念和政党政治等方面，增大了分歧，甚至形成相互之间的权力斗争，但这并不影响它们共同遵循和崇敬的宪政主义底线。所不同的是，它们在如何看待何为宪政体制方面有着较大的分歧，辉格党偏重于限制王权的专断和任意，托利党则偏重于强化王权的作为和权威，但是王在法下、遵循法治和保障法治下的自由，则是它们共同一致的观点。上述分歧自然涉及不同的史观，涉及如何看待英格兰王朝历史的王权及其君主的地位和作用等问题。

当然，这些争论离莎士比亚生活其中的都铎王朝伊丽莎白时代相去甚远，但追溯起来，都铎王朝时期对于王权的不同认识，还是影响了斯图亚特王朝两党史观的历史溯源。从这个意义上说，莎士比亚既不属于辉格党的前辈，也不属于托利党的前贤，他属于超越都铎史观的具有自己独创思想的文学艺术家。不过，他或许更投合托利党的胃口，因为通观莎士比亚的英国历史剧，它们描绘和塑造的君主人物几乎都是15、16世纪英格兰国王及其王室贵族，此时也恰恰是《大宪章》湮没不彰，王权反而强势崛起的时期，所以，莎士比亚的历史观和政治观或许更偏向于革命后王党（托利党）的观点。但令人奇怪的是，休谟在他体现着托利党史观的《英国史》皇皇巨著中，对于莎士比亚及其英国历史剧评价并不甚高，且多有讽喻之辞，由此可见，伟大思想家们的精神内涵多是敏锐独特、独立不羁、奇绝难辨的。[①]

我们还是回到英国宪政主义的传统。通过上述一番讨论，可以说，英国宪政主义其实还有一个更为重要的基石，那就是法治主义以及法治下的自由。说到底，为什么要限制君主的独断专行，依据什么约束王权的恣意妄为，这一切最终都要基于法律，基于英格兰王国的法律。但什么是英格兰的法律呢？这个问题说来话长，英国的法律传统不同于大陆法系，其法律主要采取的是判例法，英国法制史的一般论述认为英国普通法主要是由诺曼王朝的威廉一世创制出来的，虽然在诺曼征服之前，英格兰有自己的传统法律和习俗，甚至初具规模，但是，真正的英国普通法或基于王国权威的共同法（Common law），乃是在威廉一世手中，以及其后亨利二世的法制改革中，被普遍地适

---

① 　参见大卫·休谟：《英国史》（第一卷、第五卷）。

用于英格兰王国全境，由此奠定了普通法的观念和体系。[①]总的来说，英国普通法不同于大陆罗马法、北方日耳曼人的封建法、英格兰诺曼征服前的盎格鲁—撒克逊人的法律和习俗惯例、各种法庭的司法判例、道德规则、历代君主的谕令和令状，等等，这些内容杂糅在一起，形成一个源远流长的英国法传统。

但是，这些法律传统仅仅是普通法的渊源，并非普通法的实质，应该说，英国普通法乃是建立在诺曼王朝统一的权威之上的法律，是巩固国王权力的王权之举措，对此，国王的权威是十分关键的。诺曼王朝的王国普通法或共同法凭借国王的权威，通过王国法院、巡回法院等一系列国王直接管控的法院，在英格兰全国被普遍推广起来，逐渐取代了各地适用的地方法庭和贵族司法，形成了具有最高权威的王国法律。普通法的形成、创建、实施和司法裁决等，均依赖于王国的王权，是强化和巩固王权的重要一环，诺曼王朝及亨利二世、爱德华三世等英格兰多个王朝君主的统治都有赖于普通法的实施。从这个意义上说，英格兰的普通法也是英国王权的一种表现形式，也是为了巩固王权而创制出来的。谈英国的宪政主义传统必然要谈到英国的普通法，但普通法加强和巩固王权的这个功能却少有人论述，或者说常被宪政史家们忽视。应该说，创建普通法，强化王权的法制化功能，建立王国普遍适用的统一法制，也是英国宪政主义的一个必要方面，尤其是在15、16世纪英格兰诸王朝的嬗变演绎中，通过普通法实现国王的权威乃是英国史的重要内容。

---

① 参见格兰维尔：《论英格兰王国的法律和习惯》，吴训祥译，中国政法大学出版社2015年版；哈德森：《英国普通法的形成》，刘四新译，商务印书馆2006年版；卡内冈：《英国普通法的诞生》，李红海译，中国政法大学出版社2003年版。

不过令人惊异的是，这也是英格兰法制构建或者说英国宪政主义的一个惊天创举，加强王权、巩固王权统治的普通法，同时又是限制王权、约束王权最强有力的工具或法宝，也就是说，英格兰王室为了巩固自己的权威又主动地为自己构建了一个限制自身权力的笼子，把自己装进了法治的笼子里——这才是英国普通法乃至英国法治和自由的真正秘密之所在。封建王朝通过自己的权力建立一种法制或者说管理社会乃至朝臣的法律，这不是什么稀罕之事，追溯历史，任何一个强有力的君王都曾经这样做过，并不新鲜，古今中西皆然。权力是法制的基础，法律为政治权力服务，这样的法制必然是专制强横的法制，是君主、皇帝不受法律约束的法制。问题在于，英格兰的法制或普通法，却并非专制强横的法制，而是一种能够约束和限制君主权力、并保障臣民权利的法制，由此普通法又被称为自由的法治，或法的统治，君主也要在法治之下。

值得特别关注的是，英国的法律人，从国王钦命的大法官到各级法官，还有律师公会的律师，以及法学家，等等，他们一开始就普遍重视普通法限制国王权力的独特本质，认为英格兰的法律是古老的、自由的、保障人民权利的法律，而不是君主恣意专断的法律。为此，他们强调英格兰法律的司法专属性，认为法律是一门专门的技艺，不是一般的理性所能为之，乃是专门的司法理性，正是这种司法理性才能保护臣民的自由和权利，免除君主专断权力的侵犯。

1608 年 11 月 10 日詹姆斯一世与柯克大法官的一番对话，就富有代表性地集中体现了英国法律人的共识，詹姆斯国王振振有词地论证说，法律是基于理性的，他本人及其他人，与法官一样，也都具有理性，自然也是可以裁断案件的。柯克回答道："的确，上帝赋予陛下丰富的知识和非凡的天资；但是陛下对英格兰王国的法律并不精通。涉及陛下臣民的生命、继承、动产或不动产的诉讼并不是依自然理性来决断的，而是依人为理性和法律的判断来决断的；法律乃一门艺术，一个人只有经过长期的学习和实践，才能获得对它的认知。法律是解决臣民诉讼的金质魔杖和尺度，它保障陛下永享安康太平。"国王听了勃然大怒道："如此说来，我应当受法律的约束了，这种说法构成叛国罪。"对此，柯克用布雷克顿的话来回答："国王在万人之上，但是却在上帝和法律之下。"①

英格兰法官们不仅强调英国法律的判例性及司法理性，以此来抵抗国王的专断权力，而且还大肆渲染英格兰法律与习俗的古老、自由和高贵的品质，弱化诺曼征服以来历代国王对于普通法的主动建构。例如，柯克就不甚褒扬诺曼征服对于英格兰法律的重大意义，认为威廉一世并不是征服者，他仅仅是依据古代法通过战争获得了原先属于他的王位。柯克坚持认为英国自古以来就存在着古代的宪法，由于它的存在是远古不可考的，因此就具有高于此后产生的任何权力机构的权威。漫长的历史赋予了英国法律固有的有效性和至上地位，柯克以及英格兰的法官律师就是以这种"天降神物"般的古代宪法来限制国王和议会的权力的。由此可见，即便在封建王朝时期，英国法律也是强有力的，且根据法官的独立裁判权，并不受到君主王权的恣意干涉。就其实质来说，英国法的传统主要表现为通过法律保卫臣民的权利，

---

① Coke, E., *The Selected Writings and Speeches of Sir Edward Coke,* 3 vols., Sheppard S.(ed), *Indianapolis*, Indiana: Liberty Fund, 2003；托马斯·霍布斯：《哲学家与英格兰法学家的对话》，姚中秋译，上海三联书店2006年版；小詹姆斯·R.斯托纳：《普通法与自由主义理论》，姚中秋译，北京大学出版社2005年版。

维护其不被侵犯，所谓"风能进，雨能进，国王不能进"。法律的核心在于法治下的自由，自由意味着臣民私人的土地占有权、继承权、处分权，以及其他各种权利不受外来权力的恣意侵犯，即便是在封建时期，这些权利也还是得到了一定程度的发展和扩大。

约翰王时期的《大宪章》，作为君主与贵族之间的一份契约，实质上也是一部法律，这类情况并非独此一次，此前就有相关的协议和契约，但《大宪章》的意义则在于它是一种非常明确地写在羊皮纸上的契约，而且有对违背契约予以惩罚的条款，这就进一步强化了英格兰古已有之的法治精神，对后世影响深远，并且构成了后来辉格主义史观的法律基础。"柯克诉诸历史的古代宪法神话（迷思）复活了《大宪章》和古代宪法观念，开创了辉格史学；他努力推进的自由和权利观念深入人心，从而深刻地影响了此后议会中的激进派与专制王权相斗争，争取权利和自由的思想方式。因此，在思想倾向（争取自由）和诉诸历史的论证方式（运用先例）两方面，柯克为辉格党在重大原则上确立了基调；可以说，他是辉格主义传统的伟大先驱。"[1]

如果说《大宪章》是英国早期宪政主义的重要标本，那么其揭示的也是英国法治主义的巨大成就——贵族们通过法律契约捍卫自己的权利，抵制君主恣意独断的专横权力，这表现的是依法抗争；法律契约是限制和约束君主的强有力武器，维护的是贵族们依照封建法所享有的自由权利。英格兰国王通过与罗马天主教的斗争，实现王权的自我独立，凭借君主的马基雅维利式的奋斗，确立强有力的王权，改革英格兰的传统法律，普遍实施王国的普通法，构建统一的保障自由的

---

[1]　裴亚琴：《17—19 世纪英国辉格主义与宪政传统》，第 76 页。

国家法制，最终达到王者至尊的民族国家之建构雏形，则是英格兰早期宪政主义的另一个面向。

上述两个方面并非完全一致，甚至相互冲突，但确实又是相辅相成的，缺一不可。没有强大的王权，英格兰的法治难以实施，没有自由与权利的法律保障，英格兰难以称为法治下的自由之邦。由此可见，英格兰宪政主义的传统实质上包含着三个重要的内涵：法治、自由与宪政，英国的宪政传统是法治下的维护个人自由的宪政，是捍卫个人权利的宪政，是约束君主侵犯自由和权利等恣意妄为专断权力的宪政。这并非仅仅为了约束和限制君主的王权，其目的乃是为了臣民的自由权利，并由此实现王国的和平与秩序、臣民的福祉和社会的繁荣。

当然，历史地看，《大宪章》时代，平民百姓、士农工商还是没有权利资格的，因为他们在《大宪章》的契约保障之外，大小贵族们才是《大宪章》的签约主体。但是，随着英格兰社会的发展，尤其是在封建王朝晚期，工商市民阶级开始崛起，他们也按照《大宪章》的法治主义原则，诉求自己的权利保障，不但要求约束君主的王权，更重要的是约束和制约大小贵族的特权——封建贵族享有的封建土地特权限制了农民转入城市谋生、从事工商业的权利。这样一来，英格兰的宪政主义就出现了另一个形态，即君主与市民阶级的短暂结合，握有王权的封建君主为了抵御贵族集团对君权的侵害，试图通过与市民阶级的结合以强化王权的势力，从而形成英格兰封建晚期的君主绝对主义。以亨利八世为代表，到伊丽莎白女王达到高峰，都铎王朝逐渐进入了一个绝对主义的王权集权时代。莎士比亚恰巧就生活、创作于这个时代，从某种意义上说，他的戏剧创作体现着这个时代的精神风貌。

伊丽莎白女王时代的王权绝对主义

从整个欧洲封建主义社会的演变来看，在 15、16、17 世纪的欧洲各国，均出现了一个王权绝对主义的历史时期，出现了一个绝对的王权强大的君主个人统治时期，其典型的代表是法国波旁王朝，尤其是自视为太阳王的法国君主路易十四。伏尔泰在《路易十四时代》这部书中，为读者展示了法国波旁王朝在这位握有绝对君主专制权力者鼎盛时代的各种现象。路易十四在执政的五十四年中（1661—1715），把国王的权力发展到了顶峰。在政治上他崇尚王权至上，鼓吹"朕即国家"，把所有的权力都集中在自己手中，并且用"君权神授"来为王权至上制造理论依据。路易十四对贵族实行高压政策，取消巴黎高等法院对国王敕令的指摘权，拒绝召开王国三级会议。此外，他还废除了首相，亲自选定了六位大臣为国王出谋划策，但最终决定国家大政方针的还是路易十四本人，他极力维护自己的绝对权威。路易十四把国家的一切都掌握在自己手里，按照自己的意愿运行，"所有下达的命令必须绝对服从，全面理解，按照要求贯彻执行，不能有任何反抗"。通过刚柔并济的措施，国家在路易十四的掌控下有条不紊地运行着。凡尔赛宫的建造是路易十四集中政治权力的策略之一，他将贵族变成了宫廷的成员，解除了他们作为地方长官的权利，以此削弱了贵族阶层的力量。

强大的海防力量是海外贸易正常运转的保障，为了争夺海外市场，与荷兰、英国抗衡，路易十四支持大臣柯尔伯在恢复法国经济的前提下，着手海外贸易，为此大力组建海军，制造舰船以加强海军力量。法国在路易十四时期大力推崇重商主义，柯尔伯认为国家的财富越多越好，财富越多，国力就越强。因此，法国鼓励出口，限制进口，大力发展工商业，这些措施促进了法国经济的发展，但也导致各个国家争相效仿，引起了商业竞争，不利于社会经济的持续繁荣。在路易十四统治时期法国参加了四次大的战争：1667 年至 1668 年与西班牙争夺荷兰的遗产战争，1672 年至 1688 年与荷兰的战争（法荷战争），1688 年至 1697 年与神圣罗马帝国之间的九年战争以及 1702 年至 1713 年的西班牙王位继承战争，这些战争耗尽了法国的国库，使国家陷入高债的困境。路易十四生前扩大了法国的疆域，使其成为当时欧洲最强大的国家，但与此同时法国负债沉重，法国人民的生活穷困潦倒。

路易十四时代的文化看上去非常繁荣，富丽堂皇，灿烂辉煌，但采取的方式乃是国家管制，即推动文化的国家化，国家对社会施予监控，通过建立国家文化机构和推行国家资助制度，将社会领域的文化艺术活动和人才收束到国家体制之内。此举一方面可以把文人墨客们从私人资助者那里分离出来，以免他们在诸如"投石党运动"等宗教政治纷争时期充当小册子写手，有利于消弭争论，维持王国意识形态的统一性；另一方面又可以将他们纳为己用，塑造王权的荣耀。路易十四大规模地承袭了黎塞留的文化控制策略，他 1661 年亲政之后的十年，是法国各种国家文化机构建立的高峰，从巴黎到地方的学院运动，确立了以巴黎为中心的国家文化垄断体制，几乎每个有才华和雄心的文人，在国家提供的经济和声望诱惑面前，都走进了金色的笼子里。

路易十四认为，王国要获得至上权力，必须统一法国人的宗教信仰，因此要对新教徒施加压力，尤以 1685 年的《枫丹白露敕令》最为凶狠，他以此推翻了法王亨利四世 1598 年签订的宽容的《南特敕令》。敕令下达后，胡格诺派的教堂被摧毁，新教的学校被关闭，许多胡格诺派教徒被迫移居国外，大多数移居荷兰、普鲁士、英国和北美，这对于法国无疑是一场灾难，因为许多逃亡者是非常好的手工业者，他们的技巧随他们一起流亡国外，这些流亡者给他们所到的国家带来了巨大的财富。对路易和他的大主教们来说，统一的法国就是一个天主教的法国。①

至于在理论上对晚期封建社会的分析，尤其是对为什么会在欧洲出现一个封建王朝回光返照式的君主绝对主义时期，佩里·安德森在《绝对主义国家的谱系》中，马克·布洛赫在《封建社会》等著述中，都曾经有过深入的分析和研究。虽然他们一个属于西方马克思主义的左翼历史学家，一个则是法国年鉴学派的代表人物，学术观点不同，但他们都认为在封建主义晚期出现了一种绝对主义的王权专制主义国家。在安德森看来，所谓"绝对主义国家"指的是从传统国家向现代国家过渡时期的国家形态，在欧洲主要指的是在16世纪至17世纪出现的从大型帝国或封建王朝蜕变为分立的单个国家的形态。

在政治上，这些国家是王权彻底占据主导地位的，作为主权的化身，它对于教会权力以及土地贵族的权力，取得了绝对性的胜利。君主国家直接地控制着一切世俗的权力，通过国家法律管理，规范全国性的臣民大众，教会处于劣势地位，大土地贵族也匍匐在其脚下。通过强大的雇佣军和重商主义，专制君主控制和掌握着王国的一切资源，君权一头独大，权力无远弗届，无所不能。此外，绝对主义国家还开始海外殖民地开拓，试图瓜分世界上的其他地域，以满足其权力和财富的欲求。

---

① 参见伏尔泰：《路易十四时代》，王晓东译，北京出版社2007年版；科林·琼斯：《剑桥插图法国史》，杨保筠等译，世界知识出版社2004年版。

为什么会如此？因为这个权力来自传统王权和新兴资本主义权力的结合，在封建社会晚期，随着土地占有的变革、工商社会的发展、城市的发展、科技的进步，加上地理大发现以及海洋贸易的拓展，资产阶级开始登上历史舞台。新兴的资产阶级或市民阶级要打破和对抗教会神权和土地贵族特权所给予的知识、能力与身份资格上的束缚和奴役，就只能与君主的王权相结合，此时的君主也需要他们的支持以对抗罗马天主教会和大土地贵族们的抵制与抗拒。这样一来，封建君主便与城市资产阶级两相结合在一起，形成了短暂的同盟，并以巩固和强化专制王权的手段，赢得了暂时的胜利，由此也就出现了所谓的绝对主义国家。

应该指出，封建王权和资产阶级的结合必定是暂时的，由于新兴的资产阶级不甘心从属于封建王权、受制于君主的支配，一旦他们坐大，具有了经济乃至政治方面的力量，尤其是在城市和沿海有了工商业经济的发展，等级议会斗争的实践，思想观念的启蒙主义大传播，以及市场经济和自由权利、法治、宪政的相互砥砺，他们就会转而与贵族相互结合，而各种贵族也纷纷转向工商阶级，成为新贵族、新资产阶级。一旦他们强有力地联合起来，就势必形成共同抵抗甚至反对和颠覆王权绝对统治的斗争，由此引发政治与社会的革命。从路易十四晚期的颓势到路易十六被送上断头台，乃是社会变革的必然结果，这样就从封建主义，尤其是绝对主义的封建时期进入了早期资本主义，再经过大小革命，进入资本主义的鼎盛时代。

上述是欧洲封建主义晚期的基本情况，经历从绝对主义王权专制国家到早期资本主义社会的转变，其王权专制的基础具有新的短期流变的性质，欧洲国家的宪政主义是在对抗绝对主义王权专制过程中逐渐发育出来的。但英国的情况与此有所不同，从时间节点上看，英国的绝对主义王权专制时期（大致在公元 15、16 世纪）要早于欧洲大陆诸国，早在都铎王朝晚期就达到鼎盛，伊丽莎白女王的王权专制可谓英格兰（英国）绝对主义王权统治的高峰期。

　　而且更为殊异的是，英格兰的王权绝对主义还具有英国宪政主义的特征，也就是说，英国王权即便是在君主专制的绝对主义时期，例如伊丽莎白一世和詹姆斯一世时期，依然有着某种宪政主义的性质，因此之故，从这里没有导致法国式的摧毁旧制度的大革命，而是开辟出改良主义的王权复辟式的光荣革命，又被称为英国君主立宪版的宪政主义道路，由此完成了英国的古今之变，实现了英国现代国家的转型，这种情况也是非常神奇的。为什么会是这样呢？我们还是要回到英格兰封建王朝的宪政主义传统，以及这个传统在晚期面对新的社会情况的应对方法。[①]

　　首先，我们看亨利八世开辟的英国王权与罗马天主教皇权力的对立，并不是完全以世俗政权来替代神权，而是通过一种新的以国王为教会首领的方式，赋予王权以神圣的权力地位，这种把王权和神权集于一身的权力统治方式在伊丽莎白女王时期达到顶点。女王既是臣民之主，也是圣公会之首，可以说她的权力是处于绝对主义的最高状态。但是，这个绝对的王权以及教权，还是受到制约的，那就是神的权力，即上帝的权力，依然高于女王王权和教权集合的统治权。所以，从世俗权力来说，神权才是至高无上的，女王依然要听从神的旨意，服从神的安排。

---

① 　参见 F.W. 梅特兰：《英格兰宪政史》，李红海译，中国政法大学出版社 2010 年版；高全喜：《政治宪法学纲要》，中央编译出版社 2014 年版；高全喜：《政治宪法与未来宪制》，香港城市大学出版社 2016 年版。

与此相对应的是，大陆国家在对抗罗马天主教皇的教权之时，也把上帝的神权一并抛弃了，人成为唯一的生命存在者，国王作为万民之统治者，他的王权之绝对性就失去了神权的超验意义，也不受神权的制约，由此就可以无所约束，恣意妄为，唯我独尊，实现"朕就是一切""朕就是上帝"等。在法国大革命时期，人民一旦被抬高成为上帝，他也就可以合理合法地砍掉君主的头颅，因为这种革命的逻辑最终就是抛除神圣的权威，上帝死了，人民就是上帝，上帝就是人民，人民至高无上，其权力无远弗届，无所不能。英国克伦威尔专政时期，英格兰共和国走的也是这条道路，值得庆幸的是它是短暂的，很快就被彻底抛弃，英国走向君主立宪制，主要原因之一是上帝在英国没有死亡。伊丽莎白女王不是僭主，而是英明的女王，因为有圣公会的加持，有神权与她同在。正像莎士比亚在《亨利八世》结尾通过大主教克兰默传达上天命令的那样：

> 这位皇室的公主——愿上帝永远在她周围保护她——虽然还在襁褓，已经可以看出，会给这片国土带来无穷的幸福，并会随岁月的推移，而成熟结果。她将成为——虽然我们现在活着的这一辈人很少能亲眼看到这件好事——她同辈君主以及一切后世君主的懿范。（卷六，页 399）

恰也是秉承这种精神，英国的国歌《天佑女王（吾王）》经久不衰。[①] 这揭示出一个极其重要的缘由，那就是英国宪政主义有神性的

---

① 参见罗宇维：《作为事件和神话的国歌：对〈天佑吾王〉的分析》，（转下页）

基础，没有神性根基的宪政主义很容易走向它的反面——极权专制主义，而英国的宪政主义，即便是在都铎王朝君主绝对主义时期，诸如伊丽莎白时代，也还是存在着神权这个根基的，但神权或上帝的权力未必就一定在罗马教廷手中，也可能在圣公会及加尔文新教手中，或者在后来兴起的美利坚合众国的高级法那里。

其次，除了神权的根基之外，英国宪政主义还有另外一些重要的东西，那就是法治主义和自由的传统，即便是封建晚期的王权绝对主义统治，其法治依然存在而且得到加强。前面已经论及英格兰的普通法具有自己的特性，能够通过判例法的司法权对抗国王的恣意干涉，对此曾经有过国王詹姆斯一世与大法官柯克的争执，并且柯克的观点得到广泛的支持和赞誉。我们朝前追溯，也可以看到，即便是强横的亨利八世，虽然通过议会颁布了《至尊法案》，确立了英国圣公会（即安立甘宗）为英国的国教会，宣布英国国王是"英国教会在地上之唯

（接上页）载《学海》，2016 年第 3 期：借用柯文（Paul A. Cohen）的话来说，国歌的存在以及与它相关的故事恰恰构成了英国民族国家发展的一个神话，它可以是'普通型'的神话，即普通人心中对国歌的认知；也可以是通过修改编纂以后牵强附会的国歌起源故事；更是通过政治和人的互动，通过各种仪式的不断重复，在人们心中强化出来的对国王作为神意代理人的承认以及对以君主制为政体的英国的认同。或许，我们还可以进一步做出如下推论，恰恰是在这一情境下，真正的英国国歌诞生了。毕竟，对于一个具有现代性的政治体而言，必须要区分的一个关键问题就是具体的统治和永续的共同体，施行统治的群体可以是君主，也可以是民选代表，但统治权所有者的变更不应当影响到民族共同体这个在文化和观念层面上一直延续的存在，当然也不应当妨碍在宪制条件下的一系列限定规则。英国在经历了一系列的政治争论与统治更迭之后，无疑已经实现了这一要求。就此而言，'女王'成了不列颠民族的标志，集合了这个民族的特性，可以说，《天佑女王（吾王）》是对任何一位在位君主的歌颂，更是对作为民族国家的英国的赞美。"

一最高首领"，但也不敢贸然废除法律的权威，剥夺大法官的自由裁量权（大法官莫尔是作为天主教的极力维护者而被判处死刑的）。

至于伊丽莎白女王，则更加注重法律的权威，在她一朝，实现了英国国教妥协性设置的最终落实，其中她推进颁布的一系列重大法案起着至关重要的作用。王在法下，也是这位英明的女王所遵循的基本原则，由此她做到了把亨利八世和爱德华六世的《至尊法案》与英格兰古老的宪法渊源结合在一起，女王通过尊重古已有之的英格兰法律，尊重法院和法官的司法裁决，走通了王权专制主义的宪政化道路。正像理查德·胡克所言：英国的君主虽然曾经是外来的征服者，可是，当今国王的统治并不是强加于社会之上的。通过对本土礼法习俗的遵守，通过统治的行动，通过一次次的立法与创制，国王们不仅塑造着英国，使其成长为一个统一的、紧密联结的政治共同体，而且使自己成为这具生命体当中不可或缺的一部分。英国臣民也通过不断地表达同意，认可并拥戴国王对英国的统治。国王与政治体之间的密切关系体现在"王在法下"这一政治原则当中，他们的行为受到最合理、最完美也最公正无偏的规则的约束——这规则就是法律。我所指的不单是自然与上帝的法则，也包括与之相关的国家和民政方面的法律……君主政府的公理是"法律创立君王"（Lex facit regem），国王准许的任何与法律抵触的决定都是无效的，"除了正义之事，国王什么都做不了"（Rex nihil potest nisi quod jure potest）。国王是国家的首脑，但他不是一个可以为所欲为的统治者，国家也不是一台可供凌驾于其上的主权者任意操纵的机器。国家是一个有历史、有生命的整体，每任国王也只是这个整体当中会死的一部分，英国这个共同体本身是不朽的。国王统治的正当性表现在他必须服从法律，而法律除了神法和自然法之

外，还包括了共同体在历史当中形成的制度、规则与习惯，这其中自
然就有宗教的一席之地。[①]

所以，在都铎王朝晚期，臣民的权利受到法律的保护，尤其值得
关注的是，市民阶级的权利经常受到封建贵族特权的压迫，女王在位
期间，非常重视保护工商业主的利益，鼓励他们进行海外贸易，甚至
收纳归化海盗为英国所用，拓展北美殖民地。此外，伊丽莎白一世还
颁布了《庄园法令》和《济贫法案》，以缓解社会变革（土地制度变革
等）所带来的各种矛盾，尤其是下层民众的不公待遇。凡此种种，都
从不同方面推动了英国早期资本主义的兴起，维护了新兴资产阶级和
城市市民的权利，为英国持久的繁荣与发展奠定了扎实的基础。这一
切又都纳入英格兰的法治下的自由之传统，虽然伊丽莎白一世是都铎
王朝的王权专制主义国家的代表君主，但同时她也是英国早期宪政主
义的维护者与拓展者，这两者看似是相互矛盾、相互对立的，但又确
实是相辅相成的，它们相互砥砺、密不可分，而这恰恰是英国宪政主
义的秘密或者精妙之所在。

对此，有论者指出，"中世纪英国在不同类型权力之间联结、合
作、复合的制度构建最为领先，她的国家权力体系合理化程度最高、
规范性程度最高、一体化程度最高，因此，现代英国既成为最典型的
宪政国家同时又成为最强大的霸权国家。显然，只有三权互相成为对
方的构成性要件，实现不同类型的权力在关键制度节点上的复合，以
权力制约权力的思路才能得到有效落实，权力生长的规范性和有限性

---

① 参见姚啸宇："王权、教会与现代国家的构建——理查德·胡克论英国国教政制的
正当性"，载《政治思想史》2018 年第 4 期；理查德·胡克：《论 16 世纪的英格
兰政体》，姚啸宇译，商务印书馆 2022 年版。

才能得到保障，权力自我膨胀的自然逻辑才能被有效遏制，被导入一体化的轨道，国家才能在权力体系上成为实实在在的整体"①。英国早期宪政主义历史恰好在伊丽莎白一世的王权专制之下较为完善地实现了上述特性，从而走在了欧陆国家的前头，演进为斯图亚特王朝的光荣革命，确立了君主立宪制的标杆，并且影响深远。

生活于伊丽莎白女王时代的莎士比亚虽然没有充分描绘当时的法治状况，但他无疑受到这种传统法治主义及自由精神的影响，在他一系列戏剧作品中，有大量涉及法律题材的内容，例如《威尼斯商人》《奥赛罗》《终成眷属》，还有《哈姆雷特》《罗密欧与朱丽叶》《一报还一报》，等等，这些戏剧所塑造的人物，除了王公贵族、君主执政之外，多是封建王国的市民和手工业者，还有法官、律师。莎士比亚这些戏剧作品的场景除了王宫、战场之外，也都是市场、酒肆、街头巷尾，以及法庭、律所，等等。莎士比亚很少描写封建庄园及其农奴仆役之间的法律纠纷，这些戏剧内容主要反映的是莎士比亚眼中的英格兰社会状况和市民百姓的生活境况。在其中，法律的作用无疑是巨大的，市民的生活保障以及利益诉求，还有欲望以及金钱的作用，贸易往来、婚丧嫁娶、买卖契约、法庭抗辩、法官审判，等等，当然这些也都与法治主义密切相关，与臣民的权利和自由密切相关。

不过，莎士比亚作为一位伟大的文学思想家，他并没有一味对当时的法治盛情赞美或推崇备至，反而显示出批判的锋芒。他对那些形式主义的任人解释的法条之荒唐可笑，以及所谓法律人的自私、卖弄、曲意逢迎等丑态，给予了辛辣的讽刺和批判，例如，《威尼斯商人》剧

---

① 参见李筠:《论西方中世纪王权观——现代国家权力观念的中世纪起源》，第261页。

情中有关夏洛克"割一磅肉"的契约纠纷以及鲍西娅假冒律师前去威尼斯法庭的对证公堂，就触及契约的法律诚信和法律与商业，甚至涉及法律与宗教、法律与道德等诸多相关问题，还有《一报还一报》中的法规解读及其与衡平法的关系，《奥赛罗》中的复仇、同谋及刑法问题，再如《亨利五世》中伦敦市长对于法律的看法，尤其是《亨利四世》广场花园两个玫瑰家族的划分，其中律师法官的站队，他们作为法律人本身对于法律的看法，等等，这些都淋漓尽致地揭示出法律和契约在社会中的虚伪和无力，以及模糊难辨，还有匍匐于金钱和权力之下的法制丑态。对此，莎士比亚都给予了辛辣的嘲讽和批判。①

　　显然，莎士比亚不是法治主义的坚强维护者，但他对于社会乱象、人心丑态的批判，并不等于他反对法治的作用，而是他对于英格兰的法律有更深的认识。在他看来，仅仅依靠法律是不行的，要使得社会法制昌盛，还需要人的践行，需要人的依法作为。但是，由于他处在一个变革的时代，人心不古，社会各色人等均被时代的混乱搅坏了心智，市民阶层盲目无度地为金钱所腐化，追逐私人利益和个体欲望，就像苍蝇追逐粪便，飞蛾扑向灯火；贵族阶层更是堕落不堪，失去了传统的士绅美德，追名逐利，浮华享受，利欲熏心，相互包庇；法律人大多丧失了职业规范，律师不是遵守法律，而是为了金钱利益，巧舌如簧，法官贪赃枉法，法律成为他们手中的工具，可以肆意胡判。最关键的是掌权者，他们也为最高的权力所蛊惑，受到马基雅维利思想的激发，为了达到争权夺利的目的，不惜谋杀篡位，弑君夺权，毫

①　参见布莱迪·科马克、玛莎·C.努斯鲍姆、理查德·斯特瑞尔编著：《莎士比亚与法：学科与职业的对话》，王光林等译，黑龙江教育出版社 2015 年版。

无道德可言。整个社会就是这样一个荒唐的社会，这样一个黑白颠倒的世界，难怪哈姆雷特发出浩叹：

> 这是一个颠倒混乱的时代，哎，倒楣的我却要负起重整乾坤的责任！（卷四，页121）

也难怪理查三世有如下自语：

> 我诅咒我自己！天意与幸运莫给我欢乐！白昼莫为我放光；黑夜莫给我安息！（卷六，页186）

福斯塔夫也这样说道：

> 在这市侩得志的时代，美德是到处受人冷眼的。真正的勇士都变成了管熊的役夫；智慧的才人屈身为酒店的侍者，把他的聪明消耗在算账报账之中；一切属于男子的天赋的才能，都在世人的嫉视之下成为不值分文。（卷三，页123）

正是在这样一个传统道德失序的时代，在这样一个人心为各种欲望充斥的时代，在这样一个法治主义沦落的时代，一种试图借助王权的强势崛起而重新予以整治的力量及思想产生了，这种时代的呼声是都铎王朝晚期君主绝对主义的社会基础，也是英格兰早期社会转型的征兆。莎士比亚敏感地意识到传统的封建主义秩序已经不能回应时代的迫切需要，新崛起的王权专制主义，以伊丽莎白女王为代表的王权至上，或许可以为这个混乱颠倒的世界重新确立一种社会秩序或一种法律之治。但是，权力的野心无度和绝对的恣意妄为也是凶险与可怕的，是一个良善社会难以承受的，为此，就需要对权力，尤其是无限的王权予以制约和限制——这才是当时英格兰社会的难题，也是英国宪政主义在绝对主义王权时期面临的挑战。究竟依靠什么才能限制和约束君主的恣意无度的权力呢？我们考察封建晚期的英格兰思想理论，概括起来大致还是如下几种有倾向性的思想观念。

第一，通过都铎史观的历史叙事来重新构建王权合法性与正统性，以此强化传统法治主义的约束力，用这种法治正统性的政治伦理来限制和约束王权的专横任性及其恣意妄为。既然新王朝有了新的法统，那就要建立纲常礼仪秩序规范自己的行为，所以，这是一种来自历史传统的法治制约。

第二，新王朝在与罗马教廷的斗争中构建的圣公会，一方面是在强化王权的独立自主性，以便与罗马教权分庭抗礼，另一方面，英国国教也在行使着通过神权对于王权的制约和限制，即君主要接受上帝的权力以及律法的约束，不可恣意妄为。诚如圣公会的奠基神学家理查德·胡克所言，王在法下，显然，这是延续中世纪以降的来自神权对于王权的制约。

第三，王权与君主个人的品质有着密切的关系，关于如何行使王权，君主个人的道德品行也是至关重要的，这就涉及传统政治中的权力与道德的关系，涉及政治伦理问题。在此，英格兰封建晚期一直存在着一种马基雅维利主义与反马基雅维利主义的思想较量，促使君主以美德为行为的标准，用美德来制约权力。这是通过古典希腊罗马政制达成优良政体的重要途径，即塑造君主的美德，通过美德来控制权力的嚣张，说起来这也是一种古典政治的以德治国的范式。

总之，法治、神治和德治，这三种思想倾向在英格兰的王权绝对主义时期都有表现，而且它们之间的关系并非相互对立，而是杂糅在一起的，彼此相互接引，互为奥援，从而不自觉地融汇为一股合力，对于王权专制主义尽可能地约束和限制，并且为这种限制和约束提供更高的基础，无论是法治主义的历史基础，还是英格兰圣公会的神权基础，乃至古典社会行之有效的德行基础。

这些因素汇总起来，就成为英格兰王权绝对主义时期的宪政主义的基本内容，也就是说，在封建晚期，英格兰社会基于政治经济等方面的结构性变革，需要一种强势的王权崛起，也确实在历史演进中形成了都铎王朝自亨利八世到伊丽莎白女王时代的专制王权统治。但这种王权最终没有成为大陆一百年后出现的诸如路易十四那样的绝对专制主义封建国家，则是得益于上述各种宪政主义之合流及其作用，它们使得都铎王权在强势运行中，在打造英国民族国家的过程中，在树立君权至尊的权威化过程中，依然有着宪政主义的特征，并且为后来斯图亚特王朝时期的英国内战及光荣革命所实现的君主立宪制奠定了深厚的根基。

莎士比亚的政治想象力与英格兰宪政主义

前文我多次指出，英国宪政史以光荣革命之君主立宪制为标志，划分为两个时期，前期属于早期宪政史，后期才是现代宪政史的展开以及大发展，不过前期也有一个英格兰宪政主义的演变过程，在伊丽莎白时代达到高潮，并为此后的资产阶级光荣革命埋下伏笔。莎士比亚恰好生活于伊丽莎白时代，其思想关注的一个中心也是王权政治，为此他创作了系列历史剧，堪称皇皇巨著，累计有二十余部涉及英格兰王朝政治以及与之密切相关的丹麦、苏格兰尤其是罗马的历史剧。莎士比亚的历史剧当然具有深厚的早期英格兰宪政主义底蕴，但这些都是文学戏剧作品，且莎士比亚也并非完全认同都铎王朝的官方意识形态。所以，他的王权观、历史观和宪政观也不属于任何一派，如果用学术性的宪政史标准来衡量判别，莎士比亚并不凸显其英格兰宪政主义的主流理论叙事。但是，仍然有论者认为，莎士比亚有自己的宪政主义观念，通过其历史剧的文学展示，莎士比亚的宪政思想并不输于当时乃至后来辉格与托利两党关切的早期英格兰宪政主义论辩，莎士比亚的历史剧具有与他们的理论著作相互对勘的参照性价值和意义。

本书行文到此，通过上述三个部分的分析讨论，尤其是通过对于莎翁十余部历史剧的具体分析和解读，我们可以说，莎士比亚历史剧中所呈现的英国王权观，具有十分重要的宪政主义的价值，他对于王权以及君主人物的塑造，还有对王朝嬗变和王权立废及正当性法统的描绘和对理想主义君主的诉求，无不折射出莎士比亚与其时代的休戚相关，无不显示出莎士比亚卓越的政治想象力。

说莎士比亚与英格兰宪政主义的关系，不能仅就宪政与王权的制约性关系来审视。莎士比亚不是理论家，他是卓越的文学家，他对于英格兰宪政主义的理解，更多的是通过对王权化的君主人物塑造，展示权力与君主之间的复杂关系，正是这种对于权力政治的历史性梳理、解读和富有政治想象力的艺术创造，反而从另外一个方面展示了英格兰早期宪政主义的基本特征。由于他不拘泥于官方意识形态，其历史剧创作呈现出一个丰富的时空结构，不但容纳了都铎史观，而且还把英格兰周边王国的王朝政治,特别是罗马政制的转型问题,都收纳眼底,从而为英国思想史贡献出一个极其恢宏的思想标本,一个可以把早期宪政主义都容纳其中的历史政治的宏图架构。下面我们从历史观、王权观和宪政观三个方面予以扼要分析,虽然它们并非都属于莎士比亚历史剧中的英国王权这个主题。

首先,我们看莎士比亚的历史观。所谓历史剧,正像我在本书开篇所解释的,主要是一个时间的观念认知,莎士比亚对于政治和王权的思考乃是通过历史时间的戏剧描绘来完成的,要读懂莎士比亚,不能单独看一部作品,而要看他系列性的历史剧。而且,也正像我解释的,他的系列历史剧内涵丰富,不但有双重的时间结构,还有空间扩延,不仅有英格兰王朝二百余年的历史,还有周边其他王国的王权故事,甚至还追溯到古代罗马政制,追溯到凯撒时代罗马政制转型之际的权力斗争,所以,莎士比亚的历史观可谓气势恢宏、波澜壮阔,非一部大书所能涵盖。

为什么如此重视历史,要把王权置入于历史长卷波涛翻涌的骇浪之中?这不仅在于历史中有人物有故事,适宜戏剧文学表现,更重要的还在于,英国王权或英格兰政治只有在历史的演进中,才能被较为深刻且真实地把握。恰好,这段莎士比亚描绘的历史,涉及英格兰王朝最为跌宕起伏、政治斗争最为剧烈繁复、人物命运最为悲壮惨痛的时期,这就为人们观察和理解权力及权势人物的本性,提供了最为恰当的视角。莎士比亚以其天才的政治想象力,创造了一个个悲剧性的君主人物,从而使得这个关于王朝权力的政治史非常生动和精彩,那些玩弄权力并最终为权力所玩弄的人物,他们的所作所为及最终命运,可谓惊天地而泣鬼神。

莎士比亚的历史观不是自然时间的简单绵延，而是有一个时间焦点，那就是他的时代。这个时代恰又是封建晚期与现代早期交汇叠变的特殊时期，是一个多种政治要素纠缠在一起难解难分的历史时期。这里就具有了某种辉格主义史观的含义，即通过历史来为今天辩护，历史是一种返回到当今语境的倒叙，莎士比亚的历史剧创作不是历史考古学释义，而是为其理想之证成，二百年后出现的所谓辉格主义方法论也大致如此。既然是为当今辩护或提供历史证成，那么什么是莎士比亚的当今政治图景？说到此，我们阅读莎士比亚的历史剧，就会发现在其中也有占据核心地位的政治人物及其权力结构，历史是围绕着他们展开的。莎士比亚在历史剧中有自己的理想定格，或许就是亨利五世，或者是尤利乌斯·凯撒，但无论怎么说，他的理想主义是富有想象力的，是超越同时代任何其他人的，甚至在今天也是别具一格的。

这样一来，莎士比亚的历史观就与辉格主义的价值指向有了严重的分歧，说起来，莎士比亚在此更像托利党的保王主义，他在为君主的权力做正当性辩护。但我在前文中已经指出了，莎士比亚在历史剧中推崇的君主乃是理想的君主，是充满政治想象力的伟大君王，德才兼备，雄才大略，平凡而卓越，岂是那些泥古守旧的庸俗君主所能比拟的？且莎士比亚的时代还是早期的资本主义酝酿时期，距离光荣革命以及由这次革命而滋生的辉格和托利两党之论争相去甚远。另外，这两党的思想从总的方面来说，也都不属于封建主义的意识形态，两党的政治理论说到底仍然属于早期英国宪政主义的两种不同理论表述。

其次，莎士比亚的王权观。本书的主题是莎士比亚历史剧中的王权问题，既不是英国史中的王权问题，也不是莎士比亚历史剧的君主故事，而是两者统合在一起，以君主人物的戏剧化展示来凸显的英国王权之要义。由此，它们就既不是单纯的英国史，也不是单纯的莎士比亚戏剧集，而是戏剧中的王权纷争及其演绎情节，蕴含着莎士比亚独特的王权观。由于与王朝历史相互结合，莎士比亚的王权观显然不是横切面的，不是一部君主剧所能完整表述的，而是一个过程性的，由一系列递进有序的历史剧所呈现出来的。前文我已经具体分析了莎士比亚十余部历史剧，解读了众多的君王故事和围绕着王权的残酷斗争，它们分别表现莎士比亚王权观的某个侧面，若通过历史把它们整合起来，实际上莎士比亚的王权观有一个对于王权演变的历史演进论，具体地说，就是有一个从"君权神授"到"能者为王"再到"王者尊崇"的王权演变逻辑，这个戏剧化的逻辑又与真实客观的英格兰封建王权史大体一致，实现了某种历史与文学的完美结合。

按照莎士比亚的英国历史剧，尤其是两个四联剧，英格兰王国的王权在莎士比亚笔下首先是较为弱势的匍匐于为罗马教廷所统辖的基督教神权掌控之下的王权，这是欧洲中世纪基督教会与世俗君主二元权力斗争在英格兰王国的延伸所致。其表述就是君权神授，王权受制于神权和罗马教廷，国王作为上帝在世俗王国的代理人而统治臣民，罗马教会对此予以加冕和保佑，约翰王如此，理查二世、亨利六世也都是如此。莎士比亚通过这些戏剧情节，塑造了一个个权力依附于神权加持的弱势而虔诚的君主形象。

随着英格兰封建社会发展到晚期，政治经济状况已经发生了重大的变化，市民阶级开始形成，人文主义思想迅猛传播，贵族势力也日渐坐大，于是马基雅维利主义孕育而出，被权力和财富野心鼓励的英格兰精英阶层蠢蠢欲动，觊觎最高王权的野心开始膨胀，于是进入一个能者为王的时代。也就是说，即便是君权神授，君主也不能坐享事成，他必须具有超凡的能力，具备君王所需要的雄才大略和非凡事功，甚至要有马基雅维利式的"狡诈如狐狸、勇猛如雄狮"的君主才能。

所谓能者为王，势必引发一系列觊觎君权和王位的雄杰铤而走险的故事，于是谋杀、篡位、弑君、叛逆等王朝嬗变的悲剧就产生了，权力的游戏必然会以玩弄权力的豪杰的悲剧性下场为终结，例如理查三世、麦克白就是两位典型的代表。所以，王权固然需要强者驾驭，但强者若没有政治美德及其他规则加以约束和限制，势必也会给王国带来灾难，使得王权陷入无底的深渊，这样就从能者为王，进入王者至尊的新王权形态。莎士比亚为此塑造了几个他心目中的理想君主的形象，例如亨利五世，甚至尤利乌斯·凯撒，与此相对应的恰也是英格兰封建晚期的君主绝对主义时期，即都铎王朝最后一位君主伊丽莎白女王统治的时代。

所谓王者至尊，指的是一位君主不但能够以王权的权能统治王国及臣民，而且还要具备一位王者所拥有的尊荣和仪范，且这种尊荣不是依靠权力强迫树立的，而是臣民发自内心自愿拥戴的，是一种获得人民衷心拥戴的尊崇。当然这是一种理想的政治状态，能够如此，显然君主要具备两个方面的王者特性，一方面要有神权的加持或加冕，也就是说神圣王权论是必须的，来自神的祝福和认同是统治万民的神圣根基之所在；另一方面，王者要有政治美德，君主应该是一个有为且有德的君主，德才兼备，作为人民的代表或化身，君主要具备一系列优良的美德，这是从古希腊罗马开始就流传至今的政治传统。结合在一起，就使得王权具有了位、才、德三个方面的统一：王权通过君主的王位建立了肉身，并且通过一套基于血亲的王位继承法来传承王权，由此避免诸如玫瑰战争这样的王权争斗；君主具有雄才大略和卓越才能，使得王国和平有序，既能抵御外侮又能安顿内政，依法治理，裕民富国；君主的美德又尤其重要，君主能够克服自己的野心和欲望，以民为本，崇敬上帝，追求高贵，崇尚光荣，体恤民情，仁爱有加，勇敢坚毅，不畏牺牲，等等，不一而足。

这样的王权势必获得神的恩宠，使王权具有神圣的意味，真正达到了君权神授，不但使王权具有正当性、合法性，而且具有了崇高的神圣性。这样三者合一的王权，显然就不再仅仅是君主一人之特权，而是早就超越了君主个人，甚至超越了一家一姓之王朝，具有了英格兰的民族性和人民性。此后演化的英国民族国家以及国家主权的相关内容，已经孕育其中，王权不仅是国王之权力，还是民族国家之化身，人民之代表。回顾一下英国史，尤其是英国近现代政治史，就会发现，英国的国家发展道路就是这样一步步走过来的。莎士比亚心目中的王者至尊，或许就是这样的政治状态，我们从他塑造的一系列理想的君主形象中可以窥其一二，其中蕴含着他丰富的政治想象力和对现实政治超凡的敏锐感。

最后，莎士比亚的宪政观。在研究莎士比亚的众多文献资料中，很少有人谈及莎士比亚的宪政思想。确实如此，按照现有的主流宪政理论，莎士比亚在他的一系列历史剧乃至其他戏剧中，虽然涉及法律问题，但并没有多少符合现代宪政理论的言辞和剧情，说他是一位关注英格兰宪政主义的戏剧家，确实欠妥。但是，如果对英国宪政主义有一个更为广阔和深远的认知，不拘泥于英国宪政主义在光荣革命之后所厘定的狭义定位，而是把宪政主义追溯到光荣革命之前，甚至能够划分两个历史阶段，并从中发现即便是在英格兰王权绝对主义时期依然还有宪政主义的基本要素和实质内涵，那么，我们对于莎士比亚历史剧中王权问题的认识以及其中所包含的莎士比亚宪政观，就不会感到奇怪了。甚至相反，会意识到莎士比亚的政治关怀，他的理想主义王权寄托，以及所塑造的一系列君主形象，还有其充满着现实敏感的政治想象力，其实无不蕴含着英格兰早期宪政主义的气息和精神。

本书的主题固然是莎士比亚历史剧中的英国王权问题，但其底色还是试图通过莎士比亚历史剧中的王权观，揭示莎士比亚的宪政理想以及对于后世的启发意义。当然，我在此遵循的不是规范主义的宪法学，而是政治宪法学及历史主义的宪法观，[①] 即从政治权力或王权的塑造以及规范生成的历史演进中，寻找英格兰王权是如何在王朝嬗变中逐渐演化到王者至尊的绝对主义，再进而生发出一种改良主义的宪政机制，并最终为光荣革命及君主立宪制奠定了历史的根基的。从这个视野分析和解读莎士比亚的历史剧，其可圈可点的东西就非常之多了，因为莎士比亚为我们提供了非常宏大的历史画卷，塑造了众多性格鲜明的英雄人物（君主），描绘了一系列政制危机的非常时刻，铺陈了一幕幕惊天动地的戏剧场景，这一切都是观察政治权力和权力运行以及制度与人性制约的宪政主义所不可缺少的内容。宪政主义演进依据的是其背后活生生的动力机制，而不是一些干巴巴的法条规范，人性与权力以及制度设置是相互匹配和协调互生的。尤其是在一些关键的政

---

① 关于何为政治宪法学以及国内外不同宪法学派之间的论辩，参见高全喜：《政治宪法学纲要》，中央编译出版社 2014 年版；高全喜：《政治宪法与未来宪制》，香港城市大学出版社 2016 年版；高全喜：《西方近现代政治思想》，中国大百科全书出版社 2023 年版；马丁·洛克林：《公法的基础》，张晓燕译，复旦大学出版社 2023 年版；马丁·洛克林：《公法与政治理论》，罗豪才主编，商务印书馆 2002 年版。

治时刻，当政治秩序面临危机以及各种力量相互冲突对峙难以调和的时候，考验政治人物（君主或最高权力的掌握者）的人性及品质的情况就出现了，考验一种制度合宜与否的情况也就出现了，因此也可以说一个王国的命运就由此而确定了。

纵观英格兰王朝史，我们看到，莎士比亚总是能够抓住一些重大的历史时刻，把他对于政治的思考投入其中，形成自己的历史观和王权观，同时也形成了自己的宪政观。值得庆幸的是，莎士比亚的宪政观是与英格兰历史的实际进程相呼应的，是与英国近现代早期政治的发育和转型相匹配的，也就是说，他在自己的创作中，揭示了一种隐含在王权绝对主义之下的早期宪政的雏形及其内聚的生命力，而这是很多理论家和编年史家所没有看到的。

正像英国的君主立宪制是宪政主义的一种政体形态一样，英格兰的王权绝对主义也是早期宪政主义的一种政体形态。莎士比亚或许对于都铎王朝的王权专制以及伊丽莎白女王的统治有一些不满，但总的来说，他还是拥护和赞赏这种王权绝对主义的，因为正是都铎王朝的创建结束了陷英格兰王朝于战争、灾难和混乱甚至崩溃深渊的玫瑰战争，从而打造了一个新的王朝，并且对前两个王朝又都传承有继，也可以称之为都铎王朝的"光荣革命"，都铎史观就是这种复辟主义的历史叙事。与之对勘，我们发现，斯图亚特王朝发生的光荣革命也是遵循着同样的逻辑，君主立宪制也是一种光荣的复辟，但却开启了一个英国现代国家的新时代。同样，都铎王朝伊丽莎白女王的王权绝对主义不也是开辟了英国返古开新的新时代吗？只不过前者重点强调的是限制王权，后者重点强调的是巩固王权，无论是限制还是巩固，都是对王权的一种规范和定位，它们的不同皆是时代和环境的不同使然，它们都属于英国的宪政主义渊源，并且形成英国宪政主义的大传统。由此观之，莎士比亚的宪政观必然占据重要的一环，莎士比亚历史剧所展示的王权问题，必然是英国政治史乃至英国宪政史不可或缺的一页。

"一篇读罢头飞雪。"行文至此，我耳畔不禁回响起这样的诗篇名句：

> 大江东去，浪淘尽，千古风流人物。
> 故垒西边，人道是，三国周郎赤壁。
> 乱石穿空，惊涛拍岸，卷起千堆雪。
> 江山如画，一时多少豪杰。
>
> ——苏轼《念奴娇·赤壁怀古》

> 山色江声共寂寥，十三陵树晚萧萧。
> 中原事业如江左，芳草何须怨六朝。
>
> ——纳兰性德《秣陵怀古》

这些中国文人墨客的读史咏怀名篇，自有其东方文化的神韵；不过，另外一种声音更令我魂牵梦绕，那就是莎士比亚的十四行诗：

> 像波涛涌向铺满沙石的海岸，
> 我们的时辰也匆匆奔向尽头；
> 后浪前浪周而复始交替循环，
> 时辰波涛之迁流都争先恐后。

生命一旦沐浴其命星的吉光，
并爬向成熟，由成熟到极顶，
不祥的晦食便来争夺其辉煌，
时间便来捣毁它送出的赠品。

光阴会刺穿青春华丽的铠甲，
岁月会在美额上挖掘出沟壑，
流年会吞噬自然创造的精华，
芸芸众生都难逃时间的镰刀。

可我的诗篇将傲视时间的毒手，
永远把你赞美，直至万古千秋。

——Sonnet 60，曹明伦译本

附录一　莎士比亚作品创作年表

1564 年 4 月 26 日

威廉·莎士比亚以 Gulielmus filius Johannes Shaksper 或 Shakspere 的名字受洗，这件事记录在斯特拉特福德的圣三一教堂的注册簿。莎士比亚的出生日期未能得到确认，但一般认为他生于 1564 年 4 月 23 日。

1590—1592 年

莎士比亚创作了《亨利六世》三部曲。通常认为《亨利六世》三部曲是由莎士比亚于 1590 年至 1592 年夏天之间完成的。

1592 年

《亨利六世》第一部首次上演。

1593 年

《维纳斯与阿多尼斯》由理查·菲尔德出版，这是莎士比亚以六行体创作的叙事诗，这首诗献给了莎士比亚的赞助人亨利·里兹利，第三代南安普顿伯爵。

1594 年

《提图斯·安德洛尼克斯》第一个四开本出版；《卢克丽丝遭强暴记》出版，这是莎士比亚以五步抑扬格、王韵 ABABBCC、七行诗节写作的长篇叙事诗；《错误的喜剧》在伦敦格雷酒馆上演。

1597 年

《理查三世》《理查二世》和《罗密欧与朱丽叶》四开本版本出版。

1598 年

《爱的徒劳》和《亨利四世》第一部四开本版出版。

1599 年

环球剧院开张。莎士比亚把他的很多剧本都放在该剧院演出，他也是剧院的股东之一。

1600 年

《尤利乌斯·凯撒》首演。

1600 年 8 月 4 日

莎士比亚的剧组"张伯伦勋爵剧团"（The Chamberlain's Men）注册了喜剧《皆大欢喜》。

1601 年 2 月 7 日

《理查二世》在环球剧院首演。

1603 年

《哈姆雷特》由伦敦书商尼古拉斯·凌和约翰·唐戴尔首次出版。

1603 年 2 月

《特洛伊罗斯与克瑞希达》注册，但并未即时出版。

1604 年

《奥赛罗》首演。

1604 年 12 月 26 日

《一报还一报》首演。

1606 年 12 月 26 日

《李尔王》首演。

1608 年 5 月 20 日

《推罗亲王伯里克利》(又译《沉珠记》) 被注册。

1609 年

莎士比亚十四行诗结集出版。人们通常认为，这些诗歌的创作时间是从 1595 年到 1599 年。

1611 年

《冬天的故事》《麦克白》和《辛白林》首演。

1611 年 11 月 1 日

《暴风雨》首演。

1616 年 3 月 25 日

威廉·莎士比亚签署遗嘱，这是他一生中所写的最后一份文件。

1616 年 4 月 23 日

威廉·莎士比亚离世。

1616 年 4 月 25 日

威廉·莎士比亚被安葬在斯特拉特福德的圣三一教堂的圣坛。在他的墓碑上刻着如下文字：朋友，看在耶稣的份上，请勿挖掘此处的墓葬，容得此碑者，受到祝福；移我骸骨者，遭到诅咒。

附录二　英国历代王朝简表 [①]

一、威塞克斯王朝（871—1066）

1. 阿尔弗雷德大帝（871—899）

2. 爱德华一世（899—924）

3. 埃塞尔斯坦（924—936）

4. 埃德蒙一世（936—946）

5. 艾德雷德（946—955）

6. 埃德威格（955—959）

7. 埃德加一世（959—975）

8. 爱德华二世（975—978）

9. 埃塞尔雷德二世（978—1013，1014—1016）

10. 埃德蒙二世（1016 年在位）

11. 爱德华三世（1042—1066）

---

① 　参见彼得·阿克罗伊德：《英格兰史六部曲》，王喆等译，译林出版社 2022 年版。

二、丹麦王朝（1013—1042）

1. "八字胡"斯韦恩（1013—1014）

2. 克努特一世（1016—1035）

3. 哈罗德一世（1035—1040）

4. 克努特二世（1040—1042）

三、戈德温王朝（1066）

1. 哈罗德二世（1066 年在位）

四、诺曼底王朝（1066—1141）

1. 威廉一世（1066—1087）

2. 威廉二世（1087—1100）

3. 亨利一世（1100—1135）

4. 玛蒂尔达（1141 年在位）

五、布卢瓦王朝（1135—1154）

1. 斯蒂芬（1135—1154）

六、金雀花王朝（1154—1485）

（一）安茹王朝（1154—1216）

1. 亨利二世（1154—1189）

2. 幼王亨利（1170—1183）

3. 理查一世（1189—1199）

4. 约翰王（1199—1216）

（二）金雀花王朝（1216—1399）

1. 亨利三世（1216—1272）

2. 爱德华一世（1272—1307）

3. 爱德华二世（1307—1327）

4. 爱德华三世（1327—1377）

5. 理查二世（1377—1399）

（三）兰开斯特王朝（1399—1471）

1. 亨利四世（1399—1413）

2. 亨利五世（1413—1422）

3. 亨利六世（1422—1461，1470—1471）

（四）约克王朝（1461—1485）

1. 爱德华四世（1461—1470，1471—1483）

2. 爱德华五世（1483 年在位）

3. 理查三世（1483—1485）

七、都铎王朝（1485—1603）

1. 亨利七世（1485—1509）

2. 亨利八世（1509—1547）

3. 爱德华六世（1547--1553）

4. 简·格雷（1553 年在位）

5. 玛丽一世（1553—1558）

6. 腓力二世（1554—1558）

7. 伊丽莎白一世（1558—1603）

八、斯图亚特王朝（1603—1688）

1. 詹姆斯一世（1603—1625）

2. 查理一世（1625—1649）

3. 查理二世（1660—1685）

4. 詹姆斯二世（1685—1688）

5. 玛丽二世（1689—1694）

6. 安妮女王（1702—1714，1707—1714）

九、英格兰共和国（1653—1659）

1. 奥利弗·克伦威尔（1653—1658）

2. 理查·克伦威尔（1658—1659）

十、奥兰治-拿骚王朝（1689—1702）

1. 威廉三世（1689—1702）

十一、汉诺威王朝（1714—1901）

1. 乔治一世（1714—1727）

2. 乔治二世（1727—1760）

3. 乔治三世（1760—1820）

4. 乔治四世（1820—1830）

5. 威廉四世（1830—1837）

6. 维多利亚女王（1837—1901）

十二、萨克森-科堡-哥达王朝（1901—1910）

1. 爱德华七世（1901—1910）

十三、温莎王朝（1910 年至今）

1. 乔治五世（1910—1936）

2. 爱德华八世（1936 年在位）

3. 乔治六世（1936—1952）

4. 伊丽莎白二世（1952—2022）

5. 查尔斯三世（2022 年至今）